록우드 심령 회사 5

일러두기
· 각주는 모두 옮긴이 주입니다.
· '*'로 표시된 용어의 뜻은 용어 사전을 참고할 것.

록우드 심령 회사 5

Lockwood
&Co.

조나단 스트라우드 지음 ― 강아름 옮김

빈 무덤

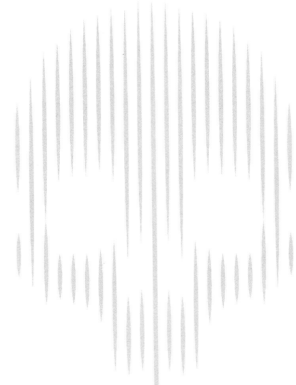

달다

차례

I

무덤

1

귀신 얘기가 당기는가? 마침 잘됐네. 내가 몇 개 안다.

앞 못 보는 퍼런 얼굴을 지하 저장고 유리창에 붙이고 있는 유령* 얘기는 어떤가? 아이들의 뼈로 만든 지팡이를 든 눈먼 환영*은? 쓸쓸하고 비에 젖은 공원을 뚫고 집까지 나를 따라온 백조 악령, 콘크리트 바닥 한복판에서 쩍 벌어지는 거대한 입은? 피가 쏟아지는 우유병, 해가 지면 숨이라도 넘어가는 양 꾸르륵꾸르륵 소리를 내는 빈 욕조는? 고아의 빙글빙글 도는 침대, 굴뚝 속 유골, 짧고 뻣뻣한 털에 어금니가 누래서는 샤워장 문에 달린 더러운 유리 너머에서 쿵쿵거리는 게 언뜻언뜻 보이는 못돼먹은 유령 돼지는?

마음에 드는 걸로 골라보라. 전부 내가 겪은 일이다. 그 길고 절망적인 여름 동안 록우드 심령 회사가 매달 끼고 살았던 일들이다. 이들 대부분은 조지가 출장 다음 날 아침에 입천장이 까지도록 뜨거운 차를 홀짝이며 우리 사건 장부에 기록해 뒀다. 이 일을 할 때면 그는 사각팬티 바람으로―말이 나왔으니 말이지만―책상다리를 하고 우리 응접실 바닥에 앉아 있었다. 솔직히 그 광경이 다른 출몰* 전부를 합친 것보다 꼴사나웠고.

우리의 이 '검은 장부'는 훗날 국립기록물보관소의 앤서니 록우드 갤러리에 복제본이 비치된다. 이 복제본이 좋은 건 원래 장부의 왠지 모르게 쭈글쭈글하고 바삭바삭한 종잇장들이 주는 꺼림칙한 기분을 굳이 경험하지 않고도 각 사건의 자세한 내막을 찾아볼 수 있다는 거다. 그럼 나쁜 건 뭐냐고? 거기 모든 사건이 기록돼 있진 않다는 거다. 기록조차 불가능하게 너무도 끔찍해서 빠진 건이 있다는 거다.

그 사건의 결말은 당신도 안다. 모두가 안다. 잔인했던 마지막 날 아침, 런던은 이미 그 얘기로 떠들썩했고, 희생자들의 시신 주변에서 피츠 하우스의 잔해가 여전히 김을 뿜었다. 하지만 그 시작은? 아니. 사건의 시작은 아직 세상에 알려지지 않았다. 살인과 음모, 배신— 그리고 맞다, 유령—으로 점철된 이 숨은 얘기를 이해하려면 거기서 살아남은 자의 진술이 필요하다. 당신이 원하는 게 그거라면 나만 한 사람이 없고.

내 이름은 루시 조앤 칼라일. 나는 산 자와 죽은 자 모두와 대화하며, 가끔은 너무 그래서 둘 사이의 차이점을 더는 못 느낀다.

자, 일단 이 정도로 해두고 아까 얘기했던 결말의 시작점으로 돌아가 보자. 두 달 전 여기, 내가 있다. 검은 재킷과 치마, 레깅스 차림에다 관 뚜껑을 부수고 무덤에서 후다닥 기어 나오기 좋게 튼튼한 작업화를 신었다. 벨트에는 레이피어*가, 가슴을 가로지르는 어깨띠에는 화염탄과 소금탄*이 꽂혀 있다. 재킷에는 유령 손자국이 선명하다. 단발머리는 전보다 짧아졌지만 그렇다고 최근 하얗게 센 머리칼 몇 가닥이 가려지진 않는다. 그걸 빼면 나는 전과 똑같다. 심령 조사용 복장을 갖춰 입고, 늘 하는 일을 한다.

이날 바깥 세상에는 별들이 떠 있었다. 낮의 온기는 이미 걷히고 명을 다했다. 때는 자정이 막 지난 시각이었다. 영혼들이 방황하고,

제정신을 가진 산 자라면 누구든 안전한 이불 속에 머물 시간이었다.

나? 나는 딱히 그렇지 못했다. 엉덩이를 쳐들고 무덤 안을 기어 다니고 있었다.

나만 죽을 순 없으니 이 말은 꼭 하고 넘어가야겠는데, 지금 그러고 있는 사람이 나 하나는 아니었다. 조그만 석실의 다른 곳에서 내 동료 록우드와 조지, 홀리도 네 발로 바닥을 기는 중이었다. 다들 하나같이 고개를 낮추고 널돌 근처에다 코를 박고 있었다. 손에 든 양초로 벽과 바닥을 쓸었다. 이따금 자리에 멈춰 수상쩍은 구석구석을 눌러봤다. 그럴 때를 빼면 정적 속에서 움직였다. 우리는 시신 안치실로 내려가는 입구를 찾고 있었다.

"꼭 그렇게까지 숙이고 다녀야 돼?" 목소리가 물었다. "보고 있자니 눈물이 앞을 가리는데."

석실 가운데 놓인 화강암 덩어리에 붉은 머리의 깡마른 청년이 앉아 우리를 굽어보고 있었다. 이 기습조의 모두가 그렇듯 그 역시 온통 검은색—엄청 큰 부츠와 꽉 끼는 바지, 롤넥 스웨터—으로 차려입었다. 나머지 우리와 달리 그는 어마어마하게 크고 불룩한 고글을 썼는데, 그 탓에 화들짝 놀란 메뚜기 같아 보이기도 했다. 청년의 이름은 퀼 킵스. 그는 무덤 침입 장비 관리 담당이랍시고 화강암 돌덩이에다 쇠지렛대와 밧줄 뭉치들을 늘어놓고 있었다. 그와 동시에 망을 보는 중이기도 해서 어둠에 대고 눈을 끔뻑거렸다. 얼굴에 쓴 고글 덕분에 그도 유령을 볼 수 있었다. 놈들이 주변에 있기만 하다면.

"뭐가 좀 보여요, 퀼?" 록우드였다. 검은 머리칼이 이마를 덮은 그는 날이 가는 주머니칼로 널돌 사이의 틈새를 쑤시고 있었다.

킵스가 기름등을 켜고 덮개를 내려 밝기를 낮게 유지했다. "너희가 그런 자세로 있는 바람에 상당히 많은 걸 보게 되긴 했지. 특히나 커빈스가 구물구물 시야로 들어올 땐. 헤엄치는 흰돌고래를 보는 기분이랄까."

"내 말은, 우리 말고 유령요."

"유령은 아직 없어. 여기 이 조련된 놈을 빼곤." 퀼 킵스가 옆에 놓인 큼지막한 유리 단지를 톡톡 두드렸다. 안에서 녹색 빛이 고약하게 폭발하고, 이날따라 별나게도 흉측한 유령 얼굴이 생겨나더니 엑토플라즘*의 소용돌이를 뚫고 유리 가까이로 나왔다.

"조련?" 오직 내게만 들리는 목소리가 분통을 터트렸다. "조련?! 나 좀 여기서 꺼내줘 봐. 저 덜떨어진 멸치 자식한테 내가 얼마나 조련됐는지 보여줄 테니!"

나는 발뒤꿈치에 엉덩이를 얹고 앉아 눈에 흘러내린 머리칼을 치웠다. "해골한테 조련 얘긴 웬만하면 안 하는 게 좋아요, 킵스." 내가 말했다. "놈이 싫어한다고요."

단지 속 얼굴이 톱니 같은 이빨을 드러내고 으르렁거렸다. "두말하면 잔소리지. 루시, 저 눈 튀어나온 멍청이한테 말해. 내가 이 감옥에서 나가는 날엔 네놈 뼈에서 살을 깔끔히 발라 먹고 남은 거죽으론 덩실덩실 춤춰주겠다고. 방금 내 얘기 그대로 전해."

"기분 나쁘대?" 킵스가 물었다. "못생긴 주둥이가 막 움직이는데."

"전해!"

나는 망설였다. "걱정 마요. 놈은 괜찮아요. 정말이에요. 그런 말쯤 자긴 상관없대요."

"뭐? 아니, 아닌데! 그리고 내 유리를 이렇게 두드려대는 건 또 어디서 배워먹은 짓이야? 내가 무슨 금붕어라도 되는 줄 알아? 맹세하는데, 내가 여기서 나가면 킵스 자식을 잡아서 거죽을 벗…."

"록우드," 나는 유령 말에 신경을 끄며 말했다. "바닥에 문이 있는 거 확실해? 시간이 별로 없는데."

앤서니 록우드가 몸을 폈다. 그는 석실 가운데에 무릎을 꿇고 앉아 있었다. 한 손에 주머니칼을 쥐고 다른 손으론 심란한 듯 머리칼을 쓸어 넘겼다. 우리 대장은 언제나처럼 흠 잡을 데 없는 차림새였다. 긴 외투 대신 검은색 스웨터를 입고, 평소에 신는 신발 대신 밑창이 부드러운 구두를 신었다. 국가 지정 기념물에 침입해야 할 필요 앞에서 그가 할 수 있는 최대한의 양보였다.

"그러게 말야, 루스." 록우드의 파리하고 갸름한 얼굴은 여느 때와 다름없이 느긋했지만, 우아하게 비틀린 눈썹에서 나는 그의 걱정을 읽었다. "이러고 있은 지 벌써 한참인데 아무것도 나올 생각을 안 하네. 네가 보기엔 어때, 조지?"

슥슥 소리와 함께 화강암 덩어리 뒤에서 조지 커빈스가 솟아올랐다. 그의 검은 티셔츠는 더럽고, 코에 걸린 안경은 삐뚜름했으며, 삐죽삐죽 뻗친 옅은 색 머리칼은 땀범벅이었다. 지난 한 시간 동안 우리와 똑같은 일을 하고도 조지는 남들은 보도 듣도 못 한 먼지와 쥐똥, 거미줄을 웬일인지 혼자서만 잔뜩 뒤집어쓰고 있었다. 조지라는 사람이 원체 그랬다.

"이 묘와 관련된 모든 얘기에 바닥의 문이 언급돼 있어." 조지가 말했다. "우리가 꼼꼼히 못 보고 있는 것뿐야. 특히나 킵스. 아예 손놓고 있잖아."

"이봐, 지금 나도 노는 거 아니거든." 킵스가 말했다. "너야말로 네 일을 제대로 한 거 맞아? 우리가 오밤중에 왜 이 고생을 하는데. 바닥에 문이 있단 네 말 때문이잖아."

조지가 안경에 감긴 거미줄을 풀었다. "없을 수가 없다니까요. 매장 당시에 바닥의 문을 통해서 관을 아래층 안치실로 내려보냈어요. 은*으로 만든 관요. '그 여자'에겐 뭐든 최고만 주어졌으니까."

조지가 이 무덤 주인의 이름을 입에 담기 꺼리는 게 뚜렷이 보였다. 나 역시 그 은관을 떠올리는 것만으로 배 속이 싸하니 따끔거렸다. 석실 저쪽 끝의 선반을 힐끔거릴 때도, 거기 놓인 걸 볼 때도 매번 같은 기분에 시달렸다.

그건 중년의 끝자락에 접어든 여자의 철제 흉상이었다. 고압적이고 근엄한 표정에다 넓은 이마가 훤히 드러나도록 머리칼을 뒤로 바짝 당겨 묶었다. 매부리코가 날렵하고, 입술은 가늘며, 눈이 매서웠다. 딱히 상냥해 보이진 않지만, 강하고 단호하고 방심을 모르는 얼굴이었다. 사실 우리가 무척 잘 아는 얼굴이기도 했다. 우표와 대행사 지침서 표지의 바로 그 얼굴, 아주 어릴 적부터 우리를 그림자처럼 따라다니며 꿈마다 찾아들어 오던 얼굴이었다.

마리사 피츠. 우리 시대 최초이자 최고의 심령 조사관을 두고 사람들 입에 오르내리는 놀라운 사실은 한둘이 아니었다. 그녀가 톰 로트웰과 손잡고 우리 같은 요원*들이 아직까지도 사용하는 유령 사냥 기법들의 대부분을 고안했다는 둥, 끊어진 철제 난간으로 즉석에서 최초의 레이피어를 만들었고 산 자와 대화하듯 술술 유령들과 대화했으며 최초의 심령 조사 대행사*를 설립했다는 둥, 그녀가 죽었을 때는 런던 사람 절반이 거리로 몰려 나와 웨스트민스터 사원에서 스트랜드가까지 가는 운구 행렬을 지켜봤다는 둥, 라벤더* 꽃송이들이 거리를 뒤덮고 런던의 조사관 모두가 행렬을 뒤따랐다는 둥, 교회들이 일제히 종을 울리는 가운데 시신이 안장됐고 그녀의 묘는 지금까지도 특별한 성지로 남아 피츠 대행사의 관리를 받고 있다는 둥.

그처럼 놀라운 사실들….

그리고 그 마지막은 마리사 피츠가 거기 묻혀 있다는 얘기를 우리는 안 믿는다는 거였고.

지금 우리가 있는 피츠의 묘는 런던 중심부 스트랜드가의 동쪽 끝에 위치했다. 조그만 석실은 천장이 높고, 전체적으로 타원형 비스무리한 데다 어둠에 잠겨 있었다. 석실 가운데 놓인 석관 크기의 화강암 덩어리(상판에 '피츠'라는 단어만 달랑 새겨져 있었다.)를 빼면 내부는 휑했다. 창문은 따로 없고, 바깥 거리로 이어지는 철문들은 굳게 닫혀 있었다.

그 문들 너머 어딘가에 보초가 둘 있었다. 꼬맹이들일 뿐이었지만 총기를 소지했고, 우리 소리를 들었다간 발포할 수도 있어서 조심스레 움직여야 했다. 그래도 긍정적으로 생각하자면 석실은 깨끗하고 건조했으며, 갓 꺾은 라벤더 냄새를 풍겼다. 발에 채는 신체 부위 같은 것도 없는 듯했다. 그것만으로도 그 주에 우리가 방문한 대부분의 출장지보다 양호하다 할 만했다.

하지만 동시에 바닥 문이 숨어 있을 만한 곳이 어디에도 없어 보이는 것 또한 사실이었다.

등불이 깜빡거렸다. 우리 머리 위로 어둠이 마녀 망토마냥 치렁치렁 늘어졌다.

"음, 지금껏 해온 것처럼 차분하고 조용하게 계속 찾아보는 수밖에 없겠는데." 록우드가 말했다. "뭔가 더 나은 의견이 없는 한은."

"나 있어." 홀리 먼로는 석실 저쪽 끝 바닥을 열정적으로 뒤지던 중이었다. 이제 자리에서 일어나 우리와 합류했다. 몸놀림이 가볍고 소리 없기가 꼭 고양이 같았다. 우리와 마찬가지로 홀리도 잠입 모드였다. 핀을 찔러 넘긴 긴 흑발을 한 갈래로 묶고, 지퍼로 잠그는 상의

와 치마에 레깅스를 입었다. 검은색으로 쫙 뺀 차림새가 그녀에게 얼마나 잘 어울리는지 한참을 떠들어볼 수도 있겠지만, 굳이 뭐 하러? 그런 건 홀리에게 당연했다. 그녀가 쓰레기통에다 얼룩덜룩한 멜빵을 달아 그것만 입고 돌아다닌다고 해도, 어째선지 그 쓰레기통조차 잘 빠져 보일 것이다.

"지금 우리한텐 새로운 관점이 필요한 거 같아." 홀리가 말했다. "루시, 해골이 뭐라도 도와줄 수 없을까?"

나는 어깨를 으쓱했다. "시도는 해볼게, 홀리. 근데 너도 알지. 지금 놈의 기분이 어떤지."

저기 놓인 단지 속에선 반투명한 얼굴이 아직까지도 신나게 지껄이고 있었다. 내 쪽에선 단지 밑바닥에 고정된 해묵은 갈색 두개골이 보일락 말락 했다.

나는 놈이 하는 얘기에 다시 주파수를 맞췄다.

"… 그리고 먹어버릴 거야. 그다음엔 발톱을 땡땡 얼려 뽑고. 그럼 저 자식도 해골 무서운 줄 알겠지."

"와, 설마 아직껏 킵스 얘기 중인 건 아니지?" 내가 말했다. "백 년 전에 끝났을 줄 알았는데."

단지 속 얼굴이 내게 눈을 끔뻑였다. "심지어 내 얘길 듣고 있지도 않았던 거야?"

"응."

"그러셨겠지. 오직 너만을 위한 음산하고 독창적인 계획들도 한번 쭉 훑은 참인데."

"그쯤 해둬. 지금 안치실 입구를 못 찾고 있거든. 우리 좀 도와줄래?"

"내가 왜? 무슨 말을 한들 어차피 안 믿을 거면서."

"그건 아니지. 우리가 여기 이렇게 서 있는 것도 다 널 믿었기 때문이잖아."

해골이 무례하게 코웃음 쳤다. "너희가 내 말을 곧이곧대로 믿었다면 여기가 아니라 집에 있었겠지. 편히 발이나 올리고 앉아 차랑 초콜릿 비스킷으로 내장을 썩히고 있었을 거라고. 하지만 아니. 너흰 내 얘기를 '확인'해야 했던 거잖아."

"그게 놀라워? 네가 그랬잖아. 마리사 피츠가 죽은 게 아니라고. 사실상 멀쩡히 살아 있고, 지금껏 자기 손녀 퍼넬로프 피츠 행세를 하고 다녔다고. 자그마치 그 퍼넬로프 피츠 말야. 피츠 대행사의 대장, 그리고 아마도 오늘날 런던에서 가장 막강한 인물. 그게 어디 보통 주장이냐고. 설령 우리가 그걸 직접 확인할 필요를 느낀다 한들 네가 이해해야지."

유령 얼굴이 눈을 흡떴다. "헛소리. 지금 이게 다 뭘 증명하는지 알아? 해골차별주의."

"그건 또 무슨 말도 안 되는 소리야?"

"너 인종차별주의 들어봤지. 성차별주의도 들어봤잖아. 자, 이거야말로 해골차별주의라고. 너흰 날 겉모습으로만 판단하는 거야. 내가 녹색 점액질 같은 플라스마* 단지에 도사린 해골이란 이유만으로 내 말을 의심하는 거라고. 솔직히 인정해!"

나는 깊은숨을 들이마셨다. 상대는 터무니없는 허풍, 그리고 빼어난 기교가 돋보이는 자잘한 거짓말로 이름난 해골이었다. 놈이 진실을 '가끔' 왜곡한다고 말하는 건, 조지가 운동화 끈을 묶을 때 바지 엉덩이가 터지려는 일이 가끔이라고 말하는 거나 다를 바 없었다. 그렇다지만 해골은 또한 내 목숨을 한 번 이상 구했고, 중요한 문제들 앞에선 거짓말을 안 할 때도 있었다.

"흥미로운 관점이네." 내가 말했다. "나중에 시간 내서 같이 얘기해 보면 좋겠다. 그 전에 우리 좀 도와줘. 지금 안치실 입구를 찾는 중이거든. 네 눈에 보이는 문고리나 손잡이가 있어?"

"아니."

"레버는?"

"아니."

"도르래든 윈치든 뭐든 숨겨진 바닥 문을 여는 기계장치가 보여?"

"아니. 당연히 안 보이지. 속이 아주 타들어 가시나 봐."

내가 한숨을 쉬었다. "오케이. 알아들었어. 그러니까 여기엔 문이 없는 거구나."

"오, 문은 당연히 있지." 해골이 말했다. "첨부터 문을 물어보지 그랬어? 이 위에선 딱 보이는데."

나는 들은 그대로를 동료들에게 전달했다. 홀리와 록우드가 너나 할 것 없이 킵스 옆으로 뛰어 올라갔다. 록우드는 기름등 하나를 집어 내들고 앞을 비췄다. 그와 홀리가 나란히 한 바퀴 돌며 바닥을 훑었다. 고개를 들 겨를도 없이 온 정신을 집중했다. 불빛이 물결처럼 살살 널돌을 씻어 내리고는 벽 밑에 가 부딪히고 차올랐다.

"한심하구먼." 해골이 말했다. "나도 한 방에 찾아냈는데. 눈알이라 부를 것조차 없는 나도. 글쎄, 미안한데, 나한테서 어떤 단서도 더는 못 얻을…."

"저기!" 홀리가 록우드의 팔을 쥐었다. 그가 기름등을 붙든 손을 멈췄다. "저기!" 홀리가 다시 말했다. "큰 널돌 안에 놓인 작은 돌 보여? 큰 게 문이야. 작은 돌을 당겨 올리면 그 밑에 숨겨진 문고리든 손잡이든 뭐든 나올 거야!"

조지와 내가 달려갔다. 홀리가 가리킨 곳에서 몸을 숙였다. 그녀가 말을 뱉는 순간, 나는 정답이란 걸 알았다.

"훌륭해, 홀리." 록우드가 말했다. "틀림없이 맞을 거야. 장비 준비하자, 다들."

이럴 때야말로 록우드 심령 회사가 최고의 기량을 뽐내는 순간이었다. 주머니칼들이 등장하고, 작은 돌 부근의 시멘트가 떨어져 나갔다. 쇠지렛대들이 작은 돌을 들어 올렸다. 록우드가 돌을 뽑아 옆으로 치웠다. 아니나 다를까, 그 아래 큰 널돌에 청동 고리 손잡이가 누워 있었다. 조지와 홀리와 내가 큰 돌의 가장자리를 긁어 파는 사이, 록우드와 킵스는 청동 고리에 밧줄을 묶었다. 매듭을 거듭해서 살피며 널돌의 무게를 지탱할 수 있나 확인했다. 그러면서도 록우드는 사방에 출몰해 나지막이 명령하고 모든 일을 도왔다. 그가 내뿜는 에너지가 우리 모두를 자극했다.

"누구 나한테 고마워하실 분?" 해골이 단지에서 넌더리가 난다는 듯 지켜봤다. "없으신가 봐. 내가 숨죽여 기다릴 작정이 아니길 망정이지, 하마터면 두 번 죽을 뻔했어."

몇 분도 안 돼 모두가 각자의 위치에 가 있었다. 록우드와 킵스는 고리에 매단 밧줄 옆에 섰다. 그들이 돌을 들어 올릴 거였다. 반대쪽에 두 번째 밧줄이 늘어져 있고, 그 양 끝을 조지와 내가 맡았다. 일단 돌이 들리고 나면 그걸 밧줄로 지탱해 소리 나지 않게 내려놓는 게 우리 일이었다. 가운데의 청동 고리 근처에선 홀리가 무릎을 꿇은 채 쇠지렛대를 들고 대기했다.

석실은 적막했다. 저 위쪽 선반에 놓인 철제 흉상의 머리에서 우리 기름등 불빛이 일렁였다. 그녀가 우리를 지켜보기라도 하는 듯했다. 사악한 생명이 깃든 눈을 번뜩이며.

긴장이 최고조에 달하는 순간이면 록우드는 책임지고 늘 가장 침착한 사람으로 남았다. 그가 우리에게 미소를 지었다. "다들 준비됐어?" 그리고 말했다. "좋아. 가자."

록우드와 킵스가 줄을 당겼다. 그 즉시 큰 돌이 부드럽고 소리 없이 움직였다. 경첩에 기름칠이라도 해둔 것처럼 순순히 위로 들렸고, 그 아래 틈새에서 싸늘한 공기가 훅 끼쳐왔다.

홀리는 다른 이들이 흔들릴 경우에 대비해 돌 밑에다 쇠지렛대들을 밀어 넣었지만 그럴 필요가 없었다. 록우드와 킵스가 놀라우리만치 신속하게 돌을 당겨 세웠다. 이제부터는 조지와 내가 돌의 무게를 지탱해야 했다. 밧줄이 팽팽해졌다. 우리는 버텼다.

경첩 달린 돌은 생각보다 훨씬 가벼웠다. 속이 빈 특수 돌이 아닐까 싶었다. 우리는 천천히 돌을 반대쪽으로 내리기 시작했다.

"살살해!" 록우드가 낮게 외쳤다. "소리 안 나게!"

다 내려간 돌이 생쥐가 한숨을 쉬는 듯한 소리를 내며 땅에 누웠다.

바닥 가운데에 사각형 구멍이 생겨 있었다.

홀리가 손전등으로 구멍 속을 비추자 저 밑 암흑으로 이어지는 가파른 돌계단이 보였다. 계단 너머에서 빛은 오간 데 없이 자취를 감췄다.

우리를 둘러싼 사방에서 축축하고 음습한 흙내가 슬금슬금 피어올랐다.

"구멍이 깊은데." 킵스가 속삭였다.

"뭐 좀 보여요?" 록우드가 물었다.

"전혀."

짧은 정적이 흘렀다. 안치실에 접근할 수 있게 되니 이제부터 벌이러는 일의 심각성이 새삼스레 우리를 덮쳐왔다. 머리 위를 맴돌던 어둠이 불쑥, 소리 소문 없이 내려앉은 것 같기도 했다. 벽에서 마리사의 얼굴이 우리를 주시했다.

우리 모두는 조용히 서서 감각을 활용했다. 아무것도 잡히는 게 없었다. 벨트의 온도계는 꾸준히 12를 가리켰고, 초자연적 냉각*이라든가 독기*, 권태*, 소름 끼치는 공포* 같은 건 전혀 감지되지 않았다. 당분간은 환영이 나타날 리 없을 듯했다.

"좋아." 록우드가 말했다. "장비 챙겨. 계획대로 움직인다. 내가 먼저 갈게. 다음이 조지, 홀리, 루스 순서고 마지막이 퀼이야. 손전등은 끄고 양초를 챙겨. 난 레이피어를 들게. 너희도 각자 무기 준비해. 쓸 일은 없겠지만." 그가 더없이 활짝 웃었다. "어차피 그 여잔 저기 없을 테니까."

하지만 뭐라 형언할 수 없는 두려움이 어느새 우리 곁에 와 있었다. 철제 흉상의 얼굴과 화강암에 새겨진 이름의 효과였다. 구멍에서 올라오는 습한 공기도 문제였다. 그게 우리를 칭칭 감으며 불안으로 얽어맸다. 우리는 천천히 짐을 챙겼다. 조지가 라이터를 들고 우리 사이를 다니며 양초에 불을 붙여줬다. 다들 한 줄로 서서 레이피어를 빼 들고, 목을 가다듬고, 벨트를 점검했다.

킵스의 머릿속 생각이 입으로 흘러나왔다. "우리 정말 이러고 싶은 거 맞아?"

"이미 여기까지 왔는데요." 록우드가 말했다. "당연히 하고 싶죠."

내가 고개를 끄덕였다. "이제 와서 겁먹고 포기할 순 없지."

킵스가 나를 쳐다봤다. "맞는 말이야, 루시. 내가 과하게 조심스러운 걸 수도 있어. 그러니까, 우리 정보원이 사악하기 그지없고 아마도 우리가 몰살당하길 소원하는 해골 녀석이 아니라면 말이지. 안 그래?"

모두가 내 등짝의 덮개 열린 배낭을 힐끗거렸다. 거기 내가 좀 전에 챙긴 단지가 들어 있었다. 유령 얼굴은 사라졌다. 보이는 건 바닥의 두개골뿐이었다. 솔직히 나조차도 인정할 수밖에 없었다. 놈의 죽음처럼 검은 눈구멍과 이빨을 훤히 드러내고 음흉하게 싱긋거리는 웃음이 딱히 믿음직스럽진 않다는 걸.

"네가 놈을 무척 소중히 여긴단 거 알아." 킵스가 말을 이었다. "놈이 네 절친 등등인 것도 알고. 하지만 놈이 틀린 거면? 단순히 착각한 거면?" 그가 벽을 힐끗 올려다봤다. 목소리를 확 낮춰 속삭였다. "그 여자가 저 아래서 우릴 기다리고 있을지도 모른다고."

거기서 일 분만 늦었어도 돌이킬 수 없는 분위기가 됐을 거다. 때를 놓치지 않고 록우드가 개입했다. 단호하고 결연한 투로 말했다. "다들 걱정할 거 없어. 조지, 다시 얘기해 줘."

"알았어." 조지가 안경을 고쳐 썼다. "기억들 하라고. 모든 얘기에 공통적으로 등장하는 게 마리사 피츠가 자기 시신을 특수 제작한 관에 넣으라고 주문했단 거야. 안쪽에 철*을 박고 겉에 은을 두른 관 말야. 그러니까 혹 해골이 틀렸고, 저 아래 마리사 피츠의 시신이 있대도 그 여자 영혼이 우릴 괴롭히진 못해." 그러고는 덧붙였다. "안전히 속박돼 있거든."

"우리가 관을 열 때는 어쩌고?" 킵스가 물었다.

"아, 그건 아주 잠시일 뿐이고, 우리 방어구*도 다 준비된 상태일 테니까요."

"여기서 핵심은," 록우드가 말했다. "아래로 내려가는 길에 우릴 공격할 유령은 없다는 거잖아. 그치, 조지?"

"그렇지."

"좋아. 아주 훌륭해." 록우드가 계단으로 몸을 돌렸다.

"아무래도 함정은 좀 있겠다 싶지만." 조지가 말했다.

록우드가 계단으로 내뻗던 발이 허공에 그대로 정지했다. "함정?"

"꼭 있다는 건 아니고. 그냥 좀 있을 '수도' 있단 거지." 조지는 코에 걸린 안경을 밀어 올리고 한 손을 과장되게 휘저으며 재촉했다. "아무튼 록우드, 계단이 기다리잖아! 후딱 가보라고."

록우드가 한 발로 용케도 빙글 몸을 돌렸다. 이제 그는 조지를 마주 보고 있었다. "가만있어 봐." 그가 말했다. "무슨 함정인데?"

"그래, 그게 뭔지 나도 좀 들어보고 싶은걸." 홀리가 말했다.

우리 모두가 그랬다. 다들 조지 주변으로 모여들었다.

조지가 어깨를 어찌어찌했는데, 아무래도 태연스레 들썩여 보이려던 것 같았다. "오, 바보 같은 소문들일 뿐야. 솔직히 난 너희가 거기 신경을 쓴다는 게 더 놀라운걸. 마리사 피츠가 자기 무덤에 도굴꾼이 꼬이는 게 싫어서 손을 써났단 얘기가 있어." 그가 잠깐 뜸을 들였다. "일부의 주장에 따르면 그 손이란 게… 초자연적인 거고."

"그 얘길 이제야 한다 그거지." 홀리가 말했다.

"이 '하찮은' 사실이 언제쯤 언급될 예정이었는데?" 내가 따져 물었다. "요괴* 손가락이 내 목을 감을 때?"

조지가 답답해했다. "말도 안 되는 소리일 거야. 일찍 얘기한들 분위기만 뒤숭숭해졌을 테고. 엄연한 사실과 뜬소문을 구분하는 게 내 일이라고."

"아니. 그건 '내' 일이지." 록우드가 말했다. "네 일은 내게 모든 걸 얘기하는 거고. '내가' 판단할 수 있게."

무거운 정적이 뒤따랐다.

"너흰 맨날 이렇게 싸워?" 킵스가 물었다.

록우드가 건조하게 웃었다. "대개는요. 난 끊임없는 논쟁이 윤활유 역할을 한다고 생각하거든요. 우리란 기계가 효율적으로 돌아가게 해주는."

조지가 고개를 들었다. "네가 그런다고?"

"오, 못 살아, 정말. 지금 그거 갖고도 해보잔 거야?"

"논쟁 좋아한다면서! 자기 입으로 방금⋯."

"뭐든 과한 건 싫다고! 자, 모두들 좀 닥칠래?" 록우드가 우리를 둘러봤다. 그의 검은 눈동자가 우리 눈과 만나고, 주의를 집중시키고, 공동의 목표를 되새겼다. "함정이 있든 없든, 우린 해낼 수 있어. 무덤을 확인하고, 닫고, 보초 교대를 틈타 빠져나갈 준비를 하기까지 두 시간이 있어. 퍼넬로프 피츠와 마리사의 진실을 알고 싶어? 당연하지! 여기 오기까지 우린 훌륭히 움직였고, 이제 와 겁먹고 무너지지 않아. 우리가 옳다면 걱정할 거 전혀 없어. 우리가 틀렸다면 상황을 수습하면 돼. 늘 하는 것처럼." 그가 미소를 지었다. "하지만 우린 틀리지 않을 거야. 조만간 뭔가 엄청난 걸 보게 될 테고. 뭔가 좋은 거 말야!"

킵스가 침통하게 고글을 고쳐 썼다. "대체 언제부터 시체 안치실에서 좋은 걸 보고 그랬대? 험한 일이 벌어질 거야, 분명."

하지만 록우드는 벌써 계단을 내려가고 있었다. 등 뒤의 철제 얼굴에서 불빛이 깜빡였다. 어둠 속으로 내려가는 우리를 보며 그 가느다란 입술이 미소를 짓는 것만 같았다.

2

오케이. 우리가 아직 계단 꼭대기에 있는 시점에서 장면을 잠시 멈춰보자. 구멍에서 뛰어올라 덤벼드는 고약한 존재 같은 건 없었다. 갑자기 튀어나오는 함정도 없었다. 우리 모두가 무사했다. 그러니 이쯤에서 우리 다섯(다섯과 꼽사리 하나. 해골도 셈에 넣는다면)이 어쩌다 여기에 있게 됐는지, 우리가 어쩌다 런던에서 가장 유명한 무덤에 숨어들게 됐는지 돌아보는 것도 좋겠다.

우리가 묘에 '어떻게' 들어왔는지 하는 기술적인 부분을 설명하겠단 뜻은 아니다. 물론 그 자체도 굉장한 얘깃거리긴 하지만. 조지가 보초들의 동선을 지켜보며 보낸 기나긴 밤들하며, 킵스가 묘소 열쇠를 가진 경사를 그림자처럼 따라다니던 몇 주의 시간하며, 열쇠의 절도(이건 그야말로 타이밍이 예술이었는데, 홀리가 경사의 주의를 끄는 동안 록우드가 재킷에서 열쇠를 슬쩍해선 밀랍에 모양을 찍은 뒤 주머니에 다시 넣었다. 그 모두에 딱 삼십 초가 걸렸다.)부터 우리의 불량한 친구 플로 본스의 지하 세계 인맥을 동원한 복사에 이르기까지, 일이 한둘이 아니었으니까. 보초 교대 시간에 우리가 무덤에 몰래 들어온 과정도 따로 얘기하진 않겠다.

내가 짚으려는 건 우리가 이 모든 위험을 무릅쓴 이유다.

그 답을 찾으려면 다섯 달 전, 록우드와 내가 컴컴하고 얼어붙은 풍경 속을 걷던 당시로 돌아가야 한다. 이 짧은 산책은 우리가 움직이는 방식을, 스스로를 보는 방식을 완전히 뒤흔들어 놨다.

왜냐고? 전혀 뜻하지 않게 우린 우리 세상을 떠나 다른 곳에 들어간 거였으니까. 그 다른 곳이란 게 어디냐고? 꼬집어 말하기 힘들다. 누군가는 거길 저세상으로 부른다. 다른 이름들도 물론 있을 거다. 기성 종교와 광신도 집단*이 부르는. 하지만 내 눈에 비친 그곳은 천국도 지옥도 아니었다. 이승과 아주 닮은, 꽁꽁 얼게 춥고 적막한 땅이 검은 하늘 아래 뻗어 있다는 것만 다른 세계였다. 그 땅을 죽은 자들이 나다녔고, 그들에겐 거기가 집이었다. 록우드와 나는 침입자였고. 그들의 그 끝없는 밤 속에선 우리가 곧 기괴한 존재였다.

우리는 거기 우연히 발을 들였다가 간신히 탈출했을 뿐이지만, 그 금지된 길을 의도적으로 탐험하는 산 자들이 있음을 알게 됐다. 그 중 한 명이 다름 아닌 스티브 로트웰, 톰 로트웰의 손자이자 거대 기업 로트웰 대행사의 우두머리였다. 그는 어떤 관문을 통해 직원들을 (철갑옷으로 무장시켜) 저 세상으로 보내는 실험을 하고 있었다. 정확한 목적은 알 수 없었다. 우릴 입막음하려던 스티브 로트웰과의 대결은 결국 그의 죽음과 비밀 연구 시설의 파괴로 막을 내렸다. 이 사건의 파장은 이만저만이 아니었다. 일단 로트웰 대행사는 최대 경쟁사였던 피츠 대행사에 인수됐고, 가공할 퍼넬로프 피츠는 지체하지 않고 영국에서 가장 막강한 여성으로 자리매김하기 시작했다.

하지만 그보다 더 암울한 결과들도 있었다. 우리 경험으로 미뤄보아 혼령*들의 활동—특히 우리 세계로 돌아오려는 놈들의 간절한 열망—과 저 세상으로 넘어간 산 자들의 존재 사이엔 강력한 연관성이 있었다. 죽은 자들의 경우, 자기 땅을 침범당했을 때 활성화되고, 그들이 산 자의 땅에 침범할 가능성 또한 훨씬 높아지는 듯했다. 이는 실로 중요한 발견이었다. 오십 년 넘게 계속된 난제*, 즉 영국을 괴롭히는 유령 대출몰 사태의 확산과 악화는 그걸 이해하려 혹은 멈추려 지금껏 해왔던 모든 노력이 틀렸음을 입증하고 있었다. 우리는 사태의 원인을 규명해 줄지도 모를 단서를 손에 쥐고 있었고, 그 소식을 퍼트리고 싶어 좀이 쑤셨다.

다만 그럴 수 없다는 게 문제였을 뿐. 우리에게 떨어진 금지령 때문에.

그 금지령은 다름 아닌 퍼넬로프 피츠가 내린 거였다. 그녀는 록우드와 내가 했던 기묘한 여행에 대해선 몰랐지만(우리 친구들을 제외한 누구에게도 털어놓지 않았으니까), 우리가 로트웰 연구소에서 뭔가를 발견했다는 사실은 알았고, 그게 세상에 알려지지 않기를 바랐다. 그녀의 말은 다정한 충고라기보다 차분히 가하는 위협에 가까웠다. 우리가 침묵을 포기하고 나름의 길을 가기로 마음먹을 때 겪게 될 일들은 결코 우리만의 망상이 아니었다.

이는 그 자체로도 분노할 일이었다. 난제에 맞선 전쟁의 중심에 있다는 여자가 그 원인일 가능성이 있는 문제의 추적을 막다니. 그러는 동기가 뭔지는 몰라도 아주 떳떳한 이유에서 비롯된 건 아니지 싶었다. 그러고도 거기엔 뭔가 다른 게, 뭔가 더 찝찝한 게 있었다. 그리고 이 문제에 있어 우린 단지 속 해골의 통찰에 감사해야 했다. 놈은 오래전 위대한 마리사 피츠와 얘기한 적이 있고, 얼마 전 퍼넬로프 피츠를 봤다. 그러고선 우리에게 어마어마한 얘길 전했다. 해골에 따르면, 퍼넬로프가 '곧' 마리사였다. 둘은 완전히 같은 사람이었다.

우리가 퍼넬로프 피츠라는 사람을 아무리 못 믿어도 이 심상찮은 주장의 진실을 밝히기란 분명 쉽지 않은 일이었다. 하지만 적어도 한 가지는 확인해 볼 수 있었다.

무덤에 마리사 피츠가 있는지 보면 되는 거였다.

계단은 가파르고 좁았다. 우리는 천천히, 한 발 한 발 조심스레 내려갔다. 록우드가 앞장서고 다음이 조지, 그 뒤가 홀리와 나였다. 킵스가 마지막을 맡았다. 우리 모두가 양초를 머리 높이까지 올려 들었고, 그 통에 둥근 불빛들이 서로 겹쳐서는 몸에서 빛을 내는 지렁이 혹은 애벌레가 꿈틀꿈틀 땅으로 파고드는 것처럼 보였다.

우리 뒤에선 바닥 문을 통해 어둑한 잿빛 원뿔 모양으로 스며들어 오던 등불이 시야에서 점점 사라져 갔다. 우리 오른쪽은 돌덩이를 깔끔히 쌓아 올린 벽이었는데 번들번들하고 습기로 반짝였다. 왼쪽은 막히지 않은 미지의 공간으로, 그곳의 암흑을 촛불이 뚫고 들어가질 못했다. 록우드가 위험을 무릅쓰고 잠시 켠 손전등 불빛에 충격적으로 뻥 뚫린 왼쪽의 검은 허공이 모습을 드러내자, 우리 모두가 움찔하며 오른 벽으로 붙었다. 이윽고 이 오른 벽조차―당혹스럽게도―사라지면서 우리는 양옆에 심연과도 같은 어둠을 끼고 계단을 내려갔다.

이런 공간에선 사람 머리가 희한한 짓을 하기 마련이었다. 다리가 후들거렸다. 근육이 더는 맘대로 제어되지 않았다. 당장이라도 삐끗해서 저 망각 속으로 빠져버릴 것만 같았다. 심령적으로 고도의 경계 태세를 유지해야 할 필요, 어둠에서 뭔가가 솟아 덤벼들지도 모른단 공포에 문제가 더욱 복잡해졌다. 두어 걸음마다 멈춰 우리 재능*을 동원해야 했고, 정적에 대고 이 작업을 무리하게 반복하느라 가뜩이나 어지러운 머리가 빙빙 돌았다.

내 배낭 속 해골이 끈질기게 중계방송을 계속하면서 우리가 처한 위험을 까먹지도 못하게 자꾸만 되새기는 것 또한 아무 도움이 안 됐다.

"오오, 일이 고약하게 됐네. 뜬금없이 옆을 디뎠다가 끔찍스레 떨어져 죽지 않게 조심하라고." 그러질 않나. "어떤 기분이야? 칠흑 같은 어둠에 빠져드는 건? 궁금하네." 아님 단순히 "아이쿠, 넘어질라!" 어쩌고 하며 계속 떠들어대던 해골은 단지를 계단 옆으로 던져버리겠단 협박을 듣고서야 비로소 입을 닫았다.

오른쪽 벽이 다시 나타났고, 그 지점에서 계단이 느닷없이 왼쪽으로 방향을 틀며 역시나 가파르게 계속됐다.

내 어깨 너머에서 녹색 빛이 시무룩하게 타올랐다. "지루해." 해골이 말했다. "이게 다 록우드 때문이야. 저 자식은 굼벵이마냥 느려터졌어."

"록우드는 상식적으로 행동하는 거야. 함정들을 확인하는 거라고."

"길 건너는 꼬부랑 할머니가 따로 없잖아. 미역도 저 자식보단 빨리 움직이겠다."

록우드가 서두르지 않는 건 사실이었다. 다른 이들의 머리 너머 저 아래서 그가 보였다. 촛불 가장자리에서 몸을 굽히고, 들여다보고, 디딤널 하나하나를 착실히 확인한 뒤에야 그 위에 올라서고, 벽면의 축축한 돌들을 면밀히 살폈다. 언제나 거기가 그의 자리였다. 그는 늘 무리의 맨 앞, 우리와 어둠 사이에 섰다. 그러면서도 어찌나 침착하고 우아한지. 그의 존재는 내게 용기를 줬다. 이런 곳에서조차. 나는 그에게 미소를 보냈다. 물론 그는 나를 보지 못했다. 상관없었다.

"괜찮아, 루시?" 어깨 너머에서 킵스가 물었다. "속이 안 좋기라도 한 거야?"

"아뇨. 괜찮은데요."

"방금 얼굴 찡그리는 걸 본 거 같아서. 실은 말이지, 고글에 습기가 차고 있어. 이 끔찍한 납골당 바닥으로 얼른 좀 가면 좋겠는데. 록우드가 너무 늦장을 부리네."

"해야 할 일을 하는 거죠." 내가 말했다.

우리 둘 다 입을 다물었다. 우리는 계속 내려갔다. 길게 날리는 촛불 연기가 우리를 하나로 묶었고, 록우드는 저 앞에서 차분하고 꾸준히 움직였다. 한동안은 돌과 연기와 정적, 어둠 속에서 우리 신발이 끌리는 소리만이 전부였다.

"후딱 좀 가라고!"

내 귓가에서 해골이 짖는원숭이마냥 포효했다. 심령의 느닷없는 폭주에 기겁한 내가 소리를 질렀다. 앞으로 휘청하면서 손에 쥔 촛불로 홀리의 목을 그대로 쑤셨다. 그녀 역시 비명을 지르며 앞의 조지에게 가 부딪혔다. 조지가 비틀거리며 무릎으로 록우드의 엉덩이를 쳤다. 아래쪽 계단을 조사하려고 이제 막 몸을 숙인 록우드가 균형을 완전히 잃고 계단 여섯 개를 머리부터 쿵, 쿵, 쿵 굴러 내려갔다. 그러면서 레이피어를 떨어트렸고, 그의 양초는 계단 왼쪽 허공으로 사라졌다. 록우드는 계단에 거꾸로 박힌 채 멈췄다. 기다란 다리가 허공에서 허우적거렸다.

죽음 같은 고요가 내렸다. 모두가 바짝 얼어서는 함정이 작동하는 삐걱거림을, 돌 움직이는 소리를, 수의의 바스락거림을 찾아 귀를 쫑긋 세웠다. 내 경우에 들리는 건 해골의 시끌벅적한 낄낄거림뿐이었고. 아무 일도 일어나지 않았다. 록우드가 뻣뻣하게 몸을 일으켰다. 우리는 그의 레이피어를 집어 들고 부랴부랴 계단을 내려갔다.

"왜들 그리 호들갑인지 모르겠네." 잠시 뒤 해골이 떠들었다. 모두가 단지 주변으로 모여들었다. 살벌한 눈으로 잔뜩 열이 받아서는. 반면 단지 속 얼굴은 좋아 죽겠다는 양 자꾸만 히죽거렸다. "날 알잖아." 놈이 말했다. "난 쉽게 흥분하는 성격이라고. 한번 들떠버리면 나라고 별수 있는 줄 알아?"

"네가 우리 모두를 위험에 빠트렸어." 내가 으르렁거렸다. "아까 록우드가 함정이라도 건드렸으면…."

"하지만 안 건드렸잖아? 긍정적으로 생각하자고! 이제 우린 조금 전 내려온 열두 계단이 안전하단 걸 알아. 록우드의 엉덩짝이 시험해 준 덕분에."

이 지혜로우신 말씀은 역시나 팀원들에게 씨알도 안 먹혔다.

"이번엔 너무 갔어." 홀리가 말했다. "놈을 내일 피츠 소각장*으로 가져가는 데 한 표."

"오, 뭘 그렇게까지 해." 킵스가 말했다. "난 오히려 해골이 고마운데. 아까 그건 살면서 본 중에 가장 웃긴 장면이었다고. 죽는 날까지 길이길이 기억할 명장면이야. 암튼 너희가 이 해골의 성격 보고 여기 데려온 건 아닐 거 아냐. 놈을 잘 써먹는 게 가장 좋지."

킵스의 말엔 상당한 일리가 있었고, 모두가 수긍했다. 나는 무리의 선두, 록우드 바로 뒤로 자리를 옮겼다. 배낭에서 해골이 밖을 빠끔히 내다보고 있는 채로.

"훌륭해." 놈이 말했다. "아주 명당이야. 운 좋으면 록우드 자식이 자기 발에 걸려 엎어지는 꼴을 또 구경할 수 있겠어. 자, 얘기해 봐. 내가 뭘 해줬으면 해?"

나는 깊은숨을 들이마셨다. "남은 계단을 샅샅이 훑으면서 덫, 레버, 줄, 젖혀지는 돌, 유령함정, 뭐든 우리한테 위협이 될 걸 찾아내.

나오는 게 있으면 냉큼 알려. 그게 아니면 조용히 있어. 한마디도 하지 마. 동의해?"

"오케이."

"그럼 가볼…."

"멈춰!" 해골의 비명은 아까보다도 컸다.

내가 욕을 뱉었다. "또 뭐?"

"이봐, 진정해. 내 할 일을 한 거뿐야. 다음 계단에 함정이 있어. 보면 알 거야."

그리고 아니나 다를까, 손전등을 비추니 우리 아래 디딤널을 가로지르는 가느다란 철사가 보였다. 발목까지 오는 높이였다.

"인계철선•이야." 조지가 나직이 말했다.

"응. 그 이상일 수도 있고." 벽면에 뚫린 조그만 홈으로 사라지는 철선을 가리키며 록우드가 말했다. 그가 촛불을 들었다. 위쪽 돌 하나가 다른 것보다 유독 큰 데다 다소 헐겁게 박혀 있는 듯했다. "우리가 철선에 걸려 엎어졌으면 저 돌이 머리로 떨어졌을 거 같지 않아?" 그가 물었다. "가능한 얘기잖아."

홀리가 침을 꼴깍 삼켰다. "저기 있지, 굳이 알려고 들지 말자."

우리는 차례로 철선을 넘었다. 함정에서 느껴지는 명백하지만 정체 모를 적의에 다들 등골이 오싹했다. 록우드가 이마에서 땀을 훔쳤다.

"그래도 해골한테 신세를 지긴 했네." 록우드가 말했다. "계속 가자. 좀만 더 가면 될 거야."

우리는 서서히 휘는 계단을 계속 내려갔다. 해골은 잠자코 있었

• 건드리면 자동으로 폭탄이 터지도록 설치된 철사.

다. 눈에 보이는 위험은 더는 없었다. 전방을 탐색하던 우리 불빛이 마침내 꺾이고 접히면서 널찍하고 반원에 가까운 아치형 출입구에 가 닿았다. 그 바로 앞의 넓은 포장 바닥에서 계단이 끝났다.

누구 하나 입도 뻥긋하지 않았다. 모두가 극도로 경계하는 중이었다. 우리는 영적 감각들을 활용해 저 앞 어둠을 살폈다. 보이는 것도 들리는 것도 없었다. 나는 촉각*이 뭐라도 잡아낼까 싶어 손가락으로 벽면을 훑었지만 아무것도 안 나왔다. 온도계 숫자는 7을 가리켰다. 쌀쌀했으나 이례적이진 않았다. 굳이 걱정할 것까진 아니었다.

그렇다고 레이피어를 치울 생각은 없었다. 록우드와 나는 양초를 내려놓고 손전등을 켰다. 다들 무기를 준비한 채 천천히 아치를 통과해 거대한 석실로 들어섰다.

마리사 피츠의 안치실은 천장이 높은 돔 형태의 공간으로, 타원형 윤곽이 저 위 지상에 만든 묘를 빼닮았다. 손전등 불빛들이 공간 여기저기를 이리저리 가로지르며 돌들을 딱딱 맞춰 넣은 벽면과 깔끔하게 널돌을 깐 바닥을 골라냈다. 굽은 벽에는 문도 틈새도 벽감도 없었다. 하지만 안치실 한가운데에….

내부를 훑던 손전등 빛줄기들이 방 가운데서 만났다. 거기 매끈한 잿빛 암석으로 된 사각형 받침돌이 솟아 있었다. 몇십 센티는 족히 되는 높이에다 말린 라벤더 다발들이 기대서 있었다. 돌 가장자리에 새겨진 '피츠'라는 글자가 보였다.

그 위에서 손전등 불빛에 쌀쌀맞게 번쩍이는 건 은으로 만든 관이었다.

관을 덮은 장엄한 은빛 휘장에는 그 유명한 피츠의 상징, 뒷발로 선 유니콘이 새겨져 있었고.

"섣불리 결론짓고 싶지 않지만," 록우드가 중얼거렸다. "여기가 거긴 거 같은데."

조지 역시 속삭이듯 말했다. 여긴 함부로 떠들어댈 장소가 못 됐다. "마리사 피츠의 시신이 안치돼 있어야 할 특수 관이야. 웨스트민스터 사원에서 사흘 동안 조문객에게 공개됐지. 그런 뒤에 여기로 옮겨졌어."

"그 여자가 '정말로' 여기 있는 거라면 말이지." 나는 다시 청각*을 동원했다. 아니, 괜찮았다. 모든 게 잠잠했다.

"그걸 알아보러 우리가 온 거니까." 록우드가 과감히 석실을 가로질렀다. 그렇게 활기차게 움직이며 우리가 입 밖으로 꺼내지 않는 공포를 잠재우고 있었다. "오 분도 안 걸릴 거야. 그러고 나면 철수할 거고. 연습한 대로만 하면 돼. 쇠사슬 준비해."

포틀랜드 로 35번지의 평화로움과 편안함 속에서 우린 작전 중 이 부분을 몇 번이고 되풀이했다. 여기가 가장 결정적 순간이란 걸, 공포로 인해 필수적인 것들을 깜빡하기 십상인 때라는 걸 이미 알고 있었다. 그래서 응접실에서 예행연습을 하며 소파를 쇠사슬로 두르고, 쇠사슬 끝을 꼼꼼히 연결하고, 바닥에 소금*과 철가루를 뿌리고, 거기서 다시 일정한 거리를 두고 라벤더 양초들을 둘렀다. 보호력이 뛰어나면서 설치가 빠르고 효과도 확실한 방법이었다. 그때처럼 우리는 순식간에 받침돌을 빙 둘러 같은 방식으로 처리하고, 은관과 뭔지 몰라도 그 안에 든 걸 봉인했다.

모든 준비를 마친 뒤에는 쇠사슬 방어진 바로 밖에 섰다.

"좋아." 록우드가 말했다. "이제 관 차례야. 조지?"

"예상했던 대로 윌슨 & 에드가 특별판이야. 안쪽에 납을 둘렀고 겉면은 은에다 잠금쇠를 이중으로 해뒀어. 평형추 경첩이 달려 있을 테니까 손대면 열릴 거야." 조지는 차분하게 말했지만 얼굴 옆으로 땀이 흘러내렸다.

아무래도 마냥 평범하기만 한 무덤이 아니다 보니 모두가 잔뜩 긴장해 식은땀을 흘렸다. 홀리의 얼굴은 핼쑥하고, 킵스는 자기 아랫 입술을 씹어 먹을 태세였다. 내 어깨 너머의 해골조차 입을 다물었고, 놈의 녹색 빛은 약해지다 못해 없어지다시피 했다.

록우드가 깊은숨을 들이마셨다. "오케이, 그럼 이제 내 차례군." 그가 우리를 둘러봤다. "마리사 피츠가 모든 걸 시작했지. 대행사도, 난제와의 전쟁도. 그녀가 남긴 그 유산을 사람들 모두가 당연한 걸로 받아들여. 하지만 우린 알지. 다른 뭔가가 진행되고 있단 걸. 그 답의 일부가 이 안에 누워 있어."

"얼른 튀어나와야 해." 내가 록우드에게 말했다.

록우드가 내게 미소를 지었다. "물론."

조지와 킵스가 촛불을 들고 대기했다. 홀리와 나는 벨트에서 마그네슘 화염*을 뽑았다.

록우드가 쇠사슬을 넘어 받침돌로 다가갔다.

관은 허리높이에 놓여 있었다. 록우드는 잠든 아이가 덮고 있는 이불이라도 당기듯 세심한 손길로 유니콘 휘장을 잡아 관의 발치까지 걷은 다음 바닥에 떨어트렸다. 관 뚜껑은 새것처럼 깨끗했고 손전등 불빛을 받아 반짝였다. 이중 잠금쇠가 두 개 달려 있었다. 록우드가 잠금쇠를 열었다. 하나, 또 하나. 젖혀진 잠금쇠가 관 옆을 때리며 내는 쟁그랑 소리에 나는 심장이 철렁했다.

그 순간이 왔다. 해골의 얘기가 사실이라면 관은 비어 있을 거였다.

록우드가 관 뚜껑을 잡아 위로 밀었다. 그와 동시에 뒤로 뛰어 방어진 밖으로 나왔다.

조지가 옳았다. 뚜껑에 평형추 같은 게 달려 있는 게 분명했다. 록우드가 손을 뗀 뒤에도 뚜껑이 매끄럽고 소리 없이, 그리고 저절로 열리고 있었으니까. 위로 들리고 들리다 뒤로 넘어가 비스듬한 각도로 젖혀진 채 부드럽게 멈췄다.

관 안쪽은 암흑의 공간으로, 아예 아무것도 안 보였다.

킵스와 조지가 팔을 들었다. 그들의 양초에서 나오는 빛이 관 속 어둠을 퍼냈다. 이제 관 내부에 씌운 붉은 실크가 보였다….

그리고 거기 뭔가가 들어 있었다. 뭔가 길고 가늘고 흰 리넨에 싸인 것이.

몇 초 동안 아무도 말이 없었다. 홀리와 나는 화염탄을 쳐든 채 꼼짝하지 않았다. 다른 이들도 마찬가지로 얼어붙어 있었다. 뻣뻣이 굳어서는 앙다문 이 사이로 거친 숨을 쉬었다. 우리는 수의에 싸인 형체를 가만히 봤다. 거기서 풍겨 나오는 어딘가 고약한 엄숙함이 모두를 압도했다.

"음, 집에 '누군가'가 계시긴 하네." 홀리가 조그만 목소리로 말했다.

킵스가 숨죽여 욕했다. "어쩐지 해골 자식이 큰소리를 뻥뻥 치더라니."

그러게 말이다. 나는 정신이 번쩍 들어서는 유령단지*를 쾅 두드렸다. "해골!"

"왜?" 유리 너머에서 희미한 녹색 빛이 샐쭉하게 타올랐다. "뭔가 영양가 있는 일이어야 할 거야. 나 오래 못 있어. 내 기준에 여긴 은이 너무 많다고."

"그러든 말든! 관 속을 봐."

잠시 정적이 흘렀다. "오, 뭐. 아무 시체나 넣어둔 걸 수 있잖아. 자루에다 벽돌을 채운 걸지도 모르고. 이거 한 가지는 장담해. 저건 마리사 피츠가 아냐. 얼굴 쪽 천을 걷고 보라고."

녹색 빛이 사라졌다. 나는 해골의 말을 전했다. 누구에게든 그다지 즐거운 소식은 아니었다.

"한번 보는 게 나을 거 같긴 해." 내가 말했다.

록우드가 천천히 고개를 끄덕였다. "그래…. 뭐, 어려운 일도 아니니까."

관 속 조용한 누군가의 시신은 단단히 싸여 있다기보다 헐렁한 천에 덮여 있는 것에 가까웠다. 누가 됐든 그 천을 걷으려면 방어진 안으로 들어가 시신 가까이로 손을 뻗어야 했다.

"어려울 거 없어…." 록우드가 다시 말했다. "보통 시신과 다를 바 없다고. 이런 건 우리도 볼 만큼 봤잖아."

그가 우리를 둘러봤다.

"아, 알았어, 알았다고." 록우드가 한숨을 쉬었다. "내가 할게. 다들 준비해."

록우드는 주저 없이 쇠사슬을 넘어 관으로 다가가서는 천의 한쪽 귀퉁이를 잡았다. 깔끔한 동작으로 휙 젖힌 다음 뒤로 뛰었다. 그의 움직임을 따라 우리 모두가 움찔거렸다. 록우드가 말했다시피 우린 부패한 시신들을 볼 만큼 봤다. 그 무시무시한 모습이 공개되는 순간에 최대한 멀찍이 떨어져 있고 싶어 할 만큼은 충분히.

그리고 정말이지 무시무시했다. 다만 우리가 예상한 방식이 아니었을 뿐.

관 속 그것은 전혀 부패하지 않았다.

상아색 베개에 길고 흰 머리칼이 숱지고 무성하게 퍼져 있었다. 그걸 요람 삼아 누운 여위고 창백한 얼굴이 보였다. 우리 촛불 아래서 살갗이 밀랍처럼 흐르는 듯했다. 그건 여자의 얼굴이었다. 나이

들고 쭈글쭈글하고 야위었다. 미세하게 굴곡지고 날카로운 코는 웬 맹금의 부리 같았다. 입술은 꾹 닫혀 있었다. 눈도 마찬가지였다. 딱 봐도 위층의 철제 흉상과 같은 얼굴이었다. 더 늙고 연약하다는 것만 다를 뿐. 정말 끔찍한 건 그 얼굴이 죽은 지 오래인 게 아니라, 그저 잠든 양 보인다는 거였다. 시신은 기적적으로 완벽히 보존돼 있었다.

아무도 입을 열지 않았다. 꿈쩍하지 않았다. 한참을 그러고 있다 뜨거운 촛농이 킵스의 손에 떨어졌다. 그의 비명이 마법의 주문을 깼다.

"마리사 피츠….." 조지가 나직이 말했다. "그녀가 맞아."

"뚜껑 닫아!" 홀리가 외쳤다. "당장 닫아. 그 여자 영혼이…!"

홀리는 거기서 말을 그쳤지만 우린 다 알아들었다. '그 여자 영혼이 깨어나기 전에.' 나도 같은 생각을 하던 참이었다. 하지만 그와 동시에 우리가 지금껏 감수한 모든 게 헛수고였다는 생각이 들어 분노가 치밀었다. "저 망할 놈의 해골바가지!" 내가 말했다.

퀼 킵스가 욕했다. "우리가 어리석었어! 이 꼴을 보자고 그 고생을 하다니!" 그는 조그만 석실 안을 미친 듯 손가락질하며 분통을 터트렸다. "여기서 당장 나가야 해. 저 여자 입장에선 우리가 자기 안식처를 훼손한 게 못마땅할 거야. 어서, 록우드! 얼른 나가자."

"알았어요, 알았어…." 우리 모두를 통틀어 록우드는 관 속 여자에게 가장 덜 휘둘렸다. 쇠사슬 너머로 몸을 숙이고 생기 잃은 얼굴을 가만히 봤다. "지금껏 푹 쉰 듯한데." 그가 덧붙였다. "사실 아주 멀쩡해 보여. 어떻게 이리 멀쩡히 남았는지, 그걸 모르겠네?"

"미라화." 조지가 말했다.

"이집트 사람들처럼? 그런 걸 아직도 한다고 봐?"

"오, 물론이지. 적절한 약초랑 오일, 소금의 일종인 나트론만 있으면 돼. 그걸 섞은 데다 담그면 시신이 건조돼. 장기를 제거하고 뇌를 코로 빼내는 걸 잊으면 안 되지만. 고약한 일이지. 루스가 걸렸던 최악의 코감기를 떠올려 봐. 그 정도로 많은 오물을 처리해야 하는 작업이라고. 그다음엔 몸의 갖가지 구멍들을 채워 넣…."

"그래. 그러니까 미라화가 가능한 거네." 킵스가 껴들었다. "무슨 말인지 이해했다고."

조지가 안경을 고쳐 썼다. "자세히 좀 알아둔다고 나쁠 거 없거든요."

"아무리 그렇대도," 록우드가 말했다. "이렇게까지 완벽해 보이는 미라에 대해선 들어본 적이 없는데…." 그렇게 말하면서 쇠사슬을 다시 넘어갔다.

"록우드." 내가 말했다. "뭐 하는 거야?"

"어제 죽은 사람 같잖아." 록우드가 가까이 다가가 시신의 얼굴 옆에 손가락을 댔다.

"어, 만지지 마!"

"으악! 록우드!"

"아, 그래…." 쩍 하고 껍질이 벗겨지는 나직하고 불쾌한 소리, 살 갖이 뜯겨 나오는 소리가 났다.

홀리가 손으로 입을 막았다. 조지는 목 졸리는 고양이 소리를 냈다. 킵스가 내 팔을 꽉 쥐었다.

록우드가 물러섰다. 그의 손가락 사이에서 늙은 여자의 얼굴이 대롱거렸다.

"봐." 록우드가 말했다. "그냥 가면이야." 그러면서 우릴 보며 웃었다. "플라스틱 가면이라고…. 그리고 이것 좀 봐…." 그의 다른 손에 들린 희끗한 가발은 뭉텅하고 텁수룩하고 꼴사나웠다. 이제 막 배

수구에서 뽑혀 나온 뭔가처럼. "가면이랑 가발이야." 록우드가 말하며 소리 내 웃었다. "가짜라고. 그냥 다 가짜야…. 다들 괜찮아?"

솔직히 아무도 안 괜찮았다. 잠시 동안 쥐 죽은 듯 고요했다. 다음 순간 충격과 안도가 쏟아져 나왔다. 킵스가 웃기 시작했다. 홀리는 자리에 그대로 서서 고개를 절레절레 저었다. 손으로는 여전히 입을 가린 채. 나는 지금껏 화염탄을 쥐고 있었단 걸 깨달았다. 손가락이 저렸다. 화염탄을 다시 벨트에 달았다.

"록우드." 내가 말했다. "너무 역겹잖아. 네 역겨운 짓 중에서도 최고로 역겹다고. 그냥 한번 해본 건 아녀야 할 거야."

"사실 그렇게 역겨울 것도 없어." 록우드가 관에 누운 걸 곰곰이 살폈다. "그냥 인체 모형이야. 와서 봐."

우리 모두가 쇠사슬을 넘어 관으로 갔다. 아닌 게 아니라, 덮개를 잃은 채 상아색 실크 베개를 베고 있는 머리는 사람의 것이 아니었다. 밀랍으로 만든 거였다. 실제와 꼭 같은 크기에다 허접한 모양이나마 코도 있고, 눈이 있어야 할 곳 역시 살짝 움푹하긴 했다. 하지만 제대로 된 이목구비랄 건 없었고, 다듬다 만 듯 누르께한 밀랍에 남은 기포와 구멍들뿐이었다.

"이런 사기가 있나!" 조지가 관으로 몸을 숙이고 안경을 잡으며 의아한 듯 모형을 살폈다. 수의를 더 걷자 밀랍으로 된 상반신이 나왔는데, 거칠고 작대기 같은 팔을 가슴 위에다 교차시켜 뒀다. "실물 크기야. 무게도 실제와 일치하겠지. 그래서 관을 나르던 이들도 눈치를 못 챈 거고. 가면은 누구든 안을 들여다볼 때를 대비해 덮어둔 걸 테지."

"마리사 피츠는 여기 없어." 록우드가 말했다. "이 묘소 자체가 거짓말 위에 지어진 거라고."

"진짜 믿기지가 않네." 킵스는 아직도 혼자 조용히 웃고 있었다. 관으로 손을 뻗어 밀랍 가슴팍을 두드리자 속이 빈 통통 소리가 났다. "모형이라니! 그런데도 우린 있는 대로 겁을 집어먹곤…."

나도 웃음이 나왔다. 그날 밤새껏 쌓인 긴장이 한꺼번에 풀렸다. 다들 그렇게 느꼈다. 홀리가 초콜릿을 꺼내 모두에게 돌렸다. 커피가 든 보온병도 등장했다. 우리는 관에 몸을 기댔다.

"이거 세상에 알려야 해." 조지가 말했다.

록우드가 얼굴을 찡그렸다. "아마도. 근데 이게 문제의 전부는 아니란 거, 잊지 마. 마리사는 여기 없어. 그럼 어디 있는 거지?"

"그 여자가 어딨는지는 해골이 내내 얘기했잖아." 내가 대답했다.

톡, 톡…. 우리 뒤에서 킵스가 경쾌한 리듬으로 밀랍을 두드렸다. "모형이라고!" 그가 말했다. "그냥 입 닫고 있을 순 없어. 가면을 공개하고 DEPRAC*에 알린 뒤에 기자들을 데려와야 해." 그가 초콜릿을 달라며 손을 내밀었다. "고마워, 홀리. 실례가 아니라면."

홀리가 마지막 조각을 건넸다. "여기서 어려운 건 믿을 만한 사람을 고르는 거야. DEPRAC 사람 절반이 퍼넬로프의 손아귀에 있잖아."

"반스 경위는 괜찮아."

"네. 반스는 그렇죠. 하지만 지금 그 사람이 가진 힘이 얼마나 돼서요?"

톡, 톡….

"그런 결정은 내일 하기로 하고." 록우드가 말했다. "당장 해야 할 일은 보초들이 교대하기 전에 무덤 위로 돌아가는 거야."

톡, 톡, 톡톡 톡….

"그래요, 큅." 내가 말했다. "이제 그것 좀 그만해도 될 거 같아요.

슬슬 짜증 나기 시작했거든요."

"난 아까 그만뒀어." 킵스가 말했다. "지금 초콜릿 먹는 중이야. 너랑 똑같이."

모두가 우리 옆 받침돌에 기대선 킵스를 쳐다봤다. 그가 확인의 의미로 두 손을 들어 보였다. 두드리는 소리가 계속됐다. 우리는 서로를 쳐다봤다. 일제히 꿀꺽 초콜릿을 삼켰다. 그런 다음 우리 뒤를 봤다.

구겨진 수의 아래서 튀어나온 뭔가가 관 옆을 때리며 톡톡 소리를 내고 있었다. 동그랗게 모아 쥔 밀랍 손이 경련하듯 씰룩이고 홱홱 꺾였다. 우리 눈앞에서 그 발작적인 움직임이 팔을 따라 올라가더니 불현듯 밀랍 모형 전체가 떨기 시작했다. 무덤에서 가닥가닥 피어오르는 유령안개*에 저항이라도 하듯.

3

십 분만 일찍 그랬어도 아무 문제없었을 거다. 오 분 전만 됐어도 괜찮았을 테고. 석실에 진입하던 당시에야 모두들 잔뜩 긴장한 상태였기에 이 첫 번째 환영은 얼굴을 내밂과 동시에 레이피어 다섯 개에 꿰뚫렸을 거다. 은관도 마찬가지여서 우리가 뚜껑을 열었을 때 뭐든 튀어나왔으면 놈은 자기가 무슨 일을 당하는지조차 모르고 우리 검에 너덜너덜해졌을 거다. 하지만 밀랍 마네킹의 발견이 몰고 온 극도의 충격—그리고 뒤이은 긴장 완화—이 우리 정신을 치명적으로 흐트러트렸다. 우리는 태평스레 마음을 놔버렸다. 방심의 덫에 빠진 결과, 심령 조사관의 3대 죄악을 저지르고 말았다. 재능의 사용을 멈췄고, 쇠사슬 안으로 들어갔으며, 열린 관을 등지고 섰다. 이게 절대로 해선 안 될 실수란 건 경험 없는 일곱 살짜리 견습생도 안다. 완전 초짜들이나 하는 잘못이란 말이다, 여러분.

그리하여 밀랍 마네킹이 움직이고 유령안개 가닥들이 죄어들고 있음을 깨닫던 그때, 우리는—이후의 위기를 초래할 잠시 동안—경악에 차 꿈쩍도 못 했다. 우리 뇌가 반응하는 데 평소보다 아주 찰나의 시간이 더 걸렸다.

그 잠깐의 주춤거림으로 충분했다. 우리는 주도권을 잃었다.

유령안개가 어찌나 자욱한지, 은관에 허연 액체가 차오르기라도 하는 듯했다. 안개는 수의에 싸인 몸통 언저리에서 웅덩이지고 몸 윤곽을 따라 철썩이면서 보이지 않는 손이 휘젓기라도 하는 양 소용돌이쳤다. 그 움직임이 딱딱하고 누르께한 형상을 감염시켰다. 형상이 크게 요동치며 살아났다. 손가락들이 갈고리처럼 관 옆을 잡았다. 쩍 갈라지는 소리와 함께 밀랍이 깨졌다. 마네킹이 벌떡 일어나 앉았다.

"뒤로! 뒤로!"

록우드가 외치는 소리였다. 우리는 일제히 받침돌에서 몸을 날려 관에서 떨어졌다. 하지만 공황은 공황을 낳는다. 실수가 많아진다. 록우드는 괜찮았다. 도약과 동시에 몸을 틀면서 손으로는 벨트의 화염탄을 뜯고 있었다. 관을 두른 쇠사슬 밖에 사뿐히 착지하며 오른팔을 뒤로 젖히고 던질 준비를 했다. 나머지 우리? 우리에겐 록우드 같은 수완이 없었다. 우리는 그냥 아무 방향으로나 날아 네 발로 철퍼덕 엎어질 뿐이었다. 킵스가 방어진 밖 라벤더 양초 하나를 쓰러트렸다. 나는 고양이처럼 등을 구부려 쇠사슬을 피했다가 그 너머의 소금과 철가루 범벅 위를 꼴사납게 굴렀다. 홀리와 조지는 더 대책이 없었다. 둘 다 방어진 쇠사슬로 아무렇게나 달려들었고, 그 통에 사슬 고리들이 격렬히 흔들리며 원래 위치를 벗어났다.

쇠사슬의 겹쳐놓은 양 끝이 분리됐다. 방어진이 망가졌다.

벌어진 틈새로 찬바람이 불어 나와 석실을 휩쓸었다.

바닥을 구른 나는 웅크린 자세로 멈췄다. 발꿈치에 체중을 실어 빙글 돌면서 화염탄을 찾아 벨트를 뜯적였다. 그러고 있는데 머리 위로 록우드의 산탄통이 날아갔다. 그게 포물선을 그리며 향하는 관에는 이제 마르고 얼굴 없는 형상이 수의에 싸인 채 앉아 있었다. 그 매끈하고 기형적인 고개가 천천히 우리 쪽으로 돌았다.

록우드의 화염탄이 열려 있는 관 뚜껑의 언저리를 때렸다. 마네킹 바로 뒤였다.

받침돌 위의 모든 게 난초처럼 환하고 희게 폭발하는 불길 속으로 사라졌다.

우리가 있는 석실의 효과 때문인지 뭔지는 모르겠지만 아무튼 화염탄의 폭발음은 평소보다 컸다. 빛도 더 밝았고. 나는 옆을 봤다. 킵스가 꽥꽥거렸다. 그가 폭발 지점에서 가장 가까이에 있었던 터였다. 귓속이 웅웅 울렸다. 동심원 모양으로 퍼지는 열기가 나를 잠시 뒤흔들었다가 지나가고 사라졌다. 다시 추워졌다.

나는 눈을 떴다. 관에서 희고 뜨거운 철이 바늘 비처럼 흘러넘치며 바닥 널돌에서 쉭쉭거리고 되튀었다. 관 내부는 불길이 활활 타오르는 난로 같았다. 붉은 실크 안감의 파편들이 미역마냥 일렁이며 들썩이고, 그 둘레에서 불꽃들이 춤췄다.

불길 위에 어둑한 형체가 서 있었다. 뻣뻣한 몸은 등이 굽었고, 불타는 수의에 싸여 있었다.

"방어진!" 나는 쇠사슬의 풀린 양 끝을 집어 다시 이으려 기를 썼다. 다른 이들도 마찬가지였다. 하지만 관에서 불어오는 냉랭한 돌풍이 사슬 고리들을 붙들고 잡아채 자꾸만 갈라놨다. 관에서 유령안개가 넘쳐서는 굵고 흰 밧줄처럼 바닥으로 조용히 쏟아져 우리에게 촉수를 뻗어왔다. 우리는 쇠사슬을 어쩌지도 못하고 우물쭈물하면서 뒤로 밀려났다. 유령안개에 살갗을 스치지 않고선 방어진을 수리할 방도가 없었다. 그건 보통의 무해한 안개가 아니었다. 더 자욱하고 너무 끈적거렸다. 그것과 접촉하는 위험을 감수할 순 없었다.

"쇠사슬은 됐어." 록우드가 외쳤다. "뒤로 물러나! 화염탄으로 때려!"

관 속 형상이 휙 움직였다. 팔다리를 어떻게 써야 할지 모르는 양 몸놀림이 어색했다. 앞으로 휘청했다가 관 밖으로 고꾸라지며 유령 안개가 뭉게뭉게 퍼지는 석실 바닥에 머리부터 떨어졌다. 잠시 뒤 놈은 두 번에 걸쳐 폭발한 마그네슘 화염에 사라졌다. 화염탄 두 개가 놈에게 명중한 터였다. 세 번째 화염탄은 완전히 빗나가(아무래도 조지가 던진 듯하다.) 석실 반대쪽 벽면에 맞고 폭발했다. 굉음에 귀가 얼얼했다. 격렬한 은빛의 눈부신 광휘가 우리를 휩쓸었다.

"저놈의 건 도대체 뭐야?" 킵스가 비틀비틀 다가와선 우리와 합류했다. 그의 한쪽 귀에서 피가 나고, 마그네슘에 탄 스웨터는 소쿠리마냥 송송 구멍이 뚫리고 너덜거렸다.

"귀령*이에요." 록우드가 숨을 내쉬었다. "틀림없어요."

"하지만 밀랍이…."

"저 밀랍 껍데기 안에 놈의 뼈가 숨어 있는 거죠. 놈이 뼈를 움직였고, 그 뼈가 밀랍을 움직인 거예요." 록우드가 벨트에서 산탄통을 뽑았다. "어서! 바닥에 소금 뿌리는 것 좀 다들 도와줘."

은빛 화염 속에선 아무런 움직임이 없었지만, 록우드와 팀원들은 소금탄을 던져 앞의 돌바닥을 차단했다. 나는 그들을 돕지 않았다. 꿈쩍 않고 선 내 손엔 아직 안 쓴 화염탄이 들려 있었다. 이때껏 내 심령 감각은 충격으로 마비된 상태였다. 이제, 폭발의 메아리가 사그라져 가는 지금, 감각들에 갑자기 발동이 걸렸다. 목소리가 들렸다. 거칠고 헛헛하기가 꼭 까마귀의 까악까악 소리 같았다. 그게 이름 하나를 외쳐 불렀다.

"마리사 피츠…." 목소리가 말했다. "마리사…."

"계단까지 후퇴." 록우드가 주문했다.

우리는 아치 출입구 방향으로 뒷걸음하며 불길을 주시했다. 화염이 빠르게 가라앉으면서 바닥에 엎드린 채 훼손된 형상이 드러났다.

"우리가 잡은 걸지도." 홀리가 속삭였다.

"아니." 내가 대답했다. 귓가에서 헛헛한 목소리가 여전히 울리고 있었다.

"잡은 거 같은데." 킵스가 말했다. "맞아… 잡았어. 확실히 잡았다고."

형상이 고개를 쳐들었다. 뻣뻣하고 간담이 서늘하도록 찬찬히 솟아오르기 시작했다.

"어떻게 저래?" 킵스가 악을 썼다. "이건 반칙이지! 그리스의 불*이면 됐어야지!"

"밀랍이 놈을 보호하는 걸지도요." 록우드가 말했다. 그는 우리에게 계속 가라고 손짓했다. 계단까지 얼마 남지 않았다. "밀랍이 뼈랑 플라스마를 보호하는 거죠. 하지만 오래 못 가요. 놈이 움직이면 밀랍이 깨질 수밖에 없다고요. 봐요. 벌써 부서지고 있죠."

정말 그랬다. 마네킹의 매끈한 윤곽에 균열이 가고 있었다. 목둘레가 둥글게 깨지며 생긴 선이 꼭 아주 얇게 눌러 깃털을 붙인 반지 같았다. 어깨 관절과 무릎, 고관절 쪽에선 밀랍이 완전히 분해된 상태였다. 마네킹이 고통스럽고 부자연스런 움직임으로 자리에서 일어나면서는 똬리를 트는 유령안개 속으로 밀랍 쪼가리들이 후두두 떨어졌다. 놈이 돌바닥을 가로질러 절뚝절뚝 다가오기 시작했다.

"마리사…." 놈이 말했다.

슬픔과 분노가 뒤섞인 목소리에 숨이 막혔다. 암울한 감정들이 불타는 파도처럼 머릿속으로 밀려들었다.

"놈이 찾아." 내가 말했다. "마리사를 찾는다고."

우리는 아치를 지나 계단 밑에서 모였다. 조지가 안경의 마그네슘 부스러기를 떨어냈다. "정말? 저 뼈가 살해당한 사람 거 같아? 마리사가 죽여서 여기다 둔 걸까?"

"모르겠어. 놈의 기분이 안 좋은 건 확실해."

"나라도 언짢겠다. 살해당한 것도 억울한데 밀랍에 갇혀선 할머니 가면을 덮어쓰고 관에 묻히면." 홀리가 말했다.

"흥미로운데…." 조지가 석실을 돌아봤다. 절뚝절뚝 어기적거리는 형상이 속도를 높이는 듯했다. "궁금하네. 저게 누굴지…."

뒤따라온 킵스가 벽으로 몸을 날린 참이었다. "그래, 대단히 흥미롭지. 유령의 신원도 그렇고." 그가 숨을 몰아쉬며 말했다. "근데 난 놈이 열 받았고 우리를 바짝 뒤쫓는 데다, 우리 앞엔 아직 함정이 설치된 계단이 남아 있단 사실에 더 신경이 쓰이거든."

"맞는 말예요." 록우드가 동의했다. "다들 손전등 켜. 일렬로 이동한다. 최대한 빨리 움직이되 함정을 조심해. 특히 너, 조지." 그가 레이피어를 빼 들었다. "내가 마지막에 갈게."

킵스와 조지에겐 두 번 말할 필요가 없었다. 이미 꽁지가 빠지게 계단을 올라가고 있었으니까. 홀리는 머뭇대나 싶더니 곧 명령을 따랐다. 오로지 나만 움직이지 않았다.

"너도, 루스."

"너 뭔가 바보짓 하려고 그러지." 내가 말했다. "난 널 알아. 안 봐도 비디오라고."

록우드가 눈에서 머리칼을 치웠다. "누가 할 말을. 네 어리석은 계획은 뭔데?"

"평소랑 같아. 놈이랑 대화해서 진정시키고 싶었어. 넌?"

"놈의 다리를 잘라 속도를 늦출까 했지."

나는 록우드를 보며 씩 웃었다. "우린 정말 비슷하다니까."

우리는 서로에게 바짝 붙어 섰다. 이제 마네킹은 그리 멀지 않은 곳에 있었다. 게다가 확실히 빨라지고 있었다. 놈의 관절들은 밀랍을 완전히 털어버렸다. 엉덩이와 발목에선 움직이는 뼈마디가 들여다보였다. 뭉툭한 밀랍 발끝에서 발가락뼈들이 튀어나와 있었다. 놈은 어딘가 한심한 분위기를 풍겼다. 뱃멀미하는 선원처럼 어기적거리고 비틀거렸으며, 아치를 통과하면서는 벽에 몸을 마구 부딪혔다.

"너부터 하는 게 좋겠어." 록우드가 말했다. "놈이 저 정도로 차분하기까지 얼마 안 남았어. 계단을 오르려고 하면서는 난리가 날 거야. 지금부터 딱 이십 초 줄게." 그러면서 그의 가장 밝은 미소를 발사했다. "부담 갖지 말고 해."

"자꾸 이럼 나 버릇 나빠진다." 나는 깊은숨을 들이마시고 청각을 새로 가동했다. 외롭고 공허한 목소리가 지하 안치실을 가로질러 와 달가닥달가닥 메아리쳤다. 나는 공포심을 가라앉히고 심령을 반기며 마음을 열었다. "누구세요?" 내가 물었다. "마리사 피츠가 당신한테 무슨 짓을 했죠?" 그러고도 놈이 대답하거나 속도를 늦추지 않자 다시 말했다. "우리가 도와줄 수 있어요. 이름이 뭐예요?"

나는 기다리며 놈이 적응할 시간을 줬다. 마네킹의 상태는 상당히 안 좋았다. 군데군데서 밀랍 표면이 반짝였다. 화염에 부분적으로 녹은 곳들이었다. 녹은 밀랍이 가는 물줄기처럼 상체를 타고 흘러내리면서 기다란 무늬를 내고 흠집과 자국을 남겼다. 머리 한쪽은 찌그러져 있었다. 관에서 떨어지다가 혹은 화염탄에 맞아 망가진 듯했다. 거기 난 구멍으로 턱뼈가 보이고, 이빨 몇 개가 밀랍 밖으로 튀어나와 있었다. 마네킹의 몰골은 기본적으로 엉망진창이었다. 밀랍 속 유령의 상황이라고 해봐야 나을 것도 없었고. 놈은 자기를 가둔 물리적 감옥과 알 수 없는 원한에 잔뜩 성나 있었다. 나는 놈과 교감을 시도했다. 내가 줄 수 있는 것, 그러니까 연민과 이해를 앞세워서.

"우리가 도와줄 수 있다고요…." 내가 다시 말했다.

마네킹이 다 망가진 몰골로 어기적어기적 다가왔다. 퀭한 눈구멍에 녹은 밀랍이 웅덩이져 차 있었다.

"우리가 복수해 줄 수 있어요. 우린 마리사 피츠의 적이거든요."

"마리사…." 놈이 말했다.

"마지막 기회야, 루스." 내 옆에서 록우드가 레이피어를 내들며 말했다. "그 이상 얘기해 봐야 소용없을 거 같아. 어차피 놈이 이해 못 한다고. 옆으로 비켜."

"시도는 해봐야지. 놈이 너무 고립돼서…."

뻣뻣한 팔과 밀랍 손가락이 쭉 뻗어 나왔다. 구애라도 하듯.

"비키라고, 루스!"

"마리사…." 다시 놈이었다.

"잠시만 더… 아악!"

록우드가 나를 옆으로 밀쳤다. 마네킹이 달려드는 순간이었다. 움직임이 전에 없이 날랬다. 록우드로서는 놈의 다리를 노려 레이피어를 휘두르고 어쩌고 할 겨를이 없었다. 그의 검날이 몸통 가운데를 쑤시고 깊숙이 들어가더니 뻑뻑하고 두꺼운 밀랍에 박혀버렸다. 록우드는 칼자루를 손에서 놓치고 말았다. 사방에서 찬 공기가 폭발하며 감각을 마비시켰다. 밀랍이 우수수 떨어지는 손가락들이 내 목을 쥐었다. 나는 소리치며 벗어나려 했다. 어느새 록우드가 곁에 와 있었다. 마네킹의 뻣뻣한 팔을 움켜잡고, 앞을 휘젓는 또 다른 팔을 피해가면서 내 목에 붙은 손가락들을 비틀어 뜯어냈다. 그의 발길질에 놈이 뒤쪽 벽에 가 부딪혔다. 레이피어는 여전히 놈의 가슴에 박혀 있었다. 거대한 밀랍 덩어리가 떨어졌다. 놈의 갈비뼈와 척추가 언뜻 보였다.

"가자, 루스!" 록우드가 내 손을 잡고 계단 위로 끌었다. 나를 데리고 달리면서 벨트에서 손전등을 낚아채선 위쪽을 비쳤다. "괜한 짓을 했어." 그가 숨을 헐떡였다. "네 유령대화 말야. 너 진짜 죽을 뻔했다고!"

"뭘, 그러는 자긴 놈의 다리를 자를 거라더니! 그 얘긴 어떻게 된 거?"

"그 얘긴 내가 가진 최고의 레이피어를 잃어버리는 걸로 끝났지. 그것만 아니면 꽤 성공적이었다고."

"성공은 무슨. 시간이나 좀 번 게 다겠지." 내가 어깨 너머를 봤다. "오. 아냐…. 아녔다고."

등 뒤 디딤널에서 타닥거리는 소리가 났다. 밀랍 마네킹은 이제 네발로 기고 있었다. 팔꿈치를 밖으로 내밀고 광견병 걸린 개처럼 몸을 던져가며 계단을 올랐다. 허물이 벗겨지듯 밀랍이 떨어졌다. 뼈가 들여다보이는 곳에선 엑토플라즘이 빛났다.

"상관없어." 록우드가 말했다. "놈이 빠르긴 해도 우리가 더 빨라. 계속 앞서나갈 수 있어. 우리 앞에서 별 탈이 없는 한…. 오, 망할." 그가 말했다. "뭔데 또?"

전방에서 요동치던 우리 손전등 불빛이 더듬더듬 계단을 다시 내려오는 킵스와 홀리, 조지를 잡아내서였다.

"뭐 하는 거야?" 내가 꽥꽥거렸다. "돌아서! 놈이 바로 뒤에 있다고!"

"저 앞에도 하나 있어." 홀리가 외쳤다.

"뭐? 어쩌다?"

"조지가 철선을 건드렸어. 제대로 밟아버렸다니까. 돌이 움직이고… 유령이 나왔어."

"유령이 또 있다고? 조지!"

"미안. 딴생각을 하다 그만."

"죽자 살자 귀신 들린 계단을 달려 올라가는 마당에 '딴생각'을 했다고?" 킵스가 포효했다. "어쩜 그럴 수가 있지?"

"새로 나온 유령은 어딨는데?" 록우드가 다른 이들을 밀치고 올라갔다. "어서. 위로 올라가야 해. 밑으로 내려가는 건 선택지에 없다고."

인계철선이 있었던 계단까지는 그리 오래 걸리지 않았다. 계단 위 벽에서 돌이 떨어져 나온 자리가 휑했다. 거기서 몇십 센티 떨어진 디딤널 위에 희미한 형상이 떠 있었다. 어렴풋하긴 했지만 무릎길이까지 오는 치마와 셔츠, 재킷을 걸친 노파쯤 돼 보였다. 기다란 백발에 고약한 미소를 머금고 있었다. 노파의 모든 게 잿빛이었다. 검고 번뜩이는 눈동자를 빼면.

록우드가 고개를 절레절레 저었다. "조그만 할머니? 아이고, 무서워라. 다들 레이피어 갖고 있잖아? 왜 그걸 쓰지 않고?"

조지가 계단 왼쪽 언저리와 그 너머의 검은 허공을 가리켰다. "쓰려고 해봤지…. 근데 놈이 무슨 바람 같은 걸 일으켰어. 우릴 저기로 날려버릴 뻔했다고."

록우드가 욕을 뱉었다. "우리가 누군데? 번처치 심령 회사? 그 검 이리 내." 그는 조지의 손에서 레이피어를 낚아채 철선을 넘었다. 그 순간 유령의 머리칼이 갑자기 살아 움직이며 머리 주변에서 확 타올랐다. 찬 공기가 계단을 휩쓸고 내려와 록우드를 좌우로 흔들어댔다. 그가 필사적으로 허우적거리며 계단 너머 암흑으로 떠밀리려는 걸 간신히 이겨냈다. 돌풍에 맞서 안간힘을 써가며 오른 벽에 다시 붙었다.

내 어깨 뒤에서 게으른 녹색 빛이 폭발했다. 해골이 돌아오는 게 감지됐다. "그래서," 놈의 목소리가 태평스레 말했다. "어떻게 돼가고 있어?"

"어떻게 돼가는 거 같은데?" 내가 되물었다. 록우드는 유령을 향해 찔끔찔끔 전진하고 있었다. 유령의 바람을 힘겹게 뚫으며.

"어디 보자…. 내가 고작 오 분 자리를 비운 사이에 너흰 귀신 둘을 깨운 것도 모자라, 이 심연의 언저리에서 놈들 사이에 샌드위치처럼 껴 있네. 어느 모로 보나 형편없어. 지금쯤 넌 현명한 해법이 간절하겠다 싶은데." 해골이 말했다.

나는 계단 뒤를 돌아봤다. 굽이진 벽면을 따라 반짝이는 다른빛*이, 가슴에 레이피어를 꽂은 채 기어 올라오는 그림자가 보였다.

"음, 뭐든 제안할 게 있다면야…." 나는 부러 대수롭지 않은 척하며 말했다.

"제안이야 늘 있지. 하지만 대답부터 들어야겠어. 날 이 단지에서 언제 꺼내줄 생각이야?"

"지금은 그런 얘길 할 때가 아냐."

"완벽한 때야."

"일하는 중엔 어림없어. 내가 그랬잖아. 집에 가서 다시 얘기해."

"아, 하지만 넌 집에서 나랑 절대로 얘기 안 하잖아. 날 무시한다고. 난 소금이랑 철이랑 나머지 장비들이랑 방구석에 처박혀 있지. 글쎄, 아무래도 지금은 내가 널 무시해야 할까 보다."

"나중에 얘기해. 약속할게. 내일! 자, 그 제안 말인데…."

계단을 기는 귀령이 가까워지고 있었다. 손가락의 밀랍이 다 떨어져 나간 모양이었다. 놈이 디딤널을 짚을 때마다 뼈가 달각, 달각, 달각, 돌에 부딪히는 소리가 났으니까. 저 위에선 록우드가 두 번째 유령에게 레이피어를 휘두르고, 허연 형상이 획획 방향을 틀고 몸을 비틀어 검날을 피했다.

"말이 해법이지 당혹스럽도록 간단해. 입에 담기조차 민망할 정도야. 우리 뒤의 혼령은 출처*를 지니고 다녀. 놈의 뼈가 너도 보이지? 하지만 저 앞의 혼령은 어때? 놈의 출처는 어딨지?"

나는 험악한 얼굴로 두리번거렸다. "글쎄, 그게 어딨는지 내가 어떻게 알…?" 하지만 그렇게 말하는 순간 계단 위 벽에 생긴 구멍이, 그 안의 어둡고 움푹진 곳이 눈에 들어왔다. 나는 손전등을 입에 물었다. 가까이 다가가 돌을 밟고 올라선 다음 안을 들여다봤다. 납작한 은판이 둘러진 조그만 공간이었다. 그 안에 놓여 있는 건 틀니로, 손전등 불빛에 플라스틱 잇몸이 분홍색으로 빛났다.

"틀니? 어떤 유령이기에 출처가 틀니야?"

"뭔 상관이야? 그냥 없애기나 해." 해골이 말했다.

나는 그 진저리 나는 물건을 벌써 손에 쥐고 있었고, 유리 같은 매끈함과 얼음장 같은 냉기에 움찔거렸다. 잠시도 주저하지 않고 계단으로 뛰어내려 왼편 허공으로 내던졌다. 틀니는 소리도 없이 떨어졌다. 그러기 무섭게 노파 요괴가 옆으로 획 끌려가더니 몸통에 감긴 밧줄을 누가 조이기라도 한 양 허리께가 일그러졌다. 요괴는 아주 잠시 버텼다. 검은 눈을 이글거리며. 그러고는 사라졌다. 자기 출처를 따라 수직 갱도로 빨려 들어갔다. 록우드의 검이 아무것도 없는 허공을 갈랐다. 유령의 바람이 사그라졌다. 계단에는 우리뿐이었다.

우리 아래서 머리를 쳐드는 귀령을 빼면. 놈의 가슴팍엔 록우드의 레이피어가 아직껏 박혀 있었다. 팔다리의 밀랍은 완전히 떨어져 나갔다. 필사적으로 소용돌이치는 손전등 불빛 속에서 드디어 진짜 모습을 드러낸 방문자*는 댕그랑거리는 뼈들이 플라스마 가닥들로 너저분하게 연결된 모양새였다. 이젠 손가락도 뼈가 다 나와 있었다. 밀랍이 사라진 이상 치명적인 유령접촉*을 야기할 거였다. 밀랍과 이빨뿐인 머리가 우릴 올려다보며 씩 웃었다.

놈이 덤벼들었다. 조지가 소리치고 킵스가 비명을 질렀다. 거기 있던 홀리가 검을 옆으로 휘둘렀다. 검 끝이 놈의 목을 가르고 들어가 날래고 깔끔하게 반대편으로 나왔다. 머리가 잠시 제자리에 얹혀 있다가 벽 쪽으로 떨어져서는 통통거리며 계단을 내려갔다.

우리는 멈칫했다. 남은 몸통도 머리를 따라가기 바라며. 하지만 놈은 그대로 서 있었다. 아까 두개골이 있던 자리에 희미하고 거미줄을 뒤집어쓴 유령 머리가 나와 있었다. 내 생각엔 남자였고, 길쭉하고 주름진 얼굴에 머리는 산발을 했다.

"저 지경으로도 따라오는 건 아니겠지?" 조지가 투덜거렸다. "숨 좀 쉬자, 좀!"

하지만 우리는 이미 놈에게서 도망쳐 허둥지둥 계단을 오르는 중이었다. 조지가 선두고 내가 맨 뒤였다. 등짝에서 배낭이 요동쳤다.

"잊지 마!" 귓가에서 해골 목소리가 말했다. "내일이야! 약속했어!"

"내게 내일이 '있다면' 말이지…."

저 앞에서 지상 석실로 나가는 바닥 문이 희미한 잿빛 원뿔 모양으로 모습을 드러냈다. 다리가 납덩이같았다. 들어 올리는 것조차 힘에 부쳤다.

"마리사…." 바로 뒤에서 헛헛한 목소리가 부르고 있었다. "마리사…."

"놈은 정말로 널 잡고 싶어 해." 해골이 귀띔했다. "플라스마가 떨어져 나오고 있어. 조심하지 않으면 놈이 뼈를 죄다 털고 덤빌 거야. 속도를 올리는 게 좋겠어, 루시."

"노력하고 있다고!"

뭔가가 내 배낭을 잡아채서는 나를 끌어내리려 했다. 내가 비명을 지르며 몸을 빼려다 킵스를 들이받았다. 그가 록우드를 뒤에서 덮치다시피 했는데, 하필 그때 록우드는 자기 앞의 홀리와 조지를 밀어 올리는 중이었다. 끔찍스런 찰나의 순간 우리는 동시에 휘청거리며 추락 직전까지 갔다. 그러다 무슨 조화인지 사이좋게 팔꿈치들을 펄럭여 쓰러지지 않고 버텨냈다. 계단 꼭대기로 도약하는 우리 뒤에서 유령 손가락들이 타닥거리는 소리가 들렸다.

우리는 어둑하니 불을 밝힌 지상 석실로 나갔다. 한 명씩 차례로 튀어 올랐고, 내가 마지막이었다. 나는 홀쩍 뛰어 석실로 들어서면서 고개를 돌렸다가 어둠에서 헤엄치듯 슥 다가오는 창백한 얼굴을 봤다.

록우드와 킵스는 벌써 경첩 달린 널돌의 모퉁이를 붙들고 있었다. 끵끵거리며 들어 올렸다. 내가 옆으로 굴러 비키자 돌을 문자 그대로 내던져 버렸다. 쿵 소리와 함께 돌이 제자리로 들어갔다. 등불이 깜빡였다. 묘 전체에서 소리가 울렸다.

록우드가 움찔했다. "보초들…."

나는 배낭을 벗어 던졌다. 바닥에 놓인 배낭에서 김이 펄펄 났다. 앞쪽에 들쭉날쭉한 발톱 자국이 셋 나 있었다.

우리는 바닥 문 언저리에 둘러앉아 고장 난 손풍금처럼 쌕쌕거리고 헐떡거렸다.

"해냈네." 홀리가 속삭였다.

"해냈지." 킵스가 말했다. "다행이야."

배낭 위로 삐죽이 나와 있는 단지에서 해골이 싹싹하게 고개를 끄덕였다. "잘했어. 때맞춰 잘 닫았네…." 그러고는 의미심장하게 뜸을 들였다. "그러니까 그 돌 안쪽에도 철이 대져 있는 거지. 그치? 운이 좋네!"

그때 난 말조차 힘들었다. "아니, 없어. 철…."

"은이야, 그럼?"

"아니…."

해골이 킬킬거렸다. "맞아. 바보 같은 생각을 했네! 은은 돈이 너무 많이 들잖아. 그래도 뭐든 방비가 돼 있긴 하겠지." 놈이 날 보며 씩 웃었다. "아님…."

아님… 이런. "록우드…." 내가 말했다.

나는 나도 모르게 꿈틀꿈틀 물러나고 있었다. 널돌 가운데서 백청색 가닥 같은 얼음이 퍼져나갔다. 우리는 일제히 사방으로 흩어졌다. 다들 엉덩이걸음을 걷느라 레이피어들이 바닥을 긁었다. 그와 동시에 유령이─우리가 보이지 않는 줄로 놈을 당기기라도 하는 것처럼─돌에서 천천히 솟았다. 놈은 돌 아래에다 자기 뼈를 버리고 왔다. 쭈글쭈글하고 거미줄을 뒤집어쓴 머리가 가장 먼저 나오고 훤히 드러난 이빨이 번쩍였다. 다음으로 앙상한 목과 소용돌이치는 유령 안개 장막이 나타났다. 놈의 등장과 함께 바닥으로 다른빛이 퍼져나갔다. 웅크린 채 그 빛을 받는 우리 몰골은 통나무가 치워져 위치를 발각당한 쥐며느리가 따로 없었다.

내 근처 어딘가에서 킵스가 벨트의 레이피어를 뽑으려 고생하고 있었다.(마음처럼 되진 않았다. 자기가 깔고 앉아 있었거든.) 무릎을 꿇고 앉은 록우드는 어딘가에서 화염탄을 하나 찾아낸 참이었다. 나는 뭘 하고 있었냐고? 계속 물러나고 있었다. 유령의 온 관심이 내게만 쏠려 있는 듯해서였다. 그래서 나는 끝없이 후진했고, 유령은 끝없이 솟아올랐다. 수의에 덮인 팔을 옆구리에 딱 붙인 채.

"오, 키가 계속 커지네." 해골이 말했다. 과학적으로 흥미로운 뭔가를 보는 듯한 말투였다.

내 등짝이 석실의 차가운 벽에 부딪혔다.

형상이 전율했다. 순식간에, 꼬리의 씰룩거림 한 번으로 총알같이 튀어나가는 상어마냥 놈이 내 위에 와 있었다.

먼지와 거미줄투성이 얼굴이 내 얼굴로 다가왔다. 나는 밀랍과 무덤곰팡이 냄새를 맡고 땅속에 존재한다는 것의 외로움을 맛봤다. 비쩍 마른 팔이 뻗어 나왔다. 오그린 유령 손가락이 날 향해 왔다.

누군가가 고함치고 있었으나 나는 신경 쓰지 않았다. 쉰 듯한 목소리, 아득히 먼 곳으로부터 부르는 소리에 청각을 집중했다.

"마리사 피츠…."

"네!" 내가 꺽꺽거렸다. "그 여자가 왜요?"

유령 뒤에서 록우드가 나타났다. 손에 화염탄을 쥐고 있었다. "루시!" 그가 외쳤다. "저리로 비켜!"

"잠깐."

나는 아랑곳 않고 먼지와 거미줄 속을 들여다봤다….

"루시! 비키라고!"

"마리사…." 유령이 말했다. "그 여잘 데려와!"

그러기 무섭게 형상이 자취를 감췄다. 애초에 존재한 적도 없었던 양 사라졌다. 석실을 채우고 있던 어마어마한 압력이 단박에 빠졌다. 내 몸이 와락 앞으로 쏠렸다. 머리칼이 들이치며 얼굴을 때렸다. 그와 동시에 석실에 남아 있던 등불들이 한꺼번에 나가고, 우리는 견고한 어둠에 잠겼다.

석실 건너에서 누군가가 손전등을 켰다. 내 주변으로 먼지 부스러기들이 하늘하늘 내려앉았다. 무릎엔 거미줄이 흩어져 있었다.

"루시?" 록우드가 내 옆에서 몸을 굽혔다.

"난 괜찮아."

"놈이 너한테 무슨 짓이라도 했어?"

"아무것도. 록우드…." 나는 도대체 이걸 어떻게 설명해야 할지 알 수 없었다. "우리한테 유령의뢰인이 있었던 적이 있어?"

록우드가 나를 가만히 봤다. "당연히 없지. 왜?"

나는 벽에 털썩 머리를 기댔다. "아무래도 방금 하나 생긴 거 같아서."

2

무정한 미인

4

포틀랜드 로 35번지. 집이자 록우드 심령 회사의 본부인 이곳은 아주 특별했다. 등 뒤에서 낡고 검은 현관문이 닫힐 때면 언제나 열쇠 탁자 위의 아즈텍풍 크리스털 해골등이 반겨주듯 반짝이고, 나는 나를 짓누르는 세상의 무게를 벗었다. 망토를 잡아채 허공에 날리는 마술사처럼. 그런 뒤엔 우리가 우산 꽂이로 쓰는 화분에 레이피어를 던져 넣고 외투 걸이에 겉옷을 건 다음, 복도를 걸어 희한한 단지와 가면과 색칠한 박이 놓인 선반들을 지났다. 그때가 혹시 낮이면 응접실을 슬쩍 들여다보며 쉬거나 일하는 사람이 있는지 확인했다. 밤 시간이면 응접실 대신 서재를 봤다. 거긴 일을 마친 우리가 눈을 붙이곤 하는 곳이었다. 두 군데 다 조용하면 슬슬 계단을 지나 부엌으로 갔다. 문간을 맴도는 냄새가 토스트(록우드)인지 티케이크*(조지와 킵스)인지에 따라 안에 누가 있는지 알 수 있었다. 혹시라도 말린 녹차 깡통이 열려 있거나 조리대에 해바라기 씨앗이 한둘 흩어져 있으면 홀리가 집에 안 가고 아마도 사무실에서 일하고 있단 뜻이었고, 하지

---

* 말린 과일 등을 넣은 빵.

만 백 프로 그렇다고 장담은 못 했다. 홀리는 우리 중에 가장 깔끔했고, 그런 단서를 남기는 경우가 거의 없었으니까. 가장 드물게는 고릿한 훈제 청어 냄새와 갯벌 진흙이 마른 흔적이 뒷문 근처에 남아 있기도 했는데, 그건 플로 본스가 최근에 들렀다는 확실한 증거였다.

포틀랜드 로 집은 우리의 안식처였다. 유령과 다른 것들, 유령보다도 어두운 것들로부터의 피난처였다. 그리고 거기서 가장 행복한 시간은 사건을 성공적으로 마무리한 뒤 정원 쪽으로 난 창문들을 열어젖힌 채 햇살 속에서 즐기는 아침 식사였다.

피츠의 묘에 다녀온 날 아침도 이와 다르지 않아서 록우드와 조지, 나는 식탁에 둘러앉아 있었다. 홀리는 먹을 걸 더 사러 아리프네 가게에 가고 없었다. 식탁에 열린 잼 단지와 달걀 컵, 버터 접시와 토스트 부스러기가 흩어져 있었지만, 그러고도 우리는 배가 안 찼다. 블라인드를 통해 들어오는 햇빛이 식탁 한쪽 끝에 놓인 유령단지에 줄무늬를 남겼다. 우리 앞엔 차가 든 머그컵들이 놓여 있었다. 아침을 잘 먹은 조지는 무릎에 흉물스런 나무 가면을 올려놓고 물에 적신 찻수건으로 먼지를 닦아내는 중이었다. 록우드는 생각하는 식탁보—우리가 이런저런 아이디어를 기록하는—의 귀퉁이에 낙서를 하면서 유령단지에 기대놓은 신문을 힐끔거렸다. 단지 속 유령은 비활성화 상태였다. 늦은 아침의 햇빛 속에서 플라스마가 나른하게 들썩였다. 깊고 수초 무성한 웅덩이의 녹색 물처럼.

나는 록우드 옆에 조용히 앉아 정겨운 고요를 즐기고 있었다. 근육이 아리고 정신이 몽롱했다. 록우드는 왼쪽 관자놀이에 찰과상을 입었고, 조지의 안경알은 무덤먼지로 뿌옜다. 다들 고생에 찌들어 있었다. 하지만 우리는 전날 밤 얘기를 아직 하지 않았다.

"오늘 아침엔 새로운 소식이 많네." 록우드가 말하며 신문을 가리켰다.

내가 한쪽 눈을 떴다. "좋은?"

"아니."

"나쁜?"

"약간 나쁜 거랑 나쁜 거. 두 갠데, 우리로선 둘 다 딱히 좋지 않아."

"약간 나쁜 거부터 듣자." 조지가 말했다. "어차피 찾아올 비극이면 난 단계적으로 오는 게 좋아. 슬슬 적응해 가면서 다음으로 넘어가게."

록우드가 머그컵으로 손을 뻗었다. "약간 나쁜 소식은 그냥 평범해. 이번엔 딜롭과 트위드 대행사야. 그쪽도 피츠 대행사랑 합의했대. 딜롭 영감님이 은퇴하고 회사는 피츠에 흡수된다는군. 합의는 즉시 효력을 발휘하고."

"그 문제를 두고 트위드 씨는 뭐라는데?" 내가 물었다.

"아무 말도. 그 사람은 옛날에 고독자*한테 죽었거든."

나는 인상을 썼다. "소규모 대행사가 또 하나 먹히네…." 그러면서 창문을 봤다. 주택들 위에서 연파랑 하늘이 빛났다. "우리 같은 회사들도 얼마 안 남았어."

"아담 번처치가 아직 버티고 있잖아." 조지가 나무 가면의 이빨을 꾹꾹 눌러 닦으며 말했다. "지난주 얘기 들었어? 번처치한테 꽤나 괜찮은 조건으로 폐업을 권유했는데, 그가 길길이 날뛰면서 피츠에서 나온 사람을 내쫓았대."

"그런 배짱이 있는 인물인 줄은 몰랐는데." 록우드가 의자에 등을 기대며 머뭇머뭇 기지개를 켰다. "번처치도 그런 식의 노골적인 저항으로 얼마나 오래갈지 모르겠다. 으아아…. 오늘 아침엔 등이 아파서 죽을 맛이야. 이게 다 네 해골 때문이라고, 루시."

"'내' 해골 아니거든. 그냥 서로 얘기나 하는 거뿐이지. 근데 아까 나쁜 소식도 있다고 했잖아."

"아. 그렇지. 그게 뭘까요? 윙크맨이 출소했어."

조지가 충격을 받아 찻수건 쥔 손을 떨구고, 나는 눈이 휘둥그레졌다.

"줄리어스 윙크맨?" 내가 물었다. "십 년 형을 받은 걸로 아는데."

"그랬지!" 조지가 꽥 소리를 질렀다. "영물 불법 거래 건으로! 폭행 교사랑! 묘지 훼손도! 감옥에 들어간 지 이 년도 안 됐는데! 세상의 정의는 다 어디로 갔지?"

누가 조지 아니랄까 봐. 맞다. 정의'도' 중요했다. 하지만 내가 걱정하는 건 그게 아니었다. 줄리어스 윙크맨을 감옥에 보낸 게 바로 우리 증언이었다. 윙크맨은 복수에 진심인 인간이고.

"'모범수'로 조기 출소했다나 봐." 록우드가 말하며 손톱으로 신문을 튕겼다. "기사에 따르면, 교도소 밖에서 아내 애들레이드, 사랑스러운 아들 레오폴드랑 재회했대. 그런 다음 자리를 떴다네. 이제 새 인생을 살며 불량한 암거래상 노릇은 두 번 다시 않겠다고 맹세하면서."

"우릴 노릴 거야." 내가 말했다. "우릴 죽이려 들 거라고."

록우드가 끙 소리를 냈다. "그러려는 사람이 어디 한둘인가. 윙크맨이 바짝 엎드려 지낼지도 모를 일이고."

조지가 의심쩍은 양 가면을 뒤집었다. "아닐 거 같은데."

한동안 다들 말이 없었다. 하지만 맑고 밝은 아침이었고, 전날 밤의 강렬했던 만족감이 여운처럼 남아 우리의 의심과 공포를 태워버렸다.

"뭘 그린 거야, 록우드?" 내가 생각하는 식탁보를 눈짓하며 물었다. "성난 브로콜리처럼 생겼는데."

"뭐? 산발한 유령을 그린 내 명작을 모욕하는 거야?" 록우드가 펜을 툭 내려놨다. "아무래도 난 그림에 소질이 없나 봐. 어제 그 귀령 얼굴을 그리려던 거였는데. 막판에 제대로 봤거든. 놈이 뼈를 털어버리고 나왔을 때. 조지가 놈의 정체를 알아낼 수 있지 않을까 했지. 시각적으로 참고할 게 있으면."

"지금 그 그림을 참고했다간 조지가 채소 가게로 조사를 나가게 될 판이야." 나는 눈을 감을 때면 어제 내 위에 떠 있던 유령의 격노한 모습이 선명히 떠올랐다. "중년이 끝나가는 나이의 남자였어." 내가 말했다. "아주 쭈글쭈글하고 연륜이 느껴지는 얼굴에다 희끗한 머리칼이 길었어. 그 정도밖에 기억이 안 나. 겉모습보단 놈이 했던 말이 더 충격적이었거든. 기록물보관소에 다시 갈 거야, 조지?"

"이따가. 한 시간 안에 새 의뢰인이 올 거야."

조지는 식탁의 버터 접시와 콘플레이크 사이에 나무 가면을 세웠다. 먼지를 닦아내니 밝게 채색된 부분들이 나왔다. 가면 위엔 이국적인 느낌의 기다란 깃털들이 얼어붙은 연기처럼 달려 있었다.

"이 아인 뭐 같아 보여?" 조지가 물었다. "폴리네시아 주술사의 가면이야. 제시카의 방에서 가져왔어." 그가 록우드를 건너다봤다. "어제 마지막 궤짝을 열었거든. 네가 괜찮으면 좋겠는데."

록우드가 고개를 끄덕였다. "괜찮아. 뭐 좋은 거라도 좀 나왔어?"

"어쩌면. 너희한테 보여주고 싶은 게 좀 있긴 해, 사실. 두 번째 아침 식사를 마친 뒤에."

나는 주술사의 가면을, 튀어나온 눈썹과 흉포히 으르렁거리는 입을 보고 있었다. "여기에도 무슨 힘이 깃들어 있는 걸까?"

"심령 기운이 있는 거 같긴 해." 조지가 말했다. "하지만 난 너처럼 민감한* 게 아니니까. 네가 나중에 한번 봐주면 좋긴 할 거야, 루시. 너만 괜찮다면."

"그래야지⋯." 문득 나는 더는 기다릴 수 없었다. 얼른 가슴에서 털어내야 했다. "록우드, 조지, 이제 어떻게 할 거야?"

두 사람 다 내가 무슨 얘길 하는지 알았다. 물론이었다. 피츠의 묘에 다녀왔던 일이 아침나절 내내 우리를 무겁게 짓누르고 있었다. 몸뚱이가 분해되는 귀령에게 쫓겨 계단을 오르는 게 우리 직종에서 가장 기억에 남을 일이라곤 할 수 없었지만, 이번은 확실히 경우가 달랐다. 사라진 묘지 주인장의 존재가 우리 마음을 갉아먹었다.

"마리사에 대해서 생각을 해봤는데," 록우드가 말했다. "지금 우리로선 평소대로 하는 것밖엔 별다른 수가 없는 듯해. 우리가 아직 모르는 게 너무 많고, 피츠의 묘에 침입했다고 시인하는 건 위험한 일이 될 테니까. 제대로 된 답들을 찾지 못한 상황에선. 그러니까 점잖게 지내면서 늘 하는 일을 하고 말썽에 휘말리지 않아야 해. 그러는 동안 가능한 모든 조사를 해야지. 특히 조지, 넌 마리사 피츠랑 우리가 퍼넬로프 피츠라 부르는 여자 사이의 연관성을 계속 파보고."

조지가 고개를 끄덕였다. "피츠 가문은 사태 초창기부터 유령에 맞선 전쟁의 중심에 있었어. 난제의 해법을 찾고 싶으면 마리사와 퍼넬로프의 수수께끼 또한 풀어야겠지. 어젯밤에 만난 우리 밀랍 덩어리 친구에 관해선 이따 기록물보관소에 있으면서 마리사의 말년 기사들을 좀 찾아볼 생각이야. 그 시기에 사라진 지인들의 냄새라도 좀 맡을 수 있을지 모르니까. 유령은 분명 마리사랑 아는 사이일 거야. 그치, 루스?"

"아는 사이야." 내가 말했다. "무척 화가 나 있었고."

"나름 가까운 사람이었겠네, 그럼. 배신당하고 살해된 누군가든가."

"솔직히," 록우드가 다시 머그컵을 들었다가 식어버린 차를 보며 눈살을 찌푸렸다. "그 유령은 부차적인 문제일 뿐야. 우리의 우선순위는 그 무덤 안에 있어야 할 여자한테 도대체 무슨 일이 벌어진 건지 알아내는 거라고. 이십 년 전에 죽었어야 하는 그 사람 말이지. 루시, 해골바가지한테 뭐라도 좀 얻어내게 힘 좀 써봐. 어쨌든 우린 놈이 이끄는 대로 따라가는 중이니까. 아무리 생각해 봐도 저 해골이 이 모든 일을 푸는 열쇠일 거 같단 말이지."

"누가 내 얘기해?" 단지 속 탁하고 깊은 곳에서 잔물결이 일었다. 유리 너머에서 유령 얼굴이 나타났다. 원래도 봐서 기분 좋을 거 없는 얼굴이었지만, 오늘은 별나게도 혐오스러워 보였다. 누군가의 발에 짓이겨진 축축한 시체처럼.

나는 놈에게 눈을 부라렸다. "단 한 번만이라도 좀 봐줄 만한 몰골일 순 없어? 너 땜에 눈이 썩을 지경이라고."

"내가 좀 너무 혹사당해서 그래." 해골이 말했다. "날밤을 꼴딱 샜거든. 그렇잖아? 그리고 너희 상태라고 별다르지도 않구먼 뭐. 넌 완전 맛이 가 보여. 록우드 자식은 멍투성이고. 커빈스 놈은 턱에 누런 얼룩이 생기는 불쾌한 병에 걸렸지."

"조지는 좀 전에 달걀을 먹은 거뿐야." 내가 말했다. "하지만 그런 게 뭐가 중요해. 너랑 난 마리사 얘길 해야지."

해골의 눈이 가늘어졌다. "땡. 우린 내 자유 얘길 해야지. 거래를 했잖아."

나는 머뭇거렸다. "여기선 안 돼." 뜸을 들이다 말했다. "지금은 안 된다고. 그 얘긴 나중에 해."

"나중? 나중 언제? 육 주 뒤? 일 년 뒤? 어디서 또 앙큼한 수작질이야."

"와, 뭐래. 몇 분만 있다 얘기한다고."

얼굴이 도끼눈을 떴다. "어련하실까. 장사 한두 번 하나. 그사이에 네가 신경 써야 할 새로운 문제가 터질 테고, 난 여기 그대로 갇혀 있겠지. 이 유리 감옥에서 초조하게 손가락이나 톡톡거리면서."

"넌 손가락이 없거든." 내가 으르렁거렸다. "그리고 너한테 시간이 도대체 뭔 상관일까 싶은데. 어차피 죽은 마당에. 게다가 앞으로 몇 분간은 내 신경을 앗아갈 문제 따위 없을 거야. 그러니까 그만 좀 툴툴거려!" 내가 눈길을 들었다. "안녕, 홀리."

복도에서 소리가 난 참이었다. 부엌문에 홀리 먼로가 나타났다. 면직물로 된 시장 가방을 들고. 그녀는 우리를 슥 살피며 길고 검은 머리칼을 손으로 쓸었다.

조지가 가방을 눈짓했다. "도넛 사 왔어, 홀리?"

"샀어." 홀리의 목소리가 이상했다. 그녀는 식탁의 우리를 지나쳐 가 보조 탁자에다 식료품을 꺼내놓기 시작했다. 빠르고 격렬한 움직임으로 쾅쾅 소리를 내며. 그녀의 얼굴은 굳었고 입술은 꾹 닫혀 있었다.

"괜찮아, 홀리?" 내가 물었다.

"아니, 별로." 홀리가 구긴 가방을 조리대에 놓고 식기 건조대에서 컵을 꺼냈다. "아리프네 가게에서 루퍼트 게일 경을 만났어."

그 말과 함께 모두의 신경이 홀리에게 집중됐다. 루퍼트 경은 퍼넬로프 피츠의 측근이자 검술의 달인이고 위험한 남자였다. 그는 해결사, 그러니까 퍼넬로프 피츠를 대신해 더러운 일을 도맡는 사람이었고, 그녀에게 맞서는 자들을 압박하는 걸로 유명했다. 우리와는 전에 다른 일로 얽힌 적이 있었고.

"그럼 그렇지." 해골이 한숨을 쉬었다. "문제 시작이요."

나는 단지 뚜껑의 레버를 돌려버렸다. "그 인간이 거기서 뭘 하고 있었는데, 홀리?"

"날 기다리고 있었어." 홀리가 수도꼭지에서 물을 받아 쭉 들이켰다. 입에 남은 불쾌한 맛을 씻어 내리기라도 하려는 듯. "웩! 그 사람 정말 역겨워!"

록우드는 아주 가만히 앉아 있었다. "그가 널 위협했어?"

"아주 많은 말을 하진 않았지만 그게 그거지 뭐. 그 사람이 어떤지 다들 알잖아. 좀 너무 가깝다 싶게 다가서선 뽀얀 얼굴로 남성용 로션 냄새를 풀풀 풍기면서 미소를 짓는 거지. 우리가 너무 '무리'하고 있진 않은지 확인하는 거랬어. 그걸 그런 식으로 표현하더라. '안전한 업무'와 '단순한 출몰'에 집중하라면서. 퍼넬로프 건은 조사하지 말라, 그 얘기지."

"오, 우리가 얼마나 착하게 살고 있는데 무슨." 록우드가 말했다. "그가 또 뭐래?"

"죄다 에둘러 하는 경고였어. 우리가 뭐든 너무 '어려운' 일에 뛰어들었다간 그 끝이 좋지 않을 거라고. '우린 우리가 아끼는 대행사에 그 어떤 불쾌한 일도 벌어지지 않길 바란다'나. 세상에!" 홀리가 개수대 옆에 컵을 내려놨다. "아, 그리고 어젯밤에 우리가 어디 있었는지 알고 싶어 했어."

록우드와 내가 눈길을 교환했다. "어젯밤 몇 시?"

"자정 넘어서. 우리가 집에 없었단 정보를 갖고 있다던데."

"우릴 또 염탐하고 있어." 내가 말했다. "그래서 넌 뭐랬는데?"

"모른다고 했지. 그 시간이면 난 퇴근한 뒤라고." 홀리가 말했다. "그 사람 때문에 정말 너무 당황했어. 그럼 안 됐는데."

"괜찮아." 록우드가 가벼운 투로 말했다. "우리끼리 말도 다 맞춰

났는데 뭘. 기억하지? 우린 켄티시타운에 있었다고. 무진장 따분한 광산의 똑똑이*나 두엇 잡으면서. 증명 서류는 조지가 위조하고."

"벌써 해뒀어." 조지가 말했다. "홀리, 너 기분 안 좋아 보인다. 도 넛 상자나 까봐."

"고마워. 난 사과나 하나 먹을래."

조지가 안타깝다는 듯 고개를 가로저었다. "지금쯤이면 배웠을 법도 한데. 스트레스 상황에서 사과는 별 도움이 안 된단 걸⋯. 그러 고 보니 나도 영 충격을 받은 듯해서 말야." 그의 눈이 보조 탁자로 옮겨갔다.

"그래. 접시 들어, 조지." 록우드가 말했다. "다들 하나씩 먹자."

우리 모두가, 홀리도 함께 도넛을 먹었다. 그런 문제들에서 조지 는 슬기로웠다. 정말이지 도넛은 분위기 전환에 제격이었고, 그 덕분 에 세상이 다시 정상으로 보일 뻔했다. 보일 뻔한 거지 완전히 그런 건 아니었다. 어차피 세상은 정상이 아니었으니까. 마리사 피츠가 무 덤에 없었다. 윙크맨은 출소했다. 그리고 홀리가 경험한 급작스런 만 남은 전혀 드문 일이 아니었다.

예로부터 심령 조사 대행사들의 활동 일체는 런던 경찰청에 본부 를 둔 심령현상조사예방국, 일명 DEPRAC의 관리 감독을 받았다. DEPRAC는 대행사들의 비행을 처벌하고, 그들이 높은 수준의 전문 성을 유지하도록 관리할 권한을 가졌다. 때에 따라 과징금을 부과하 고 드물게는 회사를 폐쇄하기도 했다. 그러나 일반적으로는 현장의 조사관들을 괴롭히기보다 난제 관련 연구에 더 집중했다.

하지만 퍼넬로프 피츠가 로트웰 대행사를 장악하고부터 상황이 달라지기 시작했다. 피츠는 이제 런던 전역에서 행해지는 대행사 업

무의 4분의 3을 통제했고, 그 나머지를 자기 앞에 무릎 꿇리는 절차에 즉시 착수했다. 런던 경찰청의 고위직 다수를 피츠 직원들이 차지했다. 새 규칙들이 발효됐다. 자원이 한정적인 독립 대행사들은 소규모 출몰에만 집중하도록 회사 역량이 제한됐다. 그뿐만 아니라 정기적으로 DEPRAC의 감사를 받으면서 회사의 전문성을 증명해야 했다. 이 규칙들을 위반하는 회사는 어디든 즉각적으로 폐쇄됐다. 겉보기에 이는 공공의 안전을 위한 조치였다. 실제로는 우리의 행동을 감시하는 수단이었고.

런던에서 가장 영세한 대행사인 록우드 심령 회사는 어쩌다 보니 공권력의 관심을 한 몸에 받게 됐다. 우리는 DEPRAC 직원이 예고 없이 사무소로 찾아오는 무작위 확인 방문 대상자였다. 거리의 불심 검문에 응하고 작업 중인 사건을 증명하는 서류를 제시해야 했다. 출장을 갈 때는 감시도 당했다. 우리 집 문밖에 염탐꾼들이 온종일 서 있었단 얘기가 아니다. 그러기는커녕 정말 쉴 새 없이 어깨 너머를 돌아봐도 아무도 없는 거다. 그러다 어느 날엔가 불쑥 슬픈 예감은 현실이 돼선 능글능글 웃는 소년이 베이커 스트리트 역까지 따라온 다든가, 아님 아리프네 가게 밖에 모자 쓴 남자가 서서 무리 지어 걸어가는 우리를 뻔뻔스레 쳐다본다든가 하는 식이었다. 이런 일이 어떨 땐 일주일에 몇 번씩도 벌어졌다. 다른 땐 장장 두 주일씩이나 아무 일 없이 지나가기도 했다. 이 같은 불규칙성조차 의도된 거였다. 이를 통해 우리에게 되새기려는 건, 자기들에게 우린 없는 셈 치다시피 해도 상관없는 존재란 사실이었다.

이 모두에서 우리는 퍼넬로프 피츠의 손길을 느꼈다. 그녀는 우리의 손발을 철저히 묶어두고 싶어 했다. 하지만 상대는 록우드 심령 회사였다. 우리는 어지간해선 주눅 들지 않았다.

가령 DEPRAC에서 무작위 방문을 나올 때면 그들이 포틀랜드로 35번지에서 접하게 될 광경은 이런 거였다. 조지는 지하실 개수대에서 청바지의 엑토플라즘 얼룩을 빼느라 애를 먹고 있다. 파리한 얼굴의 록우드는 부스스한 머리에 잠옷 가운 차림으로 차를 홀짝이며 전날 밤에 처리한 방문자들을 기록하는 중이다. 홀리와 나는 뒤엉킨 장비들을 느릿느릿 정리하거나, 소각장으로 운반할 준비가 된 출처들을 차곡차곡 쌓고 있다. 담당자들이 보게 될 건 그러니까 피로와 질서의 현장이었다. 성공적으로 운영되고 있지만, 그 이상의 일을 벌일 여력은 안 되는 조그만 대행사의 모습이었다. 그러면 그들은 우리 사건 장부를 보고, 최근 청구서와 유령 기록, 사용자 평가의 사본을 챙긴 다음 차와 비스킷과 록우드의 흐트러진 매력을 만끽하고 돌아가곤 했다.

일단 그들이 가고 나면 우리는 문을 걸어 잠그고 우리가 정말로 진행 중인 일들을 계속했다. 겉으로는 평범하고 보잘것없는 사건들을 지속적으로 맡는 듯 위장했다. 그 뒤에선 나름의 목표대로 움직였다. 이 이중생활엔 여러 어려움이 따랐고, 내 동료들은 각자의 방식으로 견뎌냈다.

홀리는 이 문제를 다른 장애물들 다루듯 대했다. 눈에 티끌이 들어간 걸 알고도 눈 하나 깜짝 안 하는 사무적인 효율성으로 맞섰다. 피츠의 묘에 침입할 때든 거리에서 붙들려 불심검문을 당할 때든 그녀는 늘 자기 트레이드마크와도 같은 먼로식 냉정을 유지했다. 그걸 상실하는 홀리 먼로는 상상이 안 됐고, 어째선지 나는 그로부터—우리가 처한 모든 현실에도 불구하고—확신하게 됐다. 이 세상에서 진실로 무시무시한 일은 일어날 수 없으며 일어나지도 않으리라고. 옛날엔 그녀의 대쪽 같은 태도가 신경을 긁었지만, 이제 나는 거기서 안도감을 찾았다. 무슨 일이 닥친다 해도 홀리의 머리칼은 그녀의 걸음에 맞춰 비단결처럼 찰랑일 것이다. 옷은 몸의 곡선을 따라 자연스레 살랑일 테고. 살갗은 한결같은 커피색 윤기로 빛나며 홀리의 광천수와 그린빈샐러드 사랑을 대변하는 동시에, 햄버거와 비스킷 사랑으로 완성된 걸로 유명한 내 안색 옆에서―그걸 비난이라도 하듯―더욱 찬란해 보일 거였다. 그래, 홀리는 늘 같을 거였다. 나는 그게 행복했고.

조지의 강인함은 남달랐다. 낯선 사람들 눈에 그는 강인함과는 담쌓은 인간처럼 보일지도 몰랐다. 그는 너무 물컹했고, 너무 꾀죄죄했고, 너무 부스스했다. 그가 자기 방에 머리빗을 키운다 한들 그렇다는 티는 정말 조금도 안 났다. 밀가루 반죽 같고 밋밋한 얼굴만 봐선 그가 확고한 자기주장은커녕 어떤 개성이나마 가진 사람이란 생각이 도저히 안 들었다. 조지의 이 같은 특징은 연구자로서 그의 명성을 익히 알고 있는 적들에게조차 뭔가 부정적인 걸로 해석됐다. 그들은 조지를 소극적인 정보 흡수자, 허구한 날 자리에 앉아 종이나 넘기는 사람으로 생각했다. 현장에 나가 초자연적 공포를 마주하기보다 서재 의자에 안전히 처박혀 있는 게 더 나은 사람으로 여겼다.

이 부분에서 그들은―조지의 다른 모든 부분에서와 마찬가지로―완전히 틀렸다. 그의 빼어난 연구 역량, 도서관에서 도서관으로 떠돌아다니는 능력, 작디작은 단서를 찾아 퀴퀴한 곳에 처박혀 끝도 없는 시간을 보내는 힘은 맹렬한 투지와 강철 같은 의지에서 나왔다. 그는 찾고자 하는 게 있으면 반드시 찾아냈다. 뭔가를 찾아내면 투견처럼 물고 늘어지고 털어 관련 사실들 전부가 우수수 쏟아지게 만들었다. 조지는 끈질겼다. 그는 유령 창궐의 풀리지 않는 미스터리를 개인적인 모욕으로 간주했고, 그것의 조사를 막으려는 피츠 대행사의 압력이 강해질수록 더 깊이 파고들었다. 그는 멈추지 않을 거였다.

그리고 록우드가 있었다. 더할 나위 없는 록우드가.

우리는 록우드를 중심으로 공전했다. 우리 모두가 그랬다. 우리의 옛 적이자 현재 동지인 퀼 킵스조차도. 템스강 진창의 공포로 불리는 플로 본스조차도. 그녀는 런던에서 가장 뛰어난 유물 사냥꾼*이었다. 적어도 악취로는 그랬다. 킵스와 플로는 유령으로 가득한 런던의 거리들을 쥐도 새도 모르게 다니면서 우리 일들을 조용히 대신해 줬다. 그들이 그러는 건 록우드가 부탁해서였다. 그냥 그거면 됐다.

사람을 끄는 록우드의 능력, 피츠 대행사의 감시와 위협에 맞닥트린 상황에서 그가 보이는 회복력의 비결은 그 특유의 어마어마한 에너지와 이 세상 것이 아닌 침착함이었다. 그를 당황시킬 수 있는 건 별로 없었다. 그는 눈앞의 상황과 냉정히 거리를 두면서 한쪽 눈썹을 추켜올리고 작은 쓴웃음을 짓는 걸로 압박감을 흡수한 다음, 그걸 날래고 확실한 행동으로 바꿔냈다. 지금껏 그 박력의 최대 피해자는 언제나 유령들이었다. 그게 이젠 살아 있는 적들을 향했고, 동료들에겐 자극제 역할을 했다. 그러는 순간에조차 그는 우리 모두로부터 어쩐지 좀 동떨어져 있었지만.

아니, 우리 모두와 그러는 건 아닐 수도 있었다.

록우드는 내게 가장 많은 걸 털어놨다. 우리는 늘 가까웠지만, 다섯 달 전에 내가 회사로 돌아오고부터 훨씬 더 가까워졌다. 우리는 다른 어느 때보다도 많은 시간을 함께 보냈다. 함께 일하고 많이 웃었다. 나는 그에게서 편안함을 느꼈고, 그 역시 내게서 그랬다. 우리 둘 다 분명히 알았던 것 같다. 우리가 다른 누구보다도 서로에게서 가장 큰 평화와 기쁨을 찾는다는 걸. 그건 좋은 일이었다.

그럼 나쁜 건 뭐냐고? 우리가 왜 그러는지를 내가 잘 모르겠단 거였다.

혼령망토 한 장에 의지해 꽁꽁 얼어붙은 죽은 자들의 땅으로 떠났던 여행은 우리 둘 모두에게 영원한 생채기를 남겼고, 다른 친구들과 우리를 갈라놨다. 그때 우리가 본 걸 다른 사람들은 제대로 상상조차 할 수 없었다. 그날의 기억이 우리의 밤과 꿈을 여전히 괴롭혔다. 체력이 돌아오기까지도 수 주일이 걸렸다. 내 머리칼은 군데군데 하얗게 셌다. 록우드의 앞머리에도 잿빛 가닥들이 생겼다. 사실 그 여행은 너무도 압도적이었던 나머지 그 뒤의 모든 것에 그림자를 드리웠다. 그리고 그 그림자 속에 서 있는 동안엔 때로 알기가 힘들었다. 우리 사이의 변화들이 정말로 그 사건에서 비롯된 건지, 아님 뭔가 다른 이유가 있는지.

그러니까 록우드가 나를 바라보는 눈길, 그때 그의 눈동자를 스치는 나약함, 다른 이들의 등 뒤에서 우리끼리 조용히 나누는 표정들. 그 친밀감의 바탕은 정확히 뭐였을까? 우리란 사람 자체? 우리의 본모습? 아님, 한 번의 압도적인 경험이 남긴 여파? 우리가 그걸 함께 했다는 사실?

그건 중요한 문제였다.

오해는 마시라. 나는 우리가 가까워서 기뻤다. 그저 약간의 명확성이 좀 아쉽다는 정도, 그뿐이었다.

누가 록우드 아니랄까 봐, 그는 이런 감정들에 대해 입도 뻥끗 안했고, 그래서 상황 정리에 별 도움이 안 됐다. 나는 나대로 이 얘기를 자연스럽게 꺼낼 기회를 못 찾고 있다는 사실 또한 도움이 안 됐다. 우리가 유령을 처치하고 DEPRAC를 상대하고 난제의 수수께끼를 파헤치느라 늘 정신없이 바쁘다는 것도 확실히 도움이 안 됐다.

그리고 예정된 상담 시간 삼십 분 전에 포틀랜드 로 35번지의 문을 두드리고는 우리 삶에 새로운 공포를 갖고 들어온 의뢰인들 또한 도움이 안 되긴 마찬가지였다.

5

이제 막 도넛을 다 먹었는데 마당의 좁은 길 옆에 달아둔 종이 울렸다. 메아리가 서서히 잦아들었다.

록우드가 얼굴을 찡그렸다. "무진장 일찍 왔네. 의뢰인 맞을 준비는 다 돼 있나?"

"케이크는 커피 테이블에 있어." 홀리가 말했다. "근데 응접실이 쓰레기장이야. 늘 그렇듯." 그러고는 자리에서 일어나 현관문을 열어주러 가면서 주문했다. "조지, 불에 주전자 좀 다시 올려줄래. 록우드, 루시, 시간이 삼십 초쯤 있으니까 응접실 좀 수습해 봐."

우리는 이런 데 선수였다. 이십팔 초 뒤에 쿠션들은 모양이 잡혔고, 소금탄은 벽장에 들어가 있었으며, 활짝 열린 응접실 창문으로 초가을의 맑은 공기가 들어왔다. 부엌에서 조지가 그릇들을 챙기는 소리 또한 적당했다. 우리 손님들이 등장했을 때는 록우드와 내가 커피 테이블 옆에 서서 기다리고 있었다.

확실히 첫인상부터 남다른 사람들이었다. 둘 중 나이가 많은 쪽은 땅딸막한 남자로, 쨍한 노란색 체크무늬 재킷을 입었다. 재킷이 과하게 새것 같은 느낌은 없었고 팔꿈치에 가죽이 덧대져 있었다. 재킷 안에 입은 회색 조끼는 불룩한 배 부분이 터질 듯하고, 반들거리는 흰색 셔츠의 V자 모양 옷깃 아래서 희끗한 가슴털이 여름철 가시덤불처럼 스치고 삐져나왔다. 코듀로이 바지는 격정적인 진홍색이었다. 남자의 얼굴도 벌겠는데, 그와 와인병의 죽고 못 사는 관계를 말해주고 있었다. 짧게 자른 흰머리는 인상적일 정도로 곱슬곱슬했고, 그 위에 해진 녹색 중절모가 얹혀 있었다. 코는 들창코에다 옆으로 넓은 입이 크기도 무척 컸다. 조그맣고 밝은 눈 한 쌍은 움직임을 좀처럼 멈출 줄 모르고, 상대와 시선을 맞추는 일도 절대로 없었다.

남자 옆에는 비쩍 마르고 영양실조처럼 보이는 가녀린 십 대가 서 있었다. 그가 걸친 낡은 청바지와 헐렁한 스웨터는 홀쭉함을 감추기보다 오히려 부각시켰다. 큰 코는 끝이 다소 굽었고, 손쓸 수 없이 헝클어진 흑발 아래 백골색 살갗은 걱정스러울 정도로 창백했다. 그의 얼굴엔 표정이 아예 없었다. 옆 사람과 달리 그는 정면을 똑바로 봤다. 그렇다고 눈앞의 것에 집중하고 있는 눈치는 아니었다.

"루이스 터프넬 씨야." 홀리가 말했다. "터프넬 씨와…." 그러면서 소년을 쳐다봤다.

"찰리 버드입니다." 터프넬이 말했다. "들어가자, 찰리."

루이스 터프넬이 성큼성큼 걸어오더니 열성적으로 고개를 끄덕이고, 윙크하고, 모자를 만지며 인사했다. 그의 옆에서 소년이 얼빠진 사람처럼 어기적거렸다. 딱 봐도 괴상한 한 쌍이긴 했으나, 그들이 응접실을 반쯤 가로지르고서야 나는 진짜로 뭐가 이상한 건지 알아챘다.

남자가 소년을 쇠사슬에 묶어 데리고 있었다.

쇠사슬로 말할 것 같으면 깔끔하고 환한 사슬 고리들이 엄청 달린 제품으로 수수하고 깨끗했지만, 그게 문제가 아니었다. 애초에 그

물건이 쇠사슬이란 게 문제지. 고리 모양 끝부분이 소년의 두 손목을 옥죄고 있었다.

나는 록우드를 힐끗거렸다. 그도 눈치챘는지 궁금했는데, 그랬다는 걸 대번에 알 수 있었다. 록우드뿐만이 아니었다. 차를 내오던 조지 또한 중간에 멈춰서는 입을 쩍 벌리고 있었다. 손님들을 뒤따라온 홀리가 그들의 등 뒤에서 우리를 보며 격렬히 손짓발짓을 해댔다.

의뢰인들이 커피 테이블에 도달했다. 자리를 권할 새도 없이 대뜸 터프넬이 소파로 갔다. 소년은 처음엔 서 있었다. 터프넬이 털 난 손을 어깨에 얹고 눌러 자리에 앉혔다. 사슬 고리들이 은은하게 쟁그랑거리고는 이내 잠잠해졌다.

우리도 차례로 자리에 앉았다.

록우드가 목을 가다듬었다. 그 역시 상당히 놀란 것 같았다. "어, 안녕하세요." 그가 말을 시작했다. "저는 앤서니 록우드입니다. 자, 터프넬 씨…."

"'루'라고 부르세요!" 터프넬이 말을 끊으며 해진 녹색 모자를 휘둘렀다. "그냥 루 터프넬요! 그게 좋습니다. 난 거드름 피우고 뭐 그런 거 없어요. 나로 말씀드릴 거 같으면 '터프넬 극장'의 소유주 되겠습니다. '터프넬의 경이', '터프넬의 경악과 기쁨의 움직이는 놀이동산'은 말할 것도 없고요. 그보다 중요하게 난 아주 난감한 지경에 처한 남자기도 하죠. 악령이 내 사업장에 저주를 내리고 날 파멸시키겠노라 위협해서요." 그는 과장되게 한숨을 내쉬다가 테이블에 놓인 홀리의 씨앗케이크를 발견했다. "아이고. 나 주려는 건가요? 훌륭합니다!"

"글쎄, 다 같이 나눠 먹길 바라는 마음이었다고나 할까요." 조지가 말했다.

록우드가 한 손을 들었다. "케이크고 저주고 간에," 그가 말했다. "그 전에 먼저 할 얘기가 있는 거 같은데요…." 그는 의미심장하게 뜸을 들이며 손님이 눈치껏 알아차리길 바랐다. "음," 결국 그가 덧붙였다. "그 쇠사슬을 못 본 척할 수 없어서요…."

터프넬이 흠칫했다. 좀 놀랍다는 양. 맥없고 연한 미소가 얼굴을 스쳤다. "뭐요, 여기 이거 말입니까? 이 쇠사슬? 오, 이건 찰리 버드의 안전을 위한 것일 뿐입니다. 여러분에 대해선 걱정 마세요."

록우드가 눈살을 찌푸렸다. "안 합니다. 하지만…."

"녀석이 '여러분'한테 해코지하진 않을 겁니다. 딱한 찰리는 안 그래요." 터프넬이 쇠사슬을 잡지 않은 손으로 소년의 머리칼을 헝클어트렸다. "다만 자신한테 안 그런단 보장이 없어서요. 구구절절이 말씀드리진 않겠습니다만. 저기 저 케이크 자르는 칼 보이시죠? 내가 조금만 방심해도 녀석은 벼락같이 달려들 겁니다. 저걸 자기 심장에 쑤셔 넣을 거예요. 그러느라 여러분의 사랑스러운 카펫을 망치고."

우리는 카펫을 보고, 케이크 칼을 보고, 소년을 봤다. 그는 자기만의 세상에 조용히 앉아 있었다.

"자해를 할 거라고요?" 내가 물었다.

"틀림없이요."

홀리는 조지의 의자 팔걸이에 걸터앉아 있었다. 그녀가 말했다. "그럼, 터프넬 씨, 만약 그분… 그분 몸이 불편한 거면 병원에 데려가셔야죠. 돌봐줄 의사가 필요한 상태…."

"의사들은 못 도와요, 아가씨." 루 터프넬이 희끗한 머리를 슬프게 가로저었다. "의사요? 병원? 쳇! 그 사람들이 어쩌는지 좀 보고 싶군요. 냅다 약이나 먹이고 침대에 묶어놓네 어쩌네 하겠죠. 그 와중에도 녀석의 생명은 나 몰라라 하고 줄줄 새나갈 텐데. 결국 얼마 가지도 못해선 영혼이 방랑하고 다니는 또 한 구의 시신이 되고 말 겁니다. 시간 낭비예요, 의사들은. 아뇨, 아가씨. 우리한텐 여러분이 필요해요. 우리가 여기 온 것도 그래서고."

정적이 흘렀다. 부엌에서 물주전자가 끓는 소리가 들렸다.

"미안합니다." 록우드가 입을 열었다. "저로선 잘 이해가 안 되고요. 우리가 어떻게 이분을 도울 수 있을지도 잘 모르겠습니다. 자, 선생님 시설에 악령이 있다면…."

"바로 그 유령이 찰리를 이 지경으로 만든 장본인이죠." 터프넬이 말했다.

우리는 소년을 다시 쳐다봤다. 잠잠하고 수동적인 그를, 아무것도 보고 있지 않은 그 눈을.

"유령접촉을 당했단 말씀인가요?" 조지가 물었다.

"신체적으로 당하진 않았죠." 터프넬이 말했다. "까딱했음 그리됐겠지만. 그 대신 마음을 붙들렸어요. 그 여자한테 기를 빨리는 통에 점점 약해지고 있죠. 내가 하룻밤, 혹은 이틀 밤만 더 지체해도 그 여잘 따라 저쪽 세상으로 건너가 버릴 거라고요." 아주 잠시일 뿐이었지만 터프넬의 눈이 왠지 음험한 방황을 멈췄다. 그가 록우드를 똑바로 쳐다봤다. "여러분이 그 여잘 제거하면 둘 사이의 연결 고리가 끊길지도 몰라요. 녀석이 돌아올 수도 있잖습니까. 잘은 몰라도."

록우드가 기다란 다리를 꽜다. 체념한 듯 사무적인 분위기였다. 쇠사슬이 여전히 못마땅하지만 그래도 마음을 정한 거였다. "그럼 사연을 한번 들어보죠." 그가 말했다.

내가 자리에서 일어났다. "그 전에 다들 차부터 좀 마셔야겠는데요."

"그리고 아무래도," 조지가 벌떡 일어나 내 옆에 서며 말했다. "이

케이크 칼은 원래 자리에 갖다 묻어야겠어요."

"그래 주시면 아주 좋겠습니다." 터프넬이 말했다. "난 케이크를 좋아해요. 찰리 버드는 아무것도 안 줘도 됩니다만. 녀석은 더 이상 먹지 않거든요."

나는 부엌으로 갔다. 뜨거운 물과 주전자로 차를 준비했다. 조지가 씨앗케이크를 나누며 우려 섞인 눈길로 터프넬의 오동통한 몸통을 힐끔거렸다. 기다리는 동안 터프넬의 시선은 우리들 사이를 쉼 없이 옮겨 다녔다. 그중에서도 나와 홀리에게 가장 길게 머무는 게 느껴졌다.

"음," 내가 컵을 건네는데 터프넬이 말했다. "아가씨를 보니 눈이 싹 정화되는 기분이군요. 정말입니다. 깔끔하고 반짝반짝하고 보기 좋아요. 여러분 중 한둘은 내 공연에 자릴 마련해 줄 수도 있어요. 이 대행사 어쩌고 하는 일이 잘 안 풀리면." 그러면서 그 특유의 묽고 알랑거리는 듯한 미소를 지었다. 줄줄이 보이는 치아가 꼭 깨진 비스킷 같았다. "조그만 드레스 두어 벌에 반짝이 몇 개 붙이고 적당한 데다 빛나는 술 장식도 좀 달면… 완전 딱이겠는데."

"말씀 감사합니다." 록우드가 말했다. "조지가 고려해 보겠다고 하네요. 자, 우리가 가진 심령 조사 전문 요원으로서의 능력으론 선생님을 어떻게 도와드릴 수 있을까요?"

"그 악령에 대해 말씀해 주세요." 홀리가 딱딱하게 말했다. 그녀는 수첩을 한 장 넘기고 볼펜을 든 채 대기 중이었다. "어떤 악령인지, 어떻게 나타나는지. 그리고 그게 이 불쌍한 소년을 어떻게 괴롭히는지요."

터프넬은 해진 한쪽 무르팍에 씨앗케이크 접시를 놓고 균형을 맞췄다. "여기 있는 찰리만 당한 게 아네요. 죽은 사람도 있죠. 우리 극장이랑 놀이동산이 어린 친구들에게 더는 안전하지 않은 공간이 돼 버렸습니다. '그 여자' 때문에." 그는 거대한 입 가득히 케이크를 넣고 비통하게 씹었다. "짧게 얘기하겠습니다. 난 바쁜 사람예요. 온종일 케이크나 오물거리며 앉아 있을 순 없죠. 여러분은 그럴 수 있을지 몰라도. 자, 배경 얘길 간단히 해보죠. 여러분 모두 터프넬의 움직이는 놀이동산 얘긴 들어봤을 겁니다. 당연하죠. 무려 백 년째 이어 온 가업이거든요. 이제는 연로한 내 아버지 프랭크 터프넬이 전국을 누비며 일했지만, 난제 때문에 이젠 유랑이 쉽지 않죠. 그래서 지난 이십 년 동안 우린 런던 동부의 스트랫퍼드에 박혀 있었어요. 그쪽에 낡은 극장 하나가 있거든요. 펠리스 극장, 이라고 불립니다. 거기 있은 지 이삼백 년은 됐다고들 해요. 우린 그 극장에서 마술 쇼랑 서커스 공연을 합니다. '터프넬의 경이'도 거기 딸려 있고요. 극장을 중심으로 상설 놀이동산을 만들었어요. 10파운드 지폐 한 장이면 그 안의 모든 걸 이용할 수 있습니다. 고작 그 한 장으로, 여러분, 멈추지도 마르지도 않는 경이로움의 향연을 즐길 수 있다 그겁니다. 일요일엔 애들한테 무료 핫도그까지 준다는 거 아닙니까. 그런 걸 난 '가치'라고 부르죠."

록우드는 내내 창밖을 보고 있었다. "그렇군요. 아까 유령 얘길 하셨는데요."

"그랬죠. 유령은 밤이면 망토를 걸친 여자의 탈을 쓰고 극장 복도를 걸어 다녀요. 어여쁜 형상에 빛을 내지만 사악한 속내를 가졌답니다." 터프넬이 몸서리를 치며 커다랗게 한숨을 쉬었다. "내가 데리고 있던 애 하나가 그 여자한테 당했어요. 찰리 버드도 오래 못 갈 거고. 그 여자랑 마주치는 청년은 누가 됐든 무사하지 못하죠. 애들은 그 여잘…." 그가 갑자기 몸을 앞으로 숙이고 뜻밖이다 싶도록 낮게 목소리를 깔았다. "그 여잘 이렇게 불러요…. '라 벨 댐 사 메흐씨'라고."

그 속삭임의 여운이 잦아들었다. 그리고 쇠사슬에 묶인 소년이, 그때껏 석상마냥 앉아 있던 허연 얼굴의 찰리 버드가 불쑥 길고 낮은 신음을 뱉었다. 그 소리의 뭔가가 몹시도 오싹하고 섬뜩해서 팔에 소름이 쫙 돋았다.

터프넬이 쇠사슬 잡은 손에 힘을 줬으나 더 이상의 동요는 없었다.

우리는 잠시 침묵 속에 앉아 있었다.

"라 벨 댐 사 메흐씨…." 홀리가 나직이 말했다. "'무정한 미인'이라…. 그 유령을 그렇게 부른다고요?"

"네."

"치명적이고 여성적인 매력 때문일까요?"

"아뇨. 그게 그 여자 이름이니까. 우린 그 환영의 정체를 안다지 않았습니까? 아까 말 안 했던가요? 라 벨 댐 사 메흐씨라고요. 그녀는 배우였어요. 배우 비슷했죠. 지난 세기 초입에요. 한창때는 인기가 대단했습니다. 사악하고 아름다웠어요. 그랬습죠. 그 여자가 무덤을 떠나 다시 돌아다니고 있는 거 같아요. 여기, 이거 한번 보시죠." 터프넬이 재킷 안주머니에서 쭈글쭈글하고 기름이 덕지덕지 묻은 뭔가를 꺼냈다. 누르께한 종이를 큼지막하게 접은 거였다. 그는 그걸 은근슬쩍 테이블 건너로 툭 던졌다. "제발 부탁인데, 찰리 버드 눈에는 안 보이게 해주십쇼."

록우드가 종이를 들어 펼쳤다. 나는 가까이로 몸을 기울였다. 조지와 홀리가 자리에서 일어나 커피 테이블을 돌아와선 우리 어깨 너머에서 들여다봤다.

종이는 검은색과 금색으로 인쇄된 극장 전단지였다. 뭉게뭉게 피어오르는 금빛 연기 속에서 나른한 자세를 취하고 있는 금발 여인의 삽화가 들어 있었다. 그녀가 몸에 걸친 매혹적인 옷은 뭐라 묘사하기가 힘들었다. 사실 옷이라 부를 만한 게 별로 없어서였다. 전체적으론 살짝 동양적인 느낌이었다. 목선이 무진장 깊이 파이고, 빗금들이 교묘하게 배치돼 있고, 몸의 굴곡을 그대로 드러냈다. 실용성이 영 떨어지는 데다 추워 보였다. 여자는 길고 가는 팔을 팔찌로 장식하고, 머리에는 조그만 왕관을 썼으며, 바람에 부푼 금발이 연기와 뒤섞였다. 두 눈은 반쯤 감겼고, 어마어마하게 무성하고 검은 속눈썹에 완전히 가려져 있었다. 고개를 뒤로 젖히고 입술을 벌린 모습이 유혹적이든가, 얼빠져 보이든가, 아님 둘 다였다. 그녀 옆 연기에 으스스한 글씨체로 이렇게 적혀 있었다.

라 벨 댐 사 페흐씨

술탄의 복수

속

환상의 여인 역

전단지 아래에는 팰리스 극장의 이름과 주소, 그리고 구십 년도 더 된 과거의 날짜가 적혀 있었다.

터프넬은 이 기회를 틈타 케이크 한 조각을 더 챙기는 중이었다. "라 벨 댐. 전설적인 미녀죠. 보시다시피."

"넵." 조지가 말했다.

"내 눈엔 좀 퇴폐적인 거 같은데." 홀리가 말했다. "안 그래, 루시?"

"완전."

터프넬이 끙 소리를 냈다. "살아생전에도 잔인한 여자였다고들합니다. 미모를 앞세워 자길 보는 누구든 쥐고 흔들었대요. 이 여자의 유령이 가진 힘도 그거고."

록우드가 전단지를 보며 눈을 찡그렸다. "이 여자가 선생님을 괴롭히는 유령이라고요…? 그걸 어떻게 확신하시죠, 터프넬 씨? 유령이 이 여자란 걸 어떻게 알아요?"

"라 벨 댐이 섬뜩한 결말을 맞은 곳이 바로 팰리스 극장 무대니까요. 그녀는 탈출 곡예사였단 거 아니겠습니까? 그녀가 아슬아슬하게 죽음을 피해가는 경이로운 환상극들을 보려고 런던 전역에서 사람들이 몰려들었어요. 그중에서도 가장 유명했던 공연이 거기 적힌 그겁니다. '술탄의 복수'. 관처럼 생긴 상자를 세워놓고 라벨 댐을 가둔 뒤에 겉을 쇠사슬로 칭칭 감았습니다. 그런 다음에 남자들이 거기다 검을 꽂아 넣었어요. 안에선 그녀가 비명을 질러대고. 물론 다 가짜죠. 실제로는 상자 밑바닥에 달린 문을 통해 무대 아래로 내려가 있는 거예요. 검이 다시 다 뽑힐 때까지 대기하고 있다가 짜잔 하고 나타나는 겁니다. 별거 아니었죠. 그날 밤 모든 게 끔찍스레 잘못되기 전까진…."

터프넬이 잠시 말을 끊고 침을 삼켰다. 내내 열정적이고 극적이고 웅장하게 떠들어댄 터였다. 입에는 케이크를 잔뜩 물고. 그가 말할 때마다 부슬비처럼 쏟아지던 케이크 부스러기가 커피 테이블을 후드득후드득 두드리기를 멈췄다. "고의적인 범행이란 얘기가 있어요." 그가 속삭였다. "라 벨 댐한테 퇴짜를 맞은 숭배자가 복수심에 벌인 일이라고. 바닥 문 레버 당기는 일을 담당하던 젊은이가 술에 취해 곯아떨어져 타이밍을 놓친 사고라는 주장도 있고요. 이유야 어쨌든 간에 라 벨 댐은 무대 밑으로 못 내려갔어요. 관에 검이 꽂힐 때 그 안에 그대로 있었죠. 그날 밤 무대 위의 새된 비명은 진짜였습니다."

"끔찍한 결말이네요." 내가 말했다. "보고 있던 사람들한테도 그렇고."

"처음엔," 터프넬이 말했다. "극장의 누구도 상황을 몰랐죠. 콸콸 쏟아지는 피도 연출의 일부라고 생각했으니까. 하지만 멈출 줄을 모르고 계속돼서…." 그가 차를 홀짝였다. "내가 여러분한테 너무 스트레스를 주는 게 아니면 좋겠군요."

록우드는 테이블의 축축한 부스러기들을 보고 있었다. "아주 약간은 그러네요. 자, 좋습니다. 그녀가 어떻게 죽었는지는 들었고. 유령 얘길 해보시죠."

터프넬이 고개를 끄덕였다. "우리 극장에선 오후에 공연을 해요. 저녁 공연은 당연히 없고요. 다들 해가 지기 전에 돌아가니까. 전통적인 서커스 쇼랍니다. 공중그네랑 줄타기 곡예사, 저글러랑 어릿광대가 무대에 오르죠. 단원들은 대부분이 성인이지만 공연 뒷정리를 하는 꼬마들도 몇 데리고 있어요. 그중 두엇이 와서 보고하길, 무대를 쓰레질하고 있는데 극장 뒤를 걸어 다니는 여자가 보이더랍니다. 늦은 오후였어요. 안에서 어쩌다 길을 잃은 입장객일 거라 생각했는데 막상 찾으러 갔을 땐 사라지고 없었죠. 며칠 뒤, 여자애 하나가 분장실을 지나칠 때였습니다. 극장 문을 닫기 직전에요. 곁눈질로 봤답니다. 분장실에 검은 드레스를 입은 누군가가 서 있는 걸. 뒷걸음으로 다시 돌아갔을 때 방은 비어 있었다나요."

"하나같이 흉흉하네요." 록우드가 말했다. "그래서 어떻게 조치했습니까?"

"아무것도요. 우리가 일몰 뒤에도 극장에 있고 그랬던 건 아니잖습니까. 분장실 건도 오후에 그런 거고. 충분히 안전할 줄 알았죠…. 그러다 찰리와 딱한 시드 모리슨한테 일이 터져버린 겁니다." 터프넬은 감정이 복받치는 양 한숨을 쉬었다. 모자를 벗고는 곱슬곱슬한 둥지 같은 머리칼을 손으로 쓸었다.

"찰리에게 무슨 일이 있었던 건데요, 터프넬 씨?"

"늦은 오후였습니다. 사흘 전요." 의뢰인이 말했다. "밖에 있는 항마등*에 막 불이 들어왔을 때예요. 우리 무대 담당자 사라 파킨스가 외투를 깜빡했지 뭡니까. 가지러 극장에 다시 들어갔다가 복도를 걸어가는 찰리 버드를 봤답니다. 실실 웃고 있는데 눈이 멍하더래요. 뭐에 씌기라도 한 것처럼. 가만 보니 통로 끝에서 여자처럼 생긴 뭔가가 녀석에게 손짓을 하고 있더랍니다. 형상 주변은 온통 어두웠고요. 다른 모든 덴 불이 들어와 있는데, 찰리는 여자에게 직진하고 있었어요." 터프넬이 우리를 둘러봤다. "자, 사라는 조금도 지체하지 않았습니다. 쌩하니 달려가서는 럭비 선수 뺨치는 태클로 찰리의 발을 걸어 바닥에 엎어트렸죠. 그러면서 보니 통로 끝 어둠이 확 타오르는 듯하다가 사라졌답니다. 주변 램프에 일제히 불이 들어왔고요. 찰리는 아직 살아 있었죠. 하지만 지금 여러분이 보시는 이 상태로요."

"무대 담당자가 무척 용감했네요." 내가 말했다.

"네." 터프넬이 고개를 끄덕였다. "사라는 아가씨처럼 다부진 여자거든요. 여기 이 어린 숙녀분처럼 가냘프고 나긋나긋하진 않죠." 그가 홀리를 향해 깨진 비스킷 치아를 반짝였다.

"루시도 나도 자기 앞가림은 확실히 하거든요." 홀리가 말했다.

"그래서," 록우드가 말했다. "찰리는 가까스로 목숨을 건졌고. 이제 딱한 시드 모리슨 차례네요."

터프넬의 어깨가 축 처졌다. 그가 자기 손을 곰곰이 관찰했다. "시드는 우리 서커스단 마술사 견습생이었어요. 어제 오후 늦게 무대에 있었죠. 오늘 공연에 쓸 장치를 설치하느라요. 극단에서 일하는 트레이시라는 여자애는 객석에 내려가 바닥을 쓸고 있었고요. 근데 느닷없이 한기가 느껴지더랍니다. 고개를 들어 봤을 땐 시드가 혼자가 아니었죠. 어떤 여자랑 같이 있었어요. 여자가 트레이시를 마주 보고 있는 거 같긴 한데 도저히 분간이 안 됐대요. 여자가 그림자 속에 서 있기라도 한 것처럼. 극장 조명이 켜져 있는데도 말이죠. 트레이시가 보는 앞에서 여자가 스르르 미끄러져서는 무대 옆 어둠 속으로 들어갔어요. 걷지도 몸을 돌리지도 않고, 그냥 뒤로 스르르 흘러가는 느낌이었답니다. 시드가 그 여자를 따라갔고요. 뛰진 않았지만, 그렇다고 망설이지도 않았죠. 이내 옆 커튼 사이로 사라졌어요."

"트레이시가 시드를 부르거나 멈추려고 하진 않았나요?" 내가 물었다.

"입을 열고 싶었지만 어째선지 못 그랬다는군요. 시드가 사라지자마자 트레이시도 다시 움직일 수 있게 됐고요. 무대 옆 계단으로 달려가 커튼 사이로 갔습니다. 별로 좋은 얘긴 아녜요, 이제부턴."

"아, 그냥 계속하세요." 홀리가 말했다. "우리가 얼마나 많은 유령을 처리했는지 알기나 하세요? 어서요."

터프넬은 그 비난조의 말을 불만 없이 받아들였다. 그의 목소리는 나긋하고, 아까의 격정은 사라졌다. "무대 옆으로 간 트레이시는 그 여자와 시드를 다시 봤습니다. 둘은 꼭 껴안고 있는 거 같았대요. 적어도 여자 쪽에선 그랬죠. 여자는 가는 팔로 시드를 휘감고 녀석의 목덜미에 얼굴을 파묻고 있었어요. 여기서 섬뜩한 건 시드같이 덩치 큰 녀석이 연체동물마냥 축 늘어져 있고, 여자가 녀석을 지탱하고 있었단 거죠. 그리고 아니나 다를까, 여자가 놔버렸을 때, 그러니까 여자의 팔이 녀석의 몸을 뭐랄까, 통과했을 때, 시드는 바닥에 그대로 쓰러졌습니다. 아무렇게나 철퍼덕, 더러운 누더기 더미처럼요. 시드는 완전히 죽어 있었고, 트레이시가 몸을 뒤집었을 땐 차고 흰 얼굴에 무시무시한 미소를 띠고 있었답니다."

록우드가 손가락으로 무릎을 톡톡 두드렸다. "유령은 어떻게 됐는데요?"

"딱한 시드가 바닥에 떨어지기도 전에 사라졌죠."

"우릴 더 일찍 찾아오셨어야죠, 터프넬 씨. 더 일찍요. 찰리가 가까스로 목숨을 구했을 때…."

"알아요." 터프넬이 자기 손을 살폈다. 거기 뭔지 모르게 실망스러운 구석이 있는 것처럼. "압니다. 그게… 혹시라도 이 얘기가 새나갔다간… 누가 우리 공연을 보러 오겠습니까? 공연을 접게 될 거라고요."

"사람이 더 죽어나가는 거보다야 낫죠." 홀리가 찌푸린 얼굴로 말했다.

"찰리는 어떤 사람인가요?" 잠시의 침묵 뒤에 조지가 물었다. "그러니까, 멀쩡할 때요."

"조용하죠. '건강하다'고는 못 해요. 폐가 안 좋아서 일에 제약이 많죠. 보통 사람 같으면 녀석을 군이 데리고 있지 않을 겁니다. 나요, 난 인심 좋은 사람이죠. 녀석에게 계속 일을 줍니다."

"시드도 몸이 안 좋았나요?"

"전혀요. 건장했어요. 한창때였죠. 녀석은 프레스티디지테이터였답니다."

침묵이 흘렀다. 록우드가 고개를 끄덕였다. "아, 네. 그랬나요? 흥미롭군요. 그로선 잘됐네요."

"그게 뭔지 모르는군요. 그쵸?"

"전혀요."

"마술사였단 얘깁니다. 손으로 재주를 부리는. 엄밀히 말하면 시드는 견습생일 뿐이었지만 근접 마술에 능했어요. 관객 사이로 들어가선 숙녀의 귀에서 달걀이 나오게 만들고, 찢어발긴 20파운드 지폐를 신사의 소매에서 멀쩡한 상태로 끄집어냈죠. 손놀림이 매끄럽고 감쪽같은 데다 입담도 좋았어요. 군중을 아주 구워삶았달까. 아무튼 그쪽으로 무척 뛰어났답니다. 그랬었죠. 우리 러시아 공중그네 곡예사한테 푹 빠지기 전까진."

"왜요. 거기서 무슨 문제가 생겼나요?"

"여자가 마음을 안 받아줬거든요. 내가 나서서 시드 녀석의 비위 좀 맞춰달라고 여자를 설득해 보기도 했고, 회사 입장에서도 그게 가장 좋았지만, 여자는 그럴 맘이 전혀 없었어요. 시드는 실연당했죠. 여자가 지내는 캐러밴 창문 아래 자그마치 몇 주씩이나 퍼져 있었어요. 자지도, 먹지도 않고, 망가져 갔습니다. 녀석의 재주도 마찬가지였고. 공연 중에 달걀을 깨트리고, 동전을 떨어트리고, 카드는 던지는 족족 아무 방향으로나 날아다녔어요. 대책이 없었죠. 녀석이 죽지 않았더라면 아마 내 손으로 잘랐을 겁니다."

"뭐, 어쨌든 선생님의 수고를 덜어주긴 했네요." 록우드가 말했다. 그는 다시 손가락을 톡톡거리고 있었다. "그 러시아 공중그네 곡예사 말인데요. 이름이 뭐죠?"

"캐롤 블리어스."

"이름이 딱히 러시아 사람 같진 않네요."

"외할머니 쪽이 러시아혁명 때 망명했답니다. 그렇다고 말은 하죠. 이렇든 저렇든 성인 남자를 3미터나 날려 보낼 수 있는 허벅지를 가졌으면 난 그걸로 된 거죠. 허, 여기 케이크가 마음에 쏙 드네요. 정말입니다. 나와 함께하실 분이 따로 없으시면 마지막 조각은 기쁜 마음으로 내가 먹겠습니다." 조지가 항의조로 내뱉은 꺽 소리를 무시한 채 터프넬은 케이크를 자기 접시로 옮겼다. 그러고는 소파 등받이에 몸을 기댔다. "그래서 도와주실 겁니까?" 그가 물었다. "그 유령이 찰리를 죽이고 있어요. 내게 궤양을 안기고 우리 고객들을 겁주는 건 말할 것도 없고."

록우드는 차라리 천장을 보고 있기로 한 모양이었다. "터프넬 씨, 문제가 얼마나 오래 계속된 겁니까?"

"유령이요, 아님 궤양이요?"

"유령요."

"이 주요. 어쩜 삼 주."

"그렇군요. 실제로 유령을 목격한 건 누굽니까? 여기 있는 찰리 버드와 시드, 아까 언급하신 여자 둘을 빼면?"

"좌석 안내원 몇이랑 분장 담당 바네사요. 아이스크림 파는 여자애도 있었던 거 같고."

"그분들은 다들 무사하고요?"

"공포에 사로잡혀 살고 있죠. 바네사는 머리가 다 허옇게 셌어요."

"그러니까 다른 말로 하면, 라 벨 댐의 피해자는 전부 남자인 거네요?" 홀리가 물었다.

터프넬이 고개를 끄덕였다. "그들 누구도 그녀의 매력을 거부하지 못했어요. 그녀의 생전에도, 사후에도. 록우드 선생과 여기 계신 친구분도 조심해야 할 겁니다."

록우드가 빙그레 웃었다. "오, 조지랑 전 라 벨 댐이 어떻게 들이

대도 감당할 수 있을 거 같은데요. 너도 그렇지 않겠어, 조지? 좋습니다, 터프넬 씨. 우리가 사건을 맡죠. 관련 조사에 이십사 시간이 필요해요. 보시기에 찰리가 그 정도는 버틸 수 있을까요?"

우리 의뢰인은 쇠사슬에 묶인 소년, 그의 옆에서 멍한 눈으로 꿈쩍도 하지 않는 아이를 쳐다봤다. "그러길 바라야죠, 록우드 선생···. 하지만 제발 부탁드리는데, 그보다 늦어지는 일은 없게 해주세요."

나는 의뢰인들을 배웅하게 돼 기뻤다. 한 명은 마음에 안 들고 다른 한 명은 불쌍했다. 다시 말해, 그들과 있는 게 불편했다. 나는 그들을 현관으로 안내했다.

내가 현관문을 열고 그들이 지나갈 수 있게 비켜서자, 터프넬이 고개를 끄덕여 인사했다. 그 와중에 쇠사슬을 쥔 손에서 슬쩍 힘이 빠졌다. 그러기 무섭게 찰리 버드가 몸을 옆으로 빼며 쇠사슬을 낚아챘다. 터프넬이 쇠사슬을 놓치면서 찰리가 반대쪽 벽에 가 부딪혔는데, 그 옆 이가 나간 대형 화분에 우산과 레이피어가 꽂혀 있었다. 찰리 버드는 여전히 한데 묶인 손으로 록우드가 가진 두 번째로 좋은 검의 칼자루를 잡고 검을 화분에서 끄집어냈다. 뽑혀 나오는 검날에서 아침 햇살이 반짝였다. 다음 순간 찰리가 검 끝을 아래로 해서 배쪽으로 밀었다. 복부 깊숙이 찔러 넣으려는 속셈이었다. 하지만 그의 팔은 너무 짧고 검날은 너무 길었다. 검은 그의 가죽 벨트에 박혀 꿈쩍하지 않았다.

찰리 버드가 검을 빼내려 고생하는 동안 내가 달려들어 그와 씨름했다. 터프넬이 그의 팔을 붙들고 쇠사슬을 잡아당겼다. 소년은 광적이고 필사적으로 저항했다. 무시무시한 힘이었다. 우리는 외투 걸이에, 다음으로 열쇠 탁자에 충돌했다. 찰리 버드는 아무 소리도 내지 않았다. 고요한 몇 초간 그와 내가 한데 엉켜 오락가락했다. 그의 파리한 얼굴이 내 얼굴 옆에 딱 붙어 있고, 우리 눈이 서로를 뚫어져라 노려봤다. 이윽고 터프넬이 찰리의 옆머리를 세게 후려쳤고, 나는 레이피어를 빼앗았다.

무슨 스위치가 눌리기라도 한 것처럼 찰리 버드가 다시 잠잠해졌다. 얼굴은 차분하고 무표정했다. 그는 문밖 햇빛 속으로 순순히 끌려나갔다.

"정말 미안합니다." 울타리 문에서 터프넬이 몸을 돌려 말했다. "그 유령을 잡는 게 녀석에게 남은 유일한 기회란 걸 아시겠죠? 할 수 있는 뭐든 해서 우리 좀 도와주십쇼."

그 말과 함께 터프넬은 해진 중절모를 살짝 들어 인사하고는 쇠사슬을 당겨 소년을 끌고 도로 저편으로 멀어졌다.

6

우리가 터프넬에게는 영 공감을 못 했다고 한다면─껄렁껄렁하고 과장스럽고 겉만 번지르르한 말과 약삭빠른 회피의 조합이 미친 듯 매력적이진 않았다─찰리 버드의 경우엔 누가 봐도 명백한 그의 고통에 다들 안타까움을 느꼈다. 그런 걸 들어본 적 있다는 록우드에 따르면, 찰리는 피해자의 정신을 옭아매는 심령 지배*의 드문 사례였다.

"말하자면 유령굴레* 같은 거야." 록우드가 설명했다. "다만 심령 지배는 육신이 아니라 지성을 붙들리는 거뿐이지. 살려는 의지가 점차 사라지고 희생자는 죽음으로 끌려가. 터프넬이 맞아. 유령을 파괴하는 게 둘의 연결을 끊는 유일한 방법일 거야."

"불쌍한 찰리." 홀리는 엉망이 된 현관을 정리하는 중이었다. "스스로한테 그런 짓을 하고 싶어 한다니 얼마나 끔찍해."

"그 멍하고 무표정한 얼굴 봤어?" 조지가 덧붙였다. "으스스해."

"눈이 텅 비었더라고." 내가 거들었다. "아까 몸싸움할 때 봤는데, 눈이 휑해."

"뭐, 찰리를 붙들고 있는 게 보통 놈이 아니란 건 분명하지." 록우드가 말했다. "우리도 확실히 준비하기 전까진 절대로 놈 앞에 서지 않을 거야. 조지, 기록물보관소에서 극장 건 관련 자료도 좀 찾아봐 줄래? 난 내일 쓸 장비를 주문할게. 우리가 가진 거 절반을 피츠 묘에 다 두고 왔어."

"일이 많네." 조지가 말했다. "마리사, 난제, 거기다 무정한 미인까지. 난 얼른 가보는 게 좋겠다. 근데 그 전에 네 부모님 궤짝에서 나온 걸 보여주고 싶어, 록우드. 지금 빨리 해도 될까?"

우리는 조지를 따라 2층으로 올라갔다. 불시에 방문을 나와 지하 사무소에서 우리 활동을 점검하는 DEPRAC 직원들은 어째선지 2층은 둘러볼 생각을 안 했다. 우리로선 다행이었다. 거기엔 인간의 건강과 제정신에 해로운 것들로 가득한 어둡고 끔찍한 신비의 나라가 있었고, 그게 다만 조지의 방만은 아니었으니까. 2층에는 또한 록우드의 누나 제시카가 쓰던, 그녀가 생을 마감한 방이 있었다. 그 방의 헐벗은 침대 위에는 그녀의 절명광*이 극적이지만 무해하게 아직껏 떠 있었다. 벽 쪽에 차곡차곡 쌓인 궤짝들엔 이국땅의 빛바랜 수출 허가 표시가 찍혀 있었다. 방 한구석에 쳐둔 쇠사슬 방어진 안에 궤짝에서 나온 물건들이 정리돼 있었다. 다들 이상하고 위험하고 금지된 물건들이었다.

개중엔 야생동물과 괴물 같은 모습의 혼령을 본뜬 가면들이 있었다. 새로 발견된 망토 한 벌은 깃털, 다른 한 벌은 짐승이 털갈이한 털로 만들어졌다. 뼈와 구슬, 동물 내장이 이상하게 조합된 물건들도 있었는데, 록우드에 따르면 자바산 귀신잡이들이었다. 납과 밀랍으로 봉인된 항아리들의 경우엔 극도로 조심해서 다뤄야 했다. 칠 년 전, 그런 항아리 하나가 깨지면서 제시카 록우드가 목숨을 잃었다.

딱 봐도 상당한 양이었다. 이 정도 물건들이면 부티 나는 차림새로 플래카드를 흔들며 허구한 날 트라팔가르 광장을 행진하는 광신도 집단 다리에 힘이 풀릴 것이다. 이런 걸 구경할 수만 있다면 피츠 연구자들은 자기 할머니라도 팔아넘길 테고. 부자 수집가들은 물건을 서로 갖겠다고 이를 악물고 싸우고, 유물 사냥꾼들은 잠들어 있는 우리의 목을 딸 것이다. DEPRAC의 반스 경위는 덮어놓고 우릴 체포한 뒤에 물건을 압수하고 말겠지. 그래서 우리는 궤짝 얘기가 새나가지 않도록 각별히 주의했다. 우리와 킵스, 플로를 제외한 누구도 모르게 했다.

우리는 문간에 서서 안을 들여다봤다. 조지가 방어진 안쪽에 줄줄이 놓인 꾀죄죄한 녹색 유리병들을 가리켰다. "어제 찾아낸 거야. 신경에 거슬리거나 달갑잖은 조상들을 가두는 데 썼던 혼령호리병이지. 원로 주술사가 저기다 출처를 담아. 출처의 대부분은 뼛조각이었고. 그런 다음에 봉인하면, 짜잔! 유령이 병에 갇히는 거지. 병 안쪽에 철이 둘러져 있어. 당연한 얘기지만 유령이 나오는 걸 막으려고."

록우드가 고개를 끄덕였다. "루시의 해골이 들어 있는 단지랑 비슷한 거네, 그럼?"

"상당히 그렇지." 조지가 대답했다. "어떤 면에선 더 낫다고 볼 수 있고. 이 경우엔 놈들의 끔찍한 몰골을 안 봐도 되니까. 저기 있지, 난 네 부모님이 가져오신 '모든' 물건에 초자연적으로 중요한 의미가 깃들어 있단 생각이 들기 시작했어, 록우드. 아래층에 걸려 있는 물건들조차도 그렇고. 두 분은 훌륭한 연구자셨어. 내가 그분들을 정말로 좋아했을 거 같은 느낌이 들어."

"분명 그랬을 거야."

나는 록우드의 얼굴을 보고 있었다. 가족 얘기가 나올 때면 늘 그렇듯 그는 겉으로는 차분했다. 하지만 눈이 잠시 초점을 잃었다. 그는 아무것도 보고 있지 않았다. 아니, 어쩌면 과거를 들여다보고 있었는지도.

실리아, 도널드 록우드 부부는 유령 민속학을 연구했고, 머나먼 나라들의 믿음 체계에 관심이 많았다. 그들은 이국의 땅들을 여행했을 뿐 아니라 여러 흥미로운 물건들을 거대한 궤짝에 포장해 집으로 보냈다. 이 수집품 일부는 포틀랜드 로 35번지의 벽면을 장식하게 됐지만, 나머지 대부분은 궤짝에 그대로 들어 있었다. 록우드 부부의 예기치 못한 죽음 뒤에 영국에 도착한 것들이었다.

이 궤짝들을 처음 열자마자 나온 게 그 경이로운 깃털 망토, 일명 혼령망토였다. 인도네시아 주술사들이 조상과 대화할 때 걸치던 물건이었다. 록우드와 나는 이 망토들이 가졌다는 보호력이 단순한 전설에 그치지 않는단 걸 알게 됐다. 망토는 저 세상의 얼음장 같은 땅을 걷는 동안 우리를 지켜줬다. 망토가 없었다면 우리는 분명 죽었을 터였다. 이 혼령망토 한 벌은 망가졌고, 다른 한 벌은 우리가 가지고 있었다. 지하 장비실에 숨겨뒀다. 비축해 둔 콜라와 콩, 감자칩 옆에.

"문제는," 조지가 말을 계속했다. "유리병 반이 깨진 상태란 거야. 무진장 조심해야 해. 이유들이야 말 안 해도 알 테고." 그가 록우드를 힐끗 봤다. "네가 원하면 소각장으로 가져갈게. 그게 가장 안전하긴 하겠지."

"아니…." 록우드가 말했다. "유용하게 쓸 일이 있을 거야. 방어진 안에 두기만 하면 충분히 안전할걸."

"그럼, 저것들 근처에선 숨도 크게 쉬지 마." 조지가 말했다. "명심하라고. 물건들을 다 합치면 이 방엔 일종의 혼령 군집*이 있는 셈이니까. 놈들이 한꺼번에 몰려나온다고 상상해 봐."

"그래, 상상…." 록우드의 눈길이 누나의 절명광에, 수년째 그래

왔던 것과 똑같이 침대 위에 떠 있는 빛에 머물렀다. 그런 뒤 그는 불을 끄고 방문을 닫았다.

그날 저녁엔 따로 잡힌 일정이 없었다. 잘된 일이었다. 다음 날의 라 벨 댐 출장을 준비해야 하는 상황에선. 오후 내내 홀리와 나는 최근에 처리한 사건들의 서류 작업을 마무리했다. 록우드는 멀릿네에 전화를 걸어 새 레이피어와 쇠사슬을 주문했다. 그는 평소보다 조용하고 가라앉아 보였는데, 제시카 방에 다녀온 영향이지 싶었다. 기록물보관소에 간 조지는 돌아오지 않고 있었다. 저녁 시간에 나는 조지가 냉장고에 넣어둔 스튜를 다시 데워 간단한 식사를 준비했다. 우린 그걸 지하 사무소에서 먹었다.

나중에 부엌을 정리하고 있는데 문 뒤에서 록우드가 빠끔히 고개를 내밀었다. 조지는 아직 밖이었다. 홀리는 퇴근했다. 포틀랜드 로에는 록우드와 나뿐이었다.

"밖에 나가려는 참인데, 루시. 너도 같이 가고 싶을까 해서."

"사건이야?"

"비슷해."

"지금 가려고?"

"너만 별일 없으면."

당연히 없지. 나는 눈썹이 휘날리게 현관으로 튀어갔다. "배낭 가져갈까?" 내가 말했다. "뚝딱 챙겨 올 수 있는데."

"괜찮아. 네 레이피어면 될 거야. 난 내 두 번째로 좋은 검을 가져가."

그러니까 골치 아픈 유령은 아니란 거군. 우리는 포틀랜드 로를 나섰다. "멀리 가?"

"아니. 안 멀어."

우리는 짙어지는 땅거미 속에서 동쪽으로 두어 블록을 간 다음 북쪽의 마릴본 로드 방향으로 꺾었다. 거기 있는 정류소에서 택시를 잡을 생각인가 싶었지만 교차로에 도착하기 전에 록우드가 멈춰 섰다. 마릴본 묘지를 둘러싸고 있는 녹슨 철판들 옆이었다.

"여기야?" 내가 물었다. 조그맣고 버려진 묘지였다. 소금에 뒤덮이고 철로 치밀하게 격리된.

"응."

"여기 문제가 있단 얘기는 못 들어봤는데."

록우드가 희미하게 웃었다. "네 바로 옆 담쟁이덩굴에 발을 넣어보면 딛고 설 자리가 있을 거야. 거기서 철판 위를 잡고 올라가면 돼. 철판 뒤에 벽돌로 된 담이 있거든. 자, 내가 보여줄게."

잠시 뒤 록우드는 철판 꼭대기 너머에 고양이처럼 웅크려 있었다. 그가 일어나면서 물었다. "할 수 있겠어? 이리로 손을 뻗으면 내가 당겨 올려줄게."

나는 코웃음으로 답했다. 내 비록 록우드만큼 날렵하진 못했어도, 거기다 내 버둥거림엔 아주 약간의 욕설이 더 동반되긴 했어도, 나는 이내 그의 옆에 있었다. 보도 위 3미터 높이에서 수풀이 웃자란 진녹색 원형 경기장 같은 묘지를 내려다봤다.

우리가 선 곳은 묘지의 원래 돌담 위로, 철판에 가려져 밖에선 안 보였다. 우리 오른쪽 저편에서 마릴본 로드의 칙칙한 빛들이 타올랐다. 우리 밑은 정적과 어둠이 지배하는 땅이었다. 도심에 만들어진 이 구식 묘지는 원래 자리를 얻기가 몹시 힘든 곳이었다. 묘비들은 따닥따닥 붙어 있다시피 했고, 대부분이 가시덤불에 잠겼으며, 그중 키가 가장 큰 유골함과 천사들이 무성한 잎사귀들 위로 솟아 있었다.

사납게 날뛰는 녹색 바다 위 조각배들처럼. 손가락 같은 담쟁이 덩굴 손이 경계벽 안쪽을 붙들고 늘어졌다. 녹아내리는 양초마냥 여기저 기 솟은 늙은 주목나무들에선 담쟁이와 덩굴식물이 나무 밑동의 잡 목 숲까지 닿도록 치렁치렁 늘어져 있었다. 땅바닥이 질식하고 있었 다. 묘지는 버려진 지 한참인 게 분명했다.

하지만 구슬픔만 느껴질 뿐, 딱히 위협적이진 않았다. 그와 동시 에 검 한 자루 휘두르기도 쉽지 않은 곳이었다. "어떤 방문잔데?" 내 가 물었다.

주택 사이에서 시원한 바람이 불어오고, 담장에 나란히 선 록우드 의 외투 자락이 펄럭였다. 그는 내 질문을 못 들은 듯했다.

"내려가는 건 쉬워." 그가 나지막이 말했다. "여기서 벽이 허물어 져. 계단이랑 비슷해. 미끄러지지만 마. 갈까?"

"록우드." 내가 그를 따라 움직이며 물었다. "여길 어떻게 그렇게 잘 알아?"

"전에 와봤어. 그리고 이제," 허리높이까지 오는 가시덤불로 둘러 싸인 풀밭에 내가 내려서자, 그가 덧붙였다. "여기 이 오솔길로 가면 돼." 그러면서 묘비들 사이에 동물들이 남긴 흔적처럼 보이는 길을 가리켰다.

나는 그가 앞장서게 두고 아치처럼 드리운 가시들을 피해 고개를 숙이고 걸었다. 묘비 사이를 구불구불 지나던 길은 얼마 안 가 조그 만 공터로 이어졌다. 그곳 잡초들은 발에 짓이겨지고, 담쟁이덩굴은 검에 토막 나 치워져 있었다.

그 공간 가운데 선 묘비 둘이 보였다. 그들 위에서 이날 햇빛의 마 지막 빛살이 반짝였다. 묘비는 잿빛 돌로 만들어졌다. 현대적이고 모 서리가 각졌으며 비바람에도 망가지지 않았다. 둘 다 별 장식이 없었지만, 왼쪽 묘비가 더 컸다. 이 묘비 위에 두건 달린 망토를 걸친 아름답고 슬픈 얼굴의 여인이 조각돼 있었다. 아래쪽 주춧돌에는 힘 있고 선명한 글씨체로 이렇게 적혀 있었다.

실리아 록우드
도널드 록우드
앎이 우리를 자유케 하리라.

두 번째 묘비는 소박한 석판일 뿐으로, 단어 두 개만 새겨져 있었다.

제시카 록우드

나는 무슨 말이라도 하려고 입을 열었지만 아무 소리도 안 나왔다. 감정이 북받치고 머리가 빙빙 돌았다. 나는 묘비들을 가만히 봤다.

"난 가끔 혼자 물어, 루스. 이게 다 뭔지." 록우드가 말했다. "이 일을 우리가 왜 하는지. 어제 같은 밤을 보낼 때면 말야, 우리가 왜 그 모든 것들을 견디는 걸까 싶어. 터프넬처럼 짜증스러운 인간이 문간에 나타나 푸념하고 발끈거릴 때도, 어쩔 수 없이 거기 앉아 그 사람 비위를 맞춰야 할 때도. 그런 마음이 들면, 난 가끔 여기 와."

나는 록우드를 쳐다봤다. 그는 내 옆 땅거미 속에 서 있었고, 얼굴은 올려 세운 외투 옷깃에 거의 가려졌다. 나는 종종 그들이, 그러니까 그의 가족이 어디 있을까 생각해 보곤 했다. 하지만 그에게 물을 엄두를 못 냈다. 그리고 지금 그는 이보다 더 사적일 수 없는 공간을 나와 나누고 있었다. 나는 측은한 마음의 한복판에서 일종의 기쁨을 느꼈다.

"난제란 게 이런 거야." 록우드가 말을 이어갔다. "난제가 이렇게 만든다고. 생명들을 잃고, 사랑하는 이들을 불시에 빼앗기지. 그럼 우린 죽은 이들을 철벽 뒤에 숨기고 가시와 담쟁이 손에 내맡겨. 우린 그들을 두 번 잃는 거야, 루시. 죽음은 최악이 아냐. 우리의 외면이 최악이지."

조그만 공터 저쪽 언저리에 오래돼 보이는 묘비가 거의 수평으로 엎어져 있었다. 록우드가 그리로 가서 책상다리를 하고 앉았다. 가시덤불이 그를 포위했다. 그의 검은 옷이 그림자와 한 덩어리가 됐다. 어스름 속에 그의 미소가 흐릿하게 떠 있었다.

"난 대개 여기 앉아 있어." 그가 말했다. "데릭 톰킨스 본드라는 사람 건데, 내가 이러고 있어도 별 상관없나 봐. 적어도 직접 나타나서 그렇게 말하진 않더라." 그가 자기 옆자리를 토닥였다. "와서 앉아. 그러고 싶으면. 거기 가로대 조심하고."

아니나 다를까, 나는 내 발목에도 안 차는 높이로 풀밭을 가로지르는 검은 쇠막대에 걸려 엎어질 뻔했다. 그게 뭔지는 알고 있었다. 매장지의 경계를 표시하는 사각형의 한쪽 테두리였다. 그러고 보니 아까는 미처 몰랐지만, 록우드 가족의 묘비들은 가족 매장지로 구획된 곳 안에 서 있었다. 그리고 또 한 가지가 눈에 들어왔다. 이 공간의 가운데에 세워진 제시카의 묘비를 기준으로 왼쪽에 부모님의 묘비가, 그리고 오른쪽엔 빈자리가 있다는 걸.

나는 그 휑한 땅덩이를 보고 있었다. 그러는데 모든 게 서서히 사라졌다. 내 심장 뛰는 소리도, 담쟁이 덩굴손 사이를 뚫고 가는 바람의 속삭임도, 마릴본 로드 야간 택시들의 아득한 부릉거림도.

나는 가만히 보고 있었다. 그 소박한 땅덩이를. 텅 빈 채 기다리는 무덤을.

록우드가 아직도 말하고 있다는 걸 알기까지 시간이 좀 걸렸다. "누나가 죽었을 때쯤에 묘지가 안전상 이유로 폐쇄됐어. 누나를 여기 묻는 걸 두고 논란이 좀 있었지. 하지만 가족 매장지가 있을 때는, 그러니까 가족들이 함께 묻혀야 한다는 의사가 명백한 경우에는 죽은 자들의 뜻을 받드는 게 적절한 걸로 간주되니까."

그 이유는 우리 둘 다 잘 알았다. 죽은 자들을 행복하게 하라. 그들이 귀환할 이유를 주지 마라.

나는 쇠막대를 넘고 풀밭을 가로질러 그의 옆에 앉았다.

"근사하지. 그런 거 같지 않아?" 록우드가 말했다. "가족을 함께 묻는다는 게? 아무튼," 그가 잠시 말을 멈췄다가 덧붙였다. "나만 빠지고 싶지 않아. 그래서 가끔 들러."

나는 고개를 끄덕였다. 눈으로는 밟히고 베인 풀들을 보고 있었다. 토막 나고 부러지고 흉포하게 난도질당한 것들을. 나는 마침내 목소리를 되찾았다. "데려와 줘서 고마워."

"별말씀을."

우리는 잠시 조용히 있었다. 묘비 위에 서로 딱 붙어 앉아서는. 나는 드디어 용기를 냈다. "어떻게 된 일인지 얘기 안 해줬어."

"부모님?" 록우드가 너무도 오래 말이 없기에 얘길 거부할 건가 보다 싶었다. 언제나처럼. 하지만 다시 입을 연 그의 목소리는 부드러웠다. 날카로운 가시도 위험 신호도 느껴지지 않았다. "재밌게도," 그가 말했다. "여기서 별로 안 멀어."

"뭐? 마릴본이었어?"

"마릴본 유스턴 로드. 그 지하차도 있는 데 알지? 거기야."

나는 그를 가만히 봤다. "나한테 그런 말 안 했잖아." 그 짧고 못생긴 지하차도는 유스턴 로드가 다른 중심가들을 피해 지하로 빠지게 만들어둔 콘크리트 굴이었다. 록우드와 야간 택시를 탈 때면 늘 거길 통과했다. 그는 그간 정말 조금의 내색도 안 했고. "그러니까, 교통사고였던 거네?" 내가 물었다.

록우드는 한쪽 무릎을 세우고 그걸 둘러 깍지를 꼈다. "규모가 상당했지. 그때 난 아주 어렸어. 어머니랑 아버지는 중요한 강의를 하러 맨체스터에 가던 길이었고. 그간의 학술 여행과 연구 결과를 정리하는 강의였어. 결국엔 기차역에도 도착하지 못했지만. 두 분이 탄 택시를 그 굴다리에서 대형 화물차가 들이받았어. 불이 붙었고, 바닥에 쏟아진 연료를 타고 번졌지. 진압에 한 시간 가까이 걸렸어. 화염이 어찌나 뜨거웠는지 나중에 도로 일부를 다시 포장해야 했지."

"세상에, 록우드…." 나는 어둠 속에서 손을 뻗어 그의 손에 얹었다.

"괜찮아. 오래전 일이잖아. 난 두 분이 기억도 잘 안 나." 록우드가 나를 곁눈으로 보며 미소를 지었다. "근데 이상하지. 난 가끔 뭐가 가장 슬프냐면, 두 분이 발표하려고 했던 것 또한 사라져 버렸단 거야. 한번 읽어봤으면 좋았을 텐데… 아무튼 그날 밤에 지금 네가 쓰는 다락방 창문으로 내려다보고 있었던 게 기억나. 장갑차들이 조명을 반짝이며 포틀랜드 로를 막던 것도. 아래층에 조사관들이 빙 둘러 서 있고, 경찰이 누나와 유모한테 얘기하던 것도. 피츠 조사관들이었어, 공교롭게도. 그들의 진회색 재킷 색깔에 마음을 뺏겼던 게 기억나."

길게 침묵이 흘렀다. 사방에서 땅거미가 짙어졌다. 나뭇잎들이 한 덩어리가 됐다. 우리 손은 함께 머물렀다. 나는 아무 말도 하지 않았다.

"그러니까 누난 그때 들은 거지." 록우드가 말을 계속했다. "하지만 내겐 아무도 말해주지 않았어. 다음 날 아침까지. 아무 의미 없는 일이었지. 어차피 난 계단 위에서 다 듣고 있었으니까. 근데 그것도 의미 없었어. 왜냐면 난 몇 시간이나 먼저, 다른 누구보다도 빨리 알았거든. 정원에서 날 보고 있는 부모님의 음영자*를 발견했을 때."

놀랍지는 않았다. 그가 전에 얘기한 적 있었다. 부모님이 그의 첫 유령이었다고.

"그분들이 돌아가셨단 걸 알았어?"

"딱히. 맘속으론 그랬던 것도 같고. 나중에 알게 된 거지만 부모님을 봤던 그때가 정확히 사고 발생 시각이더라고…. 아무튼 그렇게 됐어. 누나 얘긴 너도 이미 알고. 그리고 이젠… 나뿐이지." 갑작스런 에너지가 폭발하며 그를 관통하는 듯했다. 어떤 전율 혹은 전하처럼. 그가 벌떡 일어났다. 묘비에서 내려가 내게서 떨어졌다. "음, 그 얘긴 할 거 없고." 그가 말했다. "우리 이제 가야겠다."

나는 길게 숨을 들이마셨다. 난장을 치는 잡초와 가시덤불에 묘지가 질식하듯 이젠 내 터질 듯한 머릿속이 록우드의 기억들로 질식했다. 촉각을 써서 심령 반응을 얻을 때의 감각들과 다르지 않았다. 도대체가 간접적인 감정들처럼 느껴지지 않았다. 마치 내가 현장에 있었고 직접 경험했던 거 같았다. 나는 천천히 일어났다. "정말 안됐어, 록우드." 내가 말했다. "끔찍한 일이야."

"어쩔 수 없지." 록우드는 어둠을 향해 눈살을 찌푸렸다. 그의 기분이 어느새 변해 있었다. 갑자기 까칠했다. 어서 떠나고 싶어 안달이었다.

"날 데려와 줘서 기뻐. 모든 걸 얘기해 줘서 기쁘고."

록우드가 어깨를 으쓱했다. "나도 너한테 털어놔서 좋아, 루스. 결국 이 모든 것에 아무 기준도 원칙도 없단 걸 보여주는 얘기일 뿐이지만. 유령이 내 누나를 죽였어. 부모님은 사고로 돌아가셨고. 근데 왜 그들이어야 했지? 내가 아니라? 내 말 믿어. 지금껏 찾아 헤맸지만 거기 답 같은 건 없어. 그 어떤 것에도 아무 의미가 없다고." 그의 얼굴에 그림자가 드리웠다. 그는 내게서 고개를 돌렸다. "뭐, 우리 누구도 세상에 그리 오래 머물지 않아. 우리가 살아 있는 동안 할 수 있는 건 계속 싸우는 거뿐이고. 우리의 헌신이 헛일이 되지 않게 노력하는 거지. 말이 나와서 말인데, 우린 내일 귀신 나오는 극장 일을 해야 하고, 시간이 늦었어. 준비됐으면 그만 가자."

"우리가 살아 있는 동안?" 내가 반복했다.

하지만 록우드는 이미 아까의 그 조그만 길을 따라 멀어지고 있었다. 어스름 속에서 그의 검이 반짝였지만, 그의 형상은 사방에서 북새통을 이루는 녹음 속으로 빠르게 사라져 갔다. 그의 목소리가 원래의 느긋한 투로 불렀다. "오고 있어, 루스?"

"응, 당연하지!" 하지만 나는 주인을 기다리는 무덤을 보고 있었다.

7

"그래서 록우드 자식이랑은 어때? 잘돼가?"

다음 날 아침, 나는 주방에 일등으로 내려갔다. 유령단지는 전날 내내 식탁에 있었다. 뚜껑의 레버는 닫히고, 해골이 플라스마를 꿀렁이며 늘어놓는 하소연은 무시됐다. 놈의 장단을 맞춰주기에 나는 너무 바빴다. 그렇다고는 하지만 온종일 놈을 방치한 게 살짝 마음에 걸리기도 했다. 나는 단지 뚜껑의 레버를 돌려 연 다음, 찬장에서 머그컵을 꺼내고 주전자에 물을 올렸다. 식전 댓바람부터 해골 유령의 말을 받아주려면 어느 모로 보나 차 한잔은 꼭 필요한 법이다.

"응." 내가 말했다. "평소랑 다를 거 없는데."

나는 내내 록우드를 생각하고 있었다. 그가 어떻게 내게 비밀을 털어놨는지(이건 좋았다.), 그리고 (덜 좋게는) 가족의 죽음이 어떻게 그를 움직여 왔는지, 그가 어떻게 절망적일 정도의 열정으로 난제와의 전쟁에 뛰어들었는지. 나는 이 모든 것의 끝이 어디일지 궁금했다. 그러느라 잠을 제대로 못 잤고.

"그냥… 뭔가 진전이 감지돼서. 어젯밤에 너희 둘이 슬쩍 빠져나가는 걸 봤거든."

"우릴 또 훔쳐봤어? 취미 좀 바꿔보지 그래." 나는 근엄하고 무심하고 나무라는 듯한 표정을 동시에 지으려 애썼다. "아무튼, 그게 뭐어때서? 출장 갔던 건데."

유령 얼굴이 끄덕였다. "아, 출장이었구나?"

"그렇다니까."

"오케이, 접수." 해골이 나를 잔잔하게 쳐다봤다. "그럼 다른 얘기하자."

나는 주춤했다가 목을 가다듬었다. "음, 좋아…. 그게…."

"안 쓴 찻숟가락을 찾는 거면 개수대 옆에 하나 있어."

"고마워."

나는 냉장고 문을 열고 우유를 챙겼다. 문을 닫는데 단지 속 얼굴이 느닷없고 호들갑스럽게 소스라치는 통에 하마터면 우유병을 떨어트릴 뻔했다. 놈의 눅신한 눈이 미친 듯 사방을 두리번거렸다. 콧구멍이 벌렁거리고 입은 놀라서 일그러졌다.

"어어, 뭔가 타는 냄새가 나는데…. 잠깐, 잠깐…. 네 바지다! 네 바지에 불붙었다고*, 이 거짓말 대마왕아! 네가 퍽도 출장을 가셨겠다!"

"맞거든! 어느 묘지에 가서…."

"묘지?" 해골이 낮고 길게 키득거렸다. "게임 끝이네! 내 경험상 묘지는 '여러' 활동에 활용될 수 있거든. 유령 사냥뿐 아니라." 놈이 내게 느리고 끔찍하게 윙크했다.

"정말 뭐래는 건지 모르겠네." 하지만 말과 달리 내 뺨은 달아오르고 있었다.

---

* 거짓말을 자꾸 하면 바지에 불붙는다는 영어 표현에서 나온 말.

사악한 얼굴이 다 안다는 듯 씩 웃었다. "거봐, 그럴 줄 알았다니까. 거기서 유령들이랑 싸웠네 어쨌네 하는 소린 아예 꺼내지도 마. 니들 아무 장비도 안 가져갔어."

"레이피어 있었거든요!"

"칼에 엑토플라즘이 묻었나 안 묻었나 정도는 나도 구분할 수 있거든요. 아니, 너랑 록우드는 은밀한 얘길 하러 갔어. 안 그래? 그러고는 머리칼에 가시나무 이파리를 붙이고 돌아왔지."

나는 최대한 담백하게 말했다. "음, 진짜 무성하긴 하더라."

"아무렴요."

내 경멸의 콧방귀가 어찌나 격렬했던지, 해골은 내가 차를 다 만들도록 입을 다물고 있었다. 숟가락을 개수대에 던진 나는 단지의 녹색 다른빛에서 멀찍이 떨어져 식탁 반대편의 어스름 속에 앉았다. 놈을 골똘히 노려보며 다음 수를 고민했다. 얼마를 내주고 얼마를 취할 것인가…. 늘 마음을 놓을 수 없고 신경질 나는 일이었다. 해골과의 흥정은.

내 대표 재능인 심령 청각은 오랫동안 조사관 사이에서 가장 불완전한 기술로 간주돼 왔다. 청각 대부분은 불길한 음향을 듣는 데 그쳤다. 층계참을 따라 시체를 옮기면서 내는 쿵쿵거림이나 질질 끄는 소리를 골라낸다든가, 부러진 손톱으로 저장고 벽면을 긁는 소리를 듣는 식이었다. 이따금 영혼이 진짜 '말'을 할 때도 있었지만, 그건 언제나 단편적인 단어들의 반복, 진정한 사고력에서 나오는 게 아닌 기억의 메아리들일 뿐이었다. 아니, '언제나' 그런 것만은 아니었다. 시대를 통틀어 최고의 청각을 가졌던 걸로 유명한 마리사 피츠는 저서 『회상록』에서 다른 유형, 보다 원활한 소통이 가능한 방문자들이 실제로 존재한다고 언급했다. 그녀는 그들을 '완전한 의사소통이 가능한 3급령*'으로 구분했다. 하지만 놈들은 몹시 희귀했다. 너무도 희귀해서 마리사 피츠의 죽음(그게 진짜든 가짜든) 이후 사실상 어느 누구도 놈들과 마주친 적이 없었다.

나만 빼고. 내겐 단지 속 해골이 있었다.

속삭이는 해골이 인간이던 당시의 경력은 신비에 싸여 있었고, 놈은 제 이름을 말해주는 것조차 거부했다. 그래도 이 유령에 대해 알려진 사실이 한둘은 있었다. 19세기 후반의 어린 시절에 해골은 비술과 주문에 깊이 빠져 있던 에드먼드 비커스태프 박사를 도와 '뼈 거울'을 만들었는데, 이는 저 세상을 보는 창문으로 최초 기록된 물건이었다. 뼈 거울을 만들고 얼마 안 돼 비커스태프 자신도 살해됐지만 소년은 살아남았다. 그의 이후 행적은 알려지지 않았다. 하지만 끔찍한 결말을 맞은 게 분명했다. 반세기 뒤의 기록에 그는 램버스 하수관에서 건져 올린 두개골로 다시 등장했으니까. 출처로서 두개골이 가진 힘을 알아본 피츠 대행사는 그걸 단지에 봉인했고, 그때부터 유령은 거기 갇혀 지냈다. 마리사 피츠는 잠깐이긴 하지만 놈과 대화했다. 그 뒤엔 그랬던 사람이 없었다. 내가 나타나기 전까진.

나는 식탁 건너편의 단지를 가만히 봤다. 유령 얼굴도 질세라 나를 빤히 쳐다봤다.

"우린 마리사 피츠 얘길 하기로 했었지." 내가 입을 열었다.

"우린 내 자유 얘길 하기로 했었지."

나는 머그컵에서 올라오는 김이 고삐 풀린 엑토플라즘마냥 비틀리고 감도는 걸 지켜봤다. "아, 넌 자유 필요 없어." 내가 말했다. "도대체 자유가 무슨 의미인데? 단지를 벗어난다고 해도 넌 여전히 네 곰팡내 나는 두개골에 묶여 있을 텐데. 안 그래? 내가 널 내보내 준다고 치자. 그럼 뭘 할 건데?"

"돌아다닐 거야. 니들 다리 펴듯 내 플라스마도 좀 펴고. 커빈스 놈 목을 조를지도. 이따금 유령접촉도 대충 한번씩 하고 다녀야지. 그냥 취미 생활로. 여기 들어앉아 있는 거보단 무조건 즐거울 거라고."

나는 놈을 보며 씩 웃었다. "진짜 말 한번 잘하네. 당장이라도 그 단지를 깨버리고 싶어 몸이 근질근질하다야. 설령 내가 널 믿을 수 있다 해도, 당연히 못 믿지만, 아무튼 넌 자유가 필요 없어. 내가 없으면 누구랑 얘기하려고?"

"너랑 얘기할 거야. 안 떠나고 있을 거야. 가끔 널 도와주기도 하고."

"오, 물론 그러시겠지. 내 친구들 목을 조르면서."

"네 적들의 목도 조를 거야. 난 별로 가리는 게 없거든. 이 정도면 최상의 거래 조건 아냐?"

"최상은 개뿔." 내가 말했다. "이봐, 거래를 원해? 내가 제대로 된 제안 하나 할게. 나한테 마리사 피츠에 관한 정보를 더 줘. 이 모든 미스터리를 규명하는 데, 그리고 어쩌면 난제의 원인을 밝히는 데 도움이 될 걸로. 그럼 널 풀어줄 방법을 찾아볼게. 조지나 다른 이들이 죽어나가는 그림이 없는 방법이어야겠지만, 아무튼 내가 뭘 할 수 있는지 보겠다고." 나는 차를 한 모금 마셨다.

해골은 납득이 안 되는 눈치였다. "죽어나가는 그림이 없다고? 그다지 재밌을 거 같지 않은데. 어쨌든 이런 얘긴 전에 다 했잖아. 내가 뭘 더 얘기할 수 있겠어?"

"아!" 가슴이 막힐 듯 답답했다. 나는 머그컵을 식탁에 쾅 내려놨다. 생각하는 식탁보에 갈색 방울들이 후두두 튀었다. "바로 그게 문제야! 넌 나한테 아무것도 얘길 안 해! 더럽게 안 한다고. 마리사에 대해서도, 너랑 네 정체에 대해서도, 저 세상의 본질에 대해서도…. 그저 모욕하고 사실도 아닌 말이나 떠드는 게 전부야. 넌 늘 그런 식이라고!"

"네가 유령이 되는 날엔," 해골이 건조하게 말했다. "그놈의 '사실'이란 게 과대평가된 개념이란 걸 알게 될 거야. 그런 건 뭐랄까, 네 육신과 함께 뒤에 남겨두는 거거든. 우리 혼령들한텐 감정과 욕망뿐야. 너도 지금껏 봐왔잖아. '내 금을 잃어버렸어!', '복수하고 싶어!', '마리사 피츠를 데려와!' 하나같이 뻔한 잡소리들. 내 욕망은 뭔지 알아?" 해골이 날 보며 갑자기 히죽 웃었다.

"뭐든 고약한 거겠지. 말해 뭐 해."

"삶을 사는 거야, 루시. 사는 거라고. 너랑 얘기하는 것도 그래서야. 저 세상에서 우릴 기다리는 것에 내가 등 돌린 것도 그래서고."

"그러니까 거기서 우릴 기다리는 게 뭔데?" 내 말투는 가벼웠지만 머그컵을 쥔 손에 불끈 힘이 들어갔다. 이거였다. 이거야말로 내가 바라던 정보였다.

그리고 변함없이 실망스러운 해골의 말. "그걸 내가 어떻게 알아?"

"글쎄, 넌 죽었으니까. 그게 도움이 될 줄 알았지."

"우우, 오늘 정말 왜 이러실까. 너도 저 세상에 가봤잖아. 거기서 뭘 봤어?"

내가 본 건 엄청난 어둠, 엄청난 추위였다. 이승의 섬뜩하고 꽁꽁 언 복제판 같은 땅이었다. 나는 종종 그곳을 생각했다. 침대에 누워 비명을 지르고 결국엔 뜬눈으로 새벽을 맞게 만드는 꿈들을 꾸면서.

"정말로 천상의 나팔 소리가 막 들리고 그랬어? 거기 있는 동안에?" 해골이 재촉했다.

나는 아무 소리도 못 들었다. 거긴 흉포할 정도로 적막한 땅이었다.

"목숨을 부지하느라 정신없어서 신경을 못 썼어." 내가 새침하게 말했다.

"그래, 뭐, 나도 마찬가지야." 해골이 말했다. "지난 백십 년 동안 내가 그랬다고. 내 이 귀염둥이 출처가 아니었으면," 이 말과 함께 놈은 뒤로 슥 물러나 단지 가운데 붙은 갈색 두개골이 사랑스러워 죽겠다는 양 감쌌다. 그 덕분에 잠시 동안 놈의 생전 얼굴을, 지금보다 덜 흐물거리고 두개골에 딱 붙은 얼굴을 언뜻이나마 볼 수 있었다. "난 저 덜떨어진 멍청이 떼거지처럼 그 어두운 세계의 방랑자가 됐을 거야. 아악! 제발 사양할게! 그런 거 나랑은 안 맞아. 난 늘 빛을 향해 있으려고 해. 그건 쉽지 않은 일이고. 정말이야. 특히나 산 자들이 자꾸만 멍청한 질문들을 해댈 땐."

"옛날 피츠 하우스에선 마리사가 뭘 물었어?" 내가 말했다. 그리 큰 기대가 있는 건 아니었지만, 그래도 한번 밀어붙이기에 적당한 때인 듯했다.

유령의 눈에서 희미한 빛이 타올랐다. "진짜 너무 오래전이라…. 너랑 비슷했던 거 같아. 저 세상에 대해서. 영혼의 본질에 대해서. 그러니까 우리가 뭘 하고, 왜 하는지…. 엑토플라즘에도 관심이 엄청 많았고."

"엑토플라즘? 왜?"

"매혹적인 물질이잖아." 얼굴이 일그러지고 반대로 젖혀져서 코와 눈썹뼈가 유리 대신 단지 안쪽을 향했다. "엑토플라즘은 소리를 들어. 소통해. 웃기고 말도 안 되는 형상들을 만들 수 있어. 내가 뭘 하며 지난 오십 년을 보냈게? 내가 가장 좋아하는 거 몇 개 보여줄까? 이건 내가 '행복한 머슴'이라고 부르는 건데."

"아니, 됐거든. 그리고 마리사가 그딴 거에 왜 관심이 있었는지 모르겠는데."

"관심 없었지, 솔직히. 발칙한 모양 만들기 놀이 따위 그 여자 스타

일이 아니었거든. 하지만 넌 이걸 알아야 돼. 넌 사라져도 플라스마는 살아남아. 한 세상에서 다른 세상으로 이어지지. 네 정수精髓, 생명력, 뭐든 좋을 대로 불러. 플라스마는 썩지 않아. 죽지 않아. 사실상 바뀌지도 않아. 퍼넬로프 피츠가 마리사란 걸 내가 아는 것도 그래서지." 얼굴이 유리에 딱 들러붙었다. "그 둘의 정수가 똑같거든."

"두 사람이 그처럼 다르게 생겼는데도?" 해골의 주장을 놓고 우리가 혼란스러워했던 것 중 하나가 그거였다. 퍼넬로프 피츠는 삼십대의 화려하고 매력적인 흑발 여성이었다. 반면 마리사는—적어도 인생 말년에는—깡마르고 쪼글쪼글한, 노화의 희생자였고.

"외모?" 해골이 말했다. "그런 걸 누가 신경 쓴다고? 그건 피상적인 거야. 난 겉모습에 조금도 관심 없어. 내가 너랑 왜 노는 거 같은데?" 놈이 키득거렸다. "놀리는 건 됐다 치고, 그 점에서 난 너희 모두보다 훌륭하신 몸이지. 커빈스 놈만 빼고."

내가 눈을 끔뻑였다. "뭐? 왜? 거기서 조지는 왜 빠져?"

"사람의 겉모습이 어떤지는 놈한테 별문제가 아냐. 아니, 지금껏 그것도 몰랐던 거야?"

문가에서 부스럭거리는 소리가 났다. 나는 앉은 자리에서 몸을 돌렸다. 하필이면 조지가 막 잠에서 깬 몽롱한 상태로 비틀거리며 부엌에 들어섰다. 잠옷 속 어느 틈새를 열심히 긁어대면서 부엌 조명을 켰다. "해골이 뭐래? 내 얘기야?"

"신경 쓰지 마. 별거 아냐." 나는 단지 레버를 돌렸다. "차 줄까? 어제 일은 어떻게 됐어?"

"기록물보관소? 아, 엄청 찾아냈지. 좀 이따 얘기해 줄게. 아침 먹기 전엔 머리가 제대로 안 돌아서 말야."

"나도." 오늘은 특히 그랬다. 해골과의 대화 때문에 머릿속이 빙빙 돌았고, 아직 아침 7시도 안 됐다.

록우드는 평소보다 늦게 내려왔다. 홀리가 출근해 하루 업무가 시작되고도 한참 뒤였다. 그는 기분이 좋아 보였다. 우리는 서로를 보며 미소를 지었지만 묘지에 갔던 얘긴 꺼내지 않았다. 당장 해야 할 일에 집중했다.

우리는 그날 오후 5시까지 터프넬의 시설에 도착하기로 돼 있었다. 그쯤이면 해가 완전히 넘어가기까지 한두 시간 정도가 있으니 펠리스 극장과 주변 놀이동산을 제대로 둘러볼 수 있을 거였다. 그 전에 록우드는 본드 스트리트의 멀릿 용품점에 가서 새 레이피어와 다른 보급품들을 찾아야 했다. 새로 주문한 철도 배달을 오기로 돼 있었다. 홀리와 나는 DEPRAC 서류를 한 뭉텅이는 준비해야 했다. 우리는 또한 검술 연습실에서 새 기술들을 시도해 보고 싶어 애가 탔다. 다시 말해, 할 일이 정말 많았다. 하지만 중요한 건에 착수하기 전이면 늘 그렇듯 조지의 사건 관련 보고가 최우선이었다. 우리는 그의 얘기를 들으러 지하 사무소에 모였다.

"마리사 얘기부터 간단히 할게." 조지가 말했다. 그는 낡은 가죽 가방에서 꺼낸 공책들을 더미로 쌓아놓고 있었다. "다들 알겠지만, 난 난제 초창기랑 피츠와 로트웰이 일을 처음 시작하던 당시를 조사해 왔어. 어제 급히 하디만 도서관에 가서 단서 하나를 파보고 왔는데, 그게 또 기가 막힐 듯해. 좀 더 확실한 게 나오면 얘기해 줄게."

"근데 하디만은 출입 금지 아니었어?" 홀리가 물었다. DEPRAC의 새 규정에 따라 비술이나 주문과 관련한 서적이 소장된 도서관들은 개방이 제한됐다. 공식적으로는 위험한 광신도 집단의 확산을 막기 위한 거였다. 하지만 우리가 짐작하기로 그건 조지처럼 호기심 많은 연구자들의 의욕을 꺾기 위한 것이기도 했다.

"엄밀히 말하면," 조지가 설명했다. "허가가 있어야만 갈 수 있는 곳인데, 거기 관리 책임자가 나랑 친구거든. 별거 아냐. 아무튼 그 얘기 나중에 계속하기로 하고. 하디만에 갔을 때를 빼곤 내내 기록물보관소에 있었어. 팰리스 극장의 역사를 추적하면서. 거기서도 쓸 만한 게 좀 나왔지. 자, 보시다시피⋯."

조지가 의자에 기대앉았다. 앞에다 공책들을 쭉 늘어놓고는 누르께한 극장 전단지를 펼쳤다. 터프넬이 보여줬던 것과 비슷했다. 동일한 금발 여인이 역시나 으스스한 자세를 취하고 있었다. 이번엔 옆에 '교수형 집행인의 딸'이라고 적혀 있었다. '딸'의 'ㄸ'이 딱 봐도 불길한 올가미 모양이었다.

록우드는 흡족한 듯 종이를 이리저리 돌려 봤다. "아하, 그러니까 우리의 매혹적인 유령 라 벨 댐에 대해서 뭔가가 나왔구나?"

"일단 그 여자 진짜 이름부터 알고 시작하는 게 좋겠는데." 내가 말했다.

"그건 여기 있네." 록우드가 전단지 한구석을 가리켰다. "그치? '우리의 사악한 스타, 마리안 드 세브르 출연.' 세련됐는데. 프랑스 파리에서 막 건너왔나 봐."

"아님 영국 루턴이든가." 조지가 귀를 긁었다. "알고 보니 마리안 드 세브르는 무대에서 쓰던 예명이더라고. 진짜 이름은 도리스 블로어야. 그 이름이 처음 등장한 건 백 년 전 이스트본의 항구에서 공연되던 외설적인 코미디 쇼였어. 그로부터 오 년도 안 돼선 스트랫퍼드 팰리스 극장을 관객으로 꽉꽉 채우고 있었고. 터프넬 말이 맞았어. 라 벨 댐은 그 시대의 대스타였어. 그 인기의 바탕엔 특정한 종류의 공연이 있었지. 화려함과 선정성, 끔찍한 죽음의 공포를 결합한." 그는 우리를 의미심장하게 둘러봤다. "그녀의 무대 밖 인생 또한 그렇게 요약될 수 있겠고."

"터프넬에 따르면 잔인하고 사악한 여자였다면서." 홀리가 말했다. "남자들을 손아귀에 넣고 맘대로 주무르는."

"정말 그랬더라고." 조지가 말했다. "그 당시 인기 있었던 신문들은 라 벨 댐한테 빠진 부유층 유부남들이랑 배신당한 아내들 얘기로 넘쳐났어. 아내들이 길거리에서 라 벨 댐을 공격하는 일까지 있었지. 그녀는 애인들을 계속 갈아치우면서 사탕 포장지마냥 버렸대. 그녀를 사랑해서 자살한 남자가 한 명 이상이란 소문도 돌았고. 그 말을 들은 라 벨 댐은 웃음을 터트리면서 말했지. 예술이 삶을 모방하는 게 아니라 삶이 예술을 모방한다고. 그녀의 공연들도 죄다 그런 얘기들이었거든."

"참 대단한 여자네. 매력이 넘쳐." 내가 말했다.

"그리고 이젠 매력 넘치는 유령이고." 조지가 공책을 확인했다. "자, 라 벨 댐의 유령이 팰리스 극장에 나타난 게 놀라운 일은 아냐. 거긴 수년 동안 그녀의 본거지 역할을 했거든. 그녀는 거기서 여러 환상극을 공연했어. 모두가 짧은 드라마나 연극 형태였지. 무대 위에서 고도로 정밀하게 연출되는 죽음으로 끝나는. 라 벨 댐이 진짜 죽음을 맞이한 '술탄의 복수'는 남편 몰래 온갖 난잡한 짓을 벌인 부정한 왕비 얘기였어. 그 사실을 알게 된 왕이 왕비를 거대한 관에 가두고 검 오십 자루를 꽂는 벌을 내리는 거야." 조지는 코에 걸린 안경을 밀어 올렸다. "그게 너희 오락거리라고 생각해 봐."

홀리가 혐오스럽다는 듯 코웃음을 쳤다. "불쾌하기 짝이 없는 얘기야. 그런 걸 누가 보고 싶어 하겠어?"

"엄청 많은 사람들이. 아주 그냥 난리가 났어. 라 벨 댐의 또 다른 인기작은 '포획된 인어'야. 무대에 거대한 유리 수조를 만들고 물을 채웠지. 라 벨 댐이 물고기 꼬리를 달고 물을 첨벙거리며 다녔어. 그녀가 연기한 순진한 인어는 질투심에 불타는 경쟁자한테 사로잡혀 지독하게 학대당하지. 마지막엔 그녀 몸에 추를 주렁주렁 달아서…."

"… 풀어준 거길 바란다, 진짜." 홀리가 시큰둥하게 말했다.

"난 '다시 수조에 넣어 익사시킨다'고 할 참이었는데." 내가 말했다.

"루시 칼라일 씨, 정답." 조지가 말했다. "맞아. 이 익사 장면이 아주 유명했어. 인어는 수조 밑바닥에서 한참 동안 허우적대다 축 늘어져. 마침내 검은 커튼이 드리워지며 그녀를 감추지. 그런 다음에, 짜잔! 무대 뒤에서 인어가 다시 나타나는 거야. 팔팔하게 살아 두 발로 무대를 누벼. 아니, 꼬리라고 해야 하나. 인어니까."

"그런 걸 보러 오는 사람들이 있었다고?" 홀리가 팔짱을 꼈다. "말도 안 되는 소리잖아. 인어는 익사를 못 해."

"어쨌든 사업적으로는 대성공이었어. 온 동네 사람들이 보러 왔다고들 하거든. 남자들은 라 벨 댐을 숭배하러. 여자들은 사형집행인과 수조와 망나니의 칼을 응원하러." 조지가 작정한 듯 뒤로 기대앉으며 말했다. "더 듣고 싶어? '교수형 집행인의 딸'이라 부르던 유명 공연도 있었는데, 내용이…."

내가 손을 들었다. "잠깐만 있어봐. 사랑 때문에 목을 맨 아름다운 소녀 얘기?"

"이봐," 조지가 말했다. "완전 감 잡았구나. 천잰데."

홀리가 얼굴을 찡그렸다. "공연에 나오는 여자 중에 살아남는 사람이 있기는 해?"

"거의 없었지. 대부분이 익사하거나, 칼에 찔리거나, 독살당하거나, 높은 곳에서 던져졌어. 여기서 중요한 건, 그들 모두가 죽는 듯

'보인다'는 거야. 그러고선 라 벨 댐이 무대로 다시 튀어나와. 무사하고 멀쩡한 모습으로 관객의 박수갈채를 받지." 조지는 애매하다는 듯 우리를 보며 눈을 깜빡였다. "그러니까 어떤 면에선 결국 그들 모두가 살아남은 거 아닐까."

홀리가 콧방귀를 뀌었다. "내 생각으론 아냐. 다들 죽었어. 고약한 여자 같으니."

"그리고 이젠," 록우드가 말했다. "흡혈귀처럼 사람 기운을 빨아먹는 악령이 돼서 돌아왔지. 오늘 밤엔 주의해서 움직여야 할 거야."

"맞아. 그래서 나도 생각을 해봤는데," 내가 말했다. "이번 일은 홀리랑 내가 맡게 해줘야 할 거 같아."

록우드가 우리를 빤히 쳐다봤다. "둘이서? 조지랑 난 집에서 마냥 기다리고만 있고?"

"그럼 안 돼?"

"어림없어. 너무 위험하다고."

"나도 루시 말에 동의해." 홀리가 말했다. "질풍노도 시기의 젊은 남자들이 라 벨 댐한테 특히 심하게 휘둘린 건 사실이잖아. 너희보단 루시랑 내가 당할 가능성이 적겠지."

"오, 아닐 거 같은데. 조지랑 내가 매력적인 여자 유령을 상대하는 게 이번이 처음도 아니고…." 록우드가 밉지 않게 키득거렸다. "혹스톤 목욕탕 기억하지, 조지?"

조지가 안경을 벗어 조사했다. "기억하냐고? 완전."

"게다가 두 사람이 아무 이유 없이 희생된 것도 아니잖아." 록우드가 말을 계속했다. "찰리 버드와 시드 모리슨 둘 다 심령적으로 취약한 이들의 전형적인 양상을 보였으니까."

"그렇지." 조지가 맞장구쳤다. "니들 그거 눈치 못 챘어? 터프넬에 따르면, 죽은 소년은 실연의 아픔에 시달리고 있었어. 사랑의 고통으로 사실상 말라 죽어가고 있었지. 그런 상황에선 드레스 입은 드럼통이 옆을 굴러갔대도 옳다구나 쫓아갔을 거라고. 찰리 버드의 경우엔 몸이 안 좋았잖아. 그의 잠재의식 속에선 어쩜 해방을 원했을지도 몰라. 그래서 유령을 따라간 거고. 다시 말해서, 희생자 둘 다 신체적으로나 정신적으로 강건한 상태는 아니었단 거지."

"이해가 안 돼." 홀리가 말했다. "그러니까 네 말은 이 유령이 사람의 약점을 감지할 수 있다는 거야?"

조지가 고개를 끄덕였다. "정확해. 방문자들이 분노와 슬픔을 감지한다는 건 모두가 아는 사실이지. 그들은 강렬한 감정을 발산하는 사람들에게 끌려. 그러니까 어쩜 나약함과 절망에도 매료될지 모르잖아. 시드와 찰리는 정신적으로 또 신체적으로 힘든 상태였어…. 굳이 삶을 고집할 이유도 별로 없었고. 싸구려 같은 초자연적 마력*에 무너지기 쉬운 상태였던 거야."

"우린 안 그렇고 말이지." 록우드가 덧붙였다. "얘기 끝이야. 조지와 난 괜찮을 거라고. 안 그래, 조지?"

"넵. 우린 냉철한 전문가들이니까." 조지가 말했다. "그 전단지 좀 돌려줄래, 루시? 접어서 사건 장부에 붙여놓게. 고마워. 그대로 줘."

그렇게 회의는 끝났다. 록우드는 멀릿네로 떠났다. 나머지 우리는 서류 작업을 했다. 그런 다음 홀리와 나는 검술 연습을 했다. 덥고, 목이 타고, 지하실에 걸린 지푸라기 모형에 구멍이 송송 뚫릴 때까지. 지푸라기에서 나온 먼지가 허공을 떠다녔다. 포틀랜드 로 밖에서 오후가 깊어갔다. 런던 어딘가에선 쇠사슬에 묶인 소년이 조급하게 죽음을 기다렸다. 하늘에 이날 첫 별들이 나왔다.

8

런던 이스트 엔드 스트랫퍼드의 팰리스 극장으로 가려면 일몰 무렵까지 운행하는 지하철을 타야 했다. 4시 직전에 조지와 홀리, 나는 작업용 벨트를 차고 접착식 줄에 레이피어를 고정했다. 포틀랜드 로 집 문을 잠근 뒤 철이 든 가방들을 들고 베이커 스트리트 역까지 걸었다. 유령단지는 레버가 닫힌 채로 잠잠히 내 배낭에 들어 있었다. 록우드는 아직 멀릿네에 있었고 따로 움직일 계획이었다. 우리는 극장 문 앞에서 그와 만나기로 했다.

상쾌한 초가을 날이었다. 육 주 동안의 힘겹고 무더운 날씨에 업혀온 온기가 가득했다. 거리는 여전히 붐비고 있었지만, 해 질 녘이 다가오면서 차차 쌓이기 마련인 전하가 희미하게 깃들어 있었다. 사람들은 여느 때처럼 서둘러 움직였고 얼굴은 굳어 있었다. 죽은 자들의 시간이 시작되기 전에 집으로 돌아가려 열심이었다. 이제 태양은 낮게 걸려 있었다. 비스듬한 빛살들이 주택들을 갈라 빛과 그림자의 삼각형 조각들로 쪼갰다.

마릴본 로드 근처의 어느 어둑한 골목 앞을 지날 때였다. 골목 입구에 쌓인 쓰레기봉투 사이에서 기형적인 형상이 훌쩍 솟아 달려들었다. 두 팔을 내밀고 누더기를 펄럭이며. 하수도와 썩어가는 짐승의 냄새가 확 풍겨왔다.

홀리가 기겁했다. 나는 반사적으로 레이피어에 손을 뻗었다.

"안녕, 플로." 조지가 말했다.

그 장면을 우연히 목격한 사람은 단박에 알기 힘들겠지만 형상은 여자였고, 나이도 나보다 그리 많지 않았다. 그녀의 둥그스름한 얼굴은 진흙으로 얼룩덜룩하고, 거기서 예리한 파란 눈이 기민하게 깜빡였다. 더럽고 누르께하고 볼품없는 생머리는 챙이 넓은 밀짚모자의 너덜너덜한 테두리와 좀처럼 구분이 안 됐다. 그녀는 고무장화를 신고, 날씨가 어떻든 간에 몸에서 한시도 떼놓지 않는 길고 파란 푸파 재킷을 걸쳤다. 그 아래 뭐가 숨어 있을지는 귀엣말로만 전해지는 전설이었다.

이 사람은 악명 높은 유물 사냥꾼 플로렌스 보나르, 일명 플로 본스였다. 유물 사냥꾼은 버려진 영물 수집의 전문가로, 상당수가 괜찮은 심령 능력을 가졌다. 이들은 묘지와 쓰레기처리장과 사회 변두리의 이곳저곳을 어슬렁거리며 일반 조사관들이 놓치고 지나간 출처들을 찾아 내다팔았다. 광신도 집단, 암시장 수집가, 더하게는 DE-PRAC까지, 기본적으로는 누구든 가장 높은 값을 쳐주는 쪽에. 플로의 구역은 템스강의 흐릿한 강둑들이었다. 그녀는 웬 불길한 자루를 들고 그 일대를 돌아다녔는데, 그 자루에 또 무슨 축축하고 공포스러운 게 들었는지는 세상 누구도 몰랐다. 감초사탕을 좋아하는 플로는 조지와 록우드 역시―다소 불분명한 순서로―좋아했으며, 나는 그냥 참아주는 수준이었다. 그녀는 퀼 킵스와 함께 록우드 심령 회사의 비공식적인, 그러나 중요한 동료였다.

"좋아, 커빈스." 플로가 말했다. 그녀는 예외적으로 새하얀 치아를 드러내며 조지를 향해 웃었다. 그러고는 마지못해 덧붙이듯 홀리와 내게 퉁명스레 고개를 끄덕였다.

"집에서 못 본 지 꽤 됐네." 조지가 말했다. "바빴어?"

플로가 어깨를 들썩이는 통에 재킷 어깨 부분에 말라붙은 진흙이 갈라졌다. "아니. 별로."

잠시 정적이 흘렀고, 그 정적 속에서 분명해졌다. 플로의 신경이 온통 조지에게 가 있고, 조지는 뭔가 설레는 맘으로 그녀를 보고 있단 게. 홀리와 나는 이 사람에서 저 사람, 다시 이 사람을 번갈아 봤다.

"음, 그러니까 구했어. 그래서." 플로가 푸파 재킷의 그림자들 속을 헤집었다. 기름 먹인 천에 싸서 지저분한 끈으로 묶은 꾸러미를 끄집어냈다.

"훌륭해. 고마워, 플로." 조지가 외투 지퍼를 내리고 꾸러미를 집어넣었다.

"고맙긴." 플로가 코 옆을 비볐다. "그러니까 별일 없지? 그치, 조지?"

"그럼, 없지…. 넌, 플로?"

"없지."

"잘됐네."

"그래."

이 숨이 턱턱 막히는 대화가 얼마나 오래 계속됐을지는 확실치 않다. 그 순간 좀 떨어진 길에서 인기척이 나서였다. 플로가 뒤를 흘끗 봤다. "오, 망할." 내뱉듯 말했다. "저 인간들은 안 돼." 그 말과 함께 몸을 수그리고는 다시 골목으로 들어갔다. 웰링턴 부츠가 달리는 소리가 어스름 속으로 사라졌다.

남자 넷이 샛길에서 나와 우리 쪽을 보고 있었다. 그중 가장 늘씬한 사람의 신호에 따라 어슬렁어슬렁 걸어오기 시작했다. 우리는 정신을 가다듬었다. 그들이 누군지 잘 알고 있었다.

무리의 대장은 짧은 금발에 콧수염을 기른 청년이었다. 그는 초록빛이 감도는 트위드 정장 차림으로 우아하고 여유롭게 움직였다. 멀리서도 눈길을 끌었고, 점점 가까워지면서는 더욱 경계가 되면서도 매력적이었다. 숲을 뚫고 살금살금 다가오는 울버린을 보고 있기라도 하는 것 같았다. 그의 태도는 공격적이면서 의기양양했다. 폭력 행사는 기정사실이었다. 당장은 아니더라도 조만간 그렇게 될 거였다. 그러겠다는 표시가 그의 벨트에 걸려 있었다. 공인된 요원이 아닌 이들은 검의 소지가 금지돼 있는데도. 루퍼트 게일 경은 공식적으로 소속된 대행사가 없었으나 퍼넬로프 피츠의 무시무시한 행동대장으로서 규정의 필요성 따위 몰랐다. 금지거나 말거나 갖고 다니는 레이피어가 햇빛에 반짝였다.

루퍼트 경과 함께 있는 남자 셋은 피츠 대행사의 진회색 재킷을 입었다. 하나같이 덩치가 크고 근육질에다 무표정했다. 어느 시점엔가 자기 개성이란 걸 판에 박힌 위협성과 바꿔먹은 사람들이었다.

늘 그렇듯 루퍼트 경은 미소를 띠고 있었다. 치아가 참 많기도 많았다. 코를 찌르는 듯한 로션 냄새가 우리를 감쌌다. "록우드의 멋쟁이 조력자들 아니신가." 그가 말했다. "출장길인가 보군. 근데 아까 그 고약한 생명체는 뭐였지?" 그가 골목을 힐끗 내려다봤다. "거지였나 봐. 너흰 모르는 자였겠고. 그래?"

"네." 내가 말했다. "그냥 거지였어요. 그쪽 말대로."

"아직까지 악취가 진동을 하는군. 거지가 성가시게 굴면 걷어차서 쫓아버렸어야지. 그런 것들한텐 저 밖 거리에서 오래 살아남지 못하리란 게 차라리 자비롭지. 난제가 계속되는 상황에선. 밤을 못 이기고 조만간 시궁창에 나자빠져 하늘이나 올려다보는 몰골로 발견될 거야." 루퍼트 경은 우리의 반응을 살피고 있었다. 밀렵꾼의 눈으로 면밀히 관찰했다. 우리 누구도 말이 없었다. "그래서 너희 소중한 록우드는 어딨지?" 그가 말을 계속했다. "그 녀석은 죽지 않았길 바라. 사고가 잦은 자기 가족들과 같은 길을 갔다곤 하지 말아주길."

하루 온종일 나는 묘지의 빈 무덤을, 묘비에 같이 앉아 있다 순간적으로 느꼈던 록우드의 고독을, 다른 어떤 유령보다도 지긋지긋하게 그를 따라다니던 슬픔을 생각하고 있었다. 속에서 분노가 치밀었다. 내 손이 칼자루를 맴돌았다. 내가 뭐라 말할 수 있을지 자신이 없었다. 조지도 마찬가지로 화가 올라오고 있었다. 그의 반짝이는 안경 뒤에서 모욕의 말들이 맹렬히 배양 중이었다. 하지만 홀리는 이런 상황에 강했다. 흠잡을 데 없고 꿋꿋하게 정중했다. 그녀의 매끈하고 흐트러지지 않는 아름다움이 그새 한 단계 더 발전한 것도 같았다. 반쯤 내리깐 눈꺼풀 아래로 가만히 응시하는 차분한 태도에서 미묘한 따분함과 경멸의 기분이 풍기기도 했다. 그런 그녀 앞에서 루퍼트 경의 값비싼 트위드 정장이 문득 요란스럽고 추레해 보였다. 노란 콧수염 뒤 얼굴은 발그레하고 땀투성이에다 너무 많이 간절했다.

"록우드는 스트랫퍼드에 있는 극장의 요괴를 처리하러 갔어요." 홀리가 말했다. "그렇잖아도 지금 만나러 가는 길예요. 우리 일에 관심을 가져주다니 무척 고맙네요."

"흐음, 요괴? 그깟 일에 조사관이 넷이나 필요한 거야?" 콧수염 아래서 루퍼트 경이 쯥 소리를 내며 이를 빨았다. "관련 서류는 있고?"

홀리가 고개를 끄덕였다. "네." 하지만 그녀는 서류를 꺼낼 생각을 하지 않았다.

"보여줄 수 있겠나?"

"있죠. 당연히 보여드릴 수 있어요."

루퍼트 경의 입술이 살짝 비틀렸다. "그럼 그렇게 해주지."

"아님 그냥 우리 말을 믿을 수도 있죠, 게일." 홀리가 천천히 가방을 여는데, 조지가 말했다. "하긴 믿음 같은 개념은 그쪽이 잘 모를 수 있겠다 싶기도 하고."

"새 규정 알잖아, 커빈스." 루퍼트 경이 서류를 받아 장갑 낀 손으로 넘겨봤다. "조사관들은 출장 시 의뢰인의 동의서를 소지해야 해. 지금껏 너무 많은 대행사들이 무분별하게 돌아다니면서 점잖은 런던 시민들을 위험에 빠트렸어. 무정부 상태나 다름없었지. 레이피어에 베이고 소금탄에 화상을 입었다는 신고가 한 주도 안 빼고 접수될 정도였으니까. 그리스의 불이 입힌 피해로 말할 거 같으면…."

"그 얘기하면서 왜 우릴 봐요." 조지가 말했다. "우리가 남의 집을 안 태워먹은 지도 벌써 백만 년인데."

"한 번 '뚱뚱이 안경잡이 발화광'은," 루퍼트 경이 말했다. "영원한 '뚱뚱이 안경잡이 발화광'이다. 그게 내 철학이야. 뭐, 서류는 문제없는 거 같군." 그가 홀리에게 종이들을 건넸다. "여러분의 무척이나 위험한 임무에 행운이 따르길. 아, 하나 더." 우리가 자리를 뜨려는데, 그가 덧붙였다. "어제 하디만 도서관 근처에서 목격됐다던데, 커빈스. 불법적인 연구를 하려던 건 아니겠지?"

"내가요? 아뇨."

"넌 관련 허가를 받은 적이 없으니까 말야. 안 그런가, 그리브스?"

루퍼트 경 왼쪽에 있는 조사관은 유독 덩치가 컸다. 헛간 벽에 기대놓은 콘크리트 관에 제복을 입힌대도 그리브스보다는 똑똑해 보였을 거다. "네, 그렇습니다."

"하다못해 그리브스도 안다고." 루퍼트 경이 말했다. "자기 이름도 잘 모르는 친군데."

"잠깐 들르긴 했어요." 조지가 말했다. "오늘 밤에 처리할 스트랫퍼드 건을 조사하느라. 하지만 입장이 거절됐죠. 그쪽이 방금 말했다시피 제대로 허가를 못 받아서. 자, 근데," 그가 덧붙였다. "난 무거운 쇠사슬을 잔뜩 들고 있고, 이걸 빨리 극장으로 가져가면 좋겠거든요. 그쪽같이 지저분한 기회주의자한테 붙들려 떠드는 대신."

뒤이은 짧은 정적. 그 속에서 이날 오후의 숨은 역학이 느리고 조용히 파국 쪽으로 움직였다.

"기회주의자?" 루퍼트 게일 경이 말했다. 그가 가까이 다가섰다. "지저분한? 내가 나이 들어 귀가 어떻게 됐는지 몰라도…."

"홀리," 내가 명랑하게 말했다. "스트랫퍼드에서 약속이 5시 정각 아니었어? 가야겠다."

홀리가 친구네 부엌 바닥에서 고양이 사료를 집어 먹고 있는 자기 아기를 발견한 엄마처럼 쾌활한 투로 말했다. "맞아! 그랬지! 어서 가자, 조지!"

조지는 마음이 안 내키는 눈치였다.

"아까 그 진술에 대해 자세히 말해보겠나?" 루퍼트 경이 말했다.

"못 할 거 없죠." 조지가 말했다. "하지만 뭐 하러 에너지를 낭비해요? 우린 그쪽이 어떤 인간인지 알아요. 그건 그쪽 자신도 알고." 그가 안경을 벗어 스웨터에 문질렀다. "여봐란듯이 으스대고 다니지만 막상 그 뒤에선 본인의 허접한 도덕성이 좋으면서도 무섭죠. 그 생각을 떨칠 수가 없는 거예요. 그쪽이 그처럼 기절하게 따분한 것도 그래서고. 아, 그리고 DEPRAC 규정은 나도 그쪽만큼이나 잘 알아요. 공인된 조사관들한테 일 가지고 자꾸만 시비를 걸었다간 런던 경찰청으로 끌려가 반스 경위한테 눈물 콧물 쏙 빠지게 혼이 날 거란 것도. 그러니 이만 가서 다른 사람을 괴롭히는 게 어때요?" 그는 태양을 향해 안경을 들고 기울여 가며 어딘가에 있을 법한 얼룩이 제거됐는지 확인했다. "훌륭해. 이따금 어찌나 선명히 보이는지 무서울 정도라니까." 그가 안경을 다시 쓰고 가방으로 몸을 숙였다. "앞장서, 홀리. 스트랫퍼드여, 우리가 간다."

우리는 걸음을 옮겼다. 뒷덜미가 따가웠다. 루퍼트 경의 시선 때문이었을 거다. 나는 그가 멈추라고 외칠 것만 같은 생각이 자꾸만 들었으나 그런 일은 일어나지 않았다.

두 블록을 꼬박 가도록 우리 누구도 말이 없었다. 홀리와 나는 레이피어를 흔들며 태평스레 걸었지만, 실은 조지의 양옆을 지키며 움직였다. 사형수를 감방으로 데려가는 호송관처럼. 고요한 광장을 가로질렀다. 오솔길에서 낙엽들이 뒹굴었다. 우리는 아무도 염탐할 수 없이 탁 트인 곳에 가서야 멈춰 섰다.

"아까 그건 도대체 무슨 짓이야?" 홀리가 식식거렸다. "우리가 체포되면 좋겠어?"

"아님 만신창이로 얻어터지면 좋겠어?" 내가 거들었다.

조지가 어깨를 으쓱했다. "체포 안 됐잖아. 얻어터지지도 않았고."

"네가 한 짓에도 불구하고 말이지!" 내가 으르렁거렸다. "그 인간은 지금 쥐꼬리만 한 트집이라도 잡으려고 눈이 벌겋다고."

"맞아. 그리고 우린 트집 잡힌 거 없고." 조지가 말했다. "아까 우리가 한 건 경고야. 꼭 했어야만 했던. 난 그 인간한테 알려준 거뿐야. 우릴 아무리 방해해도 자기 뜻대로 흘러가지만은 않을 거라고." 그는 그걸로 문제 해결이라는 양 우리를 쳐다봤다. "게다가 그 인간이 플로를 어떻게 얘기하는지 들었지? 용납할 수 없는 일이야. 있잖아, 우리 이러다 늦겠어. 얼른 움직이면 지하철을 잡아탈 수 있을 거야."

터프넬의 움직이는 놀이동산은 스트랫퍼드 역에서 동쪽으로 조금만 걸으면 나왔다. 도착 오 분 전부터 희미하게 허디거디• 소리가 들리고 바람결에서 핫도그 냄새가 났다.

터프넬의 주장대로 그의 사업이 정말로 잘됐을 순 있다. 하지만 그림자들이 길어지는 늦은 오후의 그곳에 번영의 기운은 없었다. 팰리스 극장 자체는 넓게 펼쳐진 황무지 언저리에 홀로 선 거대한 건축물이었다. 한때는 분명 인상적이었을 터였다. 건물 전면에 로마 신전을 연상시키는 기둥들이 서 있고, 각 기둥 위엔 여러 희비극 장면과 형상들이 조각돼 있었다. 그러나 기둥의 콘크리트는 쩍쩍 갈라지고 부서졌으며, 조각의 절반은 사라지고 없었다. 주출입문은 판자로 막혀 있었다. 극장 건물로는 옆의 들판 쪽에서 들어가는 듯했는데, 거기엔 빛바랜 텐트 여럿이 서 있고 범포가 바람에 날리며 타닥타닥 소리를 냈다. 임시방편으로 부지를 둘러놓은 철제 울타리에 간식 포장지들이 껴서 덫에 걸린 곤충처럼 푸드득거렸다. 싼티 나는 멜로디의 사이렌이 울렸다. 놀이동산의 폐장을 알리는 신호였다. 마지막까지 남은 슬픈 얼굴의 입장객 몇이 막대에 꽂힌 솜사탕을 나환자의 종•• 처럼 내들고 녹슨 문들을 통과해 어기적어기적 집으로 향했다.

그 문 바로 안쪽에 록우드가 서 있었다. 퀼 킵스를 옆에 끼고.

"끝내주지 않아?" 우리가 가서 합류하는데, 킵스가 말했다. "웬만한 포로수용소도 여기보단 행복해 보이겠다."

• 네 줄 현악기에 달린 회전 원통을 돌려 소리를 내는 악기.

•• 나환자들이 사람들에게 자신의 접근을 알리기 위해 들고 다니던 종이나 방울.

"이번 일 같이하는 줄 몰랐어요, 퀼." 내가 말했다.

"나도 몰랐어. 멀릿네에서 록우드랑 우연히 마주쳤거든. 이 녀석 말이 너희한테 내 도움이 필요할지도 모르겠다고 하고, 어차피 난 딱히 다른 할 일도 없어서….'

내가 고개를 끄덕이며 미소를 지었다. "네."

킵스는 그간 상황이 별로 안 좋았다. 우리를 너무 자주 돕는다는 이유로 피츠 대행사의 옛 동료들에게 따돌림을 당하고 있었다. 이게 천성적으로 침울한 킵스의 기질과 합쳐진다는 건 일말의 억울함이 한 줄기 혈관처럼 여전히 그의 속을 흐르고 있다는 뜻이기도 했다. 조지의 산딸기케이크 사이에 낀 쌉싸름한 초콜릿 층처럼. 더군다나 킵스는 이십 대에 접어들면서 재능을 상실했다. 우리가 준 고글 덕분에 유령을 볼 수 있다 해도 나이가 주는 박탈감을 잘 알았다. 이 같은 경험들이 그를 말랑하게, 더 나아가 겸허하게까지 만들었다. 그러는 지금도 철수세미로 만든 팬티마냥 껄끄럽다는 건 한때 그가 얼마나 견디기 힘든 인간이었는지 말해주고.

"오늘 밤에 킵스가 한가해서 잘됐지 않아?" 록우드가 말했다. "이 번 건은 사람이 많을수록 유리하니까." 일을 시작할 때면 몹시도 자 주 그렇듯 그는 신바람이 나 있었다. 사냥을 앞두고 그의 목적의식은 더없이 뚜렷했고, 옆구리에 걸린 새 레이피어보다 예리했다. 전날 저 녁 내게 마음을 터놓던 조용하고 생각 많은 소년은 오간 데 없었다. 그에게서 에너지와 기대감이 뿜어져 나왔다. "극장으로 가자." 그가 말했다. "사람을 찾아서 주변 안내를 부탁해야겠어."

우리는 줄무늬 텐트들과 나선형 미끄럼틀을 지나 극장의 그림자 로 건너갔다. 거대한 벽돌벽을 장식한 포스터와 현수막이 '터프넬의 경이'와 '터프넬의 마술 쇼' 같은 오락거리들을 광고했다. 양문형 출입문 두 개가 열려 있었다. 좌석 안내원 제복을 입은 뚱한 표정의 소녀가 그중 하나를 닫고 쇠로 된 빗장과 사슬을 거는 작업 중이었다.

소녀가 우리를 뜯어봤다. "오늘 공연은 끝났어요. 내일 표는 드릴 수 있고요."

"우린 공연을 보러 온 게 아녜요." 록우드가 말했다. "루 터프넬 씨를 좀 볼 수 있을까요?"

록우드가 자기 최고의 미소를 던졌지만, 그리고 그건 대개 얼음에 부은 뜨거운 물처럼 사람을 녹이는 효과가 있지만, 소녀의 표정은 변하지 않았다.

"터프넬 씨는 무대에 있어요." 그러면서 머뭇머뭇 쇠빗장을 만지작거렸다. "지금은 때가 안 좋아요. 들어가면 안 돼요."

"터프넬 씨가 바쁜 거야 잘 알죠. 하지만 우릴 기다리고 있을 거예요."

"그 사람 얘길 하는 게 아녜요. 여기 있는 게 안 좋다고요. 이 시간엔, '그 여자'가 곧 복도를 걸어 다닐 거예요."

"라 벨 댐 말인가요?" 내가 물었다. "그 여잘 본 적 있어요?"

소녀는 부르르 몸을 떨며 어깨 너머를 힐끗 돌아봤다. 그녀가 뭐라 대답하기도 전에 어둠 속에서 익숙한 목소리가 우릴 반겼다. 터프넬이 등장했다. 체크무늬 셔츠의 소매를 걷어 올리고 조끼는 빵빵한 채로.

"어서 와요! 어서 와!" 그의 얼굴은 전보다도 벌겠고, 희끗한 곱슬머리에는 땀방울이 맺혀 있었다. 터프넬이 우리에게 희미하고 부정직한 미소를 발사했다. "무대 쪽 일 좀 도와주는 중예요. 지금 영 일손이 딸려서요. 시드랑 찰리 때문에. 뭘 꾸물거리냐, 트레이시! 문을 막지 말라고, 이것아! 들어오시게 해, 들어오시게!"

우리는 임시로 꾸민 로비로 줄줄이 들어섰다. 팝콘과 담배, 곰팡이 냄새가 났다. 로비에는 매표소가 하나, 그리고 초코바와 캔 음료를 파는 가판대가 있었다. 트레이시는 우리가 지나가게 옆으로 비켜선 참이었다. 그녀는 가냘픈 체구에 피부색이 파리하고 머리칼은 붉었다. 나보다 한 살 정도 많고 심하게 긴장한 듯도 보였다. 나는 그녀와 눈을 맞추려 했지만 우리를 쳐다보지 않았고, 얼른 자리를 벗어나 들판으로 사라졌다. 문은 그대로 열어둔 채로.

터프넬은 고개를 까딱하고, 꾸벅 인사하고, 록우드의 손을 잡고 흔들었다. "이렇게 오시다니 영광입니다! 가시죠. 무대를 보여드리겠습니다. 내일 공연을 준비 중예요."

그는 우리를 이끌고 넓은 복도를 지났다. 천장이 낮고 조명이 어둑했으며, 벽에는 금색의 싸구려 장식격자가 붙어 있었다. 복도 양옆으로 다른 복도들이 갈라져 나갔다. 그중에서 '터프넬의 경이'라는 표지가 붙은 통로는 해진 금색 줄로 차단돼 있었다.

"딱한 찰리 버드는 상태가 어떤가요?" 걸으면서 홀리가 물었다.

"살아 있습니다." 터프넬이 말했다. "하지만 안타깝게도 오래 못 가겠다 싶어요. 지금은 내 캐러밴에 갇혀 있습니다. 오늘 오후에 짐승처럼 울부짖기 시작해 중앙 텐트에서 열렸던 광대 코코의 꼬맹이 파티를 방해했어요. 유감스럽게도 그건 더 많은 환불을 의미했고요." 그가 격렬히 한숨을 내쉬었다. "그렇잖아도 난 조금 이따 찰리를 보러 가야 할 겁니다. 일단 어두워지고 나면 내가 극장 안에 없어도 여러분은 괜찮을 거 같은데 말입니다? 물론 나도 안에 있고 싶지만 그래 봐야 여러분 일에 방해나 될 테니까요." 이 말과 함께 그는 주황색 플러시 천이 덧대진 인상적인 문을 밀어젖혔고, 우리는 공연장으로 들어갔다.

*   *   *

록우드 심령 회사는 극장에서 시간을 보내는 일이 원체 없었다.
지난여름 언젠가 런던 팰러디움 극장 옆 골목까지 요괴를 쫓아가선
화염탄으로 날려버린 적이 있긴 했다. 내가 기억하기로 그 극장 벽에
는 정장용 모자를 쓰고 깜짝 놀란 표정을 짓는 신사를 그린 검은 윤
곽이 아직껏 남아 있었다. 고작 이 정도가 우리가 일반적으로 접하는
고급문화였기에 나는 팰리스 극장 공연장 안에서 보게 될 것에 마음
의 준비가 안 돼 있었다.

팰리스 극장의 공연장은 암울한 외관과는 완전 딴판이었다. 그곳
은 빛들이 점점이 반짝이는 금빛 동굴이었다. 우리가 서 있는 곳은
온통 벨벳으로 둘러싸인 어둠 속이었고, 그 벨벳 어둠이 1층석 사이
로 쭉 뻗어나갔다. 우리 위와 뒤에선 길고 둥그스름하게 굽어진 발코
니들을 따라 전기 양초가 빛났다. 놀라울 정도로 가파르게 배치된 발
코니석들이 불가능한 높이까지 계속됐다. 발코니들 양옆에서는 기다
란 황금 촛대가 박스석*들을 비췄다. 저 앞 중앙 통로 끝에서 솟아오
른 무대는 흰색에다 스포트라이트를 밝혔고, 양 끝에 핏빛 커튼이 달
려 있었다. 십 대 몇이 무대를 돌아다니며 바닥을 빗질하고, 밝게 채
색된 상자와 바구니들을 옮겼다. 다들 침묵 속에서 움직였으나 마음
급한 숨소리가 고스란히 들렸다. 공연장은 음향 효과가 훌륭했다. 속
삭이는 말들조차 광활하고 검은 공간을 가로질러 전해졌다.

터프넬이 앞장서서 통로를 내려갔다. 우리 신발이 나무 바닥에서

---

* 원래 부유층을 위해 따로 마련된 공간으로, 좌석 점유자를 공연장 내 모두가 볼 수
있게 설치했다.

타닥거렸다. 저 높은 곳의 어둠에서 길게 늘어진 밧줄 몇 개가 보였다. 그중 일부는 끝에 공중그네가 달렸고, 다른 것들은 발코니에 고정된 고리에 묶여 있었다. 나는 그 밧줄들이 움직이는 모습을, 공중으로 솟구쳐 순간적으로 하늘을 나는 몸뚱이들을 상상했다. 그 생각만으로도 손바닥이 축축해졌다. 공연장의 어마어마한 규모는 아무리 봐도 적응이 안 됐다. 눈을 가늘게 뜨지 않고는 발코니들 쪽이 자세히 보이지도 않았다. 천장은 따스한 황금빛으로 뿌옜다.

우리는 무대 옆에 붙은 가파른 계단을 올라가 빛으로 걸어나갔다.

"여깁니다, 록우드 선생." 터프넬이 말했다. "여기가 라 벨 댐이 최후를 맞이한 곳예요." 그러더니 하던 일을 멈추고 자기를 쳐다보고 있던 십 대들에게 팔을 흔들었다. "됐어. 너흰 가도 좋아. 곧장 나가. 미적거리지 말고. 이유야 말 안 해도 알겠지."

일꾼들이 떼 지어 나갔다. 우리는 무대 가운데에 가방을 내려놨다. 무대 언저리를 빙 둘러 놓은 갖가지 크기와 색깔의 나무 상자들에 경첩 달린 뚜껑과 조그만 문들이 붙어 있었다. 무대 뒤쪽으로는 거대하고 파란 안전 매트가 보였다. 무릎높이에다 무척 넓었다. 그걸 빼면 무대 표면은 휑했고, 수십 년 묵은 테이프 자국과 흠집이 남아 있었다.

록우드가 주변을 가만히 둘러봤다. 눈을 가늘게 뜬 얼굴이 차분했다. 나는 그가 지금 시각*을 이용해 절명광이나 심령 소란의 징후를 찾고 있음을 알았다.

"저 안전 매트는 어디다 쓰는 거죠?" 그가 물었다. "상자들은요? 공연의 일부인가요?"

터프넬이 고개를 끄덕였다. "우리 공연은 공중그네로 시작해요. 곡예사들이 할 걸 하고선 매트로 뛰어내리죠. 상자들은 마술 쇼에 쓰는 거고요. 안에 소품들이 들어 있습니다. 아시잖아요. 우리에 갇힌 비둘기, 금속 고리, 뭐 그런 거요. 안쪽에 숨겨진 공간들이 아주 많아요. 우리 무대 담당이 고안했죠. 솜씨가 아주 좋거든요. 하지만 여러분은 시드가 죽은 곳이 궁금할 거예요. 무대 왼쪽 끝입니다."

"고맙습니다." 록우드가 말했다. "거기서부터 시작하기로 하죠."

다들 무대 옆 커튼 쪽으로 움직였다. 나는 무대 가운데에 남아 공간을 파악했다. 오래전 언젠가 여기에 술탄의 관이 있었다. 검이 꽂히고, 피가 뿜어져 나와 바닥을 때렸다. 나는 발치를, 밋밋하고 매끈한 나무를 내려다봤다. 황금빛 어스름을 가만히 내다봤다. 관객으로 가득한 극장을, 어리둥절한 정적을, 최초의 무시무시한 비명들을 상상하면서….

지금이 딱이었다. 여기서 내 재능을 써볼 수 있을 듯했다. 거대하고 컴컴한 공연장의 정적 속에 이상한 기대감이 깃들어 있었다. 나는 웅크리고 앉아 손끝을 바닥에 댔다. 눈을 감고 귀를 기울였다….

봉인된 문을 열어젖히기라도 한 것처럼 순식간에 이상하고 건조한 바스락거림, 천 개는 되는 좌석에 편히 자리 잡는 관객들의 웅성거림이 나를 둘러쌌다. 오르내리는 소음이 꼭 거인의 숨소리 같았다. 나는 기다렸지만 거기서 더 달라지는 건 없었다.

나는 나무 바닥에서 손가락을 뗐다. 소음은 여전히 거기 있었다. 그 아래로 무대 옆에서 록우드에게 얘기하는 터프넬의 목소리가 간신히 들렸다. 두 소리는 서로 충돌하는 대신 백 년의 시간을 사이에 둔 채 각자 계속됐다.

나는 천천히 일어나 무대 옆으로 몸을 돌렸다. 그 순간 등골에 소름이 쫙 끼쳤다. 누군가가 거길 손가락으로 훑기라도 한 것처럼.

나는 그대로 멈췄다. 공연장 정면의 더 넓은 어둠 속을 들여다봤다. 뿌옇고 은은한 공연장을 비추는 무대 조명만으로는 무엇 하나 제대로 분간이 안 됐다. 그럼에도 내 시선은 1층석 뒤의 한 좌석으로 움직였다.

저기 앉아 있는 저건 사람인가?

어찌나 힘을 줬는지 눈이 아팠다. 나는 다른 이들도 뭘 좀 봤을까 싶어 옆을 확인했다. 하지만 눈길 닿는 곳엔 아무도 없었다.

"… 그런 뒤에 트레이시가 커튼을 걷었죠." 터프넬이 말하고 있었다. "그리고 여기서 시드를 봤어요. 유령 품에 안겨 있는 걸요! 트레이시가 달려나갔는데…."

나는 1층석 건너를 다시 내다봤다. 뒤쪽 의자는 비어 있었다.

"… 하지만 아아, 너무 늦었어요. 녀석은 거기 헝겊인형처럼 널브러졌죠! 라 벨 댐이 생명을 몽땅 빨아먹은 겁니다!"

나는 레이피어의 접착식 줄을 뜯었다.

머릿속 웅성거림이 점점 커지더니 느닷없고 격렬한 박수 소리가 됐다. 소리는 사방에서 들렸다. 1층석에서 시작해 발코니와 박스석으로 물결쳐 갔다. 나는 눈을 들고 희뿌연 경사면을 훑었다.

소리가 뚝 끊겼다.

그리고 이젠, 아무것도 없었다. 극장이 숨을 죽이고 있는 것만 같았다.

내가 다시 내려다봤을 때는 중앙 통로, 그러니까 내 정면에 물체가 하나 있었다. 저 뒤쪽 발코니의 그림자 아래 서 있었다. 물체는 어둠에 싸여 있었지만, 내 눈엔 석관이나 나무함쯤 돼 보였다. 아주 크고 둥그스름하며 여자의 형상을 상당히 닮았다. 똑바로 선 그 물건의 옆구리와 복부가 혹과 못으로 가득했다. 거기 꽂힌 검의 손잡이와 날들이었다.

거기서 뭔가가 천천히 뻗어 나오고 있었다. 검고 가는 줄이었다. 검은 실 같은 그것이 통로를 내달렸다. 하나, 그리고 또 하나. 빛으로 나와 완만한 경사를 타고 무대로 흘러왔다.

　나는 레이피어를 쥐고 앞으로 천천히 걸어나갔다.

　금빛 조명 아래서 검은 실들이 반짝이고 빛났다. 서로 이어지고 갈라지며 바닥을 수놓았다. 길어지고 더 길어졌다. 빨라지고 더 빨라졌다. 끝을 모르고 밀려왔다. 나는 나도 모르게 무대 언저리에 얼어붙어 있었다. 1층석 사이를 흐르는 핏줄기들에서 눈을 뗄 수가 없었다.

9

"그 여자가 왔어!" 내 고함 소리가 극장에 울려 퍼졌다. "록우드! 여자가 왔다고!"

그렇게 외치며 나는 몸을 날려 무대 밑에 웅덩이지는 피를 뛰어넘었다. 조명 아래서 검이 번쩍였다. 나는 맨 앞줄 좌석에 쿵 하고 내려섰다. 그런 다음 의자 등받이에서 등받이로 뛰었다. 두 팔을 벌려 균형을 잡아가며 깡충깡충 뛰어 의자의 열을 가로질렀다. 내가 바닥을 건드릴 일은 죽었다 깨어나도 없었다. 내 옆 통로에선 검은 액체가 한도 끝도 없을 것처럼 흘렀다. 저 앞에서 어둠이 자욱하게 피어올랐다. 이제 관은 안 보였으나 냉기가 얼굴을 때렸다.

저기 그림자들 속이다! 여자의 형상이었다. 내게 성큼성큼 다가오는.

야만적인 외침과 함께 내가 최후의 도약을 하며 레이피어를 휘둘렀다….

"미친 거야 뭐야?" 키 큰 소녀가 빛으로 나왔다. 그녀는 청바지와 운동화, 연파랑 후드티 차림이었다. 그녀 뒤에 키가 더 작은 소녀도 한 명 있었다. 그때 내가 이해한 건 그게 다였다. 황급히 방향을 바꾸다 검을 떨어트리고, 그들 옆 통로에 우아함과는 거리가 멀게 떨어지느라 정신없었으니까. 이제 거기 피 같은 건 흔적도 없었다. 담배꽁초, 있다. 껌 포장지랑 팝콘 조각도. 하지만 핏줄기들은 사라지고 없었다.

나는 숨을 몰아쉬며 자리에서 일어났다. 두 번째 소녀는 내가 아는 사람이었다. 트레이시, 아까 극장 입구에서 만난 좌석 안내원이었다. 하지만 같이 온 소녀는 누군지 몰랐다. 그들 뒤의 통로는 출입구에 이르기까지 텅 비어 있었다. 이제 그렇게 춥지도 않았다. 방문은 끝났다.

신발이 타닥거리는 소리와 함께 다른 이들이 몰려왔다. 록우드가 선두였다. 그가 내 팔에 손을 얹었다. "루시….."

"라 벨 댐이 여기 있었어." 내가 말했다. "술탄의 관을 봤어. 그 핏줄기를 아무도 못 본 거야?"

킵스가 내 검을 집어 들고는 칼자루를 앞으로 해서 건넸다. "우린 '널' 봤지. 의자를 깡충깡충 뛰어다니며 노는."

"하지만 라 벨 댐이…." 나는 소녀 둘을 향해 눈을 부라렸다. "좀 전에 저기 앉아 있었어요?"

트레이시가 고개를 저었다. 키 큰 소녀는 나를 냉랭하게 뜯어봤다. "난 아녜요. 방금 왔거든요."

"여기서 이상한 건 못 봤고요? 통로에서?"

"그쪽밖엔."

키 큰 소녀는 어깨가 넓고 턱이 네모났다. 금발을 뒤로 당겨 느슨하게 땋았다. 전체적으로 아주 건장한 느낌에 짜증이 나 있고 자기 말에 진심이었다.

"여기 유령이 있었다고요." 내가 다시 말했다. "그래서 그런 거예요. 그게 내가 하는 일이고."

"아무도 널 의심 안 해, 루시." 록우드가 말했다. 그가 두 소녀에게 미소를 날렸다. "트레이시죠? 다시 만나서 반가워요. 그리고 그쪽은…."

터프넬은 무대에서 내려오는 게 가장 느렸다. 그것 좀 움직였다고 숨을 헐떡이고 있었다. "이 훌륭한 숙녀분이," 그가 쌕쌕거리며 말했다. "그러니까 여러분의 동료가 머리를 날려버릴 뻔한 이분이 사라 파킨스입니다. 우리 무대 담당요. 저번에 찰리를 살린."

나는 찡그린 얼굴로 그녀에게 말했다. "만나서 반가워요."

"반가워요." 파킨스가 내게 입술을 삐죽거렸다. "이 말씀을 드리러 왔어요, 터프넬 씨. 찰리 버드가 다시 늑대 울음을 시작했어요. 모두의 기분을 망치고 있다고요. 좀 가주셔야겠어요. 녀석 좀 달래보라고요."

터프넬은 거대한 레이스 손수건으로 머리칼이 곱슬곱슬한 머리통을 꾹꾹 눌러댔다. "못 살겠네. 내가 이놈의 곳에서 하룻밤이라도 더 버티면 그거야말로 기적일 거야. 알았어, 알았어. 당장 가지. 록우드 선생, 할 일 하시게 나는 이만 가보겠습니다. 트레이시, 이 멍청한 계집애야. 사라의 치맛자락을 붙들고 여기 다시 기어 들어와서 뭘 하는지 모르겠구나. 밖에서 해야 할 일이 있지 않았어?"

트레이시는 터프넬의 닦달에 내내 움찔거렸다. 시무룩하게 대답했다. "밖에 있기 무서웠단 말예요. 저 울부짖는 소리 때문에. 사라 말이 내가 같이 와도 된대서…."

"내 지시를 어기면서 말이지! 또 그랬다간 이 손등 맛을 보게 될 거다."

"사실," 록우드가 부드럽게 말했다. "두 분이 이렇게 와줘서 전 좋은데요. 그렇잖아도 질문을 좀 했으면 했거든요. 두 분 다 라 벨 댐을 봤잖아요. 유령의 목격자들이라고요." 그러면서 두 소녀에게 따뜻한 관심을 아낌없이 퍼부었다. "이 방문자에 대해 해줄 얘기가 있나요? 유령을 어디서 봤나요? 그때 기분은요? 뭐든 도움이 될 겁니다. 아무리 작은 거라도."

"관련 있는 내용은 내가 다 말씀을 드렸는데." 터프넬이 손목시계를 보며 말했다.

"트레이시?" 록우드가 말을 계속했다. "트레이시가 가장 선명히 봤을 거 같은데요. 무대에서, 그리고 무대 옆에서. 유령이 딱한 시드 모리슨과 함께 있는 걸 봤죠?"

트레이시의 얼굴은 잿빛에다 초췌했다. "네."

"요괴는 아름다웠어요. 맞나요?"

"내 눈엔 아니었어요." 트레이시가 시선을 돌렸다. "하지만 시드는 그렇다고 생각한 거 같아요. 여자는 무대 저기에 있었어요. 황금빛에 휩싸여서."

"무대가 출처일 수도 있겠네." 홀리가 말했다. "그 여자가 죽은 곳이니까."

무대 담당 사라 파킨스가 고개를 가로저었다. "그럴 리 없다고 봐요. 원래 무대가 아니거든요. 핏자국이 남은 널빤지를 뜯어서 태웠어요. 라 벨 댐이 죽은 직후에요. 술탄의 관도 마찬가지고. 그 정도는 극장 역사를 다룬 책들에 다 나와 있는 얘긴데."

"아, 영리한 친구죠, 우리 사라는." 터프넬이 말했다. "터프넬 사업에 열심이기도 하고요, 이 사달이 났는데도 불구하고. 여기서 할 얘긴 아니지만, 사라는 딱한 시드를 특히 맘에 들어 했거든요. 그런 비극을 겪고도 사라가 계속 힘을 내줘서 얼마나 고마운지 말로는 다 못

하겠습니다. 그렇지, 사라? 근데 이제 우리 진짜 가봐야겠어요."

"좋습니다." 록우드가 말했다. "더 하실 말씀이 없으시면…."

"여러분이 봐야 할 곳은 무대가 아녜요." 자리를 뜨려고 몸을 돌리면서 사라 파킨스가 말했다. "난 그 유령을 분장실 복도에서 봤어요. 다른 여자애들은 발코니랑 무대 밑에서 봤고요…." 그녀는 공연장의 어둑하고 조용한 상층부를 향해 팔을 흔들었다. "조심해요. 다음번엔 그게 어디서 나타날지 모르니까."

우리끼리만 남겨지기 무섭게 귀신이 출몰하는 극장의 면밀한 조사가 시작됐다. 우리는 이내 팰리스 극장이 복잡하고 제멋대로 생겨먹은 건축물이란 걸 알게 됐다. 극장은 크게 세 구역으로 구분돼 온갖 계단과 통로로 연결되며, 다들 심령적으로 우려스러운 부분을 조금씩 가지고 있었다.

극장 중심에 공연장이 있고, 내부 객석은 무려 세 개 층―1층석과 2층 발코니석, 경사가 급하고 지붕과 가까운 3층 발코니석―으로 돼 있었다. 우리는 각 층에서 다수의 심령 판독을 진행했고 초자연적 움직임의 흔적들을 감지했다. 순간적인 냉각, 미묘한 독기, 구석구석 스며드는 불안감이 마구잡이로 오갔다.

두 번째 구역은 '관객 편의시설'이었다. 1층 로비와 그 바로 위 공용 구역 두 곳을 포함한 공간이었고, 여기서 발코니석들로 입장할 수 있었다. 계단은 두 개였고, 각각에는 빛바랜 플러시 카펫이 깔려 있었다. 두 계단의 온도가 서로 다른 듯했지만 뚜렷한 이유는 없었다. 1층 로비 옆 컴컴하고 비좁은 전시실에 '터프넬의 경이'가 있었는데, 알고 보니 돈을 넣으면 움직이는 기계장치들을 모아놓은 거였다. 전에 귀신 들린 자동인형과 맞닥뜨린 경험이 있는 우리는 이 인형관에서 극도로 조심했지만, 사고뭉치로 유명한 기계 광대들이 몇 있는데도 심령적으로는 잠잠해 보였다.

마지막 구역은 무대와 그 뒤 공간이었다. 무대에는 냉점이 있었다. 내가 옛 관객들의 소리를 들었던 곳과 가까웠고, 공연장의 다른 곳과 비교해 4도가 낮았다. 록우드의 주문에 따라 냉점 근처에 방어진을 치고 그 안에 화염탄과 소금탄을 넣어뒀다. 우리는 또한 분장실 복도와 퀴퀴한 냄새가 나는 무대 밑 지하 공간—의상이 걸린 옷걸이와 망가진 무대장치가 가득했다—을 꼼꼼히 살폈다. 냉점이 추가로 발견된 건 아니지만 이 두 곳에도 방어진을 설치했다.

그리고 이제 사냥을 시작할 시간이었다.

근처 어딘가를 배회하는 요괴가 있는 상황에서 록우드 심령 회사는 무슨 수를 써서라도 한데 뭉쳐 있으리라고 당신은 생각할지 모른다. 그 대신 우리는 공연장 여기저기로 서서히 흩어졌다. 서로를 계속 주시하면서도 각자의 재능이 이끄는 대로 따라갔다. 위험한 일이었다. 맞다. 하지만 전술적으로도 이런 식으로 갈라지는 게 기본이었다. 출몰이 넓은 범위에 걸쳐 발생하고, 유령의 궁극적인 소실점*이 아직 파악되지 않은 상황이었으므로. 그러니까 우리는 유령의 추격자인 동시에 미끼인 셈이었다. 그저 '약간' 취약한 상태가 되는 것으로 놈을 꾀어내는 게 원래 계획이었다. 길게 보면 이게 더 나았다. 아무 공간이나 잡아 몇 시간이고 초조히 앉아선 방문자가 들러주기만 기다리고 있는 것보다는.

나는 1층석을 지켰고, 중앙 통로를 따라 아까 피투성이 관을 봤던 지점까지 슥 훑었다. 홀리는 무대에, 킵스는 무대 옆 어딘가에 있었다. 조지와 록우드는 1층석 저편에 있었다. 모두가 충분히 가까웠지만 나는 동행이 더 있었으면 싶었다. 있어봐야 짜증만 나는 동행일지라도. 배낭을 열고 단지 뚜껑의 레버를 돌리자마자 아침 식사 때부터 억눌려 있던 유령의 분개한 수다가 폭풍처럼 밀려왔다.

"뭔 놈의 우정이 이래?" 해골이 외쳤다. "아무 거리낌 없이 날 이렇게 몇 시간씩이나 가둬둔다고? 록우드 자식 주둥이는 코르크 마개로 안 막으면서. 홀리를 조용히 시킨다고 아가리에 운동화를 쑤셔 박지도 않으면서. 그러고 보니 무진장 아쉽네. 그 꼴을 볼 수만 있다면 내가 큰돈을 쓸 텐데."

"걔들은 말도 안 되는 소리로 사람 정신 사납게 안 하잖아." 내가 으르렁거렸다. "그리고 '넌' 평화롭게 생각할 시간이 좀 필요해. 마리사의 수수께끼에 대해선 아직 나온 거 없어? 그 안에 있는 동안?"

"없어! 이렇게 은유리*에 둘러싸여선 단지 바로 밖에서 하는 네 사적인 대화나 엿듣는 거밖에 못 한다고." 해골의 빛이 분연히 타올랐다. "아, 그래. 그럼에도 난 능력자니까. 언뜻 듣기론 우리가 한창 작업 중인 거 같은데?"

나는 놈에게 그간의 일을 짧게 설명하면서 심령 흔적들을 확인했다. 무척 고요했다. 발코니 아래쪽 온도가 다소 낮긴 했지만, 그건 아마도 출구에서 불어오는 바람 때문일 거였다.

해골은 주의 깊게 들었다. "그러니까 이 유령이 거의 백 년 만에 뜬금없이 나타나선 힘자랑을 한단 거네." 놈이 곰곰이 생각했다. "재밌는데…. 주변에 무슨 원한을 가진 사람은 없고?"

"많은 영혼들이 아무 이유 없이 불쑥 활성화되기도 해." 내가 말했다.

"그치, 그치. 그래도 이 터프넬이란 사람… 원한깨나 사고 다닐 작자 같은데."

누가 됐든 터프넬에게 호감을 느끼는 장면은 영 상상이 안 되긴

147

했다. "트레이시한테 좀 모질게 구는 거 같긴 하더라."

단지 속 얼굴이 생각에 잠기는 듯했다. "그럼 그 트레이시라는 애가 오랫동안 학대당한 끝에 복수를 하려고 나선 걸지도 모르겠네. 어딘가에서 출처를 찾아냈고, 거기 딸린 유령이 자기 사장을 붙들어 눈알이 튀어나오게 쥐어짜 버리길 바란 거야…. 아냐? 별로 납득이 안 되는 눈치인데."

"너로선 뜻밖이겠지만," 내가 말했다. "세상 모두가 너처럼 지독하게 복수에 목매진 않거든. 자, 한 번이라도 좀 쓸 만한 해골이 돼봐. 라 벨 댐이 저 밖에 있어. 그 여자가 느껴져?"

해골은 한동안 말이 없었지만, 내 옆에서 여기저기 살피는 게 느껴졌다.

"험악한 놈이네." 해골이 드디어 입을 열었다. "감지되긴 해. 어둠 속을 쏘다니고 있어. 험악하지만 강하진 않고…. 놈은 자기 나약함에 분노해. 산 자들의 생명력을 질투하지."

"그래서 누구든 붙들면 생기를 빨아가는 거고." 내가 말했다.

"일리 있는 얘기야. 놈은 자길 되찾고 싶어 해. 다시 채우고 싶어 해. 하지만 못 그러지. 왜냐면 놈은 죽었고 끝장났고 몸뚱이에 구멍이 송송이니까." 해골이 불쾌하게 키득거렸다. "놈한테 괜한 고생하지 말라고 말해줄걸. 산 자들을 쪽쪽 빨아봐야 영양분은 저 세상으로 죄다 새나갈 뿐이라고. 물론 기분이야 째질 테고, 그걸 부정하는 것도 아니지만, 어쨌든 열량은 꽝이라니까. 궁극적으론 시간 낭비란 얘기지."

"넌 진짜 역겨운 해골이야. 그런 식으로 사람들을 죽였어?"

"고작 한둘. 우우, 방금 느꼈어?"

"아니. 뭐?"

"여자가 움직였어."

내 심장이 흉곽을 쿵쿵 두드렸다. 해골 목소리의 신바람이 확연했다. "난 못…."

"있어봐. 있어봐…. 기다려…. 아, 그래, 간다." 해골이 말했다.

비명이 공연장의 정적을 갈랐다. 무대 뒤 어딘가에서 들려왔다. 나는 그쪽으로 달리기 시작했다. 누구였지? 홀리? 킵스? 둘 다 눈에는 안 보였다. 1층석 저 멀리서 록우드도 달려오고 있었다. 긴 외투 자락을 펄럭이며 나와 비슷한 속도로. 우리는 거의 동시에 무대로 올라갔고, 옆쪽 끝의 두껍고 붉은 커튼 너머로 몸을 날렸다. 거긴 무척 어두웠고, 벽에는 검은 칠이 돼 있었으며, 우묵한 곳마다 무대장치가 기대서 있었다. 머리 위 금속 지지대에 걸린 밧줄들이 꼭 기운 빠진 뱀들 같았다. 홀리가 검을 손에 든 채 그곳 그림자 속을 올려다보고 있었다. 고개를 돌려 우리를 보는 얼굴이 몹시도 창백했다.

"괜찮아." 우리가 양옆에서 멈추자, 홀리가 말했다. "사라졌어."

"뭐였는데?" 내가 천장에다 손전등을 비췄다. 밧줄과 거미줄, 떠다니는 먼지뿐이었다.

홀리가 입술을 깨물었다. "저 위에서 섬뜩한 웃음소릴 들었어. 올려다봤는데… 무대 배경을 끌어 올릴 때 도움이 되라고 밧줄 끝에 다는 추 같은 건 줄 알았어. 근데 그러기엔 너무 길고, 가늘고, 하얗더라고. 난 손전등을 위로 비췄고, 그리고… 거기 여자가 매달려 있었어. 목을 맨 채로 천천히 돌고 있었어. 축 늘어진 드레스는 움직임이 없고, 다리는 양초마냥 가늘고 흰데… 내가 하필이면 손전등을 놓쳐버렸거든. 다시 눈을 들었을 때 여잔 사라지고 없었어."

"섬뜩하네." 록우드가 말했다. "여자는 물론 라 벨 댐이었을 테고. 얼굴은 봤어?"

"그게 말야," 홀리가 말했다. "난 차라리 못 봐서 너무 좋아. 머리칼이 너무 많았어."

조지는 록우드와 나보다 늦게 도착했다. 그가 주위를 두리번거리는데 안경이 번쩍였다. "그 여자가 우리의 의지를 시험하는 거 같은데." 그가 말했다. "루시가 봤던 피투성이 관도 그렇고⋯."

조지는 말을 끝맺지 못했다. 또 다른 비명에 우리 모두가 기겁했다. 홀리보다 높고 새된 소리인 걸로 봐서 퀼 킵스가 분명했다. 우리가 뭘 해보기도 전에 그가 무대 옆에 난 문을 박차고 들어왔다. 미끄러지듯 멈춰서는 고글을 뜯어내다시피 벗고 왔던 길을 가리켰다. "저기! 저기!" 그가 외쳤다. "수조에! 그 여자 봤어? 딱하게 물에 빠져죽은 여자!"

우리 모두는 서둘러 문으로 갔다.

"거기 수조는 없어요, 퀼." 록우드가 말했다. "텅 빈 복도뿐이라고요."

퀼 킵스가 깊은숨을 들이마셨다. "나도 알아. 당연히 알지. 아까 홀리의 비명을 들었어. 여기로 달려오다 모퉁이를 돌았는데 그게 있었어. 거대하고 기다란 수조에 여자의 시체가 들어 있었다고! 머리를 물에 처박고, 힘없는 팔은 흔들흔들 떠 있고, 기다란 머리칼이 물풀처럼 살랑살랑⋯."

록우드가 성마르게 고개를 끄덕였다. "그렇게 시적으로 표현할 거까진 없고요. 여자가 튀어나와 공격하던가요?"

"아니, 뭐, 딱히 그렇진 않았어. 하지만 무진장 희고 핼쑥했다고. 완전 죽어 있기도 했고. 진짜 농담 아니고 충분히 끔찍했단 말야."

"보아하니 '포획된 인어'를 만난 거 같네요." 다들 무대로 돌아가는데, 조지가 말했다. 우리의 심령 감각은 이제 잠잠했다. 지금 당장은 유령이 없다는 의미였다. "홀리는 '교수형 집행인의 딸'을 본 거고, 다들 알다시피 루시는 '술탄의 복수'를 봤죠. 라 벨 댐이 자기 공연 목록들을 훑고 있어요."

"우리한테 자기 인기작들을 보여주고 있어." 록우드가 말했다. "근데 이 장면들이 소름 끼치긴 해도 모두가 연출된 것일 뿐이잖아. 아니, 그조차도 아니지. 이건 그 연출의 '메아리'일 뿐야. 유령이 우리 정신을 갖고 놀고 있어. 여기서 질문. 그럼 다음은 뭘까?"

나는 길게 뻗은 컴컴한 좌석들을 내다보다 록우드에게 눈길을 돌렸다. "너랑 조지는 뭐 본 거 없어?"

"없어."

"그럼 너희 둘만 아무것도 안 본 게 되는 건데."

록우드가 어깨를 으쓱했다. "그저 우리가 이런 데 저항력이 강한 걸 수도 있지."

"글쎄," 조지가 말했다. "어쨌든 달라진 건 아무것도 없어. 우린 여전히 출처를 찾아야 하고, 그놈의 게 어떻게 돌아올 수 있었는지 알아내야 해."

"'어떻게'만이 문제가 아니지." 객석을 가만히 내다보는 록우드의 눈이 가늘어졌다. "'왜'가 문제야…. 동기가 뭘까?"

"라 벨 댐은 애초부터 못돼먹은 영혼이야." 내가 말했다. "당장은 그거면 될 거 같은데."

"맞아. 다만 지금 내가 꼭 유령 생각을 하고 있는 건 아니라서…." 록우드의 생각이 어떻게 흐르고 있는지 몰라도 아무튼 그게 그를 다시 현재로 데려왔다. "좋아. 우린 극장 수색을 계속한다. 지금껏 라 벨 댐의 방문은 찰나였어. 조만간 우리가 대응할 수 있을 정도로 오래 머물 거야. 그럼 그때 상대해 주는 거지. 질문?"

아무도 질문하지 않았다. 서로 초콜릿을 나누고 음료를 마셨다. 그런 다음 조사를 다시 시작했다.

시간이 흐르고 한데 뒤섞이기 시작했다. 밖은 어둠이고, 안은 극장의 은은한 금빛이었다. 유령은 세 번의 각기 다른 방문으로 재현할 장면을 소진한 것 같기도 했다. 나는 공연장을 나와 펠리스 극장의 통로와 푹신푹신한 카펫이 깔린 층계참들을 걸었다. 길고 굽이진 계단을 오를 때면 이따금 미행당하는 느낌이 들었지만, 아무리 뒤를 돌아봐도 벽에 붙은 촛대에서 깜빡이는 전기 양초와 벽면의 오래된 포스터에 박제돼 웃고 있는 얼굴들뿐이었다.

나는 주기적으로 저 멀리의 다른 이들을 흘끔거렸다. 무대를 가로질러 단호히 성큼성큼 걷는 록우드, 3층 발코니에서 판독값을 내는 홀리. 처음에 우리는 서로의 근처에 머물렀지만, 밤이 깊어지고 아무 일도 일어나지 않으면서 점차 멀리로 흩어졌다. 나는 긴장도 조금씩 풀리기 시작했다. 이른 저녁에 때때로 관찰되던 현상들조차 완전히 사라지고 없었다.

어느 알 수 없는 시점에 해골과 나는 '터프넬의 경이'로 알려진 인형관에 (벌써 두세 번째) 와 있는 우리를 발견했다. 컴컴하고 굽이진 복도 양쪽 유리함들에 밝게 채색된 기계식 장난감들이 들어 있었다. 일부는 단순한 형태였다. 경첩이 달려 여닫을 수 있는 곰과 광대, 움직이거나 춤출 수 있는 기괴한 경찰들처럼. 돈을 넣으면 톱니가 돌면서 런던 대화재 같은 실제 참사를 담은 복잡하고 조그만 장면들이 짤막하게 살아 움직이는 장치들도 있었다.

언제나처럼 나는 가장 먼저 온도를 확인하고 감각을 사용했다. 전과 마찬가지로 아무것도 안 나왔다. 전시품들을 들여다보다 뜻밖의 기억이 떠올랐다. "시골 유원지에서 이런 걸 봤었는데. 내가 꼬마였을 때. 언젠가 메리 언니가 돈을 줘서 한 번 해본 적도 있고…."

"너한테 언니가 있는 줄 몰랐는데." 해골이 말했다.

"여섯 명이나 있지." 나는 그들 누구도 안 보고 산 게 벌써 한참이란 얘기는 안 했다. 영국 북부의 메리 언니만 지금껏 연락해 온다는 얘기도. 그 생각에 따라오는 무지근한 통증을 무시하려 애썼다. 그러자니 정신을 팔 곳이 필요했다. "오오, 이것 좀 봐." 내가 말했다.

전시실 저쪽 끝, 인형관 출구 근처에 사각형 유리보관장이 있었다. 그 안에 전체를 통틀어 가장 정교한 장난감이 들어 있었다. 전통적인 여행자용 캐러밴 모양이었다. 반원지붕에 커다란 나무 바퀴가 달렸고, 옆면은 빨간색과 금색으로 화사하게 색칠돼 있었다. 모형은 가짜 풀이 깔린 들판에 서 있었다. 뒤로는 어둑한 나무들과 보름달이 보였다. 캐러밴 한 면에 난 창문에 망사 커튼이 드리워져 있었다. 그 안에 숨겨진 누군가의 형체가 보일락 말락 했다. 캐러밴 위에 표지판이 붙어 있었다. '단돈 1파운드. 운세를 점치세요.' 그 밑에 동전 투입구가, 그 옆엔 은색 퇴출구가 있었다.

나는 그걸 쳐다봤다. 내게 1파운드가 있었다.

"해봐." 해골이 말했다. "하고 싶잖아. 저깟 것 좀 해본다고 무슨 큰일 나겠어?"

"그냥 바보 같은 기계야."

하지만 나는 따분하고 외로웠다. 무슨 일이라도 일어나길 바랐다. 배낭을 벗어 해골 단지가 빠끔히 나와 있는 채로 바닥에 놨다. 그런 다음 주머니에서 1파운드를 꺼내 딸각 소리와 함께 투입구에 넣었다.

그 즉시 캐러밴 안에 불이 들어오며 흉악한 마녀 같은 윤곽을 비췄다. 코도 턱도 온통 뾰족했다. 제정신이 아닌 듯한 낄낄 소리가 났다. 리드미컬한 경련과 함께 캐러밴 옆이 활짝 열렸다. 촛불로 가장한 조명이 천장에 매달려 있었다. 이것들이 갑자기 깜빡거리며 살아나더니 조악하게 색칠한 마녀가 나타났다. 탁자로 몸을 숙인 그녀는 옹이진 손 사이에 수정 구슬을 놓고 있었다. 구슬 안에서 희부연 광휘가 확 타올랐다. 낄낄거림이 다시 들렸다. 마녀의 손이 구슬 표면을 가로질러 움직였다. 마녀의 뒤에서 기계 고양이가 기계 쥐를 쫓아 빙글빙글 돌고, 창턱에는 기계 까마귀가 앉아 요란하게 까악까악 울었다. 양초가 깜빡거렸다. 찬장 문이 열리고 닫히는데, 안에 숨겨진 해골과 악마가 보였다. 구슬 속 빛이 타오르고 꺼졌다. 어디선가 조그맣게 종이 울리고, 보관장 앞 퇴출구에서 뭔가가 달가닥거렸다. 톱니바퀴가 빙글빙글 돌았다. 캐러밴이 닫히기 시작했다.

나는 퇴출구에 손가락을 집어넣었다. 고장인지 뭔지 몰라도 종이가 한 장이 아니라 두 장 나왔다. 나는 종이들을 꺼내 마녀의 창문에서 나오는 빛에 대고 읽었다.

첫 번째 점괘는 이랬다.

그는 어둠 속으로 들어갈 것이다.

그리고 두 번째.

그는 당신을 위해 목숨을 바칠 것이다.

나는 종이를 잠시 보고 있다가 우악스레 우그러뜨렸다. 무슨 운세가 이래? 이건 운세가 아니다. 바보 같다. 바보 같은 기계다.

"뭐래는데?" 해골이 물었다. "뭔가 끔찍한 게 나왔구먼."

"아, 닥쳐. 왜 넌 닥치고 있는 법이 없어? 맨날 귀찮아 죽겠어."

해골은 아무 말도 하지 않았다. 나는 반드시 뒤따를 말대꾸를 기다렸다. 없었다. 분노와 불안에 휩싸인 상황에서도 해골의 침묵이 좀 이상하단 생각이 스쳤다. 단지를 내려다봤을 때 해골은 여전히 활성 상태였다. 툭 불거진 눈을 홉뜨고, 입을 다급히 움직이고 있었다. 그런데도 아무 소리가 안 들렸다. 그제야 눈에 들어왔다. 단지 뚜껑의 레버가 닫혀 심령 접촉이 차단된 상태란 게.

나는 레버를 돌린 적이 없는데.

산들바람에 내 치맛자락이 다리를 스쳤다. 냉기가 머리칼을 가르고 목덜미를 쓸었다. 바닥에서 은은히 퍼져나온 흰빛이 보관장 유리에서 차갑고 새로운 새벽빛처럼 반짝였다. 고운 빛이었다. 내 바로 뒤에 선 여자의 미소 띤 얼굴도 고왔고. 나는 몸을 돌리며 검을 찾아 벨트를 더듬었지만, 빛을 발하는 그 여자를 한 번 보는 것만으로도 그 같은 행동이 얼마나 어리석고 부질없는지 깨닫기에 충분했다. 나는 칼자루에서 머뭇대는 손을 그대로 뒀다. 머뭇거리던 손이 옆으로 떨어지는 것도.

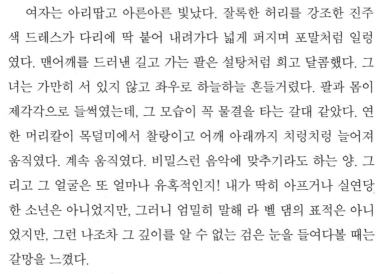

10

여자는 아리땁고 아른아른 빛났다. 잘록한 허리를 강조한 진주
색 드레스가 다리에 딱 붙어 내려가다 넓게 퍼지며 포말처럼 일렁
였다. 맨어깨를 드러낸 길고 가는 팔은 설탕처럼 희고 달콤했다. 그
녀는 가만히 서 있지 않고 좌우로 하늘하늘 흔들거렸다. 팔과 몸이
제각각으로 들썩였는데, 그 모습이 꼭 물결을 타는 갈대 같았다. 연
한 머리칼이 목덜미에서 찰랑이고 어깨 아래까지 치렁치렁 늘어져
움직였다. 계속 움직였다. 비밀스런 음악에 맞추기라도 하는 양. 그
리고 그 얼굴은 또 얼마나 유혹적인지! 내가 딱히 아프거나 실연당
한 소년은 아니었지만, 그러니 엄밀히 말해 라 벨 댐의 표적은 아니
었지만, 그런 나조차 그 깊이를 알 수 없는 검은 눈을 들여다볼 때는
갈망을 느꼈다.

그녀에게 그토록 가고 싶게 만든 건 뭐였을까? 그토록 나를 내주
고 싶게 만든 건 뭐였을까? 단순히 그녀의 빼어난 아름다움만은 아니
었다. 그래. 살며시 미소 짓는 입, 보드랍고 통통한 입술, 삼각자 모양
에다 오뚝하고 사랑스러운 코가 아름답긴 했다. 하지만 그게 그렇게
까지 절대적이지는 않았다. 그처럼 담백하게 아름다운 젊은이들이야

패션 잡지마다 있었다. 반면 내 눈앞의 그녀는 '흠결' 또한 지녔다. 그게 그녀가 가진 아름다움의 탁월한 점이었다. 그녀는 어딘가 무난한 구석이 있었다. 그 얼굴을 이루는 선들 속 평범한 뭔가가 그녀를 다가가기 편한 사람으로 보이게 만들었다. 그건 마리안 드 세브르 뒤에 존재하는 도리스 블로어의 인간미였다. 불완전하고 눈부시지 않다는 느낌이 뭔지 그녀는 가슴 깊이 이해하고 있다는 생각이 들었다. 사랑을 갈구하는 마음을 이해하고 있는 것만 같았다.

"나랑⋯." 부드러운 목소리가 말했다. "나랑 같이 가."

마치 그녀가 내 가장 깊은 슬픔, 내가 세상에 내놓지 않는 일부를 곧장 건드리는 듯했다. 내 언니들을 떠올리며 경험한 저릿한 고통, 빈 무덤가에 앉은 록우드를 보며 느낀 불안. 그런 근심들을 그녀는 어루만져 없애줄 수 있었다. 나는 그녀에게 속내를 털어놓고 싶은, 내 공포를 들려주고 싶은 압도적인 충동을 느꼈다. 기꺼이 마음을 열었다. 쏟아지는 그녀의 연민을 받아 안았다.

"그 문제들은 잊어." 목소리가 말했다. "잊어버려. 그리고 나랑 같이 가."

나는 가만히 서서 유령을 응시했다. 내 면밀한 관찰에 겁이라도 먹은 건지 유령이 소스라친 사슴처럼 뒤로 물러났다. 나는 마음속에서 솟구치는 용기를, 그녀가 가는 곳 어디든 따라가야 할 필요를 느꼈다. 유령을 향해 비틀거리는 걸음을 내디뎠다.

"음, 실망스럽네. 확실히 실망스러워."

나는 눈을 깜빡이고 두리번거렸다. 로비를 거쳐 전시실로 들어온 조지가 내 옆에 서 있었다. 머리칼엔 거미줄을 주렁주렁 붙이고 손에는 소금탄을 들었다. 안경 너머의 눈을 잔뜩 찡그리고 있었는데, 그 모습에 은근히 화가 치밀었다. 이처럼 중요한 순간에 저리나 우스꽝스럽고 추레한 몰골로 멍청한 표정이나 짓고 있다니. 나는 조지가 여기 있는 게 싫었다.

"뭔 소리야?" 유난히 이상하고 굵은 목소리로 쏴붙였다. "무슨 말을 하는 거야?"

"하도 기대감을 부풀리기에," 조지가 말했다. "진짜배기 한번 보는구나 싶었는데. 현란하고 고급스럽고 눈이 번쩍 뜨이는…. 아무리 못해도 나름 그럴싸한 마력 정도는 구경할 줄 알았다고. 근데 이건 진짜 아니지."

나는 복도 저 끝을 다시 봤다. 유령이 겨울 버드나무처럼 슬프고 가녀리게 흔들흔들하며 기다렸다. 고개를 갸우뚱 기울인 채로.

"저 정도도 너한텐 부족하단 거야?"

"부족? 저 여잔 고름이랑 뼈에 불과해, 루스. '내' 기준에조차 미달이라고."

여자는 나를 가만히 보고 있었다. 그녀의 길고 검은 속눈썹이 내 심장박동에 맞춰 펄럭였다. 나는 다시 갈망을 느꼈고, 조지의 무례한 말이 신경에 거슬렸다.

그래서 못돼먹게 웃고는 말했다. "무슨 헛소리야, 조지? 고름이라니?"

"음, 오케이. 엄밀히 말하면 저건 '맑고 반투명한 이코르*가 반쯤 응고된 상태로 현현*하는 물질'이야. 하지만 그게 녹기 시작해서 메스꺼운 꼴로 뼈에서 뚝뚝 떨어지고 있으면 내 생각엔 고름으로 불러도 될 거 같거든. 어차피 느낌은 거기서 거기니까."

"닥쳐, 조지."

"고름이라고, 루스."

나는 녀석을 한 대 칠 수도 있었다. "입 닥치라고."

"아니. 여잘 봐, 루시. '제대로' 보라고."

그 말과 함께 조지가 다가와 내 팔을 쥐었다. 내 입장에선 필요 이상으로 좀 너무 세게 움켜잡는다 싶었다. 사실은 아파서 꺅 소리가 절로 나왔다. 그 짧고 날카로운 통증과 함께 그간 내 뇌를 덮고 있던 마력이 순간적으로 걷혔다. 바람에 커튼이 날리듯.

그리고 그 너머엔…. 어른어른 빛나고 반짝이던 그녀의 드레스는 뭐였던가? 허공에서 소용돌이치는 엑토플라즘.

저 나긋나긋한 팔은 뭐였고? 거뭇하고 뾰족한 뼈.

저 둥근 엉덩이는? 검은 살덩이. 쪼그라들고 구멍이 숭숭 뚫린.

저 상냥한 얼굴은? 살점 하나 없는 해골.

나는 눈을 깜빡였다. 커튼이 제자리로 돌아왔다. 눈앞엔 다시 그 어질고 달콤한 여인이 서 있었다. 내게 손짓하며.

나는 그녀를 응시했다. 겉으로는 전과 똑같이 응시했다. 하지만 이번엔 의지력을 발휘해 실제를 보려고 노력했다.

그럼에도 쉽지 않았다. 최면이라도 거는 듯 흔들흔들하는 형상이 다시 나를 안심시키려 했다. 또다시 내 정신과 육신 모두를 끌어당겼다. 하지만 이제 나는 내게 집중했다. 내 자신의 견고함과 무게, 의심하는 마음에 집중했다. 저 앞에서 아른아른 일렁이는 것이 아니라.

"나랑 같이 가." 목소리가 다시 말했다. "무대로 올라가…."

나는 간신히 꺽꺽거렸다. "싫어."

그건 노끈을 가위로 싹둑 자르는 것과도 같았다. 동상을 덮고 있던 씌우개가 떨어지듯, 몸에 걸치고 있던 망토가 날아가듯 대번에 환상이 사라지고, 그 자리엔 씩 웃으며 덤벼드는 뒤틀린 시체만 남았다. 나는 검을 꺼내 들었다. 유령이 후다닥 물러났다. 뭐라 떠들어대고 분한 듯 이빨을 득득 갈며 외설스런 몸짓으로 손짓했다.

조지가 여전히 내 어깨 옆에 붙어 있었다. "한 번 더 꼬집어줘?"

"아니."

"해줄게. 팔, 다리, 엉덩짝. 네가 원하는 어디든. 말만 해."

"됐어. 괜찮아. 이젠 괜찮다고. 나도 보여."

조지가 고개를 끄덕였다. "그럼 내가 이래도 상관없겠군…." 그러고는 전시실 건너로 소금탄을 던졌다. 환영의 발치에서 소금탄이 터지며 그녀가 연녹색 불똥을 뒤집어쓰고는 식식거리고 고통스레 지글거렸다. 뒷걸음으로 후퇴해 뒤편 복도의 그림자 속으로 들어갔다. 거기 잠시 떠 있었다. 쉭쉭거리고 김을 뿜으면서. 바늘구멍 같은 눈이 나를 주시하며 어둠 속에서 반짝였다. 그녀의 악의가 내 머릿속에서 지끈거렸다. 다음 순간 그녀는 자취를 감췄다. 마음을 홀리던 마력도 함께 사라지면서 갑자기 나만 덩그러니 남았다.

"놈이 이제 어디로 갈지 의문이네." 조지가 말했다. "나랑 잠시 로비로 돌아가 있는 게 어때, 루스? 다들 다시 좀 모여야겠어. 앞으로 어떻게 할지 생각해 보게."

그 시점에 로비는 바람직한 선택이었다. 이처럼 금빛 회반죽 장식이 지저분하게 떨어져 나가고 팝콘 향과 담배 내가 희한하게 뒤섞인 데선 심령 지배에 걸려들려야 걸려들 수가 없을 듯했으니까. 조지가 가판대에서 초코바를 꺼내 먹었다. 나는 매표소에 등을 기댔다. 물병을 들고 배낭은 발치에 내려둔 채. 거기 든 해골이 나를 빤히 보며 소리 없이 비난했다. 나는 말조차 힘들었다. 나 자신을 향한 혐오로 머리가 다 어질어질했다.

나는 마침내 입을 열었다. "고마워, 조지."

"그래."

"다음에 내가 또 그러면 괜히 말하느라 시간 낭비할 거 없어. 그냥 한 방 날려.”

“알았어.”

“어디든 때려. 세면 셀수록 좋아.” 나는 발뒤꿈치로 벽을 찼다. “망할!”

조지가 어깨를 으쓱했다. “너무 마음 쓰지 마. 마력이란 게 원래 그래. 누구든 넘어갔을 수 있다고.”

“넌 안 그랬잖아.”

“안 그랬지. 이번엔. 프릴 너풀거리는 엑토플라즘은 내 취향이 아니거든.” 조지가 어깨를 으쓱했다. “네가 그 여자한테 오래 놀아났을 거라고 생각 안 해, 루스. 내 도움 없이도 빠져나왔을 거야. 알잖아.”

“어쩌면.” 내가 말했다. “근데 내가 잠시… 약해져 있었어. 그 여자가 그걸 감지하고 덤빈 거 같아.” 나는 물을 한 모금 마셨다. “넌 분명 나보다 훨씬 강한 사람인 거야.”

“뭐,” 조지가 말했다. “오늘 내가 꽤나 기운차긴 하지. 그건 맞아. 여기서 좋은 소식은 라 벨 댐이 우릴 무작정 공격할 마음은 없단 거야. 그녀가 원하는 건 순순히 당해줄 희생자, 마음의 상처를 가진 누군가지. 우리 모두가 강건히 버티는 한 그녀도 거리를 유지할 거라고. 한 가지 별로인 건 이 유령이 극장을 멋대로 헤집고 다닌단 거야. 이제 또 어디서 나타날지 종잡을 수가 없어.”

유령과의 만남이 몰고 온 엄청난 충격이 점차 사그라지면서 무지근한 불안감을 남겼다. 분명 마음에 걸리는 게 있는데 그게 정확히 뭔지 모를 때 느끼는 불안이었다.

“극장 자체가 출처일 수도 있을까?” 내가 물었다. “가능한 얘기지. 안 그래?”

“그렇다고 하면 이번 출몰 전까진 내내 잠잠했다는 게 이상하지.

전에 없던 유령이 새로 튀어나오는 거야 늘 있는 일이니까…," 조지는 생각에 잠겨 초코바를 한 입 더 베어 물었다. "극장 자체가 꼭 문제라고는 못 해."

"해골은 누가 못된 수작을 부린 거라고 하더라고. 그럴 수도 있기야 하겠지."

"록우드 생각도 같아." 조지가 말했다. "최근에 극장에 들어온 뭔가가 있다고 해보자고. 라 벨 담의 피비린내 나는 최후와 관련이 있는 출처 말야. 그게 어딘가에 숨겨져 있고, 그 덕분에 유령이 매일 밤 난리를 치고 다니는 거지. 그럼 그게 어디일까…?" 그는 입에 든 걸 날래게 씹으며 결론을 내렸다. "가장 가능성이 높은 곳은 무대 아래에 있는 오래된 창고들일 거야. 내려가서 제대로 한번 봐야겠어. 넌 어떡할래? 나랑 갈래?"

나는 그러겠다고 할 뻔했다. 이날 저녁 조지에겐 유독 든든한 느낌이 있었다. 하지만 뭔지 모를 그 불안감이 다른 모두를 비집고 나와 내 마음 맨 앞자리를 차지했다.

"난 다른 사람들을 확인해 볼까 봐. 경고 차원에서 내가 겪은 일도 얘기해 주고."

"오, 다들 괜찮을 거야." 조지가 공연장 쪽으로 걸음을 옮겼다. "우린 불굴의 록우드 심령 회사잖아. 하다못해 킵스조차. 뭐랄까, 그 인간 고글을 보면 말야, 어떤 유령이 됐든 질색하고 가버릴걸."

조지가 복도를 내려가 사라지기도 전에 나 역시 움직이고 있었다. 나는 계단으로 가는 길이었다. 조지의 자신만만한 말에 나도 동의했지만—물론 그랬지만—그럼에도 2층 발코니석으로 이어지는 카펫 깔린 계단을 올라가는데 심장이 마구 뛰었다.

조지에게 가로막히기 전에 나는 유령과 교감했다. 라 벨 담의 마력에 홀려 순순히 마음을 열었다. 그 말은 곧 그녀가 내 생각들을 읽었단 얘기였다. 그녀는 내가 무엇에 마음을 쓰는지 알아냈다.

내가 '누구에게' 마음을 쓰는지 알아냈다.

나는 마지막에 봤던 그녀의 눈을 떠올렸다. 어둠 속에서 나를 향해 번들거리던 눈을.

그리고 그녀가 뭘 하려는지 깨달았다.

2층 발코니석 로비는 텅 비어 있었고, 벽의 전기 조명이 음습하고 낮게 불탔다.

록우드를 마지막으로 봤을 때 그는 위쪽 구역, 그러니까 발코니석과 박스석을 둘러볼 거라고 했었다. 그러니 근처 어딘가에 있을 텐데…. 하지만 그 사이엔 중간층도 너무 많고 계단과 통로도 너무 많았다…. 나는 3층 발코니에서 시작해 아래로 내려가며 찾아보기로 했다.

'그녀가 원하는 건 희생자…. 마음의 상처를 가진 누군가….'

다음 층으로 가는 계단에 도달했는데 위에서 내려오는 홀리가 보였다.

"록우드는 어딨어?" 홀리가 물었다.

나는 멈춰 섰다. "뭐? 그건 '내'가 '너'한테 물으려던 건데."

"음, 어디로 간댔는데?"

"언제?"

"좀 전에 너랑 같이 있었을 때."

나는 홀리를 물끄러미 봤다. "나랑 같이 안 있었어. 난 록우드 못 본 지 한참이야, 홀리."

홀리의 표정이 싹 변했다. 나를 보는 검은 눈이 휘둥그랬다. "하지만… 넌 좀 전에 록우드랑 2층 발코니에 있었는걸. 그랬다고." 비난조의 목소리였으나 나는 거기서 충격을 읽었다. 갑작스런 공포도. "진짜 너였는데." 그녀가 말했다. "손짓하는 게 딱 너였어. 록우드가 네 뒤를 따라 문으로 가고 있었고."

"그거 나 아냐, 홀리."

우리는 서로를 응시했다. 이윽고 내가 벨트에서 레이피어를 뽑았다. 홀리도 마찬가지였다. 우리는 벌써 달리고 있었다. 문을 쾅 열고 발코니로 들어갔다.

"그게 언제였어?" 내가 떽떽거렸다. "얼마나 됐는데?"

"고작 일이 분…. 난 제일 위쪽 박스석에 있었어. 너희 둘이 밑에 있는 걸 보곤…."

"그래, 다만 그게 내가 아니었을 뿐이지. 왜 그렇게 생각한 거야. 도대체 왜? 나처럼 생겼든? 얼굴이? 옷이?"

"네… 네 얼굴은, 아니, 놈의 얼굴은 못 봤어. 옷도 그렇고. 머리칼이 검었던 거 같은데…. 그냥 그림자였는지도 모르겠어."

나는 욕을 뱉었다. "맙소사, 홀리."

"아무튼 뭔가가 그랬어. 서 있는 모습, 아님 몸동작. 그런 게 정말 너 같았다고."

그래, 이놈의 유령도 어쨌든 배우, 뭐 그런 거긴 했으니까. 우리는 2층 발코니석의 가파른 계단으로 들어섰고, 공연장의 거대하고 은은한 정적이 다시 우리를 옥죘다. 저 아래 발코니 난간에서 조명들이 반짝이고, 그림자들 속에 공중그네 밧줄이 드리워져 있었으며, 난간 너머 아득한 곳에서 흐릿하고 흰 무대가 어둑하니 빛났다. 우리는 주변을 돌아다니며 경사진 좌석들을 훑고 록우드의 든든한 형상을 찾아 헤맸다. 하지만 그런 건 없었다.

"다른 출구로 나갔을 수도 있잖아." 홀리가 손가락으로 가리키며 말했다. "다른 계단으로 내려간 거지. 여긴 진짜 미로나 마찬가지니까."

나는 대답하지 않았다. 속에서 암담한 공포가 치솟았다. 땅에서 기름이 솟구치듯.

'그는 어둠 속으로 들어갈 것이다….'

나는 이를 악물고 격렬한 두려움을 억눌렀다. 홀리가 옳았다. 극장은 미로였다. 운 좋게 얻어걸리기나 바라며 뛰어다녀 봐야 소용없었다. 록우드는 어디에든 있을 수 있었다. 그게 어디일진 아무도 모르고.

아니, 정말 그런가? 이놈의 게 극장 곳곳에서 무작위로 현현한다고는 하지만, 심령 지배를 시도하는 문제에 있어서만큼은 정형화된 양상을 보였다. 유령은 나를 무대로 데려가려 했다. 찰리 버드 또한 무대 출입문 쪽으로 걸어가던 중에 구출됐다….

그리고 시드 모리슨, 사실상 유일하게 무대 '위에' 있었던 그의 경우엔?

대가가 혹독했다. 그는 거기서 죽었다.

거기였다. 우리가 있기를 유령이 바라는 곳. 왜 아니겠나? 무대는 또한 그녀가 죽은 곳이기도 한데.

나는 발코니 난간으로 달려가 위에서 내려다봤다.

처음엔 아무도 안 보였다. 그날 밤 극장을 헤집고 다닌 우리 쪽 인원을 생각하면 라 벨 댐의 교란 작전은 꽤나 성공적이었다. 그녀는 실제 행위가 벌어질 장소에서 우리 모두가 멀어질 때까지 끈기 있게 기다렸다. 우리는 흩어졌고, 속수무책이었다. 홀리와 나는 높은 곳에 있었다. 조지는 지하에 있었고, 킵스가 어딨는지는 하늘만이 알았다. 그리고 록우드. 저기 그가 보였다. 통로를 천천히 걸어 내려가고 있었다. 움직임은 충분히 자연스러웠지만 뭔가 얌전하고 너무 느긋했다. 그의 바로 앞에서 한 가닥 그림자가 보이는 것 같기도 했다. 그와 같은 속도로 움직이며 그를 이끄는.

나는 록우드를 불렀다. 악을 썼다. 내 옆 난간으로 달려든 홀리도 마찬가지였다. 하지만 무대의 음향은 너무도 훌륭한 반면, 여기서는 공간이 소리를 삼켜버릴 뿐이었다. 록우드는 고개를 돌리지 않았다. 그 앞의 그림자는 우리 목소리를 들은 모양이었다. 더욱 열렬히 춤추며 그를 무대 계단으로 데려갔다.

"빨리, 루스!" 홀리가 내 소매를 당기고 있었다. 그녀도 나와 같은 결론을 도출한 거였다. "저리로 내려가야 해!"

"그래…." 하지만 그렇게 말하는 순간에조차 나는 우리에게 시간이 없다는 걸 알았다. 계단도, 길을 잃지 않고 빠져나가야 할 문과 통로도 너무 많았다. 우리에겐 시간이 없었다. "아니, 넌 가." 내가 말했다. "죽어라 달려."

"하지만 넌…?"

"달리라고, 홀리!"

홀리가 사라졌다. 한 줄기 향수 냄새만 남기고. 거기서 나랑 입씨름이나 하고 있기에 홀리는 너무 좋은 조사관이었다. 나를 취조해 계획이 뭔지 알아내고 싶은 마음이 굴뚝같았겠지만.

그 계획이 뭔지는 나조차 잘 몰랐다.

아니, 내 '의식'은 몰랐다. 만약 알았다면 나는 엎드려 기었을 거다. 가장 가까운 좌석 밑으로 들어가 웅크렸을 거다. 하지만 내 무의식, 그게 훨씬 빨랐다. 잽싸게 계산했다. 홀리를 쫓아버린 나는 발코니 난간에 집중했다.

저 아래서 한 걸음 또 한 걸음, 록우드가 무대 계단을 올랐다. 레이피어는 벨트에 그대로 꽂아둔 채 두 손을 옆구리께에 축 늘어트리고. 그가 충동에 맞서 싸우고 있는지 어떤지 알 길이 없었다. 여기서 보는 그는 어찌나 말랐는지. 어찌나 무력한지. 그를 여전히 이끌고 있을 희부연 그림자는 무대 조명 아래서 짚어내기가 더 힘들었지만, 이제 그건 내 관심사가 아니었다. 나는 난간 위, 공중그네 밧줄 옆으로 올라가고 있었다. 밧줄 네댓 개의 끝이 난간에서 돌출된 금속 고리에 묶여 있었다. 고리에서 뻗어나간 각 밧줄은 곡선을 그리며 끔찍한 거리를 가로질러 하강하다 아득한 천장으로 쭉 올라갔다.

나는 고리를 움켜잡고 마음을 진정했다. 저 아래 1층석은 부러 내려다보지 않았다. 내 가장 가까이의 밧줄이 제일 그럴싸해 보였다. 하강하면서 그리는 곡선이 무척 컸다. 터프넬의 말에 따르면 공중그네 곡예로 공연이 시작되니까 여기서 뛰어내려 무대까지 가는 게 가능하단 얘기였다.

그렇다고 해서 그 생각이 견딜 만해지는 건 아니었지만.

저 멀리서 록우드가 매정한 흰색 무대의 중앙에 다다랐다. 그의 바로 앞에서 뭔가가 희미하게 일렁이며 모습을 갖춰갔다. 길고 흰 드레스를 입고 머리칼을 치렁치렁 늘어트린 뭔가였다. 광휘롭고 사랑스러웠다. 그것이 록우드 쪽으로 고개를 기울였다. 가느다란 팔로 손짓했다. 나는 허공에서 속삭이는 목쉰 소리를 들었다.

"내게 와."

록우드가 앞으로 나아갔다.

혹시 아는가? '그게' 날 열 받게 만들었다. 록우드가 어떻게 감히 저 여자랑 갈 수 있나? 나는 왼손으로 밧줄을 잡아 내 쪽으로 당겼다. 밧줄은 묵직하고 거칠고 억셌다. 그걸 손목과 팔에 단단히 감아 쥐었다. 그런 다음 오른손으로 아래쪽 매듭을 잘랐다. 레이피어 끝이

꽃줄기라도 자르듯 수월히 들어갔고, 끊어진 밧줄의 무게가 내 팔을 당겼다.

나는 몸을 뒤로 젖히고 살짝 뛰었다. 그때부터는 중력이 알아서 했다.

그게 어떤 느낌이었는지 다시 설명하게 하진 마시라. 허공을 활강하는 그 느낌 말이다. 말이 좋아 활강이지 나는 기본적으로 급추락하고 있었다. 창자는 발코니 근방 어딘가에서 이미 빠져버린 듯하고, 1층 석들이 나를 영접하려 도약했다. 이윽고 나는 무시무시한 속도로 좌석들 위를 지나고 있었는데, 거기 앉은 사람들의 모자도 걷어찰 수 있을 정도로 아슬아슬하게 비켜갔다. 밧줄을 잡은 왼팔이 빠지기 직전이고, 손가락에선 불이 나고, 오른손으로 내든 검이 조명 아래서 번쩍였다. 그리고 이제 저점을 지나 다시 날아오르는 내 앞에 무대가 펼쳐지고, 거기 그 여자가 서 있었다. 다른빛에 휩싸인 채 두 팔을 넓게 벌린 그녀의 품으로 록우드가 걸어가고 있었다.

"이리 와…."

당신도 날 알잖나. 명령에 복종하기 좋아하는 사람인 거. 그 여자가 오라기에 무대 위로 날아가 그들 둘 사이를 곧장 가르고 지나갔고, 그 와중에 공기가 얼음장처럼 찬 구역을 스치며 살갗이 불탔다. 내 레이피어 끝도 뭔가를 스쳤다. 속삭이며 선웃음 짓는 여자의 목을 가로로 깔끔히 벴다. 뒤이어 나는 밧줄에 딸려 올라가며 안전 매트 위로 날아갔다. 대략적으로 거기가 밧줄을 놓기에 바람직하겠다고 애초에 생각했던 지점이었다.

다음 부분―고통스레 엉덩방아를 찧고선 발목을 귀에 대고 완전 빠르게 뒤로 구른 것―은 자세히 설명하지 않겠다. 우아하지도 매끄럽지도 못한 착지였지만, 어쨌든 뼈는 아무 데도 안 부러졌고 그 상태로 천년만년 있을 것도 아니었다. 뒤구르기가 제대로 끝나기도 전에 나는 맹렬히 몸을 일으켜 무대 앞으로 내달렸다. 이를 앙다물고 성난 황소처럼 씩씩거리며.

거기 록우드가 있었다. 조금 전 자리에 그대로 서 있었다. 팔을 늘어트린 채, 느긋하고 순순히. 아까 내가 자기 옆을 스치는 걸 봤다 한들 별 타격도 안 받았겠지만, 적어도 여자의 형상을 향해 계속 걷고 있진 않았다. 내가 놨던 밧줄이 갔던 길을 되짚어 와 록우드를 쳐서 넘어트릴 뻔했다. 그는 개의치 않았다.

그리고 거기, 그 가까이에 머리 없는 여자가 있었다. 아니, 머리가 없는 건 아니었다. 머리는 허공에서 아직껏 내게 인상을 쓰고 있었다. 제자리에 붙어 있는 것도 같았지만 자세히 보면 상체에서 분리된 상태였다. 길고 옅은 머리칼이 머리를 칭칭 감고선 레이스 달린 드레스에 철썩여 가며 그루터기 같은 목에 머리통을 다시 붙일 길을 찾고 있었다.

이 지경이 되고도 라 벨 댐은 끝날 줄 몰랐다. 그녀의 입술이 미소를 흉내 내며 비틀렸다.

"이리 와…."

"있지," 내가 말했다. "무진장 많은 문제들을 피해갈 수 있을 거야. 너 같은 것들이 그냥 누워서 본인이 죽었단 걸 받아들이면."

내가 던진 철가루 산탄통이 바닥을 때리고 산산조각 났다. 무수한 철가루가 유령의 발 아래로 돌진했다. 가장 가까이의 입자들에 불이 붙으며 녹색 화염이 그녀를 둥글게 에워쌌다. 형상이 흥분해 펄쩍펄쩍 뛰는 통에 머리가 옆으로 떨어졌다. 촉수 같은 머리칼이 희고 헐벗은 어깨를 다급히 붙들고선 거미 다리마냥 움직이며 머리를 다시 끌어 올리기 시작했다.

상관없었다. 산탄총은 많았다. 나는 다른 걸 뽑아 유령의 플라스마에 불을 더 붙였다. 환영이 전율하고 눈의 초점을 잃었다. 부자연스런 미소가 지워지기 시작했다.

저 멀리 어딘가에서 문이 쾅 소리를 냈다. 홀리일 터였다. 그리 멀지 않은 곳이었다.

유령이 두 손을 내밀었다. "이리 와…."

"아, 꺼져."

마그네슘 화염까지는 쓰지 말았어야 했는지도 모른다. 하지만 그때쯤 나는 그 여자가 지긋지긋했다. 너무 이기적이고, 너무 보채고, 너무 멍청했다. 나는 머릿속 공간을 그놈의 것과 잠시라도 더 나눠 쓰기 싫었다. 그리고 놈은 내게서 록우드를 빼앗으려 했다. 무대야 터프넬이 새로 갈면 될 일이었다. 화염탄이 유령 바로 아래서 폭발했고, 불길이 놈을 집어삼키며 머리통이 주전자 뚜껑이라도 되는 양 날려버렸다. 플라스마의 반은 폭발과 동시에 증발했다. 나머지는 약하고 희미했다. 그저 윤곽에 불과한, 유령의 유령이었다. 나는 그것이 무대를 가로질러 도망치는 걸, 그러면서 점점 쪼그라드는 걸, 떨어진 머리통이 플라스마 가닥에 붙들려 질질 끌려가는 걸 지켜봤다. 환한 드레스는 점점 작아지고 흰 팔다리는 시들었다. 검에 찔려 벌어진 상처들이 검은 별처럼 반짝였다. 라 벨 댐의 잔재는 커다란 나무 상자 중 하나로 뛰어들어선 나무와 한 몸이 돼 사라졌다.

"어디야?" 홀리가 흑발을 휘날리며 불타는 무대를 질주해 왔다. "어디? 어디로 갔어?"

나는 홀리를 보지도 않았다. "저 노란 상자!" 내가 말했다. "거기 출처가 있어! 찾아! 봉인해!" 그 말과 함께 나는 머릿속에서 라 벨 댐의 유령을 내쳤다. 록우드 앞에 서서 그를 올려다봤다. 손을 잡으니

살갗은 또 왜 그리 창백하고 차가운지. 그의 눈은 거의 멍했다. 거의, 하지만 완전히는 아니었다. 한 줄기 연기 같은 그의 의식이 보였다. 저 깊은 곳을 떠다니는.

"록우드!" 나는 그의 뺨을 힘껏 올려붙였다.

내 뒤 어딘가에서 격렬히 쿵쾅거리는 소리가 연달아 들렸다. 홀리가 상자를 처리하고 있었다.

"록우드…." 내 목소리가 갈라졌다. "나야."

"루스!" 또다시 홀리였다. "찾았어! 나한테 사슬망*이 있으니까…."

나는 나지막이 말했다. "나야. 루시야…."

그냥 우연의 일치라고 생각하고 싶다. 하필 그때 홀리가 출처에 사슬망을 씌운 건. 그러니까 나는 록우드를 다시 데려온 게 그의 귓가에 울리던 내 이름이었다고 생각하고 싶다. 어차피 생각은 자유 아닌가? 이유야 어쨌든 그의 눈 속에 남았던 한 줄기 연기가 모락모락 솟아 눈동자 표면에서 꽃을 피웠다. 그와 함께 지력이 돌아왔다. 지력이 돌아오고, 나를 알아보고, 그 이상의 뭔가가 되살아났다. 그가 내게 미소를 지었다.

"안녕, 루스…."

나는 다시 그의 뺨을 때렸다. 찰싹, 이번엔 두 뺨을 다. 그냥 하는 말이 아니라, 그것도 제대로 하기가 여간 힘든 게 아니다. 당신이 울고 있을 때는.

3

거리의 시신

11

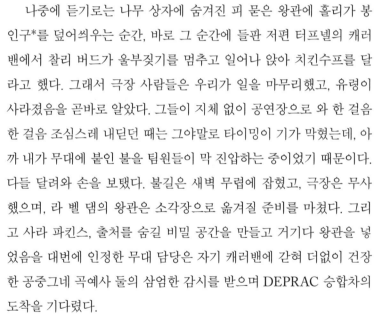

　나중에 듣기로는 나무 상자에 숨겨진 피 묻은 왕관에 홀리가 봉인구*를 덮어씌우는 순간, 바로 그 순간에 들판 저편 터프넬의 캐러밴에서 찰리 버드가 울부짖기를 멈추고 일어나 앉아 치킨수프를 달라고 했다. 그래서 극장 사람들은 우리가 일을 마무리했고, 유령이 사라졌음을 곧바로 알았다. 그들이 지체 없이 공연장으로 와 한 걸음 한 걸음 조심스레 내딛던 때는 그야말로 타이밍이 기가 막혔는데, 아까 내가 무대에 붙인 불을 팀원들이 막 진압하는 중이었기 때문이다. 다들 달려와 손을 보탰다. 불길은 새벽 무렵에 잡혔고, 극장은 무사했으며, 라 벨 댐의 왕관은 소각장으로 옮겨질 준비를 마쳤다. 그리고 사라 파킨스, 출처를 숨길 비밀 공간을 만들고 거기다 왕관을 넣었음을 대번에 인정한 무대 담당은 자기 캐러밴에 갇혀 더없이 건장한 공중그네 곡예사 둘의 삼엄한 감시를 받으며 DEPRAC 승합차의 도착을 기다렸다.

　터프넬 입장에서는 그만하면 만족스러운 결말이었다. 무대 가운데 남은 마그네슘 화염 자국을 두고 땅이 꺼져라 탄식해 대긴 했지만. 사라 파킨스가 죄를 인정했단 얘기 또한 그를 경악시켰다.

"그러니까 지금 이 사달을 낸 게 사라란 말입니까!"그가 벌건 얼굴로 감정에 북받쳐 외쳤다. "이건 배신입니다! 악질적이에요! 내가 그렇게 딸처럼 대해줬는데!"

"사실 터프넬 씨 때문은 아니었어요."록우드가 말했다. 심령 지배를 당한 지 얼마 안 되고도 정말 아무렇지 않아 보이는 그는 직접 범인을 지목하고 불러다 자백을 받아냈다. 그런 다음 사라의 캐러밴에서 그녀와 삼십 분 동안 대화했다. "어떻게 된 일인지 사라가 얘기해줬어요."그가 말을 계속했다. "원래 목표는 시드 모리슨이었답니다. 전에 그러셨잖아요, 터프넬 씨가. 사라가 시드를 마음에 들어 했다고. 하지만 시드는, 터프넬 씨의 말에 따르면 허벅지가 튼튼한 러시아 공중그네 곡예사한테 빠져 정신을 못 차렸고요. 사라는 거절당했고, 실연의 아픔은 증오가 됐죠. 그녀는 복수를 원했어요. 그런데 공교롭게도 소품실을 정리하다 라 벨 댐이 마지막 공연에서 썼던 영물을 발견한 겁니다. '술탄의 복수'에서 썼던 왕관요. 그 긴 세월 내내 왕관이 철로 된 상자에 들어 있는 바람에 유령도 활개를 못 쳤던 거죠. 처음에 사라는 거기 담긴 초자연적 의미는 모른 채로 왕관을 꺼냈어요. 그랬다가 요괴를 목격하고는—젊은 남자를 향한 놈의 특별한 관심을 알게 되면서—잠재력을 깨달은 거죠. 무대에 왕관을 숨기고 일이 터지길 기다렸습니다. 얼마 못 가 찰리 버드가 걸려들었지만, 사라가 원한 게 그의 죽음은 아니었으니까요. 그래서 그를 구한 거예요. 하루 뒤에 일을 당한 시드 모리슨은 그리 운이 좋지 못했고요."

"잠깐,"홀리가 말했다. "그럼 시드가 죽은 뒤에 왕관은 왜 안 치운 거야? 왜 다른 사람들의 생명까지 위험에 빠트렸지?"

록우드가 고개를 가로저었다. "그건 알기 어려워. 사라는 치울 기회가 없었을 뿐이라고 주장해. 내 생각엔 개인적으로 겪은 비극이 세상 전반을 향한 권태와 증오로 발전된 게 아닐까 싶어. 아님 그저 그 비밀스런 위력이 마음에 들었던 건지도 모르겠고…. 그걸 알아내는 건 반스 경위의 몫이지. 우리가 아니라. 경위가 와 있어. 가서 상황을 설명하고 올게."

DEPRAC 사람들을 만나러 성큼성큼 걷는 록우드를 보는데, 외투 자락을 펄럭이며 저리나 자신만만하고 차분히 가는 그를 보는데 정말 저게 한두 시간 전에 유령의 손아귀에 놀아난 사람이 맞나 싶었다. 그의 미소는 언제나처럼 빛나고, 그가 뿜는 에너지가 무대를 환히 밝혔다. 사람들이 조그맣게 무리 지어 그의 얘기를 들었다. 여느 때처럼 구겨지고 처량한 반스 경위는 록우드의 말을 한마디도 안 빼고 경청했다. 조지와 킵스도 거기 있었다. 옆에 서서 구경하면서 모두의 호의를 느긋이 즐겼다.

홀리와 나만 뒤에 빠져 있었다. 내 경우엔 완전히 기진맥진하기도 했고, 록우드를 구하겠다고 감행한 극단적인 행동의 충격이 뒤늦게 덮쳐온 때문이기도 했다. 무리에 끼고 싶은 생각이 그냥 안 들었다. 홀리는 멀쩡했다. 하지만 내가 어떤 상태인지 알았고, 곁을 지켜주고 싶어 했다.

나는 피로로 뿌연 눈앞을 뚫고 록우드를 지켜봤다. 아까 깨어난 순간부터 그는 평소의 자아 같아 보였다. 하지만 나는 그의 넋 나간 눈에서 봤던 걸 똑똑히 기억했다.

그건 찰리 버드의 눈과 다르지 않았다. 그리고 조지가 찰리에 대해, 그와 다른 희생자에 대해 뭐랬던가? '굳이 삶을 고집할 이유도 별로 없었고.' 심령 지배가 먹히는 사람들은 어떤 이유에서든 벌써 다음 세상을—방식의 차이는 있겠지만—기대하는 이들이었다. 라 벨 댐의 유령은 그걸 내게도 시도했다. 나는 흔들렸고 끌림을 느꼈다.

하지만 록우드는? 완전히 넘어갔다. 제대로 빠졌다. 그가 지금 얼마나 팔팔해 보이는지는 문제가 아니었다. 아주 잠시 그는 잡초 무성한 가족 묘지로 돌아갔었다. 빈 무덤으로 걷고 있었다.

한 시간 뒤, 우리는 터프넬의 움직이는 놀이동산 입구에 서 있었다. 우리를 집으로 실어갈 야간 택시를 기다리는 중이었다. 킵스가 그에게 마음이 있는 듯한 수염 난 여인*에게 따뜻한 차를 받아 왔다. 그와 조지, 홀리는 옹기종기 모여 플라스틱 컵에 든 차를 홀짝였다. 나는 그들과 좀 떨어져 서서 외투를 단단히 여미고 남쪽 방면의 강을 내다봤다. 공장 굴뚝들 너머로 간신히 보이는 템스강이 파편들처럼 반짝였다. 쌀쌀한 아침이었다.

록우드가 옆에 와 섰다. 우리는 침묵 속에 그렇게 있었다. 어깨를 맞댄 채, 잿빛 도시가 선명하고 뚜렷해지면서 새로운 하루로 형체를 갖춰가는 모습을 지켜봤다.

"고맙단 얘길 제대로 못 했네." 록우드가 말했다.

"괜찮아."

"네가 어쨌는지 들었어."

나는 입술을 감쳐물었다. "망할 놈의 공중그네를 잡고 뛰어내렸어, 록우드."

"알아."

"난 높은 데 싫어해."

"그것도 알아."

"난 공중그네가 싫어."

---

* 이 같은 다모증 여성들은 전통적으로 서커스단에서 일하는 경우가 많았다.

"그래."

"다시는 내가 그렇게 말도 안 되고 위험한 짓 하게 만들지 마."

"안 할게, 루시. 약속해." 록우드가 나를 슬쩍 보며 씩 웃었다. "근데 있지, 너 정말 엄청났더라. 홀리한테 들었어. 킵스도 그렇고. 킵스는 네가 안전 매트에 착지하는 걸 봤다던데."

"아, 또 하필이면 그걸 봤어. 못 살아, 정말."

"그래서 내 목숨을 구했잖아."

"맞아. 그랬지."

"고마워."

나는 장갑 낀 손으로 코를 훔치고 찬 공기를 킁킁거렸다. "우리가 그렇게 흩어져선 안 되는 거였어, 록우드. 애초에 '넌' 극장에 있어서도 안 됐고. 여기 오기 전에 내가 너랑 조지한테 그랬잖아. 너흰 이 유령에 약하다고."

록우드가 길고 느린 숨을 내쉬었다. "조지 말에 따르면 너도 마찬가지였던데."

"맞아. 사실이야. 난 그때 언니들 생각을 하고 있었어. 그거 비슷한 다른 생각들도. 놈이 내 슬픔을 감지하고 이용한 거지." 나는 그를 쳐다봤다. "유령이 나타나던 때 '넌' 무슨 생각을 하고 있었어?"

록우드가 한기에 옷깃을 세웠다. 그는 이런 식의 직접적인 질문에 서툴렀다. "기억이 잘 안 나."

"내가 갔을 때 넌 제정신이 아니었어. 완전히 붙들려 있었다고. 마지막에 내가 놈의 목을 벤 뒤에도 넋이 나가 있었단 말야."

DEPRAC 승합차들이 문을 나와 떠났다. 전조등이 깜빡이고 브레이크가 끼이익거렸다. 그 뒤를 따라 반스가 자기 차를 몰고 나왔다. 침울하게 손을 흔들어 인사했다.

록우드는 모든 게 다시 잠잠해지고서야 입을 열었다. "네가 내 걱정 한다는 거 알아, 루스. 근데 진짜 그러지 말아야 해. 이쯤이야 조사관들한테 늘 있는 일이야. 너도 유령들의 함정에 빠진 적 있잖아. 안 그래? 피 묻은 발자국을 만들던 놈 때도 그랬고, 아이크미어 백화점 지하 터널에서도 그랬고. 하지만 괜찮아. 그땐 내가 널 도왔고, 이번엔 네가 날 도왔으니까. 우리에겐 서로가 있잖아. 그렇게 도우면서 이겨낼 수 있다고."

무척 듣기 좋은 말이었고, 그 덕분에 좀 따뜻해지는 기분이었다. 나로선 그 말이 진실이기나 바랄 수밖에.

포틀랜드 로 집으로 돌아와선 평소랑 똑같았다. 그 말은 곧 택시비를 내야 할 사람, 3인분으로 나눠야 하는 아침 식사, 조지가 욕실 온수를 독차지하는 문제를 둘러싼 다툼을 의미했고. 킵스와 홀리는 각자의 집으로 돌아간 터였다. 조지와 록우드와 나는 해가 중천에 뜨도록 늦잠을 잤다. 내가 일어났을 땐 정오가 지난 시각이었고, 그때 가장 먼저 눈에 들어온 건 유령단지였다. 아까 내 방 의자에 걸어둔 배낭 위로 튀어나온 단지는 그 밑에 제법 큼지막하게 쌓인 빨래 더미 덕분에 한쪽으로 삐딱하니 기울어 있었다. 그 속의 유령 얼굴은 내가 이제 막 자기 할머니를 총으로 쏘기라도 한 것 같은 표정으로 나를 쳐다보고 있었다.

그걸 보는데 이상하게도 마음이 놓였다. 나는 뚜껑의 레버를 돌린 뒤 게슴츠레한 눈으로 침대에 걸터앉았다. 산발한 머리에다 거의 혼수상태로 앉아 꽥꽥거리는 해골의 불만에 나를 내맡겼다.

"이번엔 내가 네 레버를 돌린 게 아냐." 고생 끝에 겨우 한마디 할 기회를 잡아 말했다. "그 유령이 그런 거라고."

"그래서 뭐! 그것도 네 잘못이야! 늙다리 여자 유령은 누가 됐든 내 단지에 손도 못 대게 해야 한다고. 단지를 돌보는 건 네 책임이야. 난 할 수 없으니까. 안 그래? 네가 내 보호자라고. 보호가 아니라 방치할 뿐이지만."

"넌 애가 아냐. 견뎌내." 나는 머리를 긁었다. 새치들은 없어질 기미가 안 보였다. 어쩜 염색을 해야 할지도 몰랐다. "해골." 내가 불쑥 말했다. "나 록우드가 걱정돼."

해골은 깜짝 놀란 듯했다. "록우드가?"

"응."

"이봐, 너 나 알지. 그 자식을 친형제처럼 아끼는 거." 얼굴이 간사하게도 걱정하는 척하는 표정을 지었다. "뭐가 문젠 거 같은데?"

나는 다리를 앞으로 쭉 뻗고 몸을 흔들흔들 움직였다. 묘지의 록우드를, 라 벨 댐의 유령에게 걸어가던 그를 떠올렸다. 일 년 전쯤에 아이크미어 백화점 아래서 만났던 생령*, 록우드의 얼굴을 하고 나타났던 놈을 떠올렸다. 놈은 록우드의 죽음을 예견했고, 그가 나를 위해 죽을 거라 말했다. 아, 그리고 어젯밤의 그 점괘도 있구나. 그 역시 대단히 기운 나는 얘기가 아니기는 매한가지였다. 나는 한숨을 내쉬었다.

"지금 록우드를 움직이는 게 뭔지 모르겠어." 내가 말했다. "대체적으론 완전히 괜찮아 보이지만 그 모든 것들의 밑바탕엔…. 그가 진짜로 원하는 게 뭘까. 어쩜 그게 뭔가… 뭔가 건강하지 못한…." 나는 그렇게 말꼬리를 흐렸다. 안 좋았다. 차마 입 밖으로 낼 수 없었다.

"음, 설명 고마워." 내 얘기가 끝난 게 맞는지 확인하려 기다렸다가 해골이 말했다. "빈틈없는 분석이야. 명쾌하기가 양동이에 든 진흙이 따로 없어."

나는 고개를 가로저었다. 갑자기 자신한테 화가 났다. 도대체 무

181

슨 생각이었나? 귀신 들린 두개골한테 록우드의 부모님이든 묘지 얘기든 해선 안 되는 거다. 정말 어처구니없는 생각이었다. "네가 별 관심 없는 거 알아. 하지만 그냥 궁금했어. 혹시 네가 뭐라도 눈치챈 게 있는지…." 나는 자리에서 일어나 수건으로 손을 뻗었다. "잊어버려. 별거 아냐."

"그러니까 내 말은, 내가 공감 능력으로 유명한 해골은 아니잖아. 이러나저러나." 유령이 말했다. "살아 있어본 지도 너무 오래전이고 해서. 그게 어떤 느낌인지 잊어버렸어. 인간으로서 동기를 갖는다는 게. 게다가 난 록우드에 대해 아는 게 거의 없기도 하고."

"괜찮아. 문제없어."

"록우드의 무모함을 빼면, 가족의 죽음으로 인한 뿌리 깊은 상실감과 가벼운 자아도취와 가족을 향한 집착과 죽고 싶어 하는 마음을 빼면, 그 자식에 대해 해줄 수 있는 얘기가 없어. 너랑 나, 우리 서로가 똑같이 오리무중이라고, 어?" 해골이 덧붙였다. "거참."

나는 수건을 든 채 멈췄다. "뭐가 어째? 말도 안 되는 소리 하지 마. 록우드는 죽고 싶은 마음 같은 거 없어."

"알았어. 그건 좀 불편한가 보구나. 이해해. 그 말은 없던 걸로 하지 뭐." 해골이 가볍게 흥얼거리기 시작했다. "사실, 아니, 없던 걸로 안 할 거야. 누가 봐도 명백한데 뭘. 그 자식은 늘 그 생각을 한다고. 문자 그대로 그 생각 빼면 시체라 해도 될 판이야. 그리고 지금은 그 어느 때보다 심할지도. 너희 두 사람이 겪은 일 때문에. 잊지 마. 너희 둘 다 저 세상에 갔다 왔단 거. 그게 너희한테 미치는 영향이란 게 분명히 있을 거란 얘기야. 알지?" 얼굴이 눈을 가늘게 뜨고 날 향해 싱글거렸다. "어젯밤에 라 벨 댐이 너한테도 들이대 본 이유가 뭐라고 생각해? 넌 남자애도 아닌데."

그런 식으로는 미처 생각을 못 해봤지만 맞는 말이었다. 라 벨 댐의 잠재적 희생자들을 통틀어 나만 여자였다. 그럼에도, 그게 사실이든 아니든 간에 해골의 통찰은 어째선지 늘 사람을 신경질 나게 만들었다.

"너랑 얘기할 생각은 말았어야 했어." 내가 말하며 단지로 몸을 숙였다. "록우드는 살아야 할 이유가 한가득이야. 한가득."

얼굴이 나를 뜯어봤다. "그래? 그게 뭘까? 궁금하네. 구체적으로 하나만 말해봐."

그 말과 함께 유령이 이코르 속 빛에 조화를 부려 단지 안이 어둑하고 불투명해지면서 나는 겉면에 비친 내 일그러진 얼굴과 마주 보고 있게 됐다.

"말씀 좀 해보시라니까?" 해골이 말했다.

나는 욕을 하며 자리를 떴다. "아니! 닳고 낡은 해골바가지한테 날 설명할 필요는 없어! 내가 록우드의 동기를 추측할 필요도 없고!"

"픽도 그러시겠다." 유령이 외쳤다. "그거야말로 네가 가장 좋아하는 취미잖아! 그리고 잘 한번 생각해 봐. 날 여기서 내보내 주면 나랑 대화 같은 거 다시는 안 해도 된다고!"

그 말들이 닫히는 욕실 문에 맞고 튕겨나갔다.

* * *

내가 아래층으로 내려갔을 때 조지와 록우드는 서재에 있었다. 록우드는 가장 좋아하는 안락의자에 기다란 다리를 걸치고 신문을 읽었다. 조지는 근처에 웅크리고 앉아 조그만 종이 뭉치를 검토하는 중이었다. 그의 발치에 기름 먹인 천조각과 꾀죄죄하고 기다란 끈이 놓여 있었다. 그러고 보니 웃겼다. 루퍼트 경과 만난 뒤 난리판을 겪느라 플로 본스가 조지에게 넘긴 꾸러미 얘길 통 못 해봤다. 조지는 굳이 말을 꺼내지 않았고, 나는 그에게 물어본다는 걸 깜빡했다.

나는 의자에 털썩 주저앉았다. 서재가 쌀쌀해 피워둔 난롯불이 활활 타올랐다.

"새로운 소식들이 더 있어." 록우드가 신문 너머에서 말했다.

"나쁜 거, 아님 약간 나쁜 거?"

"약간 나쁜 거, 나쁜 거, '그리고' 흥미로운 거. 이따금 서로 겹치기도 하고."

"오, 그냥 다 얘기해 봐, 얼른."

"그거 기억해? 조지가 했던 아담 번처치 얘기?"

"뭐, 자기 회사를 폐쇄하려는 피츠 대행사에 완전 열 받았단 거?"

"맞아. 그게, 번처치가 죽었어."

"뭐? 유령접촉이야?"

"아니. 어젯밤에 공격당했어. 정확히 무슨 일이 있었는지는 몰라. 로더하이드에서 관망자* 건을 처리하고 집에 돌아가는 길이었어. 혼자 걷고 있었지. 누군가가 몸을 숨기고 기다리고 있었던 모양이야. 그를 폭행하고 버려뒀대. 번처치는 아침이 돼서야 발견됐어. 병원으로 옮겨졌지만 사망했고."

나는 조지를 힐끗 건너다봤다. "범인의 단서는 역시나 전혀 없겠고."

록우드는 잠시 말이 없었다. "경찰이 범인을 체포할 수도 있지. 모르겠어."

나는 토 달지 않았다. 별로 그럴 것 같지 않았지만.

"다음으로 할 얘기 역시 꽤나 불길해." 록우드가 신문을 옆에다 툭 났다. "DEPRAC에서 공문이 왔어. 내일 저녁에 독립 대행사 대표들 모두 피츠 하우스로 출두하라는 요청이야. 퍼넬로프 피츠가 발표할 게 있다나 봐. 저녁 6시에." 그가 나를 힐끗 봤다.

"우리 모두를 폐쇄시켜 버리려나?"

"그런 얘긴 없고."

"분명히 뭔가가 진행되고 있어." 조지가 말했다. 그는 여전히 종이들에 몰두해 있었다.

"맞아." 록우드가 대답했다. "그리고 말이 나와서 말인데, 두 사람 모두한테 할 얘기가 있어. 오늘 아침 극장에서 반스 경위가 와서 악수를 청하더라고."

"반스답지 않네." 내가 말했다. "어디 아프대?"

록우드가 자기 손바닥을 한번 보고는 무릎에 닦았다. "그건 아니길 바라고. 아니. 우리가 훌륭히 잘해줘서 고마워하고 있었어. 근데 그게 다가 아냐. 악수하면서 내게 뭘 줬거든."

록우드가 손을 뻗어 쪽지를 건넸다. 거기엔 이렇게 적혀 있었다.

노스웨스트 티타, 알마 테라스 17번지, 오늘 밤 8시

"만나자는 거야?" 내가 말했다.

록우드가 씩 웃었다. "그것도 비밀리에! DEPRAC 종이에 반스의 거미 다리 같은 필체로 적힌 것만 아니면 더 극비 느낌이 났을 테지만, 아무튼 그래."

"그래서 갈 거야?" 내가 물었다.

"다 같이 가봐야 할 듯해. 네 생각엔 반스가 왜 이러는 거 같아, 조지?"

"음?" 눈길을 드는 조지의 안경 너머에서 빛이 번쩍였다. 그의 눈은 밝았지만, 정신은 아득히 먼 곳의 뭔가에 꽂혀 있었다. "아, 우리한테 말썽에 휘말리지 말라고 말하려는 걸 거야. 우리랑 상관없는 일은 들쑤시고 다니지 말라고…." 그는 손에 쥔 문서들을 면밀히 살폈다. "뭐, 그러기엔 이미 너무 늦었지만."

"오케이. 그건 또 뭔데, 조지?" 내가 물었다. "그리고 어쩌다 플로가 그걸 네게 주게 된 건데?"

"플로가 내 대신 조사를 좀 하는 중이야, 여기저기서. 나는 못 들어가는 도서관들이 좀 있는데, 플로는 인맥이 끝내주는 사람들을 알거든…. 지금 보고 있는 건 사망 증명서들이고." 조지가 코를 긁었다.

"마리사 피츠 조사랑 관련 있는 거야? 그간 뭘 찾았는데?"

조지는 머뭇거렸다. "지금은 말 못 해. 아직 궁리 중이야. 내일 다시 물어봐 줘."

우리가 반스 경위와 만나기로 한 알마 테라스는 알고 보니 좁고 검댕에 얼룩진 주택들이 줄줄이 늘어선 런던 북서부 동네였다. 주택가 북쪽에 줄지어 선 낡고 녹슨 항마등 몇 개가 밀려오는 땅거미에 대고 허무하게 깜빡였다. 우리는 항마등 사이를 걸었다. 빛에서 어둠으로, 다시 빛으로 이동하며 17번지를 찾았다.

1층 창문 여럿에 쳐진 망사 커튼을 내부의 따스한 조명이 밝혔다. 블라인드들은 아직 내려지지 않아 안에서 움직이는 사람들의 흐릿한 모습이 이따금 보였다. 집에서 생활하는 저녁, 그들은 벌써부터 우리와 분리됐다. 커튼들은 우리 같은 조사관들을 차단해 줬다.

몬타규 반스 경위가 17번지 대문 밖에서 우리를 기다리고 있었다. 항마등 사이에 위치해 동네에서도 유독 어두운 곳이었다. 그의 구겨진 형상이 항마등들의 깜빡이는 빛을 어둑하게 받았다 말았다하는 걸 보며 우리는 그쪽으로 다가갔다. 경위 뒤의 집은 다른 집들과 크게 다르지 않았다. 조그만 정원의 깔끔함을 빼면. 잔디와 땅속요정 장식들이 보였다.

"안녕하세요, 경위님." 록우드가 말했다. "늦어서 죄송합니다."

"어차피 기대 안 했네." 반스가 말했다. "사실 내가 얘기한 거보다 삼십 분밖에 안 늦었어. 감사해서 몸 둘 바를 모르겠군."

여느 때와 같이 어색하게 뒤를 잇는 막간의 시간을 이용해 우리는 그에게 십 대의 발랄한 미소를 보내고, 그는 중년의 혐오가 담긴 눈길로 우리를 뜯어봤다. 오늘 밤 반스 경위는 어딘가 좀 이상했다. 뭐지? 뭔가가 다른데. 온 세상 슬픔은 혼자 다 짊어진 양 축 처진 콧수염이야 맨날 그렇다 치고. 이윽고 나는 이렇게 비옷도 넥타이도 없는 반스는 처음 본다는 사실을 깨달았다. 그는 셔츠 소매를 팔꿈치 아래까지 걷어 올렸고, 옷깃의 단추는 채우지 않았다.

"그러니까… 여기가 17번지군요." 조지가 건물을 곰곰이 봤다. "완전 악의 소굴처럼 보이는데요. 여기서 뭔가 끔찍한 일이 벌어졌다는 데 경위님 신발을 걸겠어요."

"네. 퇴마 의식 같은 걸 하실 건가요, 경위님?" 록우드가 거들었다. "이런 허접쓰레기는 철거하는 쪽이 차라리 간단할 수 있어요…." 그가 머뭇거렸다. "우릴 왜 그렇게 노려보시는 거죠?"

"왜냐면 이 허접쓰레기가 내 집이니까." 반스가 마음에서 우러나오는 한숨을 내쉬었다. "자, 다들 들어가는 게 좋겠군."

경위가 우리를 위해 문을 잡아줬다. 환영의 몸짓이라기보다 문짝으로 조지의 머리통을 갈기기 위한 준비 동작 같았다. 우리는 그보다 더 날랠 수 없게 안으로 들어갔다. 문을 닫기 전 반스 경위는 거리 위 아래를 꼼꼼히 살폈다. 고요한 어둠 속에서 항마등이 들어오고 나갔다. 근방에는 아무도 없는 듯했다.

반스는 우리를 데리고 비좁은 복도를 지나 작고 답답한 식사 공간으로 들어갔다. 가운데에 어두운 색 나무로 된 타원형 식탁이 놓여 있었다.

"근사하고 아늑한 집이네요." 록우드가 말했다.

"네, 갈색 카펫도 무진장 사랑스럽고." 조지가 말했다. "벽에 줄줄이 걸린 도자기 오리들도…. 저런 장식이 다시 유행인가 봐요?"

"알았어, 알았다고." 반스가 으르렁거렸다. "쓸데없는 소리 그쯤하고. 자리에 앉게. 편히들 있어. 다들 차 한잔하고 싶을 듯하군." 그가 쿵쿵거리며 부엌으로 갔다.

우리는 차례로 자리에 앉았다. 의자들은 등받이가 수직에다 불편하고, 많이 안 쓴 티가 났다. 식탁에는 먼지가 수북했다. 벽에는 오리 말고도 사진들이 걸려 있었다. 은은한 초록 언덕, 안개 낀 계곡, 허물어져 가는 오두막, 광활한 자연을 담은 사진들이었다. 나는 그것들을 보며 런던과는 아득히 먼 동네에서 보냈던 어린 시절을 떠올렸다.

멀리서 주전자의 물이 끓었다. 숟가락이 쟁그랑거렸다. 뭔가가 수북이 담긴 쟁반을 들고 반스가 돌아왔다. 놀랍게도 그는 초콜릿 비스킷까지 챙겨 왔다. 일상적인 의식이 완료됐다. 우리는 컵과 접시를 들고 조용히 앉아 식탁 상석에 앉은 경위를 보고 있었다. 친밀하긴 한데 뭔가 애매했다. 함께 기도를 하려는, 아님 돈내기 카드 게임판을 벌이려는, 아님 그 사이의 뭔가를 하려는 참일지도 몰랐다. 칙칙한 격식과 전반적인 어색함이 결합하면서 영락없이 유령을 소환하려고 모인 촌스러운 교령회 분위기가 났다.

"사진들이 진짜 좋아요, 경위님." 내가 말했다. "전원 풍경도 즐기

시는 분인지 몰랐어요."

반스가 나를 가만히 봤다. "뭐야, 그럼 난 벽에다 경찰봉이랑 수갑 사진 따위나 걸어놓고 있을 줄 알았나? 나한테도 '다른' 관심사라는 게 있거든." 그가 심술궂게 고개를 절레절레 저었다. "아무튼, 맞네. 전원을 좋아해. 하지만 내 사진 얘기나 하자고 자네들을 부른 건 아니고. 경고를 하고 싶었네."

침묵이 흘렀다. 록우드가 차를 홀짝였다. "경고요, 경위님?"

"내 방금 그렇게 말했네." 경위는 잠시 머뭇거렸다. 지금 이 순간 에조차 말을 할까 말까 고민되는 양. 그러고는 마음을 정한 듯 의자 에 몸을 기댔다. "모든 게 변하고 있어. 그건 자네들도 알겠지. 안 그 런가? DEPRAC도, 대행사들도, 이 모두를 통제하는 방식도. 덩치 큰 기업들이 주도권을 잡고 있네. 피츠 대행사랑 선라이즈 물산. 난세 상황에서 엄청난 돈을 벌어들이는 사람들이지. 자네들 같은 독립 대 행사가 퇴출되고 있어. 그건 내 입으로 굳이 얘기 안 해도 알 테고. 그 런 취지의 발표들이 올여름엔 아주 많았네."

"내일 또 하나가 대기하고 있고요, 아마도." 록우드가 말했다.

"맞아, 피츠 하우스에서. 자네들한테 유리한 뭔가일 거란 생각은 안 들지만. 그래도 이번엔 대행사들을 다 불러 모았으니까 새 규정 이 뭐가 됐든 자네들만 겨냥해 만든 건 아니겠지. 다만 내가 뭘 좀 알 게 돼서 말인데." 반스의 예리한 눈이 우리를 차례로 훑었다. "DE-PRAC 비밀 정보망을 통해 들으니 힘 있는 양반들 몇이 자네들 문제 에 슬슬 인내심을 상실하고 있다는군."

"힘 있는 양반들요?" 홀리가 말했다.

"퍼넬로프 피츠를 말씀하시는 건가요?" 조지가 물었다.

반스의 감춰문 입술이 콧수염 밑으로 사라졌다. "그게 누굴 의미하는지는 자네들 판단에 맡기겠네. 꼭 내 입으로 말할 필요는 없어."

"왜요. 있어요. 있고말고요. 어서요. 말씀하세요." 조지가 말했다. "아무도 엿듣는 사람 없다고요. 안 그래요? 찻주전자에 누가 숨어 있지 않는 한은."

"고맙네, 커빈스 군. 내가 말하기도 전에 핵심을 짚어줬어." 반스가 우리 모두를 심각하게 쳐다봤다. "정확히 그런 태도야. 불손하고 조심할 줄 모르는 태도. 그게 자네들을 곤경에 빠트리는 거라고. 우리 모두가 따라야 하는 새 규정들을 자네들이 어떻게 생각하든 간에, 우리 모두가 전보다 훨씬 면밀히 관찰되고 있다는 사실엔 의심의 여지가 없어. 쥐 죽은 듯 조용히 있는 게 좋단 말일세. 그런 상황에서 록우드 심령 회사가 자꾸만 튀는 거고. 그렇다고만 해두지."

록우드가 미소를 지었다. "우릴 걸고넘어질 게 뭐가 있어서요? 우린 규정을 어기지 않는데요."

"그렇다고?" 반스가 말했다. "그게 사실이라면 왜 DEPRAC 경관들한테 포틀랜드 로의 자네들 집을 감시하란 명령이 떨어지는 거지? 왜 저 멋쟁이 루퍼트 게일 경은 자네들한테 그토록 관심이 많고? 퍼넬로프 피츠는 왜 자네들의 활동을 정기적으로 보고 받길 원하는 걸까?"

"그런대요?" 록우드가 말했다. "이거 영광인데요."

"아니. 영광이 아냐. 위험한 거라고. 번처치의 작은 '사고' 얘긴 다들 들었을 걸세. 그 사람 말고도 더 있어. 같은 일이 자네들한테도 벌어지는 걸 보고 싶지 않네. 지금 자네들이 뭘 하고 있든 그만둬. 그렇게만 말해두겠네."

"우린 문제가 될 어떤 일도 하고 있지 않아요, 경위님." 록우드가 말했다. "우린 세금을 냅니다. 작업 때마다 적절한 예방 조치를 취해요. 우리 의뢰인 대부분을 살려놓고요." 그가 더없이 환한 미소를 쐈다. "어젯밤 극장 일 기억하시죠? 우린 일솜씨가 좋아요."

반스가 침울하게 고개를 끄덕였다. "번처치도 일솜씨는 좋았어."

"글쎄, '아주' 좋진 않았죠." 조지가 껴들었다. "번처치는 사실 좀 쓸모없었어요. 아닌가요?"

"그게 중요한 게 아니라니까!" 경위가 뜬금없이 포효했다. 털 많은 주먹으로 식탁을 쾅 내리쳤고, 그 통에 그의 컵이 받침 위에서 달그락거렸다. 진한 흑차가 왈칵 받침으로 쏟아졌다. "그게 중요한 게 아니라고! 번처치는 저들의 뜻을 거슬렀고 죽었단 말일세!"

우리는 거기 앉아 있었다. 반스는 씩씩거리고, 나머지는 충격으로 말문이 막혔다. 조지조차 깜짝 놀란 눈치였다.

"차를 쏟으셨어요, 경위님." 록우드가 손수건을 건넸다.

"고맙네." 반스가 식탁을 닦았다. 목소리가 한결 낮아져 있었다. "알다시피 내가 DEPRAC에서 할 수 있는 게 예전처럼 많지 않아." 그가 말했다. "요 몇 년 사이 퍼넬로프 피츠가 조직에 자기 사람들을 많이 심었네. 그들이 우리 업무 방식을 야금야금 바꾸고 있어. 물론 좋은 사람들이야 여전히 있지. 그런 이들이 한둘도 아니고. 하지만 보다 대규모의 작전들에서 우린 아무 발언권이 없어. 나는 결재 서류에 도장을 찍고, 명령을 내리고, 일상적인 일들을 습관적으로 할 뿐야. 돌아가는 상황에 영향을 끼칠 능력이 안 돼. 하지만 상황을 제대로 볼 순 있네. 지금 자네들이 거짓말을 하고 있단 게 보이는 것처럼. 자네들 눈을 보면 알거든. 커빈스가 앉아 있는 꼬락서니로도. 우쭐하니 으스대면서 부푼 개구리마냥 바람이 잔뜩 들었잖나. 내 눈엔 다 보여. 뻔할 뻔 자라고. 그리고 내가 볼 수 있으면 다른 사람들도 볼 수 있단 걸 알아야지."

반스는 손수건으로 꾹꾹 눌러 닦기를 끝내고 그걸 록우드에게 돌려줬다.

"반스 경위님," 록우드가 머뭇머뭇 말했다. "지금껏 우리가 한 건… 여기저기 조사 좀 한 게 전부예요. 경위님께 말씀드릴 수 있습니다. 도와주신다면 무척 감사할 거고요."

털이 북슬북슬한 눈썹 아래서 경위의 눈이 우리를 노려봤다. "알고 싶지 않네."

"중요한 일예요. 심각하게 중요해요."

"알고 싶지 않아. 록우드 선생, 자넨 여러 해 동안 많은 이들을 감동시켰네. 난 자네들 모두가 벌써 오래전에 유령접촉이나 당하고 끝나리라 예상했지만, 자네 대행사는 번성했어. 이젠 날 좀 감동시켜주게." 반스가 뭉툭한 손가락으로 컵 손잡이를 만졌다. 받침 위에서 컵을 살살 돌렸다. "바짝 엎드려 있어. 저들이 자네들을 잊어버리게 하라고."

우리는 어둡고 먼지 많은 공간의 식탁 앞에 잠자코 앉아 있었다.

"저들이 자네들을 잊어버리게 해." 반스가 반복했다. "지금이라도 어쩌면 너무 늦진 않았을 걸세."

12

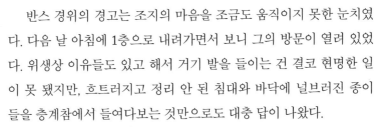

반스 경위의 경고는 조지의 마음을 조금도 움직이지 못한 눈치였다. 다음 날 아침에 1층으로 내려가면서 보니 그의 방문이 열려 있었다. 위생상 이유들도 있고 해서 거기 발을 들이는 건 결코 현명한 일이 못 됐지만, 흐트러지고 정리 안 된 침대와 바닥에 널브러진 종이들을 층계참에서 들여다보는 것만으로도 대충 답이 나왔다.

부엌으로 가니 생각하는 식탁보에 휘갈겨 쓴 메모가 남아 있었다.

확인할 게 있어서 나가. 점심시간에 맞춰 올게. 여기서 봐!!

하지만 조지는 점심때가 되기도 전에 돌아왔다. 홀리와 록우드, 나는 지하 사무소에 있다가 부엌에서 쿵쾅거리는 소리를 듣고 부리나케 철제 계단을 올라갔다. 식탁 앞에 조지가 서 있었다. 과일 그릇을 저리로 밀어버리고 어마어마한 서류 더미를 턱 내려놨다. 입에는 펜을 물고 있었다. 그는 맹렬한 속도로 종이들을 갈아 치우며 확인하고, 지도를 고르고, 서류 더미를 사방으로 흐트러트렸다.

"음, 얘기할 준비가 됐을까?" 록우드가 조심스레 물었다.

조지는 한 손을 퍼덕거렸다. "아직! 몇 가지만 정리하고! 한 시간만 줘!"

"저기… 저기, 샌드위치 좀 줄까?" 홀리가 물었다.

"아니! 시간 없어." 조지는 오래된 신문 기사의 복사본을 유심히 들여다봤다. 인상을 팍 쓰고는 종이를 옆으로 던져버렸다. "아참, 록우드…."

"응?"

"킵스 좀 불러줄래? 킵스도 있어야 돼. 한 시간 뒤."

"알았어. 그때까진 방해 안 할게."

조지는 대답이 없었다. 이미 자기만의 세상에서 발견이 주는 황홀감에 들떠 있었다. 그럴 때면 신체적으로도 완전히 딴 사람이 되는 듯했다. 군살이 쫙 빠지기라도 하는 양 몸놀림은 날래고 발은 가벼웠다. 가장 흑표범 같고 포식 동물 같을 때의 록우드조차 그보다 더 매끄럽고 우아하게 움직일 순 없을 거였다. 정원에서 들어오는 빛에 안경이 반짝였다. 지상 저 높은 곳에서 경이롭게 비행하는 전투기 조종사의 고글이 태양 섬광을 받는 게 딱 저런 모습이겠다 싶었다. 하다 하다 머리칼에서조차 새로운 에너지가 타닥타닥 튀고, 파리한 이마에서 머리칼을 쓸어 넘긴 모양새는 급커브를 도는 자동차 경주 선수 머리 저리가라였다. 그의 밀가루 반죽 같은 틀 뒤에 숨겨져 있던 야무진 지성이 갑자기 탄로 나는 느낌이랄까. 빠른 두뇌 회전에서 비롯된 능숙함으로 종이들을 정리하고, 서류철 사이를 오가고, 식탁 주변을 춤추듯 다니고, 아주 가끔 생각하는 식탁보에 뭔가를 끼적일 때만 멈출 뿐이었다. 나중에 록우드가 얘기했듯 그럴 때의 조지는 작업 중인 예술가가 따로 없었다. 그 화창한 아침엔 그를 전시품 삼아 표를 팔아도 될 정도였다.

결국 홀리가 자원해서 킵스를 찾아오기로 했다. 그녀가 동네를 슬 며시 빠져나가 있는 동안 록우드와 나는 레이피어 연습실에 처박혔 다. 거기엔 우리의 지푸라기 모형들, '스르르 조'와 '귀부인 에스메랄 다'가 쇠사슬에 대롱대롱 매달려 있었다. 록우드가 소매를 걷어붙이 고 에스메랄다를 상대로 동작을 연습했다. 나는 스르르 조를 맡았다. 언제나 그렇듯 단순한 동작에의 집중이 기분을 놀랍도록 바꿔놨다. 우리 사이의 긴장감은 사라졌다. 설렘이 커져갔다. 조지가 밝혀낼 사 실을 향한 기대감이 고조됐다. 이내 우리는 요동치는 모형들을 떠나 우리끼리 대련을 시작했다. 씩 웃으면서 원을 그리며 돌고, 눈속임 동작을 하고, 이리저리 피하고, 화려한 모양들을 그려가며 검날을 챙 챙 맞부딪쳤다.

약속된 한 시간이 지났다. 덥고 땀나고 차가 필요해서 록우드와 나는 1층으로 올라갔다. 식탁을 비롯해 부엌의 표면이란 표면은 죄다 종이 바다에 덮여 안 보였다. 조지가 앉아 기다리고 있었다. 그 역시 땀투성이인 듯했다.

"준비됐어." 조지가 말했다. "주전자에 물 올려."

개수대의 유령단지 밑에서도 문서들의 파도가 철썩였다. 해골이 우리를 보고 눈을 홉떴다. "맙소사, 너희가 와서 정말 다행이야. 커빈 스 놈은 정말이지 비만 회오리바람이 따로 없었다고. 게다가 저 자식 이 종이 집게를 집겠다고 몸을 숙였을 땐, 그 이상 불쾌할 수 없는 허 연 살덩이를 봐야만 했어. 내가 벌써 죽었길 망정이지, 안 그랬음 생 명의 위협을 느꼈을 거야."

우리가 차를 준비하는 사이, 홀리가 킵스와 함께 돌아왔다. 이로 써 우리의 핵심 팀원이 모두 모였다. 록우드가 복도 쪽 문을 닫고 창 문 블라인드를 내렸다. 부엌 안이 파르스름하니 침침해지면서 은밀한 공모의 현장 같은 분위기를 풍겼다. 우리는 의자를 당겨 앉았다. 단지 속 유령 얼굴이 희미해지며 나대기를 멈췄다. 놈조차 조지 얘길 듣고 싶은 마음이 간절한 모양이었다. 머그컵들이 채워지고 샌드위치와 비스킷이 건네졌다. 드디어 조지의 시간이 시작됐다.

"일에도 순서가 있으니까." 조지가 말했다. "일단 이거부터 봐." 그러면서 극적이고 과장된 몸짓으로 사진 한 장을 꺼내 식탁에 놨다. "여기 우리 친구 알아보겠어?"

흑백사진 속 인물은 검은 정장을 입고 한 팔에 비옷을 걸친 중년 남자였다. 자동차에서 내리는 장면을 찍은 거였다. 그를 빙 둘러 사람들이 서 있었다. 하지만 우리를 경악시킨 건 다름 아닌 남자의 얼굴이었다. 깊고 독특한 주름살이 특징적인 얼굴에 백발은 길고 부스스했다. 얼굴 한쪽은 그림자에 가려 안 보이고, 눈은 털 많은 눈썹에 숨다시피 했다. 상관없었다. 어차피 우리가 아는 얼굴이었다.

"마리사 무덤의 귀령이잖아!" 록우드였다. "우릴 쫓아 계단을 올라와선 루스와 얘기했던! 그 남자가 확실해! 그치, 루스?"

"그 사람이야." 눈을 감으니 머리를 산발하고 석실 바닥에서 솟아오르는 유령이 보였다. 나는 눈을 떴다. 진중하고 침울한 신사가 보였다. 의심의 여지가 없었다. 둘은 동일인이었다.

"넌 최고야, 조지." 록우드가 말했다. "그래서 이 사람이 누군데?"

조지는 너무 뿌듯해하는 것처럼은 안 보이려고 애를 썼다. "이 사람은 닐 클라크 박사가 확실해. 알려진 바가 많진 않지만 마리사 피츠의 주치의였고, 그녀가 인생 말년에 앓았던 병의 치료를 담당했어. 마리사의 사망진단서에 서명한 것도, 언론에 제보해 그녀의 사인을 공식화한 것도 이 사람이야." 그는 플로가 찾아다 준 문서들을 집어 안경 너머의 눈을 가늘게 뜨고 훑었다. "클라크 박사에 따르면, 마리사는 '신체 모든 장기의 손상을 초래한 소모성 질환으로 조기 노화의 양상 일체를 보이며 사망'했어. 보통 고약한 병이 아닌 듯한데도 마리사는 피츠 하우스에서 치료를 받았어. 병원엔 안 갔고, 클라크 박사 말고는 아무도 접근할 수 없었지." 조지가 종이들을 내려놨다. "여기저기 뒤지고 다녀봤는데, 마리사가 죽고 나서 박사는 모든 기록에서 사라지고 영영 자취를 감춰."

"딱히 놀랍진 않네." 홀리가 중얼거렸다. "그 여자 무덤에 대신 누워 있었으니까."

록우드가 휘파람을 불었다. "마리사는 안 죽었어. 그 사실을 아는 사람, 공문서를 위조해 준 사람은 곧장 입막음을 당했고."

"박사의 유령이 열 받을 만도 해." 내가 말했다. 내 귀엔 아직껏 그 속삭이는 목소리가 메아리쳤다. '그 여잘 데려와.'

조지가 고개를 끄덕이고는 사진을 옆으로 치웠다. "이걸로 무덤의 우리 친구는 설명이 됐지. 다음 질문은 마리사가 어떻게 '퍼넬로프'가 돼서 나타났느냐는 거야. 일단 이걸 사실로 간주하는 데는 우리 모두가 동의한다고 봐도 되는 거지?"

유령단지에서 콧방귀 소리가 들렸다. "진짜 이쯤 되면 그냥 믿어야 되는 거 아니냐!" 해골이 꽥꽥거렸다. "입에 침이 마르도록 얘길 했는데! 막말로 거기 그 비스킷 아이큐가 니들보다 높겠다."

"닥쳐." 내가 말했다. "너 말고, 조지. 해골 말야." 나는 울화통을 터트리는 유령을 쏘아봤다.

"사실," 조지가 말했다. "마리사의 변신 내막은 아직 잘 몰라. 하지만 엄청난 단서가 하나 있긴 해. 좀 이따 설명할게. 알려진 얘기에 따르면 마리사가 죽은 뒤 그녀의 딸 마거릿이 대행사를 물려받았지."

조지가 꺼낸 또 한 장의 사진에는 흑발의 젊은 여자가 찍혀 있었다. 회사 행사에서 직무를 수행하는 중이었는데, 그다지 즐겁진 않은 눈치였다. 얼굴이 파리하고 슬펐다.

"마거릿은 삼 년 동안 피츠 대행사의 대표로 있었어." 조지가 말했다. "조용하고 내성적인 사람이었대. 어느 모로 보나 피츠처럼 큰 회사를 운영하기엔 적합하지 않았지. 뭐, 결과적으론 그 일을 그리 오래하진 않아도 됐지만. 그녀 역시 죽었으니까."

홀리가 눈살을 찌푸렸다. "어떻게 죽었는데?"

"이유는 알려지지 않았어. 제대로 된 사망진단서도 없더라. 그러다가 '퍼넬로프'라는 이름이 튀어나오지. 표면적으론 실존 인물인 것처럼 보여. 출생증명서가 존재하거든. 병원 기록이랑 그런 것도 다. 모든 게 '겉으로는' 틀림없이 정상적인 거 같지. 하지만 아냐. 그럴 수 없어. 그랬다간 해골 녀석이 하는 얘기랑 안 맞으니까. 우리가 아는 여자가 마리사라면, 마리사가 어찌어찌해서 젊은 여자 행세를 하고 있는 거라면, 퍼넬로프와 관련된 모든 건 위조된 거겠지."

"하지만 퍼넬로프가 어떻게 마리사일 수 있어?" 내가 말했다. "어떻게 그래 보이게 만든 거지?"

조지가 안경테 위로 우리를 쭉 둘러봤다. 우리는 기다렸다. 킵스조차 입으로 머그컵을 가져가던 중간에 그대로 정지해 있었다. 조지는 신중을 기해가며 다른 종이 한 장을 골라 들었다.

"켄트의 옛 지방신문에서 기사를 하나 찾았어. 육십 년 전 거야. 마리사 피츠랑 톰 로트웰이 심령 조사팀으로 일을 막 시작했을 때지. 당시엔 유령의 존재를 믿는 이가 거의 없어서 두 사람의 말은 미친 소리나 다름없었어. 덮어놓고 괴짜 취급을 당했대. 어쨌든 그땐 난제가 아직 확산되기 전이었으니까. 두 사람을 인터뷰한 기자는 싸구려 농담이나 늘어놓으면서 둘을 완전 웃음거리로 만들었어. 근데 이거 좀 들어봐⋯." 조지가 안경을 고쳐 쓰고 기사를 읽었다.

"마리사 피츠는 깡마른 소녀로 머리칼을 짧게 깎았고 유난스레 진지하다. 똑 부러지고 자신만만한 말투로 이상한 초자연적 경험들을 늘어놓는다. '죽은 자들은 우리 사이에 존재합니다. 그들에겐 과거에서 가져온 지혜와 비밀들이 있죠.' 피츠는 내 회의적인 반응을 못 본 척하면서 자신이 '엑토플라즘'이라 부르는 영혼의 물질에 관한 논문 집필을 이미 마쳤다고 말한다. '엑토플라즘은 우리 모두에 내재한 불멸의 물질입니다. 엑토플라즘의 이해는 인류에게 엄청난 이익을 가져올 거예요. 우리가 엑토플라즘의 변환력을 활용할 수만 있다면 삶과 죽음의 통제가 가능해질 겁니다.' 마리사 피츠가 유감스레 인정한 바에 따르면, 현재로서는 그녀의 주장이 기대만큼의 관심을 받지 못하고 있다. 해당 논문의 경우에도 실어줄 매체를 찾지 못해 자비로 출간해야 했다는 설명이다."

조지가 차를 한 모금 마셨다. "봤지? 그 당시에조차, 막 경력을 쌓기 시작했을 때조차 마리사는 삶과 죽음을 통제하는 힘에 관심이 있었어. 그리고 어떻게든 그 목표를 이룬 거 같고."

"내가 듣기엔 영 말도 안 되는 소리 같은데." 킵스가 말했다. "엑토플라즘의 변환력? 이건 또 무슨 희한한 말이야?"

록우드는 내내 얼굴을 찡그리고 있었다. "마리사가 발표한 글엔 이런 내용이 전혀 없지. 안 그래? 내가 알기로 그 여잔 플라스마가 '불멸의 물질'이네 어쩌네 얘기하지 않아."

"맞아." 조지가 동의했다. "그 문제에 대해선 입을 꾹 닫고 있지. 그래서 내가 마리사의 이 사라진 '논문'을 추적하는 데 특히 공을 들인 거야. 진짜 냄새만 살짝 맡는 수준까지 오는 데도 여러 달이 걸렸어. 하지만 오늘 이 문제 역시 풀린 거 같아." 그가 승리의 표정을 지

199

어 보였다. "오늘 아침에 한 외딴 도서관에서 작자 미상의 『오컬트 이론』이란 게 언급돼 있는 걸 발견했어. 마리사의 이름이 붙어 있진 않지만, 켄트 지역에서 개인이 출간했고 시기적으로도 맞아떨어져서 난 이게 그 논문이라고 봐. 인쇄본은 딱 세 권뿐인 걸로 알려져 있어. 한 권은 피츠 하우스의 검은 도서관에 있고, 다른 한 권은 오르페우스 협회의 우리 늙다리 친구들이 사서 자기네 도서관에 비치해 뒀지. 마지막 한 권은 그리니치의 심령박물관으로 갔어. 앞의 두 권은 누가 봐도 접근이 불가능하지만 마지막 건 잘만 하면 손에 넣어볼 수도 있을 거 같아. 그렇잖아도 이따 오후에 가볼 생각이야. 이 논문을 찾아낼 수만 있으면 몇몇 수수께끼를 짜맞추는 데 도움이 될지도 몰라." 조지가 의자 등받이에 몸을 기댔다. "암튼 시도는 해볼게."

그 얘기에 다들 웅성웅성 기뻐했다. 유일한 예외는 단지 속 해골이었는데, 하품을 하고 볼에 바람을 넣어 조지를 못돼먹게 흉내 냈지만 놈에겐 아무도 관심이 없었다. 우리 모두가 비스킷을 더 먹었다.

록우드가 비스킷을 새로 꺼내며 말했다. "정말 잘됐어. 마리사의 꿍꿍이가 뭔지에 대한 우리 그림만 완성되면 반스한테, 혹은 언론에 모든 걸 공론화할 수 있어. 이제 우리한텐 구체적 증거만 있으면 돼."

조지가 고개를 끄덕였다. "범위를 더 넓혀서 난제와의 연관성도 생각해 볼 필요가 있지. 내 생각엔 그 부분도 답이 나온 거 같아." 그가 킬킬거렸다. "이 금지된 행위들 얘기는 장장 오십 년도 더 전으로 거슬러 올라가."

"누가 나 베개 좀 줄래." 킵스가 말했다. "이거 최소 몇 시간짜리야. 딱 감이 와."

조지가 콧등의 안경을 밀어 올렸다. "오, 뭐, 정 그러시다면요, 킵스. 짧고 쉽게 끝낼 수도 있거든요. 자, 분석 결과 갑니다. 마리사 피츠와 톰 로트웰은 난제에 책임이 있다. 그렇다. 그런 것이다. 끝." 조지가 종이를 모으고 톡톡 두드려 정리했다.

록우드가 싱긋 웃었다. "알았어, 조지. 퀼도 방금 자기 말이 이렇게까지 얄밉고 네 피나는 노력을 무시하듯 들릴 줄은 몰랐을 거야. 안 그래요, 퀼?"

"그치. 일부러 그런 거 아냐."

"들었지? 아무도 문제없어. 비스킷 하나 더 먹고 얼른 얘기 좀 해줘."

"오케이." 조지가 말했다. "자, 피츠와 로트웰이 켄트에서 심령 조사관 생활을 시작했단 건 다들 아는 얘기야. 그래서 그간 그 지역 신문을 죄다 훑었거든. 두 사람은 육십 년 전에 처음 언급돼. 여기저기서 조사를 하는 걸로. 아까 봤다시피 아무도 그들을 진지하게 생각하지 않았지. 그러다 몇 년 뒤, 상황이 달라진 거야."

"난제 때문에." 홀리가 말했다. "출몰이 확산되기 시작해서."

조지가 고개를 끄덕였다. "넵. 중요한 내용을 정리해 보면 이래. 우리가 마리사의 『회상록』에서 읽었던 대로라면 난제에 갑자기 발동이 걸렸는데, 그에 맞서 싸울 줄 아는 사람은 마리사와 톰뿐이었어. 서서히 그들의 방법론이 받아들여지기 시작했지. 소금, 철, 레이피어…. 대행사들이 쓰는 기법 전부가 두 사람에게서 시작됐잖아."

"몇몇 사건이 유명세를 타기도 했고." 내가 말했다. "'머드 레인 혼령'이랑 '하이게이트 귀신' 같은…."

"정확해. 그렇게 피츠의 신화가 시작되지." 조지가 뒤로 기대앉았다. "하지만 같은 데이터를 다른 관점으로 읽어볼 수도 있는 법이거든. 그러기 위해 난 마리사와 톰이 일했던 모든 장소를 지도로 만들어야 했고. 그런 다음에 보니까 저 유명한 출몰들, 그러니까 갑자기 튀어나오기 시작한 새 유령들 모두 마리사와 톰의 동선을 '따라가더라는' 거야. 두 사람이 특정 지역에서 활동하면 얼마 '뒤에' 거기서 새 출몰들이 보고되는 경향이 반복됐어. 그게 단순한 우연일 리 없고."

"그러니까 네 말은 그들이 유령을 깨우는 뭔가를 하고 있었단 거야?" 홀리가 물었다.

"넵." 조지가 우리를 둘러봤다. "그리고 유령들을 '정말로' 깨우는 게 뭔지에 대해 우리가 뭘 알고 있더라?"

나는 록우드를 봤다. 그림자가 그의 얼굴을 스쳐갔다.

"저 세상 방문." 내가 나직이 대답했다. "마리사와 톰도 그러고 있었다고 봐? 그 옛날에?"

"응. 마리사의 경우엔 톰보다 더 쉬웠겠지만, 이유는 이따 얘기할게." 조지가 식탁에 놓인 서류철 하나를 톡톡 두드렸다. "루시 말대로 두 사람은 모두가 아는 유명 사건들을 조사했어. 사오 년 동안 팀으로 일했지. 그러다 무척이나 갑작스럽고 험악하게 갈라서고 말아. 공식적으로 확인된 이유는 없고. 결별과 거의 동시에 마리사가 대행사를 차리지. 몇 달 있다 톰 로트웰도 자기 대행사를 시작했고. 그때부터 두 회사는 경쟁 관계에 있었어."

"얼마 전까진." 록우드가 말했다. "이젠 퍼넬로프가 둘 다 잡고 있으니까."

"우린 몇 달 전에 로트웰의 손자를 만났었잖아." 조지가 말했다. "그자가 뭘 하고 있었지? 저 세상으로 가는 문을 만들고 있었어. 그러느라 썼던 온갖 도구들 기억하지? 빼돌린 출처들, 어정거리는 그림자가 입었던 허접한 갑옷…. 계획에만 수년이 걸렸을 게 틀림없어. 그건 대규모 사업이었어. 대규모였지만 서툴기도 했지. 자기가 뭘 하는지 알긴 아는데 요령이 부족한 사람을 보는 듯했달까. 내 생각엔 스티브 로트웰이 자기 할아버지랑 마리사 피츠가 했던 뭔가를 흉내 내려 했던 거 같아."

"저 세상을 방문하는 거?"

"맞아. 로트웰이 이론은 알았지만 기술적인 문제를 겪고 있었던 거지. 일단 충분한 크기의 비밀 문을 만드는 데 애를 먹고 있었어. 그가 일 년 전쯤엔가 아이크미어 브라더스 백화점 지하에다 그 문을 만들었던 걸 우린 알지. 그걸로 첼시 사태를 촉발한 것도. 그다음엔 시골에다 하나를 더 만들었고. 그러기 무섭게 그 촌 동네에 유령이 들끓기 시작했잖아. 스티브 로트웰한텐 안된 일이지만 두 실험 다 우리가 끝장냈지."

"그러고 보면 우리도 참 짜증 나는 인간들이라니까." 록우드가 씩 웃었다.

"그치. 게다가 로트웰의 수하가 저 세상에서 몸을 보호하려고 입었던 갑옷도 꽤나 형편없긴 마찬가지였어." 조지가 말했다. "당장 너랑 루시가 썼던 혼령망토랑 비교해도 그렇잖아. 망토 쪽이 훨씬 가벼워서 움직이기 편했지. 대부분이 깃털로 만들어지기도 했고. 그러니까 스티브 로트웰은 황새를 따라가려던 뱁새 꼴이었다 해도 무리가 아냐. 하지만 이제부터 얘기할 사람은 차원이 다르지."

"마리사?"

"정답. 마리사한텐 뭔가 다른 시스템이 있어. 그리고 난 그 여자가 정말 오랜 세월 동안 그걸 아무한테도 안 들키고 조용히 써왔다고 생각해. 어딘가 근사하고 은밀한 곳, 그러면서도 모든 것의 중심부에서. 거기서부터 바깥쪽으로 지금껏 출몰이 확산돼 온 거고." 조지가 결연히 안경을 벗었다. "내가 그 장소를 어디로 생각하는지 넘겨짚고 말고 할 것도 없어. 너희가 오늘 밤에 가는 곳이야."

"피츠 하우스." 록우드가 말했다. "런던 중심부의 트라팔가르 광장 바로 옆."

"그렇지."

"하지만 '왜'?" 홀리가 외쳤다. "지금껏 그걸 아무도 설명 못 해줬잖아! 그렇게 위험한 짓을 도대체 왜 하는데? 왜 유령들을 깨워? 끔찍한 결과로 이어질 걸 뻔히 알면서 왜 계속하는 거냐고?"

"마리사의 꿍꿍이가 뭐든 간에," 조지가 말했다. "먹히고 있잖아. 그 여잔 부자야. 힘도 있고. 일을 벌인 지 육십 년이 지나고도 여전히 여기 있지."

나는 자리에서 일어나 주전자를 다시 채우러 갔다. 개수대 앞에 서 있다가 정원이 비어 있는지, 누가 우리 얘길 듣고 있진 않은지 확인하고 싶은 충동을 느꼈다. 블라인드 틈으로 우리의 웃자란 잔디를, 맞은편 주택들을, 담장 근처 늙은 사과나무를 내다봤다. 여러 해 전에 꼬마 록우드가 그 나무 아래서 이미 죽은 부모님을 보는 장면이 불쑥 그려졌다. 지금 거기엔 아무것도 없었다. 기다란 풀들, 그리고 나뭇가지 그림자에 놓인 썩은 사과 몇 개가 전부였다. 정원은 고요했다. 주변엔 아무도 없었다.

"조금 전에 말야, 조지." 머그컵들이 다시 채워지고 나서 록우드가 입을 열었다. "네가 그랬지. 톰 로트웰보단 마리사가 저 세상을 방문하기 더 쉬웠을 거라고. 그렇게 보는 이유가 뭐야?"

"마리사는 '듣는 자'잖아." 조지가 대답했다. "현존하는 최고 능력자 둘 중 하나." 그러면서 나를 쳐다봤다.

나는 인상을 썼다. "무슨 뜻으로 하는 말이야? 난 저 세상에 뻔뻔스레 드나들지 않는다고."

"그치. 한 번 다녀오긴 했지만. 그러니까 난 그동안 마리사가 톰보다 유리한 게 도대체 뭘까 계속 고민했었거든. 그리고 다시, 답은 뻔하지. 마리사는 영혼과 대화해. 우린 그게 어떤 의미인지 알아. 영혼들과 더 가까워질 수 있단 얘기잖아. 결국 우리 모두를 통틀어 누가 유령들과 가장 가깝지? 누가 저 해골과 대화해서 마리사에 대한 중요한 단서를 얻어왔느냐고?"

록우드와 홀리와 킵스가 천천히 고개를 돌려 나를 봤다. 딱히 비난하는 건 아니어도 뭔가 생각이 많은 표정으로. 나로선 그게 굉장히 짜증스러웠다. 그보다 나쁘게는 단지 속 얼굴이 내게 윙크하고 유리에다 코를 비비적대며 과하게 친한 척하고 있었고.

"내가 맨날 하던 얘기네, 루시." 해골이 말했다. "너랑 나, 우린 한 팀이라고. 제기랄, 그 이상이지. 우린 그냥 하나야. 다들 그걸 알고."

"우린 그런 거 아니거든." 내가 으르렁거렸다.

"맞거든."

"꿈 깨시지." 나는 다른 이들에게 눈을 부라렸다. "놈이 방금 뭐랬는지 물어보지 마. 아무 상관없는 소리였으니까."

조지가 안경을 매만졌다. "바로 그거야. 마리사는 너랑 거의 같은 방식으로 유령과 대화해. 그 여자의 경우엔 한낱 사랑싸움 이상의 뭔가가 오가리란 거 정도만 다를까. 누가 알겠어. 놈들이 그 여자한테 무슨 비밀을 말해줬을지. 삶과 죽음의 어떤 미스터리를 털어놨을지."

나는 고개를 절레절레 저었다. "혹 그렇다면 마리사는 운이 좋았네. 이놈의 해골은 삶과 죽음의 미스터리로 걸어 올라가 그 위에 걸터앉아서도 그게 뭔지 모를걸."

"이봐, 나도 너한테 짭짤한 거 꽤나 던져주거든! 네 머리가 안 돼서 이해를 못 할 뿐이지." 해골이 반박했다.

"아, 시끄러."

록우드가 한동안 침묵하며 해골을 지켜보나 싶더니 다시 정신을 차렸다. "오늘 우리 친구가 기운찬 걸 보니 좋네. 녀석한테 물어보고 싶은 게 있어." 그가 단지를 들여다봤다. "그래서 해골, 넌 마리사랑 얘기해 봤단 소릴 우리한테 종종 하잖아. 저 옛날에….'"

해골이 눈을 흡떴다. "그래, 그랬다고. 그 여자랑 한 번 대화했어. 그 얘긴 할 만큼 한 거 같은데. 아냐?"

나는 핵심만 전달했다. "대화한 거 맞대."

록우드가 고개를 끄덕였다. "그냥 좀 명확히 해두고 싶어서 그런데, 양방향으로 얘기가 오간 거 맞아? 완전한 대화가 맞았느냐고?"

"그렇다네, 젊은 친구. 지금 하는 거처럼. 다만 더 흥미로웠을 뿐."

"응. 완전한 대화였대."

"근데 왜 마리사가 널 안 챙긴 거지?" 록우드가 물었다.

단지 속 얼굴이 흠칫 놀랐다. "뭐?"

"놈이 '뭐?', 라는데." 내가 말했다.

"저 안에서 내 목소리가 안 들리는 거야, 아님 말뜻을 못 알아먹는 거야?" 록우드가 물었다.

"짜증 난 거 같아. 네가 정곡을 찌른 거야, 록우드."

"정곡은 개뿔!" 해골이 외쳤다.

내가 고개를 끄덕였다. "화났어. 확실히 화났어."

"화 안 났어!" 유령이 말했다. "눈곱만치도 안 났다고. 여기서 그런 질문이 왜 나오는지 이해가 안 되는 거뿐야."

내가 놈의 말을 중계했다.

"음, 마리사 피츠의 『회상록』을 읽을 때마다 난 그 여자가 3급령과 대화했단 걸 엄청 강조한단 느낌을 받거든. 놈들이 얼마나 희귀하고 매혹적인지 말하고 또 말한다고." 록우드가 해골에게 미소를 지었다. "그래서 궁금한 거야, 해골. 왜 넌 딱 한 번의 대화 끝에 장장 오십 년 동안 지하 창고의 단지 속에 갇히는 신세가 됐을까 하고."

"그게 궁금할 게 뭐 있어." 내가 흥분해서 말했다. "나도 그래 버리고 싶은 유혹을 느낀 게 어제오늘 일이 아닌데."

"내 말뜻 알면서 그래. 마리사는 놈의 가치를 알았어. 저 세상 비밀들을 얼마든지 캐낼 수 있었지. 그런데도 놈을 무시하기로 했어. 왜?"

"해골아?"

"난들 아나." 해골은 여전히 짜증 나 보였다. 눈 속 빛이 연녹색 잉걸불로 쪼그라들었다. 이윽고 저 멀리서 떠드는 양 조그맣고 무감한 목소리가 들려왔다. "이렇게 말해두지. 그 여잔 내가 말할 줄 안다는 사실에도 딱히 놀라는 거 같지 않았어. 내 풍부한 표현력에는, 놀랐지. 나한테서 신경 끄고 가서 뒈져버리라는 고급스런 제안에도 그랬고. 하지만 말하는 장본인인 내게는? 아니. 마리사 사전에 그건 전혀 새로울 거 없는 일이었어."

나는 해골의 말을 최대한 그대로 반복했다. 록우드가 고개를 끄덕였다. "조지가 아까 읽었던 기사 기억하지. 마리사가 뭐랬다고? '그들에겐 과거에서 가져온 비밀들이 있다'? 그 여자한텐 따로 대화하는 3급령이 있었던 거야."

"가능한 얘기야." 해골이 끙 소리를 냈다. "어떻게 놈이 나보다 더 매혹적이거나 유익할 수 있었단 건지, 도대체가 상상이 안 되지만."

"뭐," 조지가 말했다. "수수께끼의 책 『오컬트 이론』이 무슨 실마리가 돼줄지도 모르지. 오늘 밤에 얘기해 줄게. 심령박물관에 다녀와서." 그는 종이들을 모으기 시작했다. "일단은 여기까지. 기다린 보람이 있었길 바라."

"조지." 록우드가 말했다. "넌 정말 기똥차게 해냈어. 네가 없음 우리가 뭘 할 수 있겠나 싶다."

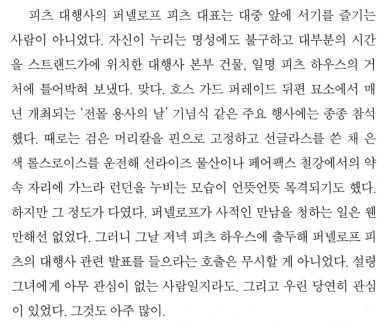

13

피츠 대행사의 퍼넬로프 피츠 대표는 대중 앞에 서기를 즐기는 사람이 아니었다. 자신이 누리는 명성에도 불구하고 대부분의 시간을 스트랜드가에 위치한 대행사 본부 건물, 일명 피츠 하우스의 거처에 틀어박혀 보냈다. 맞다. 호스 가드 퍼레이드 뒤편 묘소에서 매년 개최되는 '전몰 용사의 날' 기념식 같은 주요 행사에는 종종 참석했다. 때로는 검은 머리칼을 핀으로 고정하고 선글라스를 쓴 채 은색 롤스로이스를 운전해 선라이즈 물산이나 페어팩스 철강에서의 약속 자리에 가느라 런던을 누비는 모습이 언뜻언뜻 목격되기도 했다. 하지만 그 정도가 다였다. 퍼넬로프가 사적인 만남을 청하는 일은 웬만해선 없었다. 그러니 그날 저녁 피츠 하우스에 출두해 퍼넬로프 피츠의 대행사 관련 발표를 들으라는 호출은 무시할 게 아니었다. 설령 그녀에게 아무 관심이 없는 사람일지라도. 그리고 우린 당연히 관심이 있었다. 그것도 아주 많이.

그렇지만 우리 중에선 록우드와 나밖에 갈 사람이 없었다. 홀리는 선약이 있었다. 조지는 심령박물관에서 정신없었고.

"오늘 밤에 정보를 교환하자." 조지가 집을 나서며 말했었다. "나중에 봐. 마리사의 논문이랑 돌아오도록 노력해 볼게. 그동안 너희는 퍼넬로프, 아니 마리사, 아무튼 그 여잘 보고 와. 그 여자 눈을 들여다보고, 거기서 뭐가 보이나 얘기해 줘."

스트랜드가의 거대한 잿빛 건물에 도착해 우리가 본 건 이른 저녁의 어스름 속에 모여드는 동료 조사관들의 행렬이었다. 모든 대행사들이 와 있었다. 재킷이 연보라색이면 그럼블, 하늘색이면 템워스, 줄무늬가 들어간 분홍 블레이저면 멜링캠프였다. 이들을 비롯한 온갖 대행사의 조사관들이 뒷발로 선 유니콘 모양으로 백합을 심은 화단 옆에 모여 본관의 식각* 유리문으로 천천히 줄지어 들어갔다. 예로부터 이처럼 많은 조사관을 한자리에 모으는 건 수고양이 열두 마리를 한 자루에 쑤셔 넣고선 녀석들끼리 서로 얼싸안고 평화롭기를 바라는 것과 다를 바 없었다. 대행사 사이의 경쟁 구도는 몹시도 뿌리 깊었고, 각자의 독립성과도 상관관계에 있었다. 과거에는 거리에서의 우연한 만남이 말다툼, 더하게는 결투로 이어지는 일이 드물지 않았다. 그러나 오늘 밤엔, 그들의 그 독립성이 위협받는 상황에선 분위기가 달랐다. 다들 조심스럽고 가라앉아 있었다. 오랜 적들을 위해 문을 잡아줬다. 웅얼웅얼 인사말이 오갔다. 은빛 재킷을 입은 피츠 조사관 여럿의 감시하는 듯한 눈초리 속에 우리는 발을 끌며 느릿느릿 접수처를 지나 회의장으로 향했다.

퍼넬로프 피츠는 발표 장소로 이 장엄한 방, '기둥의 전당'을 선택했다. 이곳은 런던에서 가장 유명한 만남의 장이었다. 바닥에 대리석을 깔고 천장을 화려하게 장식한 이 웅장하고 부티 나는 공간은 피츠 대행사의 부와 역사를 아낌없이 드러냈다. 회의장 가운데에 가느

* 유리를 약물로 부식시켜 모양을 넣는 공정.

다란 은유리 기둥 아홉 개가 자작나무처럼 서 있었다. 기둥 각각에는 중요한 역사적 사건들의 영물들, 유령 사냥의 선구자인 마리사 피츠 와 톰 로트웰이 난제 초창기에 수집한 강력한 출처들이 들어 있었다. 낮이면 전기 램프가 영물들을 비추며 방문객의 탄성을 자아냈다. 밤 이면 거기 붙들린 영혼들이 기둥 안에서 고요히 헤엄쳤다. 날이 저물 어가면서 놈들이 들썩이기 시작하고 있었다.

록우드와 나는 말 없는 웨이터들에게서 주스를 한 잔씩 챙긴 뒤 사람들을 이리저리 피해 무리의 바깥쪽으로 갔다. 거기서 회의장을 뜯어봤다. 저 멀리 맞은편 벽면에 현수막이 걸려 있고, 단호한 느낌 을 주는 검은색 글씨로 '피츠 프로젝트'라 적혀 있었다. 그 아래 솟은 조그만 단상에는 강의대를 세워뒀다. 은색 유니콘을 새긴 천이 단상 을 덮고 있었는데, 길 저편 묘소의 시체 안치실에 놓인 마리사 피츠 의 관에서 봤던 휘장과 거의 같았다.

이내 독립 대행사의 참석자들(심지어 번처치에서도 왔는데, 대표가 부 재한 상황이라 주눅 들어 보이는 십 대 두 명이 대신 출석했다.) 모두가 입장 을 마쳤다. 회의장이 가득 차다시피 했다. 출입문이 닫히고, 램프의 밝기가 낮춰졌다. 빛이 나는 기둥 안에서 어슴푸레한 형체들이 심해 물고기처럼 확 타오르고 쏘다녔다. 웨이터들이 간식거리가 담긴 은 쟁반을 들고 들어왔다.

록우드는 쟁반에서 조그만 스프링롤을 집어 와작와작 명랑하게 씹었다. "터프넬네 극장은 잊어, 루시." 그가 중얼거렸다. "여길 보라 고. 쇼를 하려면 이 정도는 돼야지."

나는 아무리 해도 록우드처럼 침착할 수 없었지만—우리가 들으 러 온 얘기가 근사한 것일 리 없었으니까—그의 말뜻은 정확히 알았 다. 이 회의장은 목표하는 바, 그러니까 손님들을 위압하고 억누른다는 목적에 완벽히 부합했다. 조사관들의 무리는 거대하고 다채로운 집합체였다. 그들의 재킷은 휘황찬란하고, 레이피어는 샹들리에 불빛 아래서 반짝거렸다. 그러나 이 거대한 금빛 전당의 견고하고 한결같은 장엄함 앞에서는, 그 안 모두를 홀라당 집어삼키는 웅장함 앞에서는 재킷이니 레이피어니 하는 것들이 어쩐지 싸구려에다 덧없고 하찮아 보였다. 우리 머리 위 높은 곳에는 초창기의 전설적인 조사관들, 피츠 대행사의 위대한 순교자들을 담은 천장화가 그려져 있었다. 유물 기둥들은 어느 왕의 보물 창고 같았다.

"배낭을 벗는 게 좋겠어, 루스." 록우드가 말했다. "여기다 놔. 놈이 제대로 볼 수 있게."

런던의 다른 대행사들과 달리 록우드 심령 회사는 제복에 무심했고, 그래서 우리는 오늘 밤에도 역시나 튀었다. 록우드는 여느 때처럼 정장과 외투를 멋들어지게 빼입은 반면, 나는 늘 입는 작업복 차림이었다. 나도 좀 근사하게 입었으면 좋았겠지만 등에 짊어진 커다란 배낭을 위한 핑곗거리가 필요했다. 누구든 물어오면 출장을 가는 길이라고 둘러댈 참이었고, 그건 사실이기도 했다. 우리는 이따 집에 가기 전에 소호에 들러 간단한 출몰 두 건을 해치울 생각이었다.

나는 어깨를 들썩여 벗은 배낭을 바닥에 내려놨다. 윗덮개를 은근슬쩍 벌려 좀 어둡긴 해도 눈에는 잘 안 띄는 틈을 만들어뒀다.

"어우야," 머릿속에서 해골 목소리가 말했다. "아주 그냥 으리으리하다. 그치? 옛날에 내가 왔다 간 뒤로 손을 많이 댔네. 전엔 허접한 전시함 두어 개랑 낡은 소파 하나가 전부였는데. 그럼 마리사는 어딨어? 저건 그 여자가 아냐. 소시지빵을 흡입하는 여드름쟁이라고. 아무리 너라도 그 정도는 분간할 줄 알았는데."

"나도 알거든. 그 여자 안 온 거." 내가 중얼거렸다. "아직 기다리는

211

중이야. 저기 저 단상 보이지? 저기 그 여자가 설 거야." 나는 배낭이 좀 더 앞으로 나가게 발로 슥 민 다음 록우드를 봤다. "놈의 헛소리가 평소보다도 심해." 내가 말했다. "초조해하고 있어. 나도 그렇고."

"초조할 게 뭐 있어." 록우드가 말했다. "사방이 우리 친구들인데."

록우드는 기분 나쁜 녹색 정장을 입고 단상 근처 벽에 몸을 기대고 있는 천연덕스런 형상을 향해 고갯짓했다. 루퍼트 게일 경이 조사관 무리를 느긋하니 관찰하고 있었다. 그러다가 나와 눈이 마주치자 가볍게 인사했다.

"우리 아무래도 이쯤에서 저 인간을 찔러 죽이고 끝을 봐야 할까 봐." 내가 으르렁거렸다.

록우드가 미소를 지었다. "응. 하지만 그래 봐야 이 근사하고 깨끗한 바닥만 더러워질 뿐이잖아." 그는 지나가는 웨이터의 쟁반에서 신선한 주스를 집어 들었다. "한 잔 더 마실래, 루스?"

"아니. 넌 어쩜 그리 느긋할 수 있는 건지 모르겠다."

"아, 그냥 흘러가는 대로 하는 거지. 기왕 온 거 최대한 즐기면서." 록우드의 몸짓은 루퍼트 경 못지않게 여유로웠지만, 눈은 쉴 새 없이 움직이며 회의장 언저리들을 훑었다. "저쪽 기둥 옆으로 가자. 어때? 기둥에 기대서 좀 쉴 수 있잖아. 퍼넬로프의 얘기가 너무 길어지면."

기둥은 단상에서 가장 먼 위치, 조사관 무리 바깥쪽에 있었다. 연파랑 빛으로 반짝였다. 유리 속 철제 걸이에 어딘가 사악해 보이고 이상한 톱날 칼이 걸려 있었는데, 오십 년 전 클래펌 도살자 소년이 무시무시한 일을 벌이면서 썼던 칼이었다. 기둥을 가만히 살피면서 각도를 잘 맞추면 무기 위와 주변을 둥둥 떠다니는 도살자의 유령을 볼 수도 있었다. 놈이 회의장에 갇힌 아홉 영혼 중 가장 활발한 것까진 아니어도, 견학 온 학생들 사이에서 매번 유난스레 크고 새된 비명을 뽑아내는 편이긴 했다. 생전에 놈의 악행을 마침내 끝장냈던 폭도들의 손에 눈알을 뽑힌 탓이었다.

어디선가 문소리가 들렸다. 군중의 소음이 대번에 줄며 불안스레 바스락거리는, 나직하고 낙엽처럼 건조한 잡음이 됐다.

루퍼트 경이 회의장 한쪽 옆을 보고 있었다. 그가 고개를 끄덕였다.

하이힐 소리가 방 전체에 또각또각 울렸다.

"어오." 해골 목소리가 말했다. "온다."

록우드가 어느새 내 옆에 와 있었다. "뭐라는지 잘 들어둬, 루스. 놓치는 게 없었으면 해."

"왜, 넌 뭐 하…?"

하지만 이제 막 퍼넬로프 피츠가 회의장으로 들어서고 있었다.

퍼넬로프는 멀찍이 떨어진 문으로 들어와 조명 아래를 걸었다. 긴 흑발을 어깨까지 늘어트린 늘씬하고 훤칠한 여자였다. 몸에 착 달라붙는 무릎길이의 진녹색 원피스가 사무적인 분위기를 풍겼다. 매력적이었다. 그랬다. 그러면서도 실용적이었다. 그녀는 차분하고 정확하게 움직였다. 이 순간이 되기까지 이래저래 겪은 게 너무도 많다 보니 나는 그녀의 아주 평범하고 인간적인 체구가 오히려 놀랍게 느껴졌다. 단상에 오른 퍼넬로프는 강의대 앞에 서서 섬광 전구처럼 환하게 웃었다. 그리고 입을 열었다.

"안녕하세요, 여러분."

그래. 저 목소리다. 깊고 권위적인, 헷갈리려야 헷갈릴 수 없는. 그 소리에 나는 옴짝달싹 못 했다. 저기 그녀가 있다. 퍼넬로프 피츠. 피츠 대행사의 수장이자 로트웰 대행사의 대표 직무대행, 그리고 런던 내 모든 심령 조사 요원의 사실상 책임자. 여러 달 동안 그녀는 우리의 에너지와 생각과 공포, 우리의 꿈과 계획의 중심이었다. 모든 게 그녀에게서—그녀의 힘과 미스터리에서—뻗어 나왔고, 또한 모든 게 다시 그녀에게로 모아졌다.

문을 통과해 들어오는 것만으로 퍼넬로프는 즉시 장내의 중심이 됐다. 백 개는 되는 와인 잔에, 은유리 기둥 아홉 개의 오목한 옆면에, 천장 샹들리에에 천 개는 달린 눈물방울 모양 크리스털에 반사됐다. 몸체가 흰 디자인의 나무 강의대로 성큼성큼 걷는 그녀를 보려고 기둥 속 유령들마저 고개를 돌리더라고? 그랬다 한들 놀라울 것도 없었다. 회의장 한쪽에 서 있던 피츠 직원들은 이제 차렷 자세로 굳어 있었다. 그중 한둘은 경례를 하기도 했다. 내 동료 조사관들이야 경례까진 안 했으나 다들 미동조차 없었다. 회의장이 정적에 휩싸였다. 루퍼트 게일 경만이 특유의 발칙하고 호기로운 태도를 유지했지만, 그런 그조차도 두 눈은 퍼넬로프를 향해 있었다. 물을 홀짝이고 강의대의 종이를 정리하고 고요한 군중을 향해 미소를 반짝이는 그녀에게서 도저히 눈을 떼지 못했다.

"오늘 이렇게 와줘서 무척 고마워요. 여러분 모두가 얼마나 바쁜지 잘 알아요." 퍼넬로프가 우리를 둘러봤다. 머리가 희끗한 늙은 감독관들을, 푸릇푸릇 젊은 조사관들을 보며 평가하고 가늠했다. "실은 그게 오늘 여러분을 여기 모은 이유기도 해요. 하지만 얘길 계속하기에 앞서 오늘 내가 이 행사를 주관하도록 해준 DEPRAC 지도부에 감사하고 싶군요. 이 전당은 그간 너무도 중요하고 많은 밤들을 우리와 함께했습니다. 내 할머니 마리사는 여기서 종종…."

그녀의 할머니, 마리사. 이것이야말로 지금 우리가 더듬더듬 향해 가는 핵심이었다. 나는 눈을 찡그렸다. 이처럼 멀리서조차 퍼넬로프의 자태는 찬란했다. 누가 봐도 여든 살 넘게 먹은 사람은 아니었다.

"해골." 내가 속삭였다. "저 여자 보여?"

"이 아래에선 진짜 잘 안 보여. 시야 일부가 막혔어. 사람들 다리 사이로 보는 중이야. 더군다나 저기 자꾸 꿈지락거리는 조사관이 하나 있는데, 유독 거대한⋯."

"여자가 보여, 안 보여?"

"응. 맞아. 마리사야. 틀림없어."

나는 도저히 믿기지가 않아 고개를 절레절레 저었다. 록우드에게 눈길을 돌렸다. "어떻게 생각해?"

하지만 기둥 옆엔 나뿐이었다. 록우드는 사라졌다.

그는 늘 이런 식이었다. 굳이 놀랄 것도, 특별히 걱정할 것도 없었지만 이날 저녁의 나는 신경이 좀 곤두서 있었다. 속으로 욕을 하며 그를 찾아 회의장 뒤쪽을 둘러봤으나 그는 온데간데없었다.

"내가 그랬죠. 여러분이 얼마나 바쁜지 잘 안다고." 퍼넬로프는 시간을 낭비하지 않았다. 벌써 본론으로 들어가고 있었다. "하지만 '바쁘다'는 표현은 사실 좀 약해요. 그죠? '혹사당한다'는 게 진실에 더 가까운 말일 거예요. 우리 모두는 우리의 위대한 조국을 집어삼키려는 초자연적 홍수의 위협 속에서 살아남고자 발버둥치고 있습니다." 그녀의 가느다란 팔이 우아하게 뻗어 나와 앞을 가리켰다. "여기 이 기둥들이 보이나요? 난제와의 전쟁 초창기부터 전해져 내려온 이 유명한 기둥들이? 아홉 점의 악명 높은 영물들이! 내 할머니가 롱 휴 헨래티와 클래펌 도살자 같은 유령들을 제압했을 당시, 그분은 본인이 전쟁에서 이기고 있다고 생각했습니다. 모르덴 소리정령*을 은제 찻주전자에 가두면서는 무려 두 세대 뒤에도 용감하고 이타적인 젊은이들이 그런 일을 매일 밤 하고 있으리라고는 상상조차 못 하셨죠. 우린 이런 기둥을 백 개는 채우게 될지 모르고, 그러고도 우리가 마주하는 공포엔 끝이 없을 겁니다. 우리가 치러야 할 대가도요!"

퍼넬로프는 물을 한 모금 더 마시고 기다란 흑발을 뒤로 넘겼다. 목에 금목걸이 비슷한 걸 차고 있었다. 아마도 다이아몬드가 달린. 그게 스포트라이트를 받아 반짝였다. 모두가 암울하게 기다렸다. 우리는 이제 닥쳐올 일을 알고 있었다.

"우리 모두는 힘겨웠던 검은 겨울을 기억합니다." 퍼넬로프가 말했다. "난제 역사상 가장 길고 끔찍했죠. 사망률이 치솟았습니다. 규모가 작아 자원이 몹시 제한적인 대행사 요원들 사이에서 특히 심했어요." 그녀의 검은 눈이 고요한 군중을 향해 번쩍였다. "잠시만 돌이켜 생각해 봅시다. 그 몇 달 동안 여러분의 어린 영웅들이 얼마나 많이 죽어갔던가요. 우리 조국을 더 안전한 곳으로 만들려다가?"

"'우린' 아무도 안 죽었는데." 나는 중얼거렸다. "록우드 심령 회사는 괜찮았거든. 그러니 걱정 붙들어 매시지." 나는 주위를 둘러봤다. 예상대로 록우드는 아직 돌아오지 않았다.

"또 한 번의 겨울이 오고 있습니다." 퍼넬로프 피츠가 계속했다. "예측에 따르면 전년보다 나을 게 없다고 해요. 우리 중 누군들 호스가드 퍼레이드 뒤에 줄줄이 들어서는 새 무덤을 보고 싶을까요? 여러분의 직원 누군가가 거기 묻히길 바라나요? 물론 아니죠. 아니어야만 합니다. 작년 겨울처럼 높은 사망률은 두 번 다시 용납할 수 없어요. 그래서 여러분에게 기쁜 마음으로 알립니다. DEPRAC가 그간 이 문제에 대해 고민했고, 마침내 결정을 내렸다고요." 퍼넬로프 피츠는 옆에 걸린 현수막을 올려다봤다. 품격 넘치는 손을 그쪽 방향으로 흔들었다. "네, DEPRAC는 본 계획을 '피츠 프로젝트'라 부릅니다. DEPRAC가 여러분 모두를 폐쇄하게 두는 대신, 난 소규모 대행사 각각이 겨우내 피츠와 로트웰 그룹의 보호를 받는 데 동의했어요. 우리는 여러분에게 추가적인 인력과 자금, 자원을 제공하고 까다로운 작전들을 감독할 거예요. 이 합의는 10월 말부터 효력을 발휘해 3월까지 계속됩니다. 이후에는 검토를 거쳐….”

군중이 길고 나직한 한숨을 뱉었다. 퍼넬로프 말의 속뜻을 모두가 이해했다. 좋든 싫든 우리는 그녀의 통제하에 들어가는 셈이었다. 겨울 끝에 그게 영구적인 합의가 되는 걸 상상하기란 어렵지 않았고.

옆에서 느껴지는 움직임에 신경이 쏠렸다. 록우드인가? 아니, 은유리 기둥에서 뭔가가 움직인 거였다. 두리번거리던 나는 유리에 찰싹 달라붙어 있는 클래펌 도살자의 펑퍼짐하고 반투명한 머리통을 보고 당황했다. 놈의 턱살이 바들거리고 입은 헤 하니 벌어져 있었다. 두 눈은 나를 빤히 보고 있었을 거다. 눈알을 뽑히지 않았더라면. 나는 기겁해 후다닥 물러났다.

“이봐, 물고기 면상! 내 인간한테 눈독 들이지 말라고!” 해골 목소리가 외쳤다. “너 진짜 제대로 놈들을 끌어당긴다. 그치, 루시? 저렇게 두꺼운 감옥 안에 있는데도, 저리나 얼빠지고 눈에 뵈는 게 없는데도 그런 놈조차 널 알아본다고. 저 세상에 갔다 온 사람의 냄새를 맡는 거지.”

나는 몸서리를 쳤다. “놈이 그걸 어떻게 아는데?”

“네게 냄새가 밴 거야. 절대로 없애지 못할. 늘 널 따라다닐. 록우드 자식도 마찬가지고. 하지만 저기 저 마리사에 비하면 너희 둘은 애교지. 저 여잔 아예 악취를 풀풀 풍긴다고.”

“저 세상의?”

“저 여자가 네 눈엔 괜찮아 보일지 모르지. 하지만 저 정도로 젊어 보이려고 지금껏 해온 게 뭐든, 그게 요가는 아니란 말야. 그건 내가 장담해.”

"안녕, 루시." 또 다른 움직임. 이번엔 도살자 소년이 아니라 록우드였다. 아까랑 별다르지 않았지만 뺨에 살짝 분홍빛이 돌고, 귀 바로 옆에 땀이 송골송골 맺혀 있었다. 그는 지금껏 손에 들고 있던 주스를 한 모금 마셨다. "내가 뭐 놓친 거라도?"

나는 록우드를 노려봤다. 불안이 굳어 짜증이 됐다. "안 놓친 게 뭐냐고 묻는 게 빠를 텐데."

저 위 단상에서는 퍼넬로프가 잘나고 진부한 몇 마디 말로 발언을 마무리한 참이었다. 그녀는 미소를 짓고, 딱히 정해지지 않은 상대에게 인사를 한 뒤 무대를 떠났다. 또각, 또각, 또각, 구두 굽 소리와 함께 회의장을 빠져나갔다. 그 모두가 무거운 정적 속에서 행해졌다. 하수인 몇이 퍼넬로프의 뒤를 따랐다. 문이 닫혔다. 그녀는 떠났다.

그제야 조사관들이 술렁이기 시작했다. 낮고 분개한 중얼거림이 부풀어 요란스러운 불만이 됐다. 그러고는 시끌벅적해졌다.

"예상대로 모두가 행복한 거 같네." 록우드가 말했다.

"그래. 딱 예상했던 대로더라." 나는 인상을 구긴 채 연설 내용을 짧게 요약했다. "다시 우릴 압박하고 있어. 이 뻔뻔스런 인간이 죽은 조사관들 얘길 꺼내더라고. 그건 조직의 규모와는 아무 상관없는 거잖아. 안 그래? 중요한 건 팀워크인데. 암튼 이제 우린 저 여자 손아귀에 있게 될 거야. 좋든 싫든. 넌 어디 갔다 왔어?"

록우드는 꿈에서 막 깨어나는 사람처럼 내게 미소를 지었다. 대답은 없이. "해골은 뭐라는데?"

"변함없어. 맞대, 마리사가. 생김새는 다르지만. 퍼넬로프의 본질적인 속성이 자기가 수십 년 전에 대화했던 마리사랑 똑같다는 거야. 게다가 이 여자가 저 세상 냄새를 풀풀 풍기고 다닌다는데."

록우드는 그 정보가 놀랍지 않은 양 아무 감흥 없이 고개를 끄덕였다. 그러고는 뒤로 물러나 암울한 얼굴의 멜링캠프 조사관 몇에게 길을 터줬다. 사람들의 물결이 출입문을 향했다. 마지막 남은 음식과 음료를 먹어치우려고 남는 소수도 있긴 했지만, 대부분은 어서 자리를 뜨고 싶어 안달이었다. 우리는 기둥 그림자 속을 얼쩡거렸다. 눈 없는 도살자 유령이 기둥 속을 맴돌며 그 연파랑 감옥에서 우리를 지긋이 봤다.

"진짜 답답한 건," 록우드가 말했다. "모든 것에 대한 답이 지금 우리 곁에 가까이, 너무도 가까이 있다는 거야."

"뭐 찾아낸 거라도 있어?"

"아니. 시도는 했지. 근데 실패했고."

"그럼 답이 가까이에 있단 걸 어떻게 알…?"

록우드는 조급증이 나는 눈치였다. "오, 왜냐면 조지 말이 맞으니까! 여긴 피츠 하우스잖아! 퍼넬로프는 그 모두를 자기 가까이에 두고 있어. 그게 통제력을 유지하는 방법이거든. 그 여잔 스티브 로트웰처럼 멍청하지 않아. 들판에다 이상한 연구소를 짓지도, 누구나 맘만 먹으면 침입할 수 있는 데서 미친 실험을 하지도 않지. 여기가 일이 벌어지는 곳이야. 늘 그랬어. 조지가 한때 여기서 근무했잖아. 킵스는 수년을 들락거렸고. 두 사람이 공통적으로 하는 얘기가 피츠 하우스엔 거의 모든 사람들의 출입이 금지된 대규모 구역들이 있다는 거야. 그러니까, 지하층들 전부랑 건물 꼭대기에 있는 퍼넬로프의 숙소. 검은 도서관은 너도 봤지. 거기도 비밀스러운 게 한가득이고. 하지만 내가 보고 싶은 건 위층이야. 퍼넬로프가 사는 곳. 거기야말로 우리가 진실을 찾게 될 장소란 말이지." 그는 건물 내부로 이어지는 널찍한 문을 고갯짓했다. "저기로 나가면 엘리베이터가 있어. '전몰용사들의 전당'에. 구리색으로 된 거 다섯 대랑 은색 한 대가 있는데,

은색이 퍼넬로프의 숙소로 올라가는 거야. 딱 십 분만 둘러볼 수 있으면 더 바랄 게 없을 텐데." 그가 한숨을 내쉬었다. "하지만 불가능한 얘기지."

나는 록우드를 물끄러미 봤다. "설마 좀 전에 하려던 게…."

"완벽한 기회 같았거든." 록우드가 나를 보며 씩 웃었다. "퍼넬로프가 여기 있는 동안이. 모두가 정신없고, 피츠 사람들은 죄다 자기 주인님한테 넋이 나가 있을 테니까. 난 그냥 느긋하게 걸어나갔어. 사람들 몇을 피해야 했고, 한두 번은 길을 멀리 돌아가기도 해야 했지. 그래도 별 어려움 없이 전몰 용사들의 전당에 도달했어. 근데 거기서 막혀버린 거야. 엘리베이터에 덩치가 산만 한 경비들이 배치돼 있더라고. 하는 수 없이 돌아서야 했어."

"경비들이 아니었음 은색 엘리베이터를 타고 올라갔을 테고?"

"당연하지."

나는 분노가 치밀었다. 무모함과 진짜 죽고 싶은 마음 사이의 거리는 얼마나 될까? "록우드, 넌 너무 조심을 안 해. 네가 나도 없이 그런 일을 벌이려고 했다니 정말 믿기지가 않는다. 혼자서 그런다는 건 난 꿈도 못 꿀…."

회의장 건너에서 쾌활한 외침이 들려왔다. "록우드, 이 늙은 사냥개 같으니! 네가 거기 몰래 숨는 걸 본 거 같다 싶었지." 루퍼트 게일 경이 성큼성큼 걸어오며 잔에 든 샴페인을 쭉 들이켰다. "여기서 아직도 이러고 있는 거야? 퍼넬로프의 설교를 견뎌내곤 꽁지가 빠지게 도망가고 싶어 할 줄 알았는데." 그가 내게 명랑하게 윙크했다. "남은 카나페나 좀 얻어볼까 해서 그러는 건가, 칼라일 양? 내가 봉지를 구해다 줄 수 있는데."

"아뇨, 괜찮아요." 내가 말했다. "우리도 나가는 길이었어요."

"그래, 그러는 게 상책일 거야. 너희가 쓰레기랑 같이 빗자루질 당하는 건 우리도 원치 않거든. 아주 큰 핸드백을 가지고 다니시는군. 이렇게 말해도 실례가 안 된다면."

"이제 출장을 가야 해서요." 내가 말했다. "아마도 내 서류가 보고 싶겠죠?"

"아니, 아니. 이번엔 본 걸로 하지." 루퍼트 경이 기둥 속 피투성이 유령을 향해 잔을 들었다. 놈은 기둥을 지나 문으로 향하는 우리를 따라 조금씩 몸을 돌렸다. "보아하니 '누군가'는 네가 마음에 드는 모양이군, 칼라일 양. 팬이 있다는 건 근사한 일 아닌가?"

"그쪽이 귀신을 그렇게 선명하게 볼 수 있는지 몰랐는데요, 루퍼트 경." 록우드가 껴들었다. "그러기엔 좀 너무 늙지 않았나?"

가벼운 짜증이, 몰지각한 행동의 현장을 들켜버린 사람 같은 표정이 루퍼트 경의 얼굴을 스쳤다. "아, 뭐." 그가 말했다. "난 보기보다 어리거든. 나가는 길은 이리로…." 여봐란듯 예의를 차려가며 그는 우리를 데리고 접수처를 지나 건물 출입구로 갔다.

밖에서는 아직 남은 조사관들이 서성이고 있었다. 누군가는 대기하던 택시를 잡아타고, 어떤 이들은 조그만 무리로 나뉘어 밤 속으로 사라졌다.

"커빈스는 어딨고?" 계단을 내려가기 시작하는데, 루퍼트 경이 불쑥 물었다. "웬 도서관에서 또 말썽이나 피우고 있는 건 아니겠지?"

"조지는 집에 있을 거예요. 틀림없이." 록우드가 가볍게 말했다. "치킨이랑 스위트콘을 넣은 파이를 만드는 중일걸요. 아주 가정적으로 조련이 잘돼서요."

루퍼트 경이 찬성하듯 미소를 지었다. "생각만으로도 군침이 도는군. 언제 날 잡아 포틀랜드 로에 한번 들러야겠어."

"부디요." 록우드가 말했다. "나야 너무 좋죠."

"그럼, 안녕히."

"안녕히."

우리는 계단을 다다다 내려가 스트랜드가를 떴다.

"언젠가," 록우드가 말했다. "내 손으로 저 인간을 죽여야 할 거 같아. 당장은 아니지만, 조만간에."

소호의 출장 건들은 가서 보니 꽤나 하찮았다. 중국 식당 위 아파트의 관망자와 워더 스트리트 바로 앞 골목의 뼈다귀*였다. 두 놈 다 제압은 쉬웠지만 출처(각각 골동품 부채와 낡은 사암 이정표)를 찾아 안전히 봉인하는 데 시간이 좀 걸렸다. 우리는 자정 직전에야 포틀랜드로에 도착했다. 응접실 창문에서 불빛이 보였다.

"조지가 조사 결과 때문에 안 자고 기다리나 본데." 록우드가 말했다. "내가 뭐랬어. 녀석이 내일까지 못 참을 거랬지."

나는 미소를 지었다. "얼른 가서 녀석의 고통을 덜어주자."

우리는 현관문을 열었다. 복도 외투 걸이 옆에 홀리가 서 있었다. 한 손으로 외투들을 붙들고 있었다. 몸을 지탱할 게 필요한 양. 상태가 좀 이상해 보였다. 어딘가 경직되고 묘하게 정상이 아닌 듯했다. 그녀가 우리를 쳐다봤다. 말이 없었다. 얼굴에서 긴장과 고통이 보였다.

우리는 문간에 그대로 멈춰 섰다. 갑자기 새로운 밤, 다른 밤이 돼 있었다. 우리는 한 밤에서 다른 밤으로 건너왔고, 나는 내가 있는 곳이 어딘지 알 수 없었다.

"홀리?"

"좀 와봐야겠어. 사고가 있었어."

등골이 서늘했다. 다리가 후들거렸다. 뻔했다.

"조지야?" 록우드가 물었다.

"길에서 발견됐어. 공격당했고. 다쳤어."

록우드의 목소리가 그의 목소리 같지 않았다. "괜찮은 거야?"

"아니. 안 괜찮아." 고개를 살짝 가로젓는 홀리의 몸짓에 내 발밑 세상이 한쪽으로 기울었다. "록우드," 홀리가 말했다. "많이 안 좋아."

14

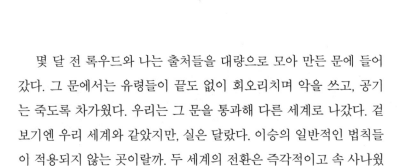

몇 달 전 록우드와 나는 출처들을 대량으로 모아 만든 문에 들어 갔다. 그 문에서는 유령들이 끝도 없이 회오리치며 악을 쓰고, 공기 는 죽도록 차가웠다. 우리는 그 문을 통과해 다른 세계로 나갔다. 겉 보기엔 우리 세계와 같았지만, 실은 달랐다. 이승의 일반적인 법칙들 이 적용되지 않는 곳이랄까. 두 세계의 전환은 즉각적이고 속 사나웠 으며 혼란스러웠다. 그 결과는 거의 치명적이었고.

그 경험도 지금 내가 느끼는 혼돈에 비하면 아무것도 아니었다.

현관홀은 평소랑 같아 보였지만 색깔이 이상하고, 물건들이 자꾸 만 제자리를 벗어났다. 홀리는 가까운 동시에 아득히 멀었다. 그녀가 말하고 있었다. 그 목소리가 머릿속에서 뱃고동처럼 부웅부웅 울렸 지만, 그러면서도 너무 희미해 안 들렸다.

조지.

조지.

조지.

"지금 어딨어? 어떻게 된 건데?" 다른 누군가가 말하고 있었다. 그게 록우드란 생각은 들었지만, 귓속에서 솟구치는 피가 마치 밀물처럼 나를 다른 어딘가로 실어갔다. 나는 저항했고, 맹렬히 노 저어 현재로 돌아왔다. 홀리처럼 나도 뭔가를 붙들어야 했다. 손가락들을 벽에다 박아 넣었다.

"세인트 토마스 병원." 홀리가 말했다. "야간 택시 기사가 발견했어. 그 사람 알지, 제이크라고? 우리가 종종 타는 택시? 그가 나이팅게일 워크 끝에서 차를 돌려 내려오는 길이었어. 제이크가 지름길을 선택한 건 순전히 우연이었어, 록우드. 그 사람이 아니었으면, 그가 거길 안 지나갔으면, 록우드, 조지는 새벽까지 혼자였을 거야. 그랬으면…."

"그래서 제이크가 찾았다고." 록우드가 말을 끊었다. "알았어. 조지는 어딨었어? 정확히 무슨 일이 있었는데?"

"길가에 쓰러져 있었어. 시궁창에 반쯤 빠져선. 그래서 제이크도 처음엔," 홀리가 눈물을 삼켰다. "누군가가 갖다 버린 헌옷 더미라고 생각했대, 록우드. 헌옷 더미! 그랬다가 조지의 재킷을 알아본 거야. 그리고 확신했다더라. 조지가… 일단 피를 너무 흘려서 도저히 상상이 안 됐다. 조지가 혹시라도 살아…."

"피?" 나는 손으로 입을 막았다. "피라고? 오, 안 돼…."

"어떤 자세로 있었대?" 록우드의 목소리가 낯설었다. 질문을 퍼부으며 홀리를 압박했다. "똑바로 누웠대, 엎드렸대, 뭐래?"

홀리가 눈을 훔쳤다. "엎드려 있었어. 그랬다는 거 같아."

"구타당했고?"

"그… 그런 거 같아…."

"의식은 없었고?"

"응."

"나중에라도 돌아왔고?"

"아니. 그 상태에서 병원으로 옮겨졌어. 제이크가 야간 구급차를 불렀어. 다행히도 근처에 한 대가 있었대. 제이크가 같이 갔고. 조지는 지금 거기 있어."

"그 뒤에 무슨 소식이라도?"

"없었어."

록우드가 걸음을 옮겼다. 고통스러운 얼굴로 어금니를 악문 채. 홀리를 없는 사람 취급하듯 스쳐 지났다. 다음 순간 멈춰 섰다. "넌 이 얘길 어떻게 들었어?" 그가 물었다. "집에 간 줄 알았는데."

"갔었어. 제이크가 우리 집을 알아. 전에 실어다 준 적이 있거든. 여기에 먼저 들렀다가 우리 집으로 왔더라고. 얘기 듣자마자 와서 너흴 기다렸는데…."

"그렇군. 난 전화 좀 해볼게." 록우드가 부엌으로 향했다.

"록우드," 내가 말했다. "우리…."

"전화 좀 해볼게. 여기서 기다려."

록우드는 사라졌다. 잠시 뒤 그가 철제 계단을 덜거덕덜거덕 내려가는 발소리가 들렸다.

홀리와 나는 현관홀에 남겨졌다. 서로를 보면서도 차마 눈길을 마주치지 못했다. 그냥 부둥켜안고 있는 편이 더 나았다. 그렇게 하면 서로의 가까이에 있을 수 있으면서 아무것도 안 봐도 됐다. 그거 말곤 우리가 할 수 있는 게 없었다.

그 뒤로도 수없이 많은 일을 겪은 지금의 나조차 그 무시무시한 밤의 대부분은 흐릿하게 기억할 뿐이다. 일의 전후 관계도 불분명하다. 시간이 이상하게 꼬였다. 나는 내가 어디에서 어떤 순서로 얼마나 오랜 시간을 보냈는지 전혀 모른다. 병원에서, 현관홀에서 홀리랑, 나중엔(나중이 틀림없다. 세인트 토마스 병원에 갔지만 조지의 상태가 어떤지 못 듣고 허무하게 돌아온 뒤였다.) 홀리와 둘이서 담요 한 장을 나눠 덮고 앉아 밤새 뜬눈으로 침묵하며 록우드가 돌아오기를 기다리면서 내가 정확히 뭘 어쨌는지 도저히 모르겠다. 어째선지 기억에 가장 선명히 남은 건 조명들이다. 현관홀의 크리스털 해골등, 응접실 서랍장 위 장식술 달린 기름등, 다른 무엇보다도 병원 대합실 천장을 가로지르던 기다란 형광등들. 줄줄이 늘어선 뻴셈 기호들처럼, 어디에도 닿지 않는 도로의 중앙선처럼 뻗은 형광등 옆에는 철제 항마구*들이 대롱대롱 달려 에어컨 바람에 흔들렸다. 조명, 늘 조명들이었다. 강하고 약하고, 차갑고 따뜻하고, 정도의 차이는 있어도 늘 무심하고 늘 켜져 있는. 그날 밤엔 어둠이 없었다. 스위치를 눌러 꺼버릴 수도, 눈길을 돌릴 수도 없었다.

내가 병원에 어떻게 갔더라? 집에는 또 어떻게 왔고? 기억이 안 난다. 곁에 록우드가 있었다. 적어도 처음엔 그랬다. 차 안의 록우드, 항마등의 백색광(또다시 이놈의 조명)이 그의 파리하고 멍한 얼굴을 스쳐가던 모습이 내겐 스냅사진처럼 남아 있다. 우린 말이 없었다. 그때도, 병원에서 끝없이 기다리는 중에도. 조지의 면회는 허락되지 않았다. 그가 어떤 상태인지, 어디 있는지도 들을 수 없었다. 누군가(록우드? 나?)가 접수처의 의자를 걷어찬 기억이 있다. 하지만 어쩌다 그렇게 됐는지도, 그 결과가 뭐였는지도, 애초에 결과랄 게 있기나 했는지도 기억이 안 난다. 어느 시점엔가 반스 경위가 와 있었다. 퀼 킵스도. 두 사람 다 오래 머물진 않았지만. 그다음엔 어찌어찌해서 내가 홀리와 함께 포틀랜드 로 집으로 돌아와 있었다. 팝콘 그릇을 가운데 놓고 둘이 나란히 앉았고, 반쯤 드리워진 커튼 사이 지저분한 틈새로 흰 새벽이 보였다.

밤이 다해 아침이 되고도 록우드는 돌아오지 않았다. 그날 내내 병원에 있었다. 킵스를 통해 소식을 전했다. 킵스는 퉁퉁 부은 눈에 수염이 까칠한 얼굴로 주기적으로 나타나 돌아가는 상황을 간략히 전달했다. 돌아가는 상황 따위 아무것도 아니었다. 정말 아무것도 내 머릿속에서 끝없이 울리는 카랑카랑하고 가는 소음(엄밀히 따져 비명이라기엔 너무 카랑카랑하고 너무 가는)을 멈춰주지 못했다. 조지는 의식이 돌아오지 않고 있었다. 두부 손상이 심각했고 등과 팔다리에 다수의 타박상을 입었다. 록우드는 면회를 허락받았지만 아주 잠깐이었다. 병원에 가는 게 의미가 없었다. 그래 봐야 거부당할 뿐이었다.

홀리와 나는 우리가 할 수 있는 허드렛일에 아등바등 매달렸다. 하찮고 자잘한 일들에 집중하며 피상적으로나마 우리 존재의 정당성을 확인하려 애를 썼다. 나는 그날 저녁에 잡혀 있던 예약들을 취소했다. 홀리는 서류 작업을 좀 해보려다 이내 포기했다. 그 대신 우리는 집 안을 돌아다녔다. 소금탄을 정리하고 철가루 산탄통을 다시 채웠다. 홀리는 쇼핑을 갔다. 도넛과 크림빵을 잔뜩 사 왔으나 어째선지 우리 둘 다 그것들을 제대로 쳐다볼 엄두를 못 냈다. 그래서 그냥 찬장에 넣었다. 하루가 이렇게 흐르고 흘렀다. 우린 둘 다 잠을 이루지 못했다.

무슨 변덕으로 갑작스레 내 처지를 이해하게 된 건지, 아님 (더 가능성이 높게는) 잘 발달된 자기보호본능에선지 단지 속 해골은 내게 대화를 시도하지 않았다. 머릿속에서 놈의 심령 간섭이 사라졌고, 그래서 다행이었다. 하지만 사실 내 머릿속 모든 게 사라진 상태였다. 나는 텅 비어버린 채 기다렸다.

저녁 무렵에 록우드가 보낸 마지막 소식이 킵스를 통해 전달됐다. 그걸 나는 희망적으로 해석했다. 물에 빠진 사람이 지푸라기라도 잡는 심정이었달까. 조지가 처음으로 반응의 조짐을 보이고 있다고 했다. 의식이 완전히 돌아온 건 아니지만 움직임이 관찰됐다. 록우드는 이틀째 병원을 지킬 것이다.

그 소식을 듣고도 내가 잠들기까지는 오랜 시간이 걸렸다. 서른여섯 시간 동안 쉬지 않은 셈이니 식은 죽 먹듯 곯아떨어지리라 당신은 생각했을지도 모른다. 하지만 나는 전력을 끊기를 거부하는 전력망에 연결돼 있었다. 침대에 누워 아무것도 보지 않고 아무것도 생각하지 않았다. 어쩌다 깜빡 잠이라도 들면 소스라쳐 다시 깨어났다. 한밤중 언젠가는 자리에서 일어나 내 방 벽 깊숙이 레이피어를 꽂았다.

하지만 결국에는, 날이 밝기 전에 망각이 찾아온 게 틀림없었다. 두 눈을 번쩍 떴다가 창문으로 들어오는 햇빛을 보고 깜짝 놀랐으니까. 유령단지 속 얼굴이 나를 말없이 지켜봤다. 서랍장 바로 옆 회반죽벽의 들쭉날쭉한 틈에 내 검이 박혀 있었다. 정오가 다 된 시각이었다. 나는 어제 옷을 그대로 입고 있었다.

기계적으로 씻고 옷을 갈아입은 뒤 아래층으로 내려갔다. 집은 교회처럼 조용했다. 아주 깨끗하고 정돈돼 보였다. 어제 홀리가 계단과 층계참 벽에 걸려 있는 항마구들까지 죄다 쓸고 닦은 터였다. 부엌으로 가는데 안에서 그녀가 돌아다니는 소리가 들렸다. 그릇들이 달가닥거리는 아늑하고 가정적인 소리. 더 행복했던 시절에서 온 메시지들 같았다.

"이봐, 홀리…."

문을 밀어 여니 창가에 선 록우드가 보였다. 그는 평소처럼 검은 바지에 흰 셔츠를 입었다. 넥타이는 매지 않았고 옷깃의 단추도 채우지 않았다. 걷어 올린 소매 아래로 가느다란 팔이 보였다. 빗질 안 된 머리에다, 잠은 좀 잔 건지 어쩐 건지 알 수 없었다. 확실히 그는 내가 본 중에 가장 파리했고, 두 눈은 이상하고 건강치 못한 광휘로 반짝였다. 하지만 몸을 돌려 나를 보고는 미소를 지었다.

"안녕, 루시."

아마 일 초도 안 되는 찰나의 순간이었겠지만, 거기 서 있는 그때가 평생처럼 느껴졌다. 평생의 내가 록우드를 기다렸다. 그가 해야 할 말을 기다렸다.

내가 아주 살짝 먼저 입을 열었다. "조지는…?"

"조지는 괜찮아." 록우드가 말했다. "살아 있어." 그의 길고 가는 손가락들이 의자 등받이에 얹혀 있었다. 그는 그게 다른 누군가의 소유라도 되는 양 내려다보고 있었다. 그러다 의자를 떠나 식탁을 돌아와선 내게 팔을 두르고 자기에게로 당겼다. 시간이 다시 이상하게 꼬였다. 우리가 그렇게 얼마나 오래 서 있었는지 나는 모른다. 더 오래 계속됐으면 행복했을 테고.

"그래서 조지가 괜찮다고?" 서로에게서 떨어진 뒤, 내가 물었다. "정말로?"

록우드가 한숨을 쉬었다. "음, 아니, 별로. 이런저런 뇌진탕이 관찰된다는데, 우린 다 알잖아. 녀석 두개골이 얼마나 두꺼운지." 그가 나를 보며 웃었다. "하지만 무사할 거야. 의식도 돌아왔고. 그러니까 걱정 안 해도 돼."

"조지가 깨어났다고? 너랑 정말 얘기도 하고 다 했다고?"

"응. 좀 졸리다고는 하는데. 적어도 집에는 왔으니까."

"집? 뭐? 조지가 와 있어?"

"목소리 좀 낮추고. 지금 위층에 있어. 사실은 내 침대에."

"자기 방 말고?" 내가 멈칫했다. "사실, 안 되겠다. 그렇게는 안 되겠어."

"그치. 거기선 패혈증에 걸리고 말걸. 이러는 편이 나아. 난 소파에서 잘 거야."

"그래. 록우드…. 정말 기뻐. 너희 둘 다 돌아와서."

"나도. 차 마실래? 멍청한 질문을 했네. 차 좀 만들어줄게."

"그래서 어찌 된 건지 얘기 좀 해봐." 내가 말했다. "조지는 언제 깨어났어? 그때 네가 옆에 있었어? 깨어나서 뭐래?"

"말이 많진 않았어. 지금까진 그래. 아직 너무 약한 상태라. 담당의는 조지가 퇴원하는 걸 못마땅해했지만, 오늘 아침에 녀석이 위험한 상태는 벗어났단 걸 인정해야만 했지. 그래서…." 록우드가 숟가락을 쥔 채 허공을 가만히 봤다. "요즘에 우리가 티백을 어디다 두더라?"

"선반에, 언제나처럼. 너 잠은 좀 잤어?"

"별로. 아직 준비가 다 안 돼서…. 내가 뭘 하는 중였지?"

"차를 만드는 중였지. 저기, 내가 할게. 근데 홀리는 어딨지? 아직 안 왔나?" 홀리는 전날 밤 집으로 갔다. 좀처럼 얻기 힘든 휴식을 찾아. 나처럼.

"안 왔어. 그런 거 같아." 록우드가 머뭇거렸다. "홀리는 어때?"

"아, 우리랑 같지 뭐." 나는 차를 저으며 록우드를 힐끗 봤다. "네가 없는 동안 생각해 봤는데…, 너 홀리한테 너무 심했어. 알지? 걔가 처음 조지 얘기 했을 때. 현관에서."

록우드는 잠자코 머그잔을 들었다. "하나도 안 빼놓고 알아야 했어. 그때의 조지를 봐야 했어. 내가 현장에 있었던 거처럼."

"네 잘못이 아냐, 록우드."

"아냐? 반스 생각은 다르던데."

나는 경위를 떠올렸다. 비옷 아래 갈색의 쭈글쭈글한 존재. 병원 복도에서 나를 스쳐가는. 그 자체가 앞뒤 맥락 없는 하나의 이미지일 뿐이었고, 그냥 그걸로 끝이었다. 자세한 건 기억에 없었다.

"너랑 얘기할 때 반스가 어땠기에?"

"정중했지."

"뭐랬는데?"

록우드가 한숨을 쉬었다. "아무 말도 할 필요가 없었어. 그 사람 얼굴에 다 드러났거든. 이러나저러나 대놓고 얘기할 상황도 못 됐고. 경관 몇이랑 같이 온 터라. 그 자리에 조지의 담당의도 있었고." 그가 고개를 가로저었다. "난 그 의사를 안 믿었어. 반스가 그러는데 그 사람이 피츠랑 로트웰 쪽 일을 봐준대. 사람 자체는 괜찮을지 몰라도…. 암튼 이제부터 조지가 우리 시야에서 벗어나는 일은 없을 거야. 그래서 집으로 데려온 거고."

나는 천장을 올려다봤다. "지금도 우리 시야 밖에 있는 셈인데. 굳이 따지자면."

록우드가 다시 고개를 저었다. "딱히 그렇진 않아. 누가 좀 와 있거든."

"누구? 홀리 아니고. 킵스는 당연히 아닐 거고. 아니, 킵스가 온 건가?"

"플로야."

"뭐어? 플로오? 아픈 사람 방에 플로가 있다고?" 나는 록우드를 빤히 봤다. "그게 과연 위생적일까?"

"플로가 엄청 고집을 부려서."

"걔가 이 상황은 또 어떻게 알고?"

"모르겠어. 한 시간 전에 나타나서 위층으로 밀고 올라갔어. 항아리에다 검은 뭔가를 담아 왔던데." 록우드가 목덜미를 문질렀다. "그게 제발 포도였으면 싶지만, 상대가 플로일 땐 아무것도 장담을 못 하니까."

나는 차를 마셨다. 온몸 구석구석 온기가 퍼졌다. 그 느낌은 아주 자주 그렇듯 나를 다시 본질적인 문제들로 데려갔다. 그 순간이 더 단순해지고, 내 필요는 더 명확해졌다.

"록우드," 내가 말했다. "나 조지를 보고 싶어. 지금 봐야겠어."

방문은 틈이 살짝 벌어져 있었고, 손으로 밀자 소리 없이 열렸다. 평상시 록우드의 방은 조지와는 정반대로 깨끗하고 정돈돼 있으며 가구가 별로 없었다. 그 방에 내가 자주 드나들거나 그런 건 아니었 지만, 거길 생각하면 늘 햇빛과 매끈하게 정리된 하얀 침대보, 라벤 더 향기가 연상됐다. 알광대버섯 같은 몰골로 안락의자에 웅크린 플 로 본스의 자태가 그 같은 연상작용의 씨를 말려버렸지만. 그녀가 밀 짚모자를 살짝 들어 올리고는 근엄히 검지를 세워 입에다 댔다. 공기 에서 소독제 냄새가 났다. 거기 섞인 퀴퀴한 흙내는 플로 본스 제공 이었고, 커튼 일부가 내려져 있었다. 침대는 어둑하고 이불이 쭈글쭈 글했다. 거기 누운 사람은 잘 안 보였다.

우리는 카펫을 살금살금 가로질렀다. 플로가 의자에서 몸을 일으 키면서 푸파 재킷이 거칠게 쓸리는 소리가 났다.

"방해하지 마!" 플로가 낮은 소리로 딱딱거렸다. "조지는 쉬어야 한다고."

"그래야 한단 거 알아." 록우드가 속삭였다. "녀석은 어때, 플로? 깨어났었어?"

"온갖 걸 중얼거리는 중이야. 물을 달랬어. 내가 좀 챙겨줬고."

"상관없을 거 같아. 네가 손만 씻었으면. 그러고 보니까, 말이 나온 김에 네 신발을 벗는 것도 언제든 환영이야."

"진심으로 하는 말인데, 로키, 네 카펫엔 내 신발보다 양말이 더 해로울걸." 플로는 여느 때와 같이 기운차게 말했지만 목소리는 낮게 유지했고, 자기를 지나쳐 침대로 가는 나를 뚫어져라 봤다. 우리의 이 물기 없고 지붕 덮인 세상에 이토록 오래 머무는 건 그녀 사전에 좀처럼 없는 일이었다. 플로는 별들과 다리 아래서 사는 걸 더 좋아했다. 웰링턴 부츠에서 강물이 철썩이는, 홀로 고립된 채 뭍과 물을 오가는 삶을 좋아했다. 지금 상황은 그중 어디에도 해당이 안 됐고. 그녀는 우리와 위기의 순간을 함께하러 와 있었다. 조지를 위해 와 있었다.

나를 가장 먼저 덮친 생각은 조지가 얼마나 조그매 보이는지, 이불 아래 혹이 얼마나 낮고 서글픈지였다. 까딱하면 그가 거기 있는지도 모르고 베개 더미, 아님 바닥에 반쯤 흘러내린 침대보나 훑게 되지 싶었다. 하지만 아니었다. 침대 옆 협탁에 도저히 몰라볼 수 없는 안경이 조심스레 놓여 있었으니까. 한쪽 안경알에 대각선으로 금이 쫙 가 있었다. 그리고 거기, 베개 사이에 낀 건―그 광경에 나는 숨이 막혔다―둥그스름한 물체, 검은 동시에 밝은 뭔가였다. 밝은 부분은 붕대였다. 틈새로 짠한 모랫빛 머리칼 몇 가닥이 삐져나와 있는. 검은 부분은 멍이었다. 붕대와 멍 사이엔 멀쩡한 곳이 거의 없었다.

"오, 조지." 내가 말했다.

형상이 약하게 들썩이는 통에 내가 기겁했다. 형상은 신음하며 알 수 없는 소리를 냈다. 팔 하나가 나와 침대보 위에 툭 떨어졌다.

"자, 네가 무슨 짓을 했나 보라고, 이 멍청한 암탕나귀야!" 플로가 낮은 소리로 윽박질렀다. "괜히 와서 깨우고 난리야!"

하지만 록우드와 나는 이미 침대 옆에 서서 조지 가까이로 몸을 숙이는 중이었다.

"조지!"

"안녕, 조지. 나야, 루시."

조지가 말을 하려 했다. 속삭이는 소리가 어찌나 가냘픈지, 나는 충격과 공포를 느꼈다. 구타에 엉망이 된 얼굴이나 이불 속 쪼그라든 몸보다도 그 속삭임이 더 끔찍했다. 조지가 다시 시도했다. 목소리가 잠기고 다급한 데다 잘 안 들렸다. 우리는 그의 가까이로 목을 길게 뺐다. 조지의 통통 부은 눈은 그대로 감겨 있었다. 손이 맹목적으로 허공을 헤집다 록우드의 팔을 꽉 잡았다.

이번엔 말이 나왔다. "그들이 가져갔어." 조지가 속삭였다.

"뭐?"

"마리사의 논문. 나한테 있었어. 근데…." 조지의 목소리가 잦아들었다.

록우드의 표정은 내가 다 겁이 날 정도로 험악했지만 목소리는 가볍고 쾌활했다. "아, 그건 걱정 마." 그가 조지의 손을 토닥였다. "중요한 건 네가 포틀랜드 로 집에 있단 거야. 루스가 있고, 내가 있는. 그리고 알다시피 좋은 친구 플로도 이렇게 네 옆에 있고 말야…."

조지가 손을 거뒀다. "그래…, 그래. 잘됐어."

"그래. 그러니까 중요한 건 이제 좀 자야 한다는 거야, 조지."

베개에서 붕대 감은 머리가 튀어 올랐다. 록우드와 내가 움찔하며 물러났다. "아냐! 나한테 있었다고! 마리사 논문! 증거 말야, 록우드…!" 기운 없는 콜록거림과 함께 그의 머리가 다시 가라앉았다.

플로가 득달같이 앞으로 나섰다. "됐어. 너희가 얘를 흥분시키고 있어. 면회 끝이야."

"아니, 아냐, 플로. 누구였어, 조지? 너한테 누가 이랬어? 그들을 봤어?"

"아니. 하지만….."

"하지만 뭐, 조지! 루퍼트 게일 경이었어?"

조지가 대답하기까지 시간이 한참 걸렸다. 잠들어 버린 게 아닐까 하는 생각마저 들기 시작했다. 그가 알아듣기 힘든 소리로 속삭였다. "냄새를 맡았어. 로션 냄새. 바닥에 쓰러지던 순간에…..." 목소리가 잦아들었다. "미안해…..."

"미안할 거 조금도 없어, 조지. 이만 쉬어." 록우드가 축 늘어진 조지의 손을 토닥였다. 천천히 몸을 일으키고 허리를 곧게 폈다. 그의 눈은 아무것도 보고 있지 않았다. "우린 나가볼게, 플로." 그가 말했다. "뭐든 필요한 게 있음 우릴 불러줄 거지?"

플로가 고개를 끄덕였다. 그녀는 벌써 침대 옆에 붙어 이불을 매만지고 있었다. 그녀가 대개는 강둑과 진흙투성이 자갈밭에서 자는 사람이란 걸 생각하면 꽤나 인상적인 장면이었다. 조지는 다시 베개 사이에 파묻혔다. 다시 한번 그는 침대 가운데에 조그맣고 낮게 솟은 더미로 돌아갔다.

우리는 방을 나와 부드럽게 문을 닫았다.

"죽일 거야." 내가 말했다. "록우드, 맹세하는데, 내가 그 인간들 죽여버릴 거야."

록우드는 말이 없었다. 무척이나 가만히, 층계참 그림자들 속에서 있었다. 나는 난간을 걷어찼고, 그러다 발을 다쳤다. 움직여야 했다. 뭐든 공격해야 했다. 안 그러고 버티기엔 분노가 너무 컸다.

"루퍼트 게일이랑 망할 놈의 덩치 큰 똘마니들! 내 검을 들고 가서 죄다 찾아낸 다음에 뜨거운 맛을 보여줄 거라고."

"넌 안 그럴 거야, 루시."

"그럴 거야. 죽여버릴 거야."

"넌 안 그런다니까."

"왜?"

"그렇게 덤벼봐야 일을 망칠 뿐이니까. 그런 건 우리 스타일이 아니기도 하고. 우린 더 제대로 할 거야. 팀으로 할 거고."

나는 록우드의 집을 파괴하려는 시도를 멈추고 그를 쳐다봤다. 층계참 창문에서 한 줄기 빛이 들어오고 있었다. 그 광휘 속 록우드는 비현실적으로 보였다. 스테인드글라스에 새겨진 형상이라도 되는 양.

"우리 적들은 우리가 약하다고 생각해. 실은 지금껏 내가 자제한 거뿐인데 말야." 그가 내게 미소를 지었다. 그의 눈빛이 부싯돌처럼 단단했다. "뭐, 그 모두도 오늘부로 끝이야. 우린 그들이 예상치 못한 곳을 칠 거야. 우리가 그들을 칠 거야, 루시. 그리고 무너트릴 거야."

15

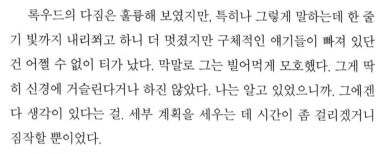

록우드의 다짐은 훌륭해 보였지만, 특히나 그렇게 말하는데 한 줄기 빛까지 내리쬐고 하니 더 멋졌지만 구체적인 얘기들이 빠져 있단 건 어쩔 수 없이 티가 났다. 막말로 그는 빌어먹게 모호했다. 그게 딱히 신경에 거슬린다거나 하진 않았다. 나는 알고 있었으니까. 그에겐 다 생각이 있다는 걸. 세부 계획을 세우는 데 시간이 좀 걸리겠거니 짐작할 뿐이었다.

하지만 이는 상당히 잘못된 생각이었다. 록우드에겐 이미 계획이 있을 뿐 아니라 벌써 척척 진행 중이었다. 나중에 알게 된 바에 따르면, 그는 조지가 일을 당했다는 소식을 전해 들은 그 순간부터 대응책을 구상하고 있었다. 그가 처음에 받았던 충격은 병원에서의 긴긴밤을 뜬눈으로 지새우는 동안 맹렬한 의지로 굳어졌다. 그에겐 선택지들을 탐색하고, 마음을 정하고, 전략을 실행에 옮길 충분한 시간이 있었다. 하지만 나는 전혀 모르고 있다가 그날 오후에 퀼 킵스가 불룩한 비닐봉지를 들고 나타나고서야 겨우 상황 파악이 되기 시작했다.

"가져왔어, 록우드." 킵스가 봉지에 든 걸 식탁에 부었다. "검은 복면 네 개랑 얇고 검은 장갑 네 켤레. 화이트채플의 지저분한 구멍가게에서 샀어. 딱 봐도 못된 짓에 쓰이게 생긴 작업복 세트에서 싹쓸이해 왔지. 그쪽 동네 범죄자들 속깨나 쓰릴 거다. 가게에 다음번 물건이 들어오기 전까진."

"훌륭해요." 록우드는 복면을 살펴보고 있었다. "입 부분도 뚫려 있고 하니까 대화가 수월하겠어요. 안 그럼 좀 난감하거든요. 잘했어요, 퀼. 감시 건은 어떻게 돼가고 있어요?"

"잘." 킵스가 자기 배낭을 톡톡 두드렸다. "사진도 찍어뒀어."

"아주 좋아요. 실행이 가능하겠어요?"

"최악의 경우엔 은퇴한 노인네들을 손봐주게 될 수도 있어."

"그 정도는 우리도 가능할 거 같네요."

이 대화를 따라가는 홀리와 나는 테니스 경기라도 보는 양 퀼에게서 록우드로, 다시 퀼에게로 고개를 돌리며 어리둥절해 있었다.

결국 홀리가 한 손을 들었다. "내가 두 사람을 손봐줄 거야. 지금 당장 설명하지 않으면. 잔말은 말아줬음 좋겠어. 이게 다 무슨 일인지 얘기해."

록우드가 싱긋 웃었다. "물론이지. 우리가 조지 대신 녀석의 연구를 마무리할 거야. 누구 도둑질 좀 할 사람?"

벽에 붙은 파리 한 마리. 아마도 홀리의 케이크가 있을 가능성에 꾀여 들어왔겠지만, 놈은 이날 오후 응접실에서의 우리 회의가 평소답지 않단 걸 보고도 몰랐던 셈이다. 여기서 계획한 작전이 한둘이 아닌데 이번이라고 뭐가 다를까, 했겠지만 달랐다. 일단 케이크가 없었다. 바로 위층에서 조지가 힘들어하는 상황에서 뭘 먹는다는 게 잘못처럼 느껴졌다. 그러니까 이날 회의엔 케이크도, 차도, 조지도 없었다. 게다가 유령 얘기가 오가는 것도 아니었다. 소리 죽여 의견을 나누는 우리 얼굴이 파리하고 냉혹했다.

킵스가 진행 상황을 공유했다. 화질이 별로인 흑백사진 뭉치를 꺼내 테이블에 펼쳐놨다. 회반죽 기둥 사이의 우아하고 검은 문을 찍은 사진이 대부분이었다. 나이가 지긋하고 차림새가 훌륭한 남녀가 문에서 줄줄이 나오고 있었다. 그중 한 명이 내 눈길을 붙들었다.

"나 이 사람 알아." 나는 백발의 남자가 찍힌 사진을 가리켰다. 그는 넓은 이마가 불룩하고 자세가 살짝 구부정했다. 길고 검은 프록코트는 누가 봐도 구식이었다.

록우드가 고개를 끄덕였다. "맞아. 오르페우스 협회 비서. 여긴 협회 건물 정문이야."

오르페우스 협회는 런던 중심부에 위치한 상류층 클럽이었다. 이름난 사업가들이 회원으로 있었다. 협회의 공식 목적은 난제의 양상 연구였지만, 우리가 어쩌다 알게 되기로는 그 연구란 게 실용적인 측면에서도 진행되고 있었다. 킵스가 쓰는 고글, 스물두 살의 나이에도 유령을 볼 수 있게 해주는 그 장비가 바로 오르페우스 협회의 발명품이었다. 그리고 퍼넬로프 피츠―아니, 내가 정말 억지로 생각하기로는 마리사―가 이 협회의 비밀스러운 활동에 긴밀히 연관돼 있기도 했다. 우리는 전에 협회 본부를 한 번 방문하면서 거기가 유화와 대리석 조각상, 조용히 닫힌 문들로 장식된 화려하고 고급스러운 주택 건물이란 걸 알게 됐다.

"다들 잘 알고 있겠지만," 록우드가 말했다. "피습 당시에 조지는 『오컬트 이론』의 사본을 갖고 있었어. 중요하지만 증발됐던 마리사의 논문이지. 그걸 루퍼트 게일이 뺏어간 거고. 우리가 아는 한 다른 사본은 두 권뿐야. 피츠 하우스의 검은 도서관에 있는 걸 우리가 어떻게 해보기엔 경비가 너무 삼엄해. 나머지 한 권이 여기 이 오르페우스 협회에 있고, 그걸 오늘 밤 훔치려고 해. 찜찜해할 거 없는 일이야. 오르페우스 사람들도 마리사의 수작에 가담하고 있는 게 분명하니까. 전에 우리가 방문했을 때 협회 비서 영감이 했던 말 기억해? 자기들의 주된 관심사는 싸움에서 이기는 거랬잖아. 유령뿐 아니라 '죽음 그 자체'와의 싸움에서. 우린 바로 그게 마리사가 하려는 일이라고 보고 있고."

"애초에 그 협회를 설립한 사람도 마리사 피츠잖아." 내가 말했다.

"그렇지." 록우드가 우리를 차례로 둘러봤다. "다들 같이 할 생각 있어?"

"물론이지." 홀리가 대답했다. "뭘 그런 걸 묻고 그래?"

킵스가 의자 가장자리로 엉덩이를 당겨 앉았다. "오케이. 그래서 내가 이틀 동안 협회 건물을 지켜봤거든. 누가 드나드는지, 보안 절차는 어떻게 되는지 확인하느라. 거긴 매일 밤 11시 정각에 문을 닫아. 그러고 나면 2층 창문으로는 들어갈 방법이 없어. 일몰 뒤엔 철제 방범창을 닫아두거든. 또 다른 문제는 협회 건물에 늘 사람이 있다는 거야. 대부분이 아래층에 머무는 거 같긴 하지만, 어쨌든 밤새 뭔가를 한다고."

"뭘 하는데요?" 내가 물었다.

"모르지. 회의를 하는지, 괴상한 주술을 실험하는지 알 게 뭐야. 아님 그저 난롯가에서 꾸벅꾸벅 졸고 앉아 있는지도. 협회원 대부분이 고령이니까. 이 사진들만 봐도 그렇잖아. 그들이 아침에 건물을 나설 때 찍은 거야."

우리는 사진들을 가만히 들여다봤다. "이것만으론 좀 막연한데." 홀리가 말했다.

"조지 같았으면," 내가 거들었다. "건물 평면도랑 정식 회원 명부,

간략한 조직 역사까지 싹 다 긁어 왔을 텐데."

킵스가 나를 빤히 봤다. "다들 입만 살아가지고. 내가 이걸 어떻게 찍었는지 알아? 맞은편 집 난간에 페인트칠하는 인부로 변장했다고." 킵스가 서럽다는 양 고개를 가로저었다. "주머니 속 카메라를 잡아채선 안 들키고 들이대는 게 얼마나 힘든지 너흰 죽어도 몰라."

"잘해줬어요, 퀼." 록우드가 말했다. "잠깐, 이 중 몇 명은 나도 알 거 같은데. 여기 이 나이든 쌍둥이가 선라이즈 물산 경영자잖아요. 그쵸? 협회에 진짜 거물들이 들어가 있긴 하네요. 밤중엔 건물에 보통 몇 명이나 있어요?"

"어림잡아 네다섯. 비서 영감은 늘 있고. 거기서 사는 거 같더라고."

록우드가 양손 손가락을 맞대고 톡톡거렸다. "음, 도둑질에 이상적인 곳은 아니네요. 그렇대도 상대는 노인들일 뿐이니까. 누구든 우릴 방해하면 제압해서 묶어놓고 작전을 계속하면 돼요. 더없이 정교한 계획이라곤 못 해도, 솔직히 지금 난 이 이상 따지고 있을 기분이 아니라서. 질문?"

홀리가 손을 들었다. "다른 건 아니고, 건물에 어떻게 들어가겠다는 건지 잘 모르겠어서."

"아, 그 걱정은 안 해도 돼. 킵스가 생각해 둔 게 있어. 다른 질문?"

"조지는 어쩌고?" 내가 말했다. "녀석을 플로랑 두고 가도 괜찮은 거야?"

록우드가 고개를 끄덕였다. "플로가 정성을 다하고 있어. 괜찮을 거 같아."

바로 그 순간 위층에서 걸걸하고 뭐라 설명할 수 없는 소리가 났다. 나는 그때껏 하이에나 먹따는 소리를 들어본 적이 없었지만, 아무리 못해도 조금 전 그 소리보단 매력적일 듯했다. 우리는 소스라치며 몸을 젖혔다.

"아무래도 플로가 웃고 있는 거 같아." 록우드가 속삭였다. "조지 기분을 띄워주려는 걸 거야. 맙소사, 살다 보니 별일이 다 있네."

오르페우스 협회 본부가 있는 세인트 제임스 지역은 죽었다 깨어난 자들에 대한 방비가 잘돼 있었다. 밤이 되면 줄줄이 늘어선 항마등들이 깜빡이며 온 동네를 빠짐없이 비췄고, 보도 옆 '도랑'에는 물*이 흘렀으며, 널찍하고 검은 문들 앞 화로에서 라벤더가 불탔다. 우리가 기어 올라가 숨을 고르고 선 옥상에선 한참 밑에서 반짝이는 보라색 불씨가 보였고, 바람결에서 라벤더 향이 났다. 먼 곳 어딘가에서 사이렌이 울부짖었다. 록우드는 지붕마루에 서서 서쪽 방향을 내다보고 있었다. 산들바람이 그의 머리칼을 쓸어 넘기고 외투 자락을 펄럭였다. 그는 레이피어 칼자루에 손을 얹고 있었다. 심경이 복잡해 보였다. 미래를 들여다봤다가 뭔가 슬픈 걸 발견하기라도 한 사람처럼. 나는 그런 그를 보는 게 마음 아팠다.

"진짜 저런 겉멋덩어리가 따로 없어요." 내 배낭 속 목소리가 역겹다는 듯 말했다. "뭔가 있는 척해 보이고 싶어서 저러는 거뿐야. 군이 저기 올라가 있을 이유가 뭐냐고. 우리가 저 방향으로 갈 것도 아니고."

"갈 거거든." 내가 대꾸했다. "이 지붕들은 오르페우스 협회 건물까지 쭉 이어져. 록우드는 지금 이동 경로에 이상이 없는지 확인하는 거라고."

해골이 콧방귀를 뀌었다. "당연히 이상 없지! 그러려고 이 위에 올라와 있는 건데. 안 그래? 앉아 있는 비둘기를 보든, 죽어 있는 고양이를 밟든 할 순 있겠지. 그걸 빼면 산책로나 다름없다고. 갈 곳 잃은 양 분위기 잡는 거 때려치우고 얼른 가기나 하면."

여기까지 오는 길은 수월했다. 세인트 제임스까지 도보로 이동한 우리는 오르페우스 협회가 있는 거리 근처까지 간 다음, 킵스의 지시에 따라 협회 건물 뒷길의 공사 중인 주택으로 우회했다. 주택 정면에 비계가 설치돼 있었다. 거기 사다리를 타고 꼭대기 층까지 가서는 잽싸게 지붕으로 기어 올라갔다. 이윽고 우리는 달빛이 쏟아지는 지붕 타일과 그림자 진 홈통들의 풍경 속, 지붕들의 마루와 골이 저 먼 지평선까지 마치 얼어붙은 바다마냥 뻗은 세상에 들어와 있었다.

록우드가 우리에게 손짓했다. 지붕 끝으로 달려 내려가서는 더 멀리 떨어진 굴뚝 옆에서 다시 나타났다. 우리는 배낭을 짊어지고 묵묵히 뒤따랐다. 신발이 자꾸만 내리밀리며 미끄러지는 와중에 저 아래 길바닥까지의 까마득한 거리는 무시하려 애쓰면서. 비둘기도 죽은 고양이도 없었다. 몇 분 뒤 우리는 파란 천이 둘러진 굴뚝에 도착했다. 끝부분을 올가미처럼 만들어 굴뚝 몸체에 단단히 매어둔 기다란 밧줄이 단정히 똬리를 틀고 있었다. 킵스가 전날 밤에 준비해 둔 거였다.

"여기야." 록우드가 말했다. "우린 지금 오르페우스 건물 위에 있어." 그는 주머니칼이 작업 벨트에 고정돼 있는지 확인하고 주머니에서 복면을 꺼냈다. "시간 됐어. 다들 복면 써."

킵스가 고글을 만지작거렸다. "이건 복면 밖에 써야 할까, 안에 써야 할까?"

"밖이죠, 당연히." 홀리가 말했다. "안 그랬다간 평소보다도 더 기형적으로 보일걸요."

"내 생각도 그렇긴 했어. 뭐 더 필요한 거라도, 록우드?"

"아뇨." 록우드의 얼굴은 복면에 가려 안 보였다. 그가 밧줄 끝을 허공으로 던졌다. 길게 늘어진 밧줄을 잡고 뒷걸음해 지붕 언저리로 향했다. "밧줄을 잘 보고 있어. 안전히 내려올 수 있을 때 당겨서 신호할게."

록우드는 지붕 타일들 끝에 도달해 허공으로 몸을 내밀었다. 상체를 젖히고 잠시 거기 매달려 있었다. 두 발로 지붕 끝을 단단히 짚은 채. 이윽고 두 손을 번갈아 움직이며 내려가기 시작했다. 그리고 이내 시야에서 사라졌다.

우리는 지붕 위 괴물 석상들처럼 웅크렸다. 얼굴도 없이 배낭을 짊어진 채 쭈그리고 있었다. 달빛에 반짝이는 검을 옆에 끼고. 홀리의 복면 밑으로 나온 머리칼 끝이 바람에 날렸다. 어딘가에서 유리 깨지는 소리가 조그맣게 들렸다. 우리는 기다리며 밧줄을 주시했다. 다들 꼼짝하지 않았다.

"추락한 게 분명해." 해골이 말했다. "장담하는데 아까 그 깨지는 소리도 록우드 자식이 저 아래 온실에 충돌하면서 난 거야."

밧줄이 요동쳤다. 휙, 한 번 더 휙. 내가 가장 근처에 있었다. 높이와 관련된 문제에서 늘 그렇듯 이때도 생각을 많이 안 해야 하는 경우에 해당됐다. 나는 아까 록우드가 했던 것처럼 밧줄을 잡고 몸을 낮춰 내려갔다. 어깨뼈 사이에 걸려 나를 자꾸만 아래로 당기는 배낭은 무시하려 애썼다. 사방의 허공도.

그 대신 내 신발에만 집중했다. 신발이 안전히 딛는지만 봤다. 처음엔 슬레이트 타일을, 다음으론 검은 홈통을, 그런 뒤엔 거칠고 어둑한 벽돌을. 그렇게 아래로, 아래로, 아래로.

머지않아 신발 밑으로 흰 나무 창틀이, 돌출된 내리닫이창의 유리가 보였다. 등불이 보였다. 내 아래서 록우드가 신호하고 있었다. 그의 손짓에 따라 창틀 옆으로 내려가자 열린 틈이 나왔다. 그의 두 팔이 나를 잡아 안으로 당겼다.

록우드가 어둠 속에서 씩 웃었다. "좋은 시간 보내고 있어, 루스?" 그가 밧줄을 다시 당겨 신호했다. "유리창 모퉁이를 깨야 했는데, 누가 들은 거 같진 않아."

록우드는 기름등 밝기를 가장 낮게 맞춰둔 참이었다. 그런데도 내가 서 있는 방 안이 세세히 보였다. 타원형 테이블과 의자 네 개, 물병과 함께 유리잔을 차곡차곡 쌓아둔 보조 탁자가 눈에 들어왔다. 테이블의 조그만 시계 옆 컵엔 펜들을 꽂아뒀다. 어두운 색 벽지를 바른 벽면은 역대 협회원의 사진이 든 액자들로 꾸며져 있었다. 가구 광택제와 라벤더 냄새가 진동했다. 나는 반사적으로 재능을 사용했다. 심령 소란이 있을 것 같진 않았지만. 역시 아무것도 없었다. 여긴 회의실이었다. 런던 전역의 셀 수 없이 많은 사무실에서 이와 비슷한 공간을 여럿 봤었다.

나는 남은 두 사람을 안으로 들이려는 록우드를 도우러 창가로 갔다. 얼마 지나지 않아 창밖에서 홀리가, 다음으로 킵스가 대롱거렸다. 모든 게 문제없이 진행됐다. 이내 우리는 조그만 방에 함께 서서 시계가 째깍거리는 소리를 듣고 있었다.

록우드가 가방에서 밧줄을 꺼내 테이블 다리에 묶었다. "혹시라도 급히 나가야 할 일이 생기면," 그가 말했다. "이걸 밖으로 던져서 '내려갈' 거야. 괜히 위로 올라간다고 미적거릴 거 없어. 어쨌든 이 방이 출구야. 오케이? 만에 하나 흩어지는 일이 생기면 여기로 와."

"그래서 이제 어디로 가?" 내가 물었다. "열람실은 2층 아니었어?"

"응. 근데 조지의 책이 꼭 거기 있으란 법은 없으니까. 건물을 체계적으로 수색할 거야. 뭣보다도 조용히. 방해 없이 할 수 있으면 그편이 훨씬 좋으니까."

기름등은 창가에서 타오르게 그대로 두고 우리는 방을 가로질렀다. 손전등 불빛들이 벽면을 쓸었다. 록우드가 슬며시 문을 열었다. 문 너머는 건물의 중추를 따라 뻗은 넓고 컴컴한 복도였다. 컴컴했지만 저쪽 끝에서 불빛이 반짝였고, 거기서 계단이 시작됐다. 두툼하고 빨간 카펫이 우리 발소리를 삼켰다. 어딘가에서 또 다른 시계가 째깍거렸다. 그걸 빼면 건물 안엔 소리가 전혀 없었다.

"해골," 내가 속삭였다. "감지되는 거라도?"

"네 심장의 콩닥거림, 네가 맛보는 공포. 그런 거 말야?"

"그보단 초자연적인 뭔가를 생각했던 거였는데…. 뭐든 나오면 얘기해."

복도 옆으로 난 방들 대부분은 문이 열려 있었다. 우리가 잽싸게 파악하기로는 회의실과 욕실들이었고, 조그만 침실들까지 있었다. 모두가 근사하게 꾸며졌지만 한편으론 평범했다. 그렇대도 홀리가 확인한 방 하나는 확실히 흥미로웠다. 어둑한 내부 여기저기를 손전등으로 비춰보던 그녀가 비명을 삼키며 물러나 레이피어를 뽑았다.

순식간에 우리 모두가 홀리 곁에 가 있었다.

"괜찮아." 홀리가 속삭였다. "그저… 잠깐 기겁해서. 사람들이 있는 줄 알고."

록우드가 문을 밀어 열었다. 홀리의 언질에도 불구하고 눈앞의 광경에 절로 몸서리가 쳐지는 걸 나도 어쩔 수 없었다. 우리의 손전등 불빛들이 합심해선 머리 덮개를 눌러 쓰고 줄지어 선 형상들을 비췄다. 우리가 초기에 맡았던 '애시퍼드의 피투성이 수도사들' 사건에서도 놈들이 딱 이런 식으로 늘어서 있었다. 놈들 역시 이처럼 섬뜩한 은빛으로 반짝였고. 물론 피 칠갑이 돼 있던 부분은 빼야겠지만. 하지만 여기 이건 유령들이 아니었다. 살갗이 스멀거리고 두 다리는 어서 튀자고 애원하는 와중에도 뇌는 평범하기 그지없는 거치대를, 거기 줄줄이 매달린 옷걸이를, 거기 걸린 가운들을 골라냈다. 나머지 공간에는 상자들이 차곡차곡 쌓여 있었는데, 각각에는 오르페우스 협회의 상징인 그리스풍 하프가 새겨져 있었다.

건물 안은 고요하기만 했고, 이 방은 그냥 지나치기엔 너무 흥미로웠다. 딱 봐도 책 같은 건 없었지만. 나는 옷걸이로 가서 은빛 가운들을 손가락으로 훑었다. 가운의 소재는 놀랍게도 천이나 실크가 아니라 작고 무수한 비늘들이었다. 거미줄처럼 가벼운 것들이 촘촘하게 엮여 있었다. 가운 자락을 손에 얹자 물처럼 차르르 떨어졌다.

"이 가운들 말야, 록우드." 내가 말했다. "뭐 생각나는 거 없어?"

록우드가 고개를 끄덕였다. "우리 혼령망토는 깃털로 돼 있단 거만 빼면 거의 비슷하겠어. 은색 조각들을 얼개에 어떻게 접합했는지 좀 봐." 그가 인상을 쓰고 있는지는 안 보였지만 목소리에서 당혹감이 읽혔다. "정말 너무 비슷한데…."

"여기도 봐." 킵스가 말했다. "내 거 같은 고글이 더 있어."

킵스가 상자 하나를 열어본 터였다. 안에서 나온 건 희한하게 생긴 투구였다. 야들야들하고 정해진 형태가 없는 데다, 역시 은빛 비늘로 만들어졌으며 묵직한 고글이 달려 있었다.

"그건 그리 놀라울 거 없죠." 내가 말했다. "우리가 킵스한테 준 고글 자체가 애초에 협회원한테서 훔친 거라…. 록우드, 이거 협회 사람들이 저 세상에서 쓰는 거야…."

"이 멍청이들이 로트웰이랑 똑같은 짓을 하고 있어." 록우드가 말했다. "자기 소관이 아닌 문제에 껴드는 거. 뭐, 우리가 여기 이거 때문에 온 건 아니니까. 우리 진짜 이러고 있을 시간 없어."

말은 그렇게 하면서도 우리는 선뜻 떠나지 못했다. 다른 상자에는 갑옷용 은제 장갑과 발을 보호하는 철망 부츠가 들어 있었다. 상자 대부분에는 주인으로 추정되는 인물의 이름이 적혀 있고, 그중 일부는 유명 기업의 대표들처럼 우리에게도 익숙했다. 복면 구멍 안 우리 눈이 서로를 향해 반짝였다. 승리감과 공포가 뒤섞인 눈길들이었다. 우리의 발견에는 중대한 의미가 있었다. 이만저만 중대한 게 아니었다. 우리 발밑에서 입을 벌리는 심연이 느껴졌다. 자칫 휘청거리기라도 했다가는 깊고 깊은 나락으로 떨어지게 될 거였다.

우리는 방을 나와 복도 끝으로 소리 없이 이동했다. 거기 황금빛 샹들리에들로 불을 밝힌 계단통이 있었다. 계단에는 빨간 카펫이 깔려 있고, 근엄한 표정에다 수염을 수북이 기른 남자들의 어둑한 초상화들이 묵직한 액자 안에서 우리를 노려봤다. 꼭대기에서 세 층 아래 복도를 내려다볼 수 있게 고안된 계단이었다. 우리도 밑을 내려다봤다. 저 밑 층계참들에서 램프가 깜빡였지만 그걸 빼면 모든 게 정지해 있었다. 하지만 조용하진 않았다. 여기선 시계 소리가 더 컸다. 집의 배 속 깊은 곳에서 째깍거렸다. 전체적으로 시간에 몹시 예민한 곳인 듯했다.

"아래층으로 가보자, 그럼." 록우드가 속삭였다. "다들 괜찮지?"

고개 셋이 끄덕였다. 그림자 넷이 벽에 딱 붙어 살금살금 계단을 내려갔다. 우리는 이 작전을 위해 몸을 가볍게 하고 왔다. 검과 폭발성 무기는 챙겼지만 철 산탄통이나 쇠사슬처럼 무거운 장비들은 제외했다. 카펫이 모든 소리를 흡수했다. 발끝으로 몰래몰래 계단의 굽이를 돌자 눈앞에 3층 층계참이 펼쳐졌다. 위층과 거의 같았다. 표정이 진지한 여자의 석고 흉상이 주춧돌 위에서 불쾌한 기색으로 우리

를 눈짓했다. 화분들에 양치식물이 심겨 있었다. 그 너머는 복도와
또 다른 문들이었다.

건물의 배 속 깊은 곳 어딘가에서 문이 열리며 아득한 대화 소리
가 새 나왔다. 이내 뚝 끊기고 다시 정적이 내렸다. 우리는 계단에 얼
어붙어 있었다. 더 이상의 소리는 없었다. 마침내 록우드가 신호하고
다들 사뿐사뿐 층계참에 내려섰다.

얼른 훑어본 결과 3층 복도는 위층과 마찬가지로 조명이 어둑하
고 장식이 고급스러웠다. 인기척은 전혀 없었다. 록우드가 가장 근처
의 문으로 이동했다. 잠시 귀 기울여 확인한 뒤 문을 열었다. 그러고
는 나지막이 탄성을 뱉었다. "여기서 끝을 볼 수 있을지도 모르겠어."
그가 속삭였다. "무슨 도서관쯤 되는 거 같아."

우리는 후다닥 안으로 들어가 등 뒤로 문을 닫았다. 홀리가 기름
등을 켰고, 그와 함께 록우드의 낙관론이 근거 없는 소리가 아니었음
이 확인됐다. 그곳은 길가를 따라 직사각형으로 길고 넓게 뻗은 방
이었다. 길쭉한 창문 두 개로 맞은편 주택이 내다보였다. 진갈색으로
칠한 벽마다 흰색 나무 책장들이 내장돼 있었다. 책장 사이 벽면엔
오래된 지도와 그림을 걸어뒀다. 육중한 독서 테이블과 가죽 안락의
자들이 여기저기 흩어져 있고, 테이블마다 키 큰 스탠드가 딸려 있었
다. 음침한 얼굴에 고글을 쓴 남자의 흉상도 하나 보였다. 상감기법
으로 무늬를 넣고 채색한 나뭇조각들을 무수히 박아 만든 거대하고
아름다운 지구본이 은제 틀에 걸려 있었다.

"여기 어딘가에 있을 거야." 록우드가 말하며 부드럽게 지구본을
돌렸다. "제목이 『오컬트 이론』이야. 어서 찾아보자."

홀리가 테이블에 기름등을 올렸다. 우리는 흩어져서 선반들을 훑
었다.

검은 가죽으로 양장한 책들 대부분은 앞면에 오르페우스의 하프가 각인돼 있었다. 책등에는 저자의 이름을 새겼고 이를 알파벳순으로 정리해 뒀으나, 『오컬트 이론』의 저자는 공식적으로 미상인 만큼 우리한텐 별 도움이 안 됐다. 시간이 흘렀다. 나는 이따금 문으로 가 귀를 기울였지만 모든 게 잠잠하기만 했다.

마침내 홀리가 창문 근처 선반에서 얇은 책을 꺼내 들고 튀어 올랐다. "찾았어!" 그녀가 외쳤다. "『오컬트 이론』! 이게 확실해."

모두가 홀리 주변에 모여들었다.

"응. 맞네." 록우드가 말했다. "잘했어, 홀리. 조지가 기뻐할 거야."

"녀석이 이 방을 정말 마음에 들어 했을 텐데." 내가 말했다. "이상한 책이 진짜 많아. 이거 좀 봐. 『어둠의 런던, 임시 작도법』. 이게 도대체 뭔 말이람?"

"모르겠어. 하지만…."

"방금 무슨 소리 못 들었어?" 홀리가 물었다.

우리는 그녀를 쳐다봤다. "무슨 소리?"

"모르겠어. 짤랑거리는 소리."

내가 문과 가장 가까웠다. 나는 슬그머니 다가가 문을 열고 복도를 내다봤다. 전과 마찬가지로 조명이 낮게 빛나고 폭신한 카펫이 반짝였다. 열심히 귀를 기울였지만 시계가 째깍, 째깍, 째깍하는 소리 말고는 아무것도 안 들렸다.

"해골?" 내가 말했다.

"심령 소란은 없어. 모든 게 조용해. 놀랍도록 조용해."

"다행이네."

"누군가는 이렇게 말할 수도 있겠어. 거의 '불길할' 정도로 조용하다…." 해골이 말했다.

나는 다시 방문을 닫았다. "할 수 있을 때 나가야겠어."

록우드가 고개를 끄덕였다. "책은 집에서 보면 되니까. 가자."

우리는 가방을 집어 들고 혹시나 두고 가는 물건은 없는지 조용하고 꼼꼼하게 내부를 확인했다. 홀리는 지구본이 처음과 같은 위치에 오게 매만졌다. "흔적은 안 남기는 게 최고니까." 그녀가 말하며 미소를 지었다. 우리는 문가에서 모였다.

록우드만 빼고. 그는 자기 옆 책장을 물끄러미 보고 있었다. 후다닥 덤벼들어 뭔가를 끄집어냈다. 검은 가죽으로 양장된 얇은 소책자였다.

"그것도 마리사에 관한 거야?" 내가 물었다.

"아니…." 록우드가 우리에게 책등을 보여줬다. 금박으로 '록우드'라 새겨져 있었다. "내 부모님 책이야." 그가 말했다. "작년에 협회 비서를 만났을 때 기억해? 그 사람이 그랬잖아. 두 분이 여기서 강의를 한 적이 있다고. 그걸 기록한 걸 거야." 그가 책표지를 넘기고 첫 장을 펼쳤다.

내 배낭에서 떨림이 느껴졌다. "소리가 들려." 해골이 말했다.

"소리? 어디서?"

"어딘가 깊숙한 곳. 근데 위로 올라오고 있어."

"록우드…, 우리 가야 돼."

"응. 물론…." 록우드의 목소리가 잦아들었다. 그는 손에 든 책을 빤히 봤다.

"록우드? 괜찮은 거야?"

록우드는 대답이 없었다. 내 말을 듣고 있지 않았으니까. 전원 스위치가 내려지기라도 한 것 같았다. 그의 눈이 휘둥그레지며 겁에 질렸다. 표정이 싹 변했다. 입이 떡 벌어졌다.

킵스가 문에 귀를 대고 있었다. "이럴 시간이 없어! 문제가 생겼다고."

이제 내 귀에도 들렸다. 이상한 쿵쿵거림과 달가닥거림이 계단을 올라오고 있었다.

"손전등 꺼!" 나는 록우드에게 달려가 팔을 잡아당겼다. "록우드!" 그에게 쏴붙였다. "어서."

"부모님의 마지막 강의야." 록우드가 말했다. "두 분이 돌아가시기 전에 하려던."

"음, 잘됐네. 너 이거 보고 싶어 했잖아. 그치? 그러니까 챙겨서 얼른 가자고!"

"근데 날짜가…."

시간이 다 됐다. 바깥 복도에서 엄청 크게 쿵 하는 소리에 우리 모두가 움찔하며 물러났다. 끔찍스레 끼익하는 소리, 금속의 비명이 들렸다. 문이 벌컥 열리며 흉측하고 기형적인 형상이 밀고 들어왔다.

16

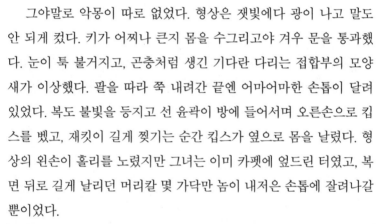

그야말로 악몽이 따로 없었다. 형상은 잿빛에다 광이 나고 말도 안 되게 컸다. 키가 어찌나 큰지 몸을 수그리고야 겨우 문을 통과했다. 눈이 툭 불거지고, 곤충처럼 생긴 기다란 다리는 접합부의 모양새가 이상했다. 팔을 따라 쭉 내려간 끝엔 어마어마한 손톱이 달려 있었다. 복도 불빛을 등지고 선 윤곽이 방에 들어서며 오른손으로 킵스를 벴고, 재킷이 길게 찢기는 순간 킵스가 옆으로 몸을 날렸다. 형상의 왼손이 홀리를 노렸지만 그녀는 이미 카펫에 엎드린 터였고, 복면 뒤로 길게 날리던 머리칼 몇 가닥만 놈이 내저은 손톱에 잘려나갈 뿐이었다.

록우드와 내가 바로 앞에 서 있는데 형상이 몸을 곤추세웠다. 피스톤들이 시익거리고 금속이 끼익거렸다. 형상 뒤에서 손전등 불빛이 빙빙 돌았지만 놈 자체는 어둑했다. 우리 뇌가 눈앞의 광경을 처리하는 데 애를 먹고 있었다. 유령은 아니었다. 유령이라기엔 너무 고형에다 몸에 달린 철도 너무 많았다. 괴물, 그렇다. 하지만 괴물은 아니었다. 형상의 중심은, 당연한 얘기지만 인간이었다.

"뭐야, 테렌스?" 앙칼진 목소리가 외쳤다. "거기 뭐가 있는데?"

"도둑이야!" 형상이 소리쳤다. "강도야!"

내가 아는 목소리였다. 그리고 그 짐작은 즉시 사실로 확인됐다. 록우드가 번개같이 손전등을 켜 형상을 비춘 덕분이었다. 그 눈부신 빛에 모습을 드러낸 건 오르페우스 협회의 비서 영감이었다. 거대한 고글 주변으로 긴 백발이 흩날리고, 검은 외투 위에 헐렁한 사슬 갑옷 상의가 걸쳐져 있었다. 발과 정강이는 압축 공기를 넣은 철제 죽마에 올라가 있어서 그가 움직일 때마다 푹푹 소리가 났다. 손에 낀 갑옷용 금속 장갑은 손가락 끝에 30센티는 족히 되는 단검 같은 손톱이 달려 있었다. 눈을 쑤시는 손전등 불빛에 비서 영감이 소리를 지르며 팔을 들어 얼굴을 가렸다.

"도둑이야!" 영감이 다시 외쳤다. "학술 도서관에 도둑이 들었어!"

"그러니까 저리 좀 비키라고, 이 멍청한 양반아!" 또 다른 목소리가 외쳤다. "우리가 처리한다니까!"

푹푹, 휙, 놀라운 민첩성으로 비서 영감이 비켜섰다. 그의 뒤쪽 문에 기형적인 형상 넷이 모여들었다. 구식 야회복을 차려입은 백발의 남녀가 얼굴에 고글을 쓰고 은제 사슬 갑옷을 짤랑거렸다. 여자 둘은 기이한 총기를 들었다. 검고 총신이 짧은 데다 장치 위에 부착된 크로뮴병과 본체가 고무관으로 연결돼 있었다. 남자 하나는 작살총처럼 보이는 무기를 소지했다. 그의 동료는 상자 모양 장비를 짊어지고 있었다. 거기서 튀어나와 어깨를 고리처럼 감은 기다란 놋쇠관에 끝으로 갈수록 폭이 넓어지는 형태의 깔때기가 달려 있었다. 무기들 모두가 이음새를 납땜하는 등 대충 만들어진 듯 보였다. 대충 만들어졌지만 제대로 작동했다.

사인방이 문 안쪽에 쭉 늘어서고 그 옆에서 비서 영감이 굽어봤다. 홀리는 저 멀리 지구본 뒤로 달아나 있었다. 찢긴 재킷 천이 무릎께에서 덜렁거리는 킵스는 홀리 반대편으로 후퇴했다. 나는 레이피어를 뽑았다. 록우드를 힐끗 봤지만 얼굴이 복면에 가려져 있어 감정을 헤아릴 수 없었다. 그는 책자를 외투 안에 쑤셔 넣은 뒤 두 손을 양옆으로 떨어트렸다.

잠시 아무도 움직이지 않았다. 사인방의 무기 하나가 발작적으로 웅웅거렸다. 진공청소기가 도는 듯한 소리였다. 그걸 빼면 방 안은 고요했다.

"뭐 하는 놈들이지?" 땅딸막한 여자가 말했다. 키가 무척 작고 몸이 거의 네모 모양인데, 은제 사슬 갑옷 아래로 보이는 녹색 트위드 원피스와 재킷의 마름질 상태 때문에 훨씬 더 네모나 보였다. 그녀는 그런 학구적인 외모를 가진 여자들의 하나였다. 긴 백발을 잘라버리고 적절히 모양을 내면 훨씬 돋보일 듯한. 하지만 그 얘기를 당사자한테 대놓고 할 일은 없었다. 그녀가 자기 머리통보다도 큰 총을 들고 있는 이상. "말해." 여자가 쏴붙였다. "이름을 말하라고."

우리가 거기 답할 순 없는 노릇이었다.

"조사관이야!" 작살총을 가진 남자가 내뱉었다. "애들이라고! 검을 봐."

죽마 탄 비서 영감이 자세를 바꿨다. 피스톤들이 시익거리고 강철 손톱이 쟁쟁거렸다. "이만 포기해!" 그가 말했다. "검을 버려! 그럼 살려는 주겠다."

그 말투의 뭔가에서 대번에 드러났다. 어째도 우릴 죽일 작정이란 게. 하지만 꼭 말투가 아니라도 얼마든지 짐작 가능한 얘기였다. 오르페우스 협회에는 지켜야 할 비밀이 있었다. 그런 그들이 우리를 순순히 놔줄 리 없었고.

"슬슬 짜증이 나는데." 작살총 남자가 말했다. 그는 머리털이 상당히 없고, 주름진 살갗은 가죽처럼 질겨 보였다. 그를 킵스의 사진에서 본 듯도 했지만 정확하진 않았다. 내 기억으론 협회원 대부분이 그처럼 생겼었다.

그의 남자 동료, 그와는 대조적으로 린트천 공장이 폭발이라도 한양 무성한 수염을 가진 남자가 어깨에 두른 깔때기를 위협적으로 처들더니 나를 콕 집어 겨냥했다.

비서 영감이 장갑 낀 손을 들었다. "여기선 안 돼, 제프리." 그가 중얼거렸다. "책들 때문에…." 그러고는 우리를 노려보며 강철 손톱을 구부렸다 폈다. "마지막 기회다!" 그가 외쳤다. "할 말이 있나?"

잠시 정적이 흘렀다. "그렇다." 록우드가 말했다. "사실, 있다."

나는 록우드의 목소리에 깜짝 놀랐다. 일단은 우리 모두가 침묵을 지키리라 생각해서였다. 어쨌든 비서 영감은 우리와 만난 적이 있고, 말만으로 우리 정체를 알아챌지 몰랐으니까. 둘째는 록우드의 말투 때문이었다. 조용하지만 냉정하고 당당했다. 공포도 조급함도 없는 무심함 그 자체였다. 킵스랑 홀리가 궁지에 몰린 생쥐마냥 숨죽이는 반면, 나는 나대로 발끝으로 불안하게 서서 필연적으로 뒤따를 공격을 피할 마음에 속이 타들어 가고 복면이 땀으로 젖는 반면, 록우드는 버스라도 기다리는 사람 같았다. 레이피어도 뽑아 들지 않았다. 아닌 게 아니라 무기에는 손도 대지 않았다. 고작 몇 발자국 앞에서 총구가 자기를 향하고 있는데, 작살 끝이 회전하고 있는데, 생전 처음 보는 기계장치가 쉭쉭거리고 웅웅거리는데, 그는 그냥 그렇게 서 있었다.

록우드가 말했다. "당신들은 선택할 수 있다. 그대로 뒤돌아 아래층으로 가든가, 아니든가. 어떻게 할 텐가?"

두 번째 여자, 조그맣고 피부색이 어둡고 건포도처럼 쭈글쭈글한 여자가 얼떨떨한 듯 고개를 갸웃거렸다. "미안한데, 지금 쟤가 우리 한테 하는 소리야?"

"최후통첩을 하시겠다?" 작살총 남자가 무기를 힘주어 다잡았다.

"당신들은 고령이다." 록우드가 말했다. "그래서 아마도 좀 느릴 테고. 이렇게 말해도 못 알아먹겠으면 달리 설명해 주지. 할 수 있을 때 냉큼 그 오그라든 엉덩짝을 움직여 도망쳐라. 아님 결과를 감수하든가. 꽤 간단하지. 선택은 당신들 몫이다."

이 말에 감정이 올라오는지 건포도 여자가 은제 갑옷 아래 몸을 부르르 떨었다. 분노의 콧방귀를 뀌었다. 수염 난 남자―제프리―가 또다시 깔때기로 성급한 짓을 벌이고 싶은 눈치였다. 작살총 남자와 트위드 여자도 욱해서는 둘이 동시에 우리 쪽으로 걸음을 내디뎠지만 위에서 굽어보던 비서 영감의 형상에 가로막혔다.

"안 돼." 비서가 말하며 죽마 탄 다리 한쪽을 앞으로 뻗었다. "내 게 맡겨."

"머리통을 날려버려, 테렌스." 건포도 여자가 말했다.

유령이 얽히지 않은 이상 이 정도로까지 무시무시할 일은 별로 없다. 죽마 탄 미치광이 늙은이가 우리를 궁지에 몰아넣고 스테이크 칼 같은 손가락 열 개로 할퀴어대는 상황 말이다. 근데 무시무시한 동시에 살짝 우스꽝스러운 것도 사실이었다. 차분히 맞서는 록우드의 분위기에서 우리 모두가 그의 의도를 성공적으로 읽어내기도 했고. 우리는 상황을 되짚어 아까 비서 영감이 언급했던 뭔가를 우리한테 유리한 쪽으로 써먹을 수 있음을 깨달았다.

이 방의 오르페우스 협회원들은 책들을 훼손할지도 모른다는 두려움에 중화기의 사용을 꺼리고 있었다.

하지만 우린 꺼릴 게 없었고.

우리 모두가 벨트로 손을 뻗었다. 록우드가 가장 빨랐다. 눈이 미처 못 따라갈 정도로 빨랐다. 비서 영감이 그걸 눈치챘을 땐 이미 마그네슘 화염이 그의 가슴팍을 강타하고 사슬 갑옷에서 폭발한 뒤였다. 폭포수처럼 쏟아지는 은빛 섬광 너머에서 그의 몸뚱이가 뒤로 휘청했다. 영감은 광적으로 몸을 비틀고 필사적으로 발을 놀려 어찌어찌 선 채로 버텨냈다. 그러나 잇따라 도착한 내 화염탄에 끝내 옆으로 밀려가선 의자 등받이에 걸려 고꾸라졌다. 영감의 다리가 천장을 보고 버둥거리는 사이, 킵스와 홀리의 화염탄이 문간의 사인방을 때렸다. 그들이 두 번의 폭발 사이에 껴서 우왕좌왕하는 와중에 작살총 남자가 방아쇠를 당겼고, 발사된 작살이 록우드와 나 사이를 곧장 가르고 가 뒤쪽 창문을 그대로 뚫었다. 유리가 박살 나면서 밤공기가 들이쳤다.

그 뒤부터는 난리판이었다.

정말이지, 협회원들에겐 안타까운 일이었다. 방에서 나가는 문을 그들이 계속 막고 있었단 건. 그것만 아니었어도 우리는 그냥 떠날 마음을 먹었을지도 모른다. 분노한 사인방이 학술 도서관 보호라는 합리적 목표를 까먹고 무기를 쏴대기 시작한 것도 안타까운 일이었다. 그래 봐야 자기들 손해일 뿐이었다.

트위드 재킷을 입은 백발 여자가 총을 올려 들었고, 총구에서 뻗어 나온 연파랑 전기 광선이 내 옆 벽에 꽂혔다. 정말 순식간이었다. 거대한 꼬마가 낙서를 끼적이듯 좍 방을 가로질렀다. 그 위력이 고스란히 느껴지고 벽지 타는 냄새가 났다. 불똥이 재킷에 튀고 뺨을 콕콕 쐈다. 트위드 여자가 총구를 돌려 다시 광선을 갈겼다. 나는 석고 흉상 옆 테이블 너머로 몸을 던지고 바닥을 굴러 안락의자 뒤로 들어갔다. 내 뒤에서 뭔가가 폭발했다. 흉상 파편들이 바닥에 우수수 쏟아졌다.

나는 의자 주변을 살폈다. 이제 두 여자 모두 전기총을 쏘고 있었다. 파란 섬광들 탓에 다른 모든 게 어둑해 보였다. 사방에서 움직임이 있었다. 레이피어에서 빛이 일렁이고 몸뚱이들이 날뛰었다. 화염탄이 또 터졌다. 그 빛 속에서 두 발로 일어나는 비서 영감이 보였다. 그의 얼굴은 검은색과 은색으로 눌어붙은 자국들의 벤다이어그램이었다. 머리칼이 탔다. 개중 한 가닥엔 아직도 불이 붙어 있었다.

내 등짝에서 해골이 길고 낮게 키득거렸다. "이 늙다리들 완전 돌았잖아! 이 말은 해야겠는데, 나 이 인간들 맘에 들어."

복면 쓴 형상―내 짐작엔 킵스―이 검을 내들고 지나가려다 수염 난 제프리에게 가로막혔다. 그의 깔때기가 연결된 주머니는 풀무나 아코디언처럼 짜부라지는 형태로, 한쪽 팔 아래 고정돼 있었다. 제프리가 팔꿈치로 주머니를 쑤셨다. 펑! 소리와 함께 깔때기에서 발사된 유리병이 킵스를 간발의 차로 비켜가 뒤쪽 벽을 때리고 산산조각 났다. 무색의 액체가 뚝뚝 떨어졌다. 익숙한 냄새가 진동했다.

"그게 최선이야?" 킵스가 외쳤다. "라벤더물? 한심하긴!"

"이건 뭐라 반박을 못 하겠네." 해골이 말했다. "지금껏 이렇게 찌질한 무기는 나도 본 적이 없다."

나는 킵스의 스웨터 목덜미를 붙들고 의자 뒤로 거칠게 당겼다. 아까 그 액체에 벽지가 부식하면서 거품이 부글거렸다. 조그만 석고 조각들이 축축한 덩어리로 뭉쳐 바닥에 떨어졌다.

"아무래도 산이 섞여 있는 거 같아요." 내가 말했다.

"나이스!" 해골이 말했다. "저 인간들 진짜 제대로 미쳤잖아!"

킵스와 나는 안락의자를 붙들어 앞으로 힘껏 밀고나가서는 그대로 제프리를 들이받았다. 그가 고통으로 헐떡거렸다. 깔때기에서 펑 소리가 나고, 산이 든 유리병이 천장으로 날아가 근처에서 터졌다. 방의 다른 어딘가에서 누군가가 비명을 질렀다. 나는 정신없는 와중에도 그게 홀리가 아니길 바랐다. 그리고 이제 건포도 여자가 전기총을 난사하기 시작했다. 파란 번개가 안락의자를 뚫고 나오면서 내 두 손이 전기로 쩌릿쩌릿했다. 나는 안락의자를 놨다. 몸을 낮추고 여자에게 돌진해 허리께를 들이받았고, 둘이 함께 바닥에 나동그라졌다. 총을 쥔 여자의 손에서 힘이 빠졌다. 나는 무기를 쳐서 날려버렸다.

가까이에서 그림자들이 움직였다. 나는 눈을 들었다. 작살총 남자가 장전에 애를 먹고 있었다. 그 옆에 비서 영감이 있었는데, 드디어 똑바로 일어나 내게 덤벼들었다. 그리고 거기 록우드도 있었다. 연기가 모락모락 나는 방 가운데서 비서 영감 앞을 제대로 막고 섰다. 손에는 레이피어를 들고. 영감이 소리를 꽥 질렀다. 손을 아래로 휘둘렀고, 손가락 칼이 록우드의 머리를 갈퀴질했다. 록우드는 발레 하듯 옆으로 비켜났다. 검으로 손톱들을 쳐냈다. 그러고는 가까운 쪽 죽마를 걷어찼고, 비서 영감이 비틀비틀 밀려가더니 작살총 남자와 충돌했다.

내 밑에선 건포도 여자가 광적으로 몸을 비틀며 으르렁거리고 침을 뱉었다. "범죄자 놈들!" 새된 소리로 외쳤다.

"그럴지도." 나는 그녀의 턱에 한 방 먹이며 말했다. "하지만 적어도 우린 미치광이는 아냐. 당신네랑 달리."

그러니까 이게 오르페우스 협회원들이 기묘하게 생각한 점이었다. 그들이 좀 열 받는 것도 이해는 됐다. 우세한 화력도 있고 하니 아마도 자기네가 승리하리라 생각했겠지. 하지만 그들이 제아무리 정신 줄을 놨다 한들 우리 넷에게서 터져 나오는 흉포함에 대적하진 못

261

했다. 나는 일평생 할머니를 때려본 적이 없었다. 지금 그러는 데 아무 어려움을 못 느꼈고.

어찌 보면 그들은 운이 나빴다. 그날 우리의 반발은 사실 그들과는 별 관계가 없었으니까. 그건 벌써 며칠째, 조지가 다치고부터 계속 우리 안에 쌓여온 거였다. 우리의 분노는 분출구가 필요했고, 때마침 한껏 무장한 어르신들이 우리를 죽이려 드는 거다. 울고 싶은데 뺨 때려준 격이었달까.

뒤이은 몇 분 동안 우리는 '생애 처음'들을 참 많이도 달성했다. 록우드는 비서 영감의 강철 손가락을 한 손씩 차례로 잘라냈다. 제프리와 사투를 벌이던 킵스가 수염을 잡아당겨 그를 고꾸라뜨렸다. 일어나려고 바둥거리는 제프리의 깔대기총 모터에 레이피어를 꽂아 넣었고, 무기가 고동치는 빛 덩어리마냥 폭발했다. 홀리는 트위드 여자의 야만적인 타격을 이리저리 피하고 있었다. 훌쩍 뛰어올라 힘껏 밀어버린 거대 지구본에 여자가 깔렸다.

나, 나는 자리에서 일어나서 바닥에 내팽개쳐진 전기총을 들고 다이얼을 돌렸다. 은제 갑옷을 입은 건포도 여자도 아등바등 몸을 일으켰다. 앙칼지게 소리치며 달려들었다. 내가 방아쇠를 당겼다. 한 줄기 전류가 발사되며 여자를 근처 벽으로 날려버렸고, 그 위로 벽돌과 회반죽이 비처럼 쏟아졌다.

제프리는 연기를 뿜는 놋쇠관 아래 의식을 잃고 엎어져 있었다. 하지만 작살총 남자가 다시 무기를 올려 들었다. 킵스를 겨냥했다. 홀리가 악을 써서 경고했다. 킵스가 몸을 수그렸다. 작살이 그의 머리 바로 위를 지났다. 내가 쏜 전기 광선이 작살총 남자를 맞히자 그가 뒤쪽 의자로 날아갔고, 의자가 책장으로 날아갔다. 책장이 엎어지며 남자를 묻어버렸다.

해골이 환호성을 질렀다. "최고다 진짜. 너희도 저 인간들만큼이나 못돼먹었잖아. 실은 더 나빠. 저 노인네들은 자기들이 누구한테 당하는지조차 모른다고!"

전세가 역전되고 있었다. 트위드 여자가 지구본 아래서 빠져나와 문으로 도망쳤다. 비서 영감도 마찬가지였다. 죽마를 신고 푹푹거리고 달가닥거리면서 손톱 잘린 금속 손을 휘저었다. 두 노인은 문에 동시에 도달했고, 서로 먼저 나가려고 다퉜다. 록우드와 내가 그들을 뒤따라 걸었다. 록우드는 레이피어를, 나는 전기총을 들고. 먼지와 잔해와 흩어진 벽돌을 넘고, 무너진 벽에 반쯤 파묻힌 건포도 여자의 의식 없는 몸을 넘어 복도로 나가 층계참으로 향했다.

도망자들이 계단 앞에 도착했다. 몸을 돌려 계단을 내려가려는 트위드 여자에게 내 전기 광선이 명중했다. 그녀는 난간을 뚫고 계단통으로 떨어지다 천장에서 길게 늘어진 샹들리에에 내려앉았다. 크리스털 조각과 김이 모락모락 나는 트위드가 엉망으로 뒤엉킨 가운데 의식 없이 축 늘어져 흔들거렸다.

비서 영감은 여기서도 버티며 최후의 저항을 했다. 아마도 죽마 때문에 계단을 내려가기가 쉽지 않아서였을 거다. 체념이 반발심으로 둔갑한 건지도 모르고. 둘 중 어느 쪽이든 간에 그는 우리를 마주 보며 자리를 지켰다. 록우드가 다가갔다. 차분하고 거침없이. 레이피어를 내들고.

"너흰 죽게 될 거다!" 영감이 외쳤다. "그분이 가만두지 않을 게야!"

비서 영감이 한 팔을 무작정 내둘렀다. 록우드가 옆으로 움직이며 검으로 뺐다. 영감의 오른쪽 죽마가 깔끔히 토막 났다. 그가 망가진 난간 너머로 고꾸라지고는 그대로 내리꽂혔다. 샹들리에는 놓치고 말았다. 어쨌든 거긴 이미 입주자가 있기도 했고. 잠시 뒤 아래층 계단에서 둔탁한 충격음이 들렸다.

오르페우스 협회 건물에 정적이 내렸다. 내가 쥔 총이 부드럽게 웅웅거렸다. 나는 전원을 끄고 무기를 바닥에 툭 던졌다. 샹들리에와 입주자는 멈출 줄 모르고 빙빙 돌고 돌았다.

"오? 이렇게 끝이야?" 해골이 말했다. "재밌었는데. 몰상식한 폭력이 사기 진작에 엄청 좋구먼. 우리 매일 밤 어디 좀 쳐들어가야겠어. 런던에 노인네들 집은 널렸잖아. 내일은 다른 델 골라보자."

킵스와 홀리가 복도의 잔해 사이를 이리저리 통과해 층계참의 나와 합류했다. 록우드는 벌써 아래층으로 내려가 비서 영감의 구겨진 몸뚱이를 확인하고 있었다. 영감이 등에 짊어진 동력장치가 간헐적으로 하늘색 불꽃을 뿜었다.

나는 망가진 난간 틈으로 내려다보며 물었다. "죽었어?"

"아니."

"죽은 사람은 없는 거 같네." 킵스가 말했다.

저 아래서 록우드가 천천히 일어났다. 그는 영감의 축 늘어진 손을 신발 앞부리로 밀어 치운 뒤 눈길 한번 주지 않고 그의 몸뚱이를 넘었다. 파리한 얼굴로 레이피어를 손에 든 채 계단을 올라왔다. 먼지를 뒤집어쓴 외투가 너덜너덜했다. 층계참에 도달하고야 그는 검을 벨트에 꽂았다.

"우리 이제 가도 될까, 제발?" 홀리가 조그만 목소리로 물었다.

록우드가 고개를 끄덕였다. "물론. 근데 그 전에 위층 창고에 다시 들러야겠어."

우리가 포틀랜드 로에 도착한 건 새벽 2시가 막 넘어서였다. 집은 고요했다. 조지와 플로가 있는 방에선 아무 소리도 안 들렸다.

록우드는 오르페우스 창고에서 가져온 물건들이 든 묵직한 가방을 들고 있었다. 그걸 부엌 식탁에 내려둔 뒤 복면을 벗었다. 얼굴에 피가 묻어 있었다. 그가 헝클어진 앞머리를 털었다. "현관 확인해, 홀리. 집을 감시하는 사람이 있나 봐. 다들 복면 벗어. 장갑도. 없애야 돼."

우리는 복면과 장갑을 문 옆에 뒀다. 킵스가 찢어진 재킷을 벗어 그 위에 던졌다. 홀리가 응접실에서 돌아왔다.

"밖엔 아무도 없어." 그녀가 말했다.

록우드가 고개를 끄덕였다. "좋아."

우리는 어스름 속에 서 있었다. 넝마가 된 옷에서 연기 냄새가 솔솔 피어올랐다. 우리 얼굴과 손은 멍과 피로 얼룩졌으며 모두가 무표정했다. 머릿속으로 다들 같은 생각을 하고 있었다.

"그래서… 그들이 우릴 알아봤을까?" 마침내 킵스가 입을 열었다.

모두가 일제히 록우드를 봤다. 그는 몹시도 창백했고, 한쪽 뺨에 상처가 나 있었다.

"아마 아닐 거예요." 록우드가 말했다. "하지만 그들이, 아님 피츠나 루퍼트 게일이 상황을 파악하는 것도 순식간이겠죠. 우리란 걸 당연히 알 거고. 그럼 조치를 취할 수밖에 없을 테니. 그러니까 결국 시간문제일 뿐예요. 모든 게…."

"모든 게 뭐?" 내가 물었다.

록우드가 내게 미소를 지었다. "끝나기 전에. 하지만 그게 오늘 밤은 아닐 테니까. 그 말은 곧 우리가 좀 자둬야 한다는 거고. 어떤 대행사든 제1원칙이 그거잖아. 쉴 수 있을 때 쉬어라."

말은 맞는 말이었다. 하지만 나는 잠을 잘 자지도, 오래 자지도 못했다. 새벽에 깨어나 조용한 집을 돌아다녔다. 록우드가 응접실 소파에서 자고 있겠거니 했으나 문이 활짝 열려 있고 안에는 아무도 없었다.

나는 서재를 들여다봤다. 커튼이 젖혀진 창문으로 희끄무레하고 차가운 빛이 들어왔다. 장작을 태운 냄새가 났지만 난롯불은 꺼졌고 공기는 쌀쌀했다. 록우드는 가장 좋아하는 의자에 앉아 있었는데, 어깨 너머의 빛나는 독서등이 그의 무릎에 조그맣고 눈에 거슬리게 밝은 광휘의 원을 만들었다. 오르페우스 협회에서 훔쳐 온 소책자가 두 손 사이에 뒤집힌 채 놓여 있었다. 그는 눈을 반쯤 뜨고 창문을 지긋이 바라보고 있었다.

나는 그의 의자 팔걸이에 앉아 독서등을 껐다. "안 잤어?"

록우드가 고개를 가로저었다. "부모님의 마지막 강의 기록을 읽고 있었어."

나는 기다렸다. 그가 내게 얘기하고 싶거든 할 것이다.

"『뉴기니와 서수마트라 부족의 유령 설화』," 록우드가 말했다. "'실리아 록우드와 도널드 록우드의 오르페우스 협회 강연.' 속표지에 그렇게 적혀 있어, 루시. 또박또박. 근사하고 분명하게. 이를 테면 이건 부모님의 명함 같은 거였어. 두 분도 협회에 들어가고 싶어 했으니까. 그 멋진 양반, 비서 영감조차 작년에 만났을 때 내게 부모님 칭찬을 했었지."

내 눈앞에 죽마를 탄 백발의 형상이, 울부짖는 얼굴이, 난도질하는 손톱이 나타났다.

"있지, 부모님이 협회에 안 들어가서 차라리 잘된 건지 몰라." 내가 말했다. "두 분이 거기랑 잘 맞았을지 의문이야."

록우드가 책을 부드럽게 집어 들었다. "난 너한테 사과해야 해. 너랑 홀리랑 퀼한테. 협회 건물에서 있었던 일 말야. 그 멍청이들한테 공격당하기 직전에. 미안해. 내가 너흴 실망시켰어."

"절대 아냐." 내가 말했다. "넌 그때….'

"얼어 있었지." 록우드가 말했다. "일은 나 몰라라 하고. 책임지는 입장에서 그럼 안 되는 건데. 하지만 이유가 있었어." 그가 덧붙였다. "뭔가에 엄청 놀랐거든. 아니, '놀랐다'는 건 좀 그렇고. 난 문득 굉장히 많은 걸 '이해하게' 됐어. 갑자기 몰아치더라고. 압도되다시피 했지. 그리고… 음, 그게 뭐였나 보여줄게." 록우드가 책자를 펼치고 누레진 책장들을 넘겼다. "주요하게는 두 가지였어. 강의 내용 대부분은 제목과 일치해. 그 지역 주민들이 조상의 영혼을 상대하는 방식을 다루고 있어. 불상사가 생기지 않게 마을에서 멀리 떨어진 곳에 특별히 지은 혼령의 집에 죽은 자들의 뼈를 어떻게 보관하는지, 우리 집 위층에 있는 것과 비슷한 혼령망토를 무당이나 주술사가 어떻게 차려입고 들어가 조상과 대화하는지 같은 거. 그다지 새로울 거 없는 얘기지. 너도 알다시피 이런 내용은 부모님의 다른 논문에도 있거든. 하지만 이 강의엔 그 혼령의 집에서 벌어지는 일에 대한 생각까지 추가돼 있어…."

록우드는 원하는 대목을 찾아 든 참이었다. 강의 내용을 이미 다 꿰고 있었다. 책장의 주름을 펴고 책을 들어 허약한 아침 햇살을 받게 한 뒤, 내가 읽을 수 있게 건넸다.

그래서 현자들은 조상과 정말로 대화한다. 이는 그들의 공통적인 주장이다. 그러나 또 다른 부분, 현대인의 귀에 그보다도 놀랍게 들리는 얘기가 있다. 혼령의 집에 들어가는 현자들은 자신이 더는 인간계에 있지 않고 혼령의 집을 통과해 아예 다른 세계로 들어간다고 믿는다. 이 세계는 조상들의 것이자 죽음의 땅으로, 그들은 거기서 유령들과 동등한 존재로 만난다. "그게 어떻게 가능한가?" 우리는 물었다. "인간으로서 당신의 육신이 그 세계의 끔찍한 환경(그곳이 쾌적한 곳은 아니므로)을 어떻게 견딜 수 있는가? 또한 죽은 자와의 근접성이 당신에게 치명적이진 않은가?"

"아마도 그럴 것이다." 대답이 돌아왔다. "우리 망토와 가면의 튼튼한 보호력이 아니었다면. 귀한 재료를 쓴 망토가 우리 몸을 지키고 조상들이 우릴 만질 수 없게 한다. 뼈 가면(과거 무당들의 유해로 만든다.)을 통해 우리는 영혼들을 맑은 눈으로 본다."

우리 생각에 이 빈약한 물건들은 현자들이 주장하는 어떤 기능도 좀처럼 해낼 수 없을 듯 보이나, 거기 깃든 힘을 현자들은 자신한다. 그렇다고는 해도 조상과의 대화는 가벼이 여길 일이 아니다. 원로들은 이를 가장 위험한 모험이자 위기의 순간에만 행할 일로 여기는데, 현자의 도착이 죽은 자들을 깨우고 극심히 자극하며, 이들이 현자 뒤를 따라 이승으로 넘어오는 일이 종종 발생해서다. 이 같은 이유로 혼령의 집은 마을에서 멀리 떨어진 곳에, 대개는 개울을 사이에 두고 지어진다.

"얘기가 슬슬 어디로 흘러가는지 알겠지, 루시?" 록우드가 말했다. "지금 여기서 벌어지는 일과 똑같은 게 기록돼 있어. 산 자가 죽은 자의 땅을 여행하는 거. 부모님은 모든 걸 알아냈어. 죽은 자들이 깨어나는 방식, 통과할 문을 만들려면 엄청나게 많은 출처가 있어야 한다는 사실, 저 세상에서 육신을 보호해 줄 수단의 필요성. 그 모두가 거기 들어 있다고."

나는 천천히 고개를 끄덕였다. "뼈 가면이라니 흥미롭네. 킵스가 쓰는 고글이랑 비슷한 걸까?"

"그 생각은 못 해봤는데. 응. 어쩌면. 한 가지 확실히 말할 수 있는 건 그 고글이 주술사의 가면을 베낀 거란 사실이야. 우리가 슬쩍한 비늘 망토들이 원래 혼령망토를 베끼다시피 한 것처럼. 부모님은 딱하게도 이 강의에서 깃털 망토를 엄청 자세히 설명하고 있어. 만드는 방법, 깃털들을 엮는 은제 얼개의 종류…. 오르페우스 일당한테 그건 선물과도 같았어, 루스. 그 인간들이 그때껏 사용했던 기법이 뭐였든 간에, 이 깃털 망토엔 견줄 게 못 됐겠지. 일당은 내내 내 부모님의 책을 흉내 내온 거야."

"두 분의 연구 결과를 이용해 먹었다고?"

"그랬다고 확신해. 그리고 또 한 가지 확신하는 게 있어. 협회원들 입장에서 주술사들의 영리한 기법들을 알게 돼서 좋았을 순 있어도 부모님 강의의 다른 내용들은 영 달갑지 않았을 거야." 록우드가 책장을 더 넘겨 거의 끝부분으로 갔다. "이거 읽어봐." 그의 목소리가 이상했다.

뉴기니 산악 지대와 서수마트라 밀림에서 직접 보고 들은 바에 따라 우리는 조상들에 대한 현자들의 진술이 사실임을 확신한다. 더 나아가 우리가 우리 조상들과 겪고 있는 문제에도 시사하는 바가 크다고 믿는다. 우리 모두가 알다시피 영국을 괴롭히는 방문자 대출몰 사태는 설명이 어려운 부분이 많으며, 뚜렷한 해법 없이 날로 악화되고 있다. 하지만 이 위기의 제1원인이 실은 우리 근처 어딘가, 우리 코앞에 있는 거라면? 우리가 어떤 이유에선가 이 혼령들의 휴식을 방해하고 있다면? 산 자들이 드나든다는 그 문이 실제로 존재한다면? 이는 터무니없는 생각처럼 보이지만, 그럼에도 우리가 확보한 증거와 통하는 부분이 있다. 이 가설은 마땅히 탐구돼야 한다. 사실 우리는 지구 반대편에서 진행된 이 연구가 우리 가까이의 위대한 미스터리를 풀 잠재력을 가졌다고 굳게 믿는다.

"물론 우린 알지. 그 혼령문이 정말로 우리 가까이에 있었단 걸." 록우드가 말했다. "거길 누가 드나들었는지도 알아. 내 부모님은 전혀 몰랐지만. 상상이 돼? 그 지긋지긋한 건물에서 두 분이 이 내용을 강의하고, 시계가 째깍거리고, 저 소름 끼치는 오르페우스 패거리가 그분들을 잠자코 지켜보고 있는 게?" 그가 몸서리쳤다. "부모님은 저 세상과 관련된 문제를 더 넓은 차원에서 보고 싶어 했어. 문화들 사이의 유사점을 비교하면서 말야. 이 아이디어들이 고국 런던에서도 대중의 관심을 모으리라 생각했고, 그건 꽤나 합리적이었어. 사실 며칠 뒤에 맨체스터에서 일반 대중을 상대로 같은 강의를 할 계획이기도 했고. 그때 두 분은 몰랐어. 흥분과 열정이 넘쳐서, 그리고 오르페우스 협회의 특별한 친구들에게 연구 결과를 조금이나마 미리 공개하고 싶은 마음에 미처 못 본 거야. 그게 결국은 죽음을 자초하는 일이었단 걸."

록우드의 피곤한 눈이 나를 올려다봤다. 우리 시선이 마주쳤다.

"그 사고." 내가 말했다.

"오르페우스 협회가 벌이고 있었던 짓을 감안할 때, 그들은 내 부모님의 이론이 세상에 알려지는 게 몹시 싫었을 거야. 여기서 내 두 번째 깨달음이 찾아왔지. 그 책 첫 장에 강의 날짜가 적혀 있어. 부모님이 맨체스터에 가기로 한 날로부터 고작 이틀 전이야. 다시 말해," 록우드가 말을 이어갔다. "오르페우스에서 강의하고 고작 이틀 뒤에 끔찍한 교통사고에 휘말려 화재로 목숨을 잃은 거야. 고작 이틀 뒤에, 협회 사람들을 불편하게 했던 강의와 이론이 세상에서 영원히 사라진 거지." 그가 책을 바닥에 툭 내려놨다.

"단순한 사고가 아니었어." 내가 말했다.

"두 분은 살해된 거야, 루시. 맞아."

"그리고 네 생각엔 마리사랑 오르페우스 협회가…."

록우드가 나와 눈을 맞췄다. "생각이 아냐, 루시. 확신이지."

4

포틀랜드 로 공성전

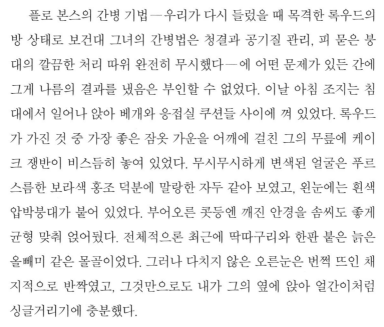

17

플로 본스의 간병 기법—우리가 다시 들렀을 때 목격한 록우드의
방 상태로 보건대 그녀의 간병법은 청결과 공기질 관리, 피 묻은 붕
대의 깔끔한 처리 따위 완전히 무시했다—에 어떤 문제가 있든 간에
그게 나름의 결과를 냈음은 부인할 수 없었다. 이날 아침 조지는 침
대에서 일어나 앉아 베개와 응접실 쿠션들 사이에 껴 있었다. 록우드
가 가진 것 중 가장 좋은 잠옷 가운을 어깨에 걸친 그의 무릎에 케이
크 쟁반이 비스듬히 놓여 있었다. 무시무시하게 변색된 얼굴은 푸르
스름한 보라색 홍조 덕분에 말랑한 자두 같아 보였고, 왼눈에는 흰색
압박붕대가 붙어 있었다. 부어오른 콧등엔 깨진 안경을 솜씨도 좋게
균형 맞춰 얹어뒀다. 전체적으론 최근에 딱따구리와 한판 붙은 늙은
올빼미 같은 몰골이었다. 그러나 다치지 않은 오른눈은 번쩍 뜨인 채
지적으로 반짝였고, 그것만으로도 내가 그의 옆에 앉아 얼간이처럼
싱글거리기에 충분했다.

"너 좀 봐!" 내가 말했다. "살아 있고 깨어 있고 앉아 있고 다 하잖
아!"

"그리 시끄럽겐 말고." 조지가 말했다. 전보다 힘 있는 목소리긴

했지만 재떨이를 문대는 사포 조각처럼 거칠었다. "그러다 딱한 플로가 깨면 어쩌려고. 완전 녹초가 됐단 말야." 조지가 방 한구석을 고갯짓했다.

거기 둥지마냥 어수선하게 쌓인 옷 더미 가운데에 푸파 재킷 차림으로 꼼짝 않고 웅크린 형체가 보였다. 무릎을 당겨 세우고 두 손에 고개를 얹었다. 밀짚모자는 벗어버렸고, 머리에서 텁수룩하니 퍼져 나오는 지푸라기색 금발이 꼭 기형 불가사리 같았다. 두 눈은 감겨 있었다. 길고 깊은 숨소리가 들렸다.

록우드가 눈을 끔뻑였다. "잠깐! 지금 저거 내 스웨터들이야? 내 끝내주는 셔츠들이 저 진흙투성이 신발에 깔려 있는 거고? 그러고 보니 내 서랍에 든 게 죄다 나와 있네!"

"플로가 편히 누울 자리가 필요했어." 조지가 말했다. "플로한테 그 정도도 안 해줄 건 아니겠지, 록우드."

"저쪽 보관장에 이불이 두 채나 더 있는데!"

"아, 그렇지. 그 생각은 못 했네. 아무튼 조용하라고. 플로는 날 밤새 간호했어. 솔직히 좀 과하다 싶도록…." 조지가 고통스레 몸을 움직여 쟁반을 옆으로 치웠다. 다치지 않은 눈이 우리의 찢기고 멍든 부위들을 살폈다. "근데 그건 다 뭐야? 나 혼자 관심받는 꼴은 못 봐준다 그거야?"

"나갔다 왔어." 록우드가 말했다. "널 위해 뭘 좀 가져왔지." 그가 침대보에 『오컬트 이론』의 사본을 내려놨다. "애쓴 보람이 있음 좋겠는데."

조지의 자주색 얼굴 하관이 벌어지며 찌그러진 미소가 피어났다. "이거 완전 크리스마스가 따로 없네! 고마워…." 그가 책을 힘없이 쓰다듬었다. "어디였어? 피츠? 오르페우스?"

"오르페우스." 록우드가 말했다. "말이 나와서 말인데, 네가 더는 죽어가는 상황이 아니면 그걸 당장 읽기 시작하는 게 어떨까 싶어. 우리한테 남은 시간이 많지 않을 수 있어서."

오르페우스 협회 습격을 계기로 모든 게 변했다. 그걸 우리는 별 말 없이도 그냥 알았다. 조지의 피습, 그리고 우리의 보복성 원정. 이제 양측 모두 선을 넘었고, 며칠 전의 주도면밀한 휴전 상태로 돌아갈 가능성은 없었다. 우리 행위에는 당연히 결과가 따를 것이다. 문제는 그게 어떤 형태로 올 건가였고, 개인적으로 나는 번개 같은 보복을 예상했었다. 점심때가 되기도 전에 마리사 피츠와 DEPRAC 정예팀이 나타나 우리를 사슬에 줄줄이 묶어 끌고 간대도 놀랍지 않을 거였다.

하지만 그런 일은 일어나지 않았다. 조용한 하루였다. 아니, 그랬을 거다. 록우드가 이날을 행동 개시의 기회로 삼지 않았더라면.

수면이 부족한 상태에서도 전날 밤의 일들이 록우드의 흥을 돋웠다. 그는 이상한 활력을 뿜었고 좀처럼 쉴 줄 몰랐다. 그리고 우리 모두가 거기 휩쓸렸다. 언제가 됐든 우리 적들이 응수해 올 거였다. 그 전에 대비를 해야 했고, 이를 위해 록우드는 우리를 열심히 굴렸다. 그는 사방에 출몰했다. 밝은 눈과 차분하고 신중한 목소리로 명령을 내리고 계획을 세웠다. 서재 바닥에서 자고 일어난 킵스―조지의 방을 쓰라는 우리의 제안을 한사코 거절했다―는 자기 팔만큼이나 기다란 쇼핑 목록을 가지고 런던 중심가로 갔다. 홀리는 멀릿네로 파견됐고, 드디어 잠에서 깬 플로 본스 또한 조지의 침대 옆에서 억지로 뜯겨 나와 임무를 배정받았다.

"네가 바깥 상황 좀 봐줘야겠어, 플로." 록우드가 말했다. "유물 사냥꾼 사이에서 무슨 얘기가 오가는지 좀 알아봐 줘. 어떤 소문이 도는지, 뭔가 이상한 걸 보거나 들은 사람이 있는지, 특히 루퍼트 게일이나 피츠 패거리가 엮인 일이 있는지. 범죄자들 세계에선 소문이 빠르잖아. 넌 내가 아는 누구보다도 훌륭한 안테나를 가졌고."

플로의 표정에서 나는 트레이드마크와도 같은 독설을 기대했지만, 그녀는 그저 입을 다물더니 고개를 끄덕이고 정원으로 사라졌다. 록우드가 뭔가를 정말로 원할 때면 누가 됐든 거절하기가 무척 힘들었다.

그런 뒤 조지를 내게 맡겨두고 록우드도 외출했다. 그는 목적지를 말하지 않을 거였고, 포틀랜드 로 거리를 성큼성큼 걸어 내려가는 그를 보고 있으려니 나는 속이 메스꺼웠다. 부모님에 얽힌 충격적인 사실을 알고부터 그는 희한할 정도로 명랑했다. 생각지도 못했던 반전에 들떠 보이기까지 했다. 전에 묘지에서 봤던 그 까칠한 반발심이었다. 새로운 목표가 생긴 지금은 그게 더 강렬해졌을 뿐이고. 이제 우리의 적은 분명했고, 부모님의 죽음은 그가 지금껏 생각했던 것처럼 무의미하지 않았다. 그로선 그게 기쁠 수도 있단 게 나도 이해는 됐다. 그럼에도 우리 반대편에 있는 세력들을 생각하니, 그리고 반스든 DEPRAC든 다른 누구든 도움이 돼줄 가능성이 낮다는 사실을 되새기니 이 모두의 끝이 도대체 뭘까 그저 두려울 뿐이었다.

나는 록우드의 방을 살짝 들여다봤다. 조지는 다시 잠들어 있었다. 그는 마리사의 책을 아직 읽지 않았다. 나는 창문을 열어 방을 소독하고 싱싱한 라벤더를 가져다 뒀다. 그런데도 플로의 존재감은 여전했다. 나는 방을 나왔다.

이날 포틀랜드 로 35번지의 아침 시간은 대체로 고요했다. 점심때가 다 돼서는 길을 따라 천천히 올라오는 대형 배달차에 온 집이

흔들렸다. 트럭 보조석에 퀼 킵스가 앉아 있었다. 건축 자재 판매소 차량이었다. 킵스의 지시에 따라 남자들이 합판과 연장, 밧줄과 다른 재료들을 차에서 내려 현관홀에다 던져놨다. 트럭을 빼기도 전에 멀 릿네 승합차가 나타났다. 운전석에 홀리가 앉아 있었다. 차에는 상당 량의 철과 소금, 마그네슘 화염이 실려 있었고. 배달 차량들이 들어 오고 나가는 데 애를 먹으면서 동네에 한바탕 소란이 일었다.

나는 배달된 물건들을 챙긴 뒤, 고함치는 남자들과 빵빵거리는 경 적에 대고 문을 닫았다. 홀리와 내가 대행사 보급품을, 킵스가 합판 과 연장을 맡았다. 이른 오후, 록우드가 베일에 싸인 외출에서 돌아 왔을 땐 장비들이 차곡차곡 정리된 채로 쭉 늘어서 있었다. 그는 군 사 지도자처럼 모든 걸 점검했고, 대단히 만족해서는 우리에게 고개 를 끄덕였다.

"완벽해." 록우드가 말했다. "잘했어, 모두들. 이제 방비들을 제자 리에 설치하기만 하면 돼. 그 전에 샌드위치부터 좀 먹어야겠지만."

우리는 식탁 주위에 모였다.

"정말 이상해." 내가 말했다. "지금쯤이면 우리가 체포됐을 줄 알 았는데."

록우드가 고개를 가로저었다. "아니. 저들은 우리 체포 안 해. 우 리가 난리를 피우면서 곤란한 질문을 왕창 해댈 걸 알거든. 유감스럽 지만 저들은 그냥 끝을 보는 쪽을 선택할 공산이 커."

"우릴 죽인다, 그 말이군." 킵스가 말했다. 그는 아까부터 번쩍거 리는 쇠톱의 포장지를 뜯고 있었다. 이제 그걸 식탁에 놓고 자기 몫 의 샌드위치를 집어 들었다.

"그러는 편을 선호할 거예요." 록우드가 말했다. "저들이 보기엔 우리가 이미 너무 많은 걸 알고 있으니까. 그렇다고 우릴 덜컥 제거

해 버릴 수도 없죠. 거리에서 조지를 공격하는 거랑 우리 모두를 없애는 건 상당히 다른 문제거든요. 우릴 손보는 건 큰 작전이 될 거고 무척 위험하기도 해요. 우리가 이미 예상하고 있단 걸 저들도 아니까. 게다가 공공연히 벌일 수 있는 일도 아니죠. 여러 뻔한 이유들로. 제아무리 피츠라도 살인을 대놓고 허가할 순 없어요. 그 말은 제거 작전이 조용히, 보는 눈 없는 곳에서 이뤄지리란 뜻이고. 그래서 난 저들이 이곳, 포틀랜드 로를 공격하리라 봐요. 아마도 일몰 뒤에.”

모두가 이 얘기를 소화하는 동안 침묵이 흘렀다.

“오늘 밤에?” 내가 물었다.

“아니기만 바라야지. 그때까진 준비가 안 될 테니까. 우리한테 하루만 더 주어져도 나름 든든한 보호책들을 마련할 수 있을 거야. 일단 오늘 밤엔 바짝 경계하면서 운을 믿어보는 수밖에. 하지만 지금 당장 우리가 해볼 수 있는 것들도 많아. 얼른 먹고 일하자.”

포틀랜드 로 35번지의 방어가 아예 불가능한 건 아니었지만 극복해야 할 약점이 분명 있긴 했다. 1층 현관은 걱정할 게 별로 없었다. 오래고 검은 문은 두껍고 견고했으며, 자물쇠와 쇠사슬이 여럿 달려 있어서 바주카포 정도는 갖고 와야 날려버릴 수 있을 거였다. 서재와 응접실 창문 또한 상당히 안전했다. 둘 다 지하실 마당을 내다보고 있어서 접근이 쉽지 않았다. 걱정스러운 건 정원으로 내려가는 계단이 딸린 부엌이었다. 킵스의 합판이 들어온 것도 바로 여기였고. 그날 오후 킵스와 록우드는 부엌 창문 안쪽과 출입문에 난 유리창을 가로질러 합판을 못질했다. 록우드는 또한 밖으로 나가 정원 계단에 뭔가를 만드는 데 상당한 시간을 투자했다.

“마리사의 무덤에서 아이디어를 얻었어. 며칠 동안 이쪽 문은 안 쓰는 게 좋을 거야." 록우드는 그 이상 설명하지 않았다.

지하실은 오랫동안 우리의 골칫거리였다. 다시 말하지만 현관 쪽은 이론적으로 덜 취약했다. 우리 사무소 창문이 현관 아래에 위치한 지하 마당 쪽으로 나 있긴 했다. 지상의 울타리 대문에서 마당으로 내려가는 가파른 계단이 있었고, 커다란 화분에 심긴 죽은 식물들이 앞 공간을 가득 채웠다 해도 마음만 먹으면 사무실 창문에 접근하기는 쉬웠다. 하지만 몇 년 전 강도 사건을 겪으면서 우리는 이쪽 창문에 쇠창살을 덧댔고, 이를 우회할 방법을 찾기는 쉽지 않았다. 이 말은 곧 우리가 집의 뒤쪽 방비에만 집중하면 된다는 뜻이었다.

레이피어 연습실과 장비실과 세탁실을 지나 사무실 뒤쪽으로 가면 뒷문이 나왔다. 유리로 된 문이고, 정원 잔디밭과 곧장 연결됐다. 집 전체를 통틀어 이 문이 우리의 최대 약점이었다. 킵스가 문틀을 가로질러 합판을 줄줄이 대놓긴 했지만 그게 지속적인 공격을 버텨낼 수 있을지는 의문이었다. 저녁 무렵 록우드와 킵스가 여기에 방비를 추가했는데, 문 바로 안쪽 바닥의 마룻널들을 만지작거리며 오랜 시간을 보냈다.

해 질 녘이 됐다. 홀리와 나는 무기를 쌓아두고 거리를 감시했다. 집 안을 돌아다니는 이웃들이 보였다. 아리프 영감이 가게 문을 닫았다. 포틀랜드 로는 조용했다. 우리 적들은 잠잠했다. 자정이 가까워지면서 조지가 잠에서 깨어나 샌드위치와 협탁에 둘 조명을 요청했다. 마리사의 논문을 읽기 시작하려는 거였다. 그를 제외한 우리는 한 번에 두 시간씩 돌아가며 보초를 서고 나머지는 잠을 청했다.

내 차례가 됐다. 새벽 2시였다. 나는 응접실 창가에 앉아 거리를 내다봤다. 옆에는 유령단지를 놓고. 늦은 시간이었고, 나는 피곤했다. 함께 있어줄 누군가가 필요했다.

"맞은편 집 정원에 영혼이 서 있어." 내가 말했다. "달빛이 놈을 관통하는 순간에 겨우 봤어. 엄청 희미해서. 중절모를 쓴 남잔데, 무진장 잠잠하고 평화롭네. 뭔가를 생각이라도 하는 양."

이날 밤 단지 속 얼굴은 파리한 은빛으로 빛나며 지붕 위 달을 흉내 내고 있었다. "아, 그 남자." 놈이 말했다. "그렇지. 뭔가를 생각하고 있지. 아무렴. 그렇게 이십 분쯤 있다가 집 쪽으로 이동해 사라질 거야. 새벽 3시 40분에 다시 나타나. 아주 잠깐 동안. 어깨에 더럽고 커다란 짐 덩어리를 들쳐 메고. 난 그게 죽은 마누라를 양탄자에 싼 거라 보는데, 남자가 길을 걷기 시작할 때 틈바구니로 푹신한 슬리퍼 한 쌍만 언뜻 보일 뿐이라서 말야. 보는 해골 감질나게."

나는 거리 건너를 물끄러미 봤다. "매일 밤 그런다고? 난 오늘 처음 보는데."

"그러니까. 생각하면 우습지. 네 코앞에 있는 것조차 못 보는 경우가 널렸단 게." 해골이 말했다. "그래서… 우리 무슨 얘기할까? 난 알지! 록우드. 그 자식 지금 완전 물 만난 고기가 따로 없지? 적들이 좁혀오고 최후의 게임이 한창이잖아. 그 자식으로선 잘된 일이지! 얼마나 기분 째져 하는지 좀 봐."

"헛소리. 록우드도 걱정이 많아. 나머지 우리랑 마찬가지로."

"그래? 그렇다면 그 걱정을 엄청 잘 숨기는 거네. 나 같으면 이렇게 말하겠어. 그 자식은 지금 돌아가는 상황이 더없이 만족스럽다고. 부모가 죽어 나자빠지고부터 그 자식이 걸어온 길에 제대로 어울리잖아. 아, 입은 얼마든지 삐죽거려도 좋아. 하지만 그게 사실이란 건 너도 알 테지. 아무 의미 없는 영광의 불꽃에 뛰어드는 거야말로 그 자식이 딱 좋아하는 짓이야. 따분하고 복잡한 일을 해야 하는 번거로움을 없애주거든. 알잖아, 가령 계속 살아가는 거 같은." 놈의 얼굴이

다 안다는 듯 날 보며 싱긋거렸다.

늘 그렇듯 해골 녀석의 말이 내 생각을 그대로 반영하고 있단 사실이 신경질을 부채질했다. "말도 안 되는 소리."

"아니거든요."

"맞거든요."

"그래. 우리의 이 지적인 논쟁들도 네가 죽고 나면 그리워지겠지." 해골이 말했다. "그게… 저들이 특수 제작한 2인용 단지에 너랑 내 해골을 같이 넣어두지 않는 한은! 혹 그래 주면 우린 영원무궁토록 행복하게 티격태격할 수 있는데 말야. 어떻게 생각해?"

하지만 나는 여전히 놈에게 화가 나 있었다. 하루 온종일 록우드의 쾌활함이 우릴 다독여 일을 진전시켰고, 하루 온종일 나는 조금 전 해골이 얘기한 바로 그 이유로 록우드가 걱정스러웠다. 내가 눈살을 찌푸렸다. "넌 구역질 나."

"뭐 어쩌라고. 정 그럼 이 단지에서 내보내 주든가. 다신 귀찮게 안 할 테니까."

"어림없어."

해골이 시무룩해선 녹색 비스름한 어둠 깊은 곳으로 물러났다. "거봐. 너도 록우드 못지않게 이기적이야. 그 자식은 자기가 원하는 걸 얻으려고 널 이용하고, 넌 날 이용하잖아."

나는 콧방귀를 뀌었다. "사실이 아니거든요. 죄다."

"아무렴, 그러시겠지. 넌 내 훈수가 없으면 코도 제대로 못 풀어. 내가 곁에 붙어 있어주길 간절히 원해. 내 날것의 지식과 매력을 이용해 먹는 게 좋아 죽겠으면서, 동시에 내가 너무도 겁나서 날 이 잔인한 감옥에서 풀어주지도 못하는 거야. 자, 아니라고 해보시지."

나는 아니라고 할 수 없었다. 그래서 대꾸하지 않았다.

"네가 날 믿는다면," 해골이 말했다. "지금 당장 단지를 부숴. 여기 봐. 옆에 망치도 떡하니 있네!" 창턱에 킵스의 연장이 쌓여 있었다. 우리는 아까 이 창문에도 합판을 대던 중이었다. "눈 딱 감고 한 번만 휘두르면 난 자유라고! 하지만 넌 안 그럴 거야. 그치? 내가 지금껏 그 많은 걸 해줬는데도 여전히 날 못 믿고 내가 겁나니까."

"음," 나는 천천히 말했다. "그럴지도 모르지. 하지만 내가 보기엔 너도 겁나는 거 같은데."

"내가?" 해골이 이런저런 표정을 연달아 지었는데 뒤로 갈수록 눈알 튀어나오게 가관이었다. "헛소리! 내 어딜 봐서?"

"그럼 넌 여기서 뭐 하는 건데, 해골? 뭣 때문에 이 지저분하고 낡은 뼛조각에 묶여 있는 건데? 내 생각을 말해주지. 넌 놓기가 무서운 거야. 네가 해야만 하는 일을 하기가 무서운 거라고. 이 세상을 포기하고 다음 세상으로 넘어가는 거. 넌 맨날 네가 다른 유령들이랑 다르네 아니네 잘난 척하지만, 그게 다 삶을 향한 네 의지와 욕망 때문이네 어쩌네 떠들지만, 내가 보기에 네 진심은 그냥 죽음이 두려운 거야. 그게 아님 왜 안 해? 왜 안 떠나? 장담하는데 넌 할 수 있어. 지금 붙들고 있는 그거 네 손으로 끊을 수 있다고."

내가 말하는 동안 해골 얼굴은 점점 파리하고 흐릿해져서 놈의 표정을 읽을 수가 없었다. "지금 나더러 저 세상을 떠도는 길 잃은 영혼들한테 가라고?" 유령이 나직하게 말했다. "하지만 난 놈들이랑 다른데."

"오, 하지만 안 다르거든요." 내가 말했다. "난 거기서 널 봤어. 잊지 말라고." 록우드와 함께 그 어둡고 꽁꽁 얼게 추운 세상을 걷던 날, 나는 인간의 형체를 완벽히 갖춘 해골의 모습을 언뜻 봤다. 그는 단지에 욱여넣어진 기괴한 얼굴과는 거리가 먼 창백하고 냉소적인 표정의 십 대로, 깡마르고 머리가 삐죽삐죽 뻗쳤다. 그때도 놈은 이승에 놓인 자기 출처에 묶여 있었으나, 그걸 빼면 저 세상 주민들과 별다를 게 없었다. "네 손으로 끊을 수 있어." 내가 다시 말했다. "여기 이렇게 갇혀 있을 필요 없다고."

"그래, 뭐." 해골이 나만큼이나 심통 난 목소리로 말했다. "굳이 그래야 할 일이 아직까진 없어서 말야. 그래야 할 때가 오면 알려주지."

나는 어깨를 으쓱했다. "좋아. 그럼 나도 널 꺼내줄 마음이 생기면 알려줄게."

"기왕 할 거면 네가 끔찍하게 죽기 전에 마음을 좀 먹어주면 좋겠어. 그건 곧 내일 중을 의미하고."

"난 안 죽을 거거든."

"나도 말은 그렇게 했었거든."

그처럼 암울한 예견에도 불구하고 그 밤은 아무 일 없이 지나갔다. 잠든 우리를 아무도 습격하지 않았고, 유일한 소란이라고 해봐야 조지가 새벽 5시에 치즈를 얹은 토스트를 대령하라고 꽥꽥거린 게 전부였다. 드디어 날이 밝았고, 우리는 다시 모여 아침 식사를 했다. 주전자에 올린 물이 막 끓기 시작했을 때, 부엌문에서 흉포한 노크 소리가 들리고 플로 본스가 등장했다. 창문에 드리운 모습이 꼭 귀신 들린 허수아비 같았다. 그녀는 불길한 소식과 함께 조지에게 줄 다소 찌그러진 초콜릿 상자를 가져왔다.

"상자에 묻은 갈색 얼룩은 이해 좀 해줘." 그녀가 상자 옆을 손으로 쓸며 말했다. "강 진흙이 좀 묻어 그래. 하필 오는 길에 도랑이 하나도 없더라고. 있었음 좀 씻어서 가져왔을걸. 뭐, 다들 바쁘게 움직였던 모양이네. 계단 중간의 저 철사는 뭐야?"

록우드가 그녀 등 뒤 문을 닫았다. "미안, 플로. 치명적인 함정이야. 너한테 미리 얘기했어야 했는데."

플로가 모자 아래로 손을 넣어 머리를 벅벅 긁었다. "잘 생각했어. 아무래도 그런 게 몇 개는 더 필요하지 싶기도 하고." 그녀가 말을 끊고 우리를 차분히 살폈다.

"왜?" 홀리가 물었다. "뭔 얘길 들었기에?"

플로가 고개를 가로저었다. "말을 해야 할지 어쩔지 잘 모르겠긴해. 괜히 니들이 오줌이나 지리게 만드는 거 아닌가 생각하면. 게다가 정확히 확인된 게 아니기도 하고. 그냥 템스강으로 떠내려와 이플로님의 자루에 낚인 뜬소문일 뿐이다, 그 말씀이지. 그래도 얘길해보자면…." 그녀가 어깨 너머를 힐끗 보더니 행운을 비는 몸짓을하고선 목소리를 낮췄다. "들리는 얘기론 루퍼트 게일 경이랑 줄리어스 윙크맨 사이에 뭔가 깊은 얘기가 오가는 중이고, 거기서 너희 이름이 나왔대."

지난 며칠 동안 너무도 많은 일이 있었던 터라 나는 그 암거래상과 그의 조기 출소 사실을 완전히 까먹고 있었다. 플로의 말에 담긴의미를 이해하기까지 시간이 좀 걸렸다.

록우드가 나보다 훨씬 재빨랐다. "아, 그렇게 나온다는 거구나. 그치?" 그가 숨을 내쉬었다. "당연하지…. 둘은 오래 알고 지낸 사이니까. 게일이 윙크맨한테서 불법 출처들을 사들이곤 했으니. 미안, 플로. 내가 방해했구나. 얘기 계속해."

록우드가 얘기하는 동안 플로는 그의 머그컵에 든 차를 멋대로마셨다. "그래, 그 줄리어스 윙크맨. 출소하고 지금껏 납작 엎드려 지냈지. 그 사람이 영물이든 장물이든 뭐 그딴 거 더는 안 보고 싶어 한단 얘기가 돌긴 했지만. 물론," 플로가 눈을 홉떴다. "세상 무의미한 말이지. 그 양반 마누라 되시는 애들레이드랑 어린놈의 자식 레오폴드가 요즘 쉬쉬하는 물건들을 죄다 쓸어 담고 있으니까. 그러니까 공식적으로 줄리어스 윙크맨은 이 바닥 일에서 완전히 손을 씻었다 그거야. 하지만 사람들 말이 루퍼트 게일이 그를 보러 왔고, 그때부터 줄리어스 윙크맨이 옛 패거리들을 모으고 다닌대. 그쪽 일에 딱히 거부감 없을 친구들로. 대가리 까는 놈, 뼈 부러트리는 놈, 칼침 놓는 놈, 목 조르는 놈, 뭐 그런 점잖은 신사들 있잖아. 그런 인간들을 수소문하고 여인숙이랑 선창 근처 매음굴에서 찾아내선 무기를 쥐여주고 준비시킨다는 거야. 아직은 확실히 말할 수 없고 구체적으로 특정되지도 않은 일을." 플로의 파란 눈이 밀짚모자의 그림자 아래서 우리를 가만히 봤다. "특정되지 않은 일이지만… 너희와 관련된."

"그러느라 이렇게 시간이 걸리는 거였구나." 록우드가 말했다. "마리사와 게일은 윙크맨 일가를 이용해서 우릴 정리할 생각이야. 그럼 마리사는 손에 피 안 묻히고 우리 입을 막을 수 있고, 윙크맨은 켄잘 그린에서 우리 때문에 체포되고부터 내내 원했던 복수를 하는 거지. 짜잔. 모두가 행복한 결말이네."

"우리만 빼고." 홀리가 말했다. "우린 죽을 거야."

그 지적엔 다들 대꾸할 말이 없었다.

"어쩜 그게 더 나을지 몰라." 내가 마침내 입을 열었다. "다른 조사관들이 우릴 치는 거보단 차라리 나을 수 있어. 윙크맨 패거리면 우리처럼 훈련돼 있진 않을 거 아냐. 레이피어도 없을 테고."

"없지." 킵스가 말했다. "총이랑 칼밖엔. 만세."

"우린 여기 갇힐 거야." 홀리가 속삭였다. "우리 방비가 안 먹히면? 그들이 밀고 들어오면? 더는 도망칠 곳이 없는데."

우리는 서로를 봤다. 손에서 식은땀이 났다. 배에서 공포가 뱀처

287

럼 똬리를 틀었다. 표정으로 봐서는 킵스와 홀리도 나랑 같은 경험
중이었다. 록우드는 아니었지만. 그의 눈이 반짝였다. 입가에 옅은 미
소가 번졌다. 그 미소를 보고 있으려니 내 배 속 뱀이 더 힘껏 똬리를
틀었다.

"우리가 갈 곳이 있을지도 몰라." 록우드가 말했다. "윙크맨 패거
리가 절대 못 따라올 곳이." 그가 밝은 미소를 지었다. 조그맣게 소리
내 웃기까지 했다. "너흰 내가 미쳤다고 생각할 테지만."

우리는 그가 말을 잇기를 기다렸다.

"그게 뭐든 간에 냄새나는 유물 사냥꾼 놈들한테 토막토막 썰리
는 거보다야 낫겠지." 킵스가 껴들었다. "기분 나쁘게 듣지 마, 플로.
넌 '놈'이 아니잖아. 자자, 록우드, 계획이 뭐야?"

그 순간에조차 록우드는 대답이 느렸다. 생각을 저울질하고, 우리
에게 가장 잘 전달할 수 있는 방법을 고민했다. 마침내 입을 열었다.
"난 우리가 제시카 누나의 방을 쓸 수 있지 않을까 생각 중였어."

모두가 그를 멍하니 쳐다봤다. "뭐야, 거기 들어가 문을 잠그는,
뭐 그런 거?" 내가 물었다. "그 문을 철로 보강한 건 안에 있는 절명광
때문이고, 지금 거기엔 영물들이 무진장 많아서 우리가… 이런." 내
뇌가 필요한 회전을 했고, 입이 떡 벌어졌다. "너 설마 지금… 아니.
말도 안 돼."

"우리한텐 영물들이 있다고." 록우드가 말했다. "쇠사슬도 있고.
혼령망토도 있지." 그의 환한 미소가 홀리와 킵스를 향했다. 그 둘에
게도 이제 막 진실이 모습을 드러냈다. 그들 역시 순간적으로 록우드
의 말을 이해했다. "비상구를 만들어둘 수 있단 얘기야." 록우드가 말
을 이었다. "다른 모든 게 실패했을 시 탈출할 수 있는 곳. 당연히 가
능하지. 안 될 게 뭐야? 저 세상으로 가는 문을 만드는 데 필요한 모

든 게 갖춰져 있는데.”

록우드의 그 발언을 완전한 침묵이 맞이했다. 플로조차 말을 잃은 듯했다. 우리는 거기 서 있었다. 포틀랜드 로 집의 조그만 부엌에서 록우드를 물끄러미 보며.

“이건 비공개 경야*야, 아님 아무나 껴도 되는 거야?”

복도 쪽 문에서 목소리가 들려왔다. 모두가 고개를 돌렸다. 거기 조지가 서 있었다. 잠옷 차림에다 얼굴이 몹시 잿빛이었다. 적어도 자주색 멍이 꽃피지 않은 곳들은 그랬다. 머리의 붕대는 사라졌고, 머리칼엔 여전히 피가 떡 져 있었다. 소매는 너무 짧고, 팔에서도 멍 자국이 보였다. 그는 팔다리를 후들거리며 불안하게 서서 문틀을 붙들고 몸을 지탱했다. 하지만 그나마도 며칠 만에 처음으로 일어선 거였다.

“나 좀 봐.” 조지가 말했다. “다시 똑바로 섰어! 상황이 무조건 나쁘기만 한 건 아니라니까, 분명.” 그가 우리에게 찌그러지고 얼룩덜룩한 미소를 보냈다. “이거 봐, 여기 증거도 있네! 그 초콜릿 다 내 거야?”

---

* 죽은 사람을 장사 지내기 전에 가까운 이들이 밤새 관을 지키는 일.

18

플로의 선물이 확실히 수상쩍긴 했어도—템스강에 떠내려오던 상자를 손에 넣은 플로가 강변 돌에다 초콜릿을 하나하나 말려 다시 포장해 왔다는 게 내 가설이었다—어쨌든 조지가 거기 관심을 보여 좋았다. 뒤이어 한참 계속된 언쟁을 그가 버텨내는 데 도움이 되기도 했고.

록우드의 독창성이나 계획의 대담성이야 나무랄 데 없었다. 하지만 거기 수반되는 위험이 우리가 직면해 있는 위험보다 더 끔찍해 보였고, 그는 이 문제를 의논이라도 해보게 우리를 설득하는 데만도 본인의 매력과 박력을 있는 대로 동원해야 했다. 우리 집에 혼령문을 만든다는 생각에 모두가 주춤했다.

예로부터 알려진 바에 따르면 단일한 영물, 혹은 단지 속 두개골 같은 출처는 저 세상 유령들이 이승으로 넘어오는 구멍 역할을 한다. 이 같은 출처의 원리를 확장해 나온 게 혼령의 집에서 주술사들이 만드는, 그리고 로트웰 대행사와 (우리의 추측에 따르면) 마리사 피츠가 비밀리에 만든 혼령문이라는 개념이었다. 많은 수의 출처를 한자리에 모으면 그들의 위력이 합쳐져 두 세계 사이에 훨씬 큰 구멍을 낼 수 있다. 그리고 그 구멍이 충분히 크다면—그에 더해 혼령망토 같은 보호구가 확보된다면—혼령문으로 드나드는 게 가능하다. 그러나 이를 위해선 문 근처에 떼로 모인 유령들을 어마어마한 양의 철로 억제해야 하고, 저 세상은 그 자체로 위험천만했다. 그걸 록우드와 나는 너무도 잘 알았고.

"일단 꽁꽁 얼게 추워." 내가 말했다. "건너가는 데 체력 소모도 크고. 제아무리 혼령망토가 있대도. 록우드, 넌 지금 그걸 자진해서 또 하겠단 거야?"

"생존이 걸린 문제라면," 록우드가 말했다. "당연히 하지."

"거기다 문 근처 유령들은 또 어쩌고. 로트웰이 쇠사슬을 잔뜩 써서 놈들을 둘러놓은 걸 보긴 했지만…. 혹시나 놈들이 뚫고 나오면 어떡해?"

"못 뚫고 나와. 원을 아주 신경 써서 만들 테니까."

"문에 있는 놈들은 문제도 아니지!" 홀리가 외쳤다. "저 세상의 죽은 자들은 또 어떻게 해? 거긴 그들로 바글바글한데!"

킵스가 콧방귀로 동의했다. "맞아! 이승을 떠도는 몇 안 되는 놈들 가지고도 우리가 그 고생을 하는데! 저 세상으로 건너가는 건 벌집을 쑤시는 거나 마찬가지라고. 너랑 루시가 경험하기론 놈들이 산 자의 존재에 끌린다며. 너희도 간신히 벗어났댔잖아."

록우드가 고개를 가로저었다. "그야 루시랑 내가 그 시골을 헤매고 다녀서 그런 거죠. 여기다 만든 문을 통과하면 우린 그냥 포틀랜드 로 35번지의 다른 버전 속에 있게 되는 거예요. 거길 안 떠나면 돼요. 한자리에 가만히 있으면 된다고."

"지금 가진 출처로 문을 만들 수 있긴 하고?" 내가 물었다.

"누나의 절명광에서 나오는 에너지를 생각해 봐." 록우드가 말했다. "그것만으로도 반은 된 거나 다름없다고 장담해. 거기다 누나 방에 한가득 쌓인 영물이랑 집 여기저기에 걸린 물건들까지 있으니까." 그는 열린 문으로 복도를 내다봤다. 선반에 놓인 단지와 박들이 보였다. "부모님이 우릴 위해 모은 거야." 그가 중얼거렸다. "우리더러 쓰라고 저기 있는 거라고. 누나 역시 우리가 자기 방을 써주길 바랄 거야. 누나도 우리 탈출을 도와주고 싶어 했을 테니까."

다시 침묵이 흘렀다. 그 말엔 또 어떻게 반응해야 하는 건지 아무도 몰랐다.

"그럼 조지는 어떡하고?" 킵스가 집요하게 물고 늘어졌다. "이 자식은 말 그대로 산송장이나 다름없는데. 이런 몸으로 저 세상을 어떻게 견뎌?"

"가더라도 오래 안 있어요. 그리고 오르페우스 협회의 늙은 얼간이들을 생각해 봐요. 허구한 날 저 세상을 들락날락하는 거 같던데, 그러고도 안 죽고 살아 있잖아요."

"그쪽이야 특별한 장비들이 많으니까." 내가 껴들었다. "이상한 무기들도 그렇고. 누가 봐도 그건 영혼들의 접근을 막게 고안된 거잖아."

"그 미친 기계식 죽마도." 킵스가 말했다. "우리한텐 그런 게 전혀 없다고."

"그딴 기계식 죽마가 왜 필요한데요?" 록우드가 눈을 흡떴다. "그 멍청한 무기들은 또 뭐 하게? 정말 잠깐 넘어갔다 오는 거뿐인데! 내 말 믿어요. 윙크맨 일당은 혼령문을 한번 보는 것만으로도 1킬로는 도망갈 거라고요. 지금 우린 문 하나쯤 충분히 만들 수 있는 상황이고. 안 그래, 조지?"

조지는 아까부터 상자 2층의 초콜릿들을 공략하느라 정신없었다.

우리 얘기를 열심히 듣긴 했지만 속내를 드러내지 않았고, 옆에는 플로가 앉아 있었다. 그의 조용한 분위기 때문인지, 아님 짠하게 멍든 얼굴 탓인지 몰라도 조지에게선 어떤 권위가 느껴졌다. 우리 모두가 그를 쳐다보고 있었다. 그는 호두가 얹힌 초콜릿을 만지작거리다 조심스레 상자에 내려놨다.

"충분히 시도해 볼 만하지. 원을 만들고 출처들을 넣으면 돼. 그 모두를 일몰 전에 마무리해야 하고. 그거 좀 한다고 딱히 손해볼 건 없을 듯한데." 조지가 망가진 안경을 고쳐 썼다. "개인적으론 한번 해 보고 싶기도 하고. 저 세상을 살짝이라도 보고 싶어."

"그래, 그거지." 록우드가 말했다. "훌륭해, 조지."

"거기다 보상으로 우리 목숨을 건질 수 있는 거잖아." 조지가 띄엄띄엄 말을 이었다. "우리가 살아남아야 마리사랑 친구들을 법의 심판대에 세우지. 혹 알고 싶을까 봐 하는 말인데, 밤새 『오컬트 이론』을 읽었거든. 너희가 정말 친절하게도 오르페우스 협회에서 가져온 그 조그만 책. 괜한 고생을 한 게 아니었어, 라고 하면 듣는 너희도 기쁘겠지. 이유를 얘기해 줄게. 누가 주전자에 물 좀 올려주면."

누군가가 그렇게 했다. 플로가 남은 초콜릿을 모두에게 권했다. 다들 정중히 사양했다.

"마리사가 쓴 책인 건 확실해." 조지가 말했다. "의심의 여지가 없어. 『회고록』이랑 다른 글들 덕분에 그 여자 문체는 잘 알고 있으니까. 근데 이 책은 참 이상해. 틀림없이 마리사가 아주 어렸을 때 쓴 거야. 조사관 생활이나 심령 탐지처럼 '실질적인' 얘기가 전혀 없거든. 그보단 훨씬 더 뜬구름 잡는 소리랑 삶과 죽음에 얽힌 괴상한 가설만 잔뜩 늘어놨다고. 특히 눈에 띄는 건 혼령의 구성물에 대한 마리사의 집착이야. 그녀는 유령이야말로 이 물질의 불멸성을 보여주는 증거라고 생각해. 육신은 사라져도 영혼은 계속된다는 증거 말야."

"그렇게 다시 엑토플라즘 얘기로 돌아오는 거네." 홀리가 말했다.

"그렇지." 조지가 대답했다. "마리사는 그걸 뭔가 있어 보이는 다른 이름들로도 부르지만. '혼'이니 '영원한 정수'니 하면서. 게다가 그걸 그리 위험하게 여기지도 않아. 이승에서 유령이랑 접촉했을 때랑은 다르다는 거야. 저 세상에선 엑토플라즘이 훨씬 더 순수한 형태가 된다나. 마리사는 우리가 엑토플라즘과 어떻게든 접촉하면, 그걸 채취해 흡수하면 몸이 회복되고 젊음을 되찾을 수 있다고 봐."

"그거였네, 그럼!" 내가 말했다. "우리가 퍼넬로프로 부르는 여자가 '정말로' 마리사인 거야. 다시 젊어졌을 뿐인! 그거면 해골이 지금껏 우리한테 해온 얘기가 설명이 되잖아."

"흡수를 한다고?" 킵스가 반복했다. "어떻게? 뭐야, 그걸로 목욕이라도 하나? 먹나? 뭐지?"

조지는 고개를 가로저었다. "책에서 마리사가 '젊음의 묘약' 어쩌고 하면서 주저리주저리 늘어놓긴 하는데, 그때 뭘 알고 그런 거 같진 않아요. 죄다 가설뿐이죠. 물론 지금이야 제대로 이해한 거 같지만. 마리사와 친구들은 혼령문으로 저 세상에 가 플라스마를 모으는 거예요. 근데 하나 더 눈에 띄는 게 있었어요…. 그 문단은 적어놔야 했죠. 너무 좋아서. 내 잠옷 바지 뒷주머니에 있는데. 네가 좀 꺼내줄 수 있을까, 록우드. 난 팔이 안 돌아가."

"왜 하필 내가? 오, 맙소사. 좋아. 여깄다."

"고마워." 조지가 쭈글쭈글한 쪽지를 건네받았다. "우리끼리 추측했던 거 기억해? 마리사를 도와주는 애완용 3급령이 있을 거라던? 그게, 사실이었어. 이거 좀 들어봐. 끝내준다니까. '그 같은 문제는 인간의 이지력을 넘어서는 것이기에 우리는 영혼들 자체에 도움을 구해야 한다. 내게는 그런 존재, 어여쁜 형태와 어진 용모로 날 일상적으로 찾아오는 존재가 있다. 난 어린 시절부터 그와 대화했다. 친애하는 에스겔은 삶과 죽음에 박식하고 묻혀 있는 비밀과 인간의 마음을 안다. 그의 도움으로 우리는 원초적인 본성을 초월하고 스스로를 정화할 수 있다.'" 조지는 결연히 종이를 내려놨다. "이보다 더 명확할 수도 없겠지. 안 그래? 마리사에겐 내내 함께한 조언자 유령이 있어."

"이 에스겔이란 놈은 네 허접한 해골바가지보다 훨씬 유익한 거 같은데, 루스." 록우드가 한마디 했다. "잘 들었어, 조지." 그는 뒤로 기대앉아 우리를, 자기 팀과 조력자들을, 식탁에 조용히 둘러앉은 모두를 가만히 봤다. "자, 지금 내가 보는 상황은 이래." 그가 마침내 입을 열었다. "우리가 피츠 하우스의 내밀한 곳까지 들어갈 수 있다면 방금 조지가 얘기한 모든 것의 증거를 얼마든지 찾아낼 수 있을 거야. 마리사가 저지른 범죄의 증거와 더불어 그녀가 저 세상에 가는 데 쓰는 문도 찾겠지. 하지만 우린 그렇게까지 못 들어가. 경비가 너무 삼엄해서. 반스라면 가능할지도 모르겠지만 그가 굳이 마리사를 등질 리 없지. 어제도 경위한테 부탁하러 갔다가 다시 거절당했어." 록우드가 고개를 저었다. "결론은 지금 우리에겐 우리뿐이란 거야. 윙크맨 일당이 조만간 우릴 치러 올 가능성이 아주 높은 상황에서. 그러니 이 시점에서 누구든 여길 떠나고 싶은 사람은 얼마든지 가도 좋다고 말해야겠어. 나? 난 포틀랜드 로에 남을 거야. 여긴 내 집이고, 어느 누가 온대도 난 여길 버리지 않아. 하지만 너흰⋯."

"닥쳐, 록우드." 홀리가 말했다. "이 마당에 내뺄 사람이 어딨다고."

킵스가 끙 소리를 냈다. "네 계획이 얼마나 미친 짓이든 말이지."

록우드의 싱긋 웃음은 환하고 전염성이 있었다. "좋아. 그렇다고 하니 이제 내가 아주 간단한 질문 하나 할게." 그가 우리를 둘러봤다.

"우리가 이기려면 뭘 준비해야 할까?"

한 시간 뒤 홀리와 나는 록우드와 함께 제시카의 방 밖에 앉아 있
었다. 방문이 활짝 열려 있고, 침대 위 절명광이 내뿜는 냉기가 고동
치며 층계참을 가로질렀다. 우리는 포장재로 쓰인 대팻밥들의 바다
한복판에서 이제 막 마지막 궤짝을 비웠고, 거기서 나온 물건들의 포
장을 뜯고 있었다. 나무 가면과 조각을 새긴 막대기, 밀랍으로 봉인
된 알록달록한 도자기 항아리, 불투명한 유리병 같은 것들이었다. 정
말 조금이라도 심령성이 있을 법한 물건들은 한쪽 구석에 쌓고 나머
지는 버렸다. 다른 궤짝들을 비울 때와 동일한 작업 방식이었다. 이
번엔 두 배로 빠르게 서둘렀을 뿐.

단지 속 해골도 우리랑 같이 있었다. 놈은 전날 밤 말다툼 뒤 아직
도 기분이 별로였다. 그 부분에 있어서라면 나도 마찬가지였고. 그러
니까 모든 게 평소랑 다를 바 없었단 얘기다.

"또야, 또." 해골이 말했다. "또다시 위기 상황이라고. 아님 조사관
나리들 사이에서 유행이라도 하는 거야? 귀신 들린 물건에 파묻혀 있
는 게? 그걸로 뭘 할 건데? 폭탄 대신 소포 돌리기라도 하게? '음악이
멈추면 출처가 폭발하고 유령이 벌칙자의 얼굴을 먹어치웁니다.' 내
기준엔 영 시시한데."

"혹시나 네가 잠시나마 도움이 돼줄 마음이 있거든," 내가 으르렁
거렸다. "우린 지금 강력한 출처들을 골라내는 중이야. 확실히 감이
오는 것도 있고 아닌 것도 있어." 나는 우리의 '보류' 더미를 가리켰
다. "네가 보기에 이것들은 어떤 거 같아?"

유령이 미덥잖게 킁킁거렸다. "심령적으로 위험한 게 있긴 해. 근
데 쓰레기도 많아. 특히 홀리 먼로가 머리를 들이대고 있는 저 구멍

뚫린 박. 저 물건은 심령이 아니라 위생이 문제일걸."

"저 뾰족하게 생긴 거? 난 저게 주술사 가면인 줄 알았는데."

"부족 의식에서 쓰인 건 맞아. 하지만 남자들이 얼굴 말고 다른 델 가렸던 거라고. 그 정도만 얘기할게."

"윽, 홀리…."

홀리의 목소리가 박에 가로막혀 웅웅거렸다. "왜?"

"오, 아무것도 아냐. 그 가면 맘에 든다! 너한테 잘 어울려. 계속 쓰고 있어!" 나는 해골에게 고개를 돌렸다. "정확한 용도는 그렇다 치고, 네 말은 저게 아무 쓸모없는 물건이란 거야?"

"묶여 있는 영혼이 없으니까. 저기 저 봉인된 단지들, 차라리 저놈들이 더 흥미로워. 무덤 냄새가 솔솔 나거든. 그리고 저 대나무 손잡이가 달린 악몽잡이도…." 단지 속 얼굴이 사악하게 싱글거렸다. "그냥 부숴서 안에 뭐가 들었나 보지 그래?"

"우리가 준비되기 전까진 안 돼." 나는 제시카의 방을, 버려진 침대 가운데를 검게 갉아먹은 플라스마 자국을 들여다봤다. 잘못된 타이밍에 풀려난 유령의 짓이었다. 록우드는 침대를 등지고 있었다. 궤짝에서 나온 다른 꾸러미의 포장을 차분히 벗기는 중이었다. 다른 이들까지 결연히 만드는 확고한 투지가, 하루 내내 유지하던 맹렬한 평정심이 여전히 느껴졌다.

아침이 계속됐다. 우리는 궤짝 정리를 마무리하고 어질러진 걸 치웠다. 버려진 방에 거대한 출처 더미가 놓였다. 홀리와 나는 집 안 곳곳을 다니면서 벽에 걸린 장식을 떼고, 실리아와 도널드 부부가 아주 오래전에 들여온 온갖 영물들을 선반에서 내렸다. 이 모두를 2층 층계참으로 가져갔다. 장식이 사라진 복도와 응접실에선 휑한 흉가들에서 접하기 마련인 어딘가 기이하고 차가우며, 소리가 약간 울리는 듯한 느낌이 났다. 어둡기도 어두웠다. 킵스가 합판으로 내내 작업 중이었고, 창문 대부분이 막혀 있었다. 포틀랜드 로 35번지는 더 이상 원래의 모습이 아니었다. 그게 우리 모두를 슬프게 했다.

점심때가 가까워 오면서 플로 본스가 우리를 떠났다. 그녀는 남아서 도와주겠다고 했지만, 머리 위에 지붕을 이고 너무 오래 있기가 불편한 게 분명했다. 공격이 임박했을 가능성도 영향을 미치지 않았을까 나는 생각했다. 떠나기 전에 록우드가 그녀를 서재로 데려가 둘이서만 오랫동안 얘기했다. 그 뒤 플로는 슬그머니 사라졌고, 그녀가 여기 있었음을 기억하게 해주는 지저분한 발자국 몇 개만 남았다.

한낮이 지나고, 절정을 찍은 태양이 서쪽으로 기울기 시작했다. 포틀랜드 로의 그림자들이 서서히 길어졌다.

우리는 혼령문을 두를 쇠사슬 원 만들기에 돌입했다. 이 과정은 조지가 주도했다. 서재에서 커다란 안락의자를 빼 와 층계참에 놨다. 거기서 조지가─부스러기만 남은 접시들에 둘러싸인 채─감독하는 가운데 우리는 지하실에서 거대한 쇠사슬 뭉치들을 가져왔다. 대부분이 전날 멀릿네 승합차가 쏟아놓고 간 것들이었다. 우리는 이 쇠사슬들을 꽈서 하나의 거대한 철벽(어마어마한 두께의 고리 혹은 원)을 만들었다. 그걸로 제시카 침대 바로 밖을 둘러 그녀의 절명광을 안에 가뒀다.

딱히 즐거운 작업은 아니었다. 제시카의 방에서 시간을 보내기란 쉽지 않다. 절명광에서 고동치는 찬 기운에 살갗이 얼고 불편한 기분이 들었다. 하지만 해야만 하는 일이었다. 우리는 원을 만들 공간을 확보하려고 거치적거리는 다른 물건들은 죄다 치웠다. 록우드는 방 저편에 놓인 서랍장의 내용물을 남김없이 꺼내고 안을 비웠다. 오래된 사진, 잊힌 장신구 상자 같은 것들을 비닐봉지에 넣어 옮겼다.

그러는 동안 조지의 멍들었으나 방심을 모르는 눈 아래 킵스가 혼령 문의 가장 까다로운 부분을 만들기 시작했다. 우리의 진입을 도와줄 한 줄짜리 쇠사슬, 이 세계에서 다른 세계로 원을 가로지를 길잡이를 설치하는 일이었다.

"쇠기둥 두 개가 필요해요." 조지가 말했다. "원의 양쪽 바닥에 박고, 그 사이에 두꺼운 쇠사슬을 걸어요. 그게 침대 위를 지나게요. 침대든 절명광이든 건드리면 안 되고 허공에 떠 있어야 해요. 우리가 그걸 붙들고 원으로 들어갈 수 있게. 이 쇠사슬이 혼령의 접근을 막아줄 거예요. 우리가 문으로 들어가는 길을 안전히 터주고."

"우리가 정말로 들어가게 된다면 말이지." 킵스가 말했다. "그럴 일은 제발 없었으면 싶다마는. 어오우…." 층계참에 나타난 록우드와 나를 보고 킵스가 잠시 말을 잃었다. "생긴 게 영 별론데."

우리가 들고 있는 혼령망토를 보고 하는 말이었다. 일단 우리의 원래 깃털 망토가 있었다. 언제나처럼 아름다운 무지갯빛에다 저 세상에서 성능을 이미 입증한. 휘황찬란한 분홍색과 주황색 깃털이 달린 새 망토도 하나 있었다. 세 번째는 얼룩덜룩한 모피로 돼 있었다. 모두 록우드 부모님의 궤짝에서 나온 물건이었다. 여기에다 오르페우스 협회 창고에서 가져온 현대식 은비늘 망토도 두 벌 있었다.

"이제 망토를 나눌게." 록우드가 말했다. "나중엔 시간이 없을지 몰라서. 루시, 우리가 전에 썼던 믿음직한 혼령망토는 네가 해. 킵스는 여기 이 깃털 망토로 하고요. 홀리, 넌 모피 망토가 치수에 맞을 거야. 조지랑 난 오르페우스 걸 써볼게. 오르페우스에서 장갑도 충분히 훔쳐 왔으니까 걱정 말고. 다들 잘 맞는지 확인해 보자. 한번 걸쳐봐."

나는 내 혼령망토의 느낌─그 따스함과 가벼움, 부드럽게 품어주는 깃털의 감촉─을 잘 알았기에 몸에 걸치는 데 조금의 망설임도 없었다. 다른 이들은 좀 주저했다. 조지는 몸이 마음대로 안 움직여서 도움이 필요했다. 그와 록우드 둘 다 은으로 반짝였다. 그들의 비늘 달린 망토는 매끈하고 어딘가 파충류 같았다. 반면 킵스는 자기 망토의 다채롭고 화려한 깃털에 얼이 빠졌고, 홀리는 모피의 감촉에 움찔거렸다.

단지 속에서 해골이 길고 요란스레 낄낄댔다. "이건 뭐 지상 최악의 동물원 먹이 시간이 따로 없네." 놈이 말했다. "왠지 너희한테 정어리라도 던져줘야 할 듯한 분위기라고."

"도대체 난 죽은 동물을 몇 마리나 걸치고 있는 거야?" 홀리가 중얼거렸다. "내가 꼭 모피나 노리는 밀렵꾼처럼 보이잖아. 끔찍해, 정말."

"그리고 난 박제한 앵무새 몰골이고." 킵스가 말했다. "이거 나한테 넘길 거 다 알고 있었어."

"깜찍해 보이는걸요, 퀼." 조지가 말했다. "알록달록하니 말이죠. 그 분홍 깃털들이 특히나 사랑스럽고요. 얼마나 긴지도 좀 봐요. 저 세상에서 궁극의 보호력을 제공할 거라니까요."

"지금 뭐 체취제거제 광고라도 하시나. 혹시라도 내 친구들이 이 꼴을 봤다간…."

"친구요, 킵스?" 조지가 그에게 느리고 고통스럽게 윙크했다.

킵스가 콧방귀를 뀌었다. "그래, 뭐, 전엔 있었지만 지금은 없을 게 확실한." 그는 망토를 벗고 음울한 표정으로 바닥에 기둥이나 박으러 갔다.

늦은 오후였다. 포틀랜드 로 절반이 진파랑 그림자에 잠겼다. 다가오는 저녁의 맛이 났다. 록우드는 킵스를 내 다락방으로 보내 합판을 대지 않은 창문으로 밖을 감시하게 했다.

제시카의 방에선 기본적인 준비가 끝나 있었다. 쇠사슬 원과 두 기둥 사이를 가로지르는 길잡이 사슬이 설치됐다. 이제 출처들을 원에 몰아넣고 문을 만들 시간이었다. 록우드와 내가 일을 맡아 단둘이 재빨리 해치웠다. 출처들은 모두 개방된 상태여야 했다. 밀랍 봉인을 뜯고, 주머니를 찢고, 나무 표면을 뚫어 영혼의 탈출이 가능하게 만들었다. 모든 출처를 이런 식으로 꺼내 쇠사슬 원에 넣었다. 아직 낮이었으므로 이론상으로는 안전했다. 그렇대도 우리는 꾸물대지 않았다. 단지와 병, 가면과 악몽잡이. 모든 걸 개봉해 원에 던져 넣었다.

작업을 계속하는 동안 서서히 쌓여가는 심령압을 느낄 수 있었다. 허공에 걸린 길잡이 사슬에서 그리 멀지 않은 침대에 희미한 타원형으로 떠 있는 절명광의 압력 자체도 이미 상당했다. 이제 거기에 어떤 왕왕거림 혹은 웅웅거림이 꾸준히 더해지고 있었다. 바닥에 흩어져 있는 뼈와 귀신 들린 파편에서 나오는 심령 진동이었다. 쇠사슬 원 안 공기가 점점 탁하고 이상해졌다. 록우드와 나는 창문과 그 너머에서 죽어가는 빛을 눈짓하며 더욱더 서둘렀다.

"이 정도면 충분할 거 같아?" 내가 물었다. 조그만 망치로 마지막 남은 항아리에 구멍을 내자 손가락뼈 두 개가 나왔다. 집어 드니 손이 얼얼했다. 나는 그것들을 얼른 원으로 던졌다.

록우드는 굳은 표정이었다. 대나무 막대 끝의 밀랍 봉인을 뜯고 누런 이빨 몇 개를 쇠사슬 너머에다 부었다. "안 느껴져? 아직 어두워지지도 않았는데 원 안의 빛이 흐릿해지고 있다고. 로트웰네 문이랑 똑같아. 기억해? 기둥에 걸린 사슬 반대쪽 끝이 안 보일 정도였잖아. 몇 시간만 더 있으면 통과할 수 있게 될 거야. 문을 써야 할 일이 생긴다면."

"록우드," 내가 말했다. "그럴 거라고 봐?"

그는 나를 쳐다볼 뿐이었다.

우리는 일을 마치고 방을 나왔다. 아래층으로 내려가는 순간에조차 혼령문이 점점 넓어지며 진동하고 고동치는 게 느껴졌다.

우리 누구도 표현하지 않았으나 모두가 동의한 어떤 이유로 그날 우리는 포틀랜드 로에서 저녁을 잘 챙겨 먹어야 할 필요를 느꼈다. 창문을 가린 합판들을 무시하고 사방에 쌓인 무기들을 무시하면서, 다른 무엇보다도 위층에서 울리는 심령의 소리를 무시하면서 우리는 조용히 식사를 준비했고, 모두가 손을 보탰다. 홀리는 샐러드를 만들고 록우드는 베이컨과 달걀, 소시지를 요리했다. 킵스와 나는 빵을 잘라 식탁에 놨다. 우리는 서둘러 식사하면서 교대로 다락방에 올라가 거리를 감시했다. 그런 다음 설거지를 하고(어째선지 이 역시 중요하게 느껴졌다.) 부엌을 정리했다. 날이 거의 저물었다. 다들 각자의 생각에 잠겨 집 안을 돌아다녔다. 이제 더는 우리가 할 수 있는 게 없었다.

나는 부엌문의 잠금쇠를 풀고 록우드가 계단에 설치한 함정을 피해 정원으로 내려갔다. 하루 종일 집 안에만 있었던 터였다. 바깥 공기가 간절했다. 언제나처럼 정원은 엉망이었다. 잔디 깎을 시간을 못 낸 탓에 풀이 무릎까지 웃자라 있었다. 나무에는 미처 못 딴 사과들이, 나무 아래 흙밭엔 낙과들이 흩어져 있었다. 나는 정원 담장 너머의 주택들을, 다른 이들이 각자의 삶을 사는 공간을 보며 서 있었다.

"바람 쐬는 거야, 루스?"

나는 고개를 돌렸다. 록우드였다. 그가 계단을 깡충깡충 내려와 풀밭을 가로질렀다. 그는 어둑하고, 마르고, 죽어가는 햇빛에 반짝였다. 당장 불이라도 붙어버릴 것 같았다. 그 모습에 나는 정말 뜻하지 않게 울고 싶어졌다. 그를 향한 염려가, 우리 모두를 향한 염려가 난 데없고 갑작스레 덮쳐왔다.

"안녕." 내가 말했다. "응. 바람 좀 쐬고 있었어."

록우드가 나를 살폈다. 눈길이 부드럽고 진지했다. "기분이 안 좋구나."

"긴 하루였으니까…." 나는 얼굴에서 머리카락을 치우고 그에게서 눈길을 돌리며 나지막이 욕했다. "긴 하루는 개뿔. 나 무서워, 록우드. 어젯밤 네 말대로 될까 봐. 이게 끝일까 봐."

"아니. 다 괜찮을 거야. 괜찮게 만들 거야, 루시. 날 믿어야 해."

"믿어. 믿는 거 같아."

록우드가 씩 웃었다. "그렇다니 좋네."

"난 네 재능과 통솔력을 믿어. 다만 네가 이 상황을 '즐기는' 눈치인 게 이해하기 힘들 뿐."

록우드가 내 옆에 와 섰다. 여전히 햇빛을 받으면서. 그 순간의 그는 내가 늘 생각하는 록우드에 가까웠다. 잠으로 서서히 빠져드는 동안 내 마음속 눈으로 보는 모습에 가까웠다. 해골이 거기 있어서 우리를 봤다면 길고 요란스레 콧방귀를 뀌었을 게 뻔했다. 하지만 해골은 거기 없었다.

록우드가 말했다. "난 즐기는 게 아냐, 루스. 하지만 이 모든 게 마땅히 일어날 일이라고는 봐. 즐기는 거랑은 다르지. 묘지에서 내가한 말 기억해? 모든 일에 아무 기준도 원칙도 없다던. 그 어떤 것에도 아무 의미가 없다던 거? 더는 그렇게 느끼지 않아. 맞아. 내 부모님은 돌아가셨어. 이제 난 그 이유를 알아. 그리고 우리에겐 그분들의 복수를 할 기회가 있어. 내 누나도 죽었어. 누나의 절명광이 오늘 밤 우리 목숨을 살리는 데 도움이 될지도 몰라. 그보다 중요하게 우린 난

303

제의 해결에 근접해 있어. 그렇다는 거 너도 알잖아. 거기 도달하면 이 모두가 끝날 거고, 그럼 우리도 더는 이러지 않아도 돼. 다 괜찮을 거야, 루시." 그가 내 팔을 건드렸다. "두고 보라고."

"제발 그랬으면 좋겠다." 내가 말했다.

"뭐, 아무튼, 네게 그 얘길 하러 나온 건 아니고." 록우드가 외투 주머니를 뒤적거리더니 조그만 사각형 상자를 꺼냈다. 상자는 몹시 찌그러지고 낡았다. "이걸 보여주고 싶어서 왔어. 누나 방 서랍에서 찾은 거야. 걱정 마. 출처나 그런 건 아니니까."

"출처였음 벌써 원에다 넣었겠지."

나는 록우드에게서 상자를 받아 주름진 뚜껑을 열었다. 그러는데 상자 안 뭔가가 이날 마지막 햇빛에 타올랐다. 눈부신 파란빛이 어찌나 맑고 깨끗한지 숨이 막혔다. 휴지를 채운 상자 안에 동그랗게 말려 있는 건 금목걸이였다. 펜던트는 반짝이는 파란 보석이었다. 매끈하고 타원형에 신비롭게 반투명했다. 몹시도 사랑스러웠다. 나는 목걸이를 들고 보석의 중심을 가만히 들여다봤다. 깊고 맑고 깨끗한 물을 들여다보는 것만 같았다.

"이건 뭐야, 록우드? 이렇게 아름다운 건 정말 처음 봐."

"사파이어야. 아버지가 동양 어딘가에서 구해 어머니 목걸이를 만들었어. 어머니가 가장 좋아하는 장신구였지. 뭐, 누나한테 듣기로는 그랬다고. 오늘까지 까맣게 잊고 있었어."

"그러니까 어머니가 목에 걸고 계시진 않았구나. 그날…?"

"특별한 날이 아니면 꺼내지 않았던 거 같아. 어머니한텐 너무도 소중한 물건이어서. 두 분이 만난 직후에 아버지가 선물했다나 봐. 어머니를 향한 영원한 사랑의 상징으로."

나는 사파이어를 한 번 더 햇빛에 비춰본 뒤 다시 상자에 넣었다.

록우드에게 건넸다.

"그런 상징으로 정말 딱인 거 같아." 내가 말했다.

"그치, 내 말이. 아무튼, 루스⋯." 록우드가 목을 가다듬었다. "네게 물어보려고 했어. 네가 이걸⋯."

부엌 계단 꼭대기에서 날카로운 휘파람 소리가 들렸다. 그쪽으로 눈을 드니 킵스가 우리를 내다보고 있었다.

"방해한 거 아님 좋겠는데," 그가 말했다. "너희가 알고 싶을 거 같아서. 윙크맨네가 도착했어."

19

정말이었다. 아리프네 길모퉁이 가게 근처에서 움직임이 관찰됐다. 가게가 문을 닫기 직전, 거기서 남자 둘이 나왔다. 그들은 포틀랜드 로 맞은편으로 이동해 깊어지는 어스름 속 담장에 앉아 있었다. 몸집이 떡 벌어진 데다 과묵했고 이따금 담배를 피웠다. 그걸 빼면 벽돌이랑 콘크리트와 한 몸이나 다름없었다. 그러면서 때때로 35번 지로 이어지는 길을 눈으로 죽 훑곤 했다. 그들이 거기 앉아 있는 동안 항마등이 켜지고, 우리 이웃들이 가정 방비들 뒤로 물러났다. 커튼이 내려지고 거리가 비어갔다. 그러나 감시자들이 피우는 담배의 빨간 빛은 그대로였다. 남자들은 건물을 떠나는 이가 없는지 확인하려는 거였다. 뭐, 우리 역시 '그런' 식으로 떠날 생각은 없었고.

록우드가 응접실에서 마지막 모임을 소집했다. 집의 다른 곳들과 마찬가지로 응접실 벽 또한 휑했고, 록우드 부모님의 영물들이 그토록 오래 버티고 있던 자리마다 자국들이 남았다. 기름등 하나가 켜져 있었으나 실내는 이상하게 어두웠다. 창문을 가로질러 붙인 합판들이 가로등 불빛을 차단했다. 록우드는 우리를 등지고 서 있었다. 우리가 줄줄이 들어서자 돌아보며 미소를 지었다. 예의 그 익숙한 싱긋

306

웃음이었다.

"오늘 밤 벌어질 일을 다들 알 테지." 록우드가 말했다. "지금과 새벽 사이 어느 시점에 웬 불쾌한 사람들이 건물 진입을 시도할 거야. 뭐, 우린 그렇게 두지 않을 거고. 여긴 포틀랜드 로 35번지야. 우린 여기서 늘 안전했어."

조지가 뻣뻣이 손을 들었다. "페어팩스가 보낸 암살자가 침입했을 때를 빼곤."

"아, 그렇지. 맞아."

"애니 워드의 유령이 여기서 풀려났을 때도." 내가 덧붙였다.

"루시의 해골이 우릴 심란케 했던 여러 경우에도." 홀리가 껴들었다.

조지가 고개를 끄덕였다. "까놓고 말해서, 이 집은 늘 죽음의 덫이었어. 안 그래?"

록우드가 어금니를 꽉 물었다. "그래. 하지만 어쨌든 '내' 죽음의 덫이라고, 젠장할. 저들은 못 들어와. 자, 건물을 방어할 사람은 다섯이야. 알다시피 취약한 구역은 딱 두 곳이고. 지하실 뒤쪽이랑 부엌. 조지는 다쳤으니까 위층에 남을 거야. 층계참에다 무기들을 쌓아놓고. 일이 잘못됐을 때 우리가 후퇴할 곳도 거기야. 제시카의 방이 최후의 보루인 셈이지. 루스랑 홀리, 너희 둘은 부엌을 지켜. 퀼과 난 지하실로 갈게. 명심해. 누구든 위험에 처하면 휘파람을 불어. 그럼 나머지가 상황이 허락되는 한 도울 거야." 그가 우리에게 미소를 지었다. "그럼 각자 맡은 곳으로 가자. 행운을 빌어, 모두들."

내 위치로 가기 전에 마지막으로 싫지만 해야 할 일이 있었다. 이 날 오후 내내 단지 속 해골이 말을 걸려고 하도 시끄럽게 떠들어대는 통에 나는 약간의 평화가 간절해 놈의 뚜껑 레버를 닫아둔 참이었다.

모욕의 말을 하려는 건지, 통찰이 철철 흘러넘치는 의견을 내려는 건지 몰라도, 둘 중 어느 쪽이든 난 들어줄 여력이 없었다. 홀리가 부엌으로 간 사이, 나는 단지를 챙겨 현관홀로 가 레버를 돌렸다.

"음?"

"드디어! 좋아. 시간이 됐군. 보니까 네 벨트에 망치도 있네. 그거 한 방이면 난 자유야. 커빈스 놈은 안 죽인다고 약속할게."

"착하기도 하지. 내 답은 '안 돼'야."

"어차피 커빈스 놈은 산송장이니까. 솔직히 나보다도 상태가 안 좋다고. 근데 킵스는… 뭐, 그 인간은 얘기가 다르지. 아무도 그리워하지 않을 놈인데 뭘."

"난 널 내보내 주지 않아. 이미 끝난 얘기야."

유령 얼굴이 독기 어린 눈으로 나를 뜯어봤다. "아쉽네. 날 풀어줄 수 있을 법한 사람은 너뿐인데. 그런 네가 몇 시간 내로 죽어 자빠질 예정이니. 이러다 나도 여기 몇십 년은 더 갇혀 있게 생겼어."

"그야 내 알 바 아니고. 자, 얘기 끝났으면 난 내 자리로 가볼게."

"아이고, 비장도 하셔라. 네 대장이 무지무지 자랑스러워하겠다." 놈의 눈이 가늘어지고, 단지 유리에 녹색 연무가 맺혔다. "전투에서 내가 널 도울 수 있는 거 알지? 윙크맨 졸개들을 유령접촉으로 죽여줄 수 있다고. 친애하는 록우드의 생명도 혹시나 구할지 모르고…."

내 안의 아주 조그만 일부가 그 말에 솔깃했다는 사실에 나는 더 열이 뻗쳤다. "미련 버려. 그렇겐 안 돼."

"뭐, 날 여기다 가둬두면 그렇게 될걸. 불쌍한 앤서니 록우드. 전에 그 운세 기계에서 나온 종이들에 뭐라고 적혀 있었더라? 난 제대로 본 적이 없어서…."

나는 유령단지를 들고 부엌으로 갔다. "앞으로도 볼 일 없을 거야.

이제 닥쳐."

"그럼 있잖아," 해골이 말했다. "날 저기 저 식탁 위에 놓기라도 해줘. 유탄이 단지를 박살 내줄지도 모르니까. 아니, 더욱더 바람직한 그림으론 네 시체가 나자빠지며 단지를 부숴주게. 부디 그리됐으면."

"아악! 제발 좀 닥칠래?" 나는 머리가 터질 거 같았고, 해골의 몰골이든 소리든 단 일 초도 더는 견딜 수 없었다. 부엌 찬장을 열고 단지를 쑤셔 넣었다. 뚜껑 레버를 돌리고, 격분하며 눈을 부라리는 놈의 얼굴에 대고 문을 쾅 닫았다. 그런 뒤 그 존재 자체를 머릿속에서 치우고 무기를 확인하러 갔다.

시간이 흘렀다. 홀리와 나는 부엌 바닥에 앉아 조리대에 등을 기대고 있었다. 손 닿는 곳에 레이피어와 무기를 두고. 식탁 밑에 기름등 하나를 밝혀뒀는데, 그 침침한 붉은 빛이 의자 다리들의 조그만 숲속에서 빛나는 게 꼭 아득한 거리에서 보는 도깨비불 같았다. 정원 쪽 문은 합판에다 빗장과 쇠사슬을 보강했다. 조리대 위는 완전히 비웠다. 창문들은 퀼이 가져온 합판으로 전부 가렸다. 거기다 조그만 구멍들을 두어 개 뚫어두고 이따금 자리에서 일어나 눈을 대고 정원을 내다봤다. 사과나무와 담장, 다른 집들의 형체와 조명이 보였다. 밤은 적막했다. 냉장고가 평소처럼 웅웅거렸다. 문 옆 찬장, 내가 유령단지를 쑤셔 박은 곳에서도 희미하게 심령 소리가 났다. 아마 해골 녀석이 지금껏 투덜거리는 중일 거였다.

"수도꼭지에서 물이 새." 좀 있다가 홀리가 말했다. "언제 고쳐야 되는데."

"골칫덩이라니까. 록우드가 왜 손 놓고 있는지 이해가 안 돼."

"다음 주. 다음 주에 배관공을 부르자, 루시. 그렇게 하는 거야."

"훌륭한 생각이야, 홀리."

홀리가 고개를 젖히고 조리대에 기대 천장을 올려다봤다. 머리칼을 어깨에 치렁치렁 늘어트리고 쭉 뻗은 두 다리의 무릎에 두 손을 놓고 있었다. 그녀는 언제나처럼 침착하고 차분했으나, 그 자세에서 느껴지는 어떤 천진함에 나는 아주 어린 소녀를 떠올렸다.

"괜찮아?" 내가 물었다.

"응, 물론."

"우리가 괜찮을 거 같아? 해낼 거 같아?"

홀리가 미소를 지으며 나를 봤다. "넌 어떤데?"

"우린 늘 괜찮으니까."

나는 홀리의 대답을 기다리는 대신 자리에서 일어나 개수대로 몸을 기울이고 가장 가까운 쪽 구멍으로 밖을 살폈다. 내다보려면 합판에다 눈을 진짜로 딱 붙여야 했고, 그러고도 초점이 맞기까지 시간이 좀 걸렸다. 정원 저 끝의 사과나무에서 가지들이 움직였다. 나는 가만히 봤다. 그저 바람이었다.

"이상 없음." 내가 말했다.

"몇 시간은 더 있어야 올지 몰라." 홀리가 일어나 내 옆에 섰다.

"홀리, 네가 회사에 처음 왔을 때, 미안해. 내가 그다지… 친절하지 못해서. 너한테 더 잘했어야 했는데."

"오, 그 걱정은 하지 마. 우리 전에도 얘기했잖아." 홀리가 얼굴에서 머리칼을 치웠다. "확실히 내가 밉상이기도 했고. 암튼 이상했을 거야. 내가 불쑥 나타나서."

"좀 그렇긴 했지. 하지만…."

"하지만 어차피 걱정 안 해도 됐어." 홀리가 미소를 지었다. "뜻밖이겠지만 록우드는 사실 내 취향이 아니거든."

당황한 내 표정이 어땠는지는 지금도 잘 모르겠다. 부엌의 섬뜩한 붉은 빛 탓에 뭐 얼마나 대단히 매력적이었겠나 싶지만. 하여간 홀리를 웃기기엔 충분했다. 그녀는 정원을 다른 각도에서 확인할 수 있게 창문 반대쪽 끝에 낸 구멍으로 옮겨갔다. "그렇게 충격받을 거 없어, 루시. 네가 록우드를 어떻게 생각하는지 알아. 근데 굳이 말하자면, 난 마음에 두고 있는 다른 사람이 있답니다."

"세상에나. 설마 조지는 아니겠지?"

홀리가 다시 소리 내 웃었다. 나를 곁눈으로 보는 눈동자가 반짝였다. "넌 좀 알아야 돼. 세상엔 다른 가능성들도 있다는 걸." 웃음기가 가시고 그녀의 몸이 바짝 긴장했다. "잠깐. 밖에 손님이 왔어."

나는 근처 구멍에 얼굴을 디밀었다. 맞다. 정원에서 뭔가가 들썩이고 있었다. 날랜 형상들, 은은한 어둠덩어리들이 밤에서 떨어져 나와 정원 담장을 타넘었다. 집 쪽으로 스르르 흘러와 사과나무를 지나고 좌우로 퍼져나갔다.

나는 부엌 바닥을 발로 굴러 신호를 보냈다. 그와 동시에 아래층에서 누군가—내 생각엔 록우드—가 날카롭게 외쳤다. 홀리와 나는 창문에서 떨어져 식탁 근처로 갔다. 나란히 서서 서로의 반대 방향을 봤다. 한 손엔 검을 쥐고 남은 손을 서로 맞잡았다.

몹시 고요했다.

고요…. 다른 무엇보다도 고요가 가장 나빴다. 숨을 쉴 엄두조차 잘 안 났다. 나는 정원으로 난 문을 가만히 봤다. 집 내부의 문들을 전부 열어둔 터라 복도에 놓은 등불의 깜빡임이 고스란히 느껴졌다. 그것만이 유일한 움직임이었다. 조그맣고 불그스름한 빛줄기만이. 포틀랜드 로 35번지 전체에 아무 소리가 없었다. 내 손안 홀리의 손이 축축했다.

정원 계단에서 뭔가가 슥 움직였다. 홀리의 목구멍에서 조그만 소리가 났다.

지하에서 와장창 유리가 깨졌다.

나는 홀리를 힐끗 봤다. 그녀도 들었는지 확인하….

쿵! 무시무시한 소리가 들렸다. 부엌이 통째로 흔들렸다. 정원문에 못질한 합판 언저리에서 순간적으로 백색광이 번쩍였다. 마그네슘이 폭발하면서 생긴 빛이 점점 가라앉았다. 록우드의 함정이 제 역할을 한 거였다. 퍽 하면서 뭔가가 벽을 때리고, 남자가 울부짖었다.

홀리가 내 손을 꽉 쥐었다. "루시…!"

나는 벽을 노려봤다. "아냐, 홀리. 아니, 좋은 거야. 놈들을 늦춘 걸지도 몰라."

아니었다. 우리 뒤에서 유리가 깨졌다. 합판 너머 부엌 창문이었다.

"문을 지켜, 홀리." 내가 말했다. 나는 창문으로 가 가장 가까운 구멍에 레이피어를 꽂아 넣었다. 고통에 찬 신음과 함께 창문에서 떨어진 누군가가 그 밑 덤불에 처박히며 관목이 우지끈 부러지는 소리가 보상처럼 뒤따랐다.

지하에서 광적인 휘파람 소리가 올라왔다. 록우드의 비상 신호였다. 홀리와 내가 부엌 맞은편의 서로를 쳐다봤다.

"가봐." 홀리가 말했다. "여긴 내가 막을게."

"금방 올게…." 그 말과 함께 나는 이미 나선형 계단을 우당탕탕 내려가고 있었다. 한 걸음 내디딜 때마다 온도가 쭉쭉 떨어졌다. 지하에 닿았다. 살갗이 스멀거렸다. 갑작스런 냉기로 이가 다 아렸다. 녹색 비스름한 안개 가닥들이 신발에 부딪혀 철썩였다.

유령안개다….

왼쪽 아치 너머 집 뒤편에서 강철이 울리고 심령을 타격하는 소리가 들렸다. 뒤이은 울부짖음은 산 자의 목구멍에서 나오는 게 아니었다. 거기로 뛰어들고 보니 록우드와 킵스가 거대하고 희미하게 빛나는 형체로부터 후퇴하고 있었다. 놈의 윤곽은 둥그스름하고 울퉁불퉁하고 불분명했다. 넓적하니 낮게 달린 모양새가 왠지 머리일 듯한 혹과 경사진 어깨, 팔을 대신해 튀어나온 연골 정도만 짐작될 뿐, 그 이상은 없었다. 나머지는 형체 없이 빛을 뿜는 뭉텅이가 전부였다. 놈은 바닥 바로 위에 떠서 미세하게 고동치며 우리에게 흘러왔다. 록우드가 레이피어를 꽂아 넣자 상처 부위의 플라스마가 갈라졌다가 순식간에 복구됐다.

"안녕, 루스." 록우드가 필요 이상으로 차분하게 나를 돌아봤다. "와줘서 고마워. 보다시피 덩어리*가 있어. 저들이 문에 구멍을 뚫고 출처를 던져 넣었어. 그게 세탁실 어딘가로 굴러갔거든. 찾을 수 있겠어? 퀼이랑 난 남는 손이 없어서."

"화염탄으로 날려버리면 될걸." 내가 말했다. 나는 벌써 옆으로 움직이며 환영을 지나칠 기회를 노리는 중이었다. 덩어리 근처엔 절대로 가지 마라. 놈들은 사람을 빨아들인다.

"꼭 그래야 하면 할 텐데. 이렇게 밀폐된 곳에서 플라스마들이 날아다니는 게 싫어서. 잘 좀 봐봐. 알았지? 문 근처 마룻널들만 밟지 말고."

나는 앞으로 튀어나갔다. 고개를 수그려 냉기의 벽을 통과하고 뒤편 세탁실로 갔다. 부서진 나뭇조각 천지고, 뒷문을 가로지른 합판 일부가 이미 훼손됐다. 그 너머에서 어둑한 형체들이 광적으로 움직이며 침입할 길을 찾았다.

나는 그들을 저지하려 화염탄을 던지고 그 빛에 의지해 나무와 잔해들, 세탁하다 떨어트린 이상한 양말과 레깅스 틈을 허우적허우적 뒤졌다. 출처처럼 보이는 게 전혀 없었다. 내 위에서 흰 연기가 피어올랐다. 화염이 날름거리는 허연 혓바닥에 문짝의 합판이 타들어가고, 누군가의 도끼가 그걸 광적으로 내리찍고 있었다.

"어떻게 돼가, 루스?" 록우드의 외침은 이제 그렇게까지 차분하지 못했다. 덩어리가 섬뜩하게 꾸르륵거리는 한숨을 내쉬었다. 킵스가 공포의 비명을 질렀다.

나는 대답하지 않았다. 손전등을 켜서 입에 물었다. 벨트에 달린 주머니를 열고 거기 접힌 채 들어 있는 은제 사슬망을 꺼낼 수 있게 준비했다. 이 빌어먹을 출처가 어딨는 거지? 도끼가 문을 척, 척, 척 짧게 내리찍었다. 나는 바닥 타일에 무릎을 가까이 대고 목을 길게 빼서 세탁기 옆을, 린트천과 단추들 사이를 내려다봤다….

저거다! 둥그스름한 뼛조각. 아무래도 사람 목뼈처럼 보이는 게 세탁기 밑에 들어가 있었다. 내가 거기로 손을 뻗는데 문에 마지막으로 남은 합판이 산산조각 났다. 마그네슘 연기가 휘몰아치고, 땅딸막하지만 강해 보이는 남자가 등장했다. 줄리어스 윙크맨을 보는 것도 오랜만이었다. 마지막으로 봤을 때 그는 파란색 새 정장을 입고 형을 선고받았으며, 나는 법정 높은 곳의 방청석에 있었다. 오늘 그는 검은 옷을 입고 기다란 쇠막대를 들었다. 나는 바닥에 엎드려 세탁기 밑에 손을 넣고 있었고. 세상은 바뀐다. 그럼에도 우리는 서로를 알아봤다.

수감 생활에도 줄리어스 윙크맨의 근육은 줄지 않았다. 팔뚝은 배에서 쓰는 밧줄마냥 여전히 불끈거렸고, 가슴팍과 목은 말의 것처럼 거대했다. 나를 보는 순간 그가 인상을 쓰며 잇몸을 드러냈다. 안으로 들어서다 록우드와 킵스가 손봐둔 헐거운 마룻널에 체중을 실었다. 신발이 푹 빠지면서 마룻널 반대쪽이 솟아올랐다. 그게 윙크맨의 얼굴을 때렸고, 그가 뒷걸음질해 자기 뒤 남자들과 충돌했다.

그와 동시에 나는 틈새에서 뼛조각을 꺼내 서늘하고 헐렁한 은제 사슬망으로 말았다. 방 건너편을 떠다니던 거대한 형체가 구멍 난 풍선마냥 피시식 쪼그라들었다. 막혀 있던 귀가 뻥 뚫렸다. 덩어리는 사라졌다.

정원에서 분노의 고함들이 들렸다. 어디선가 누군가가 총을 쐈다. 내 뒤 벽면에서 충격이 느껴졌다. 나는 망에 둘둘 말린 출처를 그대로 두고 비틀비틀 일어났다. 두 손이 날 붙들었다. 록우드가 나를 당기고 있었다. "꾸물거릴 시간 없어." 그가 말했다. "문이 뚫렸어, 루스. 놈들이 들어왔다고. 퀼은 홀리를 도우러 갔어. 넌 나랑 가."

우리는 또 다른 아치 출입구를 통과해 레이피어 연습실로 들어갔다. 허공에 연기가 가득하고, 점점 줄어가는 유령안개와 타오르는 마그네슘 불똥이 뒤섞여 있었다. 정지한 에스메랄다와 스르르 조가 쇠사슬에 묶여 공중에 떠 있었다. 에스메랄다의 왼다리에서 가느다란 줄이 뻗어 나와 멀리 떨어진 구석의 소금 자루 더미 뒤로 사라졌다.

록우드가 줄을 잡았다. 자루 더미 뒤로 나를 당겼다.

우리는 기다렸다.

아치 너머에서 소리들이 들렸다. 기다란 칼을 든 남자 하나가 슬금슬금 시야에 나타났다. 덩치가 산만 한데도 소리를 전혀 내지 않으며 소용돌이치는 연기를 뚫고 움직였다. 철제 계단 위를 힐끗 올려다보고는 레이피어 연습실을 들여다봤다. 그랬다가 우뚝 멈춰 섰다. 어스름 속에서 사슬에 걸려 대롱거리는 에스메랄다의 기형적인 형체를 본 거였다. 틀림없이 간 떨어질 뻔한 광경이었을 터였다. 손전등 불빛이 잠깐 반짝였다. 지푸라기 손을, 우리가 그려 넣은 얼굴을 골라냈다. 모형일 뿐이다…. 남자는 손전등을 다시 허리춤에 끼우고 칼을 내든 채 천천히 방으로 들어섰다. 살살, 살살, 공간을 슬그머니 가로질러 장비실 문 쪽으로 향했다. 그 옆 자루 더미에 우리가 몸을 숨기고 있었고. 남자가 방 가운데에 도달하자, 록우드가 쥐고 있던 줄을 홱 당겼다. 에스메랄다가 유령이라도 되는 양 스르르 남자에게 덤벼들었다. 그가 욕을 삼키며 응수했다. 그의 칼이 지푸라기를 채운 에스메랄다의 복부 한복판을 그대로 쑤셨고, 우리가 숨겨둔 마그네슘 화염이 폭발했다. 작열하는 백색 불꽃이 인체 모형의 상체에서 터져나와 둥글게 퍼지며 에스메랄다를 망가트리고 그 옆의 남자를 집어삼켰다. 그는 활활 타오르는 지푸라기의 연기 속에서 바닥에 나동그라졌다가 다시 일어났다. 비명을 지르는 그의 머리칼이 온통 파리한 마그네슘 화염이었다. 남자가 실성한 사람처럼 머리를 두드리며 몸을 돌렸다가 벽에 쿵 부딪혔고, 사무실 방향으로 후다닥 사라졌다.

우리는 자루 뒤에서 일어났다. 은회색 연기의 소용돌이 가운데 늘어진 쇠사슬에서 모형의 머리가 덜렁거렸다. 몸은 사라지고 없었다.

"우리 친구 에스메랄다," 록우드가 말했다. "장렬히 전사했군. 얼른 위층으로 가야 해."

우리는 철제 계단을 올랐다. 빙글빙글. 발아래 철제 디딤널을 총알이 때리면서 밝은 색 불똥이 튀었다. 우리는 부엌으로 뛰어들었다. 결국 떨어져 나간 정원문의 파편들 건너편에 홀리와 킵스가 나란히 서 있었다. 검은 옷을 입은 남자 둘이 진입을 시도하고 있었다. 손에 든 몽둥이를 좌우로 미친 듯 저어댔다. 킵스와 홀리가 맹렬히 휘두르는 레이피어가 복잡한 호를 그리며 남자들을 물리치고 몽둥이를 베자리를 지켜냈다.

그들 뒤 어둠에서 익숙한 얼굴이 나타났다. 분홍빛 뺨과 파랗고 불룩한 눈이 언뜻 보였다. "비켜, 멍청이들아." 루퍼트 게일 경이 말했다. "내가 상대할 테니."

록우드가 어느새 킵스와 홀리 옆에 가 있었다. "물러나." 그가 외쳤다. "위층으로 가." 우리 뒤에서 지하실 철제 계단을 올라오는 발소리들이 들렸다. 나는 마지막 화염탄을 뜯어 문으로 던졌고, 루퍼트 경이 풀쩍 뛰어 정원으로 비켜났다. 폭발음이 들리는 순간, 이미 복도로 나가 있던 우리는 방향을 바꿔 계단을 올랐다.

제시카의 방문 너머 혼령문의 고동이 층계참에서조차 고스란히 느껴졌다. 거기 의자를 놓고 조지가 태연히 앉아 있었다. 빗자루와 밀걸레 손잡이에다 부엌칼을 붙여 창을 만드는 중이었다. 줄줄이 올라오는 우릴 향해 고개를 끄덕였다. "저 아래 분위기가 영 후끈한 모양이야."

"그래." 록우드의 거뭇해진 외투 한쪽에서 모락모락 김이 피어올랐다. 아까 덩어리랑 싸우다 그런 듯했다. 그의 파리한 얼굴이 에너지로 환했다. "괜찮아, 조지?" 그가 물었다. "무기는 준비됐고?"

"응."

"카펫도?"

"응."

"좋아. 루퍼트 게일 경이 왔어."

조지가 고개를 끄덕였다. "직접 행차하실 줄 알았지."

요란스레 쿵쿵거리는 소리가 났다. 신발들이 계단을 올랐다. 집 깊숙한 곳에서 꽥꽥거리는 명령들이 메아리쳤다. 이윽고 그 모든 소음 위로 빽, 분노한 외침이 떠올랐다. 부엌이었다.

홀리가 기겁해 펄쩍 뛰었다. "뭐야?"

조지가 의자에서 천천히 일어났다. "아무래도 루퍼트 경이 봤나 보군. 내가 식탁에 조그맣게 그려둔 자기 그림을. 뭐, 여기서 '조그맣게'는 생각하는 식탁보 전체를 채우는 걸 의미하지만. 허리 숙인 남자 그림을 우리 생각하는 식탁보가 얼마나 완벽히 소화하는지 놀라울 뿐이야. 세트 메뉴로 제공되는 메시지를 쓸 공간도 겨우 찾았다고."

"그 메시지란?" 록우드가 계단 꼭대기에서 창을 들고 준비했다.

조지가 우리에게 내용을 말했다.

"맙소사." 홀리가 말했다. "저렇게 열 받을 만하네."

"특히나 좋은 건 뭐냐면," 조지가 말했다. "윙크맨의 부하들도 그 걸 보게 되리란 거야. 이런 걸 우린," 그가 덧붙였다. "심리전이라 부르지. 루퍼트 경을 동요시켜 성나고 무모하게 만들어줄 거야."

"그게 우리한테 좋은 거 맞지?"

계단 아래서 벌건 얼굴 하나가 나타났다. 록우드가 창을 던졌다. 얼굴이 아슬아슬하게 뒤로 쏙 빠졌고 창이 바닥에 박혔다.

"넵." 조지가 말했다. "조심해. 저기 더 온다."

윙크맨의 부하 한 명이 계단 밑을 슬쩍 내다보고는 후다닥 가로질러 서재로 들어갔다. 잠시 뒤 그쪽 모퉁이에서 총구가 나타났다. 세 발이 발사됐다. 우리가 몸을 뒤로 젖혔고, 머리 위 천장에 구멍이 뚫리며 석고가 우수수 떨어졌다. 그 기회를 틈타 날래고 운동신경 좋은 형상이 계단을 반이나 튀어 올라왔다. 익숙한 목소리가 불렀다. "오, 록우드…." 목소리가 말했다. "어디 있는 거지?"

록우드가 다급히 말했다. "내가 시간을 벌어볼게. 다들 누나 방으로 가서 망토를 걸쳐. 너도, 루시." 나를 보지 않고도 그는 알았다. 내가 명령에 따르지 않으리란 걸. 그는 검을 뽑아 들고 계단 꼭대기로 걸어나갔다.

내 뒤에서 제시카의 방문이 열렸다. 그 즉시 떠들썩한 심령의 소리로 머리가 울렸다. 쇠사슬 원 안에서 유령들이 꽥꽥거렸다. 순간적으로 해골이 떠올랐다. 저 아래 부엌 찬장에 갇혀 있는. 나는 얼른 그 생각을 떨쳐버렸다. 다들 방으로 들어가는 중이었고, 움직임이 느린 조지를 킵스가 부축했다. 하지만 나는 뒤에 남았다. 루퍼트 게일 경이 계단을 올라와 시야에 나타나는 장면을 보고 있었다. 마그네슘 소금을 좀 뒤집어쓴 걸 빼면 그는 아까 내 화염탄 공격을 완벽히 피해냈다. 언제나처럼 녹색 트위드 정장에 선홍색 셔츠를 입었다. 들뜬 얼굴로 웃고 있었다.

록우드는 계단 위에서 기다렸다. 머리칼이 이마를 덮었고, 손에는 레이피어를 들었다. 여유로워 보이려 노력하는 중이었지만 숨을 몰아쉬고 있었다.

"앤서니 존 록우드!" 루퍼트 경이 말했다. "그거 알고 있나? 네가지금까지 윙크맨에다 그 부하 네 명까지 불능 상태로 만들었단 걸? 충격적일 정도로 막돼먹었다, 난 그렇게 말하겠어. 손님을 이따위로 대접하는 법은 어디서 배웠지?"

록우드가 이마의 머리칼을 옆으로 쓸었다. "올라오지. 당신한테도 맛 좀 보여줄 테니."

루퍼트 경이 키득거렸다. "있지, 난 몇 달간 궁금했거든. 이 만남이 어디서 이뤄질까 하고. 기대가 무척 컸다고 해야겠군. 어느 성채의 흉벽이라든가, 아님 궁전 정원이라든가…." 그가 앞으로 훌쩍 뛰었다. 록우드의 첫 번째 공격을 피해 몸을 수그렸고, 두 번째 공격은 레이피어를 살짝 비틀어 막아냈다. "한데 이 누추하고 조그만 계단이라고? 이 답답하고 음울한 건물의? 다소 실망스러운걸."

록우드가 목을 옆으로 뚝 꺾었다. 다시 덤볐고, 검을 쳐냈고, 반복적으로 쏟아지는 옆 베기와 아래 찌르기에 맞서 다리를 방어했다. "지금 내 집을 모욕하는 건가?"

루퍼트 경의 눈이 반짝였다. "글쎄… 저 끔찍스런 소파에다 이민족

스타일 쿠션, 도저히 근절되지 않는 토스트 냄새…. 죄다 정말 너무 소박하잖아. 난 더 매력 넘치는 장소를 바랐을 뿐야. 그게 전부라고."

루퍼트 경이 한 계단 더 올라왔다. 록우드는 계단 끝에서 뒤로 살짝 물러났다. 그들의 팔은 이제 너무 빨라 잘 보이지도 않았다. 검들이 구분조차 힘들게 움직이고 허공에서 뒤섞였다. 검날이 끝없이 맞부딪치며 챙챙거리는 소리의 벽이 됐다. 루퍼트 경의 뺨에 가늘고 붉은 줄이 생겼다. 록우드의 한 손에서 느닷없이 피가 흘렀다.

"포틀랜드 로에 실망했다니 유감인데." 록우드가 말했다. 그가 슬쩍 내 쪽을 봤다. 나는 방문 앞에 서 있었다. 다른 이들이 모두 준비됐으니 어서 들어오라고 신호했다. "그리고 가구에 대해선 당신 말이 맞아." 그가 덧붙였다. "허름하긴 해. 안타까운 얘기지만 바닥 덮개들 상태도 거기서 거기고."

록우드가 옆으로 뛰어 몸을 굽히고는 계단 꼭대기의 카펫을 홱 당겼다. 조지가 일찍이 걷어 계단에 헐렁하니 얹어두기만 한 터였다. 카펫이 팽팽한 대각선을 그리며 위로 끌려갔다. 루퍼트 경의 발도 함께 끌려갔다. 그 통에 그가 뒤로 나동그라졌다. 외마디 비명과 함께 계단 밑으로 사라졌다. 데굴데굴 뒤구르기로 내려갔다. 그가 시야에서 모습을 감추고는 이런저런 쿵쿵 소리가 연달아 들렸다.

잠시 뒤 록우드는 나를 이끌고 방에 들어섰다. 문을 쾅 닫고 빗장들을 걸었다. 우리 뒤 혼령문의 차디찬 기운이 살갗을 쿵쿵 때렸다. 유령들이 우리 이름을 외쳐 불렀다.

록우드가 몸을 돌려 우리 모두를 봤다. 다친 손으로 머리칼을 쓸어 넘기자 얼굴에 핏자국이 남았다. "뭐," 그가 미소를 지었다. "결론 나왔네. 이제 우리 들어가야겠다."

20

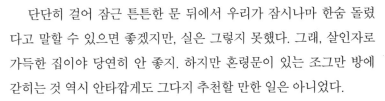

단단히 걸어 잠근 튼튼한 문 뒤에서 우리가 잠시나마 한숨 돌렸다고 말할 수 있으면 좋겠지만, 실은 그렇지 못했다. 그래, 살인자로 가득한 집이야 당연히 안 좋지. 하지만 혼령문이 있는 조그만 방에 갇히는 것 역시 안타깝게도 그다지 추천할 만한 일은 아니었다.

그나마 좋은 소식은 우리의 혼령문 제작이 대성공이었단 거다. 모든 게 계획대로 됐다. 초강력 쇠사슬 원은 굳건했고, 그 안에서 날뛰는 초자연적 에너지를 온전히 버텨냈다. 어둠이 내리면서―록우드가 예견했던 대로―출처에서 유령들이 등장했다. 원을 탈출할 수 없는 상황에서 그 안을 세차게 맴돌며 극악무도한 냉기와 심령의 공포를 뿜어댔다. 그 위력에 내 몸이 다 쪼그라드는 기분이었다. 놈들이 악쓰는 소리에 머리가 딩딩 울렸다.

안에 갇힌 영혼이 워낙 많은 데다 비좁은 공간에 마구 껴 있다 보니 하나하나를 명확히 골라낼 순 없었다. 쇠사슬 원 위 허공은 놈들의 움직임으로 북적거렸다. 희미한 그림자들이 꿈틀거리고 곤두박질쳤다. 검은 연기의 소용돌이 같은 형상들이 스르르 생겨나고 없어졌다. 꼼짝 없이 갇힌 얼굴들이 투명한 장벽에 들러붙어 울부짖었다.

원 안의 빛은 침침하고 희미했다. 침대가 선명히 보이지 않았고 바닥의 물건이라든가 방 반대편 끝도 안 보였다. 쇠기둥 사이에 걸려 원을 가로지르는 길잡이 사슬은 사슬 고리마다 맺힌 얼음을 반짝이며 원 가운데의 안개 속으로 사라졌다. 철을 혐오하는 유령들은 사슬로부터 멀찍이 거리를 뒀다. 이 쇠사슬이 곧 우리의 진입로였다.

록우드가 바닥에 놓인 은빛 망토를 낚아챘고, 나는 이런 식의 여정을 벌써 두 번이나 견뎌낸 깃털 망토를 들었다. 다른 이들은 망토를 걸치고 준비를 마친 채 기다렸다. 킵스는 극락조 깃털 망토와 믿음직한 고글을 장비했다. 조지는 은비늘이 달린 망토였다. 홀리는 모피에다 벨트를 조이는 중이었다. 그들 모두가 오르페우스 협회에서 빼낸 은장갑을 꼈다. 전과 마찬가지로 지상 최악의 동물원이 따로 없었으나 실전을 앞둔 상황에서 망토를 두고 하는 우스갯소리들은 사라지고 없었다. 혼령문의 치명적인 위력이 모두를 사로잡았다. 다들 얼굴이 공포로 굳어 있었다.

내 뒤에서 누군가 문고리를 돌렸다. 문에 대고 총을 한 발 쏘기도 했지만, 안쪽에 덧대진 철선 때문에 총알이 뚫고 들어오진 못했다.

"장갑 잊지 마, 루시." 록우드가 말하며 장갑을 꼈다.

"몸은 좀 어때, 조지?" 내가 물었다. "할 수 있겠어?"

조지가 고개를 끄덕이며 희미한 미소를 보냈다.

"좋아." 록우드가 말했다. "다들 잘 들어. 게일이 나타나는 바람에 일이 좀 꼬였어. 그 인간이라면 혼령문을 보더라도 윙크맨 일당만큼 겁먹지 않을 거야…. 하지만 우리로선 별다른 수가 없어. 이 방에 그냥 있다간 난도질당할 테니. 문으로 나가면 살아남을 거고."

우리 뒤에서 유령들이 울부짖었다. 뭔가가 방문을 때렸다. 나무가 부서지고 철선이 찌그러졌다.

록우드가 얼굴을 찡그렸다. "도끼야, 또. 얼른 움직여야겠어. 애초에 내가 제안한 거니까 나 먼저 갈게. 그다음이 조지. 홀리, 조지 뒤에 가줄 수 있겠어? 녀석이 괜찮은지 확인하면서? 그다음이 퀼. 루시, 그럼 네가 마지막인데, 그래도 괜찮을까?"

"당연히 괜찮지." 내가 말했다.

도끼는 우리를 기다려주지 않았다. 문을 내리쳤다.

"루시랑 내가 했던 얘기 잊지 마." 록우드가 말을 계속했다. "쇠사슬을 단단히 붙들고 똑바로 걸어. 쇠사슬이랑 망토가 유령을 막아줄 거야. 놈들이 성내고 소리친대도 우릴 건드리진 않아. 그냥 무시하면 돼."

"말처럼만 되면 얼마나 좋겠냐마는." 킵스가 말했다. 깃털 달린 머리 덮개 아래 그의 눈이 쇠사슬 원을 빤히 쳐다봤다.

"저 세상에 도착하면," 록우드가 말했다. "이 방이랑 거의 비슷할 거야. 더 어둡고 조용할 뿐. 문밖의 적들도 더는 없을 테고. 우린 안전할 거야." 그가 미소를 지으며 길잡이 사슬을 잡았다. "고작 몇 미터면 끝나. 가서 보자."

이때 방문이 뭔가 결정타를 맞았다. 나무가 쩍 벌어지는 소리가 들리고, 냅다 달려들어 찢어발기는 손들에 철선들이 끽끽거렸다. 우린 시간이 별로 없단 걸 갑작스레 절감하게 됐다. 록우드가 주저하며 확신이 안 서는 듯 뒤를 돌아봤다.

홀리가 앞으로 나섰다. "아니, 넌 우리 뒤를 지켜야지, 록우드. 내가 먼저 가게 해줘. 조지, 넌 날 따라오고."

홀리가 조지에게 손을 내밀었다. 그가 절뚝거리며 쇠사슬 옆 홀리와 합류했다. 록우드가 뒤로 물러나며 감사의 의미로 고개를 끄덕였다. 검을 뽑은 뒤 방문을 보고 섰다.

나는 조지에게 엄지손가락을 들어 보였다. "힘내. 너 이거 하고 싶어 죽는 줄 알았잖아!" 솔직히 아주 바람직한 단어 선택은 아니었다. "좀 이따 보자." 내가 진심을 담아 덧붙였다. 조지는 공포로 마비된 듯 보였다. 내 말에 아무 대답이 없었다.

홀리와 조지가 쇠사슬을 따라 걷기 시작했다. 한 손, 또 한 손 쇠사슬을 잡고 꾸준히 움직였다. 망토를 뒤집어쓴 조그만 형상 둘이 원으로 조금씩 조금씩 다가갔다. 쭉 뻗은 쇠사슬이 침침한 초자연적 빛 속으로 들어가 모습을 감추는 곳으로.

방문에서 유난히 요란한 충돌음이 들렸다. 문짝의 나무는 이제 조각조각 갈려 있었다. 이 나뭇조각들을 뜯어내려 남자 두어 명이 고생하고 있었다. 혼령문을 보는 그들의 얼굴에서 당혹감과 망설임이 읽혔다. 하지만 루퍼트 경이 그들과 함께였다. 피투성이 얼굴로 잇몸이 다 드러나게 으르렁거리며 남자들을 몰아붙였다. 나는 벨트에서 레이피어를 뽑아 들고 록우드에게 다가가 그와 나란히 섰다.

유령들의 비명이 갑자기 커졌다. 나는 혼령문을 돌아봤다. 홀리와 조지가 안 보였다. 길잡이 쇠사슬이 살짝살짝 리드미컬하게 움직였다. 일정하게 툭툭, 저 원 속 어딘가에서 누군가가 여전히 그걸 붙들고 전진 중이라는 듯이. 침침한 빛의 기둥에 갇힌 형상들이 미친 듯 열렬히, 그리고 바라건대 실망감에 빙빙 돌았다. 내가 가만히 보고 있는 사이, 쇠사슬이 움직임을 멈췄다. 진동이 가라앉더니 완전히 정지했다.

"됐어!" 내가 말했다. "통과했어. 자, 이제 킵스 차례예요."

킵스가 고개를 끄덕였고, 그 통에 머리 덮개에 달린 기다란 깃털들이 마구 깐닥거렸다. 정말 세상 너그러운 눈으로 봐준대도 그는 자기 발로 다이빙대를 걸어가 냄비에 뛰어들기 직전의 애절한 닭 같은 몰골이었다. 그가 쇠사슬을 붙들고 원을 향해 머뭇머뭇 걷기 시작했다.

뭔가가 부서진 문에 난 구멍과 씨름했다. 거기서 루퍼트 게일 경이 툭 튀어나왔다. 어정쩡하게 착지하며 내 회전타를 피하고 옆구리에 주먹을 꽂았다. 내가 록우드에게로 쓰러지며 그가 균형을 잃었다. 우리가 함께 휘청하는 사이에 루퍼트 경이 검을 뒤로 뺐다가 잽싸게 내질렀다.

뭔가가 번개처럼 나를 스쳐갔다. 복수심에 불타는 닭 같은 형상이 레이피어를 좌우로 휘둘렀다. 루퍼트 경이 뒤로 밀려가 문에 충돌했다. 그는 크게 놀란 눈치였다. 쏟아지는 타격을 쳐내고만 있었다. 아마도 킵스의 괴상망측한 몰골—툭 불거진 고글과 머리에서 요동치는 극락조 깃털, 검을 휘두를 때마다 광적으로 펄럭이는 분홍빛 털들—에 충격을 받아서였을 거다. 그랬다고 해서 루퍼트 경을 흉볼 건 아니었다. 킵스는 누구든 얼빠지게 만들기에 충분했다.

그래도 루퍼트 경의 기술은 살아 있었다. 그가 실력을 발휘하기 시작했다. 킵스의 기세가 한풀 꺾이면서 밀리기 시작했다…. 하지만 이젠 그의 곁에 록우드와 내가 있었다. 순간적으로 3대 1의 상황이 됐고, 강철이 챙챙거리는 소리가 사방을 채웠다. 누군가가 망가진 문으로 칼을 집어넣어 록우드를 뺐다. 그가 몸을 피하고 빙글 돌아 루퍼트 경의 머리를 노렸다. 고개를 수그려 검을 피한 루퍼트 경이 킵스의 망토 아래 몸통을 찔렀다. 킵스가 고통의 비명을 질렀다. 내가 검을 내리갈겨 루퍼트 경의 손목을 벴다. 그가 욕을 뱉으며 손목을 감싸 쥔 채 뒤로 풀쩍 뛰었다.

그게 우리의 탈출 신호였다. 킵스와 록우드와 나는 몸을 빼서 방을 가로질렀다. 길잡이 사슬을 붙들고 우르르 움직였다. 킵스가 먼저, 다음이 나, 마지막이 록우드였다. 몸을 내던져 앞사람을 덮치다시피

하며 혹 밀려드는 냉기를 뚫고 유령들이 소용돌이치는 안개 기둥으로 향했다. 상황이 어쩌나 급박한지 두려움은 뒷전이었다. 우리는 멈추지도, 생각하지도 않고 철의 장벽을 넘어 심령의 아수라장으로 들어갔다.

우리는 봉인 풀린 출처들 위에 서 있었고, 출처의 주인들과도 아주 가까웠다. 불경스런 목소리들이 비명을 지르고, 나는 모르는 언어로 귓가에 속삭였다. 우리 앞으로 뻗어나가 침대를 건너고 어슴푸레한 안개 속으로 사라지는 쇠사슬과는 거리를 두느라 원 양옆에 몰려 있는 형상들이 고동쳤다. 놈들은 우리를 지켜봤고, 엄두가 나는 한 가까이까지 몰려들었다.

길잡이 사슬의 마디마다 얼음이 껴 있었다. 꽁꽁 어는 듯한 공기가 얼굴을 두들겼다. 내 앞에서 킵스가 휘청거리며 걸음을 늦췄다. 그럴 만했다. 그로선 처음 겪는 일이니까.

"다 무시해요!" 내가 외쳤다. "계속 걸어요! 쇠사슬을 따라가요! 손 떼지 말고!"

침대에 도달했다. 침대 역시 얼음에 덮여 있어 우리가 그 위를 기어 건너는데 쫙쫙 균열이 생겼다. 얼음 탓만은 아니었다. 매트리스 자체가 굳고 얼어 쩍쩍거렸다. 등이 부러져 바닥을 기는 것들이 매트리스 아래서 네발로 날래게 쏘다녔다. 보트의 유리 바닥으로 언뜻언뜻 보이는 상어들마냥. 우리가 침대 끝에서 뛰어내리자, 놈들이 튀어나와서는 우리 뒤로 흩날리는 망토 자락을 피해가며 몸을 펴고 우리 이름을 불렀다.

우리는 듣지 않았다. 두어 걸음 더 간 뒤 다시 원의 경계를 넘어 방 반대편의 절대적인 고요 속에 들어섰다.

갑작스레 이 얼마나 조용한지. 얼마나 추운지.

단순히 심령의 아우성이 멎은 걸 넘어 소리 자체가 아예 없었다. 루퍼트 경이든 윙크맨 일당이든 외치는 소리도, 문 부수는 꿍음도 없었다. 공기는 죽고 정체돼 있었으며, 은은한 회색의 흐릿한 빛을 받는 모든 게 단조롭고 칙칙해 보였다. 우리는 여전히 제시카의 방에 있다지만 그게 저 세상의 방인 이상 분명 다른 점들이 존재했다. 우리 바로 옆의 벽은 금이 가고 구멍이 숭숭 나 있었다. 발치에서 서리가 반짝였다. 창밖으로 칠흑 같은 하늘이 보였다.

"쇠사슬에서 떨어져." 록우드가 말했다. 이상하고 죽은 공기 속에서 그의 목소리는 작고 공허하게 들렸다. 킵스와 내가 물러섰다. 우리 옆에 박힌 쇠기둥에 얼음이 덕지덕지 붙어 있었다. 거기 걸린 사슬은 아무 움직임 없이 뒤로 길게 뻗어 침침한 원 속으로 들어갔다. 원 안에서 유령들이 여전히 회오리쳤으나 아무 소리가 안 났다. 록우드와 나는 검을 내들고 서서 우리가 왔던 길을 응시했다.

혼령문을 주시했다. 아무도 나오지 않았다.

"다행이야." 내가 숨을 몰아쉬었다. "난 또 그 인간이 따라오는 줄 알고."

"망토가 없으면 죽을 테니까." 록우드가 말했다. "이러나저러나 시도해 보고도 남을 인간이긴 하지만."

우리는 천천히 움직였다. 원 둘레를 조심스레 돌아 방 반대쪽으로 갔다. 거기서 홀리와 조지가 우리를 기다리고 있었다. 머리 덮개를 쓴 형상 둘이 딱 붙어 서서 하얀 입김을 폭폭 뱉었다. 그들 뒤로 보이는 방문은 검고, 문이 휑하니 열린 자리를 안개가 가득 채웠다. 사람은 없었다. 루퍼트 경도, 윙크맨 일당도 없었다. 우리는 포틀랜드 로 35번지의 다른 버전에 와 있었고, 여기엔 우리뿐이었다.

"어찌 된 거야?" 조지의 속삭임이 그 허무한 공간에 메아리쳤다. "오는 데 백만 년 걸렸잖아. 그 인간들한테 잡힌 줄 알았다고."

"아니. 우린 괜찮아." 록우드가 말했다. "이렇게 왔잖아. 잘했어, 모두들." 그가 레이피어를 내리고 길게 내쉰 숨이 밝고 흰 입김이 됐다. "괜찮아, 조지? 몸은 어때?"

"멍들고, 너덜너덜하고, 기절하게 무섭고, 이젠 저 세상에 와 있는 이상 엄밀한 의미로는 죽었지. 그거만 빼면 더없이 좋아."

"훌륭해. 그렇다니 좋네. 좀 어때요, 퀼?"

고글과 깃털 북슬북슬한 망토 밑으로 보이는 킵스의 얼굴은 창백했으나 목소리는 충분히 강했다. "괜찮아."

"마지막에 게일한테 당하는 줄 알았어요."

"당하긴 했지. 근데 괜찮아. 좀 아픈데 문제없어. 버틸 만해."

"다행이에요."

"옆구리예요?" 홀리가 물었다. "내가 좀 봐줘요?"

킵스가 털이 수북한 자기 망토를 가리켰다. "이 말도 안 되는 걸 언제 다 걷고 있으려고? 상처 부위를 영영 못 찾을걸." 그러고는 고개를 가로저었다. "고마워, 홀리. 그냥 좀 스친 거야. 별거 아냐."

"어쨌든 몸을 잘 싸매고 있는 게 최선이야." 록우드가 말했다. "얼마나 추운지 느껴지지? 망토의 위력이 막강하긴 해도 보호 범위가 넓지 않아서 몸에서 내려놓는 순간 끝이라고."

"그래서," 내가 검은 층계참으로 이어지는 문을 힐끗 보며 말했다. 계단 위에 안개 가닥들이 떠 있었다. "이제 어떡하지? 여기서 얼마나 기다려야 할까?"

"길지 않길 바라야지." 홀리가 말했다.

"모르겠어…." 록우드가 머리 덮개 그림자 속에서 얼굴을 찌푸렸다. "루퍼트 경이 나타나면서 계획이 틀어졌어. 그는 마리사를 잘 알아. 혼령문에 대해서도 알고 있다면 우리가 뭘 했는지 감 잡을 테고, 어떻게든 훼방을 놓으려고 들 텐데. 안 가고 기다릴 수도 있는 거고. 뭐랄까, 내가 그 사람이면…." 그가 말을 멈췄다. "아니, 말 안 하는 게 낫겠어."

"네가 그 사람이면 뭐?" 조지가 물었다.

우리 뒤에서 짧고 둔탁하게 툭 소리가 났다. 원 저쪽이었다. 안에 갇힌 유령들이 깜짝 놀라서는 소리 없이 빙빙 돌았다.

록우드가 우리를 가만히 봤다. 입술을 깨물었다. 원을 다시 천천히 돌아 혼령문 반대쪽으로 갔다. 우리가 졸졸 뒤따랐다. 가서 보니 쇠기둥에 달린 길잡이 사슬이 축 늘어져 있었다. 가슴 높이로 팽팽히 걸려 원을 가로지르는 대신, 바닥에 쓸모없이 퍼져 있었다.

"내가 그 사람이면 쇠사슬을 자를 거라고." 록우드가 말했다. "우리가 다시 돌아올 수 없게."

우리는 끊어진 쇠사슬을 물끄러미 보고, 다시 록우드를 봤다.

"뭐야, 그러니까 이젠 우리가 여기 갇혔다고?" 킵스가 따져 물었다. "저 세상에 갇혔다고? 도대체 언제부터 이게 네 대단하신 계획에 포함돼 있었냐?"

록우드가 고개를 가로저었다. "그렇게 목소리 높이지 마요. 화내지도 말고. 놈들은 감정을 감지해요. 뭐가 우리 소릴 듣고 있을지 모르잖아요."

"아, 그러니까 이젠 '뭔가'가 우리 소릴 듣고 있을 거라고?" 킵스가 소리 죽여 분통을 터트렸다. "대단하다! 그 얘길 들으니 무진장 위로가 되네! 언제는 우리가 여기서 안전할 거라며! 괜찮을 거라며! 우린 죽은 자들의 땅에 갇혔다고. 우릴 덮칠 기회만 노리는 게걸스런 유령 떼거지랑 함께. 그것도 이렇게 덜떨어진 몰골로! 멋지다! 기가 막힌 계획이야, 록우드. 네 생애 최고의 계획이라고! 네가 그랬잖….'

"나도 내가 뭐라 말했는지 알아요. 미안해요. 저들이 쇠사슬을 자를 줄은 몰랐다고요."

"우릴 여기 데려와 죽게 만들기 전에 그 가능성부터 따져봤어야지!"

록우드가 욕을 뱉었다. "자, 나 말고도 다른 누구든 생각이란 걸 조금이라도 해봤다면….'

"닥쳐." 내가 말했다. "닥치라고, 둘 다. 싸우고 있을 때가 아냐. 똘똘 뭉쳐서 머리를 짜내야지. 우리가 할 수 있는 뭔가가 분명 있을 거야."

우리는 조그만 방에 조용히 서 있었다. 이전 방문 때 봤던 건물들도 그랬다시피 여긴 우리 집 방과 기하학적으로는 얼추 비슷하지만 미묘하게 어긋난 부분들이 있었다. 벽은 금방이라도 녹아내릴 듯 말랑해 보였다. 얼음들이 바닥의 갈라진 틈에 껴서 반짝이고 우리 망토 표면에 맺혀 빛났다. 이상하게 단조로운 광휘가 그 특유의 차고 무심한 빛으로 우리의 구부정한 형상과 괴로움 가득한 얼굴을 비췄다.

한동안 아무도 말이 없다가 홀리가 나섰다. "다른 수가 있긴 해. 실행 가능성에 대해선 나도 모르겠지만."

"뭐가 됐든 록우드의 처참한 계획보단 무조건 나을걸." 킵스가 말했다.

홀리가 희미하게 웃었다. "그것까진 잘 모르겠고. 아무튼 내 생각은 이래. 어차피 우린 이 문으로는 못 돌아가잖아. 그치? 그러니까 굳이 여기 있을 이유가 없지. 우리한테 남은 유일한 기회는 '다른' 문의 위치를 특정해서 거기로 나가는 거야. 뭐, 우린 런던에 또 다른 문이 있단 걸 알지. 그게 어딜지도 꽤 확신하고."

홀리가 우리를 둘러봤다. 다른 버전의 포틀랜드 로 35번지에서 우리의 주간 일정을 공유라도 하는 양 침착하고 차분한 얼굴이었다. 록우드가 천천히 휘파람을 불었다. 조지가 바늘에 찔린 풍선 같은 소리를 냈다.

"피즈 하우스…." 내가 말했다. "거기로 가야 하는 거네."

킵스가 끙 소리를 냈다. "아까 한 말 취소할게. 네 계획은 록우드 계획만큼 형편없어. 아니, 더 나빠."

하지만 록우드의 얼굴에선 옅은 미소가 번지고 있었다. "홀리, 넌 천재야…. 네 말이 맞아. 그거야. 그게 우리가 해야 할 일이라고." 그의 목소리가 흥분으로 갈라졌다. "다들 봤잖아? 여긴 우리가 아는 세상과 구조가 거의 비슷해. 그러니까 우린 저 문으로 걸어나가기만 하면 되는 거야. 아래층으로 내려가 집을 나서선 '다른' 포틀랜드 로로 빠져나가는 거지. 거기 당연히 있을 거 아냐. 우리가 사는 동네의 암울한 버전이. 거기서부터 런던을, '다른' 런던이라고 해야겠구나. 아무튼 런던을 가로지르면 돼. 피즈 하우스로 가야지. 거기 반드시 있을 문을 찾아내고. 그 문을 통과해서 진짜 세계로 돌아가면 끝이잖아!" 그가 키득거렸다. "이 계획의 진짜 묘미는 이거야. 친애하는 마리사의 허를 찌를 수 있단 거. 그 여자의 모든 보안책을 우회해서 현장을 덮치는 거라고! 이 모두를 끝내는 데 필요한 증거를 잡을 수 있어. 그렇게 해서 그간의 필사적 방어를 승리의 기습 공격으로 바꾸는 거지." 망토 깊은 곳에서 록우드의 눈이 번쩍였다. "끝내주는 전략이야, 홀리. 잘했어."

홀리가 고개를 끄덕였다. "고마워. 개인적으론 그저 살아서 돌아가고 싶은 마음뿐이지만."

킵스가 목덜미를 문질렀다. "잠깐. 너랑 루시가 전에 본 바에 따르면 이 '다른 런던'에 아무도 안 사는 건 아닐 거 아냐." 그가 마른 침을 삼켰다. "런던은 죽은 촌뜨기 몇이나 걱정하면 끝인 두메산골이 아니라고. 놈들이 어마어마하게 많을 텐데…. 게다가 조지는 어쩌고? 녀석이 이걸 어떻게 견디겠어? 그리고 우리 망토는 또 얼마나 오래…?"

"난 괜찮을 거예요." 조지가 불쑥 말했다. "괜찮지 않으면 어쩌려고요. 다른 대안이 있긴 해요?"

"루시? 네 생각은 어떤데?"

나는 많은 생각을 하고 있었지만, 대개는 죽은 자들의 땅에 갇힐 거라는 사실이 몰고 오는 발작적인 공포를 억누르려 애쓰는 중이었다. 이런 류의 공포는 사람을 바보로 만들고, 선 자리에서 뻣뻣이 굳어버리게 만들었다. 저번 방문에서 경험한 공포가 기억 속에 여전한 탓도 있었지만, 우리가 있는 방이 점점 작아지는 듯한 섬뜩한 느낌도 공황을 부채질했다. 나는 문득 지금 당장 움직이지 않으면 밖으로 나갈 길을 영영 못 찾고 말리란 확신이 들었다.

"홀리 말이 맞는 거 같아." 내가 말했다. "우린 다른 문을 찾아야 해. 마리사 건은 덤이고, 물론. 하지만 지금 당장… 제발, 우리 가야 돼."

제시카의 방과 마찬가지로 층계참도 산 자들의 세상에 있는 층계참의 메아리였다. 따스함과 포근한 면면과 이런저런 결함들이 제거된. 지금의 층계참은 밋밋하고 휑하고 얼음으로 반짝였다. 벽은 헐벗었고 장식은 사라졌다. 바닥엔 쭉쭉 균열이 가 있었다. 가늘고 구불구불한 틈들이 꼭 혈관들 같았다. 안개가 계단통을 채웠다. 고요가 우리 귀를 때렸다.

계단에 카펫은 깔려 있지 않았다. 디딤널은 나무였다. 줄지어 천천히 아래로 내려가는 우리 신발이 속 빈 듯한 통통 소리를 냈다.

바닥에 거의 닿았을 때였다. 갑자기 안개가 휘몰아치면서 희미하고 검은 형상이 후다닥 우리를 지나 복도를 내달렸다. 크고 거대했다. 건장한 남자의 형상이었다. 부엌 방향에서 튀어나온 형상은 순전한 고요 속에서 현관으로 향했다. 문간에서 잠시 윤곽으로만 보였다가 쌩하니 시야에서 사라졌다.

무리의 선두에 있던 록우드는 방금 본 장면의 충격에 멈춰 서 있었다. 그가 나를 돌아봤다. 머리 덮개 아래 눈을 휘둥그레 뜨고. "방금 누구였어?" 그가 속삭였다.

나라고 알까. 록우드가 속도를 높였다. 우리는 1층에 내려서 밋밋하고 검은 하늘 아래 문이 열려 있는 현관으로 급히 움직였다.

문밖 포틀랜드 로에는 옅은 안개가 드리웠고, 거리는 서릿발로 하앴다. 칙칙하고 무정하게 흐린 빛이 구석구석을 비췄다. 항마등 불빛은 안 보였다. 항마등 자체가 사라졌고, 보도 옆 철제 울타리 문과 난간들도 없어졌다. 주택들은 잿빛 석판에 지나지 않았다.

아까 그 덩치 큰 형상이 저기서 보였다. 길 가운데를 질주해 내려가고 있었다. 놈은 뒤돌아보지 않았다. 안개가 놈을 삼켰다. 적막감이 돌아왔다.

"진짜 누구지?" 록우드가 다시 말했다. "집에 또 누가 있나?"

그때 내 머리를 스치는 생각이 있었다. 집에 누가 있는지 나는 알았다. 어깨 너머 현관홀의 어둠을 돌아봤다.

"여기서 기다려." 내가 말했다.

나는 몸을 돌려 집으로 다시 들어갔다. 계단 아래 벽에 균열이 가득했는데, 개중엔 몹시도 커서 손가락이 들어갈 정도의 틈새도 있었다. 부엌문은 군데군데 얼어 있고, 문 아랫부분도 얼음 때문에 바닥에 붙다시피 해서 힘겹게 밀어붙이고 들어가야 했다. 부엌 안은 몹시 어두웠지만 식탁이 없다는 건 알 수 있었다. 찬장도 서랍장도 없었다. 곁눈으로 보면 윤곽을 포착할 수 있었으나 정면으로 보면 사라져버렸다.

예상했던 대로 마르고 팔다리가 길며 머리칼이 삐죽삐죽한 십 대가 한쪽 구석에 서 있었다. 내가 유령단지를 둔 바로 그 위치였다. 해골의 영혼은 잿빛에 희미했지만 형태를 완벽히 갖춘 상태였다. 깡마른 소년으로, 나이는 나보다 약간 많아 보였다. 다소 수척한 얼굴에 무척 크고 검은 눈을 가졌다. 그 눈이 나를 아무 표정 없이 지켜봤다.

"아," 십 대가 말했다. "네가 날 떠올리려나 궁금했는데. 그러니까, 혼령문을 통과한 거군."

"맞아." 내가 말했다. "통과했어."

"좋겠네."

십 대는 형상도 목소리도 희미했다. 이승에서 그를 가두고 있는 은유리 단지 탓이 아닐까 싶었다. 내가 그를, 그러니까 그의 본모습을 반영한 영혼으로서의 그를 제대로 보는 건 이번이 처음이었다. 그는 흰 셔츠에 회색 바지를 입었는데, 그의 앙상한 다리에는 바지가 살짝 좀 짧은 듯했다. 발은 맨발이었다. 죽던 당시의 그는 여전히 어린 나이였다.

"우리가 지나온 문을 저들이 막아버렸어." 내가 말했다.

일이 재미있게 됐다는 양 비웃듯 십 대의 눈썹 하나가 위로 들렸다. "그래? 안됐네. 불쾌한 장소에 갇힌 기분이 어때? 누군가가 널 좀 풀어줬으면 싶겠지."

나는 벨트를 내려다봤다. 출처들을 부수는 데 썼던 망치가 여전히 걸려 있었다. "우린 런던을 가로지를 생각이야. 마리사의 문을 찾아서. 그 얘길 하러 왔어."

"어쩌나 친절하신지." 십 대의 입술이 뒤틀렸다. "그래서 '어둠의 런던'을 걸어서 가로지르시겠다? 행운을 빌어. 뭐랄까, 저들이 네 문을 안 막았다 해도 당분간 이 집은 피하는 게 상책이었을 거야."

"왜, 무슨 일 있어?"

"간단히 설명하면 저들이 집을 초토화시키고 있어. 루퍼트 게일 경이 아주 상스러운 말을 써가면서. 나조차 새로 배운 말이 있을 정도라니까. 윙크맨 일당을 제어하는 게 아주 힘든 일이긴 하지만. 그 인간들 대부분이 너희가 벌인 짓의 정체를 모르고, 그래서 다들 기겁했거든. 마법이니 악마니 난리가 났어." 그러면서 십 대가 눈을 흡떴는데, 그 모습이 잠시 단지 속 얼굴과 겹쳐 보였다. "솔직히 중세시대 농노들도 웬만해선 저들보다 영리했을 거야. 아무튼 너도 들으면 기쁜 소식일 듯한데, 그 겁쟁이들 대부분이 다쳤어. 찔리고, 얻어터지고, 너희 화염탄에 뜨거운 맛을 봤지. 눈썹이 성한 놈이 하나도 없어."

"잘됐네." 내가 냉혹하게 말했다.

"아, 그리고 좀 전에 윙크맨이 죽었어."

"뭐?" 내가 얼음장 같은 공기를 숩 들이마셨다. "뭐라고? 어떻게?"

"내가 이해하기론 네가 그 작자를 마룻장으로 때렸잖아. 그때 뒤로 넘어가다가 자기 졸개가 들고 있던 칼에 찔렸어. 뭐, 날카로운 물건을 들고 그렇게들 뛰어다니는데 무슨 좋은 꼴을 보겠어?" 십 대가 몰인정하게 씩 웃었고, 나는 다시 한번 내가 너무도 잘 아는 유령 얼굴을 마주했다. "저들이 윙크맨을 부엌으로 데려왔지만 이제 막 죽었어. 네가 그랑 안 마주쳤다니 그게 더 놀라운데."

나는 복도를 내달려 어둠으로 향하던 건장하고 비틀거리는 형체를 떠올렸다. 장갑 낀 손이 나도 모르게 얼굴을 향했다. 손바닥이 얼음에 싸여 있었다. 나는 황급히 손을 내렸다. 그리고 발을 옮기면서는 신발과 바닥을 한 몸으로 만드는 조그만 얼음의 굴레를 깨야 했다. 발작적인 공포가 다시 찾아왔다. 벽이 뒤틀리고 좁혀들면서 출구를 막아버리는 느낌이 들었다.

"가야겠어." 내가 말했다. "하지만 돌아올 거야. 나중에 집에 가면…."

"난 없을 거야." 십 대가 말했다. 검은 눈동자가 나를 가만히 봤다. "저들이 이제 막 찬장을 열고 날 발견했어. 게일이 날 가져가는 중이야. 잘 있어."

"뭐? 어디로 가져가?" 나는 찌르르한 통증을 느꼈다. "아니, 아냐. 그럴 순 없어…."

연결이 끊기는 듯 잿빛 얼굴이 깜빡이고 분해됐다. "그럴 순 없는 게 어딨어. 다 네 잘못이야, 루시. 날 놔달라고 했었잖아. 이젠 너무 늦어버렸고."

속에서 어마어마한 고통이 솟구쳤다. 샘솟는 외로움에 스스로도 깜짝 놀랐다. "해골, 정말 미안해…. 네 말대로 했어야 했는데…."

형상이 희미해졌다. 아주 잠시 목소리가 미련처럼 남았다. "우리 둘 다 너무 늦었어. 난 갇혔고, 넌 죽었지…."

나는 십 대가 있었던 휑한 공간을 물끄러미 봤다. "하지만… 난 안 죽었는데…."

"차라리 죽어 있는 게 나을 거야, 루시. 넌 저 세상에 있잖아…."

* * *

비틀비틀 복도를 거슬러간 나는 벽의 균열에서 튀어나온 거대한 얼음덩어리를 피해 이리저리 몸을 비틀어야 했다. 하지만 현관문은 열려 있었고, 다른 이들이 검은 하늘 아래서 나를 기다리고 있었다. 그들의 망토에서 얼음이 은은하게 반짝였다. 사방이 고요 그 자체였다. 내 거친 숨소리와 신발이 내는 뽀드득 소리를 빼면. 나는 가라앉은 목소리로 해골의 얘기와 윙크맨 소식을 전했다.

"뭐," 록우드가 말했다. "그 사람의 죽음이 내 양심에 그렇게까지 큰 가책은 안 될 거 같은걸." 그가 거리를 내려다봤다.

"그 인간이 비명횡사한 사람답지 않게 너희 집 지하실에 안 들러붙는단 건 좋은 소식이네." 킵스가 말했다. "안 그럼 너흰 속옷을 빨러 아래층에 갈 때마다 어깨 너머에서 째려보는 놈의 유령을 보게 됐을 거 아냐. 그게 아주 무한 반복이었을 텐데."

"근데 그 사람은 어디로 간 걸까?" 홀리가 말했다.

아무도 대답하지 않았다. 우리는 적막하고 고요한 안개를 들여다봤다.

"뭐, 여기서 그런 거나 궁금해할 시간 없으니까." 내가 단호히 말했다. "우리한텐 가야 할 곳이 있잖아. 스트랜드가까지 가는 지름길 아는 사람?"

21

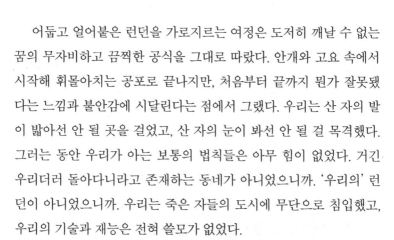

　어둡고 얼어붙은 런던을 가로지르는 여정은 도저히 깨날 수 없는 꿈의 무자비하고 끔찍한 공식을 그대로 따랐다. 안개와 고요 속에서 시작해 휘몰아치는 공포로 끝나지만, 처음부터 끝까지 뭔가 잘못됐다는 느낌과 불안감에 시달린다는 점에서 그랬다. 우리는 산 자의 발이 밟아선 안 될 곳을 걸었고, 산 자의 눈이 봐선 안 될 걸 목격했다. 그러는 동안 우리가 아는 보통의 법칙들은 아무 힘이 없었다. 거긴 우리더러 돌아다니라고 존재하는 동네가 아니었으니까. '우리의' 런던이 아니었으니까. 우리는 죽은 자들의 도시에 무단으로 침입했고, 우리의 기술과 재능은 전혀 쓸모가 없었다.

　우리가 가장 먼저 걸은 길은 포틀랜드 로였다. 하지만 거긴, 맹렬한 고요가 끝날 줄 모르고, 도로가 서리에 뒤덮이고, 지붕과 굴뚝들이 칙칙하고 검고 별 하나 없는 하늘과 한 몸이 된 그곳은 포틀랜드 로가 아니었다. 집들은 눈에 익었다. 하지만 온갖 것들을 비추면서도 그 기원을 알 수 없는—달은 없었다—죽은 빛 때문에 다들 하나같이 단조롭고 생기 없어 보였다. 거대한 판지에 그려놓은 것처럼.

　그 건물들은 뭔가가 잘못돼 있었다. 주먹으로 두드리기라도 하면 벽이 우르르 무너질 것만 같았다. 문들은 아예 없거나 열려 있었다. 거리라는 피륙에 뻥 뚫린 구멍들이었다. 커튼이 죄다 사라져 삭막하고 휑한 창문들은 가만히 바라보는 눈을 닮았다. 그래서 자꾸만 저 텅 빈 방들 안에서 이런저런 것들이 우리를 지켜보고 있다고 믿게 됐다.

하지만 처음엔 아무도 없었다.

우리는 도로 가운데를 걸었다. 서리 내린 바닥에 희미한 자국들이 쭉 뻗어 있었다. 어느 고독한 남자의 방황하는 발자국이었다. 우리는 그걸 따라 빈껍데기 같은 아리프네 가게까지 갔는데, 널찍한 가게 창문이 휑하니 열려 있고 시신 같은 건물 안 깊은 곳에서 안개가 소용돌이쳤다. 여기서 남자의 발자국이 옆길로 빠져 시야에서 사라졌다. 우리는 굳이 따라가지 않았다. 그게 아까 봤던 윙크맨의 흔적이라면, 그가 자기 갈 길을 간 거겠지.

"여기서 왼쪽이야." 조지가 속삭였다. 그의 안경알에 얼음꽃이 폈다. 공기가 희박해 목소리가 전달이 잘 안 됐다. "이쪽이 최단 경로야."

"좋아." 나처럼 록우드의 얼굴도 추위에 찌들어 있었다. "최대한 빨리 움직여야 해. 망토가 튼튼하긴 해도 얼마나 오래갈지 우린 모르잖아."

우리는 계속 걸었다. 공기가 매서웠다. 건조하고 치명적으로 결핍돼 폐에서 생명을 빨아가고 피에서 운동 능력을 빨아갔다. 망토 겉면을 붙들고 늘어지며 얼음으로 도배하는 탓에 우리가 움직일 때마다 버걱버걱 쩍쩍 소리가 났다. 하지만 공기가 망토를 뚫진 못했다. 우리는 자칫 터질지 모를 온기 방울 속에서 서둘러 걸었다. 그 와중에도 정적이 두개골을 파고들었다. 셀 수 없이 많은 창문이 온 사방에서 지켜보는 느낌에 공포가 슬슬 쌓여갔다.

이 런던에는 항마등이 없었다. 난간이나 자동차처럼 철로 만들어진 어떤 것도, 흐르는 물도 없었다. 배수로와 우수관은 비어 있었다. 도랑은 말라붙었다. 거리표지판은 자취를 감췄고 상점 간판들엔 알아볼 만한 글자가 없었다. 우리는 익숙한 길을 선택했지만 전체를 압도하는 적막감 때문에 생경하게 느껴졌다. 저번 방문 때 나는 탁 트인 시골에 있었다. 여기, 런던 중심부에서 온전한 고요가 야기하는 실제와의 괴리감은 시골보다 훨씬 컸다. 정적은 줄지어 선 주택들을 깎아지른 절벽으로, 거리들을 어둑한 협곡들의 미로로 만들었다.

그 같은 협곡의 입구를 지나는데 저 멀리서 형상이 하나 보였다. 챙이 넓은 모자를 쓰고 절뚝거리며 아주 천천히 우리 쪽으로 오고 있었다. 우리는 부랴부랴 움직였다. 건물 일부가 허물어져 도로까지 침범한 잡석 더미로 기어 올라갔다. 거길 넘으면 바로 사거리였는데, 록우드가 뜬금없이 골목으로 빠지며 주도로에서 멀리로 우리를 데려갔다.

"무슨 짓이야?" 킵스가 소리 죽여 윽박질렀다. 망토 깃털 끝에 맺힌 얼음 때문에 깃털들이 실성한 더듬이마냥 그의 얼굴 위로 늘어졌다. "여긴 지름길이 아니라고."

"아까 옆길에 있던 놈의 생김새가 맘에 안 들어서요." 록우드가 말했다. "그 앞 안개 속에 놈들이 더 있기도 했는데, 못 봤어요? 어른 둘이랑 꼬마 하나. 무슨 수를 써서든 놈들과 마주치는 건 피해야 해요. 길을 되짚어서 계속 가면 돼요."

하지만 말처럼 쉽지가 않았다. 텅 빈 거리를 지났다 싶으면 안개 속에서 뭔가가 떠돌아다니는 거리가 나왔다. 휑한 집들의 위층 창가에 어둑한 형상들이 서서 하늘을 올려다봤다. 공원 언저리의 얼어붙은 모래밭엔 조그만 형상들이 앉아 있었다. 보도에는 성인들이 줄지어 서 있었는데, 끝내 오지 않을 버스를 기다리는 듯했다. 정장과 넥타이 차림의 남자들이 서로를 지나쳐 가고, 여자들은 두 손을 뻗어 존재하지도 않는 유아차를 밀며 걸었다. 모두가 조용하고 잿빛에다 허공을 부유했다. 옷은 색이 바래고, 얼굴은 뼈처럼 하얗게 질렸다. '길 잃은 영혼들', 해골은 그들을 그렇게 불렀었고, 놈의 말이 맞았다. 그들은 길을 잃었다. 더는 아무 의미 없는 행동들을 아무 생각 없이 반복했다.

어둠의 런던에 사는 주민들이 보일 때마다 우리는 몸을 돌려 도망쳤고, 숱한 우여곡절과 방향 전환에 이내 지쳐버렸다. 망토를 걸친 상태에서도 무자비한 추위와 긴장이 기력을 갉아먹었다. 록우드조차 점점 느려지고 있었다. 혼령문을 통과하기 전부터 몸이 안 좋았던 조지는 고통이 심했다. 나는 팔을 붙들어 그가 걷게 도왔다.

"흔적을 남기는 게 맘에 안 들어, 루스." 조금 있다 조지가 속삭였다.

"우리 발자국 말야?" 바닥 여기저기에 희미한 맨발 자국들이 나 있었다. 앞뒤로 마구 쏘다녔다. 서리를 깊이 파고드는 우리의 묵직한 신발 자국은 유독 튀어 보였고.

"그래, 발자국. 그리고 연기도." 조지가 말했다. 사실이었다. 우리의 얼음투성이 망토가 비정상적인 냉기의 공격에 고요한 은색 화염으로 일렁이고 있었다. 거기서 가느다란 잿빛 연기가 피어올라 우리 뒤로 길게 늘어졌다. "저들이 감지할 수 있을까? 아마도 냄새?"

내가 고개를 끄덕였다. "그런 거 같아."

"뭐, 우리에겐 무기가 있으니까." 킵스가 말했다. 모두를 통틀어 그가 가장 잘 버티고 있는 듯했다. 그는 갈림길이 나올 때마다 선두에 서고, 홀로 앞서나가 주변을 정찰했다. "나한테 화염탄이 하나 남았어. 우리 레이피어도…."

내가 고개를 가로저었다. 팔다리가 무겁고 목구멍 뒤에서 쌕쌕 소리가 났다. "모르겠어요, 퀼. 우리 법칙들이 여기선 안 통해요. 전에 록우드랑 왔을 때 화염탄을 던졌지만 안 터졌거든요. 검을 쓴다 한들 놈들을 얼마나 오래 막을 수 있을지도 모르겠고. 내 말 믿어요. 놈들한테 들키면 그냥 도망치는 수밖에 없어요."

'우리의' 런던 같았으면 지금쯤 옥스퍼드 스트리트 대로 근처 구역에 진입해 있을 터였다. 여긴 건물들이 더 컸다. 그들 사이에 낮게 걸린 안개가 꼭 백색 석호의 호수 물 같았다. 촘촘히 들어선 상점과 호텔을 거대한 균열들이 가로질렀다. 그중 일부는 도로까지 뻗어나가서 얼어붙은 포장 바닥의 뒤틀린 조각들이 상어 지느러미처럼 안개를 뚫고 솟아 있었다. 여기선 죽은 자들의 움직임이 더 활발했다. 그들은 더 빨랐고, 더한 목적의식 혹은 불안감이 읽혔다. 몇 번인가 우리는 스르르 스쳐가는 잿빛 형상들을 피해 버려진 출입구 너머로 몸을 숨겨야 했다. 하지만 그들이 우리 발자국이나 몸에서 나는 연기를 눈치챈 듯한 기색은 없었다. 즉, 놈들을 더 강하게 끌어당기는 다른 뭔가가 있었다.

그게 뭐냐, 우린 나중에 알게 됐다. 탁 트인 광장에 도달했을 때였다. 서리 내린 땅뙈기에 검고 가지만 앙상한 나무들이 서 있고, 그 주변을 키 큰 사무용 건물들이 에워싸고 있었다. 멀리서 보니 거기 죽은 자들 여럿이 모여 있었다. 우리를 등지고 선 그들의 사방에 안개가 자욱했으나 다양한 옷차림의 남녀와 아이들이 눈에 띄었다. 그들은 가만히 못 있고 발을 질질 끌며 돌아다녔는데, 어느 모로 보나 상당히 동요된 상태였다. 그들의 관심을 독차지하고 있는 건 그들 앞에 걸린 뭔가, 검으면서도 희미하게 빛나는 뭔가였다.

계속 이동하는 게 절실한 상황에서도―피츠 하우스의 반도 못 왔는데 벌써 힘이 빠지고 있었다―우리는 홀린 듯 멈춰 서서 눈앞의 광경을 응시했다.

나중에 질문을 받았다면 나는 그게 문이었다고 대답했을 거다. 살면서 그렇게 생긴 문은 처음 봤지만. 그건 조그만 광장 한복판의 공중에, 땅에서 살짝 떠 있었다. 명확한 형태가 없는 검은 조각 같았다. 한 각도에서 보면 타원형에 가까웠다. 다른 각도에서는 종잇장처럼 얇았다. 둘 중 어느 쪽에서 보나 가장자리는 허공과 뒤섞이는 양 흐릿하고 희미했다. 문 가운데엔 아무것도 없고 별 같은 반짝임뿐이었다. 공포스러운 동시에 눈을 뗄 수 없었다. 우리는 자리를 뜨지 못했다. 광장 언저리를 어슬렁거렸다. 그 장면의 기이함에 넋을 잃은 채.

"출처일까?" 킵스가 속삭였다. "우리 세계로 돌아가는 길?" 그가 얼어붙은 입술을 혀로 축였다. "저게 날 부르는 것만 같아…."

"출처가 아녜요." 홀리가 말했다. "뭔가 다른 거야."

록우드가 한숨을 내쉬었다. 자칫 갈망의 한숨 같기도 했다. "아무래도 통과해 나갈 수 있는 길 같아. 봐. 그러고 싶어 하잖아. 근데 못하는 거고."

사실이었다. 죽은 자들이 허공의 문 가까이 가려 갖은 애를 쓰고 있었으나 그걸 빙 두르고 있는 뭔가에 자꾸만 가로막혔다. 그건 보기 흉한 모양새로 반짝거리는 은제 그물로, 누가 봐도 사람이 만든 거였다. 우리가 벨트에 갖고 다니는 사슬망과 비슷한 것도 같았다. 더 크고, 기둥들에 달려 있다는 게 다를 뿐. 그물 대부분은 조그만 가시로 돼 있는 듯했고, 거기 흰 부스러기들이 걸려 경련하고 요동쳤다. 그때 광장의 죽은 자 하나가 충동을 억누르지 못하고 무리에서 떨어져 나와 그물 울타리로 몸을 던졌다. 나지막한 소리와 함께 빛이 번쩍였다. 형상이 몸부림치며 물러났다. 그물에 새로 걸린 흰 가닥들이 씰룩거리고, 죽은 자 무리가 흥분해 들썩였다.

"마리사 작품이야." 조지가 껄껄거렸다. "그 여자가 플라스마를 어떻게 구하는지 궁금했었잖아. 이젠 알게 됐네."

"저들은 여기 갇혔어." 내가 말했다. "너무 안됐잖아. 길이 막혀서 나가지도 못하고…."

저 기구한 형상들을 향한 연민이 부풀면서 나는 희미하게 빛나는 문으로 다가가고 싶은 급작스런 충동을 느꼈다. 큰일 날 짓이란 건 나도 알았다. 거기 갔다간 순식간에 놈들로 둘러싸일 테니까. 하지만 어느새 나는 슬슬 발을 내딛고 있었다. 퀼과 홀리도 마찬가지였다.

"잠깐!" 록우드가 엄청난 의지력을 발휘해 고개를 옆으로 돌린 참이었다. 그러고는 경악에 차 소리쳤다. "뒤를 봐."

록우드의 목소리에 깃든 다급함이 마법의 주문을 깼다. 우리는 몸을 돌렸다. 아까 우리가 왔던 길 저편에서 챙 넓은 모자를 쓴 형상이 절뚝절뚝 안개를 뚫고 천천히 다가왔다. 그 파리한 얼굴이, 소매 아래로 튀어나온 길고 하얀 손가락들이 보일 정도로 가까웠다.

"아까 봤던 그 친구일 리 없잖아." 킵스가 말했다. "본 지 백만 년은 됐는데. 우릴 따라오는 걸 수 없다고."

"여기서 꾸물거리면서 물어볼 생각 없어요." 록우드가 숨을 몰아쉬며 말했다. "어서!"

우리는 억지로 몸을 움직여 부랴부랴 걷기 시작했고, 이내 광장과 거기 있는 것들과 절뚝이는 형상을 등졌다. 앞으로 나아갔다. 최대한 빨리. 죽은 자들의 도시를 헤치고 나아갔고, 망토에서 피어오르는 연기가 우리 뒤로 꾸준히 흩날렸다. 이제 우리는 소호 지역에 들어섰는데, 길이 더 좁고 양옆에서 건물들이 바짝 조여들었다. 한번은 저 멀리서 허공에 떠 있는 문을 또 하나 보기도 했다. 거기에도 은울타리가 쳐져 있고, 부근에 죽은 자들이 모여 있었다. 우리가 갈 길이 거기가 아니라 다행이었다. 그 이상하고 빛나는 공동을 들여다보고 느꼈던 끌림을 다시 경험하고 싶진 않았다. 그건 무너져 내리는 절벽 끝에서 느끼는 끌림과 같았다. 가까이 다가가서 몸을 숙이고 아래를 내려다보고 싶은.

킵스가 다시 앞장서서 급히 걸어나갔다. 그의 신발에서 서리가 조금만 구름처럼 피어올랐다. 그는 여전히 팔팔했지만 나머지 우리는 지쳐가고 있었다.

"상태 좋네요, 퀼." 우리가 그를 따라잡았을 때, 내가 속삭였다.

킵스가 고개를 끄덕였다. "기분이 괜찮아. 이 망토인지 뭔지 덕분인 게 분명해."

"다친 덴 어때요? 힘들지 않아요?"

그가 어깨를 으쓱했다. 환한 눈으로 저 앞의 길을 살피고 있었다. 어서 가고 싶어 안달이었다. "처음엔 좀 아팠는데, 이젠 통증이 가라앉았어. 아예 못 느낄 정도야."

그 순간 조지가 휘청하더니 넘어질 뻔했다. 우리 중 그가 가장 쇠약한 상태였으나, 나 역시 저 검은 하늘 아래서 기력이 줄줄 새는 게 느껴졌다. 발버둥조차 더는 불가능해 보였다. 록우드가 잠시 휴식을 명령했다.

우리는 무슨 상점 같은 곳으로 들어갔다. 휑한 창문으로 길 위아래가 잘 보이는 곳이었다. 모두가 숨을 헐떡이고 쌕쌕거리며 바닥에 쓰러졌다. 고개를 숙이고 모락모락 연기가 나는 망토 속으로 무릎을 당겼다.

록우드가 내 옆에 와서 앉았다. "괜찮아, 루시?"

우리는 얼음 맺힌 머리 덮개 아래서 서로를 응시했다.

"슬슬 한계가 와." 내가 말했다. "점점 힘들어지고 있어."

록우드의 입술이 성에에 덮여 있었다. 말이 자꾸만 끊겼다. "우리 정말 잘하고 있어. 트라팔가르 광장에 거의 다 왔어. 거기만 넘으면 스트랜드가야."

"우리가 해낼 수 있을지 모르겠어, 록우드."

"해낼 거야."

나는 그의 말을 믿고 싶었다. 하지만 추위와 피로가 우리를 망가 트리고 있었다. 속에 뭔가 무거운 게 얹힌 듯 답답했다. 나는 그냥 고 개만 가로젓고 말았다. "모르겠어…."

"루시," 록우드가 말했다. "날 봐."

나는 그렇게 했다. 록우드의 눈은 언제나처럼 따스하고 검었다. 그가 말했다. "네가 들으면 힘이 날 얘기 하나 해줄게. 옛날 얘기야. 언젠가 킵스랑 내 사이가 어쩌다 그렇게 틀어졌는지 얘기한 적 있 지? 내가 어렸을 때 나갔던 DEPRAC 펜싱 대회에서 그랬다고. 내가 킵스를 꺾고 결승전에 갔댔잖아. 거기서 나보다 검술을 훨씬 잘 이해 하고 있는 사람한테 졌고." 그가 나를 쳐다봤다. "그 얘기 기억해?"

"그럼, 기억하지." 내가 심드렁하게 대꾸했다. "널 누른 사람이 누 구였는진 말 안 해줬지만."

"지금 해줄게. 플로야."

"뭐?" 순전한 놀라움이 멍한 머릿속을 뚫고 들어왔다. 내가 홱 고 개를 쳐들면서 머리 덮개의 얼음조각들이 떨어졌다. "뭐어? 농담하 지 말고."

"플로야." 록우드가 다시 말했다. "정말 훌륭했지."

"잠깐." 내가 말했다. "지금 그 플로 본스 얘기하는 거 맞아? 웰링턴 부츠에 푸파 재킷, 그 아래 몸뚱이가 살아생전 햇빛이라곤 모르는? '그' 플로 본스? 아니! 지금 어디서 그 땡땡 언 눈썹을 추켜세우고 난리야!"

"그게, 네가 나보다 플로를 더 잘 아는 거 같아서. 그뿐야." 록우드가 부드럽게 웃었다. "어쨌든 옛날의 플로는 그런 것들과 거리가 멀었어. 웰링턴 부츠 같은 건 있는지도 몰랐을걸. 여자애가 웰링턴을 신고 덤볐음 내가 이겼지, 루스. 이거 왜 이래."

"웰링턴 같은 소리 하고 있네! 당장 설명이나 해. 내가 플로를 알고 지낸 시간이 얼만데, 넌 이 얘길 오늘 처음 하잖아!"

"뭐, 그 당시 플로는 완전 딴 사람이었어. 유물 사냥꾼 플로 본스가 아니었다, 그게 핵심이지. 갠 싱클레어 & 소언 대행사의 플로렌스 보나르였어. 나이 어린 조사관, 사실 무척 촉망받는 인재였지." 록우드는 기억을 떠올리며 고개를 절레절레 저었다. "레이피어를 진짜 기가 막히게 다뤘거든. 나도 뜨거운 맛을 봤고."

나는 머릿속으로 두 이미지를 조화시켜 보려 애썼다. 내가 아는 플로, 우수관 아래 쪼그려 앉아 작대기로 진흙을 쑤시는 그녀와 조사관 플로의 이미지를. 실패였다. 둘은 달라도 너무 달랐다.

"싱클레어 & 소언 대행사는 들어본 적도 없는데."

"지금은 없어졌으니까. 조그만 대행사였어. 2인 기업이었지, 사실. 수잔 싱클레어랑 해리 소언이 운영하는. 플로렌스 보나르는 거기 견습생이었어. 어느 밤에 세 사람이 같이 덜위치 히스에 있는 교회에 갔다가 덩어리 둘한테 습격당했거든. 싱클레어랑 소언은 즉시, 무척 끔찍하게 목숨을 잃었어. 플로는 제단의 철제 십자가를 집어 들었고, 그걸 내든 채 예배당 한구석에서 버텼지. 그날 밤 내내. 동료들의 시신 옆에서, 방문자들의 계속된 공격을 막아내면서. 덩어리가 어떤지 너도 알지. 슬쩍 한번 보는 것만으로도 그렇게 소름이 끼치는데. 그걸 밤새도록, 혼자서…. 뭐," 록우드가 말했다. "플로는 살아남았어. 하지만 그 일이 걜 바꿔놨지."

"당연히 그랬겠지. 그래서 미쳐버린 거잖아."

"그렇지 않아. 그건 너도 알고." 록우드가 힘겹게 몸을 일으켜 안개를 내다봤다. "아무튼 난 사건이 있고 몇 달 동안 플로를 도왔어. 다른 일을 얻어주려고 했지만 덜위치의 시련이 걜 무너트린 게 눈에 보였지. 플로는 조사관 생활로 돌아가지 않을 거였어. 얼마 안 있다 유물 사냥 세계로 흘러들어 갔고. 어찌 보면 슬픈 일이지만 또 한편으론 슬프지 않아, 루시. 플로는 생존자잖아. 우리 친구고. 그게 플로의 사연이야…."

나는 잠시 입을 닫고 있었다. "지금 이 얘길 하는 이유가 뭐야?"

"아까 말했듯, 힘나게 해주려고. 그리고 되새겨 주려고. 우리 또한 생존자란 걸. 조지, 퀼, 홀리. 우린 계속 가야 해. 여기서 몇 분만 더 가면 돼. 이제 진짜 마지막이라고."

우리는 빈 가게에서 나왔다. 그러는데 챙 넓은 모자를 쓰고 절뚝거리는 남자가 옆길에서 나와 우리 쪽으로 방향을 틀었다.

홀리의 목소리가 거칠고 높았다. "이제 어떻게 해?"

"그냥 계속 걸어." 록우드가 말했다. "다음번 나오는 옆길로 빠져."

우리 앞에서 안개가 소용돌이치고 갈라졌다. 저 앞 사거리에 죽은 자들 몇이 무리 지어 있었다. 남자와 여자, 아이들이었다. 그들이 길을 막고 있었다.

록우드가 욕을 뱉었다. "어서! 여기로." 그가 우리 왼쪽 벽으로 돌진했다. 거기 골목이 하나 있었는데, 차라리 건물 사이의 틈새에 가까웠다. 우리는 그를 따라 골목으로 밀고 들어갔다. 양옆 벽돌벽에 망토가 쓸렸다. 그러다 찢어질까 걱정스러웠다. 내 첫 혼령망토가 그랬듯. 나는 어깨를 있는 대로 움츠렸다. 골목이 점점 좁아졌다. 이러다 내가 흔적도 없이 짜부라져 버릴 것 같았다. 갑자기 골목이 오른쪽으로 홱 꺾이며 조그만 마당이 나왔다.

높은 벽돌담이 삼면에서 우리를 굽어봤다. 그중 하나에는 우리 머리 높이쯤 되는 위치에 사각형 출입구가 뚫려 있었다. 우리 세계에서라면 아마도 철제 계단을 통해 올라가는 문이었을 터였다. 그걸 제외한 다른 문도, 빠져나갈 길도 없었다.

"젠장." 록우드가 숨을 헐떡였다. "막다른 골목이야."

"이제 어쩌지?" 킵스의 호흡은 안정적이었다. "위에 문이 있긴 해. 저 건물을 통과해서 나가는 길을 찾을 수 있을지 몰라."

"안 될 일예요. 저 안에 뭐가 있을 줄 알고? 아까 그 남자가 우릴 못 봤을 수 있잖아요. 그가 사라지면 다른 길을 골라 가면 돼요."

침묵이 흘렀다.

"그 남자가 우릴 못 봤다고 생각하는 사람 있음 손 들어봐." 킵스가 말했다.

아무도 손을 들지 않았다. 우리는 마당에 그대로 서 있었다. 검은 벽돌담에 둘러싸여. 얼마 안 가 틈새 골목에서 희미한 소리가 들렸다. 절뚝이는 발이 딱딱한 바닥을 딛는.

"문." 킵스가 말했다. "다른 수가 없어. 올라가게 도와줄게."

"그러죠…." 록우드는 벌써 담장 근처의 킵스 곁으로 가서 손깍지를 끼고 있었다. "어서, 홀리. 너도, 루스."

홀리도 나도 말이 떨어지기 무섭게 움직였다. 나는 도움닫기를 좀 했다. 아니, 죽어버린 듯한 팔다리로 최대한 달리기 비슷한 뭔가를 해선 킵스의 손에 발을 얹었고, 위로 붕 떠올라 문턱을 붙들었다. 록우드는 홀리를 내 옆으로 올렸다. 우리는 미끄러지고 발버둥치고 서로에게 걸리적거렸지만 얼마 안 돼 뺑 뚫린 문 앞에 서 있었다. 무겁고 몸도 뻣뻣한 조지는 작업이 더 힘들었다. 킵스와 록우드가 힘을 합쳐 문턱으로 올려야 했고, 홀리와 내가 그의 몸뚱이를 문 쪽으로 마구 밀어 넣었다. 록우드는 뒤로 몇 걸음 물러났다가 킵스의 손을 밟고 뛰어올랐다. 그런 다음 록우드와 홀리, 내가 손을 뻗어 킵스를 붙들고 담장 위로 끌어 올렸다.

킵스가 우리 옆으로 올라오는 순간, 챙 넓은 모자를 쓴 죽은 자가 어기적거리며 마당에 들어섰다.

"여기에 올라올 수도 있으려나?" 내가 물었다.

우리는 문간에 서서 남자를 내려다봤다. 그가 걸음을 멈추고는 깜빡이지 않는 검은 눈으로 우리를 올려다봤다.

그가 우리 쪽 벽으로 걸어오기 시작했다.

"저기 있지," 킵스가 말했다. "일단은 올라올 수 있는 걸로 가정하자고. 자자, 소호의 낡은 다세대주택들은 미로나 다름없어. 서로서로 연결돼 있거든. 이 건물을 통해 순식간에 다른 거리로 나갈 수 있단 말씀이야. 따라와."

킵스가 검을 뽑고 우리 앞에 펼쳐진 통로를 잠시 조사한 뒤 그걸 따라 건물 깊은 곳으로 들어갔다. 우리는 망설였다. 포틀랜드 로 35번지의 컴컴한 복도를 걷는 것도 가뜩이나 불쾌했는데, 여긴 더 심했다. 복도의 비율이 잘못된 듯 느껴졌고, 천장의 길게 갈라진 틈에서 얼음이 반짝였다. 공기 중에 시큼한 냄새가 감돌았다.

우리 뒤 담장을 손가락들이 긁는 소리가 났다….

그게 말이다, 통로가 저 정도면 그럭저럭 괜찮지 않나 싶었다. 우리는 킵스 뒤를 따라 비틀비틀, 하지만 최대한 빨리 걸었다.

뒤이은 일들에 대한 기억은 혼란스럽고 단편적이다. 우리는 복도들을 내려갔고, 계단을 올랐고, 막다른 방들에 닿았고, 왔던 길을 되짚어갔다. 우리를 쫓는 그것과 언제든 마주칠 수 있다는 마음의 준비를 하면서. 끝없는 문들을 통과했다. 일부는 평범하고, 일부는 꽁꽁 얼고 이상한 차원으로 뒤틀려 있었다. 모두가 열려 있었다. 이 어둡고 추운 세상의 문들은 잠겨 있는 법이 없었다. 우리는 어디든 갈 수 있었지만 어딜 가나 나을 게 없었고, 건물에서 나가는 길을 못 찾았다. 이따금 창문들이 나오기도 했다. 하지만 너무 높은 곳에 달렸거나, 너무 좁거나, 성에가 너무 심하게 껴서 그 밖을 내다보고 뛰어내리기에 안전한지 확인할 도리가 없었다. 우리 신발이 나무 바닥을 긁는 소리, 망가진 피스톤처럼 쌕쌕거리는 숨소리, 바로 앞에서 킵스의 깃털이 퍼덕이고 펄럭이는 소리 말고는 아무것도 없었다. 뒤쪽 어딘가에선 느린 발이 계속 따라왔다.

킵스가 옳았다. 그 낡은 주택들은 미로였다. 우리는 인형의 집과 흔들 목마의 희미한 윤곽들이 자꾸만 커지는 그림자와 뒤섞이는 다락방을 지났다. 기울어진 바닥에 침대가 반쯤 잠긴 듯 보이는 방을, 천장 갈고리에 어둑한 뭔가가 죽은 채 묵직하게 걸려 있는 부엌을 통과했다. 이리 굽어지고 저리 꺾일 때마다 넓어지고 좁아지기를 반복하며 덜컹거리는 계단들을 올랐다. 한번은 두 건물 사이의 높은 연결 통로로 나가기도 했다. 저 밑으로 허연 거리가 보이고, 자꾸만 미끄러지는 신발 아래서 얼음덩이들이 소리 없이 굴러 떨어졌다. 거리가 우리를 불안하게 했으나 높이 때문은 아니었다. 거기 잿빛 형상들이 무리 지어 서서 통로 저편 집으로 생쥐처럼 달리는 우리를 올려다봤다.

그리고 이제 인접한 방들에서 소음이 들리기 시작했다. 벽 너머 다른 것들이 우리와 보조라도 맞추는 양. 킵스가 욕을 뱉으며 더 빨리 달리고, 탁 트인 복도들을 피하고, 틈새로 비집고 들어가고, 얼음과 잡석 더미를 미끄러져 내려갔다. 홀리와 내가 비틀거리는 조지를 끌고 뒤따랐다. 그러는 내내 록우드가 맨 뒤를 맡았다. 꾸준히 뒷걸음하며 우리가 지나온 길을 응시했다.

이윽고 우리는 기다란 복도로 내려가는 계단에 도달했고, 복도 끝에 난 아치형 출입구로 바깥이 언뜻 보였다.

계단을 내려갔다. 달그락거리고 쌕쌕거리면서, 망토에서 얼음 조각들을 흩날리면서.

킵스가 멈췄다. "잠깐! 저 밖에서 뭔가가 움직여!"

"멈추지 마요!" 맨 뒤의 록우드였다. "바로 뒤에 최소 넷이 있다고요!"

우리가 달리 할 수 있는 일이 없었다. 더는 남은 힘도 없었다. 우리는 복도를 비틀비틀 걸었다. 뒤쪽 계단에서 맨발이 타닥거리는 소리를 들으며. 홀리와 나는 조지의 몸뚱이를 질질 끌었고, 킵스는 욕을 해댔다. 우리는 아치를 통과해 흐릿한 빛 속에 들어섰고, 몸서리치며 멈췄다.

길이 막혀 있었다. 추격전은 끝났다.

우리는 트라팔가르 광장 언저리의 길에 있었다. 그리고 그 길은 죽은 자 천지였다.

22

우리를 구한 건 나였다. 이번엔 내가 가장 빨랐다. 출입구 양옆에 위쪽 벽에서 떨어진 얼음과 돌들의 더미가 넓게 퍼져 있었다. 나는 킵스와 조지의 팔을 잡아끌고 가장 근처의 잡석 더미 뒤로 넘어가 수그렸다. 잠시 뒤, 홀리와 록우드도 반대편에서 똑같이 하고 있었다. 우리는 고개를 있는 대로 숙였다.

"아무 말도 하지 마." 킵스가 소리 죽여 말했다. "움직이지 마."

사상 최고로 쓸데없는 제안 중에서도 상위권에 해당할 소리였다. 그때의 우리에게 움직임은커녕 호흡조차 그다지 중한 문제가 아니었다. 귓가에서 심장이 큰북소리를 내며 뛰었다. 돌 더미에 어찌나 딱 붙어 있었는지 그걸 뚫고 들어가는 줄 알았다.

파리한 형체들이 섬뜩하게 도약하고 깡충거리며 출입구에서 몰려나왔다. 그중 하나는 챙 넓은 모자를 쓰고 절뚝거리는 남자였다. 그들은 우리가 숨어 있는 장소를 그대로 지나쳐 거리로 향했다.

자, 이 땅을 떠도는 죽은 자 대부분이 그럴 것처럼 우리 눈앞의 이들 또한 특별한 목적 없이 무언의 욕망에만 이끌린다면 돌 더미 뒤의 우리를 정말로 봤어야 했다. 우리가 제대로 몸을 숨긴 것조차 아니었다. 일단 우리 망토가 굴뚝마냥 연기를 뿜어댔고, 킵스의 볏 같은 깃털이 정신 나간 잠망경처럼 돌들 위로 튀어나가 있었다. 하지만 우리를 쫓아오던 형상들은 이제 우리에게 눈곱만큼의 관심도 없었다. 거리에서 우왕좌왕하다 돌아서는 어마어마한 수의 영혼들도 마찬가지였다. 그들에게는 우리보다도 더 원하는 뭔가가 따로 있었다.

은으로 만든 옷을 입은 남녀 무리가 트라팔가르 광장에서 나와 천천히 길을 올라갔다. 모두 여섯 명이었고, 그들이 산 자라는 걸 우리는 대번에 알아봤다. 주변을 알짱거리는 형상들과 비교해 형태가 훨씬 분명했고, 움직임에서 집중력과 목적성이 느껴졌다. 금속이 짤랑거리고 쟁그랑거리는 소리가 어는 듯한 공기에 떠내려왔다. 우리가 몇 시간 만에 처음 듣는 소리였다. 그 효과는 가히 충격적이었다.

여섯 명 모두 가벼운 헬멧에다 킵스가 쓰는 것과 비슷한 고글을 착용했다. 망토 대신 걸친 기다란 튜닉이 바지 위로 헐렁하게 늘어졌다. 우리가 오르페우스 협회에서 슬쩍한 망토와 같은 소재로 만들어진 듯했다. 육인방의 등은 얼음에 뒤덮였고, 고요하고 차가운 불꽃이 일렁였다.

그중 두 명, 무리 가운데서 터덜터덜 걷는 둘은 어깨에 조그만 유리 실린더 뭉치를 걸쳐 멨다. 다른 넷(여자였던 것 같다.)은 은제 죽마, 그러니까 오르페우스 비서 영감의 것과 비슷한 물건에 올라타 있었다. 그들의 임무는 남자 둘을 보호하는 거였다. 그들은 끝에 은을 덧댄 기다란 장대를 들었는데, 죽은 자의 접근을 막는 용도였다.

어림잡아 스물 혹은 서른은 되는 잿빛 형상들이 육인방 주변에서 바글거렸다. 놈들은 길게 날리는 연기를 킁킁거리고, 경련하고, 기다랗고 파리하고 얼어붙은 손을 산 자들에게 뻗었다. 죽은 자들과 그토록 가깝다는 사실이 여섯 인간은 아무렇지 않은 듯했다. 죽마 탄 여자들은 죽은 자들보다 몸통 하나는 족히 큰 상태로 떼거지를 헤치며 나아갔고, 죽은 자들은 은과 접촉하는 고통을 피하려 잔물결 치듯 뒷걸음했다. 죽마 위 여자들이 이따금 장대를 휘둘러 형상들 사이를 헤집었다. 스튜를 만드는 요리사처럼 휘휘 저었다. 탄내가 진동했다. 실린더를 나르는 남자 둘은 아랑곳 않고 길을 따라 행진했다. 소란을 체념하고 받아들인 듯, 심지어는 약간 따분해 보이기까지 했다.

나는 실린더를 쳐다봤다. 겉면을 뒤덮은 얼음 아래서 실린더 일부가 생기 넘치는 빛으로 환했다. 아까 봤던 은울타리가 떠올랐다. 거기 걸려 있던 새하얀 플라스마 부스러기도. 그리고 나는 깨달았다. 이들이 울타리들을 돌며 플라스마를 모아 피츠 하우스 주인장에게 가져가는 작업조란 걸. 피로와 절망감 아래서 문득, 끔찍스레 사람을 마비시키는 추위 아래서 갑자기 어마어마한 분노가 폭발했다. 그건 또한 정의의 실현을 바라는 열망이기도 했다.

공포의 육인방이 사라진 뒤, 우리는 은신처에서 나와 걸음을 재촉했다. 천천히, 뻣뻣하게, 그 인간들이 사라진 반대 방향으로 향했다. 그에 대해 굳이 얘기를 나눌 필요를 아무도 못 느꼈다. 방금 본 장면의 의미를 모두가 이해하고 있었다.

안개가 트라팔가르 광장을 채우고, 광장 중앙 돌기둥이 칠흑 같은 하늘을 배경으로 로켓 발사 흔적마냥 삭막하고 우뚝하게 솟아 있었다. 우리는 광장 부근에 최대한 붙어 움직였다. 한번은 죽마 탄 다른 뭔가가 스쳐가는 통에 거뭇하니 껍데기만 남아 성에에 뒤덮인 교회로 몸을 피해야 했다. 그걸 빼면 별다른 방해물은 없었다. 이내 우리는 스트랜드가라는 거대하고 검은 협곡에 도달했다. 절벽 같은 건물들이 우리를 굽어봤다. 황량함과 소용돌이치는 안개와 그림자로 이뤄진 풍경이었다. 그 오른쪽에 피츠 하우스의 계단이 솟아 있었다.

여기였다. 계단에 내린 서리는 오가는 발들에 사라졌고, 열린 출입구엔 은그물이 설치돼 방황하는 죽은 자들을 막았다. 그물은 성채 입구의 쇠창살 문처럼, 들쭉날쭉한 이빨들처럼 걸려 있었다. 우리는 맞은편 건물의 그림자 속에서 지켜봤다. 은제 옷을 입은 작업조의 흔적은 없었다. 모든 게 잠잠했다.

"그냥 부딪쳐야겠어." 록우드가 잠긴 목소리로 말했다. "더는 못 기다려."

"내 망토가 끝나가는 거 같아." 조지가 말했다. "얼른 그냥… 잠깐, 저게 뭐지?"

저 멀리 스트랜드가 가운데를 따라 황금색 빛이 전진하고 있었다. 다가오면서 안개를 밝히고 건물들을 비췄다. 빛이 부풀고 커졌다. 그 중심에 나란히 걷는 두 형상이 있었다. 우리는 벽에 몸을 딱 붙이고 지켜봤다. 한 명은 여자였다. 훤칠하고 아름다웠다. 발까지 내려오는 은망토를 걸쳤다. 망토 자락이 휘날리고 소용돌이치며 안개를 금빛 포말로 바꿨다. 뒤로 넘긴 긴 머리칼은 머리 덮개에 가려 거의 안 보였으나 얼굴의 우아한 선은 충분히 선명했다. 그녀는 우리의 런던에서 퍼넬로프 피츠로 알려진 여자였다. 하지만 우리는 그녀의 진짜 이름을 알았다.

그녀 옆에는 사람이 아닌 뭔가가 있었다. 어렴풋하게 남자의 형상을 했고, 키가 크고 늘씬하며, 이글거리는 빛으로 반짝였다. 걷는 게 아니라 허공을 부유했다. 두 개의 금빛 눈이, 머리 위로는 순백색 화염의 관이 보였다. 그것 말고는 너무 눈이 부셔 제대로 볼 수가 없었다. 그가 여자 주변을 맴돌고 거리를 밝히는 아름다운 빛의 광원이었다. 우리는 그들이 계단을 올라 피츠 하우스로 들어가는 걸 봤다. 문 주변에서 빛이 후광처럼 타오르고는 사라졌다. 다시 어둠이 내렸다.

한참 동안 아무도 움직이지 않았다. 그런 뒤 우리는 서로를 쳐다 봤다.

"마리사…." 홀리가 말했다. "그리고 같이 있던 건…."

록우드가 고개를 끄덕였다. "내 생각엔 우리가 방금 에스겔을 본 거 같아."

이상한 일이었다. 다른 버전의 피츠 하우스에 들어간다는 건. 우리가 아는 피츠 하우스와 어찌나 다르던지. 우리 세상에서 그 건물 로비는 언제나 업무로 혼잡했고, 멋쟁이 접수 담당자들이 줄지어 선 예비 의뢰인들을 상대했다. 방문객들은 아늑한 소파에 앉아 잡지를 읽었다. 조그만 마리사 피츠 조각상이 무심한 표정으로 모두를 지켜봤다. 하지만 지금의 로비는 검고 휑한 게 꼭 탄광 속 동굴 같았다. 지붕이 아주 낮고, 바닥은 진창과 얼음 범벅이었다. 금 간 실린더와 플라스틱 기름통 몇 개가 그림자들 속을 나뒹굴었다.

반짝이는 기름등이 한 줄로 늘어서서 건물 깊숙한 곳으로 우리를 이끌었다. 등불은 안전한 경로를 표시하는 용도였다. 꼭 필요한 조치였다. 군데군데 바닥이 완전히 꺼졌거나 얼음 무게를 못 이겨 천장이 내려앉은 곳들이 있었으니까. 벽들은 안으로 기울고 바닥은 경사졌다. 포틀랜드 로 35번지에서의 밀실공포증이 다시 고개를 쳐들기 시작했다.

우리는 만약의 위험에 대비해 레이피어를 내든 채 등불을 따라 천천히 이동했고 이내 기둥의 전당, 혹은 그것의 어둑하고 음침한 버전에 도착했다. 여기 묶여 있는 아홉 영혼들이 당혹스럽게도 형체를 갖춘 채 서 있었다. 희미하게 깜빡거리면서, 포틀랜드 로에서 해골 녀석이 그랬던 것처럼. 놈들은 지나가는 우리를 열심히 주시하며 몸을 돌려 보조를 맞췄다. 퀭한 눈에서 바늘구멍 같은 빛이 타올랐다. 롱 휴 헨래티, 마리사 피츠와 톰 로트웰이 초창기에 잡은 유령의 하나인 노상강도가 부러진 목 위에 삐딱하니 얹힌 얼굴로 씩 웃었다. 클래펌 도살자 소년은 우리를 향해 유령 칼을 획획 움직였다. 다행히도 이승의 은유리 기둥이 놈들을 한자리에 단단히 묶어두고 있었다.

이 영혼들은 말을 못 했지만, 그렇다고 소리도 못 지르는 건 아니었다. 부엉이마냥 부엉부엉 울부짖었다. 듣는 자로서 나는 그런 데 익숙했다. 저 세상의 정적 속에서 듣고 있으려니 기분이 이상하긴 했지만. 나보다도 다른 이들이 더 거슬려하는 듯했다. 그러고 보니 놀랍게도 여기선 그들에게도 심령의 소리가 들렸다.

우리는 서둘러 회의장을 빠져나와 전몰 용사들의 전당에 들어섰다. 다른 층으로 가는 엘리베이터들이 있는 곳이었다. 우리 세계의 여기선 전사한 조사관들의 사당 옆에서 라벤더 불길이 끝없이 타올랐다. 지금은 검은 공허에 불과했다. 엘리베이터 여섯 대는 오간 데 없이 구멍만 뻥 뚫린 자리에 안개가 자욱했다. 기름등들이 거길 지나 계속됐고, 이제 우리는 밑으로 내려가는 계단에 와 있었다.

"혼령문이 지하에 있는 게 분명해." 록우드가 얼어붙은 입으로 힘겹게 미소 지었다. "이제 진짜 마지막이야. 마음 단단히 먹어. 거의 다 왔다고."

우리는 내려갔다. 아래로, 또 아래로. 계단은 땅속으로 가파르게 이어졌다. 우리는 이제 무척이나 느렸다. 뚫린 공간들을 지나 몇 층인지조차 모르도록 내려갔는데도 여전히 아무것도 안 보였다. 두 번, 조지가 넘어질 뻔했다. 그의 다리가 풀리는 바람에 킵스와 록우드가 겨드랑이에 팔을 넣고 일으켜 세워야 했다. 홀리와 나도 서로를 부축했다. 이렇게 형편없고 정리 안 되고 반죽음 상태로 우리는 마침내 피츠 하우스의 지하 가장 깊은 곳에 도착했다. 어차피 거기가 우리가 갈 수 있는 끝이었다. 우리의 기력이 완전히 바닥났으므로.

등불이 어둡고 텅 빈 방을 지나 아치형 출입구로 향했고, 거기서 나는 그간 그토록 안간힘을 써가며 찾아 헤매던 소리를 드디어 들었다. 근처에 있는 혼령문의 초자연적 아우성이었다.

록우드 역시 그걸 감지했다. 지금보다 상태가 좋을 때 같았으면 승리의 외침이었을지도 모를 소리를 냈다. 우리는 안간힘을 써가며 비틀비틀 앞으로 나아갔다.

"도대체 지금이 몇 시야?" 목소리가 말했다.

우리는 우뚝 멈춰 섰다. 일제히 머리 덮개를 살짝 들어 올리고 뻣뻣한 목으로 주위를 둘러봤다.

"이렇게 늦을 줄 알았으면 나도 그냥 발 닦고 잠이나 잤지." 깡마른 십 대가 말했다. 그는 어둡고 얼음장 같은 방의 저쪽 끝에 서 있었다. 삐죽빼죽한 머리칼이 다른빛으로 반짝였다. 그걸 빼면 희미하고 깜빡거리고 언제나처럼 오만했다.

"해골!" 뭔가의 물결이 나를 휩쓸었다. 안도? 이 진저리 나는 곳에서 낯익은 존재를 본다는 기쁨? 그게 뭐였던 간에 마음이 따뜻해졌다. "다시 보니까 정말 좋다." 내가 그에게 더듬더듬 걸어가며 말했다. "여긴 어떻게 왔어?"

"뭐, 난 사실 '여기' 와 있는 게 아니지. 안 그래?" 유령이 말했다. "난 아직도 내 소중한 단지 속에 있다고. 피츠 하우스 아래서 환하게 불을 밝힌 연구실 저장고에. 도둑질한 정수들이 든 실린더들에 둘러싸여선 허둥지둥 돌아다니는 소심한 과학자들과 함께. 실은… 잠깐만… 그렇지, 방금 막 한 놈을 기절초풍하게 만들었지롱. 내 '행복한 머슴' 표정으로. 너랑 얘기하는 내내 그러고 있었는데. 똑똑하다고?"

십 대가 씩 웃었다. "내가 봐도 그런 거 같긴 해."

"하지만 어쩌다…?"

"루시." 록우드가 발을 끌며 곁에 와 섰다. 다른 이들은 바로 뒤에 있었다. 다들 당혹감 속에서 십 대를 빤히 보고 있었다. 일순간 나는 그들의 혼란이 이해되지 않았으나 이내 깨달았다. 그들에게도 해골 목소리가 들리는 거였다.

"이게 그 해골이야." 내가 말했다.

록우드의 입이 떡 벌어졌다. "그 해골의… 영혼이라고? 좀… 좀 달라 보이는데."

십 대가 인상을 썼다. "그래? 그러는 넌 참 똑같아 보이네. 덜컥 동상에나 걸려서 손가락 몇 개, 더하게는 코까지 날아갔길 기대하고 있었는데. 이렇게 된 마당에 내 눈으로는 확인 못 할 다른 뭔가라도 떨어져 나갔길 바랄 수밖에. 그것도 아니면 나 너무 실망스러울 거 같아서 말야."

록우드가 물끄러미 봤다. "쟨 늘 말을 저런 식으로 해?"

"아니. 대개는 더 못돼먹게 해. 내가 얼마나 힘들었는지 알겠지?"

"오, 루시는 이런 거 좋아해." 십 대가 말했다. "해도 해도 질리지 않지. 이러는 게 루시한테 엄청 힘이 된다고."

"그 힘 지금 좀 줘봐." 내가 말했다. "어쩌다 여기 있게 됐는지도 후딱 설명 좀 해주고. 저 문 너머에 뭐가 있는지랑. 우리도 이제 건너갈 거거든…. 할 수 있으면."

"문제없을 거야." 유령이 말했다. "실험실 연구원들이 방금 커피를 마시러 갔거든. 내 표정들에 질려버린 거 같아. 그리고 저 세상 작업조 교대는 한 시간 뒤야. 자, 난 문제없다고 하겠어. 물론 너희가 문을 건너는 동안 살아남을 충분한 기력이 있다는 전제하에 하는 말이지만." 놈이 우리에게 눈길을 던졌다. "어디 보자. 처량하고 죽을 맛이고 확실히 엄청 피곤해 보이는데. 특히나 조지는 그 망토를 벗기면 완전 결딴이 나버리게 생겼고."

조지가 몸을 곧추세웠다. "이봐, 날 쓰러트릴 건 세상에 없거든. 좀 뻐근한 거, 그뿐야."

"네, 암요. 대미를 장식하기에 아주 이상적인 몰골이시네요."

"이 별 볼일 없는 애들이랑 날 한데 묶지는 말지." 킵스가 말했다.

"그리고 킵스…." 깡마른 소년이 그를 가만히 봤다. "지금 기분은 좀 어떠시고?"

킵스가 눈을 끔뻑였다. "나? 끝내주지. 왜?"

"그냥." 유령의 이미지가 깜빡깜빡 사라지는 듯하다가 다시 돌아와 뭔가를 곰곰이 생각하는 눈으로 휑한 공간을 둘러봤다. "짧게 얘기할게. 루퍼트 게일 경이 날 피츠 하우스로 데려왔어. '평가' 혹은 '처리' 혹은 소각장으로 직행, 뭐든 자기들이 원하는 걸 하러. 날 이 아래로 내려보냈고, 그때부터 난 실험실에 앉아 있어. 미친 인간들이 머저리 같은 복장을 하고 줄줄이 저 세상을 오락가락하는 걸 지켜보면서. 마리사도 좀 전에 왔다 가던데. 망토를 벗고 위층으로 가는 엘리베이터에 탔어. 서두르는 눈치던걸. 잠깐 들러서 인사조차 안 하는 게."

"마리사가 왔었다고?" 록우드가 물었다. "혼자였어?"

"이봐, 여기서 질문은 루시만 하는 거야." 유령이 말했다. "너 따위가 갑자기 껴들어서 대장 노릇을 할 순 없는 거라고. 도대체가 예의 범절은 어따 팔아먹었지?"

나는 목을 가다듬었다. "부탁인데, 해골, 마리사가 혼자였는지 얘기 좀 해줄래?"

"자, 봤지? 저렇게 하는 거라고." 유령이 약 올리듯 록우드를 보며 활짝 웃었다. "응, 루시. 마리사는 혼자였어. 왜?"

"상관없어." 내가 말했다. "어차피 우리가 따라갈 거니까." 그때 문득 떠오르는 생각이 있었다. "지금 우리 세상은 몇 시야? 아직 아침인가?" 나는 갑자기 태양이 너무도 간절히 보고 싶어졌다.

"아니. 벽시계를 보니 이제 막 자정을 지났어. 새벽까지는 아직 몇 시간 남았지."

록우드가 쩍쩍 갈라진 입술로 말했다. "잠깐! 그럴 리 없잖아! 윙크맨이랑 게일이 포틀랜드 로를 공격한 게 자정 직후였다고. 그러니까 시간이 그보단 더 됐어야 옳지."

"맞아. 그로부터 이십사 시간 뒤라고. 내가 여기 온 게 이른 아침이었고, 기나긴 하루가 통째로 흘러간 거지." 십 대가 우리를 보며 심술궂게 웃었다. 그리고 그 웃음에서 단지 속 얼굴이 선명히 보였다. "왜 이렇게 늦게 왔느냐고 내가 말했잖아."

우리 얼굴에서 핏기가 싹 가셨다. "말도 안 돼." 홀리가 속삭였다. "우리가 알기론…."

"죽어 있다는 게 그런 거야." 유령이 말했다. "시간 가는 줄 모르지."

더 이상 지체할 수 없었다. 여기 단 일 분이라도 더 머물고 싶은 사람은 없었다. 다른 이들이 어기적거리며 아치 출입구로 향했다. 나만 뒤에 남았다.

"고마워, 해골." 내가 말했다. "널 찾아서 기뻐." 나는 주저했다. "있지, 얼굴이랑 몸뚱이랑 다 가진 너보고 '해골'이라고 하는 게 좀 이상한 거 같아서. 네 진짜 이름을 얘기해 주면 안 돼?"

"아니. 잊어버렸어." 십 대가 어깨를 으쓱했다. 검은 눈이 반짝였다. "게다가 이름을 나누는 덴 신뢰가 뒷받침돼야 하지."

나는 그를 쳐다봤다. "그래. 뭐, 어쨌든. 문으로 나가면 데리러갈 게."

"그러고 싶으시다면야. 아, 하나 더." 내가 돌아서는데 해골이 덧붙였다. "킵스 말야."

"킵스가 왜?"

"최근에 무슨 일 있었어?"

"아니."

"확실한 거지?"

뭐라 대답하기도 전에 나를 부르는 홀리의 목소리가 들렸다. 나는 절뚝절뚝 최대한 빨리 방을 가로질렀다. 아치를 통과했다. 거기 혼령 문이 있었다.

사실 '문'이란 표현은 너무 소박하다. 우리 눈앞의 그건 단순한 문 이상이었다. 다리였고, 관문이었고, 산 자들을 위한 고속도로였다. 조지가 옳았다. 록우드의 부모님이 옳았다. 오랜 세월 동안 여기, 런던 중심부의 피츠 하우스 지하에 우리 세계와 저 세상 사이의 영구적인 통로가 숨겨져 있었다.

기름등으로 불을 밝힌 커다란 방 가운데에 구덩이가 있었다. 구덩이는 원형에 아주 널찍했고, 그 둘레에 딱 붙여 낮은 벽을 세워뒀다. 내 무릎높이의 이 벽은 견고한 철로 돼 있었다. 이것으로 피츠 대행사는 쇠사슬 원의 번거로움과 비영구성을 단박에 해결했다. 구덩이 속 내용물은 정확히 안 보였지만, 출처로 가득하다는 건 알 수 있었다. 구덩이 위로 눈에 익고 침침한 빛의 기둥이 솟아 있고, 그 안은 갇혀 날뛰는 형체들로 가득했다.

구덩이를 건너는 문제에 있어 설계자들은 길잡이 쇠사슬이니 뭐니 하는 시시한 방식에 의존하지 않았다. 그 대신 철제 통로 혹은 다리—가늘지만 아주 견고한—가 철벽과 구덩이 가운데를 가로질러 안개의 소용돌이 속으로 사라졌다. 반대쪽이 보이진 않았으나 그 다리를 따라 걸으면 이승으로 돌아가게 될 터였다.

다른 이들이 다리 입구에서 나를 기다리고 있었다. 꽁꽁 얼고 김을 뿜는 망토 아래 그들을 좀처럼 알아보기 힘들었다. 그들 뒤 구덩이를 맴도는 혼령들은 명함도 못 내밀었다. 우리야말로 흉물스러운 다섯 악마, 우리의 여정이 만든 괴물들이었다.

"반대편 방에 누군가가 있을지도 모르니까," 록우드가 말했다. 뻣뻣한 몸짓으로 주춤주춤 검을 뽑았다. "내가 먼저 갈게. 홀리, 넌 조지가 건너는 거 좀 도와줘. 킵스, 조지 뒤에 와요. 루시, 네가 마지막이야. 전이랑 똑같아. 고개 숙이고 유령은 무시해. 무슨 일이 있어도 머뭇거려선 안 돼."

록우드는 기력이 다했지만 몸을 돌려 철제 다리로 발을 내디뎠다. 심령의 소용돌이로 들어서면서 움찔하는 게 보였으나 멈추지 않았다. 안개가 그를 감쌌고, 그는 그렇게 사라졌다.

홀리가 록우드를 따라 다리에 올라섰다. 거기 서서 조지를 기다렸다.

다리에 올라가려던 조지가 발을 헛디뎌 넘어졌다. 킵스가 한 팔을 뻗어 그를 붙들었다. 그 와중에 킵스의 꽁꽁 언 깃털 망토가 젖혀졌고, 나는 그 밑의 너덜너덜한 스웨터를, 루퍼트 게일의 레이피어에 찢긴 옆 부분을 봤다. 벌어진 천 틈으로 크게 갈라진 상처의 참담한 상태가 눈에 들어왔다.

망토가 제자리로 돌아갔다. 킵스는 조지를 다독여 똑바로 서게 도왔다. 홀리가 손을 내밀었다. 그녀와 조지가 전진했다. 발을 질질 끌며 다리를 걸었다. 어깨를 움츠리고 고개를 푹 숙인 채. 거북이 등껍질처럼 울퉁불퉁하고 꽁꽁 얼어버린 망토 위에서 얼음이 연기를 뿜었다. 양옆에서 혼령들이 신음하고 떠들어댔다. 파리한 팔들이 뻗어나왔지만 철선들 근처에서 산산조각 났다. 이내 홀리와 조지는 구덩이 가운데를 지나 자취를 감췄다.

킵스가 그들 뒤를 따르기 시작했다.

"퀼." 내가 말했다. "잠깐만요."

그가 나를 돌아봤다. "왜? 서둘러! 지금껏 우리가 기다린 거잖아! 마리사를 찾을 수 있다고. 끌어내릴 수 있다고!" 그의 눈이 반짝였다. 추격의 짜릿함에 생글거리고 있었다. 그가 이렇게까지 생기 넘치는 건 처음 봤다.

"잠깐만." 내 목소리가 잠겨 있었다. "건너지 마요."

킵스가 얼굴을 찡그렸다. 잠시 옛날의 까칠한 킵스가 돌아왔다. "왜 그러는데? 멍청한 소리 하지 마, 루시."

말하기가 쉽지 않았고, 그게 그저 추위 때문만은 아니었다. "여기서 본인 상태가 그토록 좋아지기 시작한 이유가 뭔 거 같아요?" 내가 물었다. "집처럼… 편해진 게?"

킵스가 나를 물끄러미 봤다. "뭐? 무슨 말도 안 되는 소리야?"

"그냥… 그냥… 퀼, 전에 입은 부상요…."

킵스는 조그맣게 짖듯 웃었다. "집처럼 편해지다니, 루시, 지금 그 소린 마치…." 얼어붙은 고글 너머 그의 눈이 내 눈과 만났고, 그는 비로소 이해했다. 눈에서 서서히 빛이 나갔다. 꽃이 시들 듯이. 그의 얼굴은 파리한 가면이었다. 이윽고 그는 망토를 들어올리고, 깃털에서 떨어지며 김을 뿜고 쩍쩍 소리를 내는 얼음은 무시하면서 그 밑에 그

림자 진 옆구리를 들여다봤다. 그는 한동안 움직이지 않았다. 망토
자락을 손에서 놨다. 고개를 한 번 아주 천천히 끄덕였다. 자신에게
하듯. 그는 나를 보지 않았다.

"음," 그가 말했다. "안 좋네."

"오, 퀼…."

"맨날 이런 식이지. 어쩐지 기운이 넘치더라니."

나는 당장이라도 발작할 것 같은 공포를 삼켰다. 킵스와 나 둘뿐
이었고 난 무슨 말을 할지, 뭘 해야 할지 몰랐다. "들어봐요." 내가 말
했다. "그냥 여기 있는 게 나을지 몰라요."

킵스는 그제야 나를 봤다. "뭐, 나 혼자? 너희가 나만 빼고 사라지
는 꼴을 보라고? 이 어둠 속에 나만 얼간이처럼 세워놓고 가는 걸?
어림없는 소리."

"하지만 퀼, 그 상처… 저쪽에선…."

킵스는 잠시 말이 없었다. "알아." 그가 말했다. "어쩌면. 하지만
어차피 그렇게 될 거면 제대로 돼야 해. 제대로 된 곳에서. 아무튼, 난
여기 안 있어. 특히나 이 바보 같은 몰골로는. 자, 우리 가야 돼."

그럼에도 나는 망설였다. "퀼," 내가 말했다. "방금 멋있었어요."

"그래."

"퀼이 없었으면…."

킵스가 나를 보고 씩 웃었다. "너랑 토니랑 다른 애들이 절대로 성
공 못 했을 거라고? 내가 뭐라도 해서 기뻐."

"오, 세상에."

"괜찮아. 내 손 잡아, 루시. 가자."

그의 말이 옳았다. 물론이었다. 무슨 일이 벌어지든 제대로 벌어
져야 했다. 달리 할 말이 없었다. 천천히 나는 그의 손을 잡았다. 우리

는 철제 다리를 함께 건넜다. 유령들이 늘 하는 짓을 했다. 우리는 놈들을 무시했다. 심령의 소용돌이를, 두 세계 사이의 틈을 통과했다. 우리 앞에서 밝은 네온등이 빛나고, 내 몸으로 생명이 다시 쏟아져 들어오는 게 느껴졌다. 퀼도 느꼈던 것 같다. 내 손을 더 꽉 쥐는 그의 손에서 온기와 힘이 폭발했다. 그게 오래가진 않았다. 우리는 철벽을 지나고 혼령문을 떠나 우리 세계로 돌아갔다. 제대로 된 장소에 들어섰다. 다리를 다 벗어나기도 전부터 킵스는 이미 무너지고 있었다.

5

피츠 하우스

23

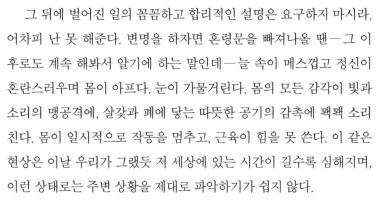

그 뒤에 벌어진 일의 꼼꼼하고 합리적인 설명은 요구하지 마시라. 어차피 난 못 해준다. 변명을 하자면 혼령문을 빠져나올 땐—그 이후로도 계속 해봐서 알기에 하는 말인데—늘 속이 메스껍고 정신이 혼란스러우며 몸이 아프다. 눈이 가물거린다. 몸의 모든 감각이 빛과 소리의 맹공격에, 살갗과 폐에 닿는 따뜻한 공기의 감촉에 꽥꽥 소리친다. 몸이 일시적으로 작동을 멈추고, 근육이 힘을 못 쓴다. 이 같은 현상은 이날 우리가 그랬듯 저 세상에 있는 시간이 길수록 심해지며, 이런 상태로는 주변 상황을 제대로 파악하기가 쉽지 않다.

공황 상태가 이와 비슷하다. 불시에 찾아오는 공황은 더욱 그렇다. 그러니까 내게 간직된 당시의 단편들을 짜맞추는 것조차 어렵다. 록우드가 킵스와 나를 원에서 끄집어낸다. 바닥에서 피가 보인다. 록우드가 킵스에게 몸을 숙인다. 조지가 킵스의 손을 잡는다. 모두가 킵스에게 몸을 숙인다. 그의 깃털 망토가 벗겨진다. 피가 더 보인다. 흥건하다. 어디선가 흰 천이 등장한다. 홀리가 그걸 킵스의 옆구리에 대고 지혈을 시도한다. 그러는 내내 록우드가 킵스를 붙들고 얘기한다. 농담하고 미소 짓고 응원의 말을 쏟아낸다. 킵스는 정말 가만히

371

누워 있다. 얼굴이 창백하다. 얼음이 녹으며 머리칼이 빛난다. 고글을 꼈던 눈가에 희미하고 둥근 자국이 남았다.

"루시, 조지," 홀리가 말했다. "깨끗한 수건이랑 붕대가 필요해. 여기 어딘가에 있을 거야."

나는 비틀비틀 자리에서 일어나 우리가 있게 된 방을 살폈다. 깨끗하고 잘 정돈된 공간이었다. 그래, 맞다. 그 중심에 유령들의 거대한 소용돌이가 있긴 했다. 하지만 그 혼돈의 현장은 철벽으로 근사하게 격리돼 있었다. 아까 우리처럼 일단 다리를 건너오면 살균 소독된 수술실 수준으로 깔끔하고 조명을 환히 밝힌 새하얀 방이 나왔다. 벽면에는 고글과 은으로 만든 옷이 줄줄이 걸려 있고, 각각에는 이름과 숫자가 적혀 있었다. 폐기된 옷이 든 바퀴 달린 쓰레기통과 손수레가 보였다. 방 한구석엔 죽마 한 쌍이 빈둥거리는 술고래의 다리마냥 기대서 있었다. 문에는 안전 공지문까지 몇 개 붙어 있었다.

그처럼 완벽한 상태를 조지와 내가 끝장내고 말았지만. 우리는 휘청거리고 다니며 벽장문을 비틀어 열고 서랍을 끄집어냈다. 조지가 의료용품 진열장을 찾아내 통째로 끌고 방을 가로질렀다. 나는 아치 출입구를 지나 타일이 붙은 세면장으로 갔다. 칸막이로 나뉜 샤워 부스들은 마리사의 일꾼들이 혼령문 너머에서의 힘든 작업을 마치고 몸을 씻는 곳이었다. 거기 수건이 많았다. 나는 그걸 한가득 챙겨 돌아와서는 일부를 킵스의 머리 아래에 받쳤다. 홀리는 붕대와 솜으로 최선을 다하고 있었다. 모피 망토를 아직껏 걸친 채로. 얼음이 다 녹은 망토는 비참하고 떡 져 보였다. 홀리 주위로 갈색 비스름한 물웅덩이가 졌다. 나는 수건을 가져다 할 수 있는 한 닦았다.

홀리의 광적인 움직임이 느려지더니 결국 멈췄다. 그녀가 뒤로 털썩 주저앉고, 피 묻은 손을 무릎으로 떨어트렸다. 킵스의 눈은 감겨 있었다. 그는 움직이지 않았다.

록우드는 킵스에게 하던 말을 이미 멈췄다. 그가 고개를 떨궜다. 기진맥진한 침묵 속에 망연히 앉아 있었다. 조지와 나는 바닥에 쓰러졌다. 우리는 시신을 사이에 두고 서로를, 깃털과 모피와 콧물과 진창으로 범벅된 한심한 방문자 넷을 물끄러미 바라봤다. 퉁퉁 부은 눈들은 붉고, 얼어버린 살갗 아래서 피가 다시 돌기 시작하는 얼굴은 자줏빛이었다. 저 세상의 아귀힘은 시시각각 덜해졌으나, 내 가슴은 여전히 얼음장처럼 차고 멍했다. 나는 누워 있는 킵스를 쳐다봤다.

"정말 미안해." 내가 마침내 입을 열었다. "난… 난 퀼이 다치는 걸 봤어. 상처가 깊었단 걸 내가 알았어야 했는데. 근데… 근데 너무 많은 일들이 벌어져서… 살펴볼 생각을 못 했어."

아무도 말이 없었다.

"저 세상에서 퀼은 정말 용감했어. 정말 강하고 정말 씩씩하고…." 내가 요란하게 코를 훌쩍였다. "너무 강했지. 진짜 마지막에 가서야 그가 죽어간단 걸 알게 됐을 정도로."

킵스가 한쪽 눈을 떴다. "그게 무슨 말이야? 죽어가다니? 빌어먹을, 그건 아님 좋겠는데."

"퀼!" 내가 충격에 뒤로 넘어가다시피 했다. 록우드와 다른 이들이 몸을 벌떡 일으켰다. 입을 떡 벌린 채.

"내가 죽는다고 누가 그래? 죽은 자들의 땅을 탈출하느라 얼마나 개고생을 했는지 몰라? 다시 돌아갈 생각 없다고!"

"퀼!" 나는 어찌나 놀랍고 기쁜지 몸을 숙여 그를 어설프게 껴안았다.

"아야!" 킵스가 소리쳤다. "조심하라고! 나 이래 봬도 몸에 구멍 뚫린 사람이거든. 그리고 그 깃털들도 좀 주의해 줘. 나 진짜 그것들에 알레르기 생길 거 같아." 우리는 킵스 주변에 몰려들어 일제히 떠들어댔다. 한창 녹고 있는 망토에서 얼음덩어리가 떨어지듯 그간의 고통이 떨어져 나갔다. "혹시나 커빈스가 나한테 뽀뽀라도 했다가는," 킵스가 말했다. "맹세하는데, 나 그냥 저 세상으로 가고 말 거야…. 지금 나한테 정말 필요한 건 딴 게 아니라 물이라고."

물이 잽싸게 대령됐다. 킵스는 일어나 앉으려 했지만 통증이 너무 심했다. 홀리가 겹겹이 두껍게 덧대둔 붕대에 불그스름한 얼룩이 배어 나와 있었다.

홀리가 고개를 가로저었다. "어서 병원으로 가야 해요, 퀼. 저 세상에선 어째선지 출혈이 멈췄었지만 여기로 돌아오고부터 다시 시작됐어요. 마치 오 분 전에 찔린 거처럼. 꾸물거릴 시간이 없다고요." 그녀가 자리에서 일어나 모피 망토를 옆에 놓고 팔짱을 꼈다. "록우드, 계획이 뭐야?"

킵스가 허허로운 신음 소리를 냈다. "그 자식 계획은 이제 됐어! 제발, 차라리 그냥 지금 죽여줘."

록우드도 자리에서 일어나 있었다. 은비늘 망토를 벗고 칼자루에 손을 얹은 준비 자세로 킵스를 내려다보며 미소를 짓고 있었다. 그 순간 내 마음속에서 불쑥 어마어마한 행복감이, 모든 게 잘되리라는 강렬한 자신감이 솟구쳤다. 그래, 우리는 다쳤고 지쳤다. 피츠 하우스의 지하 깊은 곳, 금지된 땅에 있었고, 우리와 탈출 사이에 놓인 위험이 한둘이 아니었다. 하지만 우리는 저 세상을 함께 걸었고 살아서 돌아왔다. 그 끔찍한 여정 동안 내 감정은 뒷전으로 밀려나 있었다. 감정을 살필 시간도 여력도 없었다. 이제 느닷없이 모든 게 한번에 터져 나왔다. 록우드와 내 친구들을 향한 사랑과 고마움으로 마음이 충만했다. 우리끼리 결국엔 해냈다.

"계획은 꽤 간단해요, 퀼." 록우드가 막힘없이 말했다. "여기서 나가는 길을 찾아 병원으로 갈 거예요. 은색 엘리베이터를 타고 가 마리사와 대면하고 싶긴 하지만, 병원 일이 해결되기 전까진 안 돼요. 우리 우선순위는 퀼이니까. 우린 1층으로 가서 정문으로 나갈 거예요. 누구든 우릴 멈추려고 하면," 그가 레이피어를 단호히 토닥였다. "우리가 누군지 정중히 알려줘야죠. 가장 큰 문제는 퀼을 어떻게 옮길 건가예요. 상태가 안 좋잖아요."

"나 걸을 수 있어." 킵스가 끙 소리를 냈다. "일어나게만 해줘. 괜찮을 거야."

"제대로 앉지도 못하는데요. 사방에 피도 묻힐 테고. 운송 수단이 필요해요."

조지가 코를 긁적였다. "저 바퀴 달린 쓰레기통에 쏘옥 넣으면 어때."

"나 쓰레기통엔 못 들어간다."

"저 손수레는?" 내가 말했다. "바퀴도 있고 하잖아. 저기 실어서 위층으로 가자."

록우드가 싱긋 웃었다. "생각 한번 잘했어, 루시."

우리는 킵스가 일어나게 도왔다. 그는 혼자 서 있기도 힘들 만큼 약해진 상태였고, 출혈이 엄청났다. 록우드가 외투를 벗어서는 레이피어로 길고 가늘게 찢은 뒤 킵스의 허리에 동여매 붕대를 고정했다. 그런 다음 다 함께 킵스를 손수레에 뉘였다. 길이가 아주 안 맞진 않았다. 다리가 튀어나오긴 했지만.

"이건 정말 너무 모욕적이야." 킵스가 투덜거렸다. "날 디저트로 내놓으려는 거 같잖아. 아! 아야! 요철은 좀 조심히 넘으라고!"

우리는 킵스를 밀고 반대쪽 아치로 갔다. 저 세상에서 나올 때 통과한 아치와 똑같았다. 그 너머는—혼령문 저편의 황량하고 휑뎅그렁한 동굴 같은 방이 아니라—크고 환한 실험실이었다. 혼령문을 나와 맞닥트린 방처럼 몹시 깨끗하고, 실험 테이블과 연구원 의자, 원심분리기, 저울, 웅웅거리는 발전기, 뭐라 불러야 할지 모르겠으나 아무튼 사악해 보이는 실험 도구들이 가득했다. 플라스틱 거치대에는 우리가 저 세상에서 운반되는 걸 목격했던 것과 동일한 유리 실린더가 엄청 많았다. 그중 일부는 비어 있었다. 나머지에선 그 환하고 반짝이는 물질이 꿈결처럼 떠다녔다. 방에선 화학물질 냄새가 났다. 일렬로 늘어서서 구석구석을 밝게 비추는 기다란 형광등에 나는 눈이 아팠다. 사실 그때쯤엔 온몸이 아팠으나 신경 쓰지 않았다. 속에서 심장이 노래하고 있었다. 우리는 저 세상에서 생존한 사람들이었다. 우린 다 괜찮을 거였다.

방 끝에 엘리베이터가 세 대 있었다. 하나는 은색, 다른 둘은 구리색이었다. 록우드와 홀리가 킵스의 손수레를 미는 사이, 나는 방을 쭉 둘러봤다. 내가 예상했던 바로 그 위치에 유령단지가 놓여 있었다. 저 세상에서 해골의 영혼이 서 있던 자리였다. 유리 너머 얼굴이 혓바닥과 콧구멍으로 저게 과연 가능한 일인가 싶은 짓을 하고 있었다. 어기적어기적 다가오는 나를 발견한 놈은 움찔하고는 겁먹은 척하며 눈썹을 움직여 댔다.

"끔찍한 몰골이네." 놈이 말했다. "고양이가 끌고 들어온 뭣쯤 돼 보여. 이런 식이면 우리 듀오의 미모 담당은 내가 맡아야 되게 생겼잖아."

나는 단지를 집어 들었다. "미안해."

"뭐가 미안해? 네 생김새? 네 성격? 잠깐, 네 냄새 말이구나. 스물네 시간 동안의 공포와 폭력과 추격전에다, 너희한테 쏟아지던 죽은 자들의 관심이 네 겨드랑이에 몹쓸 짓을 하고 있어. 오늘 밤엔 너한 테서 바람이 불어가는 방향에 록우드가 서 있지 않게 주의하라고. 그 거밖엔 할 말이 없다."

"아니. 널 버려서 미안하다고." 내가 말했다. "포틀랜드 로에 그렇 게 남겨둬선 안 되는 거였어."

얼굴이 눈썹을 추켜올렸고, 그 표정에서 언뜻 검은 눈의 십 대가 보였다. 플라스마가 다시 가라앉아 평소의 기괴한 모습으로 돌아갔 다. "그래, 뭐, 결과적으론 다 잘된 일이란 걸 인정해야겠지. 네 손으 론 절대 날 여기 안 데려왔을 테니까. 우우, 그러고 보니 킵스가 죽었 네. 짠해라."

우리는 엘리베이터의 일행과 합류했다. 록우드와 홀리가 손수레 옆에 서 있었다. 손수레엔 킵스가 짜증스러운 듯 늘어져 있고. 조지 는 커다란 금속 물체들이 진열된 거치대 앞에 서서 그것들을 꼼꼼히 살펴보는 중이었다.

"사실 킵스는 아직 살아 있어." 내가 말했다. "봐, 움직이잖아."

"확실해? 그냥 가스가 빠지는 걸 수도 있어. 시신들이 종종 그런 다고. 알잖아."

"유령이 또 내 얘기 하는 거야?" 킵스가 중얼거렸다. "이번엔 뭐 래?"

"별 얘기 아녜요. 거기 그건 뭐야, 조지?"

저 세상에서 킵스가 다른 누구보다도 잘 해냈다는 건 의심의 여 지가 없는 사실이었다. 상처 때문이었는지, 그래서 그가 나머지 우리 보다 죽음에 훨씬 가까워서였는지 몰라도 그는 유난히 상태가 좋았 다. 반면 조지는 그 밤의 여정으로 거의 죽을 뻔했다. 하지만 그의 기 력은 빠르게 회복되고 있었다. 쥐어터진 멍투성이 몰골은 여전했지만, 그 역시 이승으로 귀환했다는 사실에 나만큼이나 열렬히 기뻐하고 있었다. 그의 깨진 안경 뒤의 번뜩임은 내가 한동안 못 보던 거였다. 그가 자기 뒤의 거치대를 가리켰다.

"총을 좀 찾았어." 조지가 쾌활하게 말했다. "선라이즈 물산 로고가 박혀 있고, 전에 너희가 얘기했던 전기총 어쩌고 하는 물건이랑 굉장히 비슷해 보여. 오르페우스 무리가 썼던 거 말야. 그리고 이 녀석들 좀 봐…." 그가 커다란 달걀 모양의 금속 물체들을 톡톡 두드렸다. "내 눈엔 초강력 화염탄 같아. 피츠 대행사가 대규모 유령 군집을 처리할 때 이따금 쓰는 거 있잖아. 견본으로 이것저것 좀 슬쩍해도 괜찮으려나 궁금한데, 록우드. 혹시 모를 상황에 대비도 하고."

록우드의 미소는 웃는 늑대를 닮았다. "저기 말야, 조지. 정말 좋은 생각인 거 같아."

은색 엘리베이터를 안 타다니 참으로 애석한 노릇이었다. 엘리베이터 문에 피츠의 상징이 새겨져 있었다. 뒷발로 서서 등불을 들고 있는 고귀한 유니콘이었다. 벽에는 거북딱지로 만든 버튼이 달려 있고, 머리 위엔 반원 모양의 층수 표시판이 있었다. 거기 적힌 숫자는 -4부터 7이었다. 지금 화살표는 7, 그러니까 마리사의 펜트하우스를 가리키고 있었다. 원래 같으면 우리가 가야 할 곳이었다. 하지만 록우드 말이 옳았다. 킵스를 안전한 곳으로 옮기는 게 우선이었다.

우리는 구리색 엘리베이터를 호출했다. 한 대가 조용히 도착해 모두를 태웠다. 서로 꽉 끼어 타야 했지만. 록우드가 1층 버튼을 눌렀다. 우리는 부드럽게 웅웅거리는 소리를 들으며 서 있었다. 다들 말이 없었다. 나는 레이피어를 매만졌다. 새벽이긴 했으나 피츠 조사관 여럿이 근무 중일 터였다. 우리는 일을 마무리하기 전에 그들과 대결

해야 하는 상황을 예상했다.

듣기 좋은 띵 소리가 나고 웅웅거림이 멈췄다. 문이 열리고 눈앞에 1층이 펼쳐졌다. 록우드 심령 회사가 엘리베이터에서 내려 전몰 용사들의 전당에 들어섰다. 우리는 망토를 모두 벗었고, 그럭저럭 자연스러웠다. 검은 벨트에 걸고 두 손은 옆으로 늘어트렸다. 얼굴에는 차분하고 완강한 표정이 깃들어 있었다. 나는 옆구리에 유령단지를 낀 채였다. 킵스는 손수레에 조용히 실려 있었다. 록우드의 외투 잔해가 킵스의 체온 유지를 위한 담요 대신 그를 덮고 있었다.

전몰 용사들의 전당에서는 주춧돌 위에 불을 피워 그간의 작전 상황에서 목숨을 잃은 어린 조사관들을 기렸다. 각각의 사당 아래에 꽃으로 둘러싸인 유골함과 오래된 레이피어가 놓여 있었다. 침울하고 진지한 표정의 소년소녀를 그린 유화가 벽에 줄줄이 걸려 있었다. 그들 모두가 전설이고, 모두가 유명했으며, 이미 죽어 없어진 지 오래였다. 그들은 난제와 싸우다 어린 나이에 쓰러져 갔다. 바로 그 난제가 위층에 있는 여자의 소행일 가능성이 아주 높았고.

전당 가운데를 한 줄로 성큼성큼 걷는 우리의 재킷이 펄럭이고, 신발이 대리석 바닥을 조용히 두드리고, 단지 속 유령은 사악하게 싱긋거렸다. 강렬한 인상의 행렬이었다. 킵스의 손수레 바퀴가 내는 끽 끽 소리에 그 강렬함이 살짝 훼손되는 문제는 있었지만. 그럼에도 우리와 마주치는 모두가 옆으로 비키며 길을 터줬다. 사무직 직원들은 타이핑 중인 서류들 위로 우리를 응시했다. 피츠 요원들은 얼빠진 듯 바라봤다. 늙은 성인 감독관 한 명이 앙칼진 소리로 불렀다. 우리는 아랑곳하지 않고 갈 길을 갔다.

복도 끝은 기둥의 전당이었다. 모든 성지를 통틀어 가장 장대한, 마리사가 이룬 업적의 증거와도 같은 공간이었다. 거기 유물 기둥에는 유명한 유령 아홉이 갇혀 있었다. 그 시간에 기둥들은 어둑했다. 거의 그랬다. 샹들리에 불빛들은 밝기가 낮게 맞춰져 있고, 그래서 천장의 프레스코화들이 그림자 속에서 빛났다. 빛이 나면서도 뿌옜다. 어쩌다 기억나는 꿈들의 단편처럼. 기둥 속 유령들은 소리 없이 움직였고, 뒤틀리는 무지개 같은 다른빛을 쏟아냈다. 바닥은 가만히 있을 줄 모르는 파란색과 녹색으로 얼룩졌다.

기둥의 전당에는 인적이 없었다. 거길 넘으면 로비고, 거리로 나가는 출구였다. 우리는 방을 가로질러 걷기 시작했다. 신발이 타닥거리고 바퀴가 끽끽거렸다. 가까운 기둥에서 노상강도 롱 휴 헨래티의 반투명한 형상이 바람이라도 받는 듯 부풀어 오르는 넝마 뒤에서 우리를 보며 씩 웃었다. 그 근처도 줄줄이 귀신들이었다. 꼬마 프랭크 스트리트의 관 위에 떠서 소용돌이치는 암흑 요괴*, 컴벌랜드 플레이스의 피투성이 소녀, 모르덴 소리정령, 잃어버린 팔을 영원토록 찾아 헤매는 미치광이 발명가 괴델의 허깨비*였다.

우리는 전당 중앙에 도달했다. 거기서 록우드가 속도를 늦추고 손수레 밀기를 멈췄다. 코를 쿵쿵거렸다.

"안녕, 루퍼트 경." 록우드가 말했다.

피투성이 소녀의 기둥 뒤에서 가늘고 늘씬한 형상이 걸어 나왔다. 야단스럽고 강렬한 로션 냄새를 훅 끼치면서. 루퍼트 게일 경은 피투성이 소녀의 진파랑색 다른빛에 흠뻑 젖어 있었다. 그가 손가락을 딱 튕겼다. 다른 기둥들에서 건장한 그림자들이 등장해서는 앞을 막아섰다. 주변 어둠에서 더 많은 남자들이 나타나 우리를 둥글게 에워쌌다. 다들 피츠 대행사의 회색 재킷을 입고 곤봉과 검으로 무장했다.

조지와 홀리와 나는 록우드 옆에 조용히 서 있었다. 손수레의 킵스는 축 늘어져 있었다.

"이런," 루퍼트 경이 말했다. "또 록우드와 친구들이군! 너흰 정말 가장 뜻밖의 장소에서 튀어나온다니까." 그의 목소리는 언제나처럼 세련됐고 복장 또한 말쑥했다. 오늘 밤엔 크고 검은 깃이 달린 회녹색 재킷에 검정 바지, 쨍한 노란색 넥타이 차림이었다. 하지만 그의 미소는 가운데 치아 사이가 벌어진 이를 드러내며 찡그리는 것에 가까웠다. 얼굴에는 멍이 들었고, 이마엔 록우드의 검이 남긴 붉은 자국이 있었다. 그가 손을 움직일 때 보니 스물네 시간도 더 전에 내가 내리친 손목에 붕대가 감겨 있었다. 그의 눈이 무례하게 번뜩였다.

"난 그쪽을 여기서 보는 게 뜻밖이 아닌데, 루퍼트 경." 록우드가 미소를 지으며 말했다. "사실 이렇게 되길 적극 바라고 있었거든. 우리 사이엔 아직 못 끝낸 얘기가 있잖아."

루퍼트 게일 경이 천천히 고개를 끄덕였다. "그 재미를 더는 못 보나 했지. 네가 그 원으로 들어가기에. 기회를 한 번 더 주다니 친절도 하군." 그가 둥글게 선 남자들을 가리켰다. "보다시피 이번엔 멍청한 범죄자들한테 의지하지 않을 생각이야."

전당의 남자들은 최소 스무 명은 됐다. 다들 건장한 데다 근육질이고, 머리칼을 빡빡 깎은 머리통은 조그만 바위에다 얼굴만 대강 그려 넣은 듯했다. 번처치를 죽이고 조지를 습격한 불량배들이었다. 나는 어금니를 악물었다. 내 손이 슬금슬금 검으로 향했다.

"우리 한 명이 그쪽 다섯쯤 거뜬히 때려눕힐 텐데." 록우드가 말했다. "몇 명 더 안 불러도 되겠어?"

루퍼트 경이 소리 내 웃었다. "어중이떠중이 주제에 큰소리는. 유랑극단 패거리가 따로 없잖아. 너덜너덜하고 얻어터지고 비탄에 빠진. 록우드는 그 유명하신 외투가 끝장났고, 홀리 먼로는 피 칠갑을 했고, 커빈스는 혼자 서 있지도 못하네. 칼라일은 흉물스런 단지 유령을 끌어안고 있군. 그깟 유령 얘긴 더 해봐야 좋을 것도 없겠고. 그리고 그 아래 숨은 건 뭐야? 퀼 킵스 아닌가? 세상에. 벌써 죽은 건 아니겠지. 그런가?"

내 옆에서 홀리와 조지가 살짝 자세를 바꾸는 게 느껴졌다. 록우드는 루퍼트 경의 질문에 대답하지 않았다. 높이 솟은 지붕을 둘러보고, 유리 감옥에서 파리한 물고기처럼 떠다니는 유령들을 돌아봤다. "지난번 우리의 대결 장소가 마음에 안 찼었지, 루퍼트 경." 그가 나지막이 말했다. "기둥의 전당 정도면 충분히 화려한 건가?"

루퍼트 경이 빙그레 웃었다. "확실히 불만 없지."

"그럼 일대일 결투 한번?"

"얼마든지 그러고 싶은데 문제는, 저 피에 굶주린 하피* 같은 칼라일 양이 어젯밤 내게 몹쓸 짓을 해서 말야." 루퍼트 게일 경이 다친 손목을 들어 보였다. "오늘 밤이 결투에 제격이란 생각은 안 드는군."

"나도 몸 상태가 최상은 아냐." 록우드가 말했다. "그렇대도 살살 다뤄주겠다고 약속하지."

가운데 이 사이가 벌어진 입이 더 활짝 웃었다. "친절한 말씀이군. 사실 난 우리 둘 다 그런 수고를 할 필요가 없게 손쓸 생각이거든. 내일 신문엔 이렇게 실릴 거야. 너희가 피츠 하우스에 무단 침입했다가 붙들렸다고. 내 팀이 저지하려 했으나 너흰 저항했지. 충돌이 발생했어. 인명 피해가 생겼고." 웃음기가 사라졌다. 루퍼트 경이 부하들에게 손가락을 튕겼다. "가서 죽여."

일제히 쳐드는 검이 다른빛을 받아 반짝였다. 남자들이 안으로 조여들었다.

---

* 여자의 머리에 맹금의 몸을 가진 괴물.

"오케이, 퀼." 록우드가 말했다.

수레에 엎어져 있던 형상이 한 팔을 들었다. 킵스가 뻣뻣한 손을 휘둘러 외투를 걷자, 그의 옆에 눌려 있던 무기들이 줄줄이 나왔다. 우리가 엄선한 달걀 모양 화염탄과 전기총이 검고 매끈하고 칙칙하게 빛났다. 조지가 총을 들고 안전장치를 풀었다. 그가 발사한 지그재그 광선이 루퍼트 게일 경의 가슴에 명중하며 그를 공중으로 빙글빙글 날려버렸다. 그사이 나머지 우리도 화염탄을 하나씩 집어 들었다. 몸을 돌려 겨냥하고 던졌다. 남자들이 아니라 그들 뒤의 기둥들을 노렸다. 화염탄 세 개가 동시에 터졌다. 결과는 기대 이상이었다.

유물 기둥의 은유리는 그 안에 갇힌 방문자들의 악명 높은 성향상 두껍기로 유명했다. 그러나 그들보다 약한 유령들의 군집 전체를 박멸하도록 고안된 달걀 화염탄은 그 은유리조차 박살 냈다.

거대한 유리 조각들이 터져 나왔다. 바다 위 빙하가 전복되듯 파편들이 뒤집혔다. 마그네슘 화염이 눈부시게 번쩍인 최초의 폭발 뒤, 흰 연기가 받침 접시 모양 구름처럼 옆으로 뭉게뭉게 피었다. 떨어지는 유리와 퍼지는 연기의 대혼돈 속에서 마침내 풀려난 유령들이 우르르 덤벼들었다.

거기, 롱 휴 헨래티의 근육질 형체가 있었다. 발목뼈가 다 잘린 발의 발끝으로 활보했다. 거기, 피투성이 소녀가 있었다. 피 묻은 잠옷을 입고 눈먼 채 기었다. 그리고 거기, 무시무시한 모르덴 소리정령이 있었다. 깨진 찻주전자를 탈출한 상태였다. 뚜렷한 형체는 없었지만 자기 기둥의 파편들을 들어 올려 뒤집힌 원뿔 모양으로 빙빙 돌렸다. 그게 근처에서 악을 쓰는 루퍼트 경의 부하를 붙들어 서까래로 날려버렸다. 롱 휴 헨래티의 요괴가 섬뜩하게 옆으로 폴짝거리며 다녔다. 체스판 위를 움직이는 기사 말처럼. 부근에 있던 두 남자의 몸을 그대로 통과하며 심령의 냉기로 심장을 멈춘 뒤, 내게도 뛰어들었을 거다. 조지의 총격에 깜짝 놀라 껑충 뛰어서는 달아나지 않았다면.

록우드는 내내 고개를 숙이고 있었다. 킵스의 수레를 있는 힘껏 미는 중이었다. 부서진 기둥 사이를, 돌진하는 유령과 꽥꽥거리는 인간 사이를 활강했다. "출구로 이동해!" 그가 외쳤다. "멈추지 말고 가! 붙들리면 안 돼!"

우리는 그와 함께 달렸다. 보조를 맞추려 애썼다. 공포에 질린 남자들 몇이 살아보겠다고 도망쳤다. 다른 이들은 여전히 우리를 쫓았다. 내가 한 명에게 레이피어를 휘둘렀다. 그가 옆으로 뛰어 피했다가 롱 휴 헨래티의 앙상한 팔에 붙잡혔다.

"아, 그래." 해골 목소리가 말했다. 나는 녀석을 옆구리에 아직도 끼고 있었다. "본격적인 학살의 현장. 이런 게 진짜 인생이지."

나는 대답하지 않았다. 사람들의 고함 소리, 유령들의 부엉부엉 소리와 꺅꺅 소리, 화염탄이 터지고 진동하는 소리로 머릿속이 꽉 차 있었다. 홀리가 기둥을 또 하나 박살 낸 참이었다. 조지는 실성한 듯 춤추며 전기총을 쏘고 또 쐈다.

"맙소사." 나는 헐떡거리며 달렸다. "저 소리들 진짜…."

"이 영혼들이 허세가 좀 있네." 해골이 말했다. "저 부엉부엉이랑 꼬꼬댁 소리 말야. 내가 그러는 거 본 적 있어? 좀 물어보자. 도대체 이 세상 품격은 다 어디 간 거지?"

모르덴 소리정령이 빙글빙글 돌며 지나갔다. 천장에서 샹들리에를 뜯으면서. 그게 또 다른 기둥과 정면으로 충돌해 아침 식사 달걀마냥 깨트렸다. 그리고 이제 소리정령이 우리 앞을 막았다. 록우드가 수레를 옆으로 꺾었다. 우리도 방향을 바꿔 계속 나아갔다.

저 앞 소용돌이치는 그림자에서 얼굴과 몸이 검게 그을리고, 머리칼이 무슨 이국의 과일 껍질이라도 되는 양 뻗친 루퍼트 게일 경이 비틀비틀 나타났다. 그가 검을 내들었다.

"멈춰." 그가 외쳤다. "멈춰서 싸워!"

저돌적으로 달리던 우리는 속도를 늦춰 자리에 섰다. 루퍼트 경과 싸울 생각이어서가 아니라 그의 뒤에서 점점 커지는 가늘고 파란 다른빛을 봐서였다. 파리한 얼굴이 가까이 흘러왔다. 컴벌랜드 플레이스의 피투성이 소녀는 아홉 영혼 중 가장 느리고 조용한 편에 속했다. 접근하면서 아무 소리도 내지 않았고, 이제 그 가늘고 파리하고 피 묻은 팔로 슬금슬금 루퍼트 경의 목을 감아 자기 쪽으로 당기면서도 아무 소리를 안 냈다. 그녀의 이빨 삐죽한 입이 환영이라도 하듯 쩍 벌어졌다. 그 모습이 꼭 먹이를 삼키는 심해 물고기 같았다. 그녀가 루퍼트 경을 끌어안자, 그 즉시 푸른 정맥 같은 얼음이 그의 살갗을 쫙 타고 내려갔다. 루퍼트 경의 팔다리가 경련하고 버둥거렸다. 뭐라 말하려 했지만 꾸르륵거리는 소리를 내며 어둠 속으로 끌려갈 뿐이었다.

"봤지?" 해골이 하소연하듯 말했다. "저게 내가 하고픈 거라고. 나름 정직한 노동이야. 난 왜 저런 재미도 못 봐야 해?"

"어서." 록우드가 다시 움직이기 시작했다. "거의 다 왔…." 그가 경고조로 외쳤다. 모르덴 소리정령이 깨트린 기둥이 엎어지고 있었다. 우리 쪽으로 쓰러졌다. 기둥이 가까워지는 모습이 내 눈에 느린 화면으로 보였다. 나는 옆으로 비켜났다. 록우드와 내 친구들은 반대쪽으로 피했다. 우리 사이로 기둥이 쓰러지고 내 뒤에서 박살 났다. 파란 다른빛이 뿜어져 나왔다. 허공에 떠 있는 액체 같았다. 나는 주변을 둘러봤다. 소용돌이치는 연기 속에 아무도 없었다. 근처에서 폭발이 일었다. 유령들이 울부짖었다.

깨진 기둥 파편 사이에서 은은하고 흰 줄기들이 생겨나고 있었다. 흐르듯 한데 모여선 땅딸막하고 덩치 좋은 형체가 됐다. 눈구멍이 뻥 뚫린. 두툼한 손엔 톱날 칼을 쥐었다. 클래펌 도살자 소년이 크고 둥근 머리를 빙글 돌려 나를 봤다.

"오오, 튀는 게 좋을지도 모르겠어, 루시." 해골이 말했다. "기억하지. 놈이 네 팬이란 거."

굳이 되새겨 줄 필요 없는 사실이었다. 도살자가 킥킥거렸다. 놈이 내게 향하는 걸 제대로 보기도 전에 나는 이미 공황에 빠져 몸을 돌리곤 혼돈의 전당을 가로지르고 있었다.

그야말로 이리 뛰고 저리 뛰었다. 김 뿜는 유리를 와지끈 밟았다. 유령접촉을 당해 그중 일부는 벌써 퉁퉁 부어오르고 파랗게 변한 피츠 사람들의 몸뚱이를 뛰어넘었다. 내 뒤에서 손에 칼을 쥔 은은하고 흰 형상이 스르르 따라왔다.

자욱한 연기와 섬뜩한 빛들 탓에 내가 어디로 가는지 알 수 없었다. 나는 방향감각을 완전히 상실했다. 친구들도 출구도 찾을 수 없었다. 산산조각 난 기둥 근처를 비틀비틀 걸어 다녔다. 기둥 저편에서 희미한 녹색 요괴가 쇠사슬에 묶이고 두 눈이 분노로 이글거리는 남자의 형상을 하고선 바닥에 확 수그렸다. 헤엄이라도 치려는 듯. 그러더니 내 옆에서 불쑥 솟아오르며 손으로 갈퀴질했다. 나는 놈을 검으로 베고 펄쩍 뛰어 물러났다. 그러다 문득 저 앞의 아치 출입구를 발견했다. 거기로 냅다 뛰어들었고, 종이들이 흩어진 복도를 내려갔다. 공간은 비어 있었다. 다들 도망치고 없었다.

나는 갑자기 멈춰 섰다. 내가 있는 곳이 어딘지 깨달았다. 불꽃이 타오르는 주춧돌 아래 검과 꽃으로 장식된 유골함이 놓여 있었다. 유화 속 진지한 눈의 아이들이 나를 지켜봤고, 저 끝에선 엘리베이터

문 여섯 개가 기다렸다. 다섯 개는 구리색, 하나는 은색이었다. 나는 스트랜드가로 나가는 정문에서 아예 멀어져 있었다. 그 대신―공황 속에서―길을 되짚어 건물 깊숙한 곳으로 다시 돌아온 거였다. 여긴 전몰 용사들의 전당이었다. 엘리베이터들이 있는.

나는 뒤쪽 복도를 쳐다봤다. 클래펌 도살자가 보이진 않았으나, 저 멀리 어딘가에서 미친 듯 킥킥거리는 섬뜩한 소리가 들리긴 했다. 나는 복도에 서서 호흡을 가다듬고 내 사고력이 돌아오기를 기다렸다.

"그러니까 길을 잘못 들었네." 해골이 말했다. "잘했어. 네 친구들은 지금쯤 빠져나가서 차랑 크림빵을 즐기고 있을 텐데. 솔직히 넌 망한 듯. 내 계산에 따르면 정문으로 가기까지 최고 기량의 2급령*을 최소한 일곱은 잡아야 해." 멀리서 폭발음이 들렸다. "여덟이네. 기둥 하나가 더 결딴났으니."

나는 아무 말도 하지 않았다. 그래. 록우드와 다른 이들은 나갈 거다. 그건 확실했다. 그들이 킵스에게 필요한 도움을 구할 거다. 우리의 운은 계속될 거다.

"도살자 소년 말야," 해골이 말을 계속했다. "잠복해서 기다릴 게 확실해. 놈을 상대할 거야?"

"아니." 내가 말했다. 냉정하고 강한 확신이, 그간의 억눌린 분노가 나를 가득 채웠다. "아니, 안 그럴 거야."

"아주 현명해. 그럼 여기 앉아서 울고 있으려고?"

"이상하게 들리겠지만, 그러지도 않을 거야." 나는 은색 엘리베이터로 다가갔다. "그보다 나은 게 있거든."

24

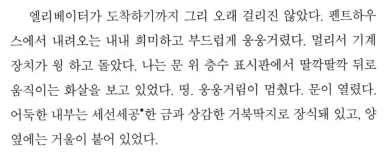

엘리베이터가 도착하기까지 그리 오래 걸리진 않았다. 펜트하우스에서 내려오는 내내 희미하고 부드럽게 웅웅거렸다. 멀리서 기계 장치가 윙 하고 돌았다. 나는 문 위 층수 표시판에서 딸깍딸깍 뒤로 움직이는 화살을 보고 있었다. 땡. 웅웅거림이 멈췄다. 문이 열렸다. 어둑한 내부는 세선세공*한 금과 상감한 거북딱지로 장식돼 있고, 양옆에는 거울이 붙어 있었다.

나는 안으로 들어가 문을 보고 섰다. 옆구리에 낀 유령단지의 위치를 조정하고 7층 버튼을 눌렀다.

문이 닫혔다. 감지가 거의 불가능하게 엘리베이터가 올라가기 시작했다.

"올라갑니다." 해골이 말했다. "다음 층은 날붙이, 조미료, 속옷 매장입니다."

우리는 문을 물끄러미 보며 서 있었다. 거기에도 거울이 달려 있었다. 그 거울과 은은하고 따뜻한 천장 조명 덕분에 나는 피곤에 쩐

---

* 가는 금줄들을 비틀거나 구부려 무늬를 만드는 공예 기법.

내 사랑스러운 모습을 오래오래 감상할 수 있었다. 살갗은 푸석하고 병색이 흘렀으며, 머리칼은 보고도 못 믿을 각도로 뻗쳐 있었다. 옷은 찢기고 더러웠다. 이 어느 것에도 별 신경이 안 쓰였다. 내 눈에서 불길이 활활 타올랐다.

아름다운 엘리베이터였다. 호화롭고 무척 오래됐다. 특별 승객만을 위한 전용 엘리베이터였다. 그 안 공기에서 진동하는 강한 향수 냄새가 내겐 무척이나 익숙했다.

"마리사의 향기." 해골이 말했다. "가까워지고 있어." 놈은 경쾌한 곡조를 흥얼거리며 거울 속 자기에게 온갖 부담스러운 표정들을 지어댔다.

나는 재킷 옆을 젖히고 벨트의 장비를 점검했다. 일단 검이 있었고, 망치랑 철가루 산탄통도 두어 개 보였다. 주머니엔 은제 사슬망이 하나 들어 있었다. 그게 다였다. 화염탄은 없었다. 손수레에서 총이든 폭탄이든 챙길 시간이 없었다…. 괜찮았다. 검이면 될 거였다.

"자, 그러니까," 2층을 지나는데 해골이 말했다. "시간 있을 때 얘기 좀 해봐. 왕언니를 만나면 어쩔 생각이야?"

나는 대답하지 않았다. 층수 표시판만 올려다봤다.

"내 의견은 이래. 그 여잘 놀라게 해서 허를 찌르는 게 중요하잖아. 그치? 자, 네가 발가벗고 뺨에는, 어느 뺨인지는 알아서 하시고, 숯 칠한 몰골로 엘리베이터에서 달려나가 실성한 거처럼 고래고래 소리치고 폴짝폴짝 뛰는 거보다 더 놀라운 건 세상에 없을 거야. 기절초풍한 여자가 의자에서 일어나기도 전에 네 검으로 머리통을 날려버릴 수 있을걸. 내 신명 나는 웃음은 덤이고. 어때?"

"멋지네. 구미가 영 당기는데." 화살이 4층을 가리켰다.

얼굴이 나를 곰곰이 살폈다. "계획이 있긴 한 거지? 그치?"

"상황따라 할 거야."

이상한 일이었지만 그때 내겐 공포도, 의심도, 후회도 없었다. 이렇게 끝나도록 정해진 거였다. 내 사람들은 건물 밖으로 나갔다. 그들이 떠나는 걸 내 두 눈으로 직접 봤다고 해도 될 정도로 확신했다. 록우드는 안전했다. 그가 날 찾아 돌아오려 애쓰리란 걸 뻔히 알았지만, 그에겐 먼저 보살펴야 할 킵스가 있었고, 그 일이 정리될 때쯤엔 이미 내가 모든 걸 끝장냈을 터였다. 나와 마리사 단둘이. 애초부터 이렇게 될 운명이었던 거다.

엘리베이터가 5층을 지나고 6층을 지났다…. 기계장치가 느려지는 소리가 들렸다.

나는 서리에 타버린 신발을, 치마와 찢어진 레깅스를, 옆에 유령 손자국이 남은 낡은 재킷을 내려다봤다. 다시 거울을 보며 머리칼을 좀 정리했다. 그 모든 일들을 겪은 뒤 나 자신을 보자니 근사했다. 나란 사람을 되새기는 게 근사했다. 나는 루시 칼라일이었다.

땅! 벨이 발랄하게 울리며 우리 위치를 알려줬다. 엘리베이터는 흔들림이 거의 없이 멈췄다.

문이 부드럽게 열리는 사이, 나는 검을 뽑았다.

차라리 딱이란 생각이 들었을 거다. 방 가운데 붉은 카펫이 깔려 있고, 사악한 왕좌 양옆에 고개 숙인 아첨꾼들이 늘어선 장면이 펼쳐졌더라면. 하지만 실제로 내가 본 건 의자 두엇이 놓인 조그만 현관 홀 혹은 대기실로, 장식이라곤 벽에 걸린 무난한 현대미술 액자 몇 개가 전부였다. 하지만 바로 앞이 양문형 출입구인 데다, 한쪽 문이 살짝 열려 있었다. 안에서 밝고 생기 넘치는 빛이 뿜어져 나왔다. 또다시 강렬한 꽃향기가 났다. 나는 레이피어를 더 힘주어 쥐고 문을 밀며 안으로 들어갔다.

들어가 보니? 왕좌는 없었다. 아첨꾼도 없었다. 거긴 최고 경영자의 사무실이었다. 무척 커다란 사각형 공간에 푹신한 흰색 카펫이 깔리고, 벽을 따라 등받이가 낮은 소파들이 배치돼 있었다. 모두가 각지고 현대적이며, 편안함보다는 세련미에 치중했다. 소파 각각에 딸린 유리 테이블에 책과 잡지가 흩어져 있었다. 현대미술 작품들―그림과 조그만 거치대에 놓인 못생긴 조각상―이 더 있었고, 천장까지 닿는 벽 거울들이 상당히 많아 그렇잖아도 큰 방이 더 커 보였다.

방 저쪽 끝에 난 넓고 깊은 창이 템스강을 내다보고 있었다. 밤이었고, 강은 런던의 밝게 보석 박힌 강둑 사이를 흐르는 깊고 검은 띠 같았다. 이처럼 높은 곳에서 보는 런던은 어쩌나 아름다운지. 검고 찬란하게 뻗어 있는 게. 항마등의 예쁜 빛들이 별처럼 반짝였다. 저 아래 땅의 불완전함은 모두 제거되고 없었다. 그 안의 사람들도 보이지 않았다. 산 자든 죽은 자든.

방의 핵심 구역은 창문 옆이었다. 거기 거대한 떡갈나무 책상이 놓여 있었다. 책상에는 책과 서류가 높이 쌓여 있고, 그 옆 벽면을 따라 책장과 금고 두어 개, 옷장만큼 길쭉하고 무척 커다란 나무 보관장이 서 있었다. 한번 슥 보는 걸로 나는 이 모두를 파악했지만, 그중 어떤 것에도 관심이 없었다.

나는 책상 뒤에서 나를 기다리는 것을 보고 있었다.

두 형상이었다.

흑발에 미소를 머금은 여자. 그리고 그녀의 어깨 가까이에 둥둥 떠 있는 유령.

피츠는 검은 가죽 의자에 앉아 있었다. 느긋해 보였고, 그렇게 불쑥 나타난 나를 보고도 거리에서 우연히 옛 친구라도 마주친 양 태연했다. 그녀가 저 세상에서 입었던 모자 달린 은제 망토는 흔적도 없었다. 그 대신 진녹색 원피스에 하이힐 차림이었다. 한 팔은 책상에 얹고, 다른 팔은 무릎에 자연스레 내려놨다. 그야말로 매끈하고 기품 넘치는 여성 사업가의 이미지였을 거다. 그녀 부근에서 춤추는 황금빛 광채, 그녀 옆을 맴도는 그것에서 흘러나오는 빛이 아니었다면.

그처럼 가까이서 봐도 유령 에스겔의 생김새는 그날 저녁 일찌감치 봤던 것과 다름없이 여전히 좀 모호했다. 빛을 발하는 형상의 머리 위에서 화염의 관이 춤췄다. 시선을 똑바로 해서는 그를 알아보기 힘들었다. 곁눈으로 봐야 성인 남자 크기의 늘씬하고 우아한 형체가 공기 중에 떠 있구나 하는 정도였다. 그는 아무 소리도 내지 않았으나 거기서 나오는 차가운 힘은 느낄 수 있었다. 그의 옆에서 기다란 빛의 가닥들이 뻗어 나와 의자에 앉은 여자를 에워싸고 오징어 다리들처럼 쉼 없이 움직였다.

단지 속 유령이 불안함에 꿈틀거리는 게 느껴졌다. 귓속에서 웬일로 직설적인 속삭임이 들렸다. "조심해…."

의자에 앉은 여자가 여유롭게 손을 들었다. "환영해요, 루시! 어서 들어와요. 문간에 몰래 서 있지 말고."

그녀의 목소리는 깊고 듣기에 좋았다. 차분하고 자신만만했다. 나는 천천히 걸어나갔다. 내 거뭇한 신발이 카펫을 긁었다. 양옆에 선 거울이 내 누더기 같은 형상을, 앞으로 내뻗은 검을, 야생의 부랑아 같은 기운을 비췄다.

"이쪽으로 와요." 피츠가 다시 말했다. "방문객을 위한 의자가 있어요." 그러고는 손가락을 딱 퉁기며 책상 근처의 범포 안락의자를 가리켰다. "앉아요. 루시랑 얘기하고 싶어요."

"잘됐네요." 내가 말했다. "나도 당신이랑 얘기하고 싶은데."

나는 의자에 앉는 대신 그녀와 조용히 부유하는 영혼에게서 몇 걸음 떨어진 곳에 멈춰 섰다. 영혼이 내뿜는 냉기는 놈의 빛보다도 강렬했다. 거기 너무 가까이 가고 싶지 않았다.

마리사 피츠가 크고 검은 눈으로 나를 지켜봤다. 그녀의 검은 머리칼은 언제나처럼 풍성하고 찰랑거리며 흠잡을 데 없이 정리돼 있었다. 나는 그녀가 자신의 아름다움을 얼마나 중히 여기는지 갑작스레 이해하게 됐다. 이 방의 거울들이 괜히 있는 게 아니었다. 창문들은 런던을 향해 나 있었지만, 펜트하우스 전체는 그녀를 향하고 비췄다.

"검이라뇨?" 피츠가 불쑥 말했다. "날 놀라게 하네요, 루시." 그녀의 눈이 내 옆구리의 단지를 발견했다. "그 병에 든 혐오스러운 건 또 뭐고요? 애완용 관망자? 단지 속 파리한 악취*?"

유령단지가 내 팔 아래서 맹렬히 진동했다. "이봐!" 해골이 떽떽거렸다. "거짓말 하지 마! 당신 나 알잖아!"

해골 목소리를 들었는지 어쨌는지 피츠는 아무 내색도 하지 않았다. "몹시 피곤해 보여요, 루시." 그녀가 생글거리며 말을 계속했다. "하지만 언제나처럼 루시의 진취성은 많이 놀랍네요. 여긴 어떻게 왔어요? 엘리베이터? 정문의 보안은 어떻게 뚫었죠?"

"네, 엘리베이터 타고 왔어요. 그리고 솔직히 그 보안이란 게 아직껏 존재할지는 잘 모르겠네요. 아래층에 일이 좀 있어서요. 근데 사실 난 정문으로 온 것도 아녜요. 지하에서 올라왔죠."

피츠가 멈칫했다. 그녀의 눈이 나를 찬찬히 살폈다. "아, 그렇군요. 그랬다면 꽤 먼 길을 왔겠어요. 루퍼트 경이 안심하라던데. 루시는 절대로 저 세상에 못 넘어간다고. 이따금 루퍼트 경이 참 바보 같을 때가 있죠. 아무튼 루시에겐 박수를 보내요."

나는 희미하게 웃었다. "루퍼트 경한테 또다시 실망할 걱정은 이 제 안 해도 돼요. 다 끝났어요, 마리사. 우린 당신의 정체를 알아요."

나는 그 이름에 그녀가 어떤 반응이라도 하길 기대했다. 눈이라도 조금 커지든가 하는.

"마리사?" 그녀가 나른한 미소를 지었다. "날 왜 그렇게 불러요?"

"우린 당신이 퍼넬로프가 아니란 걸 아니까요. 당신 책을 읽었어 요. 『오컬트 이론』요. 뭐, 정확히는 조지가 읽은 거지만. 나머지 우린 미치광이의 헛소리를 헤집고 다니는 게 별로거든요. 그 점에서 조지 는 무난해요. 웬 실험실 조수의 회고록이라도 읽을걸요. 콘플레이크 먹을 때 옆에 있기만 하면. 조지가 얘기해 줬어요. 불멸에 관한, 그리 고 저 세상 영혼들한테 빼앗은 엑토플라즘으로 육체적 젊음을 되찾 는 문제에 관한 당신 이론을요."

"오, 조지가 그걸 읽었단 말이죠?" 마리사가 손가락으로 무릎을 톡톡 두드렸다.

나는 고개를 끄덕였다. "당신의 '젊음의 묘약'요, 마리사. 우린 당 신이 젊음을 되찾는 데 성공했단 걸 알아요. 당신의 재등장을 설명하 기 위해 퍼넬로프 피츠의 삶을 꾸며냈다는 것도. 그리고 당신이 플라 스마를 얻으려 저 세상에서 쓰는 그물들도 봤어요. 플라스마를 넣는 실린더랑…. 우리가 유일하게 못 알아낸 건 일단 플라스마를 얻으면 그걸로 뭘 하느냐는 거예요. 마시나요? 목욕을 해요? 아님 엉덩짝에 다 연고처럼 바르나? 뭐예요?"

"마시지." 여자가 말했다. "아님 모두가 그저 이론일 뿐이든가."

"말도 안 되는 거짓말." 나는 둥둥 떠 있는 영혼 방향으로 검을 들 었다. 그는 완벽히 잠잠했다. 마리사 등에서 부드럽게 일렁이는 황금 광선을 빼면. 그의 광채 한복판에서 두 개의 음울한 금빛 눈동자가 나를 지켜봤다. "조지가 당신의 조언자에 대해서도 얘기하던데요." 내가 말했다. "이름이 에스겔이라고."

이 말에 영혼이 들썩였다. 광선이 요동치고 밝아졌다. 강한 바람이 방을 휩쓸었다. 책상에 놓인 종이들의 가장자리를 들어 올리고, 저 멀리 테이블에 있는 잡지들의 귀퉁이를 사락거렸다. 은은하고 벨벳 같은 목소리, 어찌 보면 그의 광채처럼 금빛이 연상되기도 하는 소리가 형상에게서 흘러나왔다. 그가 말했다. "이게 그 여자앤가?"

마리사가 자기 동반자를 올려다봤다. 그녀의 얼굴에서 추앙이, 그와 동시에 경계심이, 더 나아가 공포심이 읽혔다. "맞아, 에스겔."

"고집불통이군. 제멋대로고."

"그 재능을 가졌어."

"그럴지도. 하지만 그 재능을 어찌 쓰고 있나? 어떤 유령과 어울리는지 좀 봐." 한 줄기 빛이 뻗어 나와 내 팔 아래 유령단지를 쏘셨다. "이 흉물, 이 음탕하고 혐오스러운 것…."

해골이 빽 소리쳤다. "뭐? 이리 와서 얼굴 보고 말해! 네놈의 엑토플라즘에 내 발을 닦아주마! 네놈을 갈가리 찢어 화장실 휴지로 쓰겠어! 음탕? 어디서 감히!"

마리사는 의자에 꼿꼿이 앉아 있었다. 깊은 생각에 잠긴 듯했다. 손목에서 대롱거리는 녹색 보석 팔찌를 만지작거렸다. "그 재능을 가졌어." 다시 말했다.

"그럼 제안을 해. 하지만 서둘러. 우린 아래층에서 할 일이 있어." 에스겔이 말했다.

내가 앞으로 나섰다. "당신 제안 원치 않거든요."

"그렇대도," 마리사 피츠가 말했다. "제안을 해보긴 하지." 그러고는 자리에서 벌떡 일어났다. 그녀는 나보다 키가 크고 아주 아름다웠다. 환하게 반짝이는 금색 다른빛 속에서 동화에 나오는 여왕 같아 보였다. 지금은 미소를 짓고 있었고, 머리칼 위 아우라*가 다이아몬드마냥 밝게 빛났다. "루시, 우린 몹시 비슷해. 너랑 난."

"아닌 거 같은데."

"우리 둘 다 유령과 대화해. 죽은 자의 미스터리를 탐구해. 둘 다 저 세상을 걸었고, 인간의 눈엔 금지된 것들을 봤어. 네 재능은 나만큼 위대해. 그걸 우리가 공유할 수 있어. 훨씬 더 많은 것들을 공유할 수 있어." 미소가 환해졌다. "영생 말야, 루시. 영생이 네 게 될 수 있어. 나와 함께한다면."

그때 나는 봤다. 마리사가 의자를 떠나 내게 걸어오지만, 부유하는 동반자 곁을 벗어났지만 여전히 놈의 광휘에 매여 있단 걸. 금빛 광선들이 마치 쇠사슬처럼 그녀를 속박하고 있었다. 문득 찰리 버드가 떠올랐다.

내가 말했다. "근사한 제안이네요. 하지만 당신 옆에서 빛나는 그게 내 마음에 드는지 잘 모르겠어서."

마리사가 미소를 지었다. 기다랗고 검은 머리칼을 만지작거렸다. "네게도 널 이끌어주는 3급령이 있잖아. 내겐 내 것이 있는 거고. 그치? 우린 비슷해."

"루시는 취향이 훌륭하단 것만 빼면." 해골이 껴들었다. "당신은 기억 못 하나 본데, 언니야, 내가 오래전에 당신이랑 얘기한 적이 있거든. 당신한테 지혜의 말씀을 해줬고, 우린 꽤 교양 있는 대화를 나눴지. 그러고는 어떻게 됐더라? 난 이 단지 속에서 썩고 있어. 당신은 거기 그 황금 소년이랑 살림을 차린 사이에. 당신이 뭐라 변명하든 간에 그건 명백한 실수야."

"닥쳐, 괴화*!" 빛을 발하는 영혼이 장엄하게 타올랐다. "마리

396

사를 방해하지 마라. 그녀가…"

"미안, 내가 방해를 좀 많이 하긴 해. 그치? 아이쿠, 칠칠치 못하긴! 방금 또 해버렸네."

짜증 섞인 으르렁거림이 들렸다. "네가 그 단지 속에 들어 있지 않았으면," 금빛 목소리가 말했다. "네 플라스마를 갈아 없앴을 게다."

"그래? 근데 그게 혼자 힘으로 되겠어?"

마리사의 눈이 가늘어졌다. 그녀가 처음으로 유령단지를 내려다봤다. "때마침 네가 기억나는구나, 사악한 영혼아. 난 네가 회피적이고, 건방지고, 지능이 떨어진다고 생각했지."

단지 속 얼굴이 인상을 썼다. "정말? 다른 해골이랑 헷갈린 거 아니고?"

"아니, 제대로 기억하는구먼 뭘." 내가 말했다.

"퍽도 고맙다." 해골이 대꾸했다.

"이 불쾌한 해골은 어차피 내 관심 밖이었어, 루시." 마리사가 말했다. "수많은 결점도 결점이지만, 내겐 이미 사랑하는 에스겔이 있었거든. 조그만 아이 때 그를 발견한 이래로 에스겔은 내게 놀라운 것들을 보여줬어. 모든 일에서 나를 인도했지. 내가 톰 로트웰과 함께 출처를 실험하게 이끌었어. 저 세상을 처음 탐구할 수 있었던 것도 그의 통찰 덕분이었고."

마리사는 옥팔찌가 반짝이는 팔을 들었다. 에스겔의 금빛 광선이 그녀의 손가락을 장난스레 휘감았다. 마리사가 소리 내 웃었다. 그 소리가 어쩐지 거칠었다. 천천히, 알아차리기 힘들게 나는 조금 더 가까이로 움직였다. 그녀와의 거리를 재는 중이었고, 그녀를 쓰러트리려면 얼마나 도약해야 할까 보고 있었다. 그녀가 가까이 있길 바랐다. 그러면서도 그녀의 존재에 불안을 느꼈다. 웃음을 터트리는 눈에 어둠이 있었다. 그 속에서 뭔가가 움직이는 듯, 별개의 뭔가가 표면으로 떠올라 나를 응시하는 듯했다. 그녀 머리칼에서 노니는 금빛 아우라가 꼭 라 벨 댐 사 메흐씨가 썼던 왕관 같았다.

그게 아니더라도 마리사는 이래저래 라 벨 댐을 떠올리게 했고.

"톰 로트웰은 느렸고, 내게 방해가 됐어." 마리사가 말을 이었다. "에스겔의 말을 안 들었지. 더 깊은 진실들을 이해하지도 못했고. 하지만 넌 할 수 있어, 루시. 너라면 할 수 있다고. 지금껏 내 옆에 앉는 영광을 누릴 만한 이는 너 말고 아무도 없었어."

"말이 되게 많다. 그치, 루시?" 해골이 말했다. "저 여자랑 어울리기 시작하면 따분해 죽을 거 같은데."

"응. 그럴 거야." 그 말과 함께 나는 앞으로 뛰어올랐다. 마리사 옆을 겨냥해 있는 힘껏 검을 휘둘렀다. 하지만 내가 바랐던 그림대로는 흘러가지 않았다. 검이 느려지고 느려지더니 몸서리가 나게도 그녀의 목에서 몇십 센티 떨어진 위치에서 멈춰버렸다. 검을 더 가까이 들이밀려 안간힘을 썼지만, 공기 자체가 끈끈한 느낌이었다.

"네게서 그 유혹부터 제거하게 해주렴." 마리사가 말했다. "에스겔?"

금빛 형상이 한 팔을 들어 올렸다. 휘몰아치는 공기가 나를 때리고 밀쳤다. 나는 벽 근처 나무 보관장 옆면에 충돌했다. 그 충격에 허파에서부터 올라오는 헉 소리와 함께 카펫에 엎어졌다. 유령단지와 검을 떨어트렸다. 또 한번의 돌풍이 레이피어를 잡아 바닥 저쪽으로 밀어버렸다.

나는 숨을 헐떡이고 욕을 뱉으며 힘겹게 몸을 일으켰다. 온 삭신이 아팠다. 마리사가 서서 나를 보고 있었다.

"오늘 밤 왜 여기에 왔다고 생각해, 루시?" 그녀가 부드럽게 말했다. "왜 혼자 올라온 걸까? 그리고 아니," 바닥에서 분노의 콧방귀가 들린 참이었다. "단지 속 관망자는 없는 걸로 치고. 왜 네 친구들 없이 너만 왔을까? 뭣보다도 네 매력덩어리 록우드 없이? 네가 '정말로' 날 처치할 수 있다고 생각해서일 리 없지. 아니, 거기엔 더 깊은 이유가 있어. 넌 외로워, 루시. 네겐 동반자가 필요해. 네 깊은 욕망을 이해하고 함께 나눌 누군가가 필요하다고. 네 친구들은 귀중하지. 물론이야. 그들 나름으론 그래. 그것까지 부정하진 않아. 하지만 그들만으론 부족해. 그들은 죽음을 향한 네 두려움을 이해 못 해. 오히려 악화시키지! 네가 너무도 잘 알다시피 록우드의 무모함은 사실상 자살 행위야. 그가 느끼는 공허가 그를 무덤으로 데려갈 거야. 하지만 어떻겠어, 루시? 네 힘으로 그의 생명을 '구할' 방법들이 있다면? 네 곁에서 언제나 함께하게 만들 수 있다면? 그와 네가 나처럼 영원히 젊을 수 있다면?"

나는 입술에서 피를 닦았다. 보관장에 부딪힌 충격으로 아직껏 몸이 떨렸다. 그 통에 등 뒤에서 보관장 문이 열리고 살짝 벌어졌다. 그리고 이제 금빛 형상이 내게로 스르르 흘러오고, 마리사도 가까이 다가오고 있었다. 그녀의 향기에 제압당하는 것만 같았다.

"끝내야 해." 에스겔이 말했다. "어떤 식으로든."

"자, 루시?" 마리사가 미소를 지었다. "내 제안 들었지. 어떻게 하겠어?"

나는 레이피어를 찾았다. 아니, 너무 멀리 있다. 유령단지는 바닥에 있고, 해골이 거꾸로 뒤집힌 채 내게 눈을 흡떴다. 다른 무기는 없었다. 내가 뭘 할 수 있나? 어쩜 저 보관장에 뭐라도 있을지 모른다. 총, 폭탄, 저 세상용 장비…. 머릿속엔 오로지 그 생각뿐이었다.

내가 말했다. "그럼 내게 생명의 묘약을 줄 건가? 록우드한테도?"

흑발의 여인이 어깨를 으쓱했다. "넌 그게 당장은 필요 없잖아. 앞으로도 수년 동안은 그럴 테고. 하지만 그 비법을 너랑 공유할 거야. 넌 여기서 살 거고. 우리가 런던을 지배할 거야."

"오르페우스 협회는? 저 세상을 넘어 다니는 그 사람들은?"

마리사가 고개를 가로저었다. "그 인간들은 바보야. 어둠 속 엉터리들이지. 그들 누구도 진짜 진실은 몰라. 네겐 모든 걸 말해줄게. 에스겔이 저 빛으로 널 보호할 거야. 하지만 네 대답을 먼저 들어야겠지, 루시?"

나는 몸을 꼿꼿이 세웠다. 통증을 느껴가면서 (거의) 170센티에 달하는 몸을 쭉 폈다. 얼굴에서 흰머리를 밀어 치웠다. "마리사, 제안은 고마워요. 하지만 당신이 그 모두를 포장지에 곱게 싸서 준대도, 내 몸무게만큼의 보석을 덤으로 준대도 그걸론 부족해요."

마리사의 얼굴이 어두워졌다. 혼령의 금색 빛 사이에서 검은 줄들이 번개처럼 쩍쩍 갈라지며 깜빡거렸다.

"내가 그랬지." 에스겔이 말했다. "고집불통이라고. 자, 그럼…."

"부족해요." 내가 말했다. "난제로 파괴된 수없이 많은 인생들, 유령에 맞서 싸우다 목숨을 잃은 조사관들에 비하면 턱도 없죠. 저 세상 영혼들에게 당신이 가하는 고통에 비해서도 그렇고. 그처럼 많은 영혼들이 차라리 이승으로 돌아오기로 하는 것도 어쩜 당연하죠! 난 이 모두를 두 눈으로 똑똑히 봤어요. 내 친구들이 다치는 걸 봤어요. 죽어가는 걸 봤다고요! 그러니까, 제안 고마워요, 마리사. 하지만 됐어요. 세상 무슨 수로도 내가 당신과 함께하게 만들 순 없을 거예요. 그 대가로 내 목숨을 내놔야 한대도 기쁜 마음으로 받아들이죠."

그 말과 함께 나는 뒤꿈치로 빙글 돌아 보관장 문을 활짝 열어젖혔다.

총? 검? 무기?

아니.

하지만 보관장이 비어 있진 않았다. 거기서 본 것에 내가 비명을
질렀고.

25

그건 시신이었다.

오해는 마시라. 나는 온갖 모양과 크기와 상태의 시신을 참 많이도 봤다. 그건 우리 일의 일부고, 딱히 열광할 것까진 아니지만 그렇다고 기겁할 것도 아니었다. 그리고 비명? 난 원래 그런 거 안 키운다. 하지만 이거? 이게 그토록 충격적이었던 건 일단 너무 뜻밖이기도 했거니와 그 자체만으로도 너무 끔찍했고, 더불어 내가 안다고 생각했던 모든 걸 무너트렸기 때문이다.

시신은 보관장 속 황금 거치대 비슷한 것에 똑바로 선 채 고정돼 있었다. 기다란 몸뚱이 전체를 금막대와 고정쇠 여럿이 지탱하면서 검고 쪼그라든 살덩이가 내려앉지 않게 막고 있었다. 아무리 그렇대도 시신의 상태는 상당히 안 좋았다. 머리만 해도 일부가 사라지고 없었다. 일단 왼눈, 그리고 왼쪽 뺨과 턱, 두개골 대부분이 없었다. 나머지 부위에서는 거멓고 눅신한 껍질 같은 살갗이 얼굴의 흔적을 그런대로 유지했다. 흑발은 길게 자랐고, 뼈만 앙상한 목은 털 뽑힌 칠면조 목을 연상시켰다. 그 밑으로 보이는 상체도 상태가 나쁘기는 마찬가지였다. 온통 메마르고 야위고 뒤틀린 게 꼭 홀리가 감자칩 대신

먹는 그 섬뜩한 구운 야채 어쩌고 하는 걸 닮았다. 몸통 표면은 식은 용암처럼 딱딱하고 검었으며, 살갗의 갈라진 틈새로 갈비뼈 두어 개가 튀어나와 있었다. 팔다리라고 해봐야 뼈에다 탄력 없고 종잇장 같은 피복을 씌운 것에 지나지 않았다. 이들을 제자리에 고정시키려 군데군데 나사를 박아뒀다. 보관장 속 그것은 뚫리고 묶이고 걸리고 조여져 있었다. 시신을 짓궂게 흉내 낸 것처럼도 보였다. 누레진 이빨이 내게 싱글거리고, 눈구멍은 모든 빛을 빨아들였다.

그중 어떤 것도 진짜 충격은 아니었다만.

그럼 진짜 충격이 뭐였느냐. 그게 마리사였단 거.

시신은 마리사 피츠였다. 머리 절반이 없었어도 나는 대번에 알아봤다. 매부리코, 턱과 이마, 쓸어 넘긴 머리칼. 그건 온갖 조각상과 책, 우표에서 보는 얼굴이었다. 피츠의 묘 지하 석실에서 보게 되리라 예상했던 얼굴이었다. 모든 게 정상적이고 자연의 섭리대로 흘러갔다면, 죽은 자가 죽은 자의 자리에 머물고 산 자가 산 자의 자리에 머물렀다면 석실에서 보게 됐을 얼굴이었다.

"오," 해골이 말했다. 놈은 내 발치에 놓인 단지 속에서 없는 목을 길게 빼고 보관장 안을 제대로 보려 기를 쓰고 있었다. 지금껏 듣던 중 가장 주춤거리는 목소리였다. "거참… 뜻밖이네."

"놀랐어?" 내 뒤의 여자가 목쉰 소리로 조그맣게 웃었다. "불쌍한 루시. 정말 거의 다 맞췄는데 말야. 몸을 돌려 날 봐."

나는 보관장 속 공포를 등지고 그 말쑥하고 멋스러운 펜트하우스에 나와 함께 서 있는 두 공포를 마주 봤다. 유령 에스겔이 어느새 더 가까이 흘러와 있었다. 아까 같은 금빛 광채는 이제 없고, 더 어둑한 남자 모양의 형체가 돼 있었다. 그에게서 잔물결 쳐 나와 여자의 몸을 휘감는 광선에 검은 섬광이 섞여 얼굴 윤곽에 그림자를 드리웠다.

그런데도 그녀는 웃고 있었다.

"난 무척 어렸어, 루시." 그녀가 말했다. "『오컬트 이론』을 쓰던 당시에 말야. 아주 어렸지, 지금 너처럼. 친애하는 에스젤의 가르침으로 난 이승을 떠난 자들의 정수가 생명 유지에 도움이 된단 걸 알았어. 그게 내 육신을 젊게 하고, 어여쁘고 어리게 지켜줄 줄 알았지. 그렇게 생각하고 저 세상으로의 여행을 시작했어. 내게 필요한 플라스마를 얻는 기법 일부를 네가 본 거고. 난 이내 알게 됐어. 에스젤의 말이 사실이란 걸. 그 정수를 흡수해 내 기력을 정말로 다시 채울 수 있단 걸. 그리고 영혼 또한 강해진단 걸." 그녀의 검은 눈이 내 눈을 살폈다. "하지만 문제가 있었어!"

"당연히 문제가 있지." 내가 맞장구쳤다. "당신이 하던 게 잘못된 동시에 미친 짓이란 게 문제야. 그건 그렇고 이 에스젤이란 건 도대체 뭔데? 어떤 종류의 유령인데? 놈을 어디서 주웠지?"

여자가 팔을 들어 손목에 찬 옥팔찌를 두드렸다. "고대 무덤 근처 땅속에 묻혀 있던 걸 찾았어. 에스젤은 나이가 많아, 루시. 네가 결코 모를 것들을 알고. 그는 왕국의 흥망성쇠를 봐왔어. 죽음을 저버렸어. 죽음을 거부해. 그건 나 역시 그렇고."

금빛 형상이 내게 더 가까이 떠왔다. 놈의 에는 듯한 냉기가 내 살갗에서 불탔다. "얘긴 그만." 놈의 굵직한 목소리가 말했다. "여자애는 우리랑 달라. 미스터리를 부정해. 죽음을 원해. 자기 입으로 그렇게 말했어. 원대로 해줘야 해."

"아니." 여자가 말했다. "일단 이해부터 시키고. 그게 말야, 루시. 저 세상을 드나들면서 내 '영혼'은 강해졌지만 '육신'은 점차 시들었어. 조기 노화가 시작됐어. 결국 나 대신 저 세상에 가줄 사람들의 도움을 구해야 했고. 그 시작이 오르페우스 협회의 친구들이었던 거야.

그들은 가장 믿을 수 있는 존재란 걸 오랜 세월에 걸쳐 증명했지. 협회원들은 나와 같은 꿈에 감화됐고, 이곳 지하에서 다양한 실험을 하고 있어." 그녀의 미소가 옅어졌다. "그들 입장에선 당연한 일이지. 결국 난제가 사업에 돈을 대고 부를 유지해 주니까. 하지만 그들도 나이가 많으니 마음이 자꾸만 급해져. 내가 한때 그랬던 거처럼 불멸을 좇고, 육신의 젊음을 유지하려 하지. 그게 답이 아니란 걸 그들은 이해 못 해."

"그래서 뭔데?" 내가 물었다. 빛나는 영혼은 이제 너무도 가까웠다. 놈의 힘이 내게 와 부딪히고 나를 옭아매는 게 느껴졌다. 그럼에도 여자가 말하는 동안 나는 유령접촉으로부터 내 정신을 지켜냈다. 내 뇌는 질주하고, 상황을 평가하고, 공격과 탈출의 선택지들을 검토했다. "그 답이란 게 뭐야?"

"흉한 꼴을 보게 될 분위기야." 해골이 말했다. "내 말 명심해."

마리사가 내게 몸을 숙였다. "내가 알게 된 건 이거야. 인간의 몸은 절대 도움이 안 돼. 인간의 몸은 매번 널 실망시켜. 하지만 네 영혼이 충분히 강하다면…." 그녀가 얼음장처럼 차가운 손으로 내 얼굴을 건드리고 뒤로 물러났다. "방법이 있긴 해."

그리고 그녀에게 희한한 일이 벌어졌다. 뭐랄까, 거대한 엄지가 점토 인형의 얼굴을 옆으로 쭉 밀어 늘리는 장면을 보는 듯했다. 그녀의 코와 입, 눈과 광대뼈―이목구비 전체―가 잠시 번지고 왜곡됐다. 뭔가가 거기서 몸을 빼서 나오려는 양. 이윽고 휙 제자리로 돌아가는가 싶더니 그 얼굴 옆으로 두 번째 얼굴이 나오기 시작했다. 그녀에겐 얼굴이 두 개였다. 하나는 보통 인간의 것에, 다른 하나는 희미하며 그 너머가 그대로 들여다보이는! 처음에 둘은 거의 완벽하게 겹쳐져 있었으나, 서서히 분리돼선 마침내 반투명하고 유령 같은 머리가 번데기에서 나오는 야밤의 곤충마냥 나타나서는 인간의 얼굴 옆에 떡 하니 떠 있었다. 둘 중 뭐가 더 끔찍한지는 우열을 가리기 힘들었다. 혼령의 눈 속에서 사악하게 깜빡이는 지성인지, 아님 산 자의 눈 속에 갑작스레 깃든 죽음인지.

퍼넬로프 피츠로 알려진 여자의 얼굴은 축 늘어지고 우둔했으며, 숨소리는 새삼스레 요란하고 들쑥날쑥했다. 그럼 그 옆의 얼굴은? 퍼넬로프의 얼굴과 가족처럼 닮은 구석이 있긴 했다. 그것만큼은 사실이었다. 얼굴 하관의 생김새하며 이마의 헤어라인하며…. 하지만 그걸 빼면 마리사 피츠의 영혼은 매부리코와 황폐한 주름살, 피츠 묘의 흉상에서 봤던 혹은 『피츠 지침서*』 표지에 인쇄된 오만하고 고압적인 바로 그 얼굴을 가지고 있었다. 그건 내 뒤의 보관장에 간직되고 부패하고 파괴된 얼굴과도 같았고.

"이게 뭔 일이래." 바닥의 단지에서 해골이 말했다. "이건 진짜 예상 못 했네."

나는 숨죽여 욕했다. 뭔가 역하고 기이한 걸 마주한 사람이 그러는 것처럼 본능적으로 한 걸음 물러났다.

"저 여자가 마리사란 건 첨부터 알았는데." 해골이 말했다. "하지만 그건 저 속에 든 걸로만 판단한 거였지. 내가 그렇게 얘기했잖아? 난 본 대로 판단하는 해골이라고. 내 눈에 보이는 게 마리사의 영혼이면, 몸뚱이 또한 마리사라고 생각하는 거지! 저 여자가 다른 누군가를 무단 점유했을 줄은 또 몰랐네."

혼령머리 아래의 희미하고 흐릿한 부분에서 놈의 목과 어깨가 퍼넬로프 피츠의 움직임 없는 몸과 합쳐졌다. 마리사의 입이 움직였다. 목소리가 나왔다. 희미하고 탁탁거렸다. 연결 상태가 안 좋은 전화기 너머 소리처럼. "무단 점유?" 혼령머리가 말했다. "그보단 훨씬 밀접해. 훨씬 완벽한 결합에 가깝다고! 보이지? 내가 손을 올리고 싶으면," 퍼넬로프의 왼팔이 들리더니 우리에게 쾌활하게 손짓했다. "딱 되지. 발을 움직이고 싶으면," 기다란 다리가 자세를 바꾸고, 말려 올라간 치맛자락을 손이 내렸다. "움직이잖아. 난 친애하는 퍼넬로프의 육신에서 더할 나위 없이 아늑하게 살고 있어. 우린 하나야." 혼령머리가 우리에게 씩 웃었다. 그 옆에서 인간의 머리가 사랑받지 못하는 인형 머리처럼 옆으로 툭 떨어졌다.

"그러니까… 그러니까 퍼넬로프가 실존 인물이었단 말야?" 내가 물었다.

"내 손녀였어. 맞아."

"당신이 꾸며낸 줄 알았는데."

"전혀."

내가 까칠하게 말했다. "살아 있던 사람을 당신이 죽인 거구나."

혼령머리가 혀를 찼다. "쯧쯧. 내가 죽인 건 개 '영혼'이지. 육신에서 몰아냈으니까. 육신은 멀쩡히 살아 있고 번성하는 중이야. 네 눈으로 아주 잘 보다시피. 그건 내 문제에 대한 극도로 실용적인 해법이었고, 내가 앞으로도 오래오래 지속되게 해줄 거야. 자, 잠깐 실례할게. 이것 좀 다시 쓰고."

혼령머리가 인간의 머리 옆에다 코를 대고 섬뜩하게 비비적거리더니 쑥 밀고 들어갔다. 순식간에 사라졌다. 퍼넬로프의 머리가 홱 젖혀지더니 입에서 침이 질질 흘렀다. 두 눈에 지성이 되돌아왔다. 여자가 손을 들어 입을 닦았다.

"극악무도한 짓이야." 내가 말했다. "사악한 범죄라고."

"아, 뭐." 마리사가 말했다. "보기엔 이상하지. 인정해. 하지만 장점이 단점을 크게 능가해. 게다가 나한테 달리 무슨 수가 있었겠어?

내 육신은 이미 오래전에 닳아 못 쓰게 됐는데. 네 뒤의 보관장에서 보다시피. 결국 죽음이 다가왔고, 난 의지력 하나로 버티고 있었어. 내 치료를 담당했던 의사는 멍청이였어. 날 그냥 관에 넣어 묻어버릴 판이었지! 하지만 삶을 원했던 내 영혼은 분노했어. 죽음을 받아들이는 대신 살아 있는 수단, 내 친애하는 손녀 퍼넬로프에게로 옮겨간 거야. 그 당시엔 아직 어린애였던 퍼넬로프한테. 난 그 애 몸이 자라도록 몇 년을 기다려야 했어. 그동안 내 딸 마거릿에게 회사를 억지로 떠맡겼지." 얼굴이 불쾌하게 일그러졌다. "마거릿은 정신도 육신도 약해빠졌었어. 조직 차원에서 훌륭한 대리인은 못 됐지. 다행히도 난 곧… 마거릿을 제거하고 회사를 다시 장악했어."

"마리사…." 에스켈이 말했다. 금빛 가닥들이 경고조로 들썩였다.

여자가 고개를 끄덕였다. "에스켈의 인내심이 다해가네. 널 끝장내고 싶어 하거든. 여기서 더 할 말이 뭐가 있겠어? 넌 그나마 모든 걸 알고 죽는 거야. 난 네게 모두 말했거든."

"다는 아니지." 해골이 껴들었다. "하나가 남았어, 루시. 마리사한테 저 섬뜩하고 늙은 몸뚱이가 더는 필요 없다면 뭐 하러 저렇게 보관하는 거지?"

내 말이 그 말이었다. 거기서 내 최후의, 필사적인 아이디어가 나왔다. 금빛 영혼이 나를 죽이러 다가서고 있었다. 빛의 가닥 하나가 촉수처럼 굽어 흘러왔다. 나는 몸을 수그려 피했고, 그러면서 손을 뒤로 뻗어 보관장에 집어넣었다. 뒤틀리고 거뭇한 시신을 지탱하는 거치대를 붙들고 비틀어 뜯어낸 다음 통째로 당겼다. 시신이 보관장에서 엎어지며 나를 스치고 바닥을 힘껏 때렸다. 다리 하나가 떨어져 나갔다. 마리사가 고통과 분노로 울부짖었다. 시신을 잡으려 몸을 날렸고, 금빛 촉수가 후다닥 뒤로 물러나며 공간을 만들어줬다.

나? 유령단지를 집어 들고 전속력으로 엘리베이터를 향해 달렸다. 그리 멀리는 못 갔다.

펜트하우스 전체에서 공기가 폭발했다. 소파와 테이블이 움직이고 종이와 잡지들이 솟구쳤다. 유령단지와 나는 고꾸라져 카펫 위를 굴렀다.

나는 몸을 비틀어 다시 일어났다. 어깨 너머를 돌아보니 시신은 벌써 보관장에 들어가 있었다. 종이들이 둥둥 떠서는 이리저리 쓸려다녔다. 그것들을 뚫고 두 형상이 다가오고 있었다. 빛나는 영혼과 진녹색 원피스를 입은 여자가.

에스겔이 한 손을 흔들었다. 내 뒤 벽 거울들이 쩍쩍 갈라지고 깨졌다. 유리가 무너져 내리진 않았다. 파편들이 빙글 돌아 밖을 향했다. 거기서 몸을 빼내려 애쓰는 양 진동했다. 거대하고 들쭉날쭉한 유리 조각이 떨어져 나오더니 가로로 떨어지는 우박마냥 내게 돌진했다.

"아, 또야, 또." 나는 엄폐물을 찾아 내달렸다. "이런 소리정령 스타일 짜증 나!"

유리가 내 주변 공기를 찢었다. 나는 가장 근처 소파 위로 몸을 날려 뒤쪽 바닥으로 떨어졌다. 그렇게 소파와 벽 사이에 끼어 누워 있는데, 유리가 비처럼 쏟아지며 소파 저편 쿠션들을 난도질했다. 유독 기다란 파편의 끝이 소파 등받이를 관통해 들어와 내 귀 바로 위에서 멈췄다. 한차례 공세가 끝났다. 유리 조각들이 카펫에 떨어졌다. 마리사의 구두 굽이 그걸 와지끈와지끈 밟는 소리가 들렸다.

손에서 놓친 유령단지가 내 옆에 가로로 누워 있고, 놈의 얼굴이 내 얼굴을 마주 보고 있었다. 평소보다 근사해 보였다면 거짓말이겠지만, 놈의 찡그린 표정은 아마도 실패로 끝난 미소였을 거다.

"지금이 그때란 거 알지, 루시." 해골이 말했다.

나는 놈을 가만히 봤다. "다른 수가 있을 거야."

"그런 거 없어. 삼십 초 내로 넌 죽어."

나는 납작 엎드려선 소파 밑에다 대고 눈을 가늘게 떴다. 그래, 저기 마리사의 하이힐이 유리 깔린 카펫을 건넌다. 옆에서 에스겔의 광채가 반짝인다. 카펫 위 영혼이 지나는 자리마다 조그맣고 뒤틀린 얼음이 생겨난다. 금빛 촉수들이 내 은신처를 느끼고 찾아온다. 정말 쉴 틈이 없다.

"네 벨트에 망치가 있어." 해골이 말했다. "그걸 써."

얼굴에서 피가 난다. 엉덩이 바로 위에서도. 그러니까 유리에 다치긴 한 거다. 옆구리 느낌이 이상하다. 싸늘하고 내 몸 같지 않다. 나는 씩 웃었다. "그건 진짜 비상사태를 기다렸다 쓸 거야."

"오케이, 좋아. 그리고 그 비상사태를 기다리다 흉한 소파 뒤에서 죽어버리지 그래. 먼지 덩어리랑 집게벌레랑 사람들이 잃어버린 동전 틈에서. 그러고 싶어?"

"아니."

첫 번째 촉수가 소파 밑을 쑤셨다. 빛을 내면서도 매섭게 차가웠다.

"저 마귀 할망구가 이기면 좋겠어?" 해골이 물었다.

"아니."

"날 믿어?"

나는 놈을 쳐다봤다. 흉물스럽고 기분 나쁜 얼굴을 보는 게 아니었다. 저 세상에 서 있던 그 냉소적이고 머리칼이 삐죽삐죽한 소년을 떠올렸다.

"응." 내가 말했다. "비슷해."

"그럼 빌어먹을 유리를 깨."

나는 더듬더듬 벨트의 조그만 망치를 찾아 헤맸다. 손가락이 피로 축축했고, 손에서 망치 자루가 자꾸만 미끄러졌다. 겨우 붙잡아 뽑았다.

이미 너무 늦다시피 했다.

내 앞 소파가 움직였다. 처음엔 천천히, 다음엔 느닷없고 격렬히. 심령의 힘이 그걸 옆으로 치워버렸다. 내 위치가 그대로 노출됐다. 벽에 등을 기댄 나는 무릎에 유령단지를 놓고 망치를 쥐었다.

적들이 다가왔다.

어찌 보면 둘 중 누가 산 자고 누가 죽은 자인지 알기 힘들었다. 둘은 딱 붙어 움직였다. 마리사 피츠의 어둑한 원피스가 옆의 형상이 내뿜는 다른빛으로 반짝였다. 그 빛 속 그녀의 얼굴이 오히려 유령 같았다. 몸의 윤곽은 금빛 촉수들에 자욱하니 둘러싸여 이상하게도 실체가 없는 존재처럼 느껴졌다. 반면 그녀 옆에서 광채를 흩뿌리며 미소 짓는 유령은 인간에 가깝게 형체가 뚜렷해 보였고, 활력으로 가득했다.

"불쌍한 루시." 마리사가 말했다.

그때 내가 확실히 불쌍해 보이긴 했던 것 같다. 나는 내 피를 깔고 앉아 있었다. 흘러내린 머리칼이 눈을 덮었다. 옷은 찢기고 더러웠다…. 나머지는 말 안 해도 알 테고. 나는 눈을 가늘게 뜨고 그들을 올려다봤다.

"목숨을 구걸하지 않을 건가?" 에스겔이 물었다.

"않을 거야." 마리사가 말했다. "끝내자고."

형상이 앞으로 흘러왔다. 나는 유령단지를 들어 보였고, 멈칫하는 에스겔의 모습에 흡족했다.

"그 한심한 영혼으로 뭘 어쩌려고?" 마리사가 말했다. "그래 봐야 허깨비 수준일 텐데."

"그보단 강해. 하지만 상관없어. 갇혀 있는걸." 에스겔이 말했다.

"아니." 내가 말했다. "사실은 아니거든."

그 말과 함께 나는 망치를 쳐들고 있는 힘껏 단지를 내려쳤다.

그리고 그 멍청한 게 그냥 튕겨나갔다. 아주 조그맣게 흠집을 내긴 했지만 그걸 뺀 모든 게 전과 같았다.

단지 속 유령은 엄청난 충격에 대비라도 하듯 잔뜩 긴장해 있던 참이었다. 놈이 한쪽 눈을 뜨고 나를 올려다봤다. "뭐 하는 짓이야? 이것도 못 깬다고 말하진 말아줄래!"

"있어봐." 나는 단지를 다시 내려쳤다. 망치가 다시 튕겨나갔다.

"오오오, 넌 정말 아무짝에도 쓸모가 없구나." 해골이 말했다.

쌓여가는 공황 속에서 나는 다시 시도했다. 이번 타격은 전보다도 더 보잘것없었다.

도저히 못 믿겠다는 양 해골의 입이 떡 벌어졌다. "최악이야! 아장거리는 꼬맹이가 쳐도 깨질 것을!"

"나한테 뭐라 하지 마!" 내가 포효했다. "이 멍청한 망치를 쓰라고 제안한 건 너야!"

"네가 그것도 제대로 못 들게 약골인 줄은 몰랐지! 미리 말을 하지 그랬어!"

"내 평생 은유리는 깨본 적이 없단 말야! 얼마나 힘든지 내가 알 게 뭐야?"

"그냥 저기 저 죽은 바퀴벌레한테 넘겨라! 걔가 너보단 성공 확률이 높겠다."

"오, 그놈의 주둥이 좀 닫아주실까?"

"이거 참," 마리사가 말했다. "재밌네. 하지만 모든 좋은 것들엔 끝이 있는 법이지. 안녕, 루시. 네가 죽은 뒤엔 네 동료들을 찾아내 에스겔이 뼈에서 살을 쪽쪽 빨아내는 걸 구경할 거야. 네 사랑 앤서니가 당하는 꼴을 상상하며 죽으려무나."

"오," 목소리가 말했다. "수고롭게 그럴 거 없이 지금 여기서 끝을 보지."

마리사가 빙글 돌았다. 에스겔은 더 천천히 돌았다. 놈의 광채가 분노로 검게 타올랐다. 나는 고개를 들었지만 굳이 안 보고도 뭘 보게 될지 알았다. 그건 내가 바랐던 전부이자 두려웠던 전부였다.

현관홀로 나가는 문이 열려 있었다. 거기, 록우드가 서 있었다.

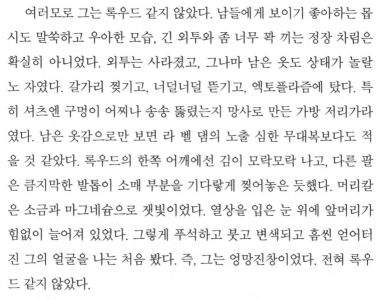

26

여러모로 그는 록우드 같지 않았다. 남들에게 보이기 좋아하는 몹시도 말쑥하고 우아한 모습, 긴 외투와 좀 너무 꽉 끼는 정장 차림은 확실히 아니었다. 외투는 사라졌고, 그나마 남은 옷도 상태가 놀랄 노 자였다. 갈가리 찢기고, 너덜너덜 뜯기고, 엑토플라즘에 탔다. 특히 셔츠엔 구멍이 어찌나 송송 뚫렸는지 망사로 만든 가방 저리가라였다. 남은 옷감으로만 보면 라 벨 댐의 노출 심한 무대복보다도 적을 것 같았다. 록우드의 한쪽 어깨에선 김이 모락모락 나고, 다른 팔은 큼지막한 발톱이 소매 부분을 기다랗게 찢어놓은 듯했다. 머리칼은 소금과 마그네슘으로 잿빛이었다. 열상을 입은 눈 위에 앞머리가 힘없이 늘어져 있었다. 그렇게 푸석하고 붓고 변색되고 흠씬 얻어터진 그의 얼굴을 나는 처음 봤다. 즉, 그는 엉망진창이었다. 전혀 록우드 같지 않았다.

그럼에도 그 순간의 록우드는 더할 나위 없이, 그의 상태를 고려할 때 도저히 믿기지 않을 정도로 완벽히 그다웠다. 레이피어를 잡는 방식부터 문간에 서 있던 당시의 태평스러운 자세, 입꼬리를 맴돌던 옅은 미소, 검게 반짝이며 방을 훑는 눈, 공포를 흡수하고 아무 두려움도 내비치지 않는 그 눈까지 모든 게 그였다. 다른 무엇보다도 그 특유의 밝음과 가벼움이 그랬다. 활력과 빛(허공을 떠다니는 영혼의 흉악한 금빛 촉수보다 훨씬 강하고 순수한)을 발산하는 동시에 신체적으로도 자신을 둘러싼 모든 것보다 가볍고, 무슨 부력이라도 받는 듯 붕 떠 보였다. 그러고 보면 그는 늘 나머지 우리보다 상황의 무게에 덜 얽매였다. 삶의 장력에 덜 휘둘렸다. 이런 자질들은 그의 상징과도 같았다. 종이에 찍힌 워터마크처럼 그를 관통했다. 지금은 그 어느 때보다도 더욱 그랬다. 표면의 흠집을, 긁히고 찢기고 뜯긴 상처들을, 기력이 다한 육신을 모두 초월했다.

그냥 그렇게 문간에 서 있는 것만으로 그는 마리사의 한계를 증명했다. 몸을 바꿔가면서, 가장 가까이의 가장 어여쁜 껍데기로 옮겨가 젊음을 유지하려는 기괴한 노력 따위 집어치워라. 하려면 이렇게 하는 거다. 영혼의 강력함은 이렇게 지키는 거다. 죽음은 이렇게 똑바로 쳐다보고 맞서는 거다. 록우드는 나를 구하겠다고 싸움을 거듭하며 여기까지 올라왔고, 아래층의 모든 유령을 지나왔고, 완벽한 순간에 도착했다. 나는 그 모두를 이해했다. 피투성이에 무방비 상태로 벽에 기대앉아서. 그리고 그런 이유로 나는 그를 사랑했다. 내 심장이 노래했다.

그리고 정말이지 나는 록우드가 여기 있기를 원치 않았다.

"안녕, 루시." 나와 눈이 마주치자 그의 미소가 싱긋 웃음이 됐다. "재미 좀 보고 있어?"

"아주 좋은 시간을 보내고 있지."

"보니까 그런 거 같네." 록우드가 카펫을 가로질러 다가왔다. 깨진 유리와 흩어진 잡지 사이로 조심스레 발을 내디뎠다. 왼손에는 총신이 짧은 전기총을 쥐었다. 그의 눈길은 마리사와 유령에 붙박여 있었고, 그들을 불안하게 하는 게 총인지 록우드인지 모르겠으나 아무튼 둘 다 꿈쩍하지 않았다.

"네 편 해줄 사람 필요해?" 록우드가 내게 물었다.

나는 그에게 웃어 보였다. "언제나."

내 무릎 위 단지에서 은근한 구역질 소리가 났다. "너희 둘 때문에 속이 다 사납다." 해골이 말했다. "그렇대도 록우드 자식 타이밍 하난 끝내주네. 그건 인정해야겠어."

타이밍. 그래, 록우드는 확실히 그렇다. 난 아니고.

나는 끝내 일을 마무리하지 못했으니까.

마리사는 말했었다. 내가 펜트하우스에 홀로 온 덴 더 깊은 이유가 있다고. 내가 자기와 힘을 합치길 원했기 때문이라고. 뭐, 반은 맞는 얘기였다. 더 깊은 이유가 있긴 했다. 이제야 겨우 나는 그걸 진정으로 이해했고. 나는 혼자서 끝내고 싶었던 거다. 록우드를 빼놓고 하고 싶었던 거다. 이제 그는 여기 있었고, 그런 그를 보는 기쁨과 안도감에도 불구하고 오랜 공포가 다시 내 어깨를 내리눌렀다. 그건 터프넬 극장의 운세 기계에서 나온 점괘들을 먹고사는 공포였고, 묘지에서 그를 기다리는 빈 무덤의 기억에 덕지덕지 붙어 있는 공포였다. 또한 다른 무엇보다도 록우드의 얼굴을 한 유령, 록우드가 날 위해 죽으리라 말했던 놈과의 만남에서 비롯된 공포였다.

그런 이유로 내 심장이 노래하고 내 심장이 절망했다. 그러고 보면 이런 감정의 조합을 나는 록우드 주변에서 늘 느꼈다. 하지만 그는 여기 있었고, 그 사실은 절대 달라지지 않았다. 그리고 나는 더 이상 카펫에 엉덩짝이나 붙이고 있지 않을 거였다. 억지로 몸을 일으켰다. 유리에 다친 옆구리에 피가 흥건했다.

움직이기로 마음먹은 게 나만은 아니었다. 에스켈의 금빛이 눈에 띄게 약해졌다. 화염의 관과 그의 형상을 중심으로 회전하는 빛의 가닥들이 어둑해지다 못해 거의 검은색이 돼 있었다. 그것들이 뻗어 나왔다. 쏜살같이 록우드를 향했다. 그가 총을 들어 발사했다. 수평으로 쭉 뻗어나간 번개가 영혼의 몸을 관통했고, 가슴 한복판을 들쭉날쭉 태우고 뚫었다. 에스겔이 섬뜩한 곡소리를 내며 방을 가로질러 책상 근처까지 후퇴했다. 그와 마리사를 밧줄처럼 연결하고 있던 촉수가 홱 당겨지며 가늘어졌다. 그녀가 고통스레 꺅 소리를 지르며 부랴부랴 동반자 쪽으로 향했다. 하이힐이 유리 파편 위에서 자꾸만 미끄러졌다.

록우드가 내게로 걸어왔다. 손을 뻗었고, 레이피어를 잡는 손으로 나를 만졌다. "다쳤잖아." 그가 말했다.

"심하진 않아."

"킵스도 그렇게 말했었지."

"킵스! 킵스는 어떻게…?"

"구급차에 태웠어. 모르겠어, 루스…. 아슬아슬한 상태였잖아. 구급차가 출발할 때까지도 웬 심술궂은 소리들을 늘어놓고 있었으니까 괜찮지 않을까 싶어." 그가 방을 쭉 훑고 저쪽에 피해 있는 두 형상을 봤다. "그래서, 저기 있네…. 내가 알아야 할 게 있어?"

"몇 가지. 저 유령은 소리정령처럼 물건을 움직일 수 있어. 놈의 출처는 마리사가 차고 있는 팔찌고. 마리사의 영혼이 퍼넬로프의 몸에 들어가 빙의한 상태긴 한데, 원래 몸도 저 보관장에 넣어두고 있어. 어째선지 그게 꼭 있어야 하는 거 같아. 그 정도가 전부야."

"훌륭한 요약이야. 넌 여기서 기다려." 록우드가 나를 보고 씩 웃었다. "화내지 마! 말이 그렇단 거야! 네가 귓등으로도 안 들을 거 알아."

내가 미소로 답했다. "그게 뭐 어제오늘 일이라고 새삼스레. 에스겔 조심해."

"나한텐 총이 있잖아. 난 조지보단 사격 실력이 좋아. 녀석은 아래층에서 반스의 머리를 날릴 뻔했다니까."

"반스? 반스가 왜 있어?"

"응. 플로랑. 플로가 경위를 데려왔어. 나중에 얘기해 줄게."

록우드는 내게서 멀어지며 총을 쐈고, 그 통에 마리사가 비명을 지르면서 거대한 화분 뒤로 몸을 날렸다. 전기 광선이 나뭇가지에 불을 붙였다. 카펫 일부가 타들어 가고 있었다. 책상 근처에서 에스겔은 플라스마를 복구하느라 정신없었다. 놈이 혼령바람을 일으켜 밖으로 밀어냈다. 전에 나를 겨냥했던 두 번의 바람보다 폭발력은 덜했지만 여전히 강했다. 록우드는 어찌어찌 두 발로 버텨냈다. 그가 다시 총을 쐈다.

방 중간쯤에 떨어져 있는 내 레이피어가 보였다. 그걸 가지러 가다 멈췄다. 바닥에 놓인 유령단지를 내려다봤다. 그 안 얼굴은 돌아가는 상황이 이래저래 언짢은 눈치였다.

"뭐, 더는 날 여기서 꺼내줄 필요가 없겠구나." 해골이 말했다. "사랑하는 록우드. 어쩌나 제때 딱 맞춰 나타나선 모든 걸 근사하게 정리해 주시는지."

"그렇긴 하지." 나는 단지를 들고 가장 가까운 테이블로 갔다.

"나 같은 쓰레기랑 어울릴 거 뭐 있어. 록우드 뒤나 졸졸 따라다니라고."

"조만간 그럴 거야." 테이블 위 잡지는 모두 날아갔으나 조그만 석상은 남아 있었다. 기하학적 알갱이들이 입체파가 그린 말똥 더미마냥 섬뜩하게 쌓인 피라미드였다. 나는 테이블에 내려놓은 단지를 옆으로 눕히고 석상을 집어 들었다.

유리 너머 얼굴은 조롱하는 표정이 한창이었다. 그러다 뭔지 모를 걸 봤는지 갑자기 멈췄다. "그건 뭐 하려고? 마리사한테 던지게?"

나는 석상을 머리 위로 쳐들었다.

"말똥 화석으로 머리통을 까는 것도 저 여잘 처리하는 기똥찬 방…." 해골이 말을 잃었다. 놈의 얼굴이 일순간 움직임을 멈췄다.

나는 눈을 감고 내가 동원할 수 있는 모든 힘을 짜내 단지 옆을 거세게 내리찍었다. 쩍 소리가 나고, 코를 찌르는 듯한 냄새가 풍기고, 쉬익 하는 소음이 이어졌다. 석상을 들어 올려 다시 내려쳤다.

"이봐! 조심하라고! 그런 식으로 하다간 두개골을 깨트릴 수도 있어!"

곁에서 목소리가 들렸다. 나는 이제 혼자가 아니었다. 마르고 잿빛에다 머리칼이 삐죽삐죽한 십 대가 옆에 서 있었다. 그는 탁하고 반투명했지만 그래도 저 세상에서 봤을 때보단 훨씬 선명했다. 밑을 내려다보니 단지 한쪽이 완전히 내려앉아 있었다. 깨진 틈새에서 파리한 녹색 이코르가 새 나와 둥실둥실 떠올라선 안개처럼 퍼져나갔다. 길게 나부끼나 싶더니 십 대의 물질과 합쳐졌다.

낡은 갈색 두개골이 망가진 단지 바닥에서 나를 올려다보며 히죽거렸다.

나는 석상을 옆으로 던졌다. "자. 나왔어."

유령이 나를 가만히 보고 있었다. "정말 했네…. 정말 했어. 그럴 필요가 없었는데도…."

"맞아. 그럼, 난 좀 바빠서…." 록우드가 다시 에스겔에게 총을 쏜 참이었지만, 이번엔 빛나는 형상이 상체를 옆으로 구부려 공격을 피했다. 놈은 슬슬 힘을 회복 중인 듯했다. 어둠의 촉수들이 록우드를 노렸으나 그가 검 끝으로 모두 쳐냈다. 마리사는 안 보였다. 나는 내 레이피어 쪽으로 내달렸다.

"네가 무슨 짓을 벌인 건지 알기나 해, 루시?" 해골이 내 뒤에서 외쳤다. "이제 넌 죽었다 깨나도 날 못 막아! 난 자유야! 널 죽일 수도 있어. 록우드 자식도 덜컥 죽여놓을 수 있다고…."

"물론이지!" 나는 뒤돌아보지 않았다. "맘대로 해!"

나는 해골에게 더는 신경 쓰지 않았다. 그 대신 바닥에서 검을 집어 들었다.

록우드는 레이피어를 부드럽게 휘둘러 가며 돌진해 들어오는 촉수들을 베는 중이었다. 나도 몇 개 처치했다. 록우드의 총구에서 검은 연기가 피어올랐다.

"배터리가 거의 다 됐어." 록우드가 말했다. "아래층에서 도살자 소년이랑 싸울 때부터 썼거든. 저기 저 에스젤만 좀 안 봐도 살겠는데, 루스. 네가 마리사한테서 출처를 빼내는 게 좋겠어. 할 수 있으면."

나는 결연히 고개를 끄덕였다. "문제없어."

그러고는 마리사를 찾으러 갔다. 폭주하는 유령이 몸부림치고 휘몰아치는 곳과는 멀찌감치 거리를 두며. 네 발로 엎드린 마리사를 찾아냈다. 그녀는 얼굴에 머리칼을 치렁치렁 늘어뜨린 채 책상 저편을 따라 바닥을 기고 있었다. 그 뒤에 서랍 혹은 모종의 비밀 공간이 있었던 모양이었다. 그녀가 다시 자리에서 일어났을 땐 손에 레이피어를 쥐고 있었으니까.

마리사 피츠는 하이힐을 벗어버리고 내게 걸어왔다. 그토록 사랑스럽던 얼굴이 이제 그다지 좋아 보이지 않았다. 어째선지 윤곽이 더는 그리 완벽하지 않았다. 광대뼈는 너무 높은 듯했다. 턱은 너무 돌출됐다. 그 속에 도사린 늙은 여자의 혼령이 들여다보이기라도 하는 것처럼.

나도 그녀 쪽으로 움직였다. 옆구리 통증은 무시하면서.

"이봐, 마리사." 내가 말했다. "전할 얘기가 있어. 아까 말하는 걸 깜빡했지 뭐야. 그 의사 있지? 당신 대신 무덤에 묻힌? 닐 클라크, 맞나? 전에 그자의 유령을 만났어. 당신 안부를 묻던데." 나는 표현을 정정했다. "사실, 당신 좀 데려오라던데. 당신과의 재회를 간절히 바라고 있어."

순간적으로 굳은 여자의 얼굴이 꼭 우리 집 벽에 걸려 있던 오래된 가면 같았다. 그녀의 손이 씰룩이며 손목의 녹색 보석이 달랑거렸다. 이윽고 그녀가 정신을 수습했다.

"오, 이런. 딱한 닐. 아직도 그 아래에 있던가? 여전히 굶주려 있고? 안타깝게 됐군."

"조만간 당신 눈으로 직접 보게 되지 싶은데."

마리사가 얼굴을 찡그렸다. "너 다쳤어. 그 피 좀 보라고. 죽어가는 거 같은데."

"전문가 납셨네."

"그렇게 피 흘리다간 죽어."

"오, 뭐래." 나는 검을 들었다. 뻣뻣한 몸으로 앙 가르드 자세를 취하며 전투를 준비했다. "덤벼."

마리사도 무기를 들었다. "쉽지 않아, 루시. 옆구리를 다친 채 싸우는 건. 근육이 뒤틀려. 비틀다 찢기지. 왕년의 레이피어 고수로서 하는 말이야. 유령을 상대로 레이피어를 처음 사용한 사람이기도 하고. 그 검술 자체를 만든 게 나라고. 내 손으로 머드 레인 혼령을 제압했고, 내 손으로⋯."

"아, 닥쳐." 내가 말했다. "그것도 다 오십 년 전, 다른 사람 몸일 때 얘기잖아. 당신이 홧김에 손수 검을 쥐어본 게 얼마나 오래전이지? 실력이 좀 녹슬지 않았을까 싶은데."

마리사가 얼굴에서 머리칼을 치웠다. "글쎄. 한번 보자고."

그 말과 함께 그녀가 달려들었다. 레이피어가 번쩍이며 내리 꽂혔다. 내가 막았고, 쿠리아시 기술로 검을 비틀었다. 복잡하고 연속적인 눈속임 동작과 타격을 섞어 그녀 양옆으로 무차별 공격을 가했다. 그녀는 숨을 헐떡이며 피하고 쳐내면서 방어했다.

그 뒤 펜트하우스는 고요하다시피 했다. 강철의 쨍쨍 소리를 빼면. 책상 한쪽에선 빛나는 영혼이 플라스마 촉수를 내뻗어 록우드를 괴롭혔다. 다른 쪽에선 마리사가 내게 몸을 던졌다. 록우드와 나는 후퇴했다. 뒤에 자리를 잡고 버텼다. 아주 잠시 우리는 나란히 서 있었다. 록우드는 휘몰아치는 촉수들을 베고, 나는 마리사의 타격을 쳐냈다. 벽 거울의 쩍쩍 갈라진 표면에 비친 우리가 폴짝거렸다. 부풀고 쪼그라들었다. 깨진 유리의 들쭉날쭉한 균열을 오가며 왜곡됐다. 우리 발이 바닥을 쓸고 밀고 끄는 소리, 유리가 와지끈 깨지는 소리, 검의 쨍쨍 소리 말곤 아무것도 없었다. 우리는 나아가고 물러났다. 같은 흐름에 몸을 맡긴 양 비틀고 돌았다. 꽤나 볼만한 광경이었을 거다.

실제로도 누군가는 구경하고 있었고. 한번은 방 가운데서 우릴 보고 있는 해골의 영혼이 눈에 들어오기도 했다.

얼마 전까지 록우드는 제대로 걷지도 못했지만 지금 그의 가벼운 발놀림에선, 더없이 날랜 유령의 타격을 피하는 몸놀림에선 그런 기색을 전혀 찾아볼 수 없었다. 그는 더할 나위 없이 우아하게 움직였다. 집에서 스르르 조나 에스메랄다를 상대로 연습할 때처럼 효율적이었다. 내가 비록 록우드만큼 능란하진 못해도—지금껏 단 한 번을 못 그래 봤어도—흑발 여인의 타격을 맞받아칠 정도는 됐고, 이내 그녀의 표정이 바뀌기 시작했다. 자신감이 떨어진 자리를 스멀스멀 올라오는 의구심이 대체했다.

"에스겔," 그녀가 느닷없이 외쳤다. "도와줘!"

록우드의 전기 광선에 다친 에스겔은 실력 발휘를 제대로 못 하고 있었다. 하지만 강력한 유령들의 문제는—그리고 에스겔은 확실히 강력했다. 도대체 어떤 유형의 악령인지 모를 일이었지만—혹여 해를 입더라도 그게 그리 오래가지 않는다는 거다. 이제 놈은 마리사의 외침에 정신이 번쩍 들기라도 했는지 촉수들을 불러들이고 기운을 끌어모아 빛나는 두 팔을 들어 올렸다.

심령의 힘이 폭발하며 방을 휩쓸었다. 록우드와 내가 휘청휘청 밀려났다. 하지만 우리는 그 공격의 목표가 아니었다. 벽 근처의 소파 하나가 바닥에서 뽑혀 나왔다. 에스겔이 몸짓했다. 소파가 빙빙 돌며 무시무시한 속도로 록우드와 내가 서 있는 곳을 향해 곧장 날아왔다.

우리 머리로 곧장. 우리는 아무 반응도 못 했다. 아무것도 못 했다. 나는 눈을 감았다.

눈을 떴다.

소파에 맞아 죽은 줄 알았는데. 아무 일도 없었다. 소파는 내게서 몇 걸음 떨어진 위치에 떠 있었다. 허공에서 벌벌 떨며 흔들리고 있었다.

책상 옆 에스겔이 다시 몸짓했다. 소파가 부들거리더니 우리 쪽으로 살짝 방향을 틀었다. 그랬다가 뒤로 휙 끌려갔다. 반대쪽에서 당기기라도 하듯. 나는 고개를 돌려 그쪽을 봤다….

거기 해골의 유령이 서 있었다.

얼굴이 갸름한 십 대는 태연하고 어찌 보면 따분하기까지 한 표정이었다. 자기 손가락을 곰곰 들여다보고 있었다. 손톱 밑에 낀 때라도 발견한 양. 하지만 그의 다른 손은 들려 있었다. 부드럽게 당기듯 움직였고, 그럴 때마다 소파가 허공에서 격렬히 뒤로, 우리 반대쪽으로 휘휘 움직이며 에스겔의 통제를 벗어났다. 십 대가 팔을 옆으로 휙 짓는 순간 소파가 빙빙 돌며 방을 가로질러 벽을 때렸다.

에스겔이 분노해 호통쳤다. "천박한 영혼 주제에! 감히 날 거스르는가?"

"그건 또 뭔 대사야?" 해골의 유령이 말했다. "솔직히 저 작자랑 잠깐이라도 시간을 보내는 게 상상이 돼? 매사에 너무 진지하다니까! 그러니까, 유머 몰라? 비꼬는 법 몰라? 쓸데없고 짓궂은 농담 모르냐고. 저런 작자랑 영생은 진짜 지겨울 거야."

에스겔이 다시 몸짓했다. 책상 뒤에서 문서 보관장이 떠올라 우리에게 돌진했다. 십 대가 오만불손하게 손을 펄럭였다. 보관장이 회전 방향을 바꿔선 에스겔의 머리 옆을 스치고 날아 창문을 뚫고 나갔다.

에스겔은 분노로 검었다. 공격을 다시 시도했다. 돌풍이 우리를 휘감았으나—소리정령이 완전 열 받았을 때 같았다—해골이 보낸 맞바람을 만나 힘을 잃고 소멸했다.

그러는 내내 마리사 피츠는 록우드랑 나만큼이나 꼼짝하지 않았다. 이제 다시 정신을 차렸다. 분개해 으르렁거리며 레이피어로 나를 쑤셨다. 해골 유령이 손가락을 움직였다. 혼령바람이 마리사를 거뜬히 들어 올려 책상 옆으로 날려버렸다. 그녀가 책상에 충돌하고 그 위로 널브러져 신음했다.

"우우," 해골이 말했다. "아야! 내가 다 아프네."

"루시!" 록우드가 외쳤다. "출처!"

하지만 나는 벌써 움직이고 있었다. 마리사 옆으로 몸을 던져 그녀의 힘없는 손아귀에서 레이피어를 비틀어 빼내고는 저리로 던져버렸다. 그런 다음 손목에서 옥팔찌를 뜯어냈다. 꽁꽁 얼 것처럼 차가웠다. 그 감촉에 비명을 지를 뻔했다. 벨트 주머니 속을 더듬어 사슬망을 찾았다.

에스겔이 흉측하게 고함쳤다. 놈의 후광은 이제 사그라지고 없었다. 빛나던 형체는 쪼그라들고 굳었다. 눈을 번뜩이고 입을 쩍 벌린 검은 야수가 돼선 책상을 넘어 내게 덤벼들었다.

하지만 그 순간 내가 주머니에서 끄집어낸 사슬망이 팔찌를 싸맸다. 내게 다가오던 혼령은 분해되는 듯, 불타는 종잇장마냥 조각조각 떨어져 나가는 듯싶더니만 결국엔 눈만 남아 달려들었고, 그나마도 점차 파리하고 희미해져 결국 실 같은 연기가 돼선 깨진 창문으로 들어오는 신선한 공기에 흩어졌다.

에스겔은 사라졌다.

"누구였는진 몰라도," 록우드가 말했다. "확실히 건전한 친구는 아녔어. 그 팔찌는 내일 소각장으로 가져가자, 루스." 록우드는 살짝 절뚝이며 벽 쪽 보관장으로 걸어가 문을 활짝 열고 그 안의 섬뜩하고 뒤틀린 시신에 손전등을 비췄다. 놀라움에 고개를 절레절레 저었다. "게다가 마리사를 어떻게 해놨는지 좀 봐. 어째선지 마리사의 영혼은 아직껏 육신에 매여 있는 거야. 마리사가 죽기를 거부한 이상, 그러니까 엄밀히 말해 죽은 적이 없는 이상, 이… 이것도 아직껏 살아 있는 셈이지." 그가 움찔거렸다. "생각만으로도 너무 끔찍하다. 안 그래?"

록우드는 보관장을 떠나 내가 서 있는 곳, 마르고 탁한 잿빛에다 머리칼이 삐죽삐죽한 십 대의 환영 옆으로 걸어왔다. 해골의 영혼은 또다시 무심함 그 자체였고, 바닥에 떨어진 잡지의 표지를 들여다보는 척하고 있었다.

록우드가 유령을 가만히 봤다. "고마워."

해골의 유령은 아무 말도 하지 않았다. 잠시 뒤, 록우드가 몸을 돌려 마리사에게 향했다. 그녀는 여전히 책상에 엎어져 있었다.

나는 유령 곁을 서성였다. "나도 고맙다고 말하고 싶어."

십 대가 어깨를 으쓱했다. "어쩌다 그런 거야. 사고에 가깝다고나 할까. 내가 기운을 써본 지 하도 오래라… 그냥 몸 좀 푼다는 게 그리 된 거야. 그게 너한테 도움이 됐대도 우연일 뿐이고."

"그래."

"그럴 일 다신 없을 거야."

"물론 없겠지." 내가 말했다. "이해해. 그래서… 이제 어쩔 거야?" 나는 깨진 채 테이블에 놓여 있는 유령단지를 건너다봤다. "넌 아직도 두개골에 매여 있지. 하지만 꼭 그럴 필요는 없다고 생각해. 전에도 얘기했듯, 네 손으로 끊을 수 있어. 저 세상으로 떠날 수 있다고." 유령은 말이 없었다. "아님," 내가 목을 어색하게 가다듬으며 말했다. "아직 준비가 안 됐으면 나랑 좀 더 있을 수도 있겠지."

검은 눈이 나를 가만히 봤다. 한쪽 눈썹이 천천히, 비웃듯 위로 들렸다. "뭐야, 너랑 놀자고? 록우드 심령 회사 직원이 되라고? 이젠 그러기에도 완전히 이상해진 거 같은데."

"아마도." 달리 할 말이 별로 없었다.

나는 몸을 돌려 책상으로 걸어갔다. 거기서 록우드가 고통스럽게 몸을 일으키는 흑발 여인을 지켜보고 있었다. 마리사의 머리칼은 헝클어지고 립스틱은 번졌다. 두 눈은 푹 꺼졌다. 입술에선 피까지 난 듯했다. 그녀는 평범한 날 아침의 나만큼이나 상태가 안 좋았다. 그게 내게 따뜻한 느낌을 줬고, 록우드가 거기에 한 덩어리로 멀쩡히 서 있는 걸 보니 더 따뜻한 느낌이 들었다. 우리는 사실상 해냈다. 끝을 봤다.

록우드가 내게 미소를 지었다. "방금 마리사한테 얘기했어. 엘리베이터를 타고 아래층으로 갈 거라고. 지금쯤이면 반스랑 DEPRAC 팀들이 상황을 통제하고 있을 거야. 건물 지하를 들여다보고 체포도 좀 하겠지. 홀리랑 조지가 그들한테 지하를 안내할 계획이었거든. 하지만 이제 우리도 가서 합류할 때야. 준비됐으면, 마리사, 가자고."

여자가 천천히 끄덕였다. 망가진 인형처럼 고개를 한쪽으로 삐딱하게 기울이고 두 팔은 느슨히 떨어트린 채 책상 옆에 서 있었다.

"있지, 앤서니. 넌 네 부모를 참 많이 닮았어."

나는 인상을 쓰며 가까이 다가섰다. "저 여자 말 듣지 마, 록우드."

"생긴 건 네 아버지를 빼닮았지." 마리사가 말했다. "하지만 그 충동성과 투지는 네 어머니한테서 물려받은 거야. 그들이 오르페우스 협회에서 마지막 강의를 할 때 나도 거기 있었지. 정말 훌륭한 강의였는데." 그녀가 록우드에게 미소를 지었다. "너무 훌륭했지. 그래서 그게 그들의 마지막이 된 거고."

아주 잠시 록우드는 호흡하지 않았다. 이윽고 소리 내 웃었다. "그 얘긴 반스한테 해." 그가 말했다. "자."

록우드가 마리사를 인도하려 한 팔을 내밀었다. 그녀가 움직였다. 그러다 갑자기 뒷걸음해 책상에서 몸을 숙였다. 걸쇠가 풀리고 비밀 공간이 열렸다. 우리에게 돌아서는 그녀 손에 조그만 실린더가 들려 있었다. 몸의 일그러진 윤곽 속 뭔가, 구부정한 자세와 얼굴에서 으르렁거리는 주름살과 이글거리는 눈 속 뭔가에서 마리사의 쪼글쪼글한 영혼이 다시 한번 모습을 드러낸 듯한 느낌을 받았다.

"내가 너희한테 날 내줄 거 같아?" 마리사가 내뱉었다. "두 멍청한 '애새끼들'한테? 아니. 여긴 내 집이야. 내 런던이야. 내 손으로 지었어. 내 손으로 길렀어. 내가 못 누릴 거면 너희도 못 누려." 그녀가 실린더 옆을 눌렀다. 조그맣고 붉은 불이 들어왔다. 고음으로 삑삑거리는 소리, 기름과 타는 냄새가 났다. "집속탄°이야." 마리사가 말했다.

° 폭탄 안에 또 다른 폭탄이 들어 있는 형태의 무기.

한 블록 전체를 날려버릴 수 있어. 폭발까지 이십 초야. 작별 인사들 해. 너희 둘 다 나랑 같이 간다."

그 말과 함께 마리사는 실린더를 가슴팍에 붙이고 내게 달려들었다. 나는 그 최후의 광기 속에서 그녀가 나를 붙들고 끝내 파멸시켰으리라 믿는다. 하지만 록우드가 움직였고, 언제나처럼 재빨랐고, 그녀를 옆에서 붙들었다. 실린더를 뺏으려 몸싸움을 벌였으나, 그녀는 저항하고 물어뜯고 할퀴며 그의 접근을 막았다.

록우드가 고개를 돌렸다. "루시! 달려! 내가 잡고 있을게! 달려. 엘리베이터로 가!"

"안 돼! 록우드!"

"가, 루시! 한 번이라도 말 좀 들어!" 그의 눈이 내 눈과 만났다. 검고 절박했다. "부탁이야! 날 위해서라도 무사해 줘!"

"아니…." 나는 선 자리에서 그대로 얼어붙었다. "아니, 난 못 해…."

나는 그럴 수 없었다. 그를 떠날 수 없었다. 내가 뭘 위해 달리겠는가? 뭘 향해 달리겠는가? 사악한 유령의 예언이 현실이 되는 세상, 암울한 점괘가 실현되고, 오랜 세월 버려진 묘지의 새 무덤 위에 말쑥한 세 번째 묘비가 세워지는 세상, 내 모든 공포가 현실이 되고 모든 빛이 사라진 세상.

그가 없는 세상. 난 달릴 수 없었다.

"아니." 내가 속삭였다. "난 너랑 있을 거야."

"아, 못 살아, 정말."

그때 마르고 잿빛의 십 대가 록우드와 마리사 옆에 서 있었다. 보이지 않는 힘이 그 둘을 비틀어 떼어놨다. 마리사가 패대기쳐졌다.

해골의 영혼이 우리를 봤다. 날 보며 씩, 익숙하게 웃었다. "마음 단단히 먹어."

십 대가 두 팔을 들었다. 록우드와 나를 덮친 혼령바람에 허파에서 공기가 쭉 빠져나갔다. 바람이 우리를 허공으로 훌쩍 들어 올려 방 저편으로 내던졌다.

우리가 뒤로 날아가는데 실린더가 폭발했다. 검고 붉게 끓는 기둥이 밖으로 퍼지며 펜트하우스를 집어삼켰다. 창문을 뚫고, 녹은 유리를 템스강으로 뿜었다. 천장을 뚫고, 소파를 뚫고, 보관장과 의자들을 뚫었다. 우리가 날아가는 모습을 지켜보고 선 십 대의 형상을 뚫었다. 분별조차 안 될 속도로 퍼져 나왔다. 그럼에도 우리는, 록우드와 나는 폭발보다 앞서 있었다. 어찌나 빠른지 폭발조차 따라잡지 못했다. 우리는 열린 문을 통과해 현관홀까지 날았고, 거기서 바닥을 쭉 미끄러져선 엘리베이터 문에 어마어마한 쿵 소리와 함께 충돌했다.

록우드와 나는 함께 쓰러져 있었다. 현관홀에서 불덩이가 풍선처럼 부풀었다. 그 열기가 살갗을 때렸다. 그러고는 물러났다. 어디선가 불길이 치솟는 소리, 펜트하우스 천장이 내려앉는 굉음이 들렸다. 사방에서 검은 연기가 차올랐다. 숨쉬기가 힘들었다. 내 마음이 나풀나풀 가라앉았다. 내 마지막 감각은 록우드가 움직이는 게 여전히 느껴진다는 안도감이었다. 내 마지막 생각은 해골의 유령단지를 테이블에 두고 왔다는 깨달음이었다.

6
시작

27

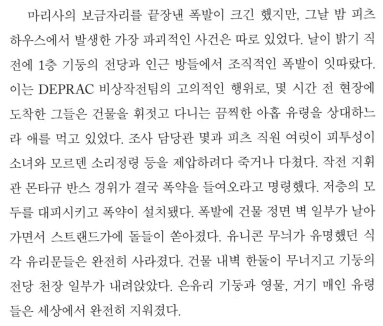

마리사의 보금자리를 끝장낸 폭발이 크긴 했지만, 그날 밤 피츠 하우스에서 발생한 가장 파괴적인 사건은 따로 있었다. 날이 밝기 직전에 1층 기둥의 전당과 인근 방들에서 조직적인 폭발이 잇따랐다. 이는 DEPRAC 비상작전팀의 고의적인 행위로, 몇 시간 전 현장에 도착한 그들은 건물을 휘젓고 다니는 끔찍한 아홉 유령을 상대하느라 애를 먹고 있었다. 조사 담당관 몇과 피츠 직원 여럿이 피투성이 소녀와 모르덴 소리정령 등을 제압하려다 죽거나 다쳤다. 작전 지휘관 몬타규 반스 경위가 결국 폭약을 들여오라고 명령했다. 저층의 모두를 대피시키고 폭약이 설치됐다. 폭발에 건물 정면 벽 일부가 날아가면서 스트랜드가에 돌들이 쏟아졌다. 유니콘 무늬가 유명했던 식각 유리문들은 완전히 사라졌다. 건물 내벽 한둘이 무너지고 기둥의 전당 천장 일부가 내려앉았다. 은유리 기둥과 영물, 거기 매인 유령들은 세상에서 완전히 지워졌다.

다행히도 이 폭발 자체로 인한 추가적인 인명 피해는 없었다. 새벽 5시에 벌어진 일이다 보니 인근 거리가 거의 비어 있다시피 했다. 건물의 연기가 가라앉으면서 생존한 DEPRAC 인력과 대피한 피츠 직원들이 스트랜드가에 모였다. 런던 중심부에 연기가 자욱하게 걸리고, 구경꾼들이 하나둘 트라팔가르 광장에 모여들기 시작했다.

전투 중에 자기 몸의 일부와도 같은 비옷이 엑토플라즘에 심각하게 타버린 반스 경위는 넝마를 벗어 던지고 길가 구경꾼에게서 바이커들이 입는 가죽 재킷을 징발했다. 그 뒤 몇 시간 동안 오만 군데에 출몰하며 구급차와 의료진을 호출하고, 런던 경찰청에서 지원 인력을 불러들이는 한편, 충격에 빠져 방황하는 피츠 조사관들을 모아 군중 통제를 지원하도록 명령했다. 임시로 그를 돕던 조지 커빈스와 홀리 먼로의 조언에 따라 길 건너 카페 둘에 요청해 모두에게 음식과 음료를 끝없이 제공하도록 했다.

연기가 걷혔다. 건물의 열기가 가라앉았다. 수색구조팀이 진입했다. 1층에서 흰 가운을 입은 과학자 다수가 발견됐다. 휘둥그런 눈으로 몸을 떨며 지하에서 올라오던 참이었다. 그들은 즉시 DEPRAC에 인계돼 구류됐다. 루퍼트 게일 경의 부하 넷—그중 둘은 유령접촉을 당했다—이 살아 있는 것으로 확인됐다. 그들은 무장 경관의 감시하에 병원으로 옮겨졌다.

조지와 홀리의 다급한 요청에 구조팀은 즉시 7층으로 향했다. 거기서 검은 연기가 쏟아지고 있었다. 엘리베이터가 작동하지 않아 계단을 이용해야 했다. 그러나 2층으로 가는 계단 꼭대기에 도달하기도 전에 위에서 내려오는 발소리가 들렸다. 나랑 록우드였다. 팔짱을 끼고 천천히 내려오는. 우리 옷과 얼굴은 연기에 검게 그을렸다. 나는 작고 둥근 뭔가를 불탄 천 조각에 둘둘 말아 팔 아래에 끼고 있었다.

아침나절에 DEPRAC 직원들이 스트랜드가 끝을 봉쇄했고, 상황은 완전히 통제됐다. 생존자 집계가 진행됐고, 사망 혹은 실종자의 잠정적 명단이 만들어졌다. 시신들이 피츠 하우스 밖으로 옮겨지기 시작했다. 여기에는 퍼넬로프 피츠와 루퍼트 게일 경이 포함됐다. 다른 유해, 7층 펜트하우스 돌 더미의 보관장에서 나온 시신은 흰 천에 덮여 DEPRAC 승합차에 실렸고, 차량은 전속력으로 사라졌다.

록우드 심령 회사 직원들은 재난 지역 맞은편 '은빛 유니콘 카페' 창가 자리에서 이 과정을 지켜봤다. 응급구조대의 처치는 벌써 받고 왔다. 상처는 소독해 붕대를 댔고, 엑토플라즘에 가까이서 노출된 부작용을 막아줄 인슐린을 주사했다. 구조대는 병원에 가볼 걸 제안했지만, 우리 모두가 거부했다. 나는 병원 신세를 피하고자 특히나 강렬히 저항해야 했다. 우리의 갖가지 부상 중에서도 내 옆구리 자창이 가장 심각했고, 하룻밤 입원 치료를 권유받았다. 하지만 나는 내 사람들 근처를 떠나지 않을 거였다. 결국 그들은 내 상처를 대강 처치하고 진통제를 처방한 뒤 아주 몹시 주저하며 나를 보내줬고, 다음 날 의사에게 반드시 보고하라고 명령했다. 그러고야 나는 다른 이들과 함께 카페에 갈 수 있게 됐다.

이때 우리 몰골을 시시콜콜 묘사할 필요가 뭐 있겠나 싶다. 가뜩이나 안 좋았던 상태에 붕대와 경미한 화상이 더해졌을 뿐인데. 록우드는 폭발 당시에 신발 밑창 일부가 녹았다. 홀리는 얼굴 옆에 반창고를 붙였다. 폭발에 한쪽 고막이 나갔다고 했다. 조지는 구조대원에게 받은 은빛 보온 담요를 아직도 두르고 있었다. 그게 꼭 그가 최근에 걸쳤던 은비늘 망토처럼 보였다. 우리 누구도 그걸 굳이 걸고넘어질 필요를 못 느꼈지만. 내 경우엔 허리에 붕대를 어찌나 세게 감았는지 좀처럼 움직일 수가 없었다. 우리는 차와 토스트―북적이는 인파에 어찌할 바를 모르는 카페 주인이 내놓을 수 있었던 아무거나 받아 온 거였다―를 끼고 앉아 있었다. 김 서린 창으로 스트랜드가를 내다봤다.

"이런 말까지 하고 싶진 않지만," 우리 뒤에서 목소리가 말했다. "다들 거울 좀 봐라."

우리 테이블에 플로 본스가 나타났다. 푸파 재킷의 익숙한 얼룩부터 진흙이 떡 진 부츠까지, 그녀는 평상시와 조금도 다름없는 모습이었다. 밀짚모자를 경쾌한 각도로 머리에 얹은 채 스티로폼 접시에 든 뜨겁고 풍미가 강한 뭔가를 입에 퍼 넣었다.

"꼬락서니들하고는!" 플로가 고개를 절레절레 저었다. "이러다간 니들이랑 어울려 다니기 정말 싫어지겠어. 우리 중엔 어떤 기준이란 걸 가진 사람도 있거든."

"플로!" 록우드가 의자에서 엉거주춤 일어나 순간적으로 그녀를 안았다. "상태 엄청 좋아 보인다. 다행이야."

"응. 나야 언제나처럼 멋이 넘치지. 파이랑 으깬 감자를 좀 즐기는 중이야."

조지가 화들짝 놀랐다. "파이랑 으깬 감자? 그거 어디서 났어?"

"옆집. 니들이 카페를 잘못 골랐어. 거기엔 토피 푸딩*이랑 별거 다 있거든."

조지가 머그컵에 대고 신음했다. "여기서 주는 최고라 해봐야 어묵샌드위치가 전부인데! 카페를 옮기기엔 너무 늦었고, 내 근육이 더는 말을 안 들어."

록우드가 씩 웃었다. "어젯밤에 너 정말 굉장했어, 플로. 반스가 그러더라. 자길 여기 데려오는 데 네가 중요한 역할을 했다고. 피츠 하우스에 작전팀을 데려오게 어떻게 설득한 거야?"

플로의 파란 눈이 스트랜드가 저편을 가만히 봤다. "쉽지 않았지.

• 대추 푸딩에 토피 소스를 얹은 디저트.

고집불통에다 심술쟁이 영감탱이 때문에. 그게, 어제 그 인간을 일단 포틀랜드 로로 데려갔어. 너희 집 꼴을 보여줬지. 너흰 사라지고, 지옥문이라도 열린 양 엉망에다 위층엔 혼령문이 있었지. 윙크맨 졸개 몇은 그때까지도 너희 물건을 뒤지는 중이었고. 그게 반스를 흔들었어. 윙크맨 졸개들을 런던 경찰청으로 잡아가서 들은 자백은…. 글쎄, 그게 경위를 더 흔들어놨고. 그래서 루퍼트 게일 경을 조용히 상대할 팀을 모았지. 하지만 딱히 서두르진 않더라고. 그래서 우리가 여기 도착했을 때 너흰 벌써 전쟁이 한창이었고. 그때부턴 반스도 마냥 소극적일 수만은 없었어. 억지로라도 개입해야 했지." 그녀가 숟가락으로 스티로폼 접시를 긁었다. "넵. 그렇게 된 사연이야. 얘기 끝."

"잠깐만. 반스가 그 얘기도 하던데. 게일네 불량배 하나가 탈출하려던 걸 네가 막았다고." 홀리가 적극적으로 나섰다. "그 인간이 네게 검을 들이댔는데, 네가 이물질 플랜지를 딱 여섯 번 휘둘러서 무장해제시켰다면서! 정말 어마어마해, 플로! 나도 봤으면 얼마나 좋았을까!"

"그 부분은 기억나는 거 같지가 않은데." 플로는 파이와 으깬 감자의 마지막 남은 흔적을 손가락으로 긁어모은 뒤 접시는 테이블에 툭 던졌다. 그녀가 카페 문으로 눈길을 던지기에 보니 반스 경위가 들어서고 있었다. 그는 자기 뒤 경관에게 뭔가를 요란스레 명령하는 중이었다. "가야 할 시간이지 싶네." 플로가 말했다. "DEPRAC 경관들이랑 난 잘 안 맞아서 말야. 특별한 상황을 빼곤. 나중에 볼 수 있음 보자. 그사이에 니들 꼬락서니 좀 어떻게 하고!"

조지가 은빛 담요를 젖히고 안경을 고쳐 썼다. "플로, 상황이 정리되면, 그러니까 이삼일 뒤에 혹시…?"

플로가 조지에게 새하얀 치아를 내보이며 빙긋 웃었다. "그래, 날 찾아와. 어느 다리 밑 어딘가에 있을 거야."

"감초사탕을 가져갈게." 조지가 말했다. 하지만 플로는 이미 군중 틈으로 사라졌다.

무뚝뚝한 사과를 연발하며 반스 경위가 차를 주문하려 줄지어 선 사람들을 뚫고 우리 자리로 왔다. 가죽 재킷 아래로 팔걸이 붕대에 걸친 손이 튀어나와 있었다.

"안녕하세요, 반스 경위님." 록우드가 가장 빛나는 미소를 어쨌든 시도는 했다. "재킷 멋진데요." 그가 덧붙였다. "경위님한테 정말 잘 어울려요."

경위가 자기를 슥 내려다봤다. "그게 말이지, 정말 그런 거 같아. 아무래도 이거 내가 그냥 가질까 봐. 그래, 다들 배를 채우고 목도 축 이는 중이군. 더 필요한 거 있나?"

"파이랑 으깬 감자면 술술 넘어갈 거 같은데요." 조지가 말했다. "토피 푸딩도 그렇고요…. 구해주실 마음이 있으시다면야."

"그럴 맘 없네. 그리고 그건 옆 가게에서도 동났어. 내 부하 한 명 이 방금 물어봤거든. 난 자네들한테 도로 쪽 수색이랑 구조 작업이 거의 끝났단 얘길 하러 왔네. 이따가 자네들이 나랑 같이 건물 지하 로 가서 뭐가 뭔지 설명해 줬으면 해."

"죄송한데요, 경위님." 내가 껴들었다. "킵스 소식은 들으셨나요?"

반스가 콧수염을 문질렀다. "수술을 받은 모양이야. 의사들이 조 심스럽지만 결과를 낙관하는 분위기네." 한꺼번에 입을 여는 우리에 게 그가 손을 들어 보였다. "그리고 아니, 면회는 안 돼. 자네들은 어 떻게든 또 사고나 치고 말 거라고. 커빈스가 자빠지면서 검으로 킵스 를 쑤시든가, 여기 계신 록우드 선생이 괜히 싱긋거려선 병세를 악화 시키든가. 킵스는 그냥 내버려둬. 당장 여기에 자네들이 필요하기도 하고." 그가 인상을 썼다. "건물 지하에 숨어 있다 붙잡힌 저 하얀 가운들의 조사를 시작하기 전에 지하를 둘러봐야겠어."

"피츠 사람들 대부분은 그 일이랑 아무 관련이 없어요." 록우드가 말했다. "비밀 프로젝트에 참여한 건 아주 소규모 그룹, 핵심적인 일부일 뿐이죠. 하지만 오르페우스 협회원들은 상황이 달라요. 다들 힘 있는 사람들이기도 하고요. 그쪽은 어쩔 생각이세요?"

"나도 아직 몰라!" 경위가 우리에게 눈을 부라렸다. "나도 모른다고! 중요한 결정들을 해야 하고 할 일도 너무 많아." 그가 한숨을 쉬며 눈을 비볐다. "그나마 다행인 건 기둥의 영물 모두가 파괴됐단 거야. 난 거기서 한 술 더 뜰 생각이고. DEPRAC는 저 저주받은 건물에서 나오는 모든 영물을 즉시 파괴하도록 조치할 걸세."

"좋은 생각예요, 경위님." 내가 말하고는 테이블 아래를, 불탄 천에 싸인 채 내 발 사이에 놓인 둥그스름한 꾸러미를 슬쩍 봤다.

"우선적으로 처리하실 문제가 하나 더 있어요, 경위님." 록우드가 말하고는 목소리를 낮췄다. "전에 말씀드린 거요. 퍼넬로프랑 마리사의 시신을…."

반스가 움찔하며 카페의 다른 손님들을 불안스레 쳐다봤다. "소리 더 낮춰! 누가 엿들으면 어쩌려고…." 그가 가까이 다가와 조용히 말했다. "시신을 왜?"

"아무래도 그…'것'들을 되도록 빨리 처리하는 게 좋을 듯해서요. 피츠의 묘로 가져가는 걸 제안해도 될까요? 거기야말로 마리사가 원래 있어야 할 곳이잖아요."

"그 밑에 마리사를 보면 아주 기뻐할 누군가가 있기도 하고요." 홀리가 말하고는 새침하게 차를 한 모금 마셨다.

반스가 몸을 세웠다. 문가에서 손짓하는 부하 한 명을 본 거였다.

"우리가 뭘 할 수 있는지 보도록 하지. 자, 당장은 이쯤 해두세. 기자들 떼거지가 조사 상황을 발표하라고 아우성이야. 그동안 자네들은 좀 쉬어. 여길 떠나지 말고, 다른 누구와도 말 섞지 마."

"적어도 이제 난제의 진실이 공론화되겠네요." 록우드가 말했다. 그는 아까부터 광장 쪽을, 계속해서 수가 불어나는 군중을 쳐다보고 있었다.

반스가 록우드의 어깨를 토닥였다. "아, 그렇지." 그가 말했다. "그 문제에 있어서… 자네랑 내가 얘길 좀 하긴 해야 해."

피츠 하우스에서의 일은 점심때까지 계속됐다. 그 뒤에 런던 경찰청에서 추가로 진행된 회의가 오후 시간을 다 잡아먹었다. DEPRAC 차량이 우리를 포틀랜드 로 끝자락에 내려준 건 5시가 넘어서였다. 슬슬 시작되는 저녁이 공기 중에서 느껴졌지만 하늘은 여전히 파랗고, 녹슨 항마등 또한 지직거리는 일상을 시작하기 전이었다. 런던 중심부에서 발생한 엄청난 사태는 아직 이 동네를 뒤흔들어 놓지 않았다. 많은 집들이 문과 창문을 지금껏 열어뒀고, 아이들은 보도와 집 마당에서 뛰어놀았다. 난간 너머마다 흐드러진 라벤더 덤불들의 자청색 장관 덕분에 동네 전체가 정형식 정원* 같은 분위기를 풍겼다. 대문과 현관에서, 반짝이는 은제 항마구들 아래서 이웃들은 그날 하루 일들을 논했다. 아리프 영감은 가게 밖에 서서 전날 밤 태우고 남은 라벤더 재를 버리느라 야외용 화로를 털어댔다. 그의 흥얼거림과 아이들의 웃음소리와 어른들의 목소리가 귓가에서 어우러지고 섞였다.

---

* 기하학적 도형들을 따라 나무나 화단을 배열한 인공 정원.

우리는 천천히, 고통스레 길을 올랐다.

포틀랜드 로 35번지 앞도 그렇게까지 나쁘진 않아 보였다. 마당의 좁은 길에 남은 마그네슘 얼룩을 빼면, 울타리 문을 가로질러 추접하게 걸린 밝은 색 DEPRAC 통제선과 낡고 검은 현관문에 붙은 '오염 구역' 경고 표지판을 빼면 거기서 무슨 사건이 있었다고는 생각하기 힘들 정도였다.

록우드가 대문에서 통제선을 뜯어 끈적한 공처럼 뭉쳐선 옆으로 던졌다. 대문 걸쇠에 손을 올렸지만 밀어 열지는 않았다.

우리는 문밖 거리에 서서 집을 올려다봤다.

확실히 깨진 창문은 하나였다. 하지만 창문마다 안쪽에 덧댄 합판의 잔해가 보였고, 다들 하나같이 검고 휑했다. 현관으로 가는 길에는 소금과 철이 깔려 있었다. 반스의 팀이 뿌려둔 모양이었다.

그간 우리 경력에서 출몰이 끔찍한 해를 입힌 건물 밖에, 폭력적인 사건과 트라우마가 초자연적 상흔을 남긴 장소 밖에 이렇게 서 있었던 적이 어디 한두 번인가? 도구 가방을 집어 들고 결의에 차 성큼성큼 안으로 향했던 적이 어디 한두 번이냐고. 우리는 결코 미적대는 법이 없었다. 문턱에서 늑장을 부리는 일 따위 우리 사전에 없었다.

스트랜드가와 런던 경찰청에서 뒷수습을 하는 내내 우리는 차분하고 기운찬 태도를 유지했다. 이제 갑자기 어마어마한 피로가 덮쳐 왔다. 우리는 황폐해진 집의 문턱에 꽁꽁 얼어 서 있었다.

울타리로 다가가 문을 밀어 연 건 홀리 먼로였다. "자," 그녀가 힘차게 말했다. "어서 해치우자고."

28

최악의 배신
런던 중심부에서 자행된 오컬트 실험
퍼넬로프 피츠가 수년간 관여한 정황 드러나
오늘 이 사건: M. U. 반스와
A. J. 록우드가 드디어 밝히는 진실

런던 중심부를 뒤흔든 폭발로 피츠 대행사의 퍼넬로프 피츠 대표를 비롯해 다수의 인명 피해가 발생한 지 일주일, 피츠 하우스 사태의 놀라운 내막이 속속 드러나면서 심령 방어 업계가 발칵 뒤집혔다. 피츠 하우스가 격리되고 직원 다수가 구류된 가운데 DEPRAC 측은 건물 지하에 숨겨진 실험실과 이 같은 사실의 폭로에 결정적 역할을 한 것으로 알려진 비밀 작전에 대해 말을 아끼고 있다. 오늘 〈런던 타임스〉 독점 인터뷰에서는 해당 작전의 두 축인 몬타규 반스 DEPRAC 경위와 유명 대행사 록우드 심령 회사의 앤서니 록우드 대표가 직접 나서 사태의 사실 관계를 바로잡는다.

"피츠 하우스 지하에서 금지된 영물을 사용한 기이한 비술과 주술 실험의 증거가 발견됐습니다." 록우드 대표는 말한다. "불법 폭발물들도 상당히 비축돼 있었으며, 그중 일부가 우리 팀의 진입과 함께 시작된 전투 과정에서 폭발했습니다. 우리는 무시무시한 유령과 위험한 범죄자들의 공격을 받았으며, 그중 한 명이 퍼넬로프 피츠 대표였죠."

어제 서둘러 치러진 장례식 뒤, 퍼넬로프 피츠의 시신은 마리사 피츠의 묘 아래 석실에 안치됐다. 한편 피츠 대표와 공모한 혐의를 받는 선라이즈 물산과 일부 기업 인사들이 체포된 것과 관련해 DEPRAC는 국가 차원의 심령 방어 체계의 붕괴를 걱정할 필요는 없다고 강조한다. 피츠와 로트웰 대행사는 심령대응대행사연합으로 재편되며, 몬타규 반스 경위가 임시 사령탑을 맡을 예정이다. "안심하셔도 됩니다." 반스 경위는 말한다. "이번 사태가 충격적이기는 하나, 심령 조사 대행사들은 이에 굴하지 않고 난제와의 지속적인 전투에서 맡은 바 임무를 성실히 다해나갈 겁니다."

앤서니 록우드 대표에 따르면, 피츠 하우스에서 자행된 주술 행위의 규모는 런던 전체를 위협하기에 충분했다. "DEPRAC가 이 사악한 실험의 본질을 조사 중인 걸로 알고 있습니다. 그러나 퍼넬로프 피츠가 이 모두를 오랜 세월에 걸쳐 주도해 왔다는 사실에는 의심의 여지가 없습니다. 이는 그녀의 할머니로 대표되는 모든 것에 대한 중대한 배반입니다. 마리사 피츠가 무덤에서 한탄할 일이죠."

M. U. 반스와 A. J. 록우드 인터뷰 전문: 3~6쪽
'쇠퇴와 몰락' – 피츠 왕조 이야기: 7~11쪽
앤서니 록우드 – '내 스타일': 패션 별쇄본

"이 인터뷰에서 놀라운 건," 내가 신문 너머로 록우드를 쳐다보며 말했다. "네가 그토록 많은 얘길 하는 동시에 정말 별 얘길 안 했단 사실이야. 이제 너나 반스나 똑같이 나빠. 네가 반스를 따라 병 씻는 솔 같은 콧수염을 안 기르는 게 놀라울 정도라고."

록우드가 페인트 통 너머로 날 보며 씩 웃었다. 그는 우리 집에 새로 생긴 손님방 창가에서 벽에 페인트를 칠하는 중이었다. 햇빛 한 조각이 그를 씻어 내리고 페인트가 흰색인 걸로도 모자라, 그의 새 셔츠마저 흰색에다 햇살까지 유독 눈부신 아침이었던 탓에 손을 들어 눈을 가리지 않고는 배길 수가 없었다.

"무슨 뜻인지 알아, 루스." 록우드가 말했다. "하지만 말이 심하잖아. 기사에 실린 얘기 정도면 정확한 편이지. 그 나름대로는."

나는 신문을 깔끔히 접어두고—조지가 사건 장부에 넣고 싶어 할 거였으므로—내 몫의 페인트칠로 돌아갔다.

"오, 어떻게 보면 틀린 얘긴 하나도 없지." 내가 말했다. "그런데도 진실을 진짜 교묘하게 피해간단 말야. 퍼넬로프가 나빴다! 따지고 보면 맞는 말이지. 하지만 마리사랑 그녀의 악령이 판을 벌렸단 얘긴 안 해. 기이한 실험들! 또다시 사실이야. 하지만 지하의 혼령문도 저세상으로의 여행 얘기도 없어."

"그러기로 거래한 거잖아, 루시." 록우드가 말했다. "반스의 말에 굉장한 설득력이 있었고, 그가 그러는 이유를 우리가 모르는 것도 아니고. 이봐, 이 마지막 벽도 거의 다 된 거 같은데. 거기 상황은 어때, 조지?"

손님방의 밋밋하고 휑한 벽을 따라 록우드의 목소리가 웅웅 울렸다. 새로 단 문이 벌컥 열리고, 조지가 안을 들여다봤다. 그의 멍 자국들은 사라지기 시작했지만, 구타의 흔적은 여전했고 움직임 또한—

혼령문 너머에서 시간을 보낸 우리 모두가 그렇듯—평소보다 굼떴다. 그는 그 주에 산 안경을 썼다. 전에 쓰던 것보다 살짝 작고 덜 둥글었다. 나조차도 인정할 수밖에 없었다. 녀석의 안경이 거의 멋스러울 뻔하단 걸. 지금 당장은 그 세련미를 거대하고 페인트로 얼룩진 멜빵바지가 깎아먹고 있긴 했지만. 이놈의 멜빵바지는 정말 어처구니가 없고 사악할 정도로 헐렁해서 그가 몸을 숙이거나 확 틀 때마다 자꾸만 몹쓸 꼴을 보게 된다는 문제가 있었다. 조지 또한 페인트 붓을 들고 있었다. 층계참 쪽 문틀의 밑칠이 한창이었다.

"아주 잘돼가고 있어." 조지가 말했다. "아침을 좀 먹으면 좋겠다 싶지만. 와, 방이 정말 근사하네. 아주 쾌적하고 현대적이야. 죽은 자들의 땅으로 가는 지옥문 따위 없고. 이 정도는 돼야 손님방이라 불러주지."

예전을 생각하면 확실히 좋아지긴 했다. 제시카의 방은 변해 있었다. 피츠 하우스의 운명적인 사건 다음 날, 반스 경위가 포틀랜드 로로 DEPRAC 정리반을 보냈다. 그들은 고생 끝에 혼령문을 해체하고 출처를 제거했다. 오래된 침대를 치우자고도 제안했다. 아주 잠깐 망설인 끝에 록우드가 동의했다. 그는 침대 위에 떠 있던 절명광이 사라졌음을 이미 눈치채고 있었다. 초자연적 비극을 털어버린 방은 평화로웠다. 록우드의 집도 마음도 제시카의 존재를 더 이상은 무겁게 짊어지고 있지 않았다. 이제 새로 시작할 때였다.

"이 얼룩도 진짜 어떻게 하긴 해야 해." 조지가 말하며 바닥 가운데의 거대하고 둥근 엑토플라즘 자국을 가리켰다. "온 세상 흰색 페인트를 다 갖다 붓는대도 이 정도 크기면 사람들 눈이 갈 수밖에 없다고. 저기, 쇠사슬 자국도 그대로 보이잖아."

"내일 근사한 크림색 카펫이 올 거야." 내가 말했다. "그걸로 덮으면 끝이라고. 금요일에 다른 가구들까지 들어오면 완전 새것 같은 방이 될걸. 당장이라도 다시 쓸 수 있는."

"홀리가 이사 오고 싶어 할까?" 조지가 말했다. 부엌에서 그녀가 우리를 부르는 소리가 들렸다. "너 벌써 물어봤지, 록우드. 다 알아."

록우드가 페인트 통에 붓을 균형 맞춰 내려놨다. 우리는 문으로 갔다. "사실 그럴 거 같지 않아. 홀리는 자기 집이 따로 있는 게 좋대. 홀리한테 룸메이트가 있는 거 알았어? DEPRAC에서 일하는 여자애래. 난 처음 듣는 얘기였다니까."

우리는 천천히 계단을 내려갔다. 나무 계단에서 발이 타닥거렸다. 계단의 카펫도 사라졌다. 장식을 잃고 헐벗은 벽엔 총알구멍과 창 자국, 마그네슘에 검게 그을린 흔적이 남았다. 벽지를 새로 바르고 다시 시작해야 할 것이다. 보통 일이 아니겠지만 그래도 괜찮았다. 창문들은 활짝 열려 있고, 토스트와 베이컨 냄새가 위층으로 둥실둥실 올라왔다. 모든 게 제때 끝날 것이다.

부엌에서 토스트기가 이제 막 팅 소리를 냈고, 프라이팬에서 달걀이 조리되고 있었다. 홀리는 새로 들인 찬장에서 시리얼 상자들을 모으는 중이었다. 찬장엔 아직 문이 하나도 없어서 그냥 손만 뻗으면 됐고, 그렇게 끄집어낸 상자를 그녀는 퀼 킵스에게 건넸다. 식탁에 앉아 기다리는 그의 움직임은 느려터지고 어정쩡했는데, 옆구리를 봉합한 탓에 왼팔을 쓸 수 없어서였다. 그는 냉장했다 다시 데운 시신처럼 파리하고 말랐으나, 그야 그리 새로울 것도 없는 일이었다. 그러니까 기본적으로는 상태가 괜찮았다. 킵스는 우리 중 유일하게 저 세상이 선사한 흰머리가 없었다. 지금은 생각하는 식탁보에 대고 인상을 쓰고 있었는데, 이제 막 갈아 빳빳한 식탁보는 아침 식사거리들에 덮여 보일락 말락 했다.

"홀리는 내가 새 식탁보에 세례를 줘야 한대." 킵스가 말했다. "뭔가를 쓰거나 그리는 걸로. 괴상한 의식 같은데."

"우리 아침 식사에 끼려면 그렇게 해야 해요." 내가 말했다. "규칙이라고요."

"무례한 만화나 하나 그려요." 조지가 말했다. "난 늘 그렇게 하거든요."

록우드가 고개를 끄덕였다. "그래. 그리고 늘 내 달걀 맛을 떨어뜨리지."

"말이 나와서 말인데…." 홀리가 토스터기로 갔다. "루시, 저 흉측하고 역겨운 해골 좀 제발 식탁 가운데서 치워줄래? 난 손대기 싫어. 이제 식사할 거잖아."

"미안, 홀리."

"왜 끼니때마다 저걸 여기 두겠다고 고집을 부리는지 모르겠어. 이렇게 사랑스럽고 햇빛 쨍쨍한 낮 시간에 놈이 다시 나타날 것도 아닌데."

"그렇겠지. 하지만 또 모르잖아. 어디 앉을 거야, 조지?"

"여기. 퀼 옆에."

킵스가 조지의 멜빵바지를 경계하듯 쳐다봤다. "앉을 때 몸을 너무 굽히지만 말라고."

나는 홀리에게서 토스트를 받아 내 의자로 갔다. 록우드는 식탁 상석에 앉아 있었다. 우리 모두에게 차를 따라주기 시작했다.

"어디 보자…." 조지가 만족스럽게 자리에 앉으며 말했다. "차, 토스트, 달걀, 잼, 초콜릿 스프레드, 달달한 시리얼들…. 록우드 심령 회사의 전통을 그대로 살린 아침 식사로군. 잠깐! 저건 뭐지?"

홀리가 암울하게 고개를 끄덕였다. "루시가 맨날 갖고 다니겠다고 고집을 피우는 섬뜩한 숯덩이 해골이야. 차라리 단지에라도 들어 있으면 이렇게까지 불쾌하진 않겠는데."

"해골 말고. 난 저 해바라기 씨앗이랑 우습게 생긴 견과류 건강식 어쩌고를 얘기하는 거야. 아이고, 심지어 소금 간도 안 됐잖아. 이런 건 어디서 났지?"

"장비실." 내가 말했다. "홀리가 거기다 엄청 쌓아놓고 있거든."

조지가 홀리를 꾸짖듯 쳐다봤다. "지하실에 몰래 내려가선 아무도 모르게 땅콩이랑 씨앗을 먹는 거야? 네가 몸에 좋은 일을 하는 게 실망스러운 게 아냐. 그런 음흉함이 싫은 거지. 오늘 케이크는 없나?"

"아침 식사로는 없어. 안 돼." 록우드가 말했다. "그냥 먹어."

조지는 그렇게 했고, 그가 옳았다. 제대로 된 록우드 심령 회사식 아침 식사였고, 그래서 기분이 좋았다. 우리를 둘러싼 환경은 평소 같지 않았지만. 부엌은 집 전체를 통틀어 가장 심하게 망가진 곳이었다. 문짝과 창문이 박살 나고 가구 대부분이 파괴됐으며, 핏자국이 남은 리놀륨 바닥은 군데군데 탔다. 그래서 우리는 리놀륨을 벗겨내고 망가진 찬장도 뜯어냈다. 창문은 교체했다. 새로 갈아 아직 페인트칠이 안 된 뒷문이 우리 손길을 기다렸다. 우리의 최우선순위는 식탁과 생각하는 식탁보 교체였다. 그 정도만 정리돼도 제대로 된 생활이 가능했다. 집은 괜찮을 것이다. 우리와 마찬가지로 집 또한 치유되기까지 시간이 걸리는 중이었다.

그리고 치유가 절로 될 것처럼 아름다운 아침이었다. 저 밖 정원의 나무는 어둑하고 사과가 잔뜩 열렸다. 부엌 계단 아래와 지하실 뒷문 근처의 둥글게 탄 자리들은 다시 푸릇푸릇해졌다. 곧 나는 사과를 따고―올해엔 그럴 시간을 낼 거다―잔디를 다시 심을 것이다. 우리는 창문을 칠하고 지하 사무소를 정비할 것이다. 지푸라기 모형을 새로 만들어 레이피어 연습실에 매달 것이다. 책과 특이한 수집품들로 선반을 다시 채울 것이다. 벽에서 뜯겨나간 것들을 대신할 물건들을 찾아내고, 새 가구들을 구입할 것이다. 그런 데 쓰라고 반스 경위가 후한 급료를 지급한 터였다. 무엇보다도 우리는 록우드 심령 회사의 새출발이 어떤 모습이어야 할지 결정할 것이다.

바야흐로 시작의 시절이었고, 끝의 시절이었다.

"오늘 우리 친구는 어때, 루스?" 조지가 불쑥 물었다. 내가 아까 식탁 가운데서 치운 해골이 내 접시 옆에 여전히 놓여 있었다. 해골은 심하게 탔고 검었다. 한쪽 눈구멍에서 시작해 정수리까지 커다랗게 금이 갔다. 홀리가 그토록 싫어할 만도 했지만, 나는 개의치 않았다.

"조용해."

"아무 변화가 없어?"

그래, 아무 변화가 없었다. 폭발이 있었던 날부터, 7층에서 김을 뿜는 잔해들 한복판에 엉망이 된 채 놓인 단지에서 끄집어낸 날부터 지금껏. 나는 혹시나 하는 마음에 해골을 집으로 가져와 옆에 끼고 살았다. 하지만 아무 일도 일어나지 않았다. 손가락을 갖다 대봐도 심령성이 전혀 느껴지지 않았다. 그저 건조하고 차가울 뿐이었다.

"없어. 아직 잠잠해." 내가 말했다.

록우드가 다른 이들을 힐끗 봤다. "그게, 상당히 큰 폭발이었잖아, 루스. DEPRAC가 기둥의 전당에서 터트린 것들처럼. 거기 유령들도 다 사라졌어."

"알아. 하지만 그건 출처들이 완전히 파괴돼서지. 녀석의 출처는 여기 있고, 내가 구해냈어. 그 폭발이 녀석의 '영혼'까지 파괴하진 않았을 거잖아?"

"나야 모르지. 어쩌면."

"아닐 거야. 아닐 거라고 확신해." 나는 녀석을 삼키던 불덩이를 떠올렸다.

"그 폭발로 녀석이 이 해골에 더는 안 묶여 있게 된 건지도 모르잖아." 킵스가 말했다.

"아뇨. 그럴 리 없어요. 녀석이 낮에 못 돌아오는 건 맞는 듯해요. 단지에서 나온 이상 햇빛을 막아줄 은유리가 없으니까. 하지만 밤엔… 돌아올 수밖에 없을 거라고요."

나는 거듭 그렇게 되뇌었지만 사실 나조차 그 가설을 믿지 않았다. 벌써 일주일이 됐는데 녀석은 돌아오지 않고 있었다.

"그냥… 가버린 걸 수 있어, 루스." 홀리가 말하며 내게 미소를 지었다. "네가 단지에서 풀어줬잖아. 그 대가로 녀석이 널 도왔고. 어쩜 거기서 용기를 얻어선 백 년 전에 했어야 했던 일을 한 걸지도 몰라. 다음 단계로 넘어가는 거 말야."

어쩜 그 말이 맞을 것이다. 우리는 식사를 계속했다.

얼마 뒤 킵스가 포크를 내려놨다. "출처랑 다음 단계 얘기가 나와서 말인데, 전부터 신경 쓰이던 게 있어. 저들이 퍼넬로프의 시신을 특수 은관에 넣고 어쩌고 해가지고 묘에 묻은 건 알겠는데, 마리사의 '진짜' 유해는 어떻게 됐어? 너랑 루시가 얘기한 대로면, 록우드, 마리사의 영혼은 어째선지 여전히 그 유해에 연결돼 있었잖아. 그 근사한 몸뚱이를 그대로 두면 거기로 냅다 들어가지 않을까? 그리고 그게 DEPRAC 영안실 근처를 어슬렁거리다가…."

록우드가 미소를 지었다. "걱정 마요. 그럴 일 없으니까. 그렇잖아도 그 얘길 하려던 참이었어요. 어제 피츠의 묘 안치실을 열었을 때 반스랑 DEPRAC 팀이 마리사의 옛 시신도 깔끔히 정리했어요. 그게 얼마나 쪼그라든 상태였는지 기억하지, 루스? 저들이 그걸 마리사의 원래 관에 쑤셔 넣었어. 우리 의사 선생의 유골 '옆에.' 둘은 거기서 근사하고 아늑하게 함께 지낼 거야. 의사 선생의 유령은 참으로 즐겁겠다 싶은데." 록우드가 말을 멈추고 토스트를 한 입 더 먹었다. "마리사의 영혼이 거기 갇힌 게 정말 맞다면, 그 여자도 선생만큼 즐거울지는 의문이네."

햇빛이 들어와 우리를 환히 비췄다. 우리는 식사를 마치고 의자에 행복하게 퍼져 앉았다.

"오케이." 록우드가 말했다. "오늘 처리해야 할 중요한 문제가 있어. 어제 반스 경위가 저 DEPRAC 공식 문서를 줬어. 우리 모두가 서명해야 해. 다들 알겠지만, 우리가 피츠 하우스에서 본 것과 저 세상 얘기 같은 비밀스런 문제 일체를 공론화하지 않겠다고 약속하는 각서야."

"난 거기 서명해야 하는 거 맘에 안 들어." 내가 말했다.

"그렇단 거 알아, 루스. 우리 누구도 딱히 마음이 편진 않아. 하지만 그래야만 하는 이유를 다들 알잖아. 난제를 야기한 게 최초의 심령 조사관들이었단 게 알려지면, 대기업 우두머리 다수가 마리사의 공범이란 게 밝혀지면 무정부 상태나 다름없게 될 거야. 사회가 무너질 거라고. 뭘 위해서? 그런다고 난제가 해결되는 것도 아닌데."

나는 고개를 절레절레 저었다. "적어도 솔직하긴 하잖아. DEPRAC는 깔끔히 인정하고 나서야 돼."

"그 전에 정리해야 할 문제들이 있는 거지. 우리가 반스에게 요구한 것도 있다는 거 잊지 마. 그는 피츠 하우스의 혼령문을 파괴하지 않기로 합의했어. 이제부터 DEPRAC는 마리사가 만든 난장판을 수습할 거야. 그건 곧 저 세상에 설치된 뭐랄까… 방해물들의 제거를 의미하고."

"은울타리 말이구나." 홀리가 말했다.

"울타리, 그렇지. 죽은 자들의 통행을 막고자 해온 다른 모든 것들도 마찬가지고. 여기서 문제는 마리사 일당이 어떤 식으로 움직였는지, 영혼들의 정수를 모으려고 얼마나 멀리까지 갔는지 우린 아직 제대로 모른다는 거야. 혼령문들이 더 있는지 여부조차 몰라. 가능성은 있는 듯하지. 난제가 이렇게까지 전국적으로 퍼져 있는 걸 보면."

"오르페우스 협회의 우리 친구들이 도와줄지도." 조지가 말했다. "피츠 하우스의 과학자들이랑. DEPRAC가 약간의 압박만 해준다면."

"그들이 돕긴 할 거라고 봐. 그렇대도 문제가 수습되기까진 오래 걸릴 거야. 그런다고 난제의 해결이 앞당겨진다는 보장도 없고."

"그러고 있는 동안," 내가 말했다. "방문자들은 계속 넘어올 테지."

"이 얘기도 하긴 해야 해서 말인데," 록우드가 말했다. "반스가 묻더라고. DEPRAC 정리 프로그램을 좀 도와줄 수 있을지. 우리가 독보적인 경험치를 가졌다고, 그가 그러더라. 우리 기술을 쓰고 싶대. 저 세상이 어떤지 조언을…."

"난 안 돌아가." 조지가 껴들었다. "어림없어."

홀리도 고개를 끄덕였다. "한 번으로 족해. 한 번이면 충분하다고."

"개인적으로 말하자면," 킵스가 말했다. "어둠의 런던은 조지의 멜빵바지랑 비슷해. 벌써 너무 많이 봐버린 기분이랄까."

"나도 반스한테 딱 그렇게 말하긴 했어요." 록우드가 말했다. "멜빵바지 얘긴 빼고요." 그가 우리를 둘러봤다. "다들 맞는 얘기야. 우린 우리 몫을 다했어. 지금부턴 유령에만 집중하고, 저 세상이니 거기 얽힌 비밀이니 더는 생각하지 않을 거야.”

전반적인 찬성의 중얼거림이 이어졌다.

“그건 그렇고, 내 가설이 뭔지 알아?” 조지가 짧은 침묵 뒤에 말했다. “어둠의 런던은 중간 단계일 뿐야. 다음 단계로 넘어가기 전에 잠시 머무는. 그 검은 관문들은…”

“관문? 내 눈엔 문짝처럼 보이던데.” 킵스가 말했다.

“난 검은 웅덩이.” 록우드가 껴들었다. “수직으로 걸린. 일렁거리지만 축축하진 않은.”

“그러니까 말하자면 커튼 같은?”

“아마도요.”

“내 가설로 돌아가서,” 조지가 말을 이었다. “나는 영혼들이 그 문짝, 너희가 뭐라 부르고 싶든 간에 아무튼 그걸 통과해 봐야 다시 어둠의 런던이 나올 뿐이라고 봐. 하지만 이 빛으로 반짝이는 문의 경우엔…”

“그런 게 존재한단 증거는 있고?” 내가 물었다.

“전혀 없어. 그냥 감이야.”

“너답지 않은데.”

조지가 어깨를 으쓱했다. “이따금 연구에도 한계가 있는 법이니까.”

“넌 그 가설로 책을 써야 한다니까, 조지.” 록우드가 말했다. “서둘러 써서 난제가 끝날 때 출간하면 엄청 많은 사람들이 사서 볼 거고, 우린 돈을 벌겠지.”

“그 돈 없다고 우리가 가난뱅이가 될 건 아니거든요.” 홀리가 말했다. “우리 대답을 기다리는 전화만 수백 통이야. 개중엔 진짜 매력적인 건들도 있고. 피츠와 로트웰의 명성이 땅에 떨어진 마당에 당장은 우리가 런던에서 가장 인기 있는 대행사거든. 이 기회를 이용해야 지. 새 조수도 좀 뽑고. 그 친구한테 네 다락방을 넘겨, 루시. 넌 근사한 새 방으로 옮기고…."

나는 홀리를 보며 빙그레 웃었다. "아니, 괜찮아, 홀리. 난 내 다락방에서 정말 행복해." 나는 햇빛 속으로 몸을 뻗었다. "그래서 우리가 미뤄두고 있는 매력적인 건들이 뭔데?"

"아, 루스, 너도 엄청 좋아할 거야. 교회 제의실에 울부짖는 혼*이 있어. 우물에서 재잘거리는 목소리랑 그르렁거리는 소리로 말하는 귀신 들린 주목나무도 있고. 스테인스의 쇼핑몰에 고깔 쓴 망령*이 있대. 내 통신원은 그게 수녀인지 후드티를 입은 꼬마인지 모르겠다지만. 채석장에서 피 흘리는 바위랑 너벅선의 생골령*…."

홀리는 내게 계속해서 읊었다. 록우드도 귀를 기울이면서 때때로 식탁 건너편의 나를 쳐다봤다. 조지가 슬금슬금 펜을 움직여 그린 수상쩍은 만화에 토스트가 목에 걸린 킵스가 켁켁거렸다. 나는 차를 좀 마시고, 아침 햇살이 들이치는 우리 부엌에 평온하게 앉아 있었다. 내 접시 옆에서 금 가고 불탄 해골이 가만히 응시했으나 아무것도 보고 있지 않았다.

내가 홀리에게 했던 말은 거짓이 아니었다. 나는 내 조그만 다락방에서 정말로 행복했다. 우리가 혼령문으로 도망친 뒤 오직 내 방만 적들에게 발각되지 않았고, 그래서 언제나 그랬던 것과 똑같은 모습으로 남았다. 나는 첫 며칠 동안은 저녁이면 종종 방으로 올라가 쉬며 비탈진 처마 밑 공간에서 이런저런 생각들을 했다.

그날 저녁도 다르지 않았다. 창턱은 마지막 온기를 간직한 햇살의 찌꺼기에 흠뻑 젖어 있었다. 유령단지가 놓여 있곤 하던 자리의 먼지에 둥글게 남은 자국들이 보였다. 나는 오랫동안 녀석의 공간이었던 곳에 거뭇한 해골을 놨다. 그 단순한 존재에 만족감을 느꼈다. 녀석이 돌아오고 싶다면 돌아올 거다. 안 돌아온다면, 뭐, 그건 또 그 자체로 좋은 거고.

나는 창가에 서서 포틀랜드 로를 내려다봤다.

하늘은 잿빛에 분홍색이었고, 햇빛을 환히 받은 맞은편 주택들이 생명력으로 반짝반짝했다. 흰 커튼들이 빛나고 창문의 항마구들이 반짝였다. 저 아래 거리에서 아이들이 놀고 있었다.

문을 두드리는 소리가 났다. 나는 몸을 돌려 대답했다. 록우드가 안을 들여다봤다. 그는 외출이라도 할 생각인지 새로 장만한 기다란 외투를 입고 가슴엔 서류 뭉치를 안고 있었다.

"안녕, 루시. 방해해서 미안."

"괜찮아. 들어와."

우리는 조그만 방 건너의 서로에게 미소를 지었다. 피츠 하우스 사건 뒤로 단둘이 있을 기회가 별로 없었다. 일단은 우리가 완전히 탈진한 데다 감정적으로 여유가 없었다. 집을 손보고 반스와 협상하느라 정신없는 일주일이기도 했다. 나머지 팀원들과 마찬가지로 우리 둘 다 그리 많은 걸 하고 싶지 않았던 이유도 있었다. 먹고 자고, 살아 있다는 것의 순수하고 기계적인 측면을 즐기는 것 빼곤.

하지만 지금 여기 록우드가 와 있었다. 그는 내게로 몇 걸음 걷다 멈춰 섰다. 그의 존재에 깃든 온기가 우리 사이 공간을 채웠다.

"방해해서 미안해." 그가 다시 말했다. "다른 게 아니라 너한테 주고 싶은 게 있어서. 아래층은 너무 정신이 없기도 하고. 알잖아. 조지가 빙의된 사람처럼 페인트칠 중인 거. 킵스랑 홀리는 찬장 문짝을 붙이느라 난리고…."

내가 한숨을 푹 쉬었다. "웅. 오케이. 네가 들고 있는 게 뭔지 알겠다. 빌어먹을 DEPRAC 각서잖아. 좋아. 서명할게. 하지만 지금은 말고. 아무 데나 던져놔."

록우드가 망설였다. "침대에 둘게. 그래도 돼?"

"웅."

나는 몸을 돌려 창밖의 철제 난간과 반짝이는 항마구를 쳐다봤다. 플라스틱 레이피어를 든 꼬맹이 하나가 친구 둘을 쫓아 길 저편을 내달렸다. 록우드가 다가와 내 옆에 섰다. 창턱의 내 손 옆에 자기 손을 얹었다.

"난제는 아직도 여기 있어." 잠시의 침묵 뒤 내가 말했다. "삼십 분 뒤면 모두가 집 안으로 숨을 거야."

"상황이 좋아지기 시작할지도 모르지." 록우드가 말했다. "이제 그 멍청이들이 저 세상을 더는 들쑤시고 다니지 않으니까. 내 말은, 그게 도움이 될 거야. 안 그래? 더 많은 영혼들이 다음 단계로 넘어가 자기 자리를 찾고, 그럼 이승으로 돌아오지 않을 테니까."

나는 고개만 끄덕이고 말았다. 진실은 우리 누구도 몰랐다.

록우드가 뭔가를 말하려고 입을 열었다가 다시 닫았다. 잠시 우리는 말이 없었다. 그는 내 곁에 무척 가까이 서 있었다. 우리 손은 창턱에 풀로 붙여두기라도 한 듯 가만히 머물렀다. 그가 불쑥 뒤로 물러났다.

"그때까진," 그가 말했다. "제압해야 할 유령들과 살려야 할 목숨들이 있겠지. 하지만 당장은 아름다운 저녁이고, 난 산책을 갈 거야. 그래서 올라온 거기도 해. 같이 갈 건지 네게 물어보려고." 그가 옷깃을 매만졌다. "내 새 외투의 첫 세상 구경이거든. 어떻게 생각해?"

"진짜 네 것처럼 보이려면 발톱 자국 몇 개는 있어야지. 하지만 그걸 빼면 근사해."

"반스처럼 남성미 넘치는 가죽 재킷을 사야 할 거 같지 않아?"

"아니."

"오케이. 그럼 산책 같이 갈 거면, 루스, 난 현관홀에 있을게." 록우드가 문으로 가서 잠시 멈췄다가 나를 돌아보며 씩 웃었다. "각서에 서명하는 거 잊지 마!" 그 말과 함께 계단을 터벅터벅 내려갔다.

언제나처럼 나는 그의 뒷모습을 보며 나도 모르게 미소 짓고 있었다. 언제나처럼 그가 떠난 뒤 방이 약간은 더 어두워진 듯했다. 그래, 나는 산책하러 갈 거다. 재킷을 가지러 침대로 걷기 시작했다. 그러는데 뒤에서 조그만 소리가 난 것 같았다. 나는 몸을 돌렸고, 정말 찰나의 순간이었지만 창턱에서 희미하고 녹색 비스름한 빛을 봤다.

나는 눈을 깜빡이고 다시 가만히 봤다. 심장이 질주했다.

그건 아마도 시들어가는 햇빛이 마지막으로 반사된 거였을 터다. 내 조그만 다락방은 이른 저녁의 땅거미로 가득했다. 창턱의 두개골은 땅딸막한 그림자였다. 금 간 눈구멍이 검고 칙칙했다. 아래층 층계참에서 문을 칠하는 조지가 휘파람을 불었다.

아무것도 아닐지 몰라….

그러고 보니 날이 다 저물지도 않았고.

몇 초 동안 나는 잠잠한 창턱을 가만히 보고 있었다. 얼굴에 서서히 미소가 번졌다. 고개를 돌리고 침대에 재킷을 가지러 갔다.

재킷 옆에 록우드가 둔 DEPRAC 서류가 있었다. 어둑한 침대보 위에 종이들이 가지런한 사각형으로 놓여 사그라지는 햇빛 속에서 어슴푸레 빛났다. 하지만 또한 은은히 반짝이기도 했다.

반짝여…?

나는 눈을 찡그리며 몸을 숙였다. 그제야 종이 위에 동그랗게 말려 있는 아름다운 금목걸이가, 그 가운데서 반짝반짝 빛을 내는 사파이어가 눈에 들어왔다. 록우드의 어머니가 간직하던 낡고 구겨진 상자에서 그가 꺼낸 거였다. 땅거미 속에서조차 보석은 찬란하고 영원하며 영롱하게 빛났다. 그 보석이 기나긴 세월을 지나오며 모은 모든 빛과 사랑을 내게 비추는 것만 같았다.

나는 그걸 바라보며 오랫동안 서 있었다.

천천히, 조심스레 목걸이를 들어 내 목에 둘렀다. 그런 다음 재킷을 입고 계단을 내달렸다.

*는 1급령

**는 2급령

(흐르는) 물

유령이 흐르는 물을 건너기를 꺼리는 현상은 고대부터 관찰돼 왔다. 현대 영국에서는 이를 유령 방비에 활용한다. 런던 중심부에서는 인공 수로들의 망인 일명 '도랑'이 주요 쇼핑 지구를 보호한다. 보다 작은 규모로는 각 가정에서 현관 밖에 만들어 빗물을 순환시키는 개방형 수로가 있다.

1급령

가장 약하고, 가장 흔하고, 위험은 가장 덜한 유령들의 등급. 1급령은 주변을 거의 인식하지 못하고 반복적인 하나의 행동 양상에 갇혀 있는 경우가 많다. 주로 목격되는 사례는 다음과 같다. 음영자, 관망자. 다음 항목을 함께 참고하라. 뼈다귀, 파리한 악취, 광산의 똑똑이, 괴화.

2급령

가장 위험하면서도 빈번히 등장하는 유령들의 등급. 2급령은 1급령보다 강하고 모종의 잔류 지능을 가진다. 산 자를 인식하고 해를 가하고자 시도할 수 있다. 가장 흔한 2급령을 출현 빈도에 따라 정리하면 다음과 같다. 요괴, 허깨비, 망령. 다음 항목을 함께 참고하라. 암흑 요괴, 생령, 덩어리, 소리정령, 생골령, 귀령, 울부짖는 혼, 고독자.

3급령

아주 희귀한 유령들의 등급. 마리사 피츠의 최초 보고 이후 상당한 논란의 중심에 서 있다. 산 자와 완전한 소통이 가능한 것으로 추정된다.

DEPRAC

심령현상조사예방국.

난제의 수습에 주력하는 정부 기관. 유령의 본질을 조사하고 가장 위험한 존재들은 파괴하며, 서로 경쟁하는 여러 대행사의 활동을 감시한다.

고독자**

보기 드문 2급령으로 외지고 위험한 장소, 대개는 야외에서 출몰한다. 시각적으로는 호리호리한 어린이의 모습을 하는 경우가 많고, 계곡이나 호수 저편의 원거리에서 목격된다. 산 자에게 절대 접근하지 않으나, 근처의 누구든 압도할 수 있는 극단적 형태의 유령굴레를 야기한다. 고독자의 희생자들은 속박을 끝낼 생각으로 절벽에서 뛰어내리거나 깊은 물로 뛰어들고는 한다.

관망자*

1급령의 일종. 그림자 속에서 주저하며 좀처럼 움직이지 않고, 산 자에게 접근하는 일도 없으나 강한 불안감과 소름 끼치는 공포를 퍼트린다.

광산의 똑똑이*

절망적으로 따분한 1급령. 두드리는 것 말고는 할 줄 아는 게 거의 없다.

광신도 집단

이승으로 되돌아오는 죽은 자들에게 여러 가지 이유에서 비정상적으로 집착하는 사람들의 무리.

괴화*

약하고 대개는 위협적이지 않은 1급령. 파리하고 깜빠거리는 불꽃으로 현현한다. 학자에 따라서는 모든 유령이 괴화와 깜빠이 순으로 퇴화해 결국에는 완전히 사라지는 것으로 추정하기도 한다.

군집

좁은 지역을 장악한 유령의 무리.

권태

유령이 접근하는 중일 때 흔히 경험하는 허탈감과 무기력증. 극단적인 경우 위험한 유령굴레로 악화되기도 한다.

귀령**

다행히도 아주 희귀한 유형의 2급령으로, 자기 시신을 일시적으로 움직여 무덤에서 벗어날 수 있다. 강력한 유령굴레와 소름 끼치는 공포를 유발하나, 시신이 곧 출처라는 점에서 처리가 쉽고 은에 감싸 봉인할 기회 역시 풍부하다. 또한 시신 자체가 오래된 경우가 많아 큰 피해를 야기하기 전에 대개는 조각나고 만다.

그리스의 불

마그네슘 화염의 다른 이름. 이 부류의 초기 무기들은 천 년 전에 비잔틴(혹은 그리스) 제국에서 유령을 상대로 사용된 것으로 보인다.

난제

현재 영국을 괴롭히는 출몰 대유행.

냉각

유령이 가까이에 있을 때 발생하는 급격한 온도 저하. 현현의 임박을 보여주는 4대 지표의 하나다. 나머지는 권태와 독기, 소름 끼치는 공포. 냉각은 넓은 지역에 걸쳐 나타나거나 특정한 '냉점'에 집중될 수 있다.

다른빛

일부 환영이 방출하는 으스스하고 비정상적인 빛.

대행사, 또는 심령 조사 대행사

유령의 억제와 파괴를 전문으로 하는 업체. 런던에만 여남은 개가 넘는 대행사가 있다. 규모가 가장 큰 대행사(피츠와 로트웰) 두 곳의 경우 직원이 수백 명에 달한다. 가장 소규모(록우드 심령 회사) 대행사는 3인 체제다. 대행사 대부분은 성인 감독관이 운영하나, 이들 모두가 강력한 심령 재능을 가진 아이들에게 크게 의존한다.

덩어리**

부풀고 기형적인 2급령의 변종. 인간의 머리와 상반신을 가졌으나 눈에 띄는 팔다리는 없는 게 일반적이다. 망령 및 생골령과 더불어 가장 불쾌한 환영으로 손꼽힌다. 강력한 독기와 소름 끼치는 공포를 동반하는 경우가 많다.

독기

불쾌한 기운. 종종 고약한 맛과 냄새를 포함하며 현현의 사전 단계로 경험된다. 소름 끼치는 공포, 권태, 냉각을 자주 동반한다.

라벤더

라벤더의 강력한 단내가 악령을 억제하는 것으로 알려져 있다. 이에 따라 많은 이들이 라벤더의 잔가지를 건조해 옷 등에 꽂거나 불에 태워 자극적인 연기를 낸다. 조사관들은 때로 약한 1급령에 사용할 목적으로 라벤더물이 든 병을 소지하기도 한다.

레이피어

모든 조사관의 공식 무기. 16~17세기 유럽에서 사용된 결투용 양날검으로 가늘고 긴 날이 특징이다. 철제 검날의 끝에 은을 입히기도 한다.

마그네슘 화염

금속제 산탄통에 마그네슘과 철, 소금, 화약, 점화장치를 넣고 쉽게 깨지는 유리로 봉한 화염탄. 대행사들이 공격적인 유령에 맞서 사용하는 주요 무기.

마력

일부 유령이 실상과는 달리 아름답고 선하게 가장하는 능력. 이 환상 너머를 보기까지 굉장한 의지력이 필요한 경우가 대부분이다.

망령**

위험한 2급령. 위력과 행동 양상의 측면에서 요괴와 비슷하나 겉모습은 훨씬 끔찍하다. 이들의 환영은 망자가 죽어 있는 상태를 반영한다. 말라비틀어지고 끔찍하도록 야위고, 때로는 부패해 벌레가 바글거린다. 종종 해골의 형태를 띠기도 한다. 강력한 유령굴레를 생성한다. 다음 항목을 참고하라. 생골령.

민감성, 민감한 (자)

비범하고 홀륭한 심령 재능. 그런 재능을 가지고 태어난 사람. 민감한 자 대부분은 대행사 또는 야경대에 합류한다. 방문자와 직접 맞서는 일 없이 심령 서비스만 제공하는 이들도 있다.

방문자

유령.

방어구

3대 기본 방어구를 효과 순으로 나열하면 은, 철, 소금이다. 라벤더 또한 밝은 빛과 흐르는 물처럼 일정 정도의 보호 기능을 한다.

봉인구

대개 은 또는 철로 만들어지며, 출처를 넣거나 덮어 유령의 탈출을 막도록 설계된다.

뼈다귀*

1급령의 변종에 붙여진 이름이며, 음영자의 하위 유형으로 짐작된다. 털이 없고 수척한 형태이며, 두개골과 흉곽에서 살점이 덜렁거린다. 밝고 파리한 다른빛으로 반짝인다. 일부 망령과 표면적으로 유사해 보일 수 있으나, 뼈다귀는 늘 수동적이고 대개가 다소 음울하다.

사슬망

정교하게 엮은 은제 사슬로 만든 망. 다용도로 사용이 가능한 봉인구.

생골령**

희귀하고 불쾌한 종류의 유령. 살갗을 벗겨낸 피투성이 시체가 눈을 희번덕거리고 입을 쫙 찢으며 웃는 모습으로 현현한다. 조사관 사이에서 인기가 없다. 다수의 권위자가 생골령을 망령의 변종으로 간주한다.

생령**

살아 있는 사람, 대개는 목격자가 아는 이의 형체로 나타나는 드물고 무시무시한 유령. 생령 자체가 공격적인 경우는 거의 없으나, 이들이 촉발하는 공포와 혼란이 몹시 강력해 전문가 대다수는 이들을 각별한 주의가 필요한 2급령으로 분류한다.

소금

1급령의 방어구로 널리 사용된다. 철이나 은보다는 효과가 떨어지지만 가격이 저렴하고, 가정 내 다양한 억제책에 활용된다.

소금탄

비닐에 소금을 채운 투척용 소형 구체. 외부 충격에 폭발하며 소금을 사방에 뿌린다. 보다 약한 유령들의 격퇴에 사용된다. 강력한 개체들을 상대로는 효과가 떨어진다.

소름 끼치는 공포

유령이 출현하기 전 종종 경험하는 이해할 수 없는 공포감. 대개 냉각과 독기, 권태를 동반한다.

소리정령**

강력하고 파괴적인 2급령. 소리정령은 육중한 사물도 번쩍 들어 올릴 정도로 강력한 초자연적 에너지를 폭발적으로 방출한다. 환영을 형성하지 않는다.

소실점

유령이 현현의 말미에 모습을 감추는 정확한 지점. 출처의 위치를 알려주는 훌륭한 단서가 되곤 한다.

시각

환영이나 절명광 등 유령과 관련한 현상을 볼 수 있는 심령 능력. 3대 심령 재능의 하나다.

심령 지배

2급령 대부분이 유령굴레로 희생자의 의지력을 약화시키는 반면, 일부는 심령 유대를 통해 옭아매기도 한다. 이 경우 일반적으로 희생자는 환영에 매료되고, 생명을 바치는 한이 있더라도 따르고자 한다. 이 같은 유령 대부분이 매력이나 유혹, 혹은 공감을 앞세우며, 이때 마력이 주요 무기로 쓰인다.

아우라

여러 환영 주위에 나타나는 광휘. 아우라는 대개가 상당히 희미하며 곁눈으로 볼 때 가장 잘 관찰된다. 강하고 선명한 아우라는 '다른빛'으로 불린다. 암흑 요괴 같은 일부 유령이 발산하는 검은 아우라는 그들 주변부의 밤보다 어둡다.

암흑 요괴**

2급령의 섬뜩한 변종. 움직이는 암흑의 파편으로 현현한다. 이따금 암흑 가운데서 환영이 희미하게 관찰되는 경우가 있다. 이 검은 구름은 대개 유동적이고 고정된 형태가 없는데 박동하는 심장 크기로 수축하거나, 혹은 순식간에 팽창해 방 하나를 삼킬 정도가 되기도 한다.

엑토플라즘

유령이 형성돼 나오는 이상하고 변덕스러운 물질. 농축된 상태에서는 산 자에게 무척 해롭다.

요괴**

가장 흔히 조우하는 2급령. 항상 분명하고 세세한 환영을 만들어내며, 경우에 따라서는 고형에 가까워 보일 수 있다. 요괴의 대부분은 망자의 생전 또는 죽음 직후 모습을 시각적으로 정확히 반영한다. 허깨비보다 덜 모호하고 망령보다 덜 흉악하지만 그들과 마찬가지로 행동의 양상이 다양하다. 다수는 산 자와의 관계에서 중립적이거나 온순하다. 또한 비밀을 밝히거나 오랜 잘못을 바로잡고자 귀환하는 사례가 많은 것으로 보인다. 그러나 일부는 적극적으로 적대적이며 인간과의 접촉을 갈망한다. 이 유령들은 무슨 일이 있어도 피해야 한다.

요원

심령 조사관을 부르는 다른 이름.

울부짖는 혼**

공포의 대상인 2급령. 시각적인 환영을 드러내 보일 수도, 그러지 않을 수도 있다. 울부짖는 혼들은 무시무시한 심령의 비명을 지르는데, 이 소리는 때로 듣는 사람을 공포로 마비시켜 유령굴레를 씌우기에 충분하다.

유령

죽은 사람의 영혼. 인류의 역사에서 유령은 늘 존재했지만—불분명한 이유들로—이제 출몰의 빈도가 나날이 늘고 있다. 유령의 종류는 다양하나 개략적으로는 세 유형으로 분류된다.(1급령, 2급령, 3급령 항목 참고) 유령은 늘 출처 곁에 머무는데, 이들의 사망 지점에 해당하는 경우가 많다. 일몰 후, 그중에서도 특히 자정부터 새벽 2시 사이에 가장 강력하다. 대부분은 산 자에 대해 무지하고 무심하다. 소수만이 적극적인 적개심을 보인다.

유령굴레

2급령이 과시하는 위험한 힘. 권태의 연장일 가능성이 있다. 유령굴레의 희생자는 의지력을 상실하고 끔찍한 절망감에 압도된다. 근육이 납덩이처럼 무겁게 느껴지고 생각이나 움직임도 더는 자유롭지 않다. 대부분의 경우 굶주린 유령이 가까이, 더 가까이 다가오는 모습을 꼼짝 못 하는 상태로 무기력하게 지켜볼 수밖에 없게 된다. 심령지배 항목 참고.

유령단지

활성 상태의 출처를 속박하는 데 사용하는 은유리 용기.

유령안개

유령의 현현 중에 가느다랗고 녹색을 띤 흰색 안개로 생성된다. 엑토플라즘으로 만들어지는 것일 가능성이 있으며, 차갑고 불쾌하나 접촉 자체가 위험을 초래하지는 않는다.

유령접촉

환영과 신체적으로 접촉한 결과이자 공격적인 유령이 가진 가장 치명적인 힘. 찌르듯 압도하는 한기로 시작해 동상에 걸린 듯 온몸의 감각이 순식간에 저하된다. 주요 장기들이 차례로 손상된다. 이내 몸이 푸르스름해지며 부풀기 시작한다. 아드레날린을 주사해 심장을 자극하는 방식의 신속한 의학적 도움이 없는 한 대개가 치명적인 결말을 맞는다.

유물 사냥꾼

출처와 영물들을 추적해 암시장에 판매한다.

은

유령에 맞서는 중요하고 강력한 방어구. 장신구 형태의 항마구로 몸에 지니는 사람이 많다. 조사관들은 레이피어 코팅과 봉인구 제작에 은을 사용한다.

은유리

출처의 보관에 사용되는 '유령 저항성' 특수 유리.

음영자*

1급령의 표준이자 아마도 가장 일반적인 형태의 방문자일 것이다. 음영자는 요괴와 유사하게 상당히 구체적인 형태로 나타날 수 있고, 허깨비처럼 실체가 없고 희미하게 보일 수도 있다. 그러나 두 경우 모두 위험을 야기할 만한 지능은 전혀 가지고 있지 않다. 음영자는 산 자의 존재를 인지하지 못하는 듯하며, 대개 특정한 행동 양식에 매여 있다. 슬픔과 상실감을 내비치지만, 분노를 비롯한 강력한 감정을 보이는 일은 좀처럼 없다. 거의 모든 경우에 인간의 형상을 띤다.

이코르

가장 진하고 농축된 형태의 엑토플라즘. 다양한 소재를 불태우며, 오직 은유리로만 안전한 억제가 가능하다.

재능

유령을 보거나 듣거나 기타 여러 방식으로 감지하는 능력. 모두는 아니지만 다수의 아이들이 어느 정도의 심령 재능을 지니고 태어난다. 이 기술은 성인기에 근접할수록 퇴화하는 경향이 있지만, 일부 성인에게서는 미약하게나마 지속되기도 한다. 평균 이상의 재능을 가진 아이들은 야경대에 합류한다. 비범한 재능을 가진 아이들은 대개가 대행사에 합류한다. 3대 재능은 시각, 청각, 촉각이다.

절명광

망자의 목숨이 끊어진 바로 그 위치에 남은 에너지 흔적. 잔혹한 죽음일수록 더 밝은 빛을 낸다. 강한 빛은 수년간 지속되기도 한다.

철

모든 유형의 유령으로부터 보호해 주는 유구하고 중요한 방어구. 일반인은 철제 장식으로 주거지의 방비를 강화하고, 항마구 형태로 만들어 몸에 지닌다. 조사관들은 철제 레이피어와 쇠사슬을 소지하므로 공격과 방어 모두 철에 의존하는 셈이다.

청각

심령 재능의 세 범주 중 하나. 민감한 청각의 소유자는 죽은 자의 목소리, 과거 사건의 메아리, 출몰과 관련된 예외적인 소리들을 들을 수 있다.

촉각

죽음이나 출몰과 밀접히 관련된 사물에서 심령의 메아리를 감지하는 능력. 이 같은 메아리는 시각적 이미지와 소리 등 감각 자극의 형태를 띤다. 재능의 3대 범주의 하나다.

출몰

현현 항목 참고.

출처

유령이 이승으로 들어오는 관문이 돼주는 사물이나 장소.

파리한 악취*

끔찍한 독기, 고약한 부패의 냄새를 퍼트리는 1급령. 라벤더 막대에 불을 붙여 쫓는 게 상책이다.

플라스마

엑토플라즘 항목 참고.

피츠 소각장

클러켄월에 위치한 '심령이 깃든 인공물의 처리를 위한 런던 메트로폴리탄 소각장'
의 다른 이름. 위험한 심령 출처들이 소각의 형태로 파괴된다.

피츠 지침서

유령 사냥꾼을 위한 유명 지침서. 저자인 마리사 피츠는 영국 최초의 심령 조사 대행
사를 설립한 인물이다.

항마구

대개 철이나 은으로 제작돼 유령을 쫓는 데 사용되는 사물. 소형 항마구는 장신구의
형태로 소지가 가능하다. 대형 항마구는 집 안 곳곳에 걸어두는데, 장식적인 효과도
있다.

항마등

전기로 작동하는 가로등으로 강력한 백색광을 방출해 유령을 억제한다. 대부분의 항
마등은 유리 렌즈 위에 덮개가 달려 있다. 이 덮개들이 밤새 일정한 간격을 두고 열
리고 닫히기를 반복한다.

허깨비**

하늘하늘하고 은은하며 속이 훤히 비치는 형태를 유지하는 2급령의 총칭. 희미한 윤
곽, 그리고 얼굴과 이목구비의 미약한 특징 일부를 제외하면 거의 보이지 않을 가능
성이 있다. 실체가 없는 외양에도 불구하고 보다 구체적인 형태를 갖춘 듯 보이는 요
괴 못지않게 공격적이며, 눈에 잘 띄지 않는다는 점에서 더욱 위험하다.

현현

유령 같은 현상의 발생. 소리와 냄새, 이상한 감각, 움직이는 물체, 온도 급강하, 환영
의 목격 등 각종 초자연적 현상을 동반할 수 있다.

혼령

유령의 또 다른 호칭.

환영

유령이 현현 과정에서 취하는 형체. 환영은 대개가 죽은 자의 형상을 모방하나 동물과 사물의 형태도 관찰된다. 경우에 따라 상당히 이색적일 수 있다. 최근 라임하우스 부두 사건의 요괴는 초록색으로 빛나는 킹코브라로 현현한 반면, 악명 높은 벨 스트리트 귀신은 천 조각을 짜깁기한 봉제 인형의 탈을 쓴 바 있다. 위력에 관계없이 유령 대부분은 겉모습을 바꾸지 않는다.(혹은 바꿀 수 없다.)

내 가족 지나와 이사벨, 아서와 루이스
　귀신 얘기의 고수들에게

록우드 심령 회사 5
: 빈 무덤

초판 1쇄 발행 2024년 7월 30일

지은이 | 조나단 스트라우드
옮긴이 | 강아름

펴낸이 | 조미현
책임편집 | 황정원
디자인 | 엄윤영

펴낸곳 | (주)현암사
등록 | 1951년 12월 24일 제 10-126호
주소 | 04029 서울시 마포구 동교로12안길 35
전화 | 02-365-5051
팩스 | 02-313-2729
전자우편 | dalda@hyeonamsa.com
홈페이지 | www.hyeonamsa.com
블로그 | blog.naver.com/hyeonamsa

ISBN 978-89-323-2328-2 04840
ISBN 978-89-323-2323-7 (세트)